大连市文艺精品创作生产“5511”工程长篇小说入选作品

幸福与你何干

郝岩◎著

大连出版社
DALIAN PUBLISHING HOUSE

图书在版编目（CIP）数据

幸福与你何干 / 郝岩著. —大连：大连出版社，2015.11
（大连市文艺精品创作生产“5511”工程长篇小说入选作品）
ISBN 978-7-5505-0987-0

Ⅰ.①幸… Ⅱ.①郝… Ⅲ.①长篇小说－中国－当代
Ⅳ.①I247.5

中国版本图书馆CIP数据核字(2015)第231471号

XINGFU YU NI HE GAN
幸福与你何干

出 版 人：刘明辉
策划编辑：刘明辉　李　岩　张　波
责任编辑：张　波　杨　钟
书名题字：徐　铎
封面绘图：于江月
封面设计：林　洋
版式设计：张　波
责任校对：彭艳萍
责任印制：阎　骋

出版发行者：大连出版社
地址：大连市西岗区长白街10号
邮编：116011
电话：0411-83620442 / 83621075
传真：0411-83610391
网址：http://www.dlmpm.com
邮箱：dlszhangbo@163.com
印 刷 者：大连图腾彩色印刷有限公司
经 销 者：各地新华书店

幅面尺寸：170 mm × 230 mm
印　　张：26.25
字　　数：414千字
出版时间：2015年11月第1版
印刷时间：2015年11月第1次印刷
书　　号：ISBN 978-7-5505-0987-0
定　　价：48.00元

序

滕贞甫

这5部长篇小说是年度文艺精品创作生产“5511”工程的成果。

2012年，中共大连市委宣传部按照市委十一届二次全会提出的建设东北地区文化领军城市和东北亚有重要影响的文化强市的目标要求，组织实施了文艺精品创作生产“5511”工程，即每年以5部长篇小说、5部影视剧（包括电影、电视剧、动漫剧、广播剧、纪录片）、1部舞台剧、1套文艺丛书为重点的文艺创作生产项目，旨在推动大连文艺的繁荣发展，加快文化强市建设步伐。

文艺精品创作生产“5511”工程是一项导向性工程。它立足本市，鼓励广大文艺工作者坚持以人民为中心的创作导向，以中国精神为文艺创作的灵魂，深入生活，扎根人民，坚持把社会效益放在首位，努力创作生产出社会效益和经济效益、社会价值和市场价值相统一的文艺作品。“5511”工程是大连市委、市政府组织实施全市文艺精品创作生产，繁荣发展大连文艺的重要工作载体和平台。

文艺精品创作生产“5511”工程也是一项品牌建设工程。它汇聚全市优质文艺创作生产资源，依托大连作家森林的“下午茶”“讲评会”“记忆写作”等多种多样的展览、展评、推介、评奖、研讨，尤其是各种规模和形式的文艺评论，不断深耕城市文学土壤，涵养创作生态，推介宣传有特色、有新意的文学作品，展示大连文艺创作生产成就，凝聚人才队伍，培育扶掖大连文艺出“名作、名人、名品”，推动大连文艺走出去，树立大连文艺新坐标。

入选年度文艺精品创作生产“5511”工程重点扶持项目的长篇小说，是大连本土作家创作、未经正式出版的原创优秀作品。“5511”工程评审委员会按照严格规范的评审程序，在向社会广泛征集作品的基础上，由专家库抽取人选组成专家评审组，对初评上来的作品，进行认真的审读、评点、论证、遴选，终经评审委员会批准编辑出版。这些入选作品题材不同、风格不同、创作视角不同，作者的身份、职业、经历甚至创作水平也不尽相同，相同的是，这些作品饱含着作家对生活的热爱，对人民的关切，对生命的尊重，他们用作品着力书写人们寻梦的理想和追梦的奋斗，用生动的艺术形象和熟悉的身边日常故事，描绘出我们这个时代的精神风骨。

值此文艺精品创作生产“5511”工程长篇小说入选作品出版之际，是为序。

（作者系中共大连市委宣传部常务副部长、市文联主席）

一

晚上赵正大去上班的时候，周雨晴还挺着大肚子把他送到小区门口，又在小区里转悠了两圈，谁看到这时候的周雨晴，都会觉得这个女人过得无比滋润。

虽然现在“幸福”二字都泛滥成灾了，可叫上个幸福小区，听上去还是无限温暖。这里的缺点是离市中心太远，通地铁的事嚷嚷了好几年，却不见落实。当初，虽说是砸锅卖铁好不容易买下这么个两居室的房子，周雨晴还是挺知足，最起码她和赵正大身上没背上贷款，不用像别人那样，每个月开了工资的第一件事，就是把打到银行卡里的钱再还给银行。就凭这一点，她就觉得比一般人过得踏实。

每每听到谁说还银行利息的钱比买房子的钱还多，周雨晴都愿意凑上前去，俨然无知少女样地咨询上半天，再义愤填膺地感叹一番这有多么说不过去，内心里却是无比受用。偶尔拿捏不好表演过当了，也会招来别人的白眼，她会尴尬上一阵。不过，她总是控制不住自己，下回再遇到同样的情形，还是会义无反顾地凑上前去，继续讨教那些早就心知肚明的问题。为了不让人家反感，她也会使点儿花招，安慰人家，现在虽然是贷款，可毕竟先住上了好房子，哪像自己呀，刮碟子刮碗是把房子先置办上了，可这日子过得跟一夜回到解放前差不多，天天都得勒紧裤腰带。有时候诉苦诉多了，别人就明白过来，她明里是诉苦，实际上是在展示一份优越感。如何掌握分寸，还真是个含金量挺高的技术活。

确实，周雨晴在同事面前一直都挺有优越感，这不光体现在房子上，更多的还是因为她有个在电台当主持人的丈夫。在这个城市里，因为主持夜间情感节目《正在说》，赵正大也算是家喻户晓的一个名人，同事们朋友们的婚礼以及同事们朋友们的亲朋好友们的婚礼，都能见到赵正大主持的身影。名人现身那是给新人增辉，名人借此机会挣点儿外快，赵正大觉得这更加重要。前几年，赵正大靠着主持婚礼或是开业庆典之类活动挣的钱，远比工资还多，现在电台管得严了，偶尔出去客串一回，也能抵挡些杂七杂八的开销。

在外人眼里，电台主持人是个神秘的职业，整天在广播里呼风唤雨、指点江山。当初周雨晴挣死扒力偏要跟着赵正大，也是光看到了主持人头上的神秘光环，后来两人真谈上对象开始研究成家立业的正经事了，她才算彻底清醒过来，可这时候说什么都晚了，不说她的人早给了赵正大，关键是她自己早就把找了个主持人男友的事传到了四面八方，有了舆论影响，再退身就难了。看来，这舆论的确是把双刃剑，用好了护身，用不好了就是自宫。还有一点，就是她那时候眼瞅着要迈过三十岁的门槛了，虽然老妈逼婚的嘟囔声叫她心烦，但更主要的还是她自己心里已经慌了神。

老妈虽然催婚催得紧，但对长相还算出众的女儿找了个从农村进城的男人还是感到失望，在反对无效后，也只得默许。结了婚之后，周雨晴才渐渐品咂出老妈的反对是多么有先见之明，找个进城的男人，你嫁给的不光是他一个人，还有他身后的一大家子。赵正大虽然毕业于这个城市排名第一的大学，可这改变不了他一个进城男人的背景。赵正大结婚成家，他的弟弟妹妹也就在这个城市里有了家。弟弟赵正义大学毕业三四年了，还没有个稳定工作，一边卖保健品，一边干着房屋中介，三天两头住在家里。卖这两样东西，都属于饥一顿饱一顿的事，不能说“三年不开张，开张吃三年”，也跟这个状况相差无几。妹妹赵正果初中一毕业，赵正大就给弄到城里来了，念完一个学动漫的技校，倒是很快在一家对口的公司找了份差事，却也得住在家里。兄妹三人在家里的时候，都是莺歌燕舞，周雨晴一回来，气氛立即就变得严肃正经起来，好像她才是这个家的外人。周雨晴也看得出来，正义和正果总是在讨好她这个嫂子，她就觉得自己也得有个嫂子的样子，得端庄大气一些。

将就几年吧，等他们都成了家，也就好了。周雨晴总是这样给自己做工作。

周雨晴挺着肚子又转了一圈，觉得有点儿尿急，便着急忙慌往家里赶，上楼梯的时候一脚踏空，人没摔着，身子却闪了一下，尿意闪没了，却觉得肚子开始隐隐作痛起来，坚持着回到家，躺了没一会儿，感觉身子下面一热，就有些害怕起来。一瞬间，关于早产可能出现的种种严重后果都前赴后继排着队出现在脑子里，跟小时候课本里的英雄举大事之前都要浮想联翩一番的情形相仿。幸亏正义和正果都在家，手忙脚乱地把她架到了出租车上，直奔妇产医院而去。

这时候，赵正大坐在直播间里已经有半个小时了。一坐到话筒前，平时话语并不多的赵正大就觉得管不住自己的嘴了。他富有磁性的声音充满张力，更有一种说不清的穿透力，仿佛能击穿情感的神经。他幽默风趣，机智诙谐，尖刻又不失包容，总能在调侃中让听众回味绵长。有时候听回放录音，赵正大自己都纳闷儿，自己怎么那么热爱说话，而且说的水平还真是挺高，他自己都在心里敬佩自己。

夜色里的街道上，车辆少了许多，出租车像一只滑翔的大鸟，向妇产医院疾驶。出租车每颠簸一下，周雨晴的呻吟声便高上去几分。一上车，赵正义就让司机把广播调到《正在说》上，兄妹俩轮番往直播间里打着电话。他们知道，上节目时赵正大从来都是关着手机，现在能联系到他的，只有那两部热线电话。其实电台导播间里还有一台内部电话，赵正大也把那个号码告诉过周雨晴，说有什么急事可以打那个，可结婚这么多年来，家里也没发生过什么急事，那个电话对周雨晴来说也就是有没有都一样。

收音机里温馨的背景音乐戛然而止。一个女声一惊一乍地蹦出来：“小丽呀，昨天你才做了意外怀孕手术，今天怎么就上班了？”

周雨晴额头上豆大的汗珠滚落下来，她捂着硕大的肚子痛得喊了起来：“正大，赵正大，你个没良心的……我不活了……”

收音机里的广告还在继续，另一个女人像捡了大便宜一样炫耀着：“王姐，我昨天做的是全程无痛人流手术，才八百块钱！”

“这么便宜？小丽，你是在哪家医院做的手术？”女声继续一惊一乍。

周雨晴觉得孩子在肚子里一阵猛踹，痛得她直哼哼。赵正义一边催促司机快点儿开，一边安抚周雨晴："嫂子，你可不能把我侄子生在出租车上，一定要挺住啊，马上就到医院了……"

可那两部热线却一直繁忙，连广告时间也插不进去。"无痛人流，女人放心，男人省心！"两个女人憋着劲儿齐力呐喊。

周雨晴死死拽着正义的胳膊，痛得一边骂赵正大一边抹着眼泪。

戴着耳麦的赵正大虽然只是一个人孤零零地坐在话筒前，可他的神经却一直处在亢奋之中。职业的要求让每一个电台主持人似乎都是这样，只要一坐进直播间，就必须要变成人来疯。"广告过后，欢迎各位继续收听FM109.9情感谈话节目《正在说》，我是主持人正大，我们的情感热线是88368866。诉你想诉的苦闷事，说你想说的难心事，这里没有隐私，这里只有倾听……《正在说》让你说出来，《正在说》让你走出去。今天是周末，广告过后，下个板块的节目我们轻松一点儿，共同进行智力闯关。"赵正大提高了声音。主持情感节目，赵正大还能深沉一些，可接下来的智力闯关，赵正大就要把情绪调动起来了，用接档《正在说》的下一时段《性爱夜话》的主持人老宋的话说，得先把自己整出高潮来。今晚，节目组给赵正大提供的考题让他觉得多少还有些文化含量：要获得成功，必须付出代价，请听众用一句诗词来概括这个观点。

最先打进电话的男听众小心翼翼地试探："失败乃成功之母？"

"有一点儿靠近的意思了，再想想……做成一件事，必须要有一定的牺牲……"赵正大耐心地启发。男听众张口就来："欲练神功，必先自宫！"

"啊？这牺牲……太大了吧……"赵正大笑出了声。

坐在导播台上的导播小麦，更是捂着嘴乐得直不起腰来了。

出租车上，周雨晴听到男听众的回答，也笑起来，还没笑完，半道又憋了回去，双手赶紧捧着肚子，像是突然想起了什么，忍着痛问正义："今天是周末？"

正义点头："我哥的节目在闯关哪，他们都是周末才闯。"

"我不是说这个……今天晚上彩票开奖，我还没买呢！"

正果埋怨嫂子，这都什么时候了，还惦记着买彩票。

“不行，我早算计好了，孩子出生这一天，就算天塌下来，我也得买一张……离咱们家不远，超市旁边就有。”周雨晴拍着司机的座位，“师傅，你掉头，掉头回去！”

正义和正果都试图说服周雨晴收了那个心思，可争执了半天，还是没拗过她，正义让正果打车回去买彩票，他把周雨晴送到医院。周雨晴忍着疼痛，在一张纸片上写下一组数字，正果刚要去拿纸片，周雨晴说还差一个号。

“随便写一个吧，这都什么样了，还瞎耽误工夫。”赵正义从嫂子手中夺过纸笔，在上面添了个数字，递给正果：“快去吧。”

“嫂子，你忍着点儿啊……”正果下了车，不忘叮嘱嫂子。

汽车上路，周雨晴的疼痛像是减轻了不少。收音机里，赵正大还在带着听众继续闯关：“第二关还是道古诗题。”

这回上来的是位东北口音很重的女人：“主持人，能不能换个别的，记歌词什么的，这个我比较拿手！”

赵正大语气冷漠：“对不起，我觉得记歌词是件挺无聊的事，有那工夫，记点儿古诗词受益无穷。你如果不愿闯这一关，可以放弃。”

女听众急了：“别别别呀，好不容易打进来的，我蒙一下吧。”

“这是唐朝诗人王昌龄所做的一首诗，上句是‘洛阳亲友如相问’。”赵正大的语气里透着敷衍。

听众迟疑地重复着：“洛阳亲友、洛阳亲友，那他是在洛阳有亲戚吧……洛阳离沈阳有多远？”

“远去了！”赵正大没好气地嚷了一句。

“那麻烦你启发启发我，给点儿提示……”女听众嬉皮笑脸。

赵正大强挤出一点儿耐心：“这是首七言绝句，前面两句是：‘寒雨连江夜入吴，平明送客楚山孤。’第三句是‘洛阳亲友如相问’，现在问你的是最后一句……”

“这一句……还真是挺耳熟的……我想想啊……”

“给你五秒钟倒计时。五、四、三、二、一，这位听众，非常抱歉——”

“哎哎，我想起来了！”女听众着急地抢话。

“那好，你说吧。”

“‘洛阳亲友如相问’，下句是——明天我就到你家！”女听众肯定地说道。

赵正大一下被噎住了。

出租车停在医院门口，赵正义扶着周雨晴下车，周雨晴双手抱着大肚子，痛得嘴里直哼哼。人虽然都这样了，还没忘记彩票的事：“正义，你说，正果……正果现在该买上了吧？”

正义连连点头：“买上了，指定买上了，你就等着中大奖吧。今天咱就来个双喜临门！”

赵正义陪着嫂子来到妇产医院检查室。医生安排周雨晴躺到床上，开始忙碌起来。一阵疼痛袭来，周雨晴扭动着身子，痛苦地呻吟：“正大呀正大……赵正大，你个混蛋，你死哪儿去了，痛死我了……”

“别乱动！”大夫双眼紧盯着仪器，不满地呵斥。

“我不生了，不生了……”周雨晴疼得抹眼泪。

“现在才知道觉悟，舒服的时候什么都忘啦？”医生没好气地说。

一通检查之后，医生让护士直接把周雨晴推到手术室。周雨晴刚从检查室出来，赵正义就迎上来。周雨晴看看还不见赵正大的身影，就知道还没联系上丈夫，忍不住委屈地抹起眼泪。老话说，女人生孩子，一条腿搭在棺材板上。虽说现在医疗技术发达，这句老话有些不合时宜，但周雨晴一想起大夫拿着明晃晃的手术刀，要在自己的肚子上剩一个大口子，她就哆嗦。现在她多么希望赵正大能在自己身边，给自己加油打气，哪怕一句话不说，只是递上一个鼓励的眼神，或者握握自己的手，心里也能踏实许多。

赵正义也不知道怎么安慰嫂子才好，只是一个劲儿地说：“放心吧嫂子，有我呢。”

“要不是你哥一天到晚想着要孩子，我才不想生……”周雨晴越想越委屈，依着性子，她真想大哭一场，可眼前的人毕竟是小叔子。

“行行，生完这个就不生了，往后给老赵家续香火的接力棒就交给我了。”

赵正义连忙安慰。

“你也不赶快找个媳妇，接力棒往哪儿交啊……痛死我了，快找你哥来……难道等我死了他再来……”周雨晴流着眼泪。

“嫂子，你就放心去吧，有我哪……”

“你什么意思啊？”周雨晴警觉地瞪着小叔子。

赵正义也觉出自己的话有问题，忙不迭地做着解释，说自己没别的意思，就是想让周雨晴安心进去，把孩子生下来。

一想到自己要剖腹产，周雨晴又放声哭起来，正义怎么劝也不好使，一旁的护士忍不住数落起来：“有能耐你就憋着不生！”训斥完周雨晴，又训斥赵正义，再不进手术室真要出人命了，周雨晴肚子里的羊水指数都不到四十个了。

赵正义推着嫂子去手术室时，走廊尽头的电视里正在直播彩票开奖，周雨晴的眼睛顿时亮了，逼着赵正义把她推过去。周雨晴一直隐约觉得，自己生孩子这天，好运一定会伴随着到来。她盯着摇奖机里滚动的红球，费劲儿地支起半个身子。“正果呢？彩票买了吗？”她瞅了眼赵正义，把目光扔到电视上。

“买了，肯定买了，放心吧。”赵正义嘴里说着，眼睛也盯在电视上。

摇奖机里每滚落出来一个中奖号码，周雨晴的心便跟着哆嗦一下子，越到后面，越是慌张得厉害。不大的工夫，摇出来的前四个数字居然都跟周雨晴写给赵正果的号码一模一样。赵正义也有点绷不住了，紧张地盯着电视，大气都不敢出。当第五个号又中了时，周雨晴也不知道自己从哪里来了一股神力，居然从推车上跳了下来，紧紧地抓着赵正义的胳膊。护士过来见周雨晴居然还没进手术室，一下火了，上前关掉电视，怒斥周雨晴不要命了。周雨晴急眼了，一步蹿上前去，又把电视打开。电视上，最后一颗蓝色球刚好从摇奖机里蹦了出来，正好跟赵正义最后写上的那个数字对上了。周雨晴两眼发直，突然晕了过去。赵正义惊恐地喊着周雨晴，声音都劈叉了。

电台的主持人，十之八九都喜欢在自己的节目里翻来覆去放一首标志性的音乐或者歌曲。赵正大爱放的是刘德华的那首《回家真好》，这是首老歌，旋律赵正大早就会跟着哼哼了，可还没到喜欢的程度。偶然一个机会，他从刘德华咬字不清的声音里听懂了里面的两句歌词："双手能为家人而粗糙，多么荣耀那么骄傲。"瞬间便被一种说不清道不明的感觉击中，从那以后，这首歌就成了《正在说》的结束曲。

拉开直播间厚重的大门，赵正大和小麦正东一句西一句扯着今晚节目里有趣的听众来电，打开的手机像坏肚子似的蹦出一阵紧似一阵的短信提示，赵正大一看，是正果和正义打来的一连串未接电话。他急忙回拨正果的电话，里面传出关机的提示音，再打给正义，那头一直占线。他不知道，这时候守在产房门口的正义跟热锅上的蚂蚁差不多，越是打不通正果的电话，越是心里发慌，一个劲儿狂打，到底把手机打没电了。

一声嘹亮的啼哭从产房传了出来，护士例行公事地出来告诉家属，母子平安，是个小子。赵正义忙跑回病房，刚摸出另一块电池安上开机，电话就响了，正是赵正大来的电话。听弟弟说周雨晴早产，赵正大吓了一跳，再听说母子平安，这才放下心来，骂正义不会把两件事倒过来说，吓自己一跳。再紧着问男孩女孩，正义却支吾起来："男孩吧，好像是男孩……对对，是男孩……带把儿的。"

"什么叫好像？到底怎么回事？你不是说母子平安吗？老二，你是不是有什么事瞒着我啊？"赵正大刚才放下的心又提起来，追问个不停。

赵正义像做贼一样朝门口看看，捂着手机小声说："哥，咱中了五百万！"

赵正大不相信："你说什么？你想钱想疯了吧。"

"真的！咱发财了，天上掉下个大馅饼，咣，砸到咱头上啦……哥，你在听吗？你说句话啊，你别跟范进似的，哥，你别吓唬我……哥，哥……"电话那头一直没动静，赵正义倒有点儿害怕了。

"老二，你说的是真的？"赵正大走到一个没人的地方，才压低声音问。

"这么大事，我能骗你吗？我告诉你啊哥，我现在这心脏一直怦怦地跳，都快蹦出来了，哥，我真想找个人说说，真想在街上吼一嗓子，我都快憋死了！"赵正义捶着床铺，发出嘭嘭的响声。

"正果和你在一块儿吗？"正大问。

“我也找她呢！彩票在正果手里！嫂子进医院前她去买的彩票，一直没回来哪，我都急死了，嫂子进产房前就叫我去找她，她哪是叫我找正果呀，她是怕那五百万丢了……”

赵正大一怔：“那正果哪儿去了？”

“你不来我怎么出去找？你快来吧，妇产医院！”

老婆生个大胖小子，已经够兴奋的了，又中了五百万大奖，原本兴奋的神经更兴奋了。赵正大从来不买彩票，往日看到老婆买彩票，自己就嘲笑她，说她白日做梦。周雨晴总是回应他，参与才有机会，不参与永远没有机会。这话虽然有道理，但赵正大觉得，这样的机会渺茫得就像大海里捞针。现在这根针让周雨晴在大海里捞着了，实在是个奇迹。这么神奇的事说给谁听谁都不相信，可确确实实就发生了。赵正大只觉得自己像神话里的孙猴子，身体发飘，有种腾云驾雾的感觉。他在心里想，看来中大奖也不是件轻松的事，如果有个严重点儿的高血压、心脏病什么的，一下子还真扛不住。

赵正大匆匆来到医院，走进电梯，刚要关门，就见赵正义挥舞着手臂，像个长臂猿似的扑了过来。他看看正义身后没有正果的身影，忙问：“没找着正果？”

赵正义失落地摇摇头：“听彩票屋的人说，正果买了张彩票后就走了，像是接了个什么人的电话。”

“能是谁？”赵正大眉头一皱。

“一准是她接了什么人的电话，跟这个人办什么事去了……”正义说着，心里突然感到有些害怕，大脑开始胡思乱想起来，“哥，会不会那个打电话的人知道正果中了大奖，把她绑票了……”

“瞎说什么！正果买了彩票，当时还没开奖，那个人怎么会知道中不中奖？要是知道哪个号能中，他自己去买不就得了？”

关于正果的去向，兄弟俩分析了半天，也没分析出个所以然。赵正义总感觉妹妹出事了，张罗着要去公安局报案。赵正大琢磨再三，还是觉得不妥。他表面上看上去挺沉稳，内心里其实也是翻江倒海，除了牵挂，更多的是担心。妹妹从农村来到这个城市虽然也有好几年了，但从技校毕业以后就进了动漫公司，和社会没什么接触，对谁都不知道应该有点儿防范心理，为这在单位里老是吃亏。现在手里拿着五百万元的彩票在街上晃，不让人担心那是假的。

赵正义的脑子里闪烁着妹妹遭遇不测的各种镜头，他也恨自己为什么总是无法控制胡思乱想，越是这样，他心里越是一阵一阵发虚：“哥，你说正果会不会拿着五百万跑了？”

“怎么，你连正果都不相信了？那是咱妹妹！亏你还是她哥！”赵正大恶狠狠地瞪着眼。

赵正义也觉得刚才的话过分了，在心里骂着自己，不该被这突如其来的幸福冲昏了头脑，胡乱猜疑起妹妹来。出了电梯，两人急匆匆向病房走去。赵正义突然拉住赵正大的胳膊：“哥……有件事，我还没说。”

赵正大停下脚步，不解地看着弟弟：“还有什么事？”

赵正义有点儿不好意思：“哥，那个蓝号，起关键作用那个，是我填的，嫂子……会不会……”

赵正大一听，气就不打一处来：“瞎琢磨什么？你嫂子还能独吞啊？她是那号人吗？平时她对你和正果怎么样，你又不是不知道。”

赵正义也觉得有些理亏，不好意思起来。他觉得自己一直没个正经工作，整天东晃西晃的，像个街头小混混。别人给他介绍个对象，对方一听他那不靠谱的职业，连见面的机会都不给他。他一没房子，二没钱，三没有个正当的职业，虽说人长得挺帅，可再帅也不能当饭吃。想想这些，他就窝火。他早就幻想着有一个机会能改变自己的命运，没想到这一天终于来了，现在中了五百万大奖，有了钱，开公司做买卖，自己当老板，以后省得看别人的脸子。

赵正义把这些想法说给大哥听，赵正大骂他想这事还太早。赵正义觉得一点儿也不早，他计划着明天领了钱，自己也算一步跨入富人行列了，再出现在朋友和熟人面前，他就不是原来的他了，而他们还是原来的他们。乡下的老爹一夜之间给富人当起爹来，那角色转换一定能把老爷子整得晕头转向，不定乐成什么样子了。想到这儿，正义美滋滋地问正大：“一下有了儿子，一下又发了大财，这叫什么，这就叫双喜临门！这就叫幸福！哥，你现在感觉幸福朝你招手了吧？”

弟弟的话，让赵正大也有些飘飘然起来。他原来一直觉得自己挺清高的，不是那种把钱财看得太重的人，可现实却印证了他其实也是一个经不起金钱诱惑的俗人。兄弟俩正憧憬着美好的未来，冲过来的小护士打碎了两人的美梦："哎，你这家属怎么回事啊，产妇从产房出来，你连个人影都没有！"小护士朝着正义不依不饶。

赵正大满脸歉意，连忙向小护士道歉。小护士这才明白过来谁是孩子他爹，她上下打量着赵正大，跟训孩子似的训斥起来："你可真行，老婆生完孩子了才知道蹦出来，有你这么不负责任的丈夫吗？"

老婆生孩子，人生中这么重要的时刻自己不在场，这事有一万个理由都说不过去，赵正大感觉亏欠老婆的太多了，现在听小护士这样斥责自己，觉得一点儿都不过分。

兄弟俩来到病房门口，赵正义心事重重，往后退了一步，小声说："哥，我就不进去了，我怕嫂子问起正果……"

赵正大想了想："嗯，那你再出去找找正果，有消息马上打个电话过来。"

赵正义答应着向楼梯口跑去。赵正大推门进来，只见周雨晴穿着病号服虚弱地躺在床上，侧脸看着婴儿床上的孩子。一个护工在忙碌着。

"雨晴！"赵正大舒展着笑脸，激动地喊着老婆的名字，直奔到婴儿床前。

"哎，不能靠前！"护工厉声呵斥。

"我对象，这是刘姐。"周雨晴连忙解释。

"那也不行！"护工的口气软下来，"他刚从外面进来，身上寒气大，容易闪着孩子。"

"对对，我身上还凉着哪……"赵正大连忙点头。

赵正大伸着脖子朝婴儿床上张望，满脸幸福："我儿子……呵呵，我儿子……臭小子……"

周雨晴温柔地看着熟睡的孩子，又看看喜笑颜开的丈夫，虚弱的脸上洋溢着幸福。人家刚生完孩子，都能睡上一觉，周雨晴是激动大了，一直睁着两眼。躺在产房的床上，她心里就开始盘算，现在有钱了，要先给儿子预定一套从零岁到十二岁的纪念照，还要给孩子留下脐带血、干细胞，顺带着还要买份教育险。这些事情，以前都没有计划过，现在有了五百万，这些事情在周雨晴看来都是理所当然的。

赵正大有一搭没一搭地听着老婆和护工张罗这些事情，并没太往心里去，既然白捡了五百万，就由着老婆高兴去吧。

趁着护工出去的空当，周雨晴逼着赵正大亲自己一口，她的精神一直亢奋："你说咱儿子多了不起，这一落地，就送给咱们五百万！有了五百万，咱们一下子成了有钱人。你说，突然一下子成了有钱人，我还真不太适应了……我想好了，往后，去逛菜市场，再不买打蔫的菜了，逛商场也不买打折处理的过季衣服了，买什么咱就都买最好的。你大小也是个名人，我不能让你穿得太寒碜了。那什么，咱还得买辆车，这是首当其冲必需的。等我坐完月子，咱俩一块儿学去。有钱了，咱也得学着享受享受。"

听着周雨晴对未来的"规划"，赵正大觉得挺好笑，又不便打击她高涨的情绪，只好打起"关心"这张牌："行了，少说两句吧，看你眼圈，像熊猫一样，先睡一觉，休息休息吧。"

"我倒是想睡，可也得能睡着呀……"周雨晴的高兴劲儿实在是刹不住闸，还在继续憧憬着美好未来，"刚才在产房里，我就琢磨着，这五百万咱们怎么花呀？还有上税这事，估计上税也得一百万吧。原来我琢磨着给你爸和我妈他们各二十万。现在一下子少了一百万，那就给他们……十五万吧，怎么样？他们老了，也没什么花钱的地方了，十五万够他们花的了，他们一定也不舍得花。这钱是孩子给咱们带来的，咱得给孩子多留点儿，至少得先给他存上一百万。我寻思了，咱那房子，是不是也应该换一换，换个大点儿的，至少得三室，或者四室。咱们俩一间，孩子大了也得一间，那一间给你做书房。现在，正义和正果都住在家里，地方太小了……哎，正果呢，怎么没见着她，快让她把彩票拿给我看看，我到现在还没看见五百万的彩票长什么样哪！"

正大的电话很合时宜地响起来，是正义打来的。赵正大举着电话跑到走廊上。正义的声音里透着焦急，他说所有熟悉的人都问遍了，所有该找的地方都找遍了，就是不见正果的影子。赵正大一听，感到有些诧异，心里顿时不安起来。赵正义建议报案，赵正大一听就烦躁起来："报案，报案！报案你怎么说？说正果起了贪念拿着彩票跑了？你信吗？”

赵正义疑心重重：“我当然不信。正果是什么人我能不知道？可她现在，确实失踪了呀！哥，我怕……正果能不能叫人绑架了？”

虽说弟弟的担心有一定的道理，但赵正大不喜欢听这样的话。他总觉得正果这么单纯这么善良，正义猜测的那些事情是不会发生在正果身上的。他有些生气地训斥弟弟：“你就不往好道上想！我看你是香港警匪片看多了！今晚你别过来了，在家待着，等正果！”

二

人生最大的幸福，莫过于家中生子添丁，延续香火。

周大妈听说女儿生了个大胖小子，呼哧带喘连夜就赶来了，给孩子换尿布的时候，忍不住摸了把孩子的小鸡鸡：“就值钱在这上头……这孩子四方大脸，一看就有出息。”

周雨晴笑了：“这才多大，能看出什么来。”

“怎么看不出来？‘三岁看大，七岁看老’，这时候也能看出个八九不离十。给老赵家生了带把儿的，往后你这腰杆儿就更直溜了。”

周雨晴很自信：“在老赵家，我腰杆儿从来都是直的。”

想起五百万，周雨晴觉得自己的腰杆儿更直了，给老赵家带来这么一大笔真金白银的财富，自己不用表功，老赵家人都得感恩戴德，何况还生了个传宗接代的大胖小子。

从打电话告诉母亲自己生了孩子，周雨晴就犹豫是不是该把中了大奖的事说出来，她琢磨再三，还是没吐口，怕老太太受不了这么大的刺激。眼见着母亲这会儿平静了一些，周雨晴才小心翼翼地说：“妈，有件事……想跟你说，你得有个思想准备。”

周大妈回身，盯着周雨晴：“啥事？还得有个思想准备？”

“你听了，可得挺住……”

周大妈立时紧张起来："到底啥事？"

周雨晴停顿了片刻，才说："我买彩票中奖了……五百万。"

周大妈走了两步，突然站下，慢慢回身，瞪大了眼睛，脸上的肌肉不由得跳动了几下，手里沉甸甸的尿不湿啪嗒一下掉在地上……

赵正大不让正义报警，自己还是忍不住找了个公安局的朋友咨询了一下，对方建议他再等等，毕竟那是他亲妹妹，弄出什么岔子来，一家人就难处了。正大收了电话，正要往产房走，看见正义从电梯里出来，正大追过去："不是叫你在家里等着吗，你怎么又来了？"

赵正义挠着头："我在家待不住，跟热锅上的蚂蚁似的……嫂子问了吗？彩票的事？"

周雨晴把买彩票的经过跟周大妈讲了两遍，老太太才明白过来这里还有挺多的说道："敢情，那还不是你掏的钱？"

周雨晴有些懊丧："谁想得到呀！"

"这就对了，怪不得正果不露头，十有八九是因为这个！"周大妈恨恨地看着女儿。

周雨晴更慌了："那怎么办呀妈……"

周大妈思量了半天，还是建议女儿跟正大商量商量，别为钱伤了和气，毕竟正果是他亲妹子，怎么处理五百万是他们兄妹的事。周雨晴觉得自己也得拿个意见，不能光听正大的，说平时正大老护着他弟他妹，两个人都多大了，还什么事他都管，弄到家里来住不说，吃喝还都不交一分钱。"你说我们家成什么了？简直就是职工宿舍！"

周大妈想起当初雨晴非正大不嫁的情形，抱怨说："你现在知道找个农村男人有多麻烦了？你嫁的不是他一个人，还有他身后那一大家子。早说你不听，这叫什么？丢下嘴里的肉，去等河里的鱼。这会儿尝到滋味儿了？"

周雨晴不爱听老妈唠叨："现在你还说这些！"

赵正大突然推门进来："说什么哪，肉呀鱼的……"

周大妈有些不好意思，转头看着孩子："正大，你看看孩子这眼睛，滴溜转，哪像刚生出来的。”

周雨晴看看表，时间不早了，便催促老妈早点儿回去。

周大妈起身：“行，看见大人孩子挺好我就放心了……正大，怎么正义和正果都没来啊？他俩没来看看孩子？”

赵正大有些不自然：“正义一直帮着忙前忙后，我让他回去休息了。正果……可能回家做饭了吧。”

周大妈叮嘱：“那让正果回家赶快把彩票锁起来，拿来拿去的弄丢了怎么办，那可是五百万哪，多吓人的一个数！”

正大答应着，送周大妈出去。走廊里，周大妈边走边说：“正大啊，你丈母娘多句嘴，你可别挑理。这老话说‘槽里无食猪拱猪，分赃不均狗咬狗’，这话是难听点儿，可在理。你们一大家子，可别为这钱伤了和气。”

“不会的，妈。”

“不会就好。钱你们怎么分我管不着，记着给你爸留一份，他把你们兄妹三个拉扯大不容易。老人啊，手里握着钱心里踏实。还有，得给刚下生的孩子留一份，这孩子旺你们老赵家。”

“放心吧妈，一家人在一起旺旺兴兴把日子过好了，是多少钱都买不来的。”

“这话说得对。还有啊，两口子过日子，有些事可以瞒，有些事可不能瞒，得商量着来……”

送走了周大妈，赵正大掏出电话，又拨起正果的手机，依旧是提示对方关机。正大越来越觉得心里发慌，感到一种不安攫取着自己的心，他实在不愿意往坏的方面去想，他现在只能在心里祈祷着正果千万别有什么意外，宁愿不要那五百万，也要正果平平安安的。

兄弟俩分头找了半夜，还是不见正果的踪影。回到家，已经凌晨两点多了。两人躺在床上，都睡不着。赵正义翻个身：“开始的时候我还想那五百万，后来就光想着正果了。哥，你想了吗？”

赵正大的心悬在嗓子眼上：“想……”

兄弟俩你一句，我一句，在胡思乱想和朦胧之中迎来了天光大亮。

赵正义没吃早饭就出门了，他心里放心不下那五百万，更放心不下妹妹正果。赵正大神色恍惚，提着保温桶，来到医院，刚进病房，周雨晴就问："脸色怎么这么难看……没睡好？"

赵正大下意识地摸摸脸。周雨晴笑笑："没睡好也正常，家里放着五百万，能睡着才怪了。"

"刀口痛吧？"赵正大怕周雨晴问到正果，赶紧转移话题。

"麻药劲儿过了，能不痛嘛。一晚上基本上没睡，傍天亮眯了会儿。"

"痛得厉害，就让护士再打针麻药吧。"

"打多了不行，伤口恢复得慢，听说对下奶水也不好。没事，痛得还不厉害。睡不着，主要还是太兴奋了。其实也强迫自己别老去想，可是控制不住，老是算那五百万不够分。你说啊，这人真是不带满足的，五百万还觉得不够分。正大，你是不是觉得我太贪财了？"

赵正大敷衍："怎么会……"

手机突然响起，赵正大掏出手机，看了一眼，是正义打来的，忙朝外走去。周雨晴看着赵正大的背影，忙说："没事，你在这儿接吧，人家护工说了，小孩子不怕有动静，一点儿声音没有，对孩子还不好。"

赵正大没理会老婆的话，刚走出病房，就听见手机里传来正义哽咽的声音："哥……找着正果了……"

三

正果头上缠着纱布，躺在市人民医院的病床上，脸色煞白，双目紧闭，像睡熟了一般。一位大夫弯着腰，观察着正果头上连接着的一个显示屏。

赵正大在接到弟弟电话那一瞬间，脑子里便空白一片，都不知道自己是怎么从妇产医院赶到这里来的。一进病房看到躺在病床上的正果，更是慌得浑身发冷，他俯在病床前，拉着正果的一只手："正果，你怎么了？你把哥急死了……"

赵正大看着妹妹，眼泪就不由自主地往外跑。他们的娘走得早，他在县城里念高中的时候，做饭、洗衣、操持家务这些事情就落在了上小学的正果身上。每到冬天，正果的手都会起冻疮，每次看到正果红肿的手在冰冷的水里揉搓着衣服，自己想上前帮一把，妹妹总是以各种理由拒绝自己。有一次，自己在外面和赖瘸子的儿子打架，赖瘸子不问青红皂白，拿起扫把就抡向自己，是妹妹正果哭着喊着冲了上来，挡在自己身上，结果正果的腰被抽出一根“紫黄瓜”。高考那年，正果每天总会煮两个鸡蛋偷偷塞进自己的书包里，说功课累，需要补脑子。后来，自己上了大学，因为家庭困难，正果没念完初中就悄悄退了学，还不让父亲告诉自己。

看着大哥一个劲儿地流眼泪，正义心里更加难受，他努力克制着自己的情绪，安慰正大冷静点儿，事情已经出了，光哭也不顶用。却不想正大哭得更厉害了：“正果这样，我怎么跟爹交代呀……”正大抹着眼泪，却越抹越多，怎么也止不住。多少年了，赵正大老觉得自己可能早就不会哭了，自从有了弟弟妹妹，他更从来不曾当着他们俩的面流过眼泪。

医生把赵正大带到办公室，赵正义也跟了进来。医生把不同角度拍下的脑 CT 片子夹在灯箱上，给正大、正义讲解起病情。医生用专业的术语讲了半天，哥儿俩听完就忘了，不过有一句话正大、正义都听明白了：如果正果昏迷较深的话，就会成为植物人。

周雨晴准备自己去领奖，她让护工买来面具，摆放在病床上，有喜羊羊、美羊羊，有灰太狼、红太狼，还有孙悟空、猪八戒、蜡笔小新。看着满床的面具，周雨晴一脸兴奋地问：“妈，你说领奖的时候我戴哪个好？”

周大妈一边美滋滋地看着外孙子，一边剥着鸡蛋：“戴孙猴子，孙猴子七十二变，谁都认不出来你。”

周雨晴拿过孙悟空的面具，戴在脸上，东瞅瞅西看看，然后抬手学着猴子的模样，做了个四处瞭望的动作，自顾自笑了起来。周大妈也被女儿的样子逗乐了，她将剥好的鸡蛋放在黏糊糊的汤碗里，端给周雨晴：“连汤带蛋一块儿吃了，这老母鸡炖猪蹄子最下奶水了……”

周雨晴摘下面具，眼睛盯着电视里播放的奶粉广告，随口道："有这么好的奶粉，我还喝这些汤干什么。"

"胡诌八扯，当初三鹿奶粉说得比这还花花，听他们瞎吹乎，裤子都提不上！"周大妈关了电视。

"怎么给关了？有点儿动静，锻炼孩子听力。"周雨晴急了。

"听力还用锻炼？该是聋子你锻炼到大天去他也听不着。月子里不能看电视，把眼睛累坏了，一辈子的事。"

周雨晴喝了口汤，皱起眉头，抱怨这汤连个咸淡味儿都没有。周大妈说坐月子不能吃咸，咸出病来，后悔就晚了："这些老理都是一辈一辈传下来的，哪句都不是瞎说。"周雨晴争辩，那都是老皇历了，根本没有科学根据。

周大妈反驳："什么科学根据，科学还说生男生女都一样呢。那能一样吗？我就不信，你给他老赵家生个丫头片子试试，你腰杆儿能像现在这么粗？从农村出来的人，更讲究这个！"

周雨晴把汤碗放在床头柜上："你和爸不也是从农村出来的？你生了我，爸不也没怎么着你吗？"

周大妈没好气地说："幸亏他死得早，我还少受点儿气。"

周雨晴听老妈这样说，不禁笑了起来："那你年啊节的，还惦记着给他烧纸、捎话，一回不落，忙得够呛。"

周大妈道："那是两码事，他再不好，也是你爸，也是我男人。"

躺在婴儿床上的小家伙吭哧吭哧哭起来，一声紧似一声，越哭越嘹亮。周大妈一看，又尿了，急忙拿出尿布，准备给外孙换上。周雨晴一看，急了："有尿不湿，你怎么又用尿布？黄不拉叽的，都快成麻线了，一点儿都不结实。"

周大妈满肚子道理："铁丝结实，能夹到孩子屁股蛋里？"

周雨晴看着老妈忙碌，有些无奈，想到现在自己有钱了，该享受享受了，便和老妈商量："妈，现在月嫂不好找。我请的这个护工还不错，我琢磨着出院了把她带回家，伺候我和孩子……"

一听雇人，那可是要花钱的事，周大妈立即反对："带回家干什么？一个月三四千，你有钱烧的？有钱也不能这么个花法。'常在有时思无时，莫到无时想有时。’富日子得当穷日子过！”

听老妈这样说，周雨晴有些不高兴：“你就爱训我，老让我生气，我还能下来奶水啊？”

周大妈被噎住了：“行行，你现在是富家太太了，我这当老妈子的连话都不敢说了。”

周雨晴嘟囔：“谁不让你说了……”

周大妈不让女儿请月嫂自有道理。平常里自己就能伺候这个月子，赶上哪天自己有点儿事，还有正果照应，这个小姑子白住在家里，搭把手做做饭，洗个尿布那都是应当应分的。

周雨晴却不这么想，虽说正果平时挺勤快的，可毕竟那是小姑子，使起来也有不好意思的时候。平时自己在家里对正果哪句话说重了，赵正大不说什么，那脸却拉得老长。关键是现在有钱了，请个月嫂也不过是一个月的事，如果这月嫂干得好，还可以留下来当保姆。

母女俩掰扯了半天，谁也没说服谁。周大妈害怕女儿生气伤了身子，便转移了话题：“你们家的事就是怪，嫂子生了孩子，这叔叔、姑姑连个面都不照，可真有个稳当劲儿。”

“你又瞎寻思……”周雨晴嘴上这么说，心里其实早就想过这事了，只是由母亲提出来，她觉得自己脸上不好看。她不想让母亲觉得赵正大的弟弟妹妹拿自己不当回事，特别是在生孩子这么大的事情上。

周大妈继续发表自己的看法：“正大也是露一脸就不见人影了，反正我是觉得这事有点儿蹊跷……有什么事能比自己老婆生孩子的事还大？”

老妈说得不是没有道理，周雨晴越想也越觉得有点儿慌神，她在心里突然冒出一个念头：能不能是正义和正果把钱取出来私分了，拿着跑了？周雨晴越想越后怕，急忙拿起手机想找到一颗定心丸，没承想的是，正大不通，正义不通，正果还是不通，听到的提示无一例外都是关机。周雨晴举着电话，一下子蒙了。

“怎么了？”周大妈惊慌地问。

“他们都关机了……”周雨晴忍痛支起身子要下地。周大妈连忙拦着：“你不要命了？”

“他们老赵家太欺负人了，想独占不义之财，也不能这么着急吧……”周雨晴越想越气，眼泪不争气地掉下来。

“哎呀，不就是电话没打上吗？没准是电话没电了，这不是常有的事嘛！”周大妈安慰着女儿。

“什么没电！正大关机，正义关机，正果也关机，哪有这么巧的事！正大从来没挂过我电话，还关机。他们兄妹三个人这时候一块儿关机，什么意思不是明摆着吗？他就是向着他们家人，心里根本就没有我这个外人！”周雨晴呜呜哭起来，不光委屈，更是生气。

此时，赵正大正坐在人民医院办公室的椅子上发呆，赵正义站在一旁更是没了主意。护士从柜子里取出一个塑料袋，将几样东西倒在桌上：“昨晚两个环卫工人把患者送来的时候，她身上就这些东西，你们查收一下。”

赵正义开始清点，一部手机已经摔坏，还有四五张十元的毛票和几块钱钢镚儿，头发卡子、手绢、一包纸巾……所有东西都在，就是不见那张五百万的中奖彩票。

赵正义抬头盯着护士：“就这些？”

护士点头：“对呀。”

赵正义跟护士要了环卫工人的电话，便和赵正大来到环卫处。送妹妹去医院的两个环卫工人很快找到了，开始人家还以为是家属来答谢自己的，一个劲儿地表示这是自己应该做的，可后来听着听着就不是味儿了，敢情是来找自己要五百万大奖的，一怒之下差点儿和正义动了手。多亏赵正大好说歹说才安抚下对方。兄弟俩又顺藤摸瓜找到当晚送正果去医院的出租车司机，依旧没有找到那张彩票。

兄弟俩来到彩票中心接待办公室。工作人员答复：全国所有彩票的兑奖原则都只有一个，认票不认人。

赵正义提出一个要求：“如果有人拿着那张彩票来领奖，我们可不可以见一见那个人？”

“不可以，我们有保护兑奖人身份的义务。不过，我可以多说一句的是，你说的那张中奖彩票的奖金，今天早上已经被人领走了。”

赵正大和赵正义一下子愣住了。五百万大奖就这样擦肩而过，失意、沮丧、懊悔……兄弟俩说不清楚心里是什么滋味儿。赵正义不甘心，向114查号台查询妹妹正果最后接到的一个电话，114查号台说，那个号码是路边的插卡电话。

唯一的一点儿线索也断掉了。兄弟俩回到正果病床前，默默无语。赵正义让大哥去照顾嫂子，赵正大却坐在床前不动，看着昏迷不醒的正果，他问正义：“彩票没了，你恨正果吗？”

“我想恨，可我……恨不起来了……”赵正义眼里噙了泪水，哽咽地跪在正果床头：“果儿，咱现在没钱了，一贫如洗了，跟原来一样了。没事，我和大哥……不怪你，你快点儿……醒过来吧，啊，二哥求求你了……”

“正义，哥替正果……谢谢你……”赵正大一把将赵正义揽进怀里，呜呜哭起来。

“哥……”正义哭着，含糊不清地叫道。

一边是寒风呼啸的冬天，一边是阳光明媚的春天，人生的悲喜剧就这么开演了。正大、正义正在为正果伤痛不已时，周大妈嘴里哼着小曲，一边给外孙子换尿布，一边逗孩子发笑，祖孙俩一个笑得陶醉幸福，一个笑得天真无邪。

周雨晴对眼前的天伦之乐视而不见，她躺在床上，心神不定，满脑子的问号。现在，她满脑子的疑问就是正义和正果是不是真把那五百万给私吞了。

门开了，赵正大进来，他极力掩饰着自己的情绪，径直凑到婴儿床前看着孩子。周雨晴抬起半个身子，不眨眼地盯着赵正大：“你还知道回来？”

赵正大回避着周雨晴的目光，他不想让老婆看到自己沉重的表情，也暂时不想让老婆知道妹妹出车祸的事。周雨晴却误会了：“看看我都不敢了？你做了什么亏心事？”

赵正大一时不知道如何跟老婆说，拿起地上的盆想去洗尿布，被周大妈拦下了：“不用，你坐着跟雨晴说说话吧。”

周大妈端着盆出去了，赵正大只好硬着头皮坐到床边上，佯装看着孩子。周雨晴气呼呼地踹了他一脚：“你说话呀！”

沉默片刻，赵正大耷拉着头，迟疑地说：“本来，这件事……不想跟你说。”

周雨晴一听就急了：“那你就别说，等你们兄妹三个把钱都取出来花完了再说！”

“没有，是正果……”赵正大一说起妹妹，心里就堵得慌，眼圈不由就发红起来。

“正果把钱拿跑了？”周雨晴急问。

“正果……她，她出了车祸……现在还……昏迷不醒……”赵正大哽咽着，眼泪不听话地滚落下来。

周雨晴一听就蒙了，她后悔自己刚才不该这个态度对正大，更不该胡乱猜疑五百万被私分了的事。这时候再去追问彩票的事显然不近人情，她便撵着正大去医院照顾正果。赵正大想起该去趟公安局，寻找肇事司机，便走了。

周大妈从水房回来，望着赵正大离去的身影，却起了疑心。她觉得这事自己得亲自去人民医院看看，别让他们兄妹仨合起伙来骗了，自己的闺女还蒙在鼓里，傻乎乎在这儿给他们家生儿子。周雨晴觉得老妈疑心病太重，周大妈却觉得人心隔肚皮，这世道上的人只要见了钱，啥事干不出来！

周大妈来到人民医院赵正果的病房门口，发现门虚掩着，透过门缝，看到赵正义在脸盆里洗了把热毛巾，一边给正果擦着手，一边自言自语着：“没事了正果，彩票丢了就丢了，大哥不怪你，二哥也不怪你。你快点儿醒过来吧，咱有小侄子，你都当姑姑了，不能没个姑姑样啊，老是赖在床上不起来，小侄子会瞧不起你的。听话啊，听话，睁开眼看看二哥……”

赵正义的话周大妈全听到了，她惊愣着，胳膊一哆嗦，手里提着的一袋子水果掉在地上。

听母亲说了正果的病情，周雨晴难过地抹了半天眼泪。虽说平日里也会为些鸡零狗碎的事偶尔和小姑子拌两句嘴，但正果十回有九回都是让着自己，相比之下，倒显得自己有些计较了。两人在一起处的时间长了，周雨晴甚至觉得这个小姑子已经不是小姑子了，倒更像是自己的亲妹妹。

稳了稳情绪，周雨晴又惦记起那张五百万的彩票来："妈，你没问问正义，彩票的钱什么时候领啊？"

周大妈不想说实情，她怕女儿一时接受不了这个现实，便敷衍起来："正果都成那样了，我怎么好张嘴再问。那是你们家的事，我一个外人不能问二问四，人家还当我惦记着分钱呢。"

周雨晴张口就来："这有什么不能问的？你是我妈，你去看正果，也是代表我。我是觉得，你看我现在住院生孩子得花钱，正果那儿……更得花钱，花多少还不一定哪。她干了三年活，手里根本就没攒下几个钱。那五百万早点儿领回来，存在银行里还能吃点儿利息哪。"

周大妈继续敷衍："利息，没几个钱……"

周雨晴早就算好了："三千五千没几个利息，那可是五百万哪，按年利率百分之四算，一天还五百多块呢。"

周大妈似有所悟："那……那是不少……"

五百万没有了，一夜又回到解放前，大手大脚肯定是不行了，现在什么都得算计着花。周大妈叹息着，悄悄把护工辞退了。周雨晴听说老妈把护工辞了，很不高兴，抱怨老妈财迷，有福不会享，现在成了有钱人了，还这么抠门。

四

赵正大早就从新闻里得知，公安局几年前就在大街小巷的高处都安上了摄像头，叫作"天眼"，专门拍摄、监视各种异常情况。他托朋友到管辖出事路段的派出所去看看录像，希望能找到肇事车辆，可派出所的人告诉他，那一片的"天眼"早就坏了。赵正大火了，顾不上朋友的阻拦，把派出所的人好一顿臭骂："明知道早就坏了还不赶快修，你们就这么干活的？拿着纳税人的钱不干人事！"对方也火了，多亏有朋友拦着，才没让事态往恶劣的方向发展。朋友好歹把赵正大拉出派出所，又到市局问了下能不能立案，得到的答复是没有证据，立不了。

公安局这条道是走不通了，赵正大又去了正果的工作单位。接待他的经理很客气，说正果毕竟在我们这儿干了三年多，四险一金都交了，除了因为她户口还在农村，养老金没法办理，其他的都没问题，该报销的都能报。

客套了一番，赵正大起身告辞。经理事忙，让一个叫蔡亮的员工把他送到楼梯口。小伙子人长得挺周正，可看上去有点儿腼腆，赵正大跟他说句话，小伙子都挺紧张。赵正大心里装着事，也没有多想。三年后他才知道，这个叫蔡亮的小伙子其实是正果的初恋男友。

电梯到了，门打开，里面站满了人，赵正大犹豫了一下，刚要进去，后面响起一阵脚步声，一个女孩急三火四地挤到他前面，先拱进了电梯里，人还没站稳，便继续语气霸道地对着手机吆三喝四地嚷着："行啦，别啰唆了，文案三天内必须交给我，否则给我走人！"

赵正大刚一跨进电梯，里面便响起超载的鸣响提示，他试图往里挤一挤，那个女孩却不乐意了："老帅哥，这儿都成沙丁鱼罐头了，还往哪儿挤呀？照顾一下美女行不行，不知道怜香惜玉啊？"

赵正大看了女孩一眼，女孩也正看着他。赵正大懒得说话，抬腿撤出电梯。就在电梯门关上的一刹那，女孩恶作剧地冲他扮了个鬼脸。

听说让初生儿游泳能促进发育，周雨晴根本没考虑钱的事，一副阔太太的口气，张嘴就同意了。有了五百万垫底，周雨晴花钱也大方了，只要对儿子好，什么事她都愿意为儿子做。眼睁睁看着护士把刚出生一天的外孙子套上脖圈就扔到塑料池子里，周大妈开始还把心提到了嗓子眼，可看着小家伙伸着脖子在水里一副悠然自得的样子，也忘了起初听说游十分钟就得花三十块钱的心痛劲儿了。当时她差点儿把彩票没了的事说出来，可话到嘴边，还是忍住了。她知道女儿的富人梦做不了多久了，她不敢想象女儿知道中奖彩票不翼而飞之后会出现什么样的情形。

赵正大从外面回来，透过大玻璃窗看到游泳池里的孩子，暂时忘掉了种种不快。刚看了不一会儿，周大妈发现了赵正大，把他拉到一边："快去告诉护士，咱游这一回就得了，明天不游了，沾一下水就三十，他们可真下死手。”

赵正大说：“游吧，两三天就出院了，没多少钱……”

“还瞒我！你还当我什么都不知道啊？我去人民医院看正果了。”周大妈低声说道。

“正义跟你说了？”赵正大急了。

周大妈的眼里泛着泪光：“雨晴这头先瞒着吧，那钱呀，本来就是大风刮来的，就当现在又刮跑了，就是正果的病……”

“妈，我对不起雨晴……”赵正大的眼圈也红了。

“都是一家人，有什么对得起对不起的……这事啊，急不得，慢慢来吧，得给雨晴一个接受的过程。”

赵正大点头。周大妈问在乡下的亲家知不知道周雨晴给他们老赵家生了个大胖小子，赵正大摇了摇头。父亲一直盼着当爷爷，可他一来，正果的事就瞒不住了，比起赵家添丁的事，正果的遭遇无疑会给父亲更大的打击。正大还是想等正果醒过来之后再做决定比较好。

周大妈有些为难：“刚才雨晴问，那钱取出来没有，她说早取出来送到银行去，还能吃点儿利息。”

赵正大叹了口粗气，说这件事瞒不住了，不如早点儿告诉周雨晴。周大妈急了，说瞒不住也得瞒，瞒一天是一天。她怕女儿知道了真相，扛不了这份突然的打击。

游泳结束的时间还没到，却因为一个孩子拉在游泳池子里的一泡屎，将活动提前结束了。回到病房，周大妈一边数落医院不应该收三十块钱的全价，一边忙着往奶瓶里冲奶粉。

周雨晴数落赵正大：“人家都从国外往回带奶粉，我跟你说多少回了，你也不找人带点儿回来。”

赵正大没心思讨论奶粉问题，为了让老婆安心，别再追着五百万问个没完，他支吾着说钱已经取出来存到银行去了。

周雨晴果然兴奋起来：“我还想提醒你这事哪，正果现在也需要钱，管怎么存到银行里还有利息，比白放着强。该花钱的地方你就花，别说咱现在有钱了，就是没钱，也不能看着正果不管。这一整天，我老是琢磨，正果这事……也怨我，要是我不让她去买那个彩票，就没这事了。一想到她今后要是真有个三长两短，我就害怕，要是有卖后悔药的，我豁上不买那张彩票，也不能毁了正果这一辈子呀……”

听雨晴这么说，赵正大很是感动：“雨晴，谢谢你……冲着你对正果的这份好，我们全家一辈子都忘不了你。”

周雨晴有些不爱听：“你说什么呢？我和你不是一家啊？”

赵正大忙解释：“我不是那意思，我是说……”

周雨晴有些不耐烦：“行了行了，是你们老赵家全体人民，我还不知道你那点儿心思。赵正大，从跟你结婚那天起，我就看明白了，我妈说得一点儿没错，我不光是嫁给你赵正大一个人，我是嫁给你们全家啦！”

“你别误会……”

“我没误会！顾家的男人现在可是个宝，你想啊，一个连自己弟弟妹妹都这么上心的男人，能不把老婆孩子更当回事吗？……对了，这两天发生了太多的事，你还没心思想给孩子取名的事吧？你没想，我想了，这孩子一生下来，就给咱们家带来了财运，只是正果的事……我一直在心里念叨着正果赶快好起来吧。我看，大名就叫‘赵多好’吧，小名叫‘好好’，行不行？”

“行！好好，好听！”赵正大连连点头。

电话突然响起来，赵正大一看，是正义打来的，犹豫了下，刚要出去，一抬头，见周雨晴正盯着自己，只得接起电话，里面传出正义兴奋的声音：“哥，正果醒了！”

赵正大赶到病房时，只见赵正果盘腿坐在床上，很是安详，只是面色有些白得不太正常，她平静地看着急匆匆走到自己面前的大哥，似乎这个世界上什么事情都没有发生。赵正大一把拉住赵正果的手，有些语无伦次：“正果，正果，你吓死大哥了……总算醒了呀你，脑袋还痛不痛？有什么感觉？赶紧跟哥说说。”

赵正果看着赵正大，目光里闪着疑惑。

赵正大突然意识到什么，回头看正义，正义哽咽着，大滴的眼泪滴落下来。

赵正大又看大夫，大夫轻轻叹了口气。

大夫把兄弟俩叫到办公室，下了医嘱："平时需要多进行训练，听听音乐、听听广播，多跟她说说话。特别是原来跟她来往比较密切的同学、朋友，最主要还是你们家人，要多跟她沟通，这对唤醒记忆会很有帮助。你们得有个心理准备，这种病治起来不是一天半天的事，是对家人持之以恒的考验！切记，照顾这种病人，一定要有耐心、信心、恒心，不能对她发火、发怒。"

赵正义问："就是百般顺着她呗？不让她生一点儿气、上一点儿火，是这个意思吧？"

医生点头："这个挺难的。"

赵正义哽咽着，说："不难！"

医生安排正果去做高压氧治疗，赵正大有些不放心，在高压舱里陪着正果。赵正义在外面守候着。周雨晴来电话询问情况，听说正果谁都不认识了，很是吃惊。她一再嘱咐正义，该花钱就花钱，给正果治病要紧，咱有钱，千万别在乎钱。赵正义听着嫂子的电话，心里既感动又难过，感动的是嫂子的慷慨，难过的是他知道正果病情好转的希望很渺茫。

"正义、正义，我说话你听着了吗？"周雨晴在电话里催着问。

"我听着哪，嫂子……"赵正义擦了把眼泪。

"那你就多操点儿心，嫂子不能过去看正果。"

"你好好养着就行了。嫂子，我一直没去看你和小侄儿，等这边安顿好了，我再过去。"

"我这又不是病了伤了，你和你哥照顾好正果就行了，我这儿没事。正义，这两天咱们家发生的都是大事，你帮你哥多担着点儿，啊……"

"嫂子，我知道……"

周雨晴接电话的时候，周大妈一直把耳朵贴在手机背面听着，等周雨晴放下电话，周大妈着急地问："正果怎么……谁都不认识了？这可怎么跟正大他爸交代……"

周雨晴两眼发直："我一直在想，这好事来得这么大，坏事来得也这么大，要是两厢能抵了，那该多好……"

孩子醒了，哭闹起来。周大妈急忙抱起孩子，搂在怀里晃荡起来。

周雨晴感慨："你呀就是舍命不舍财，这几天都把你累瘦了。你说，有个护工在多好啊，你非把人家给辞了，才几个钱，咱又不是付不起。人家照顾孩子不比你有经验？"

周大妈不爱听了："我没经验能把你拉扯这么大？自己的孩子不自己带，长大了他能跟你亲啊？"

关于儿子长大了跟自己亲不亲，周雨晴根本就没考虑过，她现在想的是休完产假，跟单位提出休长假，做个全职太太，相夫教子，专门在家伺候儿子和正大。还有正果也得有人照顾，如果正果恢复得不好，没准还真得雇个保姆。

周雨晴把自己的想法跟老妈一说，周大妈一急，张嘴就来："雇保姆？全家就指着正大一个人，你也真敢存这份心思。"

周雨晴没有察觉老妈的话里隐含的意思："有什么不敢的？不是有五百万嘛，按我说的那个分法，我们能分二百多万呢。怎么，这么快你就忘了这钱了？看来，给有钱人当妈，你还是没适应角色。"

"就是真有那二百多万，也有坐吃山空的一天。"

"什么叫真有？本来就有嘛！"

"你……"周大妈欲言又止。

"妈，我像是有了……"周雨晴揉着胸部，低头看着。

"哎哟，这两天的猪蹄子汤总算没白喝，快点儿快点儿……"周大妈惊喜地把孩子塞到周雨晴怀里，"快让孩子咂一咂，咂一咂奶管就通了。"

娘儿俩手忙脚乱，周大妈一回身，把桌上的那罐奶粉碰到了地上。周雨晴心疼地喊了起来："哎……"

"有了奶，还要那东西干啥？自己的奶，比啥奶粉都强！"周大妈说得掷地有声。

周雨晴正抱着孩子喂奶，房门响了。周雨晴只顾低头看着孩子："妈，好好会吸了……哎哟，还挺痛的……轻点儿，轻点儿呀儿子……"

周大妈去开门，发现是辞退的护工和她丈夫，连忙把两人拦在门外。护工的丈夫是卖汽车的，听说周雨晴打算买车，就主动带着一摞子资料送上门来了。周大妈无奈，只好小声把实情告诉了护工。周雨晴在病床上支着身子，听着外面的动静，外面的谈话，全进了她的耳朵。

周大妈打发走了护工和她丈夫，转身进屋。周雨晴小心地扶着肚子，半个身子已经下到地上。周大妈慌张地上前搀扶着女儿："你干什么，怎么还下地了……"

周雨晴忍着疼痛，推开周大妈，定定地看着她："妈，你刚才说的……是实话？"

周大妈敷衍："我说什么了……"

周雨晴满脸落魄："就是你刚才跟护工说的，我都听见了。"

周大妈一时呆住了。

赵正大回来，看到丈母娘木呆的表情，不知道发生了什么。又去看老婆，只见周雨晴神情呆滞，如丧考妣。赵正大刚想发问，周大妈干脆告诉了他实情。赵正大本来想瞒着老婆，没想到还是没瞒住，他想安慰安慰老婆，却一时不知道说什么好。

还是周大妈老成，她看着女儿失神地坐在床上，安慰说："老话说得好，命里一尺，难求一丈。雨晴，咱得认哪……这多少钱都有花了的时候，还是咱一个子儿一个子儿挣着踏实……外财不发家，这回咱是破了财，可咱不是还得了个白白胖胖的大小子吗？这多少钱能换来呀，咱得知足！你可不能上火，这火气一来，刚下来的奶就回去了，听到没有？为了孩子，得想开点儿。雨晴，你说是不是啊？"

周大妈苦口婆心地说了一通道理，周雨晴还是没回过神来。她双目依旧呆滞，刚才老妈说了些什么，似乎根本没有听进去。赵正大听说上火奶水会回去，有点儿害怕了："雨晴，你要骂，就骂我吧，别在心里憋着，憋着会把身体憋坏的……"

"这谁也不怨，就是命，命里咱就没有这个财，咱得认……"周大妈继续说着。

"我不认，我不认……"周雨晴呜呜地哭了起来。

五

三年后。

夜幕下的城市霓虹闪烁，车流如织。

城市上空，飘荡着《正在说》节目的温馨背景音乐。直播间里，赵正大戴着耳麦，对着孤零零的话筒，声音沉稳地道着开场白："诉你想诉的苦闷事，说你想说的难心事，这里没有隐私，这里只有倾听……我是主持人正大，《正在说》让你说出来，《正在说》让你走出去。"

打进电话的第一位听众半天都还处在激动的情绪之中，一个劲儿地追问："是正大老师吗？是正大老师吗？"

"是我，我是主持人正大。您好。"赵正大耐着性子回答。

女听众的声音开始颤抖："哎呀妈呀，我太幸运了……正大老师，我太幸运了，我太崇拜您了……真的是我吗？我太激动了……您好，正大老师，欢迎来到我们节目……"

正大一时蒙了，不知道怎么接下句。

女听众反应过来："对不起，对不起正大老师……我太激动了……"

正大笑笑："你一激动，就反客为主了……这位听众，你先稳定稳定自己的情绪，不必紧张，我是正大，我在等待着你的故事。"

"哎呀妈呀，正大老师……正大，哎呀正大老师，您咋叫这名呢……"

赵正大颇为无奈："后面还有其他听众朋友的电话，请你抓紧时间，进入说正事的环节。"

"哎呀正大老师，我……我没啥正事，就是想亲耳听听你的动静……"

"行了，你已经听到了，再见。"赵正大挂断电话。这样的听众，三天两头就能遇上一位，磨叽半天都说不到点子上，赵正大早就习以为常了。

马路上，一辆正在行驶的高档红色跑车在路边突然停了下来。宋天然坐在驾驶员的位置上，一脸怒色地盯着坐在旁边的男友，跋扈地训斥着："你什么意思？我没听清楚，你再说一遍！……你别告诉我咱们处了三个月，你跟我说过的那些起腻的海誓山盟都是浮云！你说过去的感情都是真的，那现在呢，都是假的了呗？是我死皮赖脸缠着你呗？不喜欢，你就早挑明了，我又没拿枪逼着你爱我！还有脸说怕伤害我，你何德何能啊，还伤害我？你太拿自己当回事了吧？你觉得咱俩不合适……什么叫不合适？少跟我蒙事！就是不合适，也得我觉得不合适，就是分手，也是我提出来！凭什么你感觉不合适？你有什么资本啊？”

“宋天然，你太霸道了，我受不了你这么说话，就这么简单！”

“我霸道？你能和我这个‘三好女人’谈恋爱，是你的造化！”

“‘三好女人’？人品好，心眼好，长得好，你占哪一样？你还可以加一好，酒量好！”男朋友推门下车，愤然而去。

宋天然怒了，朝着男友的背影大骂：“你混蛋！”

在宋天然的记忆里，从初中开始谈男朋友起，自己从来都是掌握主动权的一方，万万没想到，这回居然莫名其妙就被对方甩了。她一肚子的怒气都撒在脚底下踩着的汽车油门上，奔驰车像疯了一般狂奔不止。汽车里撕心裂肺响着的《死了都要爱》，倒是很符合宋天然此时的心境，都是恨不得一口要把世界吞进肚子里的感觉。

宋天然越听越烦躁，一巴掌拍在音响按钮上，里面传出的是赵正大富有磁性的声音：“人要读懂社会，先要读懂情感；人要读懂情感，先要读懂自己；人要读懂自己，先要读懂自己的性别。这不是文字游戏，更不是危言耸听，而是亘古不变的真理。男女之间就那么点儿事，说起来太简单，要弄明白并且运用到实际生活里却并不容易……”

听着广播里的话，宋天然不知道什么时候已经把汽车停靠到路边了。广播里，一位方言挺重的男人在诉说自己的感情经历：“正大老师，以前吧，我穷，这人穷吧，就志短，马瘦呢，就毛长……是这意思吗？你明白这意思吧，正大老师……”

赵正大说：“还是不说马的事，说人吧。”

男听众说：“对对，说人，人穷就志短，马瘦就毛长……那时候没人说我有魅力。我呢，也没见过天，就感觉这个世界上，我媳妇最美、最漂亮。可现在，我有钱了，好多女孩子都说我有魅力。我呢，怎么看着谁都比我媳妇美呀？正大老师，我是男人，你也是男人，你说，我是不是才刚开始懂得欣赏美呀？”

赵正大有点儿生气：“有人说，男人的魅力是兜子里的钱撑起来的，我告诉你的是，钱是好东西，可以帮穷人解决问题，却会帮你这样自以为是富人的人制造问题。可悲的是，你这个自以为有钱的人，连个破棉袄都不会穿。”

男听众疑惑：“破棉袄，你什么意思啊？谁穿破棉袄了……”

赵正大说：“结婚就好像给一个人穿上了一件棉袄，看着不好看，活动起来也未必舒服，但是不穿你就冷，穿上你就暖和，就这么简单。你现在想脱棉袄，不知道你这个冬天会不会冷。我只能送你一个真理，能不能把真理过成日子、把日子当成真理过，就是你的事了。”

男听众听出赵正大的话不太对劲儿，恼怒地质问：“哎，你什么意思……”

“什么意思你慢慢领会吧。好了，我们接下一个听众的热线，看下一位听众是要脱棉袄还是要穿棉袄……”

宋天然坐在车内，仔细倾听着赵正大对爱情的解释：“同样是一个忽悠，但忽悠的结果却完全不一样，男人忽悠女人，那是调戏；女人忽悠男人，那叫勾引。那么，什么是爱情呢？爱情是男女一起相互忽悠……所以，我想告诉各位听众的是，在情感的围城里，你一定要知道自己是男人还是女人，只有找准性别定位，才能找准感情定位。”

宋天然完全被赵正大的话语吸引了，忍不住操起手机也往直播间打起了电话。连续拨了十多分钟，电话还真打进去了。赵正大听完宋天然的讲述，语气平静地说：“这位小姐，我想说的是，恋爱就是分分合合，不是百分百的恋爱都能成功，保险公司也没有这个业务。分手了就分手，没必要四处申辩，也没有必要用别人的离开来证明自己的用情专一。如果分手这点儿小事都让你觉得非要在《正在说》里倾诉一番的话，那么我要告诉你的是，你离祥林嫂已经不远了。对这种事情，聪明女人的通常做法是，分手就分手，把自己打扮得再美丽一些，迎接下一次的爱情滋润。”

宋天然有些气恼："你会不会听话？你听我把话说完！分手的事情我经历多了，别的不敢说，要说谈恋爱，我从十三岁就开始谈，可我就从来没被别人甩过！"

赵正大冷笑了一声："从十三岁开始谈，现在还在谈，那就是一直不成功。你觉得这件事值得炫耀吗？"

赵正大的回答，一下点燃了宋天然心底的邪火，她朝电话怒吼着："别打断我！以前谈恋爱，都是我甩别人，这次，我居然被男人甩了！他凭什么甩我？我要钱有钱，要样有样，要啥有啥，他呢，一个不到一米八的二等残废，全身穿的都是过季的打折名牌，他凭什么甩我？一个吃饭都要女朋友埋单的人和我说分手，这简直就是混淆黑白天理不容！这简直就是对我莫大的侮辱！"

宋天然表露出的盛气凌人与自负，让赵正大有些不耐烦，他尽量压抑着自己的情绪，还是想给宋天然一点儿忠告："这么说，你是典型的富二代了？我送你两句话。第一句话是，鲜花只有插在牛粪上才能盛开得鲜艳。第二句话是，你从十三岁开始谈恋爱，一次又一次地甩掉对方，就是情感犯罪，因为你已经有玩弄男人感情的嫌疑了。现在，终于有一位有骨气的男人甩了你，这是对你的过往做出的最好回应，通俗一点儿说，你这是自作自受！"

赵正大的话惹怒了宋天然，她有些失去理性："你说什么？有你这么说话的吗？我甩男人怎么了？他们像苍蝇跟在我屁股后面，我不甩他们他们能缠死我！我告诉你，女人不甩男人，男人都不知道自己的德行，能飘到天上去！你，就是你正大，也一个德行！见了我这样的女人，肯定也拔不动腿！"

赵正大愣怔了一下，语调平缓下来："姑娘，套用一句话，'思路决定出路'，对你这种思路的人，我只能奉劝你一句，洗洗睡吧。对了，洗的时候，一定要注意，你的一只手里肯定拿的是'杯具'！"

挂断电话，赵正大觉得有点儿解气了。对付这种自以为是的女人，最好的办法就是教训她们一通。稳了稳自己的情绪，赵正大接着说："各位听众，每个人都有每个人的故事，每个人都有每个人的活法，希望不要把自己的故事和活法建立在其他人的悲伤之上……我们接听下一位听众的电话，听听他的故事……"

气急败坏的宋天然继续拨打着手机，可那条发烫的热线再没有接通过。

三年前正果出院后，就一直住在家里。好好渐渐大了，和姑姑一块儿占据了两居室中的一室，还是靠南的房间。把正果和好好哄上了床，周雨晴在卧室里掏出一大把医疗费账单堆到床上，然后掏出一个计算器趴在床上算起账来。床头上，赵正大和周雨晴硕大的婚纱照光彩照人，两人甜蜜亲昵地拥在一起，赵正大的一只手挽在周雨晴腰上，周雨晴的一只手轻抚着赵正大的面颊，一副无比恩爱的模样。过完蜜月以后，赵正大多次提出要把照片摘下来，说这东西挂在墙上太吓人了，他老觉得两人你拥我搂地公然展示在家人面前有点儿别扭。周雨晴痛斥他是假正经，那么正人君子，孩子是从石头缝里蹦出来的？

把药费单上的一项项费用加上，周雨晴盯着计算器上的数字有点儿不相信，以为自己算错了。刚要重新再算一遍，外面传来孩子的尖叫声，周雨晴扯着脖子喊道："好好，干什么呢？不准惹姑姑！"

好好的声音传来，稚嫩里夹着委屈："好好没惹姑姑！"

好好确实没惹姑姑，他之所以尖叫起来，是因为正果不理他，而是对着床头的一面白墙出了半天神。初看上去，正果跟正常人无异，可细一端详，就会发觉正果的眼神发飘。好好又对着姑姑尖叫起来，正果还是没有反应。好好想了想，拱到床下，翻出水彩笔在正果眼前晃着："我要个喜羊羊！"好好命令道。

看到水彩笔，正果回过神来，她拿过桌上的一个素描本，刚翻开，却被好好一把抢了去，指着身后的白墙："我要个大喜羊羊！"

正果疑惑地看着白墙。好好爬到床上，随手画了一下，正果忙抢下笔来，好好大哭："我要，我要……"

正果打量着墙壁上好好画出的一笔，琢磨起来，眼神里没有了刚才的空洞，提起笔寥寥几下，就勾勒出一个活灵活现的喜羊羊来。好好来了精神："我还要个灰太狼！"

正果回头，板着脸："我是喜羊羊，你是灰太狼。"

好好不高兴了："我是喜羊羊，你是灰太狼。"

正果不满："我不是灰太狼！"

好好："不行！"

正果把手中的笔一扔："不画啦！"

好好大哭起来，周雨晴冲进屋子，看到墙上的喜羊羊，顿时惊叫起来："两个祖宗呀，你们这是干什么啊？"说着，收走了画笔，硬把好好摁在了床上。

好好和正果都没有睡意，周雨晴哄了半天，两人才慢慢闭上眼。

回到自己的卧室，周雨晴打开放在床头柜上的半导体收音机，里面正响着刘德华的《回家真好》。周雨晴看了眼床头柜上的台历，上面的日期上有的画了红圈，有的画了红叉。按照周雨晴的说法，画红圈的代表赵正大圆满完成了任务，画红叉的要么是他逃避劳动，要么就是完成的任务属于以次充好敷衍了事。

周雨晴在衣柜里找了件短款的睡衣出来，照着镜子在身上比量起来。刚生完好好那阵，她还怕自己的身材恢复不到原来的样子，可经过正果的事情和五百万大奖的一通折磨，她是想胖也胖不起来了。都说时间是最好的解药，这话真是一点儿没错。现在再想想五百万大奖的事，周雨晴都觉得那像是做过的一个梦，的确有点儿不真实。

跟着哼了一会儿《回家真好》，周雨晴显得有点儿吃力，高音上不去，低音下不来。拿着睡衣去卫生间洗澡的时候，她又尝试着哼唱起来，在哗哗流淌的水声里，她觉得自己的歌声动听了许多，高音和低音像是都能摸着了。

夜很静，《回家真好》的歌声在广电大楼外的夜空回响。大顺子和往常一样，躺在自己的私家车里，两腿架在车窗上等着赵正大下班。一辆红色轿车像脱缰的野马从大顺子的车窗外飘过，在电台门口戛然刹车，刺耳的声音把大顺子惊得坐了起来。

从车里下来的是宋天然，她气势汹汹直扑进楼里。

值班的保安把宋天然拦下："干什么你？"

宋天然话里带怒："找毒舌主持人正大！他在哪儿，让他滚出来！"

电梯还没下到一楼，赵正大就听见一个女人在和值班的保安吵吵闹闹，出了电梯间他才明白过来，敢情那个打扮新潮的姑娘是找自己算账来了，他听了几句，就知道是那个打电话的猖狂“富家女”了。保安看见赵正大，忙示意他赶紧离开。赵正大犹豫了下，转身朝侧门走去。刚一出侧门，大顺子的车就开过来了。赵正大忙拱进车里。

车子一起步，大顺子就夸起赵正大今晚的节目做得过瘾：“正大老师，你的舌头就是刀呀，刀刀命中要害！太厉害了！”

赵正大面色平静：“你以为我是杀猪的屠夫啊。”

“刚才冲进去一个女的，破马张飞的，十有八九就是打电话那个富二代。看她那嚣张的架势，能点把火把全电台烧了。”

“那她就有地方去了……”赵正大轻蔑地一笑。

六

洗完澡换上睡衣，周雨晴又在领口处喷了点儿香水，听到有人敲门，忙跑出去开了门。可门口站着的却是赵正义，手里还拎着铺盖卷。

“怎么？又叫房东撵出来了？”周雨晴让进赵正义。

“这话说得不对，你应该说我又忽悠出去一套房，所以暂时又没地方住了。”赵正义一屁股坐进沙发里，抓过茶几上的水杯喝起来。一杯水下肚，正义掏出几张彩票：“今晚开奖，我还没看呢。号你记下来了吗？”

周雨晴拿过彩票看了看，抽出一张：“五块钱。”

赵正义拿过彩票欲撕，周雨晴忙拦着：“哎，干什么你，五块钱哪，烧的你。”

正义一脸失落：“还不够麻烦的。”

周雨晴抓过彩票：“苍蝇腿也是肉。五块钱都不要了，烧的你，还真觉得自己是大款了。”

正义打量着周雨晴：“这花枝招展的……一定中了不止百八十块吧？”

周雨晴自嘲地一笑：“赔本赚吆喝，瞎激动一场。”

正义想起三年前合伙买彩票的事："三年前咱们携手能中五百万，那说明你我还是有财缘的，所以我琢磨，往后咱俩的钱还是应该合起来去买。"

"合什么合，中了算你的还是算我的呀？别找那麻烦事了，一旦'分赃不均'，伤了和气。"

"看嫂子说的，咱都是一家人，原来又不是没中过，就是五百万一眨眼没了，咱不还照样安定团结，在一个锅里搅勺子吗？"

"搅什么勺子搅勺子，你赶紧找个人把自己嫁出去，老老实实成个家，也让我和你哥了份心事。"

"这商讨发财大计呢，你又扯到儿女私情上去了。"

"赶快把你的彩票收起来，一会儿你哥回来看见又该不乐意了。"

正义收起彩票："我哥就是死脑筋，不靠外财不发家，他就是别不过这个劲儿来。"

周雨晴道："我一说当年中奖的事，你哥就朝我瞪眼。"

赵正义暧昧地笑笑："你这么花枝招展，我哥还朝你瞪什么眼？我看他是烧的。"

"别胡说八道，这深更半夜怎么还跑来家了？"周雨晴扯了扯领口，踢了脚沙发旁的铺盖卷。

赵正义舒了口气："这回真是邪门了，大半夜房东去查房，一看我这个中介住在里面，立即就酸鼻子酸脸起来，一点儿情面都不讲，非说他的房子半个月没租出去，是因为我这个中介占着他那个茅坑！嫂子，你说说，就那个破地脚，就那个宰人的价格，谁稀罕租呀？傻子才租呢！我能在那里住几晚上，是给他长面子！是给他攒人气！"

周雨晴坐下："被人撵出来，你还得理了？下家找好了吗？"

赵正义吞吞吐吐起来："快了……这座城市我可住了一大半了，我要争取一年之内，把全市所有的新建小区都住一遍。"

周雨晴一笑："我信你有这个能耐。"

赵正义朝里屋张望："正果和好好睡了？"

"睡了……"周雨晴也望向里屋，"真要命，俩人把一面墙都涂成了羊圈啦！"

“怎么，又拿白墙当画板了？这个正果，要是小时候好好培养培养，没准还真是吃这碗饭的料。”

周雨晴说：“回头我贴上壁纸，看他俩还往哪儿画。”

赵正义说：“嫂子，这你就外行了。现在谁家还贴壁纸呀，最时髦的就是手绘墙。正果是真有天分，不出门就懂手绘墙。”

周雨晴冷笑：“手绘墙？你倒是会起名。”

赵正大一进屋，就闻到一股臭脚丫子味儿。当着周雨晴的面，他没说正义，也没问他怎么半夜跑来家了。去卫生间简单洗漱了下，刚一进卧室，周雨晴就跟进来，把正义被房东赶出来的事说了一遍，明着是骂那个倒霉的房东，暗着其实还是在数落正义的不着调。赵正大看周雨晴今晚打扮得有点儿不正常，看了眼床头柜上的台历，明白过来是怎么回事，趁周雨晴回身在衣柜里找被褥的空当，伸手把台历扣过去。

周雨晴翻出被褥抱到床上：“给正义送去，厚的这床给他当褥子。”

“正果和好好几点睡的？”赵正大挂念着正果和好好。

“没多大工夫。”周雨晴随口应道。

“怎么睡这么晚？明天好好还上幼儿园呢。”

“我倒是想让他早点儿睡了，那他也得听啊。正果也是，一玩起来就收不住，不让玩就不高兴，还会给我扔小脸子了。”

“好好都知道扔小脸了，别说她了。”

“她能跟好好比吗？好好是健康孩子，她是脑子有病！”周雨晴有些不高兴。

一句“脑子有病”，让赵正大心里很不是滋味儿：“你怎么说话呢！”

周雨晴自知失言，低声辩驳：“本来嘛……”

周雨晴这句话是不是有口无心，赵正大无法确定，退一万步讲，就算是周雨晴失口、无意的，赵正大也不乐意。他一直觉得自己亏欠正果太多了，他容不得别人诋毁自己的妹妹，即便那个人是自己的妻子。赵正大在心里也明白自己可能把问题想严重了，可还是由不得自己。情绪这东西就是这样，不由心。碰到点儿好事或是听了句好话，就情绪高涨；碰到难心的事听到难听的话，就情绪低落，浑身不自在，甚至还会失去理智。

赵正大把被子抱到客厅，让正义赶快去洗脚，正义嘴里答应着，却就是不动，只是一个劲儿跟赵正大感慨现在的客户都鬼精明，一个鬼过一个。赵正大劝道：“房屋中介暂时干着还行，终归不是长久之计。”

“现在哪有长久之计的活，美国总统还四年一换呢。”正义皮笑肉不笑。

“你别跟我贫，我说的是正经事。”正大不喜欢弟弟油嘴滑舌，一挥手，“赶快洗脚去，味儿这么大，你自己闻不着啊？”

“我这就去洗，你赶快进屋吧……忙正经事去吧，别管我了，嫂子等你半宿了。”正义挤眉眨眼，朝里屋示意。

“胡说什么？”赵正大愠怒，“我刚才说的你当回事，这么大人了，得找个正儿八经营生，老这么晃荡什么时候是个头！”

“哎呀，行了行了，深更半夜你就别教育我了，快去吧。”赵正义压低了声音，“要不嫂子该记恨我了。咱当小叔子的绝对懂事！”

赵正大扬手要打正义，不小心闪了下腰，疼得直哎哟，正义偷偷地笑了起来：“怎么，还没上阵就挂花了？”

周雨晴刚要躺下，发现桌上的台历扣在床头柜上，拿起来摆正，想了想，干脆放在赵正大的枕头上，这才一脸坏笑地钻进被窝。赵正大一进屋就要上床，周雨晴伸出脚拦住，指指外面，小声提醒：“门没插！”

赵正大回身插门，一转身，忙又托着腰，“哎哟”叫了声。

周雨晴警觉地坐起来：“怎么了？”

赵正大说着没事，顺手关上台灯，爬上床来，钻进被窝，周雨晴听到台历掉在地上的声音。周雨晴的手伸过来，搭在赵正大的腰间，轻轻抚按着，赵正大像块木头一样，一点儿反应都没有。周雨晴凑到赵正大耳边：“怎么，还生气啊，刚才我说正果那话……不是故意的。”

“嗯，知道。”

“那你还生气？”

“没有。”

“没有怎么不理我，还得我上赶着哄你。”

“睡吧，我困了。”

“今天是什么日子，你忘了？”

“什么日子？”

“你说什么日子！”周雨晴打开台灯，从赵正大身上翻过去，拎起掉在地上的台历，翻到这个星期，递到赵正大眼前。

赵正大扫了一眼台历，情绪低落地嘟囔了一声：“干什么都算计，这事也能拿出计划来，真服你了。”

周雨晴欺身上来：“不做计划，你就跟我打马虎眼……今天晚上我非当一回地主婆不可，不交够公粮，看你敢睡……”

算起来，赵长禄一年也能来儿子家两三回，可回回来，他还是记不住儿子住的这个小区到底在哪条街上。在几个长相差不多的小区外转了一圈，总算见到了熟悉点儿的景致，他才进了小区。以往每回来，都是儿子把他直接领进家，也用不着他记该进哪个门洞。现在，看着眼前几幢样子相同的高楼，提着编织袋子的赵长禄不免有些发蒙。他分辨了好一阵，也没确定应该往哪个门洞里进。

赵长禄觉得儿子是名人，周围的人肯定知道儿子住在哪幢楼上。他刚想找人打听，只见一个遛狗的老头儿追着一条狗跑来，嘴里喊着：“欢欢，欢欢，慢点儿，等等爷爷。”

赵长禄禁不住笑了，笑过之后，他在心里胡乱琢磨开了：没人传香火，也不能让狗当孙子啊。

欢欢窜到树根旁，抬起一条后腿肆无忌惮地方便起来。看老头儿走近，赵长禄一脸恭谦地上前：“老哥，打听个人，有个叫赵正大的，就是广播里的那个主持人，说《正在说》的，是俺儿子，老哥知道他住哪个楼吧？”

“正在说？说什么？”老头儿一脸疑惑。

赵长禄还要进一步解释，卸下包袱的欢欢已经跑开，老头儿也紧随而去，扔下赵长禄。

“还城里人呢，《正在说》都不知道！大清早的，干点儿啥不好，有劲儿到村头拾驴粪蛋去！”赵长禄嘟囔着，回身走去。凭着模糊的记忆，在错走了三幢楼之后，总算摸到了目标。在儿子的家门口刚要敲门，赵长禄的手又缩回来。他知道儿子下了节目后已经是晚上十点了，回到家躺到床上，怎么着也得一个多小时之后。他担心儿子一家还没起来，把耳朵贴到门缝处听了一会儿，里面悄无声息。他放下手里的编织袋子，刚想坐到楼梯上休息，见楼道里不大干净，便拿起一户人家门口放着的扫帚，扫起楼道来。

赵正大躺在被窝里，睡眼惺忪，侧脸一看，周雨晴还躺在床上，看了看表，已经六点半了，就用胳膊捅了捅身旁的周雨晴。周雨晴翻了个身，并不理会。

赵正大拍拍她："起来吧，快七点了，还得做饭呢……"

周雨晴没好声气："谁吃谁做，我又不是你们家的使唤丫头！"

赵正大伸手摸了把周雨晴的额头："这大清早的，也没烧啊。"

周雨晴一扑棱："少碰我，该碰的时候不碰，现在倒来精神头了。告诉你，不交足公粮就没饭吃！"

赵正大笑笑，起身："行，你躺着吧，我做。好好吃了还得上幼儿园呢。"

"幼儿园有早饭，好好饿不着。"

"那……还有别人呢。"

周雨晴转过身来，朝正大瞪着眼："别人？这个家除了我，都姓赵，就我是别人。我减肥，不吃！"喊完，又背过身去。

"你这不是抬杠吗？行行，我抬不过你……"赵正大起身，抓过衣服往身上套着。

周雨晴又转过头："我怎么抬杠了？一天到晚伺候你们老赵家人，当牛做马，任劳任怨，我敢跟谁抬杠？我敢跟谁放个屁？"

赵正大的头从衣服领口钻出来："这个家一天到晚就听着你大呼小叫，你还有不敢放的屁？"

周雨晴呼地爬起来："赵正大，你说谁放屁？"

赵正大嘟囔："你自己说的嘛……"

周雨晴刚要发火，外面响起没有规律的捶门声，好好在门外扯着嗓子喊叫："妈妈，妈妈！"

周雨晴坐着不动。赵正大忙下地，拉开门闩，刚把门打开一条门缝，好好便钻进来，手里挥着一张画纸，上面是正果画的红太狼，一手叉腰，一手举着平底锅："妈妈，妈妈，姑姑说这个是你。"

周雨晴看了眼画纸，有些不高兴，朝正大指点着画纸："你看看你看看，我在正果心里就这个形象！"

赵正大扫了眼："别瞎联系。"

周雨晴反驳道："这还用我联系啊？正果是有病，可也不能太宠着她了。一会儿你去看看那屋的墙上，让她都画成大花脸了，我跟正义抱怨两句，正义还说正果有艺术天分，知道做手绘墙了。"

赵正大伸了个懒腰："正义说得没错，正果从小就有绘画的天分，像好好这么大的时候，整天就爱拿着根树枝在地上描呀画的，要不是我娘走得早，培养培养，或许真能成个好画家。"

"嘁，越说你还越吹上了……"周雨晴不屑。

"怎么是吹？原来她在动漫公司、设计公司都干过，干得怎么样，你又不是不知道。"赵正大争辩。

"行行行，你们家都是神人，个个能耐都比天大！"

赵正大看不上老婆对自己家人这种态度，想反驳，却忍住了。

好好伸出小手："妈妈，我比姑姑穿衣服快，你给什么奖励？"

周雨晴随手从床头柜上拿起一块钱，塞到好好手里。好好高兴地接过去，举着钱跑出去："姑姑，姑姑，我赢了！"

赵正大有点儿生气："干什么你？好好多大呀，你就物质刺激，也不怕他小小年纪就沾上一身铜臭气！"

"铜臭气怎么了？我就爱闻这味儿！"周雨晴说着，把昨晚记录的账本丢过来，"看看吧，书到用时方恨少，钱到月底不够花。正果这个月的高压氧就花了三千六。"

赵正大看着账本，发了一阵呆，起身来到正果和好好的卧室，只见墙上画着五颜六色的喜羊羊、灰太狼。好好站在床上，一手握着钱，一手拿着笔正在涂鸦。好好听见动静，回头看到赵正大，有点儿害怕地停下手里的笔，怯怯地叫了一声："爸爸……"

"没事，画吧。"赵正大亲了口好好，朝客厅走去。

客厅的窗帘拉着，屋子很暗，正义还在睡。正果跪在地上，专注地看着二哥，脸上挂着微笑。赵正大站在不远处，安静地看着弟弟妹妹。

周雨晴过来，捅了下赵正大："有什么好看的，快洗脸去！"

赵正大走开。

周雨晴抽了抽鼻子："全是臭脚丫子味儿，昨晚不是洗了吗，怎么还这么大味儿？一准是光洗脚了，没洗袜子……真受不了……正果，你还趴在那儿闻，也不嫌臭，快叫你二哥起来！"转脸朝卫生间喊，"正大，会儿找双你的袜子给老二！"抽了抽鼻子，拿起地上的袜子，"这硬的，都能站起来了……"

周雨晴一把拉开窗帘，早晨的阳光泻进来，周雨晴眯了眯眼，沉睡的正义也眯了眯眼。正果先是挡住照在正义脸上的阳光，继而两手捂在正义眼上。正义推开正果的手，睁开眼一见是正果，脸上堆满了笑意："起来了，果儿……"惺忪着眼，坐了起来。

周雨晴绑上窗帘："你以为正果像你啊，她把鸡蛋都给你煎好了。"

正义冲正果竖起大拇指："果儿真能干！"

"快穿上衣服，我开窗了……这味儿，能把人呛一个跟头……"周雨晴打开窗户。

正果拿过衣服，帮正义穿着。

"嫂子，我刚刚卖出去一套复式房子，三百多平呢，马上要成交签合同了，你这一嚷嚷……"正义一脸遗憾。

周雨晴鄙夷："叫我给嚷嚷黄了呗？黄就黄了，好事，往后再中大奖，咱自己把那三百多平的房子买了，省得让你再来的时候睡客厅。"

正义眨眨眼，半天才反应过来，尴尬地笑着："嫂子说话……越来越有水平了，窝在家里真是屈才，我看干脆我哥让贤，你去主持《正在说》算了……节目名改成……《家在说》。"

"别跟我提家，一提家我就来气……当初买房子的时候，我就跟你哥说买个大点儿的，他偏不干。现在好了，房价跟坐直升机似的，呼哧带喘连滚带爬都撵不上，就这么两间屋，挤这么一大家子人……”

赵正义加快了穿衣服的动作速度：“你也不能怨我哥，当时不是没钱嘛。”

“后来倒是有钱了，可怎么样？不还是飞了。五百万大奖跑来敲门，咱都不在家！”

赵正大过来：“又说那些破事，你烦不烦。”给正义扔过双袜子。

“本来嘛，我说的句句是实话。”周雨晴抓起房角的垃圾走开。

赵正大要说什么，赵正义低声劝阻：“哥！”

“这张破嘴！”赵正大看了眼沙发旁的铺盖卷，对正义说，“还是搬回来住吧。整天让房东撵来撵去，还不够折腾的。”

“那个倒霉房东，非要把房子租不出去的责任赖在我身上，还要让我赔偿损失……”正义发着牢骚。

“你也是，告诉你多少回了，让你搬回来，你就是不听，你这三天两头到处搬家……都好赶上蜗牛了。”

“别糟践蜗牛啦，人家走哪儿背的是房子，我背的是行李。”

“又没钱了？”

“上个月的业绩不太好……”

“这个月正果的钱你别给我了。”

“那不行，这钱我必须掏，要不，我没脸见正果。”

“那你没钱了，还得回来跟我伸手要，背着抱着还不是一样。”赵正大从兜里掏出一叠钱扔给正义，“快放起来，一会儿给你嫂子。”

正义收起钱：“那算我借的啊。”

正大低声：“借个屁。”

正义随手抓走茶几上的一盒香烟，舰着脸笑笑。每回赵正大偷着塞钱给正义，正义都挺不好意思，他自己知道，每回说算自己借的并不是要搪塞大哥，他总想等以后自己宽裕了，一定要把那些钱还给正大。

这些年里，赵正大背后塞钱给弟弟，周雨晴未必一点儿不知道，但她却从不说破。这让赵正大感到周雨晴大大咧咧之外的聪明之处，不拿家里人为难对方，这是夫妻和平共处的一个技巧。在赵正大心里，照顾好弟弟妹妹是义务，是分内的事情。什么是兄长？兄长就是在弟弟妹妹遇到困难的时候，义无反顾地帮他们解决困难，像一棵大树一样为弟弟妹妹挡风遮雨。

周雨晴提着垃圾袋，准备放在门口，刚一开门，发现赵长禄正挥着扫帚在扫楼梯，不禁吃了一惊："爸，你怎么来了？"周雨晴说话不走脑子，脱口而出。

赵长禄放下扫帚，拍了拍身上的尘土："俺来半天了，怕你们没起来。"

"早起来了，快进来……你扫什么楼梯啊，人家有物业。"周雨晴往里让着赵长禄，回头朝屋里大声喊道："正大、正义、正果，爸来了——"

一家人都迎了出来。赵长禄一看到孙子，脸就乐开了花，一把抱过好好，伸过下巴用胡子去扎孙子。正大让好好叫爷爷，好好挣扎着大喊救命，周雨晴忙从公爹怀里把孩子接过来。好好转身跑回来，不愿理会这个不太熟悉的爷爷。赵长禄想抱孙子的热情没有得到满足，只好拉着正果的胳膊，上下看着，嘴角动着，喃喃地说："果儿，瘦了，比上回瘦了……想爹没？"

周雨晴不爱听公爹的话，大家都吃一样的饭，平时有点儿好吃的还都先尽着好好和正果。三天两头赵正大还给正果买点儿益脑的保健品，自己也从来没有说一个不字。公爹这话，分明是说自己没伺候好正果。

赵正义看出嫂子的脸色，忙打圆场："瘦了好，现在的人不怕瘦，都怕胖。"

赵长禄道："俺还是稀罕银盆大脸，看着富态。"

"你这观众太老了，不与时俱进，是吧，嫂子？"赵正义讨好地朝周雨晴扬着笑脸。

赵长禄刚坐下，好好就拿着一本喜羊羊的图画书跑过来，向爷爷炫耀："爷爷，你看，喜羊羊！"

赵长禄接过去，放在远处端量着，摇摇头："这个……爷爷在电视里面看见过，画得不好，哪像羊啊，羊哪有长成这样的，这不糊弄孩子吗？正大，你在广播里得说说这事。这不能把孩子往瞎道上引。城里的孩子没见过真羊长啥样，要都觉着羊就是这样，跟人似的，那不乱套了？"

赵正大笑笑："这就是个动画片，没人会当真。"

赵长禄一本正经："怎么没人当真？这都印成书了，还说不当真？你跟孩子也得说明白了，得'登清登清'。"

周雨晴更正："那叫'澄清'，不是'登清'，得有三点水……"

赵长禄没明白过来，正要追问，赵正义却替父亲抢着回答："嫂子，你不懂，咱爹这叫幽默，故意不往对了说。"

周雨晴笑了："对对对，幽默，爸是够幽默的……"

赵长禄咳嗽一声："那啥，正大，俺还想跟你说呢，你那节目里不能唠点儿别的吗？一天到晚东家长西家短，那不是嚼老婆舌吗？"

赵正大一时无语。赵正义急忙解围："怎么能叫嚼老婆舌，我哥给大伙儿送的那是心灵鸡汤。"

赵长禄疑惑："怎么还送鸡汤了，正大，你不做节目，让人家发配到厨房了？"老爷子越说越着急。

赵正大要解释，正义抢在前面："这个鸡汤不是喝的鸡汤，是滋养精神的。总之，就是我哥的节目火着呢。现在的人吃饱喝足了，就净琢磨生事，我哥就是给他们平事的。"

赵长禄点头："反正别传出事来就行。"

赵正义还要继续解释，被赵正大拦住。赵长禄掏出一叠烟纸，赵正大忙从茶几上拿过烟盒，抽出一支给父亲："爹，抽这个。"

赵长禄接过烟卷，放在鼻子下闻了闻，搁在一旁："这烟没劲儿……"赵长禄掏出旱烟丝，捏出一撮放到白纸上，伸出舌头舔了下白纸，卷出个喇叭。

赵正大给父亲点上烟，赵长禄深吸一口吐出来，烟雾顿时缭绕起来。周雨晴皱着眉头，表情有些僵硬，她受不了烟味儿，只觉得一股烟雾钻进她的鼻腔，呛得嗓子发痒，直想咳嗽。周雨晴借口做饭，转身去了厨房。赵正大察觉到老婆情绪上的变化，本想跟上去说两句，让老婆忍忍，想想还是算了。

赵长禄看着赵正义把个沙发四周弄得横七竖八，他也知道周雨晴不烦那是假的。趁赵正大去了卫生间，他悄声问正义："老二，没惹你哥你嫂子生气吧？"

赵正义脸一拉："你怎么不问问他们惹没惹我生气？"

赵长禄向厨房张望，低声道："你哥是咱自家人，你嫂子是两姓人，你吃住在人家家里，得哄人家高兴。”

“行了行了，老是这一套……”赵正义有些不耐烦。赵长禄还要继续说什么，好好惊天动地地哭着从厨房里跑出来。原来是他要吃爷爷带来的地瓜干，周雨晴嫌脏，不让好好吃。赵长禄有些难堪，周雨晴赶紧解释：“爸，我没别的意思，我是说地瓜干上有泥……洗洗再吃……这孩子不听……”

赵长禄掩饰地摆着手：“孩子的话，当啥真……”

从厕所跑出来的赵正大赶紧打圆场：“地瓜本来就是土里长的东西，哪能不见点儿泥。”

周雨晴跟着附和：“就是就是。”

赵正义阴阳怪气：“还是主持人同志会解释。”

赵正大脸一拉：“老二，你就别跟着煽阴风点鬼火啦！”

忙乎出了早饭，赵长禄刚坐到桌上，周雨晴想起公爹从进家门到现在还没洗手，就连忙提醒。赵长禄说在火车上洗过了，却不自信地伸出双手查看着，一家人不约而同地把目光聚集在他那黑黑的指甲缝里。赵长禄坐立不安，很是尴尬：“这……这个多少年了，老也……洗不掉。”嘴上这么说着，他还是起身去了卫生间。

赵正大和赵正义的脸上都有点儿挂不住，赵正大清楚，虽然父亲坚持己见的时候容不得商量，认死理，经常倔得像头驴，虽然父亲身上有这样那样的缺点，但父亲最看重自己在别人眼里的形象。现在让他在小辈面前接二连三地失面子，难受的不光是父亲一个人，还有他赵正大和弟弟。

周雨晴不是傻子，当然看得出饭桌上的尴尬局面是因自己而起，忙解释：“我没别的意思，我这也是为大家好……”指了指桌上，“病从口入，你们也不是不知道。”

“行了，你闭上嘴吧！”赵正大摔了筷子，起身回了卧室。

周雨晴也跟着进了卧室，她关上房门，才跟赵正大掰扯起来：“哎，你什么意思，我让咱爸讲讲卫生还不对了？这一大家子人，吃出个什么病来怎么办哪？大人好说，那孩子行吗？”

赵正大压着嗓门：“周雨晴，你一会儿‘澄清’，一会儿地瓜干脏，一会儿逼我爹讲卫生，你怎么那么多事？你嘴边能不能站个把门的？”

“怎么没把门的了？孩子正是学说话的时候，爸老是‘登清登清’的，一嘴错别字，不影响孩子啊？地瓜干上本来就有泥，能让孩子吃吗？爸那手上别说看着就藏污纳垢，就是看着干净，坐了一宿火车，也应该好好洗洗呀！”说着说着，周雨晴的声调就把持不住，直线飙升。

“那……那你不能婉转点儿说！”赵正大也来气了。

“我就是个直筒子，不会绕弯！”

“你……”

“我说得不对啊？让好好吃了脏东西你高兴啊？你安的什么心啊？再说，我让爸讲卫生还不是为他好？我哪句话说错了？”周雨晴的声调越来越大了。

回到饭桌上的赵长禄，隐约听到正大和儿媳妇在争吵。他像个做错事挨了老师批评的小学生，两只手放在桌子下抠着指甲缝里的黑物。

赵正义一把摔了手里的筷子：“我哥就是一怕老婆的主儿，周雨晴说句话，他连个屁都不敢放！”

赵长禄道：“你少跟着瞎掺和，俺这手……是不大干净……”

赵正义起身要往卧室里闯，被赵长禄一把拽住：“干啥你？”

赵正义道：“我问问我哥，这个家还有没有大小啦！”

“这家没你说话的份！”赵长禄要拉小儿子坐回桌前，赵正义却像条泥鳅，一扭身，还是出去了。

卧室里，两人都憋着一股气。周雨晴用挑衅的目光盯着赵正大，语气里也带了挑衅：“你说呀，怎么不说了？你可是广播电台大名鼎鼎的铁嘴，你还有理亏词穷的时候啊？”

赵正大怒视着周雨晴，刚要回击，门被一脚踢开，赵正义站在门口，朝着赵正大质问起来：“哥，干什么呀你？还懂不懂事了你们？”

赵长禄跟过来，厉声喝道：“老二！”一把扯开赵正义，冲着赵正大吼着，“不就洗个手吗？好好妈又没说错！都吃饭去！”

赵正大朝外走。周雨晴一屁股跌在床上，泪水四溅，呜呜地哭了起来：“赵正大，你个没良心的，这日子我没法和你过了……”

“你再说一遍！”赵正大回身吼道。

赵长禄抬手给了赵正大一记耳光：“你闭嘴！”

赵正大一下子被打蒙了，周雨晴也有些发蒙，回过味儿来，继续坐在床上呜呜地哭。

周雨晴觉得委屈，这几年照顾丈夫、照顾好好、照顾正果、照顾小叔子，一大家子，做饭洗衣、操持家务，样样都是自己的事。累确实是累，有时候她也忍不住爱跟丈夫叨叨几句，对方不回应也就过去了。这次吵架，让她觉得心里发冷。虽然自己的话不太中听，但这也话赶话，不过是为争口气，才怎么狠怎么往外说。自己哭两声，闹腾闹腾，也是让赵正大明白，这个家离开她周雨晴，就是一个难收拾的烂摊子。

赵正大发这么大火，倒不是考虑周雨晴不给自己留面子，关键是觉得老爹在场，他要真是由着周雨晴胡搅蛮缠，会让老爹下不来台，更会让老爹难过。自己在这个家顶不起锅盖，那弟弟妹妹就都得跟着受气。在赵正大心里，女人当着外人特别是对方的至爱亲朋摆脸子，是最让男人讨厌的事。

赵长禄很明白周雨晴在这个家庭的作用，即便是周雨晴错了，他也得站在儿媳妇一边。没有这个儿媳妇，这个家就不是一个完整的家。赵长禄没有多少文化，但这点儿道理他一清二楚。扇了儿子一记耳光，他也有点儿后悔，可那一巴掌要是不扇出去，真不知道儿子还会说出什么不中听的话来，那样就不好收拾了。赵长禄扇出的那一记耳光，打在赵正大脸上，更打在周雨晴心上。两口子拌嘴是常有的事，最后的胜利十之八九都是自己，公爹一掺和进来，就变了性质，她先觉得矮了几分，再闹下去，就真是无理取闹了。周雨晴也后悔自己刚才确实有点儿撒泼的意味，便立即偃旗息鼓，再不破马张飞了，这才让风云突变的局势慢慢走向风和日丽。

一家人尴尬地吃过早饭，赵正义极力缓和着气氛，周雨晴也就借坡下驴。赵长禄张罗要送孙子去幼儿园，好好却不买账，根本不搭理爷爷凑上来的好脸子，执拗地要叔叔和姑姑送自己去，赵长禄赶紧妥协，才让事态有了点儿好转。为了挽回老爹的面子，赵正大呵斥了好好两句，臭小子却又委屈地哭起来，还越哭越来劲儿，气得赵正大就差武力解决了。赵长禄一边劝着孙子，一边骂着儿子，两头都没管好。后来还是正义和正果把好好送去了幼儿园。

周雨晴在厨房收拾碗筷，脸上还是有些不好看。虽说隐约听见公爹在客厅里一直数落着正大，逼着他来跟自己认个错，但丈夫根本没有跟自己低头的意思。周雨晴倒不计较这个，她心里明白，夫妻过日子，没有筷子不碰碗、饭勺不碰锅沿的，凡事都斤斤计较，这日子就过到头了。周雨晴泡了茶，端到公爹面前："爸，这是今年刚下来的新茶，正大单位发的，说好几百块钱一斤，又是你们家广告顶的吧，正大？"她看着正大，没话找话。

赵正大像没听见。赵长禄忙打圆场："嗯，挺香，是好茶叶的味儿……"

"那你多喝点儿啊爸……"周雨晴讪讪地走开。

"雨晴都不跟你计较，老大，你别不知道好歹啊！"赵长禄低声呵斥。

"爸，你怎么突然就跑来了，是有什么事吧？"赵正大盯着父亲。

赵长禄有些不自然，端起杯子吸溜了一小口茶水，在嘴里含了会儿才咽下："俺这次来，是求你办个事。"

听赵长禄这样说，正大有些奇怪："爹，你怎么还说上求了？"

"这件事，你就是头拱地，也要给俺办成。"

"什么事？还叫你专程跑一趟。"赵正大不解。

周雨晴从厨房出来，警觉地听着。

赵长禄捧着手里的杯子："以前呢，你们都小，咱过得穷，怕村里人瞧不起咱，都不愿出门，出去办个事，都得贴着墙根走，就跟过去的'地富反坏右'一样。现在不一样了，大伙儿都奉承着咱。俺现在就愿意出门，出门就愿意见人，见人就愿意说起你，这叫啥？'秃子跟着月亮走'，用咱乡下的话说，展扬呀。这不，前两天，咱家后院的赖瘸子找上门来，说他儿子要出来打工，想在城里谋份闲差，求不到别人，就求到咱家了。"

周雨晴过来："爸，正大在电台就是一个主持人，天天对着一个冷冰冰的话筒扯东道西。他能认识几个人呀，你看正义大学毕业这么些年了，不还是窝在家里？"

正大有些疑惑："爹，这赖瘸子不是一直和你不对付吗？我记事起就知道他和咱家有过节儿，你怎么还要给他办事？"

赵长禄不满正大的说法，张嘴就是教训的口气："亏你还进城了，亏你还算是个名人！连俺这个扛锄头的人都明白的道理，你却不明白！越是当年瞧不起咱家的人来求着办事，咱越要办得利落！只有给仇家办事，才能显出咱赵家人人度，才能给咱赵家赚足面子！"

死要面子活受罪，周雨晴心里这么想着，忍不住插嘴："那也不能为赚个没用的面子，让自己活遭罪呀！"

听儿媳妇这样说，赵长禄的脸挂不住了，立时晴转多云，很是难看。赵正大看到老爹不高兴，斜了周雨晴一眼："你听爹把话说完！"

赵长禄面无表情："就这事，完了。你们两口子合计合计，俺知道你听媳妇的。合计好了，给俺一个准话，俺就走人。"

赵正大有些为难地望着老爹，赵长禄把头扭向窗外。周雨晴怕赵正大答应下来，朝正大又是挤眉弄眼，又是摆手。赵长禄一回头，儿媳妇的举动全看在眼里。周雨晴发现公爹在看自己，急忙尴尬地把脸扭到一边。

"爹，这事……"赵正大挠着头，感到实在为难。

"挠什么头呀你，昨天刚洗的，又痒了？"周雨晴看不惯丈夫的磨叽劲儿。

"爹……这事……我觉得……"

"什么这事那事，有什么好觉得的……你在广播里伶牙俐齿，这会儿怎么还结巴起来了？"周雨晴看出来了，指望赵正大把这件事回绝掉的可能性不大，只有自己做这个恶人了，"爸，他不好意思说，我说……爸，不是正大不帮这个忙，是他确实帮不了。就是咱自己家的事，正大都办不明白，更别说这外人的事了……再说了，现在求人办事，光靠一张脸不行，哪里有白帮人的呀？"

"这么说，俺这张老脸……在你们两口子这里不值钱？"赵长禄盯着周雨晴，只觉得一股火从胸口直往上蹿，嘴角控制不住地抖起来。

周雨晴连忙解释："爸，我不是这个意思，我的意思是说……"

"行了，不用说了……那啥，俺回去了。"赵长禄觉得胸口发闷，摇晃着要起身。

赵正大忙把父亲摁住："爹，你这是干什么，这早晨刚来……"

赵长禄脸色发青，还是强作平静：“不了，你们都忙，好好也看见了，俺就放心了，过些日子再来……”赵长禄往外走。

“别走呀爸……”周雨晴拦住赵长禄，“爸，你看你……你就是要走，也得把话说清楚，不然这屎盆子可就扣在我脑袋上了！”

“你能不能闭上嘴！”周雨晴的话让赵正大很反感。

周雨晴的脸色立即变了，她觉得自己是在给丈夫挡事，可丈夫不光不感激，反而大加呵斥。她忍无可忍，终于爆发了：“我闭嘴，我闭嘴你倒是说呀！你自己有多大能耐不知道啊？逞能也得有本事，吹牛也得有力气，你有什么？是你有能耐不给爸办啊，还是你本来就是熊蛋包一个，根本就办不了？我不说，爸就这么走了，算怎么回事？”

赵长禄看到儿子和儿媳妇火药味儿冲天，连忙打圆场：“俺走是俺的事，不怨你俩……”

周雨晴一副得理不饶人的架势：“爸，话可不能这么说，你要是为正大走了，我心里不觉得怎么着，这要是我给你气走了，我可过意不去……赵正大，你自己吃几碗高粱米饭你不说，偏逼着我替你说，这出了事都算在我头上了？赵正大，你说这公平吗？”

赵正大觉得肺都要气炸了，他咬牙切齿地对着周雨晴：“你能不能闭上你的嘴？啊？”

“我干什么要闭嘴？这是在我自己家里，我连一句话都不能说啦？”说话的权利都要被剥夺，周雨晴心里不甘。

“谁不让你说了？你去照照镜子，照照你现在这副凶神恶煞的样子，你这是说话吗？”赵正大也是在气头上，什么难听说什么。

周雨晴抬手指着赵正大：“你放屁！”

赵长禄张着口想说什么，却发不出一个字来，只觉得胸口闷得像堵上了一床大棉被，喘口气都困难。他脚步踉跄，身子一歪，靠在墙上，缓缓地堆萎下去。

赵正大吓得大叫：“爹！”

周雨晴也惊慌失措地喊着：“爸！你怎么了？”

七

赵长禄一被送进医院，医生就诊断出是心脏病突发。医生开了住院的单子，让赵长禄住院治疗观察一段时间。赵正大和周雨晴忙前忙后，办完了住院手续。

正义和正果送好好上幼儿园回来，发现家里没人，正义连忙给赵正大打电话，听说老爷子住进了医院，吓得够呛，把正果锁在家里，打了辆出租车直奔医院而来。

赵长禄挂着点滴，躺在病床上睡了。赵正大和周雨晴坐在走廊的排椅上，各怀心事，板着脸，谁也不理谁。

赵正义匆匆赶来，听正大说了父亲的病情，满脸疑惑："咱爹的身体一直都挺好，怎么突然就有事了？"

正义显然话里有话，赵正大不想把早晨的事说出来，就推说老爹毕竟岁数大了，这么些年也没检查个身体，谁知道有哪些隐性的毛病。听说正义把正果一个人锁在家里，正大不放心，周雨晴要回去，说正好给赵长禄准备点儿住院的东西。正义让正大也跟回去，省得让周雨晴再跑一趟送回来。

一路上，周雨晴和赵正大一句话都没有，像是两个陌生人拼了一辆出租车。回到家，赵正大收拾了一堆住院用的东西要出门，周雨晴终于绷不住了，拦住要出门的丈夫："赵正大，从医院到来家，你跟我扔了一路小脸子，你到底什么意思？"

"我不想说。"赵正大穿着鞋。

"为什么不想说？你给我个理由！"周雨晴不依不饶，"我是你老婆，怎么就这么不让你待见了？爸的事就全怨我啦？"

"不怨你怨谁？要不是你喋喋不休，哪一句话都夹枪带棒，他能气成那样吗？周雨晴，现在我爹没事了，要是他真有个三长两短，我跟你没完！"

"跟我没完？就你？赵正大，我告诉你，要是没有我，正果和正义还不知道在哪里喝西北风呢！”

“要是没有你，正果也不至于成了现在这个样子！”

“赵正大，你丧不丧良心？正果出事怨我吗？我希望她出事吗？叫你这么说，我还该让你妹妹赔五百万呢！有那五百万，我干什么不好！”

“五百万也不是你一个人的！三年多了，你三天两头拿五百万的事旁敲侧击，我早受够了！我就是不愿跟你计较，别以为我听不出来！”

“你有脸跟我计较吗？我旁敲侧击怎么了？钱我一分钱没拿到，你还不让我出口闷气？”

“你跟谁出闷气？没有正果掏钱，彩票会白给你？没有正义填的蓝号码，你上哪儿中五百万去？”

听了丈夫的话，周雨晴感到心口窝发凉。她盯着赵正大，眼里涌出泪水：“好啊，赵正大，三年了，你今天终于把心里话都说出来了！对，蓝号是正义填的，不假，买彩票的两块钱也是正果掏的。你还可以说，那中奖号是你和我结婚的日期，还有好好出生的日子，这些都跟我没关系……”

“胡搅蛮缠！”赵正大要拉开房门出去，周雨晴一把将门推上：“我胡搅蛮缠？对，买彩票是我张罗的，可要不是为生好好，我干什么要去妇产医院？你说，要是没有你，我一个人能生孩子吗？正果出事，这责任就应该我一个人负吗？这个罪过难道你们家还要我背一辈子？”

“你还有没有完了？”正大瞪着周雨晴，极力让自己的语气平缓下来。

“我没完！”周雨晴眼里噙着泪，“赵正大啊赵正大，和你过了这么多年，我今天才看清，你是这么个寡情薄义的人！”

“那怪你眼拙！”正大心情烦躁，口不择言。

“好，我眼拙，现在我眼不拙了，离婚！”

“你以为我怕啊，离就离！现在就离！”赵正大愤然摔了手里的袋子，里面的东西蹿出来，在地上跳跃着。

周雨晴一下子愣了。刚才说离婚完全是一时气话，这种话以前也不是没说过，赵正大不接茬也就很快过去了，大不了两个人冷战几天。今天赵正大显然是被自己逼急眼了。

周雨晴呜呜地哭起来，越哭越觉得委屈。正大、好好、正果、小叔子，这一大家子的吃喝拉撒睡，哪个离得了自己。没承想，赵正大居然一点儿旧情都不念了，他这么痛快同意离婚，说明他心里早就有了这样的想法。如果这个时候服软，日后自己在这个家肯定就得夹着尾巴做人了。可事情走到这一步，她一时也不知道应该怎么收场才好，只是一个劲儿地哭，寄希望于在屋里看电视的正果能出来救救场。

高声哭了两嗓子，终于有了效果。正果从屋里出来，看到嫂子哭成了泪人，一时吓得也哭起来，正大劝着正果："不关你事，回屋看你的动画片去。"

周雨晴又提高了哭声，吓得正果拉紧了正大的胳膊，正大看着周雨晴："你不是一天到晚吵着要离吗？这回遂了你的心愿，该高兴才是，你还有什么好哭的！"

周雨晴的情绪再度失控，指着赵正大大叫："谁不离谁就是王八蛋！"

这么难听的话都能说出口，赵正大的心也凉了半截，走到这一步，可以说是骑虎难下，放下自尊跟老婆说软话，不是他赵正大的性格。既然她周雨晴先提出来的离婚，那就由她去好了。

正果看到哥哥和嫂子又要出门，拉着正大的胳膊不放，周雨晴抹着眼泪先下了楼，在小区门口打了辆车，她刚坐进去，正果也跟着坐了进来。正大要上车，周雨晴往外推着赵正大，正果泪眼婆娑地叫着嫂子，一下又把她的心叫软了。周雨晴的眼泪不争气地流了一路，坐在前面的赵正大一言不发。

行政大厅里，办理结婚登记和离婚登记的窗口紧挨着。赵正大本来以为来了就能把离婚办了，没想到来办离婚也要排队叫号。大厅的等待处一分为二，一边座椅上是脸上挂着喜悦等待结婚的新人，另一旁的座椅上，是脸上挂着仇恨、怨怒等待离婚的男女。

周雨晴和正果在后边的椅子上坐下，周雨晴叹了口气："果儿，是女人都要到这里来，嫂子和你都是女人，嫂子来了两次，但愿这个门你往后只进来一次。"

赵正大板着脸："周雨晴，你什么意思？正果懂什么？"

周雨晴挑衅似的看着正大："我说错了吗？"

赵正大强压着蹿上来的火气："你没错，是我错了！"

"嫂子……"正果胆怯地看着周雨晴。

周雨晴拉着正果的手："正果，往后你得管我叫姐了，听到没有？"

"嫂子……"正果莫名其妙地看着周雨晴。

"姐，叫姐……姐不是你嫂子了，姐叫人家给踹了，人家现在功成名就，看不起我这个黄脸婆了，人家要再找个黄花大姑娘给你当嫂子……"周雨晴越说越心酸，眼泪又在眼圈里打转。

赵正大不满地瞪着周雨晴："你胡咧咧什么？"

"姐命苦呀，姐只有跟那个没良心的家伙一块儿吃糠咽菜的命……"沮丧、懊悔夹杂着痛苦，布满了周雨晴的脸，她扭过身，擦着泪水。

一长溜的大理石办公台后，一个四十多岁戴着眼镜的女办事员盯视着坐在面前的一男一女。男人脸上青一块紫一块的，胖女人在呜呜哭着。女办事员看着男人："你这……谁打的？"

男人睃了眼胖女人，胖女人突然呜呜大哭，转身用拳头擂着男人："我打死你！打死你！叫你拿钱给狐狸精花！"

女办事员拉住女人："干什么？你干什么？要打出去打，别在这儿闹腾！"

男人挡着胖女人的拳头，哀求着办事员："行了，别劝了，这婚我非离不可！一天到晚我看老母猪一眼她都能吃半天醋！还有法活吗？"

"我打死你这个陈世美！我不活了……"胖女人泼打泼上，男的起身躲避，胖女人穷追不舍，两人拉拉扯扯间到了赵正大跟前。赵正大犹豫着，起身想拉架，却不知拉哪一头才好。周雨晴冲上来，拉住胖女人，冲着男人痛骂："你还是男人吗？挨打没够的货！你没长手啊？"

男人怔愣着，没反应过来。胖女人明白过来，朝着周雨晴大喊："你谁啊？挑拨我们两口子关系！"说着，挥起拳头打来。赵正大一愣，忙上前护着周雨晴，一把将胖女人推了个趔趄："干什么你？"

"你干什么？"那个男人突然火了，冲着赵正大要动手。一时间，两对原本还要离婚的男女站在了一个立场上，要不是保安及时冲上来，还真是要酿成一场战斗。突如其来的意外情况，居然令那对夫妻重修旧好，挎着胳膊迈出了行政大厅的大门。

刚才赵正大的举动令周雨晴很是感动，她本来也指望两人都能借坡下驴，跟那对夫妻一样双双把家还，可赵正大根本没有打算撤兵的意思，又一屁股坐到了椅子上。

正果被墙角柜里陈列的花花绿绿杂志吸引，过去翻看了起来，一本动漫杂志更是一下抓住了她的眼球。

角落里，一对年轻男女甜蜜地偎依在一起，男的戏谑："夏秋同学，你还留恋自己的青春吗？"

夏秋做痛哭状："我的青春小鸟，就要一去不回头了，呜呜……"

男的笑起来，在夏秋的额头上夸张地亲了一下。

正果的目光从杂志上移开，落在那个男青年的脸上。男青年看到正果，怔愣了下，突然下意识地起身，拉着夏秋的手就往外走。夏秋有些不情愿，还是被拖走了。正果痴痴地看着两人远去的背影，犹豫了下，跟着向大门口走去。

周雨晴和赵正大并肩坐在离婚窗口，迎接着女办事员的审核："刚才你们也是团结一心、一致对外的，那对都不离了，你们看看……"

赵正大："不用看，我们决定了。"

周雨晴抽泣起来。

女办事员态度和善："你说你们都结婚四年了，孩子都三岁了，这容易吗？离了以后，孩子怎么办？还有财产呢？怎么分割？"

周雨晴赌着气："一人一半！"

女办事员看着周雨晴："孩子也一人一半？"

周雨晴擦着眼泪。

女办事员："要不你们先回去，考虑好了再来。"

赵正大："不用！都一人一半，孩子也一人一半！她看几天我看几天！行了，赶快给我们办了吧。"

女办事员犹豫着："我看你们俩……不像要离婚的样子……"

周雨晴瞪了眼一旁的赵正大，擦着眼泪："离婚还有什么样子，想离就离。"

女办事员脸一拉："这话不对啊，这么说太不严肃，太草率了。两个人能走到一起结婚不容易，要离婚也得有条件。"

赵正大："什么条件？"

"像刚才那对，你们有家庭暴力吗？"

赵正大摇头，周雨晴也摇头。

女办事员："你们……谁有第三者了？"

周雨晴摇头。

女办事员看着赵正大："你有？"

赵正大："谁有了，你胡说什么？"

女办事员："为财产？"

周雨晴摇头。女办事员盯着赵正大，赵正大又摇头。

"你们俩……"女办事员压低声音，"谁生理上……有毛病？"

周雨晴看了眼赵正大。

女办事员释然："这一条就够。"

"什么就够了……"赵正大转头对周雨晴，"哎，你怎么回事，你怎么瞪着眼说瞎话……"

周雨晴一脸无辜："我说什么了？你有没有毛病你自己不知道啊。"

赵正大火了："谁有毛病啊？"

周雨晴也火了："你有！"

赵正大刚要说什么，一回头，不见了正果，他慌乱地起身，四下张望，透过玻璃看到正果正在大门外四下张望，突然朝马路上走去，赵正大急了，拔腿就往外跑。

"哎，你怎么走了？怎么回事啊？"女办事员朝赵正大喊着。

周雨晴探过身子，一把抓起自己的东西，也回身跑去。

女办事员怔愣在那里。

马路上，车来车往。车流把正果挡在了路中央，正果一脸惊恐，眼泪都急了出来。

赵正大一眼看到正果，他躲闪着川流不息的车辆，跑过来一把拽住正果，有些恼火地冲着正果大嚷起来："你怎么跑出来了？你看这多危险！"

正果挣扎着要过马路，赵正大死死拉着正果的胳膊："你要干什么？"

正果朝前面指着，正大望过去。马路对面停车场里，那对青年男女在轿车前争吵着什么。男青年朝这边张望，看见正果和正大，匆忙拉开车门上了车。叫夏秋的女人也上了车，汽车疾驰而去。

正果拉着赵正大过了马路，眼见着汽车汇进了车流中，正果急得跺起脚来，正大心中不免起了疑惑："正果，那个人……你认识吗？"

正果摇摇头，又点点头。正果的这种举动，无疑是病情好转的迹象，赵正大既兴奋，又焦急，追着问："你认识那个男的还是女的？"

正果茫然地摇头。

周雨晴跑过来："怎么了正果，你怎么自己跑出来了？多危险呀外面……"

正果牵着周雨晴的手，焦急地指着马路："嫂子，嫂子……"

"怎么了？怎么回事？"周雨晴看着赵正大。

"像是看见了什么人……"赵正大回答。

"啊？正果认识？"周雨晴有些兴奋，转向正果，着急地追问，"谁啊正果？你看见谁了？告诉嫂子，谁啊？"

"正果，你想起什么了吧？"赵正大引导着正果。

正果一脸沉思状。赵正大耐心地启发："你再想想，那个人叫什么？男的女的？"

周雨晴拨拉开赵正大："别废话啦，赶快去医院，没准正果就要好啦！"

正大连连点头："对对，去医院去医院。"伸手拦着出租车。

三个人来到医院，排队挂号交款，做完检查，医生向正大介绍正果的病情："患者碰到什么事情或者什么人，都有可能引起情绪上的波动，这是好事，说明患者潜意识里的一些记忆可能已经调动起来了。"

正大忙问："那是不是……快好了？"

医生回答："这个……只能说有了好转的迹象。"

周雨晴数落正大："人家大夫都说好转了，那就是快好了呗。这话都听不出来！大夫，那你约莫什么时候能彻底好了？”

医生笑笑：“回去以后，可以多加强一些脑功能方面的训练，比如拿着过去的老照片，给她讲点儿她可能有印象的事情，这对促进脑组织恢复有好处。”

正大忙不迭地点头：“行、行……”

从医院出来，赵正大接到导播小麦的电话，说台里通知开会，让他马上过去。周雨晴说：“你去吧，我带着正果到公园转转。”

正大客气地说了声“谢谢”，有点儿尴尬，匆匆走开。周雨晴眼里一热，又想掉眼泪。

带着正果在公园里转了一会儿，实在没什么意思，正果嚷嚷着要去接好好，两个人就走了。坐在公共汽车上，正果看着外面的风景，像是很高兴。周雨晴看看正果，心里一阵惆怅，如果真离婚了，正果没有人照顾，病情不敢说好转了，就是加重都有可能。

吃过晚饭，赵正大坐在电脑前查资料。周雨晴在床上铺着被子，望着正大的背影，她问好好爷爷还需要什么，自己明天去给他买。正大不冷不热地回答：“不用了。”

正大的冷漠周雨晴感觉得到，她使劲儿控制着自己。白天的时候她就盘算好了，今天晚上一定要跟正大心平气和谈一谈，是自己的错自己认，决不胡搅蛮缠。铺好被子从床上下来，周雨晴说：“明天早上我熬点儿小米粥吧，稀溜点儿，爸能爱喝。”

“不用了，做完节目我去医院，今晚我陪床。”正大的口气依旧是不冷不热。

周雨晴一怔：“正义不是说他陪吗？反正他在家也没什么事干，就让他陪吧。”

正大说：“我陪。”

丈夫一直冷淡的口气，让周雨晴很不是滋味儿：“正大，你跟我说实话，你是不是早就开始讨厌我了？”

正大起身：“我不想说这个，你睡吧，我答应正义今晚我去陪床。”

“我看你是存心想把这个家赔进去！”周雨晴站到正大面前，瞪着他。

“你别无理取闹啊，我不想跟你吵。”正大避开周雨晴的目光。

“我无理取闹？是你没事找事！你以为我是傻子？都说好了是正义陪，你还去陪什么，你爸得的又不是什么动弹不了的重病，还用两个人去陪？”

“你放屁，要不是你，他还不至于住院呢，你还有脸说这种话！”赵正大火了。

“你爸是突发性心脏病，医生都这么说的，还怨着我了？”周雨晴寸步不让。

“你不找事他能突发吗？周雨晴，你别胡搅蛮缠好不好？”

“我胡搅蛮缠？你才胡搅蛮缠哪！”

“有病！”

“你才有病！我一天到晚给你们家当牛做马，还换不来你一个好，我哪点儿对不起你，哪点儿对不起你们家？我那五百万说没就没了，这要搁在别的女人身上，还不定怎么想呢，我说什么了，啊，我说什么了……”

赵正大更加气愤：“你还没说什么？三年里你都拿这事当歌唱了，你还要怎么说？”

“我说什么了？你说我说什么了？我是说正义了，还是说正果了？还是说你、说你爸了？你说！你说！”周雨晴步步紧逼。

正大忍着火气：“你到底能不能过了？”

周雨晴含着眼泪：“不过了！今天我又不是没跨进民政局的大门，大不了明天再跟你进一次！”

“好，这话是你说的。明天早上九点，我在民政局门口等着你！”赵正大掷地有声。

周雨晴针锋相对：“等着就等着，谁不去谁是王八蛋！”

“行，看谁是王八蛋！”正大转身朝外走去。

周雨晴抓起桌上的一个本子扔过去，歇斯底里地大吼：“滚，王八蛋！”

赵正大拉开房门，一下愣了。门外，正果拉着好好的手，正含着眼泪看着他。

周雨晴趴在床上呜呜大哭起来……

八

夜空中，飘着一位男听众的声音：“正大老师，你说我老婆吧，才三十六，就一天到晚絮絮叨叨，我都烦死了。最要命的是她一天到晚把离婚挂在嘴边，一不高兴了就拿这事抢白我，你说我跟她来真的吧，犯不上，不来真的吧，我又来气。你说她是不是提前更了？”

正大有些恍惚：“更……更什么？”

男听众：“更年期呀，提前了……”

正大：“有可能吧。现在这女人……在这里，我也想奉劝那些身在围城里的广大女性朋友，千万不要把离婚这种事挂在嘴边当歌唱，你要是真的以为能够用离婚这种事吓唬住一个男人的话，那么你就太小瞧男人了。”

啪的一声，周雨晴心情烦躁地关了收音机。

赵正大下了班，赶到医院，父亲已经睡了，正大让正义回去休息。正义看到哥哥表情不自然，询问是不是和嫂子吵架了。正大三言两语应付了过去。正义走了，正大和衣躺在父亲旁边的空床上，一点儿睡意也没有。

这一晚上周雨晴也没睡好，一想到上午九点又要和正大去离婚，她就感到浑身一阵一阵发冷。赵正大也在想着离婚的事，他站在病床边，看着护士给赵长禄扎吊瓶，又不安地看看墙上的挂钟，还有二十分钟就九点了。

把好好送到幼儿园，周雨晴心情落寞地走在去民政局的路上，她看看手表，已经九点了。早上本来可以早点儿把好好送走，可她有意磨蹭着时间，要不是好好一遍遍地催促要去上幼儿园的早课，她都想找个理由在家看一天孩子，要离，你赵正大一个人离去。经过一宿的沉淀，赵正大也应该想到离婚不是他的正确选择。自己现在没有按时出现在民政局，是替你赵正大送儿子上幼儿园，你把你们老赵家的孩子扔给我，还惦记着跟我离婚，你还叫个人吗？这样深一脚浅一脚地胡思乱想着，手机响起来，上面显示的是正大。周雨晴犹豫着，狠狠地摁了拒接键，昨天自己真是骂对了，他就是个薄情寡义的负心汉，一准是没等到自己着急了。手机又顽强地响起来两三遍，周雨晴都没接。一会儿，一条短信钻进来，上面写着：对不起，我爹上午要做重要检查，走不开。另约时间。

看完这条短信，周雨晴觉得如释重负。随后正大追来的又一条短信，更是让周雨晴觉得柳暗花明了。正大约她中午见个面，地点居然是当年两人谈恋爱时的“老地方”。这是什么意思？这显然是要和她周雨晴重温旧梦了。

“老地方”是劳动公园半山的一个亭子，当年两人谈恋爱，好玩的地方都得花钱，还要在众目睽睽之下，最经济实惠的地方就是公园的亭子，好多动手动脚的事都是在这里完成的。

按照约定的时间，赵正大先到了。公园的亭子没什么变化，只是坐过的石头凳都换成了长椅子，后背上打着专治不孕不育症的广告。赵正大看了看，居然是《正在说》后面节目里老宋一直在忽悠的一家性病医院。一对情侣走来，想坐在赵正大身边，赵正大急忙脱下外衣，占上位子，歉意地朝那对情侣笑笑：“等个人，不好意思啊……”

周雨晴其实早来了，一直躲在不远处盯着赵正大。约定的时间到了，赵正大给她打过两个电话，她都摁死了。又过了十分钟，她看到赵正大有要走的意思，才现身。

“你还知道这是当年的老地方，我当你早忘了呢。”周雨晴冷着脸，坐下，“我上午可是九点准时去了。”

“突然加了几个检查，非要上午做不可，实在走不开……”正大解释。

“那没有检查你就准时去了呗？”周雨晴起来，“那我们现在走吧，还来这里干什么？”

“我不是那个意思，这不想和你好好谈谈嘛……”

听赵正大这样说，周雨晴认定赵正大对离婚这件事后悔了。明摆着的事情，如果离了婚，这一大家子还不乱成一锅粥？特别是正果，没有人照顾，正大更放心不下。以赵正大现在的身份，再找个什么样的老婆都不是问题，可要找个能像自己这样对正果好、对儿子好的老婆，那是白日做梦。周雨晴坐下，口气强硬地说：“都打算直接离了，还有什么好谈的。”

正大也坐下:“我觉得,经过这一晚上的时间,我们都应该……冷静冷静。”

“我从来都挺冷静,谁大脑发热了谁心里清楚。”

赵正大压住火气:“我们都别使性子,好不好?”

“谁跟你使性子了?谈吧,想谈什么就谈,我下午还上班呢。”周雨晴把脸扭到一边去。

把周雨晴约出来谈,正大也是斗争了半天,两人虽然吵得厉害,但无论怎么说,争吵的原因都还不是致命问题,更重要的是,这个家真要散了,他没法向父亲交代,父亲也一定会觉得是他的原因导致两人离婚了。结婚四年多了,两人也有过不少争吵,正大也有错了的时候,可他从来没向周雨晴道过歉,冷战几天,也都是周雨晴先和他说话,他也就借坡下驴了。这一次,因为事情涉及已经住在医院的父亲,他就先怕了三分。

正大吭哧吭哧说了声对不起,说有些话不应该那么说,都是因为在气头上,太急躁才不冷静的。周雨晴就哭了,抽抽搭搭地数落着正大,说要不是正果临时出了点儿意外,咱俩现在已经分道扬镳了,今天还在这谈个屁呀谈。正大听出来了,周雨晴是在给她自己找台阶下,也就没给她戳穿。

有三五个人站在不远处围观,不时交头接耳,赵正大的火气上来了,冲着他们大吼:“有什么好看的?没见过两口子吵架啊!”

围观的人散去,正大压了压心头的火:“雨晴,今天找你来这个地方谈,我就是想把咱们原来的疙瘩都解开,好好过日子……”

正大已经表态,想好好过日子,这话周雨晴听得很清亮,悬在她心里的石头终于落地了,可她的嘴上还是不依不饶:“谁不想好好过日子?赵正大,我跟了你四年,有好好三年了,你让我过过一天好日子吗?你昨天说的那些话,做的那个事,你知道多让我寒心吗?这么些年了,你说我哪点儿对不起你啊?家里大大小小乱七八糟的事,我用你操一点儿心了吗?为了点儿鸡毛蒜皮的事,你就要跟我离婚,这个坎儿我能过去吗?赵正大,你还是人吗你?”

“离婚是你提的,怎么还赖到我头上了?”赵正大辩解。

“谁赖了?昨天没离成,你还惦记着今天离,九点去离,是不是你说的?用你在节目里的话说,女人别想用离婚这种事吓唬住一个男人,我从来没想吓唬谁，我也不怕谁吓唬我！”周雨晴想起正大在节目里说的话就生气。

“行行，是我不对。”正大克制着自己的情绪。

“你现在知道不对了？早干什么去了？你偏等把我逼进死胡同了，才知道不对，你知不知道这有多伤害感情。”

“我逼你进死胡同？周雨晴，你搞搞清楚好不好，这么些年了，什么事不是我躲着你，忍着你，让着你，不和你争，不和你吵，你还真一点儿感觉没有啊？”

“你还说我？一天到晚在广播里跟不认识的人你能说得头头是道，一回家跟我连句完整的话都懒得说，我跟谁诉苦去？外面的人以为我找了个能说会道的铁嘴哄自己高兴，谁知道我整天连个说话的人都找不到！我倒是盼着你能跟我争跟我吵！”

“你……我看你就是心理不健康！”

“你健康？咱俩走到今天这一步，都是我一个人的责任啊？”

“那照你的意思，以后我天天跟你争、跟你吵就好了？是不是？”

“少跟我抬杠，天天争天天吵，那日子还有法过吗？”

“这不是你说的吗？你看，我跟你争跟你吵不对，不争不吵让着你也不对，那你还让不让我活了？”

“你是不让我活了！啊，让着我一点儿你就觉得冤出大天来。那赵正大你告诉我，我是你老婆，你不让着我，打算让着谁？噢，你是还想让别人吧？怪不得你坚决要离婚，你看，我现在才算看明白了，你是早把后面的事情铺排好了。那好啊，那就痛快离呀，怎么又不离了？怎么？人家变卦了？人家嫌你赚钱少，嫌你没本事，嫌你们家拖累太多是不是？我上午九点可是等了你大半天，是你自己没影的！昨晚是谁说的，谁不离谁是王八蛋，反正我不是王八蛋，我准时准点去了，谁是王八蛋谁心里清楚！”

赵正大被激怒了，控制不住地举起巴掌。

周雨晴身体前倾，迎着巴掌：“怎么，你还想打我啊？来啊！来啊！你不打就是王八蛋！”

赵正大猛地扇了自己一记耳光：“离，现在就离！”

就真离了。

办事员给两人办手续的时候，正义给正大来了个电话，说有客户要看房子，让正大早点儿回家照看正果。接完电话，赵正大四下张望，却不见了周雨晴的踪影。女办事员告诉他，周雨晴拿着他俩的离婚证走了。

正大回到家，正义已经先走了。正果在茶几上搭积木，看到正大身后没有嫂子的身影，两眼望着门口，喃喃地重复着："嫂子，我找嫂子……"

正大心里烦躁，嘴上就没有好声气："以后你没嫂子了！"

正果怔愣了一会儿，突然哭起来，正大后悔了，忙劝着正果："哥骗你呢，你嫂子上班去了，哥在家陪着你。"哄骗了半天，正果总算好了，正大又想起昨天正果见的那两个人，就问："正果，想没想起来昨天见到的那两个人是谁？叫什么？"

正果看着正大，摇摇头，低头看着刚堆起来的房子，指着最底下一处："我和他住这里……"

正大失落地叹了口气，自言自语："傻丫头，住一起有什么好，住久了还得分……"

正果似乎明白了什么："不分……大哥、嫂子、二哥、好好，还有我，都不分！"

正果的话触到了正大的痛处，他拿起去医院的东西："果儿，你在家等着啊，哥一会儿就回来。要是饿了，厨房有吃的，不许用煤气，听到没有？"

"嗯。"正果点头，想起什么，"哥，爹呢？我找爹……"

"饿了吧，正果？走，跟大哥下馆子去。"

赵正大陪正果去饭店吃饭，在路边一个老太太的报摊上买了份《环球时报》。由于常来这儿买报纸，两人已经熟了，正大知道老太太姓孙。老孙太太看见正果，夸奖道："你妹妹越来越漂亮了，有二十三四了吧？"

正大敷衍地点了下头。老孙太太看着两人走远，嘀咕道："可惜了，这么大姑娘……"

一块硬木板上，画着一只大大的蟑螂，蟑螂身上画着一个鲜红醒目的 ×，旁边歪歪扭扭写着几个大字：蟑螂不死，我死！

地摊前，周大妈正在和买主讨价还价："一包才三毛钱的利。媳妇，你连三毛钱还不让大妈挣呀，这风吹雨淋的，你就忍心不让大妈吃口饭？"

听买主答应要买十包，周大妈又进一步做着动员："蟑螂这东西，繁殖得可快啦，一个布袋袋里，少说能装下成百上千个仔，你一下子不去根，那就后患无穷。你们家那么大的房子，少说也得二十包。"见买主犹豫，周大妈理直气壮地拍着身后的硬木板："你瞧瞧这个，不好使大妈敢夸这个海口吗？大妈这么大岁数，还能睁着眼说瞎话呀？"

送走了买主，周大妈收拾起地摊，眼前出现一双脚，周大妈以为又来了买主，一抬头，居然是一脸木然的周雨晴。

周大妈直起身子："怎么了这是，跟霜打了似的……"

"又不是没有退休金，像家里揭不开锅似的……"周雨晴蹲下身子，帮周大妈收拾着摊子。

"别沾手。"周大妈扒拉开周雨晴，"在家还闲得慌，出来卖一分钱是一分钱。"想起什么，"你怎么没去上班？"

"正大他爸……住院了。"

周大妈一惊："怎么了？"

"说是心脏病突发，已经没事了。"

"你公公身体不是挺好吗？这怎么冷不丁就心脏病了？"

"上岁数了呗……"周雨晴不想跟母亲道出实情。

周大妈点着头："也是，老胳膊老腿的，哪能一点儿毛病没有。不过，这心脏病可不好。住哪个医院？我得去看看。对了，我这早上还买了二斤香蕉呢，正好拿去看看……"回身提起塑料袋，看了看，"不行，这香蕉是摊儿上处理的，头上都发黑了，拿不出手。一会儿你跟我去超市看看，你公公爱吃什么，买点儿拿去。"

"不用你去。"

"不知道倒罢了，这知道了不去看看，说不过去。"周大妈把乱七八糟的东西捅进编织袋，"妈这也是为了你，在正大和他爸那儿给你长长脸。"

周雨晴眼圈发红："有什么好长的……"

"脸面上的事，该讲得讲！"

"要去你去，我不去！"周雨晴起身就走。

周大妈厉声道："你这又抽什么风啦！还懂不懂个四五六啦！"

周雨晴站下，眼里含着泪。

正义正准备陪老爹去卫生间，赵长禄见周大妈来了，连忙又退回床上。两个老人说完病情，又滔滔不绝唠起了好好，站在一旁的周雨晴很是尴尬。

正义的手机响起来，他听着电话一脸不耐烦："有完没完？我都说了多少遍不能去，就开那两个钱，我还卖给他了？我不管，爱咋咋的！"

周大妈扭头看着正义："老二，单位叫你吧？那你去吧。雨晴，你今天不是调休了吗？你在这儿伺候你公公。"不由周雨晴分说，把正义赶走了。

赵长禄看出周雨晴像有什么心事，让她也走，说自己没事。周大妈说："亲家，雨晴是老赵家的媳妇，她伺候你那不是天经地义吗？你要不让她伺候，我都不答应！"

周雨晴给母亲使了好几回眼色，那意思是让她赶紧走，可周大妈却像看不明白，还跟赵长禄唠个没完。周雨晴拿着暖瓶去水房打水，回来时碰见正大。正大愣了下："你来干什么？"

周雨晴不满："你以为我愿意来啊，是我妈偏要来。"

"你……你告诉我爹了？"正大有些担心。

"我哪有那个胆，他要知道了，再有个什么意外，我不成杀人犯啦！"周雨晴说着气话。

"你告诉……你妈了？"

周雨晴眼里噙了泪，摇摇头。两人来到病房门口，赵正大犹豫了下，推门进去。周大妈看到赵正大进来，连忙打招呼："正大来了……"

赵正大尴尬地点了点头。周大妈忙接过赵正大手里的东西，一样样归置着。赵长禄对儿子的表现有些不满："正大，见着你丈母娘，咋连个招呼都不打……"

周大妈替女婿解围："都是老女婿了，打什么招呼！"

赵长禄说："那咋行？老女婿也得守规矩。百善孝为先，不知道讲孝道，啥事也做不成。"

护士走进来，给赵长禄换了个吊瓶。赵长禄看看正大又看看雨晴，问："你俩都在这儿，正果呢？"

赵正大回答："在家。"

赵长禄急了："哪能撂她自己个儿在家，回去，赶快回去！"

周大妈说："正大，你回去照看正果吧，这里有我和雨晴呢。"

正大的电话响了，是单位的吕总监打来的，听着电话，正大的脸色越来越难看："行行，我马上过去……"

周雨晴警觉地问："怎么了？"

赵正大看看周雨晴，对赵长禄说："我单位有点儿急事……"

"去吧，快去吧。"周大妈看着正大走了，转过身来，看到赵长禄的脸憋得红红的，突然想起了什么，忙问："亲家，刚才我进来的时候，你是不是要去厕所呀？"

吕总监是赵正大的直接领导，台里的很多主持人都不大瞧得起他，说此人对上奉承献媚，对下专横欺压，基本属于跪着挣钱的跳梁小丑。赵正大却不这么看，在电台里，像吕总监这个层次的中层干部不少，且大都比他学历高、岁数小，他能屹立不倒，也算是有些本事了。身在一个不大的官场，能站着把钱挣了的人屈指可数，更多的人还真得在领导面前跪着挣钱。吕总监表面上对手下的人凶，可一旦下面的人出了什么事，他还真是帮忙。在总监的这个位子上，吕总监也是坐了七八年了，基本再无升迁的可能，其实这些年他本来也有往上动一动的可能，但是每回有动的希望了，下面的人就会给他捅点儿娄子出来，像是存心跟他过不去。一次，主持时政新闻的一个女主持人在播放市领导的一个讲话时，放出的居然是个黄色笑话。还有一次在节目广告时间里，一个男主持人见缝插针给老婆打了个电话，商量教师节给老师送现金还是购物卡好，偏偏忘了拉下直播键。夫妻俩的这点儿闹心事直播出去后，轰动不小，全市由此展开一场师德问题大讨论，可他们的孩子却不得不转学到了郊区一所学校，这位老兄也下了岗。吕总监常说自己一天到晚是坐在火山口上，不知道哪天谁就戳他屁眼子一下。

吕总监让赵正大赶快到台里，是因为那个在节目里受到正大奚落的宋天然。那天晚上在电台门卫那里闹腾了大半宿，宋天然也没有见到赵正大，第二天她就去北京办事了，回来后，才知道自己那天晚上跟赵正大在广播里的一通吵，居然在网上掀翻了天，很多网友在留言里大骂她是变态的女魔头，欠扁，这令宋天然很是抓狂。网络上的谩骂者她找不到，只有把气出在赵正大身上了。一见赵正大，宋天然就赶走了吕总监。吕总监开始还不走，他怕事情闹大，后来在赵正大的劝说下，才不安地离开。

宋天然上下左右打量着赵正大："长得还凑合呀……说起来，也算有个人样儿，怎么在广播里就不说人话呢？"

正大也没客气："和你说人话，你听得懂吗？"

宋天然杏眼一瞪："你再说一遍！"

"同样的话，我懒得重复第二遍。"

"你知道我是谁吗？"宋天然盛气凌人。

"你是谁并不重要，重要的不是我要找你，而是你要找我……"正大看看手表，"直来直去吧，我还有别的事，不想在这儿耽误工夫。"

"行，我就给你来个痛快的。找你，是因为你侮辱了我，还有我所代表的社会阶层，找你就是想要讨 个说法，为我，也为我代表的人……"

正大不屑地笑了。宋天然哼了一声："你不用冷笑！我告诉你赵正大，你让我在全市人眼里丢了面子，你必须再把面子还给我。要不然，我跟你没完！"

赵正大一脸微笑："我不知道我让你丢的是什么面子？"

宋天然更来气了："你不光侮辱了一个失恋的女人，你还让全城的人仇富，让大家戴着有色眼镜看待'富二代'！你必须向我道歉，必须向整个社会的'富二代'道歉，要在《正在说》里道歉！"

正大态度和蔼："看来，你的要求并不高。"

宋天然摆出一副大度的样子："越有钱的人越宽容，这个道理你应该明白。"

正大问：“你觉得可能吗？”

“可能，当然可能，在我的字典里，没有‘不可能’，只要我想，一切皆有可能……”宋天然很是自信。

正大这回认真了，他说：“看来，你还真把自己当太阳了。我告诉你，没人会围着你转。做梦回家去做，没人愿意陪着你玩！”

“你怎么说话的？你到底会不会说话？就你这素质当什么主持人。”

“我不是天桥上算命的，唠不出你愿听的嗑儿。”赵正大转身往门外走。

宋天然在背后喊：“赵正大，我告诉你，我有的是时间，我就不信耗不死你！”

“随你便！”赵正大头也不回。

要不是刚离完婚，自己的心情不好，赵正大或许会对宋天然的态度好一点儿。再加上还惦记在家的正果，他更懒得搭理宋天然了。匆匆忙忙回到家，却发现正义躺在沙发上睡觉，正果趴在茶几上画画。看到大哥回来了，正果吵着要找嫂子，正大的心绪又乱起来。看到茶几上放着几张彩票，正大更是气不打一处来，拿起来要撕，正果却拦着，说是正义的东西。正义醒过来，正大数落他又做白日梦。正义也不辩解，由着大哥发泄一通。等正大的火气消了，趁正果不在，正义才悄声问是不是有什么事了。正大本来不想跟正义说离婚的事情，可被正义一问，眼睛就不由自主地红了起来，还是把离婚的事说了。

正义大惊：“哥，你是不是外面有相好的了？你跟我说实话。”

“我跟谁相好？胡说八道……”正大有点后悔给弟弟说了实情。

既然没有相好的，正义就觉得大哥这婚不该离。嫂子确实毛病不少，平常除了爱叨叨，还爱甩个小脸子，有时候说的那话能把人呛一跟头。可总体来说，嫂子还算经得起考验，那五百万来了又跑了，这要换一般人，那还不得跟正果拼命。特别是正果这病，三年多了，嫂子还一直悉心照顾着，就冲这一点，嫂子也算合格了。

“哥，你怎么着也算个聪明人了，可这回，你有点儿愚蠢。我可告诉你，男人善变的是心，女人善变的不过是张脸……你没听说吗，什么是幸福男人？年轻时找个漂亮好看的，结婚时找个勤快能干的，离婚后找个腰缠万贯的，死了找个阴魂不散的。嫂子就是勤快能干的，她还通情达理，你说这么些年，正果、我，给你们添了多少麻烦，人家……人家也就是叨叨叨叨，该怎么样还怎么样，你得知足。你还号称'情感专家'，这哪头轻、哪头沉，你不知道啊？"

听到"情感专家"这个字眼，正大不屑地哼了一声："'情感专家'也怕秀才遇上兵，离就离了，你记着先别跟爹说就行了。"

正义点头："是得先瞒着，要是爹知道这事，那非炸了锅不可。"

正大想起正果还有个高压氧要做，忙收拾收拾带着正果去了医院，看到手里的划价单子，发现费用比以前多了不少，他以为医生开错了，对方却拉着脸子:"现在什么不涨？蒜头都八九块钱一斤了。要是嫌贵，可以做半氧的。"

赵正大还是如数交了钱，把正果送进了高压舱里。等正果出来，两人匆匆忙忙去幼儿园接好好，听老师说，孩子让好好的姥姥接走了。正果一听晚上见不到好好了，立即哭起来，正大无奈，只得硬着头皮带正果去了周大妈家。

饭桌上，周大妈也说起正大在节目里教训宋天然的事，说好几个老邻居都在她面前夸正大那天晚上的话解气。为正大的节目，周大妈可是发展了不少听众，有这样一个名人女婿，令周大妈觉得风光了不少。听着母亲一直在说赵正大的节目，周雨晴心情烦躁："天天把他挂嘴上，你也不嫌烦！"

"丈母娘疼女婿，祖祖辈辈都如此。再说了，正大多好呀，人品好，相貌好，还是名人……"周大妈掰着指头。

"他哪里都好，就我不好……"周雨晴的眼泪涌了出来，一把扔了筷子，起身进屋去了。

"犯什么邪呀，我夸的是你男人，你怎么还挤出猫尿来了？"周大妈朝屋里喊道。

好好吃饱了，拿过个塑料袋要把好吃的都装走，说是给爸爸和姑姑吃，周大妈戳了下好好的脑袋："外甥狗，外甥狗，吃了就走。一点儿都不假！"

周大妈刚把几样东西装好，正大带着正果来了，好好一见姑姑，高兴得不行，周大妈连忙招呼两人快进来吃饭。赵正大推辞：“不吃了，妈，我来接好好。”

从正大一进家门，躲在屋里的周雨晴就寄希望于他说把自己接回家，听说他只是来接好好，周雨晴的火气一下就蹿上来了，她冲出屋恼怒地指着正大吼道：“赵正大，你喊谁妈？你还来干什么？滚！”说着就往外推搡着赵正大。

周大妈还以为夫妻俩闹别扭，把吓哭的正果和好好推进里屋，一把扯开女儿：“雨晴你干什么？看把孩子吓的！”

周雨晴不理会周大妈，还是撵着正大走。周大妈骂女儿犯浑，呵斥道：“有能耐回家使去，别在我老太太面前逞能！”

周雨晴流着泪，哽咽着：“我没家……”

赵正大看不下去周雨晴流泪的样子，转身往外走。周大妈急忙往门外追。周雨晴一把拉住周大妈，哭着说：“妈，我们离婚了……”

周大妈一下子傻眼了：“为什么呀？”

“他的脚变大了，我这双鞋放不下了！”周雨晴哭起来。

“他陈世美了？”周大妈瞪着眼。

“他敢！”周雨晴越哭越厉害。

周大妈疑惑了：“那他翘啥尾巴？觉着自己有头有脸了，胆就跟着肥了？他赵正大除了有点儿不能当饭吃的臭名气，还有什么？你说说，以前你们谈对象那会儿，他来家里是话多嘴甜，腿脚勤快得不得了。你再看看现在，觉着自己人五人六了，跑到家里来还摆个大爷谱，在这儿坐半天都闷不出半句话来！”

周雨晴哭着点头：“他在家也不跟我说……”

周大妈长叹一声：“他这是不学好只学坏啊！不行，我得找他爹理论理论！”周大妈转身要往外走，周雨晴一把抓住周大妈胳膊：“这时候去，你不得把他爹气死呀？”

周大妈瞪了女儿一眼：“不找他爹说道说道，得把你妈憋死！”

看到女儿不停地在抹眼泪，周大妈叹了口气：“都是名气害的，要不当那个主持人，他还敢离婚？你看看他主持的那个节目，说三道四扯的都是男男女女那点儿破事，专门扯人家遮羞布的节目，他不出毛病才怪呢！”

周雨晴觉得老妈扯远了，把离婚和正大的节目联系到一起，这是八竿子打不着的事。周大妈却觉得这关系大了。俗话说，男人有钱就变坏，他赵正大没钱就没变坏的本钱。他敢离婚，是把自己的那点儿不当饭吃的名气当成了离婚的本钱。周大妈鼓动女儿：“这事不能就这么算完了，得一笔一笔跟赵正大算清楚。”

“婚都离了，还怎么算清楚？”周雨晴不太明白。

“傻闺女呀，你平常的厉害劲儿都哪儿去了？这两口子一个屋檐下住着怎么都好说，这离了婚就得扒拉手指头算清楚！你说……那张彩票能是真丢了吗？我现在琢磨琢磨，是不是人家早算计好了，把彩票匿下了，等过个三年五载，把你扫地出门，钱就全都落下了！”

周雨晴不太相信老妈的话，她分析给老妈听，说正果都那样了，还有什么好怀疑的。她了解正大，正大做不出那样的事来。周大妈说，那也是他们老赵家亏欠你的多。彩票丢了，那是他们兄弟姊妹间的事，他们就应该承担丢失的责任。算账的时候，女儿该得的那一份，一分钱都不能少。

周雨晴认为老妈的提议不合适。周大妈却觉得没有合适不合适的说法，他虽然在外面没有女人，可做出忘恩负义休妻的事来，那就是陈世美。要是没有女儿跟他成这个家，赵正人在城里连个下脚的地儿都找不到。

周雪晴和母亲还在争执不休，正果打着哈欠从里屋出来了，说要回家，跟在一旁的好好也吵吵着要走。周大妈拉着脸：“要回家找你哥去，你嫂子不走啦！”话一出口，觉得不对，“往后她也不是你嫂子啦！”

听周大妈这么一说，正果要哭了，周雨晴忙劝着正果，说周大妈是跟她开玩笑。

周大妈铁青着脸：“谁开玩笑了？我就是要让她知道知道她哥的德行！”

正果委屈地哭起来。周雨晴连忙安抚正果：“正果，大妈瞎说，别当真……”然后回头瞅着母亲，“妈，你这不是刺激她嘛！”

周大妈气鼓鼓地说：“你个没良心的！人家都把你踹出家门了，你还不长记性！你彪啊还是傻啊？离开他赵正大你还活不了啦？”

周雨晴突然大吼起来：“我的事不用你管！”

“那你滚！”周大妈也火了，扭身进了里屋。周雨晴把正果劝不哭了，又劝她跟自己在这儿过夜，可正果一个劲儿摇头，又要哭的样子，周雨晴无奈，只得送正果回家。好好听姑姑要走，也哭着喊着要走。

三个人坐着出租车回家，家里没有人。周雨晴安抚下正果，想跟好好走，好好却钻进了被窝，正果也不让孩子走。周雨晴知道这个时候赵正大在节目上，便给正义打电话催他回来，却又打不通。

正义晚上陪着客户看房子去了，对方白天没时间，约在下班后，可傍晚又来了个电话，说有个应酬，不想看了，正义这个月的业绩在店里一直垫底，天天被点名。为拉住这个客户，他跑到人家吃饭的酒店等到快九点了，客户才出来。听正义一解释，对方还算良心未泯，跟着去看了房子。那个地方有点儿偏，手机信号都没有。正义怕对方察觉出来，一进小区就喋喋不休地介绍着房子，不给对方一点儿分神的机会。可折腾了一通，客户还是跑了，正义很是恼火。

正义赶到病房，一进病房，就听到老爹正在跟病友吹嘘自己是名人赵正大的爹，病友们一脸的不屑。正义趁扶着赵长禄去卫生间的时候，悄声跟父亲商量：“爹，咱往后能不能谦虚点儿、低调点儿？”

赵长禄不耐烦：“他们想高调还高不起来呢！记住，以后在外面别喊俺爹，听着土气，叫爸！”

正义苦笑：“还‘爹地’呢！”

“兔崽子，管谁叫‘弟’，没大没小的！”

正义忙解释：“什么呀，你没看香港电视剧里都这么叫，‘爹地’‘妈咪’？”

“别扯那花里胡哨的洋犊子，就叫爸。”

正义点头：“行行，你让怎么叫就怎么叫，你说了算。刚才还吓我一跳，我还以为喊了快三十年的爹，突然不是亲爹了。”

“胡说！”赵长禄脸一板，“这事告诉你哥一声，就说俺说的，与时俱进，都叫爸。”

正义问赵长禄晚上吃的什么，赵长禄说正大来送的饭，是周雨晴在家做好的。“今天这菜，饭馆味儿。就是太淡了，干活的人得多吃咸，吃咸的才有劲儿。”

正义知道正大一定是骗了父亲，没有说实话。

九

这几天晚上，宋天然已经成了《正在说》的忠实听众。在酒吧跟朋友谈完事，她让对方先走了，自己掏出耳机插在手机上，刚找到正大的节目，一个中年男人一手端着酒杯，一手拎着酒瓶过来搭讪：“小姐，一个人啊？”中年人给宋天然面前的杯子倒上酒：“看上去……小姐不太愉快。”

宋天然端起酒杯闻了闻，微笑着说：“你这酒，是这里卖得最便宜的。跑到酒吧喝这种酒的男人，一定很猥琐。”

中年男子傻愣在那里，一脸尴尬。宋天然戴上耳机，起身走了。

赵正大在为一个女听众答疑解惑：“这位听众，你说了大半天，就说了一句话，你老公变得让你心惊胆战，让你胡乱猜忌。那你知道不知道，世界天天在变，人也天天在变。我想提醒你的是，女人一成不变，男人一定会变！没有一个男人喜欢‘留在家里放心，想起来伤心，看起来恶心’的女人。”

女听众不满：“正大老师，你怎么这么说话？这不是拿刀往人家心窝子里戳吗？”

正大说：“治病的药都苦，好用的话难听，你一定要记住，男人赚的钱就是给女人花的，你不舍得花，总有其他女人花。对了，还有一句话，你一定要记住，世界上没有丑女人，只有懒女人。”

“一派胡言！”在家收拾东西的周雨晴把手里的衣服一摔，嘴里嘟哝着，“早知道你这么想，就该把你的银行卡花得比你那张脸还干净！”

赵长禄也在听广播。他躺在病床上，双手捧着收音机，里面突然传出熟悉的广告，先是一个女声一惊一乍地蹿出来：“小丽呀，昨天你才做了意外怀孕手术，今天怎么就上班了？”

躺在病床上听广播的赵长禄试图把音量关小一点儿，不想关反了，另一个女人满足状的声音突然放大：“王姐，我昨天做的是全程无痛人流手术，才八百块钱！”

女声继续一惊一乍：“这么便宜？小丽，你是在哪家医院做的手术？”

赵长禄终于把声音关小了。一床的病友烦躁地喊着：“主持人他爸，还没听够呢？你儿子都不说了。”

赵长禄连忙解释：“插播广告呢，一会儿还说。这广告播了有四五年了，这得要了多少条小命才能挣出广告钱。”

三床的病友听赵长禄这么说,笑了:“老哥,你每天晚上都听你儿子的节目,这可是铁杆粉丝呀。”

赵长禄点着头：“粉丝俺懂。自家儿子在广播里说话，换了谁的爹能不高兴？再说这节目办得真是好，听着解闷。”

一床病友生气地说：“你在家里怎么解闷谁也管不着，在医院里不行。你半夜听着你儿子解闷，我半夜听着你儿子失眠，你儿子再不让我睡觉，我可要告诉护士去了！”

赵长禄受了打击，嘟哝着：“要是你儿子在广播里说话，看你失眠不失眠……”说着，赵长禄掀起被子，捂住半拉脑袋和收音机，继续听着。

收音机里一个男听众含糊其词地说着:“正、正大老师……你、你喝酒吗？我、我请你……”

正大有些反感：“酒啊，装在瓶里像水，喝到肚里闹鬼，说起话来走嘴，走起路来闪腿，躺到床上，你知道是什么吗？是阳痿……趁你还知道我这个主持人叫正大，赶紧回家跪老婆的搓衣板去！”

“正、正大,你、你、你说得不对,我、我教你一套嗑儿,男、男人不醉,女、女人怎么有小费；女人不醉，我、我们男人怎么……有机会！女人、女人和、和男人都不醉，那、那宾馆都没人睡……”男听众语无伦次。

“不像话！”赵正大恼火地挂断了电话，清了清嗓子，继续说着，“有人说，人鬼之间的距离很短，有时候，就是一瓶酒。这位酒鬼告诉我们女听众一个道理，想出轨，和男人一起喝醉酒；想家庭幸福，让男人在家喝一肚子水。今天的节目马上就要和大家说再见了。很多人都说，刘德华的《回家真好》虽然听上去温馨、温暖，可家里的烦恼事也不少。其实，生活中每个人都会有烦恼，只是这烦恼有多有少，而其中一部分，的确是来自自己的港湾——家里。如果那个家带给我们的烦恼太多，彼此放了对方，或许也是一种不错的选择吧。下面送上一首歌曲——《可惜不是你》。"

梁静茹的歌声响起，熟悉的旋律让人一下子想到电视里《非诚勿扰》男嘉宾失败退场的情形。周雨晴听着歌声有些走神儿，那歌词分明说的就是自己："可惜不是你，陪我到最后，曾一起走，却走失那路口。"周雨晴关了收音机，看了眼收拾好的两个大包裹，叹了口气。

正大出了直播间，坐在椅子前喝水，并没着急走。来接下一档节目的老宋进来，手里捧着泡着胖大海的透明大白罐头杯子："哎，今天怎么不着急回家了？虽说咱俩这节目紧挨着，我可轻易碰不上你。"

正大敷衍地笑了下。

老宋坐到正大旁边："有个事还老想跟你说呢……我有个客户想让你在节目里给念叨两遍不孕不育的广告，钱，他给台里照交不误。"

正大没明白老宋的意思："我念叨什么，你那儿不是现成的吗？"

老宋一拍正大："你这名嘴一叨咕，那不比我好使？"低语，"放心，那家医院挺讲究。"

"《正在说》节目里的广告本来就多，我跟台里抗议过多少回了，哪还能再往里加。"正大起身出去，扔下一脸怒火的老宋。

出了电台大门，赵正大四下张望，不见大顺子开的车。他正要到马路边去打辆出租车，一辆开着大灯的汽车疾驶而来，赵正大急忙闪到一边。汽车突然停了下来，从车里下来的居然是宋天然。赵正大一见，慌忙走开，宋天然在后面喊着："你站住！"

一辆汽车冲过来，正是大顺子开的车，他打开车门，冲正大喊着："上车！"正大来不及多想，一头钻进了车里，大顺子一脚油门下去，汽车扬长而去。

宋天然气得跺脚："你混蛋！"

大顺子来晚了，是听说今天半夜油价上涨，没想到在加油站排了一个多小时的队才加上。大顺子感慨："能省一个是一个，谁的钱也不是大风刮来的。"

正大和大顺子都没想到，宋天然居然追上来了，她的车紧挨着大顺子的车，按下车窗冲正大大喊："赵正大，有种你下来！"

大顺子朝正大喊了一嗓子："哥啊，坐稳喽……"猛地一脚油门，汽车蹿了出去。

跑车紧咬在后面。大顺子一个急转弯，汽车扎进了小胡同，宋天然的车却在马路上呼地一下冲了过去。

汽车在胡同里曲里拐弯行驶，正大不时向后张望。大顺子笑笑："放心吧哥，开跑车的脑子都不转弯，就会跑直道，进了玩智慧的胡同，小狐狸精转不过咱们！"

周雨晴坐在床边，越想越来气，刚才赵正大在节目含沙射影白话的那一套，显然是冲着自己来的，借着工作之便发泄私愤，赵正大可真够狠的。听到楼道里传来熟悉的脚步声，周雨晴跑去将外面的门反锁上。赵正大在门外转动着钥匙，怎么也打不开，他猜出是周雨晴在里面做了手脚，恼火地拍着房门，里面却一点儿动静没有。心里带着火，正大下手便重了许多，自己家的门没敲开，邻居却出来了，正大尴尬，赔着笑脸。等邻居关上门，他掏出手机往家里打着电话。电话刚响了一下，周雨晴忙接起来，生怕吵醒了好好和正果。赵正大恼怒却压抑的声音冲出话筒："周雨晴，你开门！"

周雨晴举着电话，由着赵正大一个人在里面发飙："我知道你在听，你要是再不开，我就……"外面传来踹门的声音。

周雨晴急了，冲着话筒喊："你走吧，这里没你睡觉的地方。"

"凭什么？这是我家！"

"这还是我家呢！预付款我掏的！"

"贷款还用的是我的名呢。你开门……一人一半，我回我那一半！"

"说得倒是轻巧，你怎么不问问我愿意不愿意和你分那一半？你赶紧凑钱去，我拿钱走人。我不想和你这种狼心狗肺的人住在一个屋檐下！"

“你，你这不成心难为人吗？这深更半夜我上哪儿去筹钱，我去抢银行呀？”

“抢不抢银行是你的事，我管不着。反正你什么时候筹到钱，我什么时候开门！”

“周雨晴，你也太不讲理了吧！”

“你是谁呀，我跟你讲理？赶紧走，再不走，我就要报警了，我们现在可是孤男寡女，你不要脸我还要呢！这么多年，你应该知道我是一个要脸的人！”

“周雨晴，你从前是要脸，可现在我一点儿也没感觉到！”

周雨晴呼地把门拉开：“赵正大，你说谁，你说谁不要脸？”

正大要进来，周雨晴往外推着：“你说啊，你说谁不要脸？”

赵正大挤进来，去正果的房间看了一眼，见正果和好好在睡觉，转身进了另一间卧室。周雨晴跟进来：“你说呀，说不出来个一二三四，我跟你没完！”

“你回来就是找事的，是不是？”正大瞪着周雨晴。

“我找事？要不是正果吵着要回来，我都不想见你！”周雨晴毫不示弱。

“你不想见我，我招人烦，我知道了。反正你我现在都分道扬镳了，招你烦也无所谓。只是正果和好好在睡觉，咱就不吵了，行不行？”

周雨晴打量着正大：“谁跟你咱咱咱的，少来这套！”

赵正大嘀咕了句：“神经病……”

周雨晴抬手指着正大：“你才神经病！婚都离了，你干什么在你的破节目里拿我说事？”

“我拿你说什么事了？”

“你还不承认？什么叫‘这个家带给你的烦恼太多’？什么叫‘彼此放了对方’？你的意思是我死皮赖脸缠着你了，是不是？”

“谁说这话了？你做梦了吧你？”

“敢说不敢承认，你还是男人吗？往常你放的歌都是《回家真好》，这回放《可惜不是你》啦！你什么意思还用得着说吗？回家不好你还回来干什么？‘可惜不是你，陪我到最后’，谁愿陪你到最后你找谁去呀！”

“你愿意这么理解我也不反对！”

“看吧，你终于承认了……”周雨晴抽泣起来，“赵正大，你的良心都让狗吃了？我一天到晚给你们家当牛做马，就换来这么个结果，让你想起来伤心，看起来恶心……你还是人吗……”

赵正大辩解：“谁说你了？”

周雨晴理直气壮：“你就是说我，你就是含沙射影！以为我听不出来啊，以为我傻子啊！告诉你赵正大，从今往后，你要再敢拿我在节目里当靶子说事，我非找你们台长不可！你这叫人身攻击，别以为我不懂！”

“你随便！”

赵正大吼完这句话，一下子愣住了，他发现门口站着睡眼惺忪的正果。正果不高兴地说：“哥，不准欺负嫂子！”

周雨晴听到正果这样说，好像触动了某根神经，忍不住呜呜哭起来。赵正大上前安抚着正果：“没有，哥刚回来，睡觉吧正果。哥和你嫂子……商量事呢，哥没欺负她。”

“欺负啦！”周雨晴吼着，哭声更大了。

正果也哭起来，赵正大有些六神无主，哄着正果：“不哭啊正果，不哭……”

正果推开赵正大，过来拉着周雨晴：“嫂子，不哭、不哭……”

周雨晴抱着正果，姑嫂俩哭成一团。另一间屋里，响起好好凄厉的哭声。赵正大急忙跑过去，要过来抱好好，好好挣扎着不让他抱，哭着喊着：“妈妈、姑姑，我要妈妈，我要姑姑……”

周雨晴和正果跑进来，好好张开胳膊，扑进周雨晴怀里。“妈妈在，妈妈在，姑姑也在，好好听话，不哭。”周雨晴哄着好好，自己还是忍不住抽泣着。

好好还是哭，正果拿出一根棒棒糖，塞到好好手里，好好渐渐止住了哭声。周雨晴给好好穿着衣服，准备带好好走。正果一见，又哭起来，好好也受到传染，又跟着大哭，周雨晴无奈，只好打消了回去的念头。

周大妈来电话催女儿回去，周雨晴对着电话说：“不是……好好哭着闹着不走，我能怎么办？再说他睡得满头满身的汗，我也怕让风给吹感冒了。

一感冒十天半个月都去不了幼儿园。行了行了，我已经够烦的了！”周雨晴挂了电话。

赵正大在客厅里抽闷烟，想起最近发生的一切，就觉得心里的气越积越多，结婚的时候一心想着好好过日子，和周雨晴白头到老，相敬如宾。没想到过着过着，就把家过成了这样。

总算把正果和好好又哄睡了，周雨晴回到卧室，看到收拾在墙角准备拿走的一堆东西，眼泪又不争气地出来了。一转身，她的目光落到墙上的婚纱照上，两人勾肩搭背亲热得不行。周雨晴上床摘下婚纱照，想从相框里抽出照片，一颗钉子却把她的手指头划了个口子，她“哎哟”一声惨叫，把赵正大拉了起来。

赵正大急问：“怎么了？”

“不用你管！你滚！”周雨晴冷言冷语。

赵正大看到从相框里扯出来放的婚纱照，明白过来，低声道：“报应！”

“我真后悔，当初怎么就瞎了眼，能跟你去照这么恶心人的相片，还好意思挂在家里！”周雨晴操起一把剪刀，瞅着婚纱照，“不跟你分个清清楚楚，就没完没了，先从分它开始！”

赵正大看着周雨晴的手指还在流血，从抽屉里翻出一个创可贴，递了过去：“贴上再剪吧，别感染了。”

周雨晴犹豫了下，接过来，贴到指头上。

赵正大坐在床上，端量着婚纱照，发现没有铺平的照片上，两人笑得都有些怪异。正大以为眼睛被灯光晃的，凑近些再看，发现两人笑得更怪异了。

周雨晴拿着剪刀在婚纱照上比画着：“你看看你当初多不要脸，大庭广众之下照个相还搂搂抱抱，我不让你搂，你偏不听，真是恬不知耻！”

赵正大想起拍婚纱照时的情景，冷笑：“谁偏要搂了？是摄影师让搂的好不好。你还嫌我搂得不紧，直骂我笨，连搂个人都不会，还说我搂得不紧就是不爱你的表现！”

“你胡说八道！那么恶心人的话我才说不出口！我倒是记得清清楚楚，照相的时候人家让你在我耳边假装说话，你给我发誓，说一辈子不惹我生气！”

“你以为自己是慈禧老佛爷呀？还一辈子不惹你生气，你就编故事瞎说吧。”

“我要是瞎说天打五雷轰！”

“我要是说了就天打五雷轰！”

两个人都发着毒誓，仿佛誓言就是假药，当饭吃也药不死人。

周雨晴愤怒地看着正大：“我现在算是彻底明白了，这个世界上，什么都可以信，就是男人的话不能信，我要是再信，猪也能飞上天！”周雨晴操起剪刀，一剪子下去，嘎吱嘎吱剪了起来。

赵正大提议：“你别剪了，干脆一把火烧了，一了百了！”

周雨晴头也不抬，专心剪着：“死人照片才烧哪，我活得好好的干什么要烧，要烧你烧，我管不着……不行，你也不能烧，你这只手里还攥着我的手哪……我可不想一把火把自己的下辈子和你烧在一起……”

正大摇着头：“你这都什么歪理邪说！”

周雨晴终于把自己裁剪出来，她打量着“自己”，平静了许多：“都说女人如花，可又有谁知道，花有花期，女人的花期都在年轻的时候……赵正大，我谢谢你，让我在还没凋谢的时候，就离开了你。我得趁着花期没过，继续在风中招展！”

周雨晴的几句话把正大说得无言以对，他有种想笑笑不出来，想哭哭不出来的感觉。

“我得把‘自己’带走了……”周雨晴拿过一块干净的毛巾，擦拭着婚纱照里的“自己”，顺手把赵正大的照片扔到一边，“你愿到哪里‘风凉’，随便。”

两个人叨叨了半晚上，嗓子都有点儿冒烟了。赵正大说不想跟周雨晴再吵了，还是商量个解决的办法才是真的。两个人都拉着脸，仿佛前世就是仇人。周雨晴清了清嗓子：“说吧，你走还是我走……”

正大不作声。周雨晴来气了：“不是要商量吗？你说呀，怎么又哑巴了？离婚倒痛快，分家怎么就蔫头耷脑起来了？你的能耐呢？给句痛快话，没时间陪你扯，我还得去找我的下一站！”

正大迟疑地说"所有的东西,都一人一半。孩子是老赵家的苗,当然我带。"

"那不行，孩子还是我从身上掉下来的肉呢。他现在太小，离开妈不行。"

"他又用不着吃奶，怎么不行？我是他亲爸，亏不了他！"

"你是他亲爸，你是没亏他。人家孩子一生下来就吃外国奶粉，你儿子捞着吃了吗？"周雨晴越说越激动。

"他才吃了几天奶粉，你就下奶了，周雨晴，咱们不抬杠好不好？"

"反正这孩子生在你们老赵家，就没得一天好。"

赵正大点头："行，孩子……你可以先带着。等他大了，问问他愿意跟谁，就跟谁。"

周雨晴说："我一天到晚带着，我不信他是白眼狼，不认我这个妈。"

赵正大说："那是你觉得，他骨子里流的是赵家的血，我不信他大了不知道认祖归宗。行了，这事我们不讨论了，别的也没什么了。"

"房子呢？房子还没说呢。"

"还说什么？一人一半，不都说好了吗？贷款也是一人一半。"赵正大觉得这件事没有好争的。

"是说好了，可我总不能跟蜗牛似的，把半个家背走吧？就是我想背，也背不动。"周雨晴觉得自己说得很有道理。

"背不动就不背。"赵正大有点儿不耐烦了。

"对，背不动就不背，你终于说了一句对的话！不过，背不动房子我背得动钱，你给我补一半房钱！"周雨晴斩钉截铁。

"这个不也早说好了吗？等我有钱了……"

周雨晴冷笑："你什么时候有钱？我不是银行，给我整分期付款没用！你一竿子支到3011年，我还活不到那时候呢。"

"你……"

周雨晴脸一扬："我现在就要钱。"

"我有钱没钱你不知道啊？"赵正大急了，他觉得周雨晴有点儿无理取闹，现在自己没钱不说，就是现借也来不及。在这个城市里，他其实就是一个外乡人，没有朋友，没有亲属，除了单位的几位同事，其他的都是平淡如水的君子之交。自己一个月挣的那点儿工资，除了给正果看病和一大家子的开销，已经所剩无几了。这些情况，周雨晴心里一清二楚。这个时候逼着要钱，这不就是要成心难为自己吗？

周雨晴当然知道赵正大拿不出钱，可她就要在这个问题上将他一军。自己明摆着是被赵正大踹了，精神伤害不要求赔偿也就算了，这房子买的时候，是两个人共同出的钱，你赵正大住着，自己一分钱补偿也得不到，这事走到哪儿说理也说不过去。不给钱还把前妻扫地出门，你赵正大这办的是人事吗？这不明目张胆欺负人吗？周雨晴觉得你赵正大有没有钱现在都跟自己没关系。你有本事离婚，就有本事弄到钱，反正自己不能光着腚出门，一分钱不带。

面对周雨晴的要求，赵正大有些无奈："那你说怎么办？"

周雨晴说："好办，房子卖了，房款二一添作五，一家一半。"

"那我住哪儿？"

周雨晴表情冷漠："你爱住哪儿住哪儿，我管不着。我这是亲兄弟明算账，何况我只是你的前妻。"

"可你还是好好他妈，我是好好他爸！你怎么……也太狠了吧？"

"我狠？我狠还狠得过你，一脚把我踹出去了……"周雨晴又想掉眼泪，她强忍着。

赵正大说："婚是你提出来离的，我不过是满足了你的愿望，成全你了，怎么反倒成了我把你踹出去了？"

"我不过是说出了你一直想说又没有说出口的话，正中你下怀！"

"你……简直是倒打一耙！"

周雨晴突然想起老妈的叮嘱，补充道："还有，既然走到离婚这一步，有件事，我不得不提。彩票的事，不管怎么样，是你们家里的人弄丢的，责任不在我，所以，我那份钱，你得补给我。"

赵正大打量着周雨晴，鼻子都气歪了："周雨晴，你……你太过分了吧？"

周雨晴振振有词："我过分什么了？那五百万上完税，还有四百万，你、我、正大、正果、好好，一人一份，一人八十万。我就要自己这份，有什么过分的？"

赵正大忍不住讥笑了下："八十万？你看我值八十万吗？"

周雨晴讥讽："你不光不值八十万，你在我这里，现在一分钱都不值！"

"你……"

"还有一个办法。这房子全价也卖不上一百六十万。你搬走，房子归我，八十万你不用给了。"

赵正大没想到周雨晴还能说出这么一套歪理来，他点着周雨晴，说："周雨晴呀周雨晴，你……你精明过头了吧？咱们毕竟还做过四年夫妻，你怎么……"

"我告诉你，做了夫妻的男女不再做夫妻，只能做仇人！"

"周雨晴，做事别太过分，不要忘了，你还是好好的妈！"

周雨晴冷笑："正因为有好好，我才给你面子，让你进来，要不然，我早把你撵出去啦！"

赵正大气得不知说什么，周雨晴这么不讲理，让他很意外。看到赵正大被自己气成这样，周雨晴有点儿高兴，现在，她觉得自己终于成了一个胜利者，终于把赵正大打败了，她不屑地看着赵正大："人家的男人是因为有钱才离婚，你呢，穷得叮当响，也赶离婚的时髦。我倒要看看，没了老婆，你的日子怎么过！"

赵正大想反驳，话到嘴边又咽了回去，这样的女人，他真不知道应该怎么对付了。

周雨晴越说越来劲儿："女人一生最大的不幸，就是遇到一个像你一样薄情寡义的男人！你知道不知道，女人二十岁以前不漂亮不是自己的错，二十岁以后不漂亮可就怨不得别人了。赵正大，我跟了你多少年就错了多少年，现在离婚，我是知错改错！"

正大很不耐烦："你从哪里来的这么多闲嗑儿？"

周雨晴一脸神气："别以为这个世界上就你会说，就你能说！以前我是甘心给你当绿叶，现在，我要当红花！"

十

周雨晴抱着被子坐在床上，越想越伤心，抬头望着床头上空落落的一面墙，挂过婚纱照的一块白分外醒目，泪水就又争先恐后地跑出来。刚才，虽然自己以胜利者的姿态把赵正大数落了一顿，但并不能说明什么。离婚，最受伤害的还是女人，这一点她很明白。她不敢去想未来，更不敢奢求未来的幸福。那些“剩女”中的“剩斗士”“必剩客”“齐天大剩”，哪个不比自己优秀？她们都找不到幸福，何况自己还是个带着孩子的离婚女人。其实这些都不是主要的，主要的是自己心里还放不下这个家。但事情已经闹到离婚这一步，只能坚强起来，至少不能在表面上露出懦弱，像个怨妇似的，让正大看不起自己。

赵正大坐在客厅的沙发上，心情烦躁地点上一支烟，刚抽了一口，就咳嗽起来，他把烟头掐灭，端起水杯，喝了一口水，润了润嗓子。现在，他的心情平静了许多，也不太计较刚才周雨晴对自己那恶劣的态度。离婚，伤害是相互的，不可能心平气和。周雨晴提出的那些要求，虽然很过分，但还得协商解决，不然这样闹下去，日子不得安宁，对好好的成长也不利，对正果的病情更是一种无法预知的伤害。赵正大起身，走到卧室门口，敲了敲门，里面没有声音，又敲了两下，还是没有反应，他推了推门，发现里面已经锁上了。

赵正大又重新坐到沙发上，他合上眼睛，心里想着躺在医院的老爹，想着还没有成家的正义，想着有病的正果，想着好好……想着想着，不知不觉竟有了一丝倦意。恍惚中，渐渐进入梦乡，他梦见正义和正果在同一天结婚了，正义挽着自己的老婆，正果挽着自己的老公，两对新人是那么相亲相爱。自己和雨晴忙前忙后，张罗着迎接前来贺喜的客人……

周雨晴起身去卫生间，她看了一眼墙上的时钟，已经凌晨三点了。从卫生间出来，周雨晴来到正果房间门前，轻轻推开门，发现两人睡得正香，她给好好掖了掖被角，悄然退了出来。

尽管刚才周雨晴推门的声音很小，赵正大还是被惊醒了。他看见周雨晴轻手轻脚地向卧室走去，便咳嗽了一声，吓得周雨晴一哆嗦。

正大坐起来，说："我们……能再谈谈吗？"

周雨晴犹豫了一会儿，还是走过来，坐到正大的对面。

正大觉得嗓子里被什么东西卡住了，有些结巴："正果……不能着急、上火，这你知道。她对你，当然还有我……都有依赖性，所以、所以这事……不能刺激正果。"

周雨晴表情木然："不用拿正果说事，那是你妹妹，跟我说不着。"

离婚了，住在一个屋檐下，房间需要重新分配。赵正大提出自己跟好好住北屋，让周雨晴跟正果住南屋。周雨晴反对，她觉得叫孩子住北屋，连点儿阳光都不让孩子见，怎么能行。好好长身体要补钙，你这当爹的就一点儿不考虑？她盯着赵正大："你可以不拿我周雨晴当回事，可你要是让好好受一点儿委屈，我不干！"

正大心平气和地说："你不干，那你说个办法吧。家就这么大，就这么几个人。当初我说买个三室，你不答应……"

"当初？当初你还说要爱我一辈子呢！"周雨晴越想越气，眼里又溢满了泪花，"我真傻，就忘了问你是这辈子还是下辈子……"起身跑回了卧室，重重地摔上房门。

早晨，赵正大洗了把脸，先在锅里熬上稀粥，才到楼下买了油条，回来收拾了下，就去医院给老爹送饭了。周雨晴看着桌上熬好的稀粥和油条，心里琢磨赵正大还算有点儿良心。肚子虽然饿，可一点儿胃口也没有，她回到屋里，百无聊赖地端量着从婚纱照里"抠"出来的"自己"，缺了旁边的赵正大，照片上的自己虽然还是一脸幸福，却孤零零的怎么看怎么别扭，特别是揽在腰际的那双正大的"断手"，更显得突兀。她伸手盖住正大的手，才觉得自己又妩媚起来。

正果进来，看到婚纱照上只剩下嫂子一个人，便指着照片，一脸疑惑地问："我哥呢？"

周雨晴本来想告诉正果，你哥在床底下躺着，可转念一想，还是算了。无论怎么说，正果都是无辜的。照片里不见了大哥，家里也没有大哥的身影，正果有点儿着急。周雨晴想告诉正果正大去医院了，想想也不合适。赵长禄住院的事一直瞒着正果，如果让她知道了，一着急起来出了什么事，别说正大跟她没完，就是自己心里也会过意不去。周雨晴敷衍地说，正大可能去晨练了。

外面传来一阵急促的敲门声，周雨晴急忙去开门，来的居然是周大妈，周雨晴还一脸无事地问："你怎么一大早来了？"

"你说我怎么来了？昨天晚上你没回去，我一宿没睡。"周大妈气鼓鼓地说着，打量着周雨晴，低声问，"他欺负你没有？"

"他敢！"周雨晴把周大妈让进屋，把门关上。

"正大呢？我找他唠扯唠扯。"周大妈四下看着，找着正大。

周雨晴把周大妈拉到沙发上："一大早就没影了，估计是去医院了。一会儿我还要送好好去幼儿园。妈，你来得正好，你帮我看一会儿正果。"

"人家都不要你了，正果还和你有什么关系？"周大妈抱怨着，满脸不高兴。

"怎么是他不要我了？是我提出离的！"

周大妈低声道："一看你昨天晚上就没把算盘拨拉明白，从小算术就不好，这男人休了你，你还帮人带起小姑子了！"

"谁让休了呀？说得这么难听！"

周大妈还要说什么，好好光着脚丫从卧室里跑过来，口里喊着"姥姥"。看到外孙子，周大妈急忙抱起好好，想起外孙子突然成了单亲家庭的孩子，眼泪落了下来。

吃过早餐，把好好送到幼儿园，周大妈让女儿跟自己一块儿回家，周雨晴看了一眼跟在身边的正果，说得和正果回家，这个小姑子不能没人照顾。周大妈叹息，说没见过你们这样闹离婚的，到现在还"咸吃萝卜淡操心"。周雨晴觉得正大他爸住院，正果一时没人管，自己这个时候无论怎么说都不能太绝情。何况这个小姑子平时依赖自己惯了，虽然脑子受了伤，智力上有点儿问题，但她一直都把自己这个嫂子当作亲人。长嫂如母，三年多来，周雨晴深深体会到这句话的含义。

周大妈无法体会女儿的心情，她抱怨着："你管！你管！你现在算赵家地里的哪根葱？"

周雨晴懒得和老妈叨叨，昨晚和正大叨叨了一夜，还不是叨叨了一夜的废话、气话？什么实质性问题也没解决。

正果发现马路对面的广场上有人在画素描，抬手指给嫂子看，然后不顾马路上行驶的车辆，就要跑过去。周雨晴连忙赶上，牵着正果的手，避让着车辆。周大妈跟过去，不满地挖苦周雨晴："对你妈也没这么孝顺！"

周雨晴小声嘟囔着："她脑子不是有毛病嘛。"

周大妈指着周雨晴的头："我看你脑子有毛病！"

三个人来到广场，正果看画画的去了。周大妈和周雨晴站在不远处说着话，周大妈问："你还真打算长住'沙家浜'？"

周雨晴点头："我不住那儿住哪儿，那房子有我一半。"

周大妈挖了眼女儿："婚都离了，还住一块儿，这叫什么事！"

"什么住一块儿，叫你一说就这么难听。两间屋子，他一屋，我一屋。"周雨晴说得理直气壮。

"那还不是住一块儿？"

"你那儿就一间房，我和好好回去也住不开呀。"

周大妈觉得既然已经离婚了，女儿就不能和正大再住在一个屋檐下。女儿搬回家，自己搭个床住厅里，让女儿跟好好住里屋，怎么都能凑合着睡个觉。周雨晴表示反对，说凑合一天两天行，不能老凑合。"妈，你年纪大了，老胳膊老腿的，哪儿受得了。再说，我也不想走，不能便宜了他赵正大。"

周大妈分析，赵正大既给不了女儿钱，房子又不想卖，可能心里还装着女儿。如果赵正大真是这么想的，那就是说他离婚不是成心的。周雨晴说自己可不这么想，离都离了，哪还有什么成不成心的说法。周大妈觉得这个家就这么散了，实在让人惋惜，如果能有挽救的机会，自己这个当妈的，就应该出一份力。老话说："宁拆十座庙，不拆一桩婚。"如果能让赵正大和女儿复婚，也是一桩积德的事。

周大妈盯着周雨晴，问她是不是真后悔了。这句话说中了周雨晴的痛处，她躲着母亲的目光，嘴上却不肯服软：“后什么悔？离了他，我照样过。他离了我，连热乎饭都吃不上！”

“你心里那点儿小儿儿还瞒得了我？”周大妈看着女儿，帮着出谋划策：“既然离了，就别在他跟前服软，让他尝尝冷饭冷菜的滋味儿。这男人呀，有女人在觉着自己什么都行，离了女人才知道自己啥也不是。你就得让正大知道自己啥也不是，他才有回头的那一天！”

“妈，你的意思是……”

周人妈脸一板：“我什么意思你不知道？”

赵正大伺候老爹吃完早餐，趁着屋里没人，赵长禄埋怨正大刚才一直管自己叫爹，不叫爸。正大就笑，他知道老爹心里的小九九，就说：“叫了二十多年了，哪还改得了口。”

赵长禄不满：“那也得改。”

赵正大笑笑，敷衍地点头。

赵长禄想起周雨晴上次来的时候脸色不太好，就问正大是不是跟周雨晴吵架了。正大沉吟了一会儿，承认自己说过周雨晴几句。赵长禄埋怨：“说她做啥，也怨不得她。这一阵，俺这心口老觉得闷，是老病了。她也不容易，这三年一直伺候正果，一个做嫂子的，能这样已经不错了。还有正义，三天两头住到家里，说人家一点儿不烦那不可能。雨晴有时候扔扔脸子、耍耍脾气，你得让着点儿她。”

赵正大不想让爹知道实情，只好机械地答应着。

看到有一床的病友进来，赵长禄高声喊着正大的名字，吩咐他给自己倒水，病友却并没有按照赵长禄的设计来，根本不理会眼前的这位著名主持人。赵正大为自己尴尬，更为父亲尴尬。他知道父亲好面子，总爱在外人面前提起自己，甚至跟不相干的人碰个面也会千方百计把话题引到自己身上。父亲有时候像个老小孩，如果四处夸赞自己的儿子能让他觉得是一种幸福，就由着他去吧。

赵长禄大声说:“正大,往后你那广告里不能老是插广告了,那个‘小丽呀’,像什么话,天天在节目里叨咕来叨咕去,叫人听着都脸红。”

一床的病友往床上一躺,从枕头下摸出一本书,看了起来。一床的冷漠态度让赵长禄有些扫兴。护士进来送住院费单据的时候,赵长禄借机找起事来:“一天就上千,这也太多了,这不是抢钱吗?你跟大夫说去,俺要出院!”赵长禄态度坚决。

赵正大按住父亲:“病好了,你就是想住在医院里,人家大夫都不让。”

听正大在电话里说周雨晴还住在家里,正义认定嫂子是想走回头路,借机劝正大也吃个“回头草”,让正大给骂了一通。正义晚上来家的时候,见正果和好好玩得都挺高兴,从他们俩身上,看不出这个家庭发生过什么变故。好好从他手里接过一袋子小食品,喊着跳着跟周雨晴炫耀去了,正义的眼睛发酸,这么小的孩子,爸妈就离婚了,将来心灵上的伤害,用多少亲情,用多少爱,都是无法弥补的。

周雨晴在厨房里做饭,责备正义老是给好好买小食品,不让好好吃饭,说完了,又觉得不妥。现在自己的身份跟原来不一样了,再这么没有深浅地说正义,是有些好赖不知了。正义却希望周雨晴这么数落自己,他觉得这才像原来的嫂子,要真客气起来,那就真是生分了。在屋里,正义看见墙上只有“周雨晴”一个人站在相框里,便四下找着“赵正大”,最后撅着屁股在床下发现了大哥。周雨晴进来,正义有些尴尬,周雨晴却没有避讳,自嘲地看着墙上的自己:“往后你哥就一个人了,人家是名人、大主播,得找个比我年轻漂亮的。我算什么呀,都黄脸婆了。”

听周雨晴这么说,正义有些难受:“嫂子……”

周雨晴忙纠正:“别这么叫,我担待不起。往后让你哥找个年轻、漂亮、能干、有钱的小嫂子,你去叫那个小嫂子吧。”

“嫂子,你们俩这事办得……也太草率了嘛……”

“那你可是冤枉你哥了,他可不是草率的人,办事从来都是稳扎稳打。”

正义说:“嫂子,这事……我想听你说一句实话。”

周雨晴问:“什么实话?”

正义说："那你想跟我哥离吗？"

周雨晴一下就竖起了眉毛："你什么意思？我还死皮赖脸缠着你哥了？他有什么了不起呀，一个破主持人，除了会耍嘴皮子，还有什么正经本事？"

正义忙解释："我不是这个意思。我是说……你要是想复婚，我哥的工作，我来做！"

周雨晴急了："谁想复婚了？他看不上我，我还看不上他呢！这么些年，我对他、对正果、对你们老赵家上上下下、老老少少，哪一个怠慢了？我当牛做马这些年，还没当够啊？现在好，离了好，我高兴，我解放了，我终于能'翻身农奴把歌唱'了，我高兴还来不及呢！"

正义说："嫂子，你别这么激动……"

周雨晴追问："我激动了吗？我这是高兴！我这是喜悦！我做梦都想偷着笑！"

正义知道嫂子在发牢骚，说的不是真心话，忙说："嫂子，我知道这些年，你为正果、为我，操了不少心，受了不少委屈，特别是中奖那件事，我真觉得我们全家人都欠你的……"

周雨晴板着脸："可别这么说，让你哥听了该不乐意了。蓝号是你选的，买彩票的两块钱是正果掏的，号是你哥结婚大喜的日子，根本就跟我没关系。"

"不能这么说……"

"怎么不能？你哥就是这么说的，你哥就觉得那五百万跟我没一点儿关系呀！"

"我哥，他就是一糊涂蛋！"

"别别，你别当着我面骂他，这要是他听到了，还以为是我挑唆的呢，这罪过就大啦。我和他离了婚就是陌路人了，你可是他亲弟弟，走到天边也是一奶同胞。你们兄弟俩的事，我这个外人可掺和不着。"

虽然周雨晴一直牢骚满腹，表白自己跟正大离婚是一种解脱，一种解放，但正义从嫂子的语气听出了弦外之音——嫂子跟大哥的感情还在。如果两人的感情真的破裂了，那么，嫂子一句都不会提这些往事，更不会唠叨起来没完。嫂子愿意跟自己叨叨这些事情，说明嫂子心里是爱这个家的，还是爱大哥的。

只是现在两人都骑在老虎背上，没有外人帮助，谁先屈服了，就会让对方鄙视，谁先从老虎背上下来，谁就会被老虎咬死。想到这儿，正义说："你放心嫂子，这事只要你同意，我哥的工作我去做，我做不了，还有爹！"

周雨晴连忙阻止："赶紧打住！你哥本来就把老爷子住院的事记在我头上，你要再一说这事，老爷子一急，有个什么闪失，我可负不了责任……对了，我煲了鸡汤，一会儿你给咱……不，是给你爹送去吧。告诉你啊，我这不是看他赵正大的面子，是冲着住院的人是好好他爷爷！"

周雨晴转身去了厨房，小叔子的这个态度，让她觉得心里好受了点儿。虽然心里一直有复婚的念头，但现在这时候，肯定不合适，两个人都走到了悬崖上，突然要跳到平地上，显然是做不到的事情。要想从悬崖上顺当地走到平地上，需要时间，需要耐心，也更需要智慧。周雨晴很明白这一点。面对正义提出复婚的建议，周雨晴从内心感激这个小叔子对自己的认同，但现在说软乎话，她周雨晴拉不下这张脸。

正大在医院看到正义拿来的鸡汤，心里挺不是滋味儿。这婚都离了，周雨晴还给老爹煲鸡汤，一般的媳妇做不出这样的事来。这一点说明周雨晴不是那种小肚鸡肠的人，说明周雨晴还有人情味儿。上节目的时候，赵正大对着孤零零的麦克风有些走神。一位女听众声音发嗲，在广播里诉说着自己的感情经历："我今年三十一了，一直没结婚，我们单位一个领导对我特别好，每天早上都开着车，绕老大的弯子来接我上班，晚上下班还把我送回家……我真的觉得好幸福……"听到正大一直没有回应，女听众问，"正大老师，你在听吗？"

赵正大反应过来："哦，幸福，幸福好，你说，你说吧……"

女听众："有时候，我们还一块儿吃饭，吃完饭再去唱歌……有时候唱完歌已经很晚了，我们就……你明白了吧，正大老师？"

赵长禄躺在病床上，听着节目，病房内回荡着赵正大疑惑的声音："明白什么？"

三床的病友回答："就是在外面乱搞嘛。"

女听众说："哎呀，正大老师，连这你都不明白……"

“你不说自己很幸福吗？”赵正大问。

女听众说：“可是我的幸福太短暂了，我和他的事，让他老婆知道了，他老婆还到单位打了我……正大老师，你说我怎么办啊？你给我出个主意吧。”

赵正大冷笑：“我出什么主意？你就该打！”

三床病友乐起来，对赵长禄说：“你儿子真行，有种！这节目听着过瘾！”

赵长禄回答：“这不算啥，有好几回俺家正大都给那些个第三者骂哭啦！有一回有个小三怀了孕，老是想着扶正，被正大给训了一通，那女的破口大骂。”

一床病友惊讶地问：“在节目里就开骂？”

三床病友回答：“那可不，什么鸡零狗碎的都带出来了，全部现场直播，哎呀，听着那个过瘾！”

赵长禄不满地瞅着三床病友：“有啥过瘾的？就是撒泼骂人。叫正大把电话给掐啦！”

收音机里一个男听众在诉说：“也不知怎么回事，我结婚二十一年了，孩子都二十二了，我现在突然就想离婚……”

赵正大：“我没听明白，你结婚二十一年，孩子都……都多大了？”

男听众：“二十二。要不是因为结婚前她先怀了孕，我才不跟她结婚呢。她这叫什么，就叫要挟！她要挟了我二十一年，你说正大老师，我怎么过来的，二十一年哪，那真叫度日如年、水深火热、暗无天日，二十一年哪……”

插播广告的时间到了，赵正大似乎忘记了，小麦着急地在外面敲着玻璃，连做口型带比画地做着“广告”的提示。正大反应过来，忙点头：“现在是广告时间，观众朋友们请高低忍一会儿……”正大说着，手忙脚乱地切了电话。

“观众朋友……”一床的病友听到赵正大口误，忍不住笑起来。

三床的病友反应过来，也哈哈大笑起来。赵长禄一脸疑惑：“咋着了你们，跟踩着猪尾巴似的……”

一床和三床的病友笑得更欢了。

赵正大急忙按下事先录好的广告，那段著名的“人流广告”突然炸响：“小丽呀，昨天你才做了意外怀孕手术，今天怎么就上班了？”

另一个女人满足状的声音：“王姐，我昨天做的是全程无痛人流手术，才八百块钱！”

小麦进了直播间：“正大老师，今天六个广告都没播出去，再不播就没时间了。”

正大扯下耳麦，扔到播音台上：“那就不播！这都什么破广告，我听了四年多，做梦都是小丽意外怀孕！”

“上个月你少播了十二次，扣了你六百块钱。”小麦提醒。

“扣吧扣吧，都扣光了，我一家老小上台长家里去吃饭！”赵正大发着牢骚。

“那后面的节目，我都播广告了啊！”小麦有些不知所措。

“随便！”正大恼怒地摔门而去。

从直播室出来，正大的气一直没消。老宋在办公室看到正大，还有点儿不适应，以为自己看差了时间，耽误了节目。听正大说后面的时间都给自己拉来的性药广告搞创收了，老宋忙称：“别这么说，这是给台里创收，给大家伙创收，我可一分钱没往自己兜里揣，大不了拿点儿试用品，还都分给咱台里的兄弟姐妹了。”老宋说得没错，有一回他还送给正大一个夫妻情趣用品，拿回家的时候，周雨晴把他骂了一顿，说没想到他赵正大表面上挺正人君子，背地里居然也是个低级下流的货色。第二天正大把情趣用品还给老宋，老宋还嘲笑他们两口子假正经。后来有一次赵正大和周雨晴斗志昂扬的时候，周雨晴要找正人拿回来的情趣用品，才知道正人已经把东西还回去了，周雨晴居然又不高兴了，埋怨赵正大不会过日子。

老宋想让正大帮个忙，给一个二婚的朋友主持个婚礼：“他这个星期六办事。本来说好的，我去给他主持，可那新娘今天犯毛病说什么都不答应了，她说自己是头一回结婚，不能找个性夜话的主持人，太低俗啦。妈的，她要是不低俗，还结个屁婚，继续当她的老处女得了。不对，她都给我那哥们儿当了四五年小三，早他妈成破鞋了。”

正大明白，老宋一是想帮朋友的忙，二也是想让自己挣点儿外快，台里的主持人多了，他找自己去，就说明他心里还有自己。可台里有规定，不让大家出去主持婚礼，一经发现，出场费上交，还要扣除当月奖金。见正大有顾虑，老宋就开导他："就上去主持个十分八分钟，屁大点儿工夫就完事了。台里知道个屁，要是发现了，罚的钱算我的！"

从内心里讲，正大也想挣那份钱，老宋说十分八分钟完事是有点儿夸张，可半个小时挣个三千五千，还是很有诱惑力的。有了这笔钱，起码正果一个月的治疗费算是解决了。

十一

赵正大回到家，摸黑脱了外衣，习惯性地拉开南屋的门，摸到床前，一个黑影呼地从床上坐起来，吓了赵正大一跳。他拧开床头灯，见正果、好好、周雨晴三人挤在一张床上，周雨晴掀开身上的被子，气势汹汹朝他低吼："干什么你？要流氓啊？"

赵正大不想跟周雨晴掰扯没用的，连忙退出去。一进北屋，躺在床上的正义就笑起来："走顺腿了吧？被人撵出来了……"

正大瞪着弟弟："胡扯什么你？怎么还不睡？"

正义坐起来："睡不着，等你……"

"别告诉我你又没钱了啊，我刚给正果交了高压氧。"

"又小瞧我了吧……"

周雨晴蹑手蹑脚从南屋出来，偷听着哥儿俩谈话。赵正义下床，拿起扔在椅子上的衣服，掏出一沓钱放在桌上。

"抢银行了？"正大满脸疑惑地问。

"我今天卖出去一套房子，这是提成……新账老账一块儿算给你。"

"你睡吧，我去冲个澡。"正大转身朝外走。

周雨晴要抽身回去，屋里传出赵正义的声音："别呀，我一直等着你哪。我想跟你说说嫂子的事，我看嫂子那意思，她后悔了。"

正大说："那是她的事，我管不着，你也别跟着瞎操心。"

周雨晴气得抬手要推门进去，还是忍住了，转身回到南屋，趴在床上干生气，泪水跟着不断地往外涌。

城市在霓虹的世界里睡着了。赵正大做了一晚上梦，东一榔头西一棒槌，都是支离破碎的，就像他眼下的婚姻。

天刚蒙蒙亮，赵正大打着哈欠从屋里出来，朝卫生间走去，刚要推门进去，只见门上贴了一张值日表，一、三、五、周六、周日，赵正大、赵正义值日；二、四，周雨晴、正果值日。下面还有费用说明：燃气费、水电费、物业费由赵正大、赵正义、周雨晴按人头分担。

“神经病……”赵正大嘟囔着要推门进卫生间，却发现门从里面反锁上了。他敲了敲门，问道：“谁在里面？正果吗？”

“敲什么敲？”里面传出周雨晴不满的吼声。

赵正大耐心等了一会儿，不见里面有动静。正焦急时，里面传来哗哗的冲水声，引起了正大的连锁反应，他敲着门：“周雨晴，你能不能快点儿！”

“你等着吧，半小时以后，我上班走了全天都归你。”周雨晴懒洋洋的声音传出来。

赵正大觉得有点儿坚持不住了，用力擂着门：“你不知道我起来就急着上厕所啊？”

“你急不急跟我说不着。”周雨晴对着镜子，不紧不慢地擦着护肤霜。

“那你不能占着茅坑不拉屎呀！”

“那我也愿意占着。”

“卫生间不是你一个人的，你人道点儿好不好？”

“确实不是我一个人的。不过，也不是你一个人的吧？至于人道，我知道怎么做叫人道。出了小区往右拐，过两条马路，再往前走两百多米吧，有个公厕。对了，去的时候记着拿零钱，那地方投币，不设找赎。”

“周雨晴，你太过分了！再不出来，我踹门了！”

“想踹就踹，反正这门也不结实。”

“哥……”正果从卧室出来，打着哈欠。

脸色涨红的正大抱着肚子，回头痛苦地看着正果。

“哥，好好要尿尿，要尿盆。”正果说。

周雨晴在描眼影，一回头，看见地上的尿盆，急忙拿起来，开了门，递出来。赵正大就势挤进去，周雨晴推赵正大出去，赵正大挣扎着，褪下裤子，一屁股坐到马桶上。

周雨晴指着赵正大的脑门："你不要脸！"

"现在，腚比脸重要。"赵正大一边忙着，一边回答周雨晴。

赵长禄从正大送来的饭里尝出了家庭不和睦，他觉得这饭味儿不对，不是正大媳妇的手艺。这好好他妈也不来医院看他，肯定是跟正大闹矛盾了。赵长禄叹了口气，看看正大："人家不伺候你了？一个大男人连老婆都摆弄不明白，还能在外面干啥事业？你听听你昨晚做的那节目，俺都替你害臊！"

正大有些诧异："你听出什么来了？"

赵长禄叹了口气："俺不听，能知道你长进了还是退步了？正大，你在城里立稳个脚跟不容易，可不能不知道珍惜。那广播里也不能除了意外怀孕，就是尿急尿频尿分叉，跟你们领导说说，不能为了钱，脸都不要了！"

正大沉默了，爹说的这些事情，不是他能解决的。正义看大哥不说话，连忙帮腔："爹，你不懂，这广告越多，越说明我哥这节目火。"

赵长禄放下手里的筷子："火大了，小心烧着腚！"

听说家里留着正果和好好，赵长禄撵正大赶快走。正大出了医院，想起以后这个家得自己照顾，就头大起来，首要的就是要学会做饭，而从结婚之后，自己下厨房的次数都数得过来，而以后，这项任务就是常态工作了。在小区不远处那个大妈的报摊上买了一本烹饪杂志，见上面教做炸鸡翅那一幅图画很是诱人，正大也去买了两斤鸡翅膀，想回家照着书本实践一回。

一进家门，正大发现正果在洗周雨晴的衣服，好好在一面墙上涂抹着，画得像十八个张飞猜醉拳，另一面墙上贴着一张正果画的画，上面，被夸张的正大和周雨晴唾液横飞，张牙舞爪拼抢着厕所的马桶，好好端着尿盆急得直哭。看着这张画，赵正大心里不是滋味儿。本来想批评正果给周雨晴洗衣服，批评好好不该乱画墙，转念一想，还是算了，无论是正果自愿的，还是周雨晴指使的，只要正果和好好都平平安安的，比什么都好。

午饭凑合了几口，赵正大补了会儿昨晚落下的觉，起来后又在网上查了点儿上节目要用的资料，一下午的时间就过去了。赵正大看看窗外，天色渐晚，用调料喂了一下午的鸡翅也可以上灶了。赵正大一手拿着菜谱，一手拿着炒勺，学着炒起菜来。油热了，才发现书里让把喂好的鸡翅控干了水分才能下油锅。手忙脚乱挤干了鸡翅膀的水分，厨房里已是油烟滚滚，呛得赵正大直咳嗽。折腾了半天，晚饭总算是对付出来了，鸡翅膀没有书上的颜色好看，口感却还凑合，一盘红烧鱼的颜色也有点儿烧过了头，好在正果和好好都还捧场。

周雨晴拎着买的菜回来，一进楼道，便闻到一股菜做煳了的味道，旁边的邻居碰见周雨晴，不高兴地抱怨说："你家是不是油烟机坏了呀？弄得满楼道都是烟熏火燎的味儿。"

周雨晴急三火四地跑回家，一进门就让满屋子的油烟味儿呛得流眼泪："赵正大，你想干什么？不想在这里住也不至于把房子点着吧？"

正大和正果、好好吃得都挺高兴，正大并不计较周雨晴的态度，不冷不热邀请道："要是不嫌难吃，一块儿吃吧。"

周雨晴看着桌上的几样菜，知道正大是下了不少功夫："好好，早晨上幼儿园的时候，太阳是从东边出来，还是西边出来？"

好好不屑回答。正果问："嫂子，太阳不是从东边出来吗？"

周雨晴阴阳怪气："可嫂子怎么就感觉今天太阳是从西边冒的头呢？"

正大说："周雨晴，你别误导正果好不好？"

周雨晴板着脸："我今天就觉得太阳是从西边出来的！"

吃完饭，周雨晴坐在沙发上看电视，不时调换着频道。正大走过来，坐下。周雨晴起身要走，正大一把拉住周雨晴的胳膊。

周雨晴一甩胳膊："少拉拉扯扯！有话就说，有屁就放。"

"雨晴……"

"雨晴？雨晴可不是随便什么人都能叫的。"周雨晴装着愕然的样子，突然故作娇羞状，在半空中画了个圆圈，"今天周末，你不会是想……"

正大脸一拉："周雨晴，你胡思乱想什么？婚都离了，我还能想什么？"

周雨晴的脸也拉下来："'黄鼠狼给鸡拜年'，能安好心才怪了。我早就知道你肚子里装着事。”

正大用商量的语气说：“明天，你能不能陪我……去看看爹。”

“那是你爹，我现在没这个义务！”周雨晴说完，转身就走。

一群鸽子从楼顶上飞过，把城市从夜里唤醒。赵正大站在窗前，望着远去的鸽子，想着心事。一对离了婚的夫妻，住在一个屋檐下，往后说不定会发生什么样的故事。离婚了，什么都得分开。就拿吃饭来说吧，以后也得各做各的，各吃各的，饭勺碰锅沿，以后叮叮当当的事情想想就让人头疼。

周雨晴做好了早饭，小米粥的芳香在饭桌周围飘荡，把赵正大胃里的馋虫勾引出来，肚子咕咕叫着，却只能强忍。他用开水冲了一碗桃酥，怎么闻都是一股地沟油味儿。正果盛了一碗小米粥，递给正大，正大刚要接过来，身后传来周雨晴一声响亮的咳嗽，赵正大下意识地缩回了手。周雨晴板着脸，从正果手里接过小米粥，催促正果快吃，然后把饭菜端到桌子的另一端，无形中和正大划清了界限。

正果又盛了一碗粥，放在赵正大面前。赵正大有些尴尬，生怕周雨晴再蹦出什么难听的话来，正迟疑着该不该喝这碗小米粥，周雨晴发话了：“想吃就吃，硬撑着的滋味儿不好受。昨晚你别有用心做了一顿饭，尽管不怎么样，也算一顿吧。这一顿我们扯平了。”

“我昨天说的事，你答应了？”赵正大问。

“赵正大，你别抓鼻子上脸，不吃拉倒。”周雨晴抬头斜了正大一眼，“今天周五，按照规定，家里的卫生归你管。”

收拾完家，赵正大就开始给赵长禄做起病号饭，赶到医院的时候，已是晌午了。推开病房门，他愣住了，只见赵长禄正在津津有味地吃着饭，周雨晴在一旁削着一个苹果。赵正大走到床前，想跟周雨晴说话，周雨晴却不搭理他，继续埋头削着苹果。赵正大把饭放在桌上，赵长禄说：“怎么又送来了……你们也不合计合计俺吃得下吃不下。”

赵正大若无其事地说：“没事，留着晚上吃。”

赵长禄指着桌上的东西：“你看雨晴买这些东西，又不是看外人。”

赵正大忙说："当然不是外人，你是好好他爷爷，雨晴买点儿也是应该的，我也说不用买，她偏要买……"

周雨晴面无表情，把削好的苹果放在饭盒上，拿起暖瓶晃了晃，要去打水。赵正大伸手要接，周雨晴没有理会，自顾走了，赵正大犹豫了下，跟出去，在走廊上撵上周雨晴，说："谢谢你啊。"

"我是来看好好他爷爷的，跟你没关系。"周雨晴没有停下脚步。

"行，让你儿子谢你吧。"赵正大伸手要拿周雨晴手里的暖瓶，"我来吧，你去陪爹说说话。"

"请你摆正关系！"周雨晴瞅了正大一眼。

"你买那些东西花多少钱，算我的。"

周雨晴站下，伸出手："你给呀！买东西的钱，我来装你老婆的钱，还有我的封口费！你给呀，给呀！"周雨晴说着说着，不觉间眼里噙了泪水。

完成了探视赵长禄的任务，周雨晴来到医院旁边的公园，失落地坐在长椅上，想着心事。突然肩头被拍了一把，她禁不住一哆嗦。回头一看，原来是中学同学刘新红。

刘新红羡慕周雨晴找了个好老公，说正大就是自己心中的偶像。周雨晴说什么偶像，呕吐的对象还差不离。

刘新红说："不许这么糟蹋我偶像啊！别以为正大老师是你男人，你就想据为己有自个儿用，他可还是我们广人忠实听众的男人。正大老师说的那些话，就是婚姻指南宝典，精辟！"

周雨晴不屑："精辟个屁，满嘴跑火车，你也信。"

刘新红笑着："周雨晴，这就是你不知道珍惜了啊，守着个金元宝不知道它有多金贵。背地里我们小姐妹有多羡慕你你都不知道。现在到哪里去找这么懂女人的男人？'婚姻的杀手有时不是外遇，而是时间'，'当初结婚是看上眼了，后来离婚是看走眼了'，'女人一成不变，男人一定会变'，'男人赚的钱就是给女人花的，你不舍得花，总有其他女人花'，你听听这些道理说的，深入浅出，入木三分哪！这样的男人，不说是绝世，也是极品！周雨晴，你可得把你们家这极品男人看好了，要不然啊……外面的贼可多着呢……”

“谁稀罕谁就偷了去。”周雨晴说。

“你还别不信，就正大老师这种极品男人，不怕贼偷，就怕贼惦记。”刘新红停顿了片刻，接着说，“哎，前几天我看见二孟了，他还问起你。”

“二孟？我怎么有点儿忘了……”周雨晴使劲儿回忆着。

“人家跟你坐过同桌，还给你暗送过秋波。”

“得了吧，还秋波，还大白菜呢……”

“你还不信，二孟至今还未婚呢，人家可说都是叫你害的。”

周雨晴捣了刘新红一拳头：“哎，你还胡说……”

刘新红笑着：“是二孟想吃天鹅肉，怎么怪着我了？我也觉得他是做白日梦，你有正大老师这样的极品男人，他算哪根葱呀！”

“八卦！不听你胡说八道了。”周雨晴站起来，转身要走。

女同学一把拉住周雨晴：“老同学，替我向正大老师要张签名照片。记住啊，衣服穿少点儿的那种，越少越好。不穿，更好！”刘新红放肆地大笑，像已经占了周雨晴不少便宜。

赵正大坐在桌前准备晚上用的资料，老宋过来，说正大这工作热情不拿“邹韬奋奖”都屈得慌。正大笑笑：“我哪有你的好命，有商家给的现成资料，照本宣科就行了。”

老宋一脸油滑：“一听你这话就是瞧不起我这卖性药的。他们提供的资料白纸黑字那是死的，我得给忽悠活了，变成真金白银。你要是觉得我这活好，咱换换？”

赵正大真诚地说：“你那活我还真干不了，不光得口才好，还得脸皮厚。”

“滚你个蛋去，你脸皮薄，三岁大儿的孩子哪儿来的？我脸皮厚，现在我可还是王老五呢。”

赵正大哼了一声：“你那也叫王老五？离婚这五六年，还不是夜夜入洞房，天天做新郎。”

“怎么？羡慕嫉妒恨了？可别价啊，这都是表面现象，你可别被蒙骗了。说句实话啊正大，你还别不信，这种四脚不落地的日子老哥早过够了，我也想跟你似的，找个周雨晴那样正经八百的老婆，能给你洗洗涮涮、缝缝补补，一进家就能吃上碗热乎饭。三天两头拌两句嘴，权当是打情骂俏了。”

“你老宋对新生活的要求还能这么低？”

“这还低？这是过日子的最高境界。哎，我这意思可是早跟你说过啊，让周雨晴帮我按她的标准找一个，对自己男人好，对男人的家里人好，有这两条托底，别的地方成色差点儿也行。”

赵正大不爱听了：“什么成色差点儿也行，你当买金货呢。”

老宋回答：“可不是嘛，挑媳妇就跟挑金子似的，不对，挑个对自己男人好、对男人家里人好的媳妇，那是千里难寻、千金难求！”

有些事情是没有办法深究的，刚离婚的时候，周雨晴是想着再也不管正果了，让赵正大好好尝尝离婚的直接后果。可真离了，她还是放不下正果，在正果那里，更是看不出现在的嫂子和原来有什么质的变化。回娘家的时候，正果也跟着来了，周大妈一见，就老大不高兴，埋怨周雨晴没把自己的角色演好，把嫂子当成妈了。她让女儿搬回来住，婚也离了，赖在那个家不走，说出去叫人笑话。周雨晴分辩，说两个人根本没住在一个屋里，就跟小葱拌豆腐似的，虽然都在一个盘子里，却是一清二白。

周大妈冷笑：“一清二白？这事能一清二白？别说别人了，就连我这个当妈的都看花了眼，我都怀疑你们到底是离了还是没离！”

“离婚证都拿了，这还能有假？”

“证，不能有假，可我就怕你这个人过糊涂了，不知道自己是啥身份！”

周雨晴不耐烦了：“我的事你就别管了……这正果我帮着看看，也是没办法的事，当初要不是因为我，她也不能这样……”

“要这么说，那五百万还是正果弄没的呢，这账怎么算？”

“行了，我不愿提这些破事，烦死了都……”

周大妈觉得，既然已经离婚了，女儿就得跟赵正大分清楚，不能这么搅和着过日子，搅和到最后吃亏的是女儿，不是正大。周大妈说：“从小我就告诉你，一个女人家得把自己活清楚了，你看看你现在，糊涂到啥样了？想跟人家复婚，那也不能作践自己，上赶子的买卖做不成。”

“谁上赶子了？是他上赶着我。”

“得了吧，你妈不虎不傻，他赵正大这是欺负人！”

“他怎么欺负人了？”

“和你不明不白就是欺负人。和你离婚的是他，叫你装神弄鬼去扮演赵长禄的儿媳妇的还是他。你等着吧，等他找到了合适的女人，一准能一脚把你踹飞喽。”

周雨晴虽然嘴硬，可她明白老妈说得不是没有道理，如果有一天赵正大把新媳妇娶进门，那自己的下场也太凄凉了。越想越烦，周雨晴收拾收拾，带着好好和正果去公园散心去了。

看到女儿过着憋屈的生活，周大妈在家坐不住了，她要去找正大讨个说法。女儿的心思显然是不想离，可“剃头挑子一头热”能解决什么事？如果正大也有后悔的意思，那就赶紧复婚，两口子看着对方在油锅上煎熬，什么时候是个头？如果谈不好，就当教训这小子一顿，别以为自己的女儿好欺负，这个当妈的可不是软柿子。

赵正大正在网上查资料，听到有人敲门，急忙跑出来开门，见周大妈胳膊上挎着个大帆布包，板着脸站在门口，一时间有些慌神，吃惊地问：“妈……你怎么来了？”

周大妈换了鞋进来，说：“你现在还喊我一声妈，这声妈喊了有四年多了，以后还不知道有没有机会再听到了。”

一听周大妈这么说，赵正大就知道老太太已经知道了实底，他倒了杯水，小心翼翼地放在周大妈面前。在这个丈母娘跟前，赵正大从来都是很拘谨，周雨晴跟他说过多次，自己这个妈一辈子没在外人面前服过软，只在自家闺女的婚事上让了步。谈恋爱那时候，因为老太太不同意，赵正大一直不敢照面，后来两人把生米做成了熟饭，赵正大更觉得矮了三分。后来随着工作渐有起色，他才觉得腰杆儿直溜起来。听周雨晴说老太太常在外面吹嘘自己有个名人女婿，他嘴上不说，心里却相当受用。

周大妈是本着先礼后兵的原则来见赵正大的，看到他一副谨小慎微的样子，就知道赵正大的心里已经先发起虚来了。周大妈稳稳地喝下半杯水，直奔主题而来："正大呀，当初你要娶雨晴的时候，可是没少往我那个破房子里跑，好话说了一箩筐，不假吧？"

正大尴尬地点点头。

周大妈继续说："现在你们离婚，跟我吱过一声吗？正大，我不是一个想不开事的人，既然你们分开了，我也不计较你跟不跟我说了。可你离婚了，还让雨晴在你爹面前冒充你媳妇，这说得过去吗？"

正大低着头："我爹老念叨雨晴，我怕他生气，就……"

听正大这么说，周大妈一直压着的火气蹿上来，说话的声调不由就高了："你担心你爹生气，你就不怕我生气？离就离了，早晚都得知道，你们还演什么戏呀？这不是小孩过家家，亏你还是个主持人，连这个都不懂？"

正大忙检讨："妈，这事怪我，您老别生气，我确实……委屈雨晴了，可我，也是没办法……"

周大妈叹了口气："你怕你爹生气，让雨晴受点儿委屈，我也不怪你，将心比心，我也是做老人的，理解。可是，你赵正大理解了你爹，什么时候来理解理解我这个当妈的？咱拍拍良心，这些年雨晴容易吗？不光带着好好，还得伺候你们家正果。五百万那么大的钱一转眼打了水漂，雨晴跟你闹了疯了吗？就冲这一点，你也不能那么对她呀！噢，现在你用着雨晴了，就让她跑到你爹那儿哄老人高兴，你爹总有病好了回乡下的那一天，正果这病可是啥时候能好谁都说不准。这么着，你还打算让雨晴给你们老赵家当一辈子不花钱的保姆？正大，雨晴傻，我可不傻！我今天来，是想听听你给我个什么说法！"

正大为难地说："对不起，妈……"

周大妈见正大不回答她的问题，生气了："你别喊妈，把事先说明白！"

正大迟疑地说："您老说的，我都认……"

周大妈有些坐不住了："都认？怎么个认法？正大，我就问你，雨晴凭什么和你这么不清不白地过下去？凭什么离了婚还要伺候你们赵家老的小的？你是真不明白啊还是装不明白？你不说话，那我今天就把话挑明了，你到底有没有和雨晴复婚的意思？"

赵正大低头，不语。他觉得很难回答这个问题，这是自己和周雨晴两个人的事，还得他们俩自己来解决，老太太这么兴师问罪地插一杠子，他觉得心里不舒服。这件事，不是牛不喝水强摁头的事。退一步讲，就算自己答应了复婚，现在两个人的心里都装着一团火，凑到一起，只能让这团火烧得更厉害，灼伤彼此，将来的日子肯定也过不舒坦。

在周大妈心里，没有正大这种想法，她觉得，如果两人复婚，以后有什么磕磕碰碰，就在以后的日子里解决。谁家过日子没打过没闹过？顺顺当当恩恩爱爱地过一辈子，不现实。现在头等大事，就是不能让女儿再这样不明不白地过下去。

周大妈见正大又沉默起来，误以为女婿不好意思开口，磨不开男人的面子，便说："不说话就是答应了，我是不是可以这么理解？"

赵正大见丈母娘要代表自己拿主意，忙说："这事，我还没考虑……"

听女婿这样说，周大妈厉声问道："你是说不打算破镜重圆了？"

赵正大又沉默了。周大妈再也坐不住了，愤然起身，摔门而去。赵正大坐在沙发里，惘然地望着那扇颤抖的门，神色木然，有无奈，也有愧疚。

周大妈从正大家出来，直奔电台，她要替女儿讨个说法。刚到电台门口，保安把她拦下来了，问她找谁，周大妈理直气壮："我找你们台长！"

保安说今天星期六，台里的人都休息。周大妈怀疑："都休息？都休息那戏匣子里还有人说话？"

两人争辩了半天，保安明白了，这位老太太是为正大的事来找领导评理的。小麦从外面进来，听到周大妈嘴里不时蹦出赵正大的名字，凑了过来，得知周大妈和赵正大的关系，便把周大妈引到会客室，说有什么事情自己可以帮着处理。周大妈将信将疑，上下打量着小麦："正大比你岁数大，你能管得了他？"

小麦笑笑："大娘，谁管谁，好像与年龄大小没太大关系吧。"

小麦这么一说，周大妈有点儿半信半疑，保安忙在一旁敲边鼓，说小麦就是正大的领导，周大妈这才信服了。小麦借着出去打开水的空当，偷偷给赵正大打了个电话。正大一听就急眼了，要立即赶过来，小麦连忙阻止，说这时候过来只会激化矛盾，还是自己先安抚安抚老太太吧，实在不行了，再另想办法。正大想想，也只好如此了。收了电话，正大烦躁地给周雨晴打电话，电话是通了，周雨晴却一直不接，赵正大急得干瞪眼。他越想越来气，这件事在电台传扬出去，同事们茶余饭后可有话题了。

小麦回到会客室，听周大妈诉说完事情的缘由，问道："大妈，您的意思是说，正大和妻子离婚了，让单位批评教育正大？"

周大妈点头："对，是这个意思，得让他立即悬崖勒马，回头是岸！"

小麦说："大妈，我和您说句实话，现在结婚和离婚，这两样事情单位说了都不算，不过，我看您老这么大岁数亲自跑来了，也怪不容易的，肯定是正大把您老惹急了……"

周大妈连忙点头："当然，他就是陈世美！"

小麦观察着周大妈的脸色，继续说："没想到，正大是个两面三刀的人，在单位看着挺老实，在家里怎么能这样横行霸道。大妈，您放心，这口气，组织上一定会替您出了，离婚和结婚组织上虽然管不着，但赵正大不尊重前岳母，把前岳母气成这样，就是人品问题了。还有，他既然婚都离了，还和前妻住在一起，这就有点儿生活作风败坏的嫌疑了。您老安心回家，我会把您说的情况汇报给电台领导，让组织上严肃处理这件事情，先让他下岗，然后开除！"

周大妈越听越不对味儿，脸变色了，心也急了："姑娘，你怎么这么说话呀？什么叫人品有问题，生活作风有问题？姑娘，你说话得负责任，不能把没有的说成有的，坏了正大的名声，往后他还做不做人了？他孩子怎么看待他这个当爸的？"

小麦解释说："组织上处理赵正大得有个理由，您提供的这些恰好就是组织上需要的理由呀。您都管他叫陈世美了，还能说他问题不严重啊？"

周大妈不乐意了，愤然起身："文化人肚子里装了点儿墨水，心都染黑了。别以为我啥都不懂，你说的这些，就是那个秦桧给岳飞戴的帽子，叫什么来着，对、对，叫'莫须有'……"周大妈摆着手，"我不用你们处理了，就当我没来过。"转身朝外走。

小麦跟在后面："大妈，这可不行，我们得为您负责任呀。"

“我可不敢用你们负责任，我就是想让你们批评批评、教育教育，让他回心转意，好好过日子。你这还上纲上线了，下手也太狠了。”

见周大妈慌忙而退，小麦有点儿想笑，她继续吓唬周大妈：“大娘，你来一趟，我们也不能让您白来，总得给您个说法呀。”

周大妈回头说：“还要啥说法呀，再要说法，啥都没了！”

看着周大妈走远，小麦终于忍不住笑起来。回过神来，小麦给正大打了一个电话：“正大老师，没事了，老太太让我忽悠走了。不过，真不好意思，让我知道了你家里的隐私。”

正大说：“无所谓了，谢谢你，小麦，替我堵了回枪眼。”

正大刚放下电话，电话又响了，正大以为还是小麦打来的，张口就说：“小麦……”

“小麦？小麦是谁？”周雨晴大声质问。

正大压着火气：“你……你怎么才接电话？”

周雨晴心气不顺：“你找什么小麦大米的，给我打什么电话！”

正大扯着嗓子：“我当然找你了！周雨晴，你到底想干什么？把我搞得遗臭万年你就舒服了是不是？”

听赵正大这样说，周雨晴愣住了，刚要追问怎么回事，正大却把电话挂了。再打，却提示关机了。周雨晴也没多想，骂了句“神经病”，带着好好和正果回娘家去了。

周大妈从电台出来，有点儿后悔了，要是因为自己这一闹把正大的工作闹没有了，那在女儿面前也会落埋怨的。周雨晴回来后，周大妈只说自己去找了赵正大，把去电台的事情瞒下了。可周雨晴对周大妈去找正大这一举动也不买账：“什么事就不能让你知道。你跟着一掺和，没事也掺和出事来了！”

在厨房忙着切土豆片的周大妈急了，把菜刀往菜墩子上一剁，回身指着周雨晴：“噢，合着你们两口子过得挺好，是我给你们搅和离婚了！你个没良心的，滚，你给我滚，愿死哪儿死哪儿去！”

周雨晴还真带着正果和好好走了，周大妈气得追到楼梯口：“你个吃里爬外的东西，长志气了，往后你冤出大天来，我要是再管一指头，就不是你妈！”

周雨晴一路抹着泪，带着好好和正果回到家，迎接她的是赵正大冰冷的目光。周雨晴心虚地看着正大，感觉空气都凝固了。正果带着好好进了里屋，周雨晴转身也要走，赵正大说话了："你别走！"

周雨晴停下脚步，赵正大堵在她前面，眼里喷着火，压低声音："好好他姥姥来了，你知道吧？"

周雨晴平静地说："来了怎么了？这房子有我一半，她不能来啊？"

"这么说，她去电台的事你也知道了？"

周雨晴一怔："你说什么？"

"别告诉我你不知道。"正大冷笑，"周雨晴，你有胆子做就应该有胆子承认！背后捅刀子，算什么东西？我鄙视你！"

周雨晴被激怒了："赵正大，别说我不知道，就是我知道又能怎么样？我给你们家当牛做马这么些年，被你踢出家门还得强装笑脸哄你爸开心，我妈看不下去，来讨个公道难道不应该？"

赵正大回应："老太太来跟我怎么算账都没问题，可她犯不上到电台去臭败我！"

周雨晴也不让步："既然走到这一步，就别怕别人说闲话，要是怕别人说闲话，就别在这里住！"

赵正大气得声音发颤："好，这可是你说的，这个房子你住，我走！"

赵正大气呼呼地冲进北屋，砰的一声，把房门摔上。周雨晴只觉得整个房子都在发抖。没多时，屋里传来正大给正义打电话的声音，正大让正义帮他租套房子，越快越好。

周雨晴知道，母亲的做法确实把赵正大激怒了。

十二

跟往常一样，赵长禄早早就把半导体收音机锁定好了调频，就等着听儿子在里面说话。可今天晚上，出来说话的人换了个女的，说是叫小麦。赵长禄慌了，连忙叫醒睡在旁边病床上的赵正义："赶快点儿，你哥不说话了！"

同一时间，守候在收音机旁边的周大妈也慌了神，忙打电话告诉周雨晴，说自己不该一时冲动，害得赵正大让电台给下岗了："我没说啥！他们单位那个姑娘还给正大上纲上线，我都没让！怎么说那也是好好他爸，绝人家后路的事情，咱不能干！"

周雨晴抱怨："还不能干？他都下岗了你还什么都没干？他都跟我急眼了，说明天就找房子搬出去！他这一搬，那我们俩还合什么呀合，连个机会都没有了！哎呀妈，你说你这么一闹……妈，你是帮我呀还是害我呀你！"

周大妈懊悔地说："那，那怎么办呀？要不，我明天再去他们电台说说，给说回来吧。"

周雨晴叹了口气："得了吧，你越说越乱。叫你这么一折腾，我多被动呀。本来我还占着理，还有底气跟他理直气壮地闹腾，你这么一掺和……局势一下子全变了。"

周大妈很是后悔："这事……唉，这事……妈这真成了猪八戒照镜子了——里外不是人。"

周雨晴很无奈："行了，我自己处理吧。"

赵正大没上节目，是觉得跟周雨晴吵完架后，自己的情绪实在太差，根本没有心情，他让小麦临时把节目改为听众点歌。小麦很高兴客串一回主持人，她来电台一年多了，一直做导播，早就幻想着能坐到话筒前，当一个真正的主持人。有时台里的主持人打不开点儿，她就上去临时客串一下，那种感觉，真是享受。

赵正义打来电话，还没等正大说话，赵长禄就把电话抢过去了，追问正大怎么不主持节目了。正大只说临时做了个调整，明天照常，赵长禄这才放下心来。

一晚上没听到赵正大的声音，周雨晴也急得够呛。赵正大一到家，她就殷勤地跑过来给正大摆好拖鞋，赔着不是。赵正大像是没听见，径直去了自己的房间。周雨晴跟在后面，小心地说："我妈也没说什么，你们领导怎么就让你下岗了？"

赵正大关上房门，把周雨晴关在外面。周雨晴急促地敲着门："正大，我妈真不是要把你怎么样，她就是着急，她真的什么都没说！你明天好好跟你们领导说说，不行我跟你去做个证明都行，好不好？啊，好不好？"

门开了，赵正大面无表情地说："请你让我安静会儿，行吗？"

周雨晴还是一脸焦急："那你下岗了怎么办呀？"

赵正大说："你是不是特别希望我下岗？告诉你，我今天就是歇个班，喘口气，我没下岗，叫你失望了吧？"

赵正大要关门，周雨晴赶紧伸手顶住门，担心地问："那你还搬走吗？"

赵正大没好气地说："搬！"

周雨晴知道，如果正大真搬出去，那这个家可就真要彻底散了，再也没有机会补救了。经老妈这么一闹腾，前面的路更迷茫了。赵正大心里到底怎么想的，自己一点儿把握都没有。如果能把赵正大留在这个家，或许还有一线希望。不为别的，为了给好好一个完整的家，自己委屈点儿、累点儿，都没有什么，何况自己对赵正大还是有感情的。虽然自己有时候脾气上来，压不住火头，说话刻薄了些，但自己对这个家，对家里的每一个人，可都没有藏二心。为了拴住赵正大，唯一的办法就是别让他搬出去。这个时候，周雨晴也顾不上面子了，她悄悄问正义："你真要帮你哥找房子？"

赵正义装糊涂："嫂子的意思……是让我帮呢还是不帮？"

周雨晴脸一拉："废话，当然不帮！"

赵正义听周雨晴这么一说，心里就有数了，可他还是想稍稍折磨下周雨晴，也让嫂子明白自己在这件事上是有多么重要，他面露难色："这事……我也难呀……他毕竟是我哥、我亲哥！"

周雨晴瞪着正义："那我还是你嫂子呢！"

正义忙摆手："哎，是……是前嫂子，更正一下。"

"对，是前嫂子，可我现在还帮着你们家照顾正果呢。这怎么算？你要帮他找房也行，我提醒你一定要找个大点儿的，最好两居室，不对，三居室那种。正果、好好，都让你哥带走，还有你。三室够了，好好他爷也住得下。"周雨晴说完，起身要走。

正义有点儿着慌，忙拉着周雨晴的胳膊说："哎，嫂子，你别走啊。"

周雨晴推开正义的手，一字一板地说："是前嫂子，更正一下。"

赵正义尴尬地笑笑："咱再商量商量。"

周雨晴脖子一拧，拿着腔："你跟我这个前嫂了有什么好商量的？"

赵正义认真地表态："我不管前嫂子还是后嫂子，在我赵正义心里，你就是我唯一的嫂子，亲嫂子！"

赵正大在屋里收拾着要带走的东西，正果进来，一句话不说，坐在一边。正大心痛地看着正果："正果，还记得小时候咱在乡下的事吗？"

正果茫然。正大说："那时候呀，我，你，还有你二哥，和爹住在一起，多好……那时候啊，你早早就做好了饭菜，等我们回家……果儿，你还记得吗？你二哥调皮，出去玩到半夜，你一直在街门口坐着等他，我和爹怎么劝，你都不回家，结果你二哥一脸汗半脸土地回来，被爹摁在炕上打屁股，你还护着他，结果咱爹的扫帚疙瘩打到你身上了。果儿，你还记得吗？还有一次，我和赖麻子的儿子打架，也是你替我挡着……"正大这些话，与其说是说给正果听的，不如说是说给他自己听的，说着说着，就觉得眼圈发热，要不是正义进来，他真要把自己都煽情得落泪了。

正义见正大真收拾起东西来了，就说现在想租个理想的房子也不容易。房价这么高，都买不起房子，买不起还得住，就只好租了，都在租房子，所以房子不好租。正大不相信弟弟的话，他经常蹭房东的房子住，还整天说房子租不出去，自己要租套房子就突然难起来了？正义解释，房子是有，可那都是高档房子，一个月的租金往少里说都得三四千起步，一交还得交一年的。"既经济又实惠的那种，现在最抢手了。哥，我想来想去，你说咱又不是没有房子住。再说了，你要是搬出去住，想再搬回来可就难了。"

正大有些生气："谁说我要搬回来的？"

正义劝道："哥，当初买房子的时候，你和咱爹可都是出了钱的，我和正果多多少少也帮你掏了点儿吧？你说现在……咱就这么走了，以后嫂子能把钱补给你？要是不补，咱什么时候还能买得起房子？"

正大没想这么多，他觉得以后的事以后再说，现在最紧要的事情就是找房搬家。正义认为大哥在气头上，遇事不冷静，当初买套房子不容易，买得早是占了大便宜，看看现在房价涨的，多吓人。大哥现在就这么净身出户，可就亏大了。有人算了一笔账，如果以种三亩地每亩纯收入四百元计算的话，要从唐朝开始攒才能买得起一套房子，中间还不能有灾年；要是月工资一千五百元，要从鸦片战争开始就得上班，还不能休双休日。正义把这些道理讲给大哥听，希望大哥能回心转意："这些账，你怎么就不能算算呢？你是大款还是富翁？说搬就搬，说不要了就不要了，那不亏大发了？"

正义越说越来劲儿，正大火了："那不用你管了！"一甩手，走了。

正义还以为自己把正大说服了，却没想到大哥自己跑到一家中介公司，很快便相中了一套两居室的房子。说来也是凑巧，领着正大看房子的小伙子原来跟正义在一家公司，知道正义有个当主持人的名人大哥。他带着正大回公司签合同的路上，悄悄打了个电话给正义，本来是想送个人情，没承想正义一听就急了，嘱咐他无论如何不能让正大把合同签了。等正大到了公司的时候，见正义也在，有点儿意外，听说合同签不成了，就知道是正义在捣鬼，冲着正义大骂他是来搅局的。正义也不示弱，说："我就是来搅局的。大哥，你不能太自私了，你不能光顾着自己，不考虑正果吧，你要是搬出来，正果谁照顾？跟着嫂子一起住，正果还能吃顿饱饭、喝碗热汤，跟着你，那天天就是方便面！"

正大被说中了痛处，无言以对。

正义因为急着赶来阻拦正大签合同，匆忙间把正果锁在了家里。他苦口婆心跟大哥讲道理的时候，接到周雨晴的电话，说锁在家里的正果站在窗台上要跳楼。兄弟俩一听吓坏了，急三火四跑回家，刚跑进小区，就见挂在窗户外的正果正被前脚赶回来的周雨晴拖进屋去。虽然说是虚惊了一场，三个人也都吓得半天没回过神。要不是邻居发现得早，给周雨晴打了电话，还不定闹出什么天大的事来呢。

兄弟俩回到里屋，相互埋怨起来，正大埋怨正义不在家看着正果，正义埋怨正大如果不出去租房子，自己也不会把正果锁在家里。正大自知理亏，沉默起来。正义趁势问大哥，嫂子就那么不好吗？你千方百计想离开她，想在外租房子，是不是外面有人了？正大反驳，说自己和周雨晴现在已经离了婚，你怎么话里话外都向着她。正义表白自己不是向着嫂子，是觉得大哥这事办得不但不可理喻，还不地道。

赵正大不爱听了：“我怎么不地道了？就因为她周雨晴帮着照看了正果，我就得一辈子对她周雨晴感恩戴德，永远受压迫是不是？”

正义争辩：“什么受压迫，我根本没看出来。我就知道，我嫂子现在还是爱你的，她根本不想跟你离婚！”

正大气愤：“不想离？不想离她一天到晚把离婚当歌唱？她真以为我怕了她！我们俩走到这一步，不是我造成的，是她一天到晚自以为是，我早受够了！”

嘭的一声，门推开了，周雨晴进来，压抑着自己的情绪：“赵正大，你可以出去租房子，你也可以暂时把正果留在这里，我来照顾。不过，我要告诉你的是，我照顾正果，不是看在你的面子上，正果的面子比你大！”

家里吵吵闹闹，鸡飞狗跳，赵长禄一点儿都不知道。他现在牵挂着的是正大今天晚上会不会上节目。他早早躺在病床上听着半导体，一直听到赵正大的声音从半导体里跑出来，才放下心来。而这个晚上周大妈也一直守候在收音机旁，确定正大没有因自己的莽撞行径而下岗，才舒了口气。

大顺子早早就把车停在电台大门口，有个来租车的要去开发区，他有点儿心动，可又怕误了送赵正大下班，便把这个大活转给了同行。收音机里，一个女人正在向赵正大倾诉老公有外遇的事，大顺子闭着眼听得津津有味。车门被拉开，一个人钻了进来，一屁股坐在副驾驶座上。大顺子转头一看，竟是宋天然。

宋天然说：“你这是黑车吧？”

大顺子恼火：“说什么呢？会不会说话，我这是租赁公司的车，包车等人！”

宋天然板着脸问：“是等赵正大吧？”

大顺子没有理会宋天然，广播里传来女人的声音：“我问过他了，他给我整了一句顺口溜就把我打发了。你等等，我找找啊，那顺口溜我怕忘了，记在纸上了。”

正大说："等你找到了再打电话吧。"

女人忙说："别别，你们的热线比交通高峰的时候还堵，我好不容易才挤进来。好了，找到了，我读给你听听。他说，他嫌弃我，是因为我下班回家进厨房，吃完晚饭就上床，领了工资存银行，出门最远到商场。我同他吵，他还笑话我，说我这样的人一生只能上一张床。"

正大有点儿怒了："这是你男人说的话吗？他是不是吃粮食长大的？这么贤惠的媳妇他还给戴帽子！你也傻，他既然这么说，你为什么不气气他？"

女人问："怎么气？"

正大说："你就告诉他，以后你会根据他的要求整改！"

女人问："怎么整改？"

正大说："我这不是正给你想整改方案吗？哦，你就告诉他，说你以后下班不再进厨房，整夜整夜不上床，别人工资买时装，自己工资存银行，爱到哪里自己想，后备情郎排成行！"

女人语塞："你……"

大顺子和宋天然都笑起来。大顺子说："有意思吧？这正大就是脑子快，什么事情到了他那里，不光迎刃而解，还特别搞笑。"

宋天然不屑："搞笑？让他摊上这样的老婆，他都找不到地方哭！"

大顺子说："他是哭是笑不关你的事。下车吧，我还等人呢。"

宋天然掏出两百块钱，扔在驾驶台上："这车我包了。"

大顺子哼了一声："你以为有钱就万能啊？在我这里，钱不好使。"

宋天然不情愿地从车里下来："你信不信，明天我就让租赁公司把你的车包给我！"

大顺子急了："你别没事找事啊，把我惹火了，你可别后悔！"

宋天然笑笑，一回身，看到从电台出来的赵正大。赵正大也看见了她，愣了一下，低头朝旁边走去。宋天然迎上去："赵正大，你别走！"

赵正大犹豫了一下，站住，回身看着宋天然。宋天然过来："这回不躲了？"

"我躲你？你太高估自己了吧？"正大笑笑，朝路边走去。

宋天然跟在后面："你别走，你给我道歉！"

“我没有道歉的理由！”赵正大加快了脚步。

宋天然紧走了几步，拦在正大前面：“你侮辱了我就得道歉！”

赵正大迎着宋天然的目光：“如果那也算侮辱的话，我建议你到七院去一趟！”说完，从宋天然身旁走开。

大顺子的车开过来，停在正大身旁。正大拉开车门要上车，反应过来的宋天然追上来，抓着赵正大的胳膊：“你别走，你把话说清楚！你让谁去精神病医院？”

正大甩开宋天然，钻进车里，大顺子朝宋天然吹了一个口哨，一踩油门，车蹿了出去。宋天然在后面追了几步：“有种你别跑！”

赵正大和大顺子都没想到，宋天然居然又跟他们玩起极速赛车来了。两人开始还不知道，在车上说着闲话，大顺子颇有见地地分析着宋天然：“这女的对你可真够专注的。我可是听说了，这女人遇见自己烦的人都绕着走，遇到自己喜欢的人就粘上了，别看她找你碴儿，估计是醉翁之意不在酒。”

靠在座椅上的赵正大像是睡着了，他其实是不想回应大顺子。喜欢自己的听众赵正大也见过不少，但像这位这么执着的，还不多见。最开始，他是无意识坐上大顺子的车，后来大顺子便天天来送他下班，俨然专职司机。赵正大开始给钱的时候，大顺子说什么都不要，赵正大认真表了态，不要的话，以后自己不会再坐他的车，大顺子这才拿了钱。赵正大知道，比照一般的出租车，自己其实占了不少便宜，但他并没有觉得有什么不安。成年累月包车，总要比你拉散活便宜点儿，这也是市场规律。从内心里讲，他比较讨厌这个无比热爱说话、事事都像大明白一样的大顺子，要不是看在他车费不高、技术不错这两点优势上，赵正大早不坐他的车了。

汽车眼瞅着出了一条胡同口，却突然来了一个急刹车，赵正大的头很实惠地撞在前座椅的后背上，他刚要发作，刺目的车灯光扑进车里。灯光里，一个修长的女人身子渐渐放大。大顺子手忙脚乱地要往后倒车，赵正大说：“不用了。”他看出来了，那个黑影是宋天然。

宋天然走过来，站在车外一侧，用手拍拍车窗，挑衅地朝外勾了勾手指。正大硬着头皮下车。

宋天然不屑地一笑："今天我才明白，猫捉老鼠原来还这么好玩。"

正大平静地说："你到底想要干什么？"

宋天然笑笑："你知道呀。"

面对这个难缠的女人，赵正大清楚只有道歉是最省事的办法了。他喘了一口粗气："好吧，我道歉，我在节目里无意中伤害了你，对不起。"

宋天然一副玩世不恭的表情："这也算道歉？太不诚恳了……"

正大说："你想怎么样？"

宋天然打量着正大："我呢，比较通情达理，不吃亏也不占便宜，你既然在广播里坏了我的名声，那么你就从广播里给我找回来。怎么样，你没吃亏吧？"

正大说："你太过分了吧？"

宋天然说："过分吗？我怎么一点儿没感觉……明天晚上，我准时收听《正在说》，道不道歉，就看你的啦。"说完走了。

正大恼火地瞪着她的背影。

宋天然走了几步，站下，回过头来："只要老鼠没被追怕，当猫的不急，反正我有的是时间追着老鼠玩！"

赵正大回到家，周雨晴从房间出来，热情地跟正大打招呼，赵正大像是没听见，刚脱下外衣，周雨晴忙接过来，挂在衣架上："厨房里有饭，给你留的。"

赵正大转身去了卫生间，打开水龙头，洗着手。周雨晴过去，站在门口，没话找话："今天打电话那女的挺有意思，你说她摊上那样矫情的老公闹不闹心死了。你骂得对，这种身在福中不知福的男人真不知道是不是吃粮食长大的，我看就是犯贱！"

赵正大把牙膏挤在牙刷上，开始刷牙，装没听见。

"你给那女的出的整改方案挺好。'以后不再进厨房，整夜整夜不上床'，中间两句什么来着，我没记住，最后一句是'后备情郎排成行'！"周雨晴忍不住笑起来，"哎，你这都哪儿翻出来的嗑儿，中间那两句怎么说的？"

"忘了。"赵正大含糊地应着。

周雨晴琢磨着："你说你对两口子的事整得这么明白，怎么一轮到自己身上就二乎了？这是不是就是常说的当局者迷呀？你今晚的节目，我琢磨了半天，越琢磨越觉得自己跟那个女人的命差不多。你看啊，我也是下了班就急着往家跑，做饭洗衣服，伺候一家大小。你的工资除了给正果看病、还房贷，也没剩几个了，家里花的都是我的工资……”

赵正大满脸抹着香皂，抬起脸：“请你让我安静会儿行不行？”

周雨晴像是没听见，继续说着：“人家那个女的还能把钱存到银行，我还不如她呢。”

赵正大洗完脸，周雨晴拿过毛巾递过去：“这么一比较，你说，我是不是应该比她还贤惠？”

赵正大一把扯过毛巾，往外推着周雨晴。周雨晴有些生气：“你干什么你？”

“上厕所。”赵正大没好气地说。

“上就上呗，谁又不是没看见过。”周雨晴抱怨。

“有病！”赵正大一下子带上门。

“你才有病呢！”周雨晴火了，“你还没完了？我妈去电台闹是不对，可今天你不是又上节目了吗？我在这儿觍着脸跟你说了半天，你一个屁没有，你还想让我怎么着？你说别人不是吃粮食长大的，我看你也一样，没有一点儿人味儿！”

赵正大脸上挂着水珠，无奈地盯着镜子里的自己，是她周雨晴错了吗？还是我赵正大错了？

生活没有答案。赵正大的心里也没有答案。

十三

周雨晴心灰意冷，没想到自己一张热脸贴在了他赵正大的冷屁股上。赵正大变了，变得不吃粮食，变得没有人味儿。就算正果不跳窗，自己冲到楼上，把正果从窗台上抱下来，冲着这一点，他赵正大都应该跟自己和和气气的。

赵正大心烦的时候，不喜欢周雨晴在他面前献殷勤，更不喜欢她叨叨起来没完。自己都跟她说了，想安静安静，她却当作耳旁风。现在两个人的关系不是夫妻，这种絮叨的话就更不爱听了。赵正大坐在电脑前，本来是想查点儿晚上用的资料，可满脑子想的都是家里的一堆破烂事。都是离了婚的人了，周雨晴还这么抓住自己不放，有意思吗？还有一个让自己心烦的人是宋天然。遇到这么一个破裤子缠腿的主，不依不饶的，让人很无奈。赵正大不是怕宋天然，他是觉得这件事很无聊。两个女人，一个是无聊的听众，一个是强势的前妻，都在不断给他制造麻烦。正大想想就烦躁。

正大从梦中醒来的时候，已经八点了，周雨晴送好好去幼儿园了，只有正果在南屋里画画，随着 MP3 里面播放的《字母歌》，哼唱着 ABC。正大在卫生间里洗脸，听见有敲门声，顾不得把脸擦干净，就跑去开门，让他意外的是，门口居然站着小麦，正大赶紧把小麦让进来。小麦说："正好路过你们小区，想给你打个电话，你手机还关机，我就琢磨着你这个宅男一定在家，就来了。"

"我怎么成宅男了？"正大不解。

"知道你要照顾你妹妹，不大可能出去。"

小麦问正大都宅在家里做什么，正大说上上网，查点儿资料，省得做节目的时候没嗑儿唠。小麦有些不信："你还能没有嗑儿唠？对了，我搜集了些挺好玩的网络词汇，在邮箱里，给你看看吧，挺给力的。"

正大客气着："那谢谢你了，有些词，我还真是不太明白。"

两人坐到电脑前，小麦从邮箱里调出个文件，上面的一堆网络语言，还真有正大不知道什么意思的，像"表"是"不要"的意思，"果酱"就是"过奖"，"酱紫"是"这样子"。正大觉得挺好玩，细琢磨琢磨，确实也挺在理。见到一个"奔四"，正大忙说这个他知道，就是指快四十岁了。小麦笑："什么呀，是'笨死了'的意思。"

正大反应过来，也跟着笑起来。小麦说："还有'616'，是'遛一遛'。'661'知道什么吗？"

"什么？"正大问。

"搂搂你——"小麦笑着，对正大做出"搂"的动作。正大笑着，也做着"搂"的动作。正笑得起劲儿的小麦突然僵住了，同样做着"搂"的姿态的正大疑惑地回头，发现周雨晴一脸愤然地站在门口。赵正大尴尬地放下手。小麦不好意思地站起来，对周雨晴讪笑着："这是嫂子吧？"

周雨晴没搭理小麦，只是看着正大，正大尴尬地问周雨晴："你怎么回来了？"

周雨晴冷笑了一声："我回来得不是时候，碍你们的好事了吧？"

正大不满："你胡说什么？"

小麦忙解释："嫂子，你、你误会了……我只是跟正大老师在说……工作上的事……"

"工作上的事用这样？"周雨晴比量着"搂"的动作，"这是什么工作？赵正大，你告诉我这是什么工作！"

正大怒了："周雨晴，你太过分了，你是我什么人呀你？"

周雨晴瞪着眼："我是你什么人你不知道吗？她不知道吗？我和你是住在一个屋檐下的人！"

小麦跟周雨晴解释，确实误会了。周雨晴根本听不进去，她奉劝小麦离正大远点儿，说赵正大这种耍嘴皮子的男人最能骗女人，别死皮赖脸地往贼船上跳！小麦看到周雨晴当真了，又解释一番，让周雨晴别多想。

"都被我堵在屋里了，我还用想吗？"周雨晴的气势好像捉奸在床。

赵正义和赵长禄正往楼上走，在楼道里就听到家里吵翻了天。正义回头想堵住上楼的赵长禄："爹，家里好像没人。"

赵长禄一把推开正义："一边去！你哄聋子啊！"

赵长禄气势汹汹地进来。周雨晴一见公爹来了，便呜呜地哭起来，像受了多大委屈。这架势一摆，正大知道赵长禄误解了自己和小麦，刚想解释，话头被赵长禄一记耳光打回去了，小麦一看这情形，转身要走，赵长禄指着小麦朝正大吼道："她大白天跑家里来干什么？你得给好好妈一个交代！"

"我交代什么？"赵正大火了，"她就是我同事！"

周雨晴哭声又起，赵长禄又举起手来，正义忙跨前一步，挡在赵长禄面前："爹，我哥没骗你，她……她是我女朋友。"正义指着小麦。

正大和小麦都愕然，周雨晴也收住了哭声。赵长禄更是糊涂了。

“这事都怪我，没和你们说清楚。”正义过来拥住小麦的肩膀，对赵长禄说，“爹，我不是说了吗？是我女朋友。本来打算等你出院以后，给你一个惊喜，谁知道……”

“正义，你别搅浑水，你和她处对象，你哥能不知道？”周雨晴不相信正义说的话。

“他真不知道，我们本来想发展发展再告诉你们……”正义侧头看着小麦，寻求小麦的支持。

所有人的目光聚向小麦，小麦不知所措，慌张地点了下头。

正义来了精神：“瞧瞧，没骗你们吧？”

赵长禄、正大、周雨晴面面相觑。小麦的眼泪涌出来，突然夺门而去。正义在后面喊着，追了出去。

“这事闹的，冤枉人家姑娘了。”赵长禄搓着手，感到自己太鲁莽，随后埋怨周雨晴，“好好妈你也是，敌情不明就乱开炮，把人家姑娘都给误伤啦！”

周雨晴盯着正大：“正义没撒谎？”

赵长禄忙说：“这当事人都点头了，还能有假？”转脸看着正大的脸，“俺也是脑瓜子发热，以为你当了陈世美。”

正大不想再谈论这个话题，问：“爹，你怎么来家了？”

赵长禄说：“俺自己做主，出院了。”

对正义刚才的表现，周雨晴心存怀疑，她趴在客厅的窗户上朝底下张望，看见正义跟在小麦后面一个劲儿地解释着什么。

正义刚才一着急，把小麦说成是自己的女友，很大成分有帮助哥嫂解围的因素，但也不乏私心。有几回去电台找正大，他见过小麦，跟大哥也打听过小麦的一些基本情况，知道小麦也就是个普通人家的孩子，他挺高兴。正大看出他的心思，说他伺候不起小麦，让他了却这份心思。正义也知道自己跟小麦有点儿差距，但还是觉得这差距可以逐步缩短，他想着只要自己找到份不错的工作，就去跟小麦把话挑明。可计划没有变化快，今天的突发事件，让他无意中把计划提前给实施了。

在小区门口，正义拦住小麦，开玩笑地说：“我今天怎么也算是英雄救美吧，你连声谢谢都不说。”

小麦生气地说：“在你们家受了委屈，我还得向你说声谢谢？简直是笑话，亏你想得出来！”

正义一本正经：“这么说就不对了啊，你的委屈可不是我造成的，你想要道歉去跟我哥要，至于我嘛，是因为给你当了一把男朋友，让你有了台阶下，所以我得向你要句谢谢……事情要一码归一码。”

小麦说：“给我台阶下？我用得着你的台阶吗？刚才要不是看在正大老师的面子上，我非骂那个女人不可！是我牺牲名誉平息了你们家的内战，你别本末倒置！”小麦扭头就走。

正义讨好地跟上来，要请小麦吃饭，小麦借坡下驴，两人找了家环境不错的咖啡店，正义说：“使劲儿点，我兜里不到一百块钱，钱不够差额你补。”

小麦说：“我发现你们家的人嘴都好，是不是遗传呀？”

“遗传？是说我们家的人嘴形长得好？”正义有意识地摸着嘴巴，逗小麦开心。

小麦果然笑起来。正义说：“遗传谈不上。你看我爹像是能说会道的人吗？”

小麦说：“中听的话没听老爷子说过，损人的本事今天可是领教了。”

正义说：“他今天一准是以为我哥领了小三来家鬼混。”

“谁是小三？谁鬼混了？”小麦故作生气状。

正义忙摆手：“不是不是，我是说我爹怕我哥跟我嫂子分开，他那是给我嫂子撑腰呢。”

小麦觉得，正大和周雨晴本来就分开了，还装什么虚假和谐，这不是找罪受吗？别说自己跟正大什么事没有，就是有了，那也碍不着周雨晴什么事。要是真有事，自己今天还真要跟周雨晴好好掰扯掰扯。

正义不想跟小麦讨论大哥和嫂子的事，便找话恭维小麦，说小麦能说会道，要形象有形象，要口才有口才，真不应该只当个导播，太屈才了，“得当主播！我看我哥都应该给你让贤！”

小麦被夸得很舒服，她盯着正义，认真地说：“你真觉得我可以把你哥取而代之了？”

正义一看小麦当真了，忙往回找话："你比我哥强，可以开辟新天地。"

小麦笑起来，正义也跟着笑，只是心里觉得有点儿对不起大哥。

两人东扯西扯地聊了半天，小麦用小勺搅动着面前的咖啡说："以后我可没脸进你们家门了。"

"千万别，你要是不去，我爹心里能系个解不开的死疙瘩。"正义探过身子，试探着小麦，"再说了，我都在我爹面前夸下海口了，说你是我女朋友，你怎么也得给我个台阶下吧？"

"这么说，你打算假戏真做？"小麦一脸严肃地问。

"我倒是想弄假成真，可你不会给机会呀，我这人比较有自知之明。"

"你没试，怎么就知道没有机会？"小麦笑了笑。

"真的？"正义一脸惊喜。

小麦又板起面孔："你还真当真了？"

正义顿时失望："要是这样的话，那哪天你还真得以我女朋友的身份到家里去一趟，陪我把戏唱完。你放心，过后我就找个理由把你甩了。"

小麦故作生气地说："你甩我？"

正义忙辩解："我不是那个意思，我是说，我在我爹面前甩你……要不，以后的麻烦事就多了，以前是催我找女朋友，现在有了个假女朋友，他又该催着我结婚了。"

小麦笑了："结婚？你胆子真大，这事也敢想。"

自从发生了上次的"洗手事件"，赵长禄就开始对洗手的问题重视起来。他在卫生间反反复复洗着手，让周雨晴都着起急来，又不好意思说，悄悄躲进了里屋。见客厅里只剩下正大，赵长禄出来，低声问正大："你跟刚才那姑娘，到底是咋回事？"

赵正大说："不都说了嘛，就是个同事。"

赵长禄警告正大，要是敢有花花肠子，别说周雨晴不让，他都不答应。赵正大真不知道怎么说才能让老爹相信。周雨晴从屋里出来，说中午买的肉包子，正果爱吃，再熬点儿小米粥就行了。赵长禄对正大说："多好的媳妇，上着班中午还回来给正果送饭。你得知足！”

周雨晴知道公爹的话既是说给正大听的，更是说给自己听的，虽然觉得有点儿假，心里还是挺受用，去厨房熬小米粥的时候，就觉得浑身都轻快了不少。

赵正大发现南屋的门开着，一眼就能看到墙上那张孤零零的“周雨晴”，忙起身关上门。赵长禄说回来的时候，没顾得上给好好买零食，赵正大借机让他带着正果去附近的超市看看。赵长禄挺高兴地领着正果去了，他每次来，都盼着跟孙子亲热亲热，可孩子对他就是亲热不起来。为这，赵长禄还时常萌生出点儿小伤感。

看到老爹走了，赵正大闪身进了南屋，摘下墙上的“周雨晴”，又撅着屁股在床下找“自己”，周雨晴推门进来，有些纳闷儿，朝正大的屁股上踢了一脚：“干什么你？跑我屋里鬼鬼祟祟！”

赵正大朝床底下一拱，把床下的“自己”拖出来。周雨晴明白过来：“你还想弄虚作假糊弄你爹？”

赵正大小心翼翼把“两个人”合二为一。周雨晴一把扯开“赵正大”，怒目圆睁：“你以为这是小孩过家家呀？”

赵正大说：“周雨晴，咱们可是有约在先，离婚这件事，要瞒着我爹。”

周雨晴脖子一扬：“要瞒你瞒，跟我没关系！”

赵正大急了：“你不能说话不算话呀。”

周雨晴冷笑：“这也是你逼的。这边让我跟你一块儿骗着你爹，那边你领着野女人来家鬼混，你拿我当什么了？正义还说那个女的是他朋友，你们真以为我看不出来啊？”

赵正大诚恳地说：“没错，小麦确实和正义不是对象关系，不过，我和小麦……真是清清白白的同事。”

“清清白白还这样……”周雨晴比量着“搂”的动作，“不清白你们还能怎么样？”

“根本就不是你想的那样……”赵正大伸着胳膊，比量着，“这个叫……‘661’……”

“什么？‘遛遛腰’？赵正大，你恶心不恶心，带着女的跑到我家里来不说，还要‘遛遛腰’……你就不怕把腰闪断了！”

“没法跟你说了！‘661’是网络上的话，就是‘搂搂你’。”

“你看你看，终于把实话说出来了！搂吧，你俩搂吧，我倒地方！”周雨晴气愤地抓起床上的“周雨晴”，转身要走。

赵正大拽住周雨晴的胳膊：“你能不能正常点儿！”

周雨晴打开赵正大的手：“你正常！你正常让人家跑到家里来搂你！”

赵正大无奈：“你……我真是没法跟你解释了……”

“你还解释什么呀？我都亲眼看见了，你们俩人都这样。”周雨晴又做出“搂”的动作，“干柴烈火的……就差真刀真枪了！”

赵正大要发火，还是忍住了：“行行，我跟你起个誓行吧？”

周雨晴一脸怒气：“起誓？你起誓？从咱们认识那一天，我就让你起誓，说句你爱我，你都没说过，还说恶心，说不出口。怎么，这会儿你要说爱我了？我不听，我恶心！”

“谁说我要起誓说爱你了？”

“那我更不听了，你爱谁谁！”

赵正大拽住周雨晴胳膊，盯着她，举起右手：“我要跟小麦，我同事小麦，真的有那种想法，我天打五雷轰！”

周雨晴冷笑：“我信……我信你我就是脑子让猪拱啦！”

赵正大越发无奈了：“那你说，怎么样你才相信？”

周雨晴盯着赵正大，想了想说：“你拿正果起誓。”

赵正大气得鼻子都歪了：“你——”

周雨晴咄咄逼人：“心亏了吧？”

为了让照片合在一起，骗骗老爹，赵正大违心地答应了。赵正大和周雨晴的照片又合到了一起，挂在墙上。照片因为有了褶皱，两人的面部表情都有点儿怪异。“周雨晴”腰上少了“正大”的那只手，分外显眼。周雨晴看着照片，若有所思，诡秘地笑了。

赵长禄和正果从超市回来，买了一大堆膨化小食品，周雨晴想说不让好好吃这些东西，话到嘴边还是咽下去了。

赵长禄说要明天回乡下，赵正大劝爹多住几天，赵长禄说在城里住不惯，让正大买明天的火车票。正大只得答应。赵长禄又惦记起正义，说正义交女朋友不能交小麦那样的，跟周雨晴比起来，感觉不像是个居家过日子的人。“俺这当爹的离得远，帮不上正义，他的大事小情，只能指望着你了。按理说你也有家有口，自己也得过日子，再操正义、正果的心，是不大合适。”

正大说：“我是家里的老大嘛，照顾正义、正果也是应该的。”

赵长禄摇摇头：“现在这事……哪有那么多应该的。这戏匣子里老是说，现在有个词，叫‘啃老族’，吃着爹妈的，花着爹妈的。你们这爹啥也没有，你们啥也啃不着。”

正大感慨娘走得早，爹那些年拉扯他们兄妹不容易。赵长禄叹了口气，说自己的孩子，怎么拉扯都应该。现今这多少当儿当女的，连自己的亲娘老子都不管，哪还说得上应该管兄弟姐妹。正大让老爹放心：“别人管不管咱们管不着，正义和正果，永远是我的弟弟妹妹，我有一口吃的，就不能饿着他们俩。”

赵长禄点头：“你这当哥的，要有心照顾正义、正果，那也得看人家雨晴高不高兴。”

赵正大说：“关她什么事？”

赵长禄说：“不能这么说。她要是给你闹脸子，对正义、正果不好，你这当哥的还有法过日子啊？”

赵正大沉默。赵长禄从兜里掏出一个信封，让正大给周雨晴买块手表，说上回来就看到她的手表跑得不准，上班都晚了。赵正大不要，赵长禄硬要正大拿着，正大只好收下。赵长禄开导着正大：“啥事都讲究个有来有去，你对人家好点儿，人家心里舒服，做啥事也愿意。这两口子，也讲究个两好合一好。两口子过日子，别遇到点儿事就吵得脸红脖子粗。周雨晴是你媳妇，啥时候你都得向着她。”

正大辩解：“那也得有原则，她对，我向着她；她不对，我再向着，那就成黑白不分的糊涂蛋了。”

赵长禄摇摇头："住家过日子就得糊涂，又不是判官司断案子，非得弄出个里是里表是表才行。就说你那节目，两口子吵嘴打仗跟你讨个主意，十遭有八遭你都没个好声气，叫人家过不了就离。这出一家门进一家门，哪是容易的事。"

赵正大说："你那都是老看法了。合不来还要绑在一起，对双方都是一种折磨。"

赵长禄说："听你这意思，离婚的还都离出道理来了？"

赵正大说："爹，我不是说有道理，我是说这样也是对人性的一种尊重。"

赵长禄朝地上"呸"了一口："尊重？俺看是猪狗不如！人家嫁给你了，你就得对得住人家一辈子。好的时候说得天花乱坠，不好的时候就拍拍屁股跑了，这还叫人吗？"

正大给老爹打了个比方："有时候，放手可能对两方都好……你见过拔河吧？较着劲儿拔呀拔，那绳子是拔不断的，可人的力气总有用完的时候，后放手的那个，肯定得摔倒在地上。这绳子就是婚姻，拔河的双方就是夫妻，为什么非要摔倒一个呢，两个人商量商量，一起松手，谁都摔不着。"

赵长禄似乎意识到了什么，说："拔河俺懂，过日子俺也懂，可俺闹不懂拔河和过日子为啥要扯到一起。你不会是想和好好妈撒手吧？"

正大躲避着老爹逼视的目光，说这就是打个比方，让爹别想那么多。赵长禄提醒儿子："老人，俺告诉你，你要是离婚，就等于把俺这张老脸当着全村子人的面给撕了，脸都不要了，俺活着还带啥劲儿？"

"这怎么又和咱村人联系上了？"正大问。

"你进了城，成了名人，俺这张老脸就成了'村脸'，你这个名人弄得妻离子散，谁还要这样的'村脸'，亏你读了一肚子书，连这点儿道理都不懂？"

赵正大不爱听什么"村脸"，觉得老爹爱虚荣，弄出"村脸"这么个新鲜词，听着就别扭。但赵长禄是自己的爹，也不好说什么。赵长禄劝着正大，一个老爷儿们什么都可以没有，千万不能没有良心。"这些年，咱老赵家给好好妈添了不少麻烦，传宗接代，伺候老的伺候小的，中间还要照顾着正义和正果，好好妈做到这个份上，不容易。"

正大低头不语。赵长禄说：“你爹没能耐，不光不能让你‘啃老’，还得反过来‘啃小’。这些年，全家人给你和好好妈添了不少拖累，可爹再无能，也是你爹，咱老赵家的门面就是靠你撑着的，每次出门，俺恨不得全世界的人都知道俺是正大他爹。老人，爹不糊涂，爹不能让你坏了名声。你在广播里说一万句说出的名声，不能因为一句离婚给坏了！”

正大抬头，看着赵长禄满是沧桑的脸，心里很是酸楚。

赵长禄说：“好好妈虽然脾气急点儿，可心眼不坏。就说，就说那彩票吧，中了五百万，一下被正果弄没了，人家不也没说啥吗？”

“爹，这事好不容易过去了，你又提它干什么？”

“那你就别没了良心，往歪道上想！”

周雨晴在屋里偷听着父子俩的谈话，心中不免打起算盘，想着正大为了演戏给公爹看，今天晚上肯定会过来睡觉。她拿起笔在日历本上画了一个大大的红圆圈，忍不住坏笑起来。

赵正大上夜班去了。周雨晴在卫生间哄着正果洗脸刷牙。好好从屋里拿出那本日历来玩，赵长禄怕好好把日历撕了，就抢过来，见日期上有的画着红圈，有的打着红叉，一脸纳闷儿。赵长禄把日历送回屋，抬头看到墙上的婚纱照。只见“周雨晴”和“正大”甜蜜地拥在一起，而在彼此之间竟然有黏合的痕迹，正大少掉的那只手，更是分外显眼。

十四

下了节目，正大从电台出来，门口台阶上突然闪出一个人，吓了他一跳，居然又是宋天然，正大拉着脸：“你有完没完了？”

宋天然微笑以对：“这么反感我？”

正大不语，朝前走去。宋天然跟在后面：“别紧张，我只是来通知你，离我定的道歉时间，还有五天！”

正大朝路旁的出租车走去：“那你就慢慢等着吧！”

宋天然微笑着，看着赵正大拱进出租车里。

大顺子发动了汽车：“无理取闹，必有所图。我看她可不是要个道歉那么简单。”

正大说：“这你都能看出来？”

大顺子有点儿小得意：“那当然，我这天天不知道要跟多少陌生人打交道，他只要一张嘴，我就知道他是啥人。”

前面的出租车突然像麻花一样扭了起来，大顺子没在意，超了过去，正大下意识地朝车里一看，脱口而出：“抢劫！”

大顺子一踩油门，车猛地向前冲去，正大正疑惑，大顺子一打方向盘，出租车漂移般转了一个弯，掉过头来，冲着刚才那辆出租车对头冲了过去。眼看两车越来越近，正大吓得声音哆嗦：“干什么你，停车，快停车！”

大顺子毫不理会正大的惊叫，眼看着两车要撞到一起，对面的车戛然停下，大顺子一个急刹车，没等汽车停稳，已经推开车门，冲了出去。

抢劫犯跳下车慌乱逃窜，大顺子几步追上，将其扑倒在地，一阵拳打脚踢，抢劫犯嗷嗷喊着救命。正大急忙下车，拉着大顺子让他不要打了，别打出什么意外来，可就麻烦了。眼看着警察来了，大顺子忙拉着正大走开。在车上，正大意外知道大顺子以前还当过特种兵。

“怪不得身手这么好。”正大想起什么，忙问，“刚才警察来了，你跑什么？”

大顺子解释，他们又要调查，又要做笔录，一晚上都不知道能不能完事，太麻烦了。正大觉得这是货真价实的见义勇为，每年市里都有见义勇为奖，听说有不少钱。大顺子说自己救人可不是为了奖金，就是路见不平一声吼，见不得坏人作恶。“说起来你别笑话我啊，好长时间没跟人动过手了，还真有点儿手痒，一般人咱又不能找事去跟人家干仗，今天晚上，这小子自己送上门来了，我还得谢谢他。”

听大顺子这样说，正大笑了：“你这理由，挺另类！”

正大进家的时候，赵长禄正在打电话，一看儿子回来了，赵长禄神色慌张地挂了电话。正大问他半夜三更打给谁，赵长禄支支吾吾不太想说，正大也没有追问下去。问多了，他怕老爹觉得自己是嫌浪费电话费了。不过，赵长禄随后的一个决定却让正大感到有点儿意外，老爹决定明天不走了，要再住些日子，还找了个理由，说是要跟大孙子多培养培养感情。正大心里觉得好笑，老爹现在越来越像老小孩了，做什么事情总喜欢在儿女面前给自己找个看似正当的理由。

本来正大还想只要在老爹面前再演一宿的戏就行了，老爹一走，他和周雨晴也就不用再扮假夫妻了。想想要扮假夫妻，正大就觉得荒唐，电视里的余则成和翠萍扮演假夫妻那是革命需要，自己这算是怎么回事。记得看《潜伏》的时候，周雨晴就问他，你说他们孤男寡女成天住在一起，能一点儿事没有吗？正大就讥讽周雨晴思想有问题，老想着男女那点儿破烂事。70年代末有个电影叫《刑场上的婚礼》，也是讲地下党扮假夫妻的，人家就是干干净净，直到最后，男主人公一句“让刑场作为我们结婚的礼堂吧”，感动得正大鼻涕一把泪一把。正大批评周雨晴亵渎了革命先烈，思想太阴暗了。说这话的时候，正大虽然脸上认真，但心里是揣着开玩笑的心思，没承想周雨晴听不出他的冷幽默，开口就骂他，少他妈装纯洁，你光明磊落不也跟我生孩子啦！一句话把正大踹到了南墙。那次争吵的代价，是周雨晴对他实施人身封锁半个月，直到正大自己承认低级下流了，周雨晴才解除封锁线。不过从那以后，正大再不敢轻易跟周雨晴讲幽默了，这让他明白了一个道理：幽默是要看对手的。

正大轻轻推开卧室门，里面漆黑一片，正大以为周雨晴已经睡了。他脱下外衣刚放到椅子上，周雨晴发话了：“谁让你进来的？”

正大不语。周雨晴坐起来，拧开台灯，抓起椅子上的衣服往正大身上扔去，正大低声：“我不跟你吵，算我求着你了，行了吧？”

赵正大的目光落在床头柜的日历上，上面一个个红红的圆圈分外醒目。周雨晴顺着正大的目光看去，也看出问题，原来上面所有的日子都被画上了红圆圈，她随口说了句：“不是我画的。”

赵正大笑笑，面露不屑，周雨晴火了：“你笑什么笑？就不是我画的，你别往歪了想！”

赵正大又笑了下。

周雨晴觉得赵正大的笑就是别有用心，抓过日历指着上面的圆圈：“你好好看看，我画的哪有这么圆过？你看看前面，你对比一下。”胡乱翻着日历。

赵正大不理睬，回身从柜子里抱出被褥，要打地铺。周雨晴下地，把台历举到正大眼前：“你看看，你好好看看！”

赵正大只顾铺着被褥，根本不看周雨晴手里的台历。周雨晴将台历往正大眼前送着：“你看，你好好看看，这一对比就能看出来！”

赵正大推开台历：“这么激动干什么，不是你画的就不是呗。”

“谁激动了？是你激动！”周雨晴将台历扔在赵正大身上，“你不用口是心非，你就觉得是我画的，就觉得我脸皮厚！你当我不知道？”

赵正大说：“你干什么？爹在外面呢！”

周雨晴说：“正好，我让他进来评评理！”

赵正大打量着周雨晴：“你穿得这么生猛，找我爹评理？”

周雨晴踹了正大一脚，躺回床上：“有能耐你就一直睡地铺，你爹长住‘沙家浜’！”

正大问：“你知道他为什么突然不走了？他刚才好像是给谁打电话，我一进家他就挂了。”

周雨晴说：“谁知道他给谁打电话，鬼鬼祟祟的。”

“你才鬼鬼祟祟！”正大不愿听周雨晴这样说老爹。

周雨晴却咬住“鬼鬼祟祟”不放：“就是鬼鬼祟祟！他还让人家说自己死了，这样人家就不再找他了。我看，他十有八九是欠谁债了，不敢回去了。”

周雨晴的分析，正大不会当真，不过他清楚周雨晴没有撒谎的习惯，如果周雨晴说的是真的，那老爹一定是有什么事情在瞒着自己。

早晨起来，趁老爹跟周雨晴去送好好上幼儿园的时候，正大重拨了下昨晚老爹打的那个电话号码，上面显示出老家的区号，过了一会儿，里面传出熟悉的乡音，接电话的是个老女人，正大觉得耳熟，却想不起来是谁。他没有说话，挂断了电话。他想，既然老爹有事不想让自己知道，总会有他自己的道理。

父亲的留下，让家里的虚假和谐得以充分展现，周雨晴还给他留了早饭。赵正大吃了饭，下楼想去小区外的报摊上买几份报纸，摆摊的大妈却没出摊，只有一个摆报纸的铁架子锁在灯柱底下。搬进这个小区以后，正大每周都会光顾几次这个报摊，他其实也可以在单位附近的报亭买，那里的品种还齐全，可他觉得这里的大妈挺可怜，年纪一大把了，还终日里风吹日晒，有时候晚上上班，看见夜色里老人还孤独地守着几份当天的晚报，他就会掏钱都买了去，跟大妈说单位人多，一份两份看不过来。正大觉得轰轰烈烈的各种慈善捐助之类的事情还是离自己比较遥远，举手之劳就近去帮一把身边的弱势群体，让他感到更实实在在。

周雨晴想明白了一个道理，把赵家人团结起来，赵正大就会有回头的一天。正义支持自己的态度很明确，正果很依赖自己，这更是撒手锏。当然，这都是自己平时用恩惠积攒起来的财富。公爹不是糊涂人，虽然自己和他有点儿摩擦，但都是误会。这从公爹批评正大的态度上可以看出来。

下午逛街的时候，看到商场搞促销，周雨晴给赵长禄买回个电动刮胡刀，她没告诉赵长禄促销价，说的是原价，赵长禄嘴里埋怨着周雨晴浪费钱，脸上却乐开了花："现在这啥东西都贵，挣多少都不够花。"

周雨晴附和："一点儿没错，一张一百块钱就不能打开，一打开就没了。往后，是得算计着过。可我这人又大大咧咧的，老算计不明白。"

和儿媳妇找到了共同话题，赵长禄很兴奋，他说省钱的招都是苦日子逼出来的，没过过苦日子的人，没那个体会。周雨晴急忙求教怎么省钱。赵长禄说："这过日子是学问，就说这水费吧，就大有讲头，你打开水龙头，那水哗啦啦地流，浪费不说还花冤枉钱，你把那水龙头的水滴答上一宿，少说能滴答出一盆，那水表还不跑字，这一盆水的钱就省出来了。"

公爹说的这个办法，周雨晴早从周大妈那里学会了，可她还是谦虚地点头："对。"

赵长禄继续说："再说这电视，开着就有亮光，就用不着再点灯了。"

周雨晴想说这对眼睛不好，可想起要团结，还是忍住了："嗯，爸说得是。"

赵长禄开始显摆起来："不瞒你说，俺养了三个孩子，就用了养两个孩子的成本。"

周雨晴一听，这事倒很新鲜，来了兴趣："爸，你都是怎么抠出来的呀？"

"抠？这怎么能是抠呀。这是学问，过日子的学问！"赵长禄不满。

周雨晴忙检讨："对，是学问，我说错了。爸，你继续。"

赵长禄清了清嗓子，开始传经布道。买菜得去菜市场吧？这里就有好多门道，你就说常吃的葱和鸡蛋吧，你一斤斤称，称多少是有数的，可要是你论棵买、论个买的话，一斤大葱能多出一两根，一斤鸡蛋也能至少多出一个来。周雨晴越听越觉得荒唐，要是自己真这样去买葱买鸡蛋的话，非把小贩子气进医院不可。

正大今天晚上要做一期特别节目，准备用大顺子昨晚勇斗劫匪的事做由头，说说男人鲁莽和见义勇为的区别。大顺子没想到正大会在节目里说自己。他准时打开收音机，里面传出正大的声音："很多时候，我们说起身边认识的人，可能都会觉得他很平凡，甚至有些不起眼，可当一件突发的事情出现时，这个平凡人身上所爆发出的勇气和精神，却不能不让你心生敬佩。在今天的节目里，我先说一件昨天晚上我下了节目之后，自己经历过的惊险事情……"

讲完昨晚的事情，正大继续说："我的女同事认为，在这个世界上，女人都想被男人保护，可是男人真要是见义勇为了，女人可能又觉得这个男人鲁莽，很难会托付终身，因为这样的男人心智不成熟，同样不能给自己安全感。"

大顺子听到正大在节目里报出自己的车号，吓了一跳，至于节目里讨论的内容，他根本没听进去。这几年，大顺子一直开的都是黑车，正大这么一宣传，等于把自己一下子推到了悬崖边。

正大没有想到，当晚的话题引发了听众的很大反响，小麦提出把这个话题继续做下去，甚至可以把大顺子请到直播间，做一期嘉宾。正大眼睛一亮，觉得这个主意不错。下了节目，他在电台门口等了半天，却不见大顺子的汽车，最后只好随便打了辆车回家。

正大回来的时候，赵长禄已经睡了。正大进屋，被脸上贴着面膜的周雨晴吓了一跳。

周雨晴说："你那专职司机还真行啊，想不到见义勇为的英雄就在你身边。"

正大苦笑："他去当英雄了，今晚放了我鸽子。"

周雨晴问："怎么，白表扬了？"

正大推测大顺子可能今晚有事，才没来接自己。周雨晴认为正大在电台表扬了人家一顿，连车都没坐上，表明人顺子根本不领情。正大说我们讨论的是女人如何看待见义勇为这种现象，不是说他这个人。"这个大顺子也是，下手太狠了，三下两下就给劫匪打蒙了，我都怕他下手太重，出了人命可就麻烦大了。我原来还觉得他挺面善的，没想到……"

周雨晴说："人家面善那是对你，对待同志像春天般地温暖，对坏人，当然就得像严冬一样残酷无情。"

"你说这种话就是法盲。"正大不想跟周雨晴再探讨下去了。

周雨晴却不服气："我怎么法盲了？这是雷锋说的，雷锋不比你强啊？"

"行行，我说不过你，你赢了！"

"本来我说的就对嘛，这叫有理走遍天下，无理寸步难行。"

正大不再理会周雨晴，打好地铺，和衣躺下，周雨晴觉得刚聊出点儿感觉，正大那边却偃旗息鼓了，有点儿不甘心，故意找话说："正义晚上来了，说他真打算跟那个小麦谈朋友。不过，我还是觉得不适合，你得说说正义，别好高骛远。"

赵正大心烦："适不适合正义心里有数，不用你操心。"

周雨晴想发作，还是坚强地忍住了。她啪的一声把台灯关上，那声音带着幽怨、气愤和恼火。

本来正大没把周雨晴的话当真，他以为周雨晴昨晚就是为跟自己多说几句话才乱点鸳鸯谱，扯出正义和小麦的事情来。没想到第二天中午正义居然真的出现在电台门口，起初正大还以为正义是来找自己的，正义却称他在等客户去看房，而这个客户居然就是小麦。小麦说自己租的房子到期了，想买套小户型，正好让正义帮忙。看着两人说笑着走开，正大有种说不出来的感觉。

小麦抱怨正义，不该来电台找自己，正义义正词严地声称自己是来见客户。

小麦说："你们家可真是麻烦，上次我是你女朋友，这次又是你的客户，下次我又会是你什么人？"

正义嬉皮笑脸地说："你想成什么？告诉我，我保证满足你的愿望。"

晚上，下了节目，赵正大还是没有见到大顺子。这个结果，他其实已经料到了。白天，警察来电台找正大了解那天晚上的情况，告诉他大顺子开的是黑车，正大的第一反应，是觉得自己把大顺子害了。

这几天，正义总是有意无意地向正大打听小麦的一些事情。正大提醒弟弟，别瞎寻思，小麦根本不适合他，别想那些不切实际的事，还说小麦很有心机，正义根本掌控不了她。

正义辩解："我掌控人家干什么，我是想打探打探虚实，要是有戏，我就跟她认真谈一回恋爱。"

正大怕弟弟受伤害，提醒说："问题是小麦的眼光太高。"

正义说："我的眼光也不低呀，要是低的话，我早谈恋爱了。你的意思不就是想说我配不上小麦吗？"

正大连忙解释，说小麦早晚要做主持人，你现在还在卖二手房，两个人之间的情况都摆在明面上。你都这么大了，应该知道爱情是没有童话的。正义不屑大哥的说法，他觉得大哥也是主持人，嫂子就是一个普通会计，大哥追嫂子的时候，怎么就相信爱情有童话了？

听弟弟这样说，正大有些无奈："这是两码事，我现在是说你！"

正义生气了："你不用说了！我和小麦的事，你少插手！"

金窝银窝不如自己的老窝，赵长禄躲过了让他烦心的事，便想回他乡下的老窝。他跟正大说，临走之前，想见见正义的女朋友。正大明知道正义和小麦的交往不靠谱，但为了让老爹安心，还是答应下来。正义接到大哥的电话，连忙跟小麦商议起来。听说赵长禄要见自己，小麦犹豫了半天，架不住正义一再央求，便答应了。

赵长禄打扮一新，新外套怎么看怎么刻板。周雨晴从厨房端着洗好的苹果来到客厅，放到茶几上，赵长禄却埋怨周雨晴没去买个西瓜回来。

周雨晴没个好声气："买来人家也未必吃，再说了，现在这西瓜多贵呀，省着点儿花钱，这可都是你告诉我的过日子经。"

赵长禄被噎了一下，脸上难看起来。周雨晴又有点儿后悔，本来想团结公爹，没有想到，自己嘴上门没把紧，无形中又得罪了。周雨晴进屋，见赵正大穿着新衬衫，拿着几条领带正往脖子底下比量，心底的无名火又被勾出来了："不就是弟媳妇上门吗？还至于西服领带都配上了。"

正大说自己是去主持个婚礼，让周雨晴别无理取闹。周雨晴嘟囔着："都说老婆是小的好，这儿媳妇也成小的好了。你爹偏向，一听小麦来，又让收拾家，又让买西瓜，邀什么宠呀！"

"什么话到你嘴里再吐出来就变味儿了。"正大有些生气。

"你爹就是偏向！我第一次去你们家，拿什么招待我的，你忘了呀？就一盘炒花生，还是你爹自己从地里扒拉出来的！"

"当时你可是一个劲儿地说好吃，从来没吃过那么香的花生。"

"废话！我能说不好吃啊？"

在去正大家的路上，小麦想起周雨晴对自己凶神恶煞般的样子就发怵，她打起了退堂鼓，正义费了好大的周折，才把小麦哄进家门。小麦拘谨地坐在沙发上，听周雨晴说正大去主持婚礼了，才放松了一些。赵长禄看着眼前打扮洋气的姑娘，更有些紧张。

周雨晴招呼小麦喝水吃苹果，很自然地说起上次小麦来家里时闹出的误会，小麦脸上尴尬，嘴里说自己早把那件事忘了。

"那就好，那就好。"周雨晴对赵长禄说，"爸，人家小麦通情达理。你有什么话就和小麦唠唠，光这么看着，人家要害羞了。"

赵长禄干咳一声，却不知道说什么好。一阵冷场之后，赵长禄终于找到了话题，他跟小麦夸正义比他哥机灵，脑子转得快。赵长禄见小麦不言语，以为她不相信，就说："不信，你问好好妈，她都说正义比正大机灵。"

周雨晴笑中带着嘲弄："爸，人家小麦的眼神不比我好使？正义不好，人家能看得上？是吧，小麦？"

小麦笑笑，不置可否。正义看出小麦的尴尬，极力活跃气氛，却越发让大家都不自在。小麦起身告辞，大家也不好再挽留，正义只好送小麦下楼。两人在小区门口遇到周大妈，正义连忙介绍起来。周大妈看到小麦，一个劲儿地点头说认识认识。小麦想起周大妈去电台被自己忽悠了一通，有点儿不自在。周大妈倒没在意，直夸正义找了个好女朋友。

今天这个婚礼，正大本来不想主持，可老爹一再嘱咐自己要给周雨晴买块表，而他给的钱，根本买不到块像样点儿的手表，这才答应了老宋。主持完婚宴，正大拿了钱便去了商场。选来选去，便宜的，没看中款式；看中的，又太贵。爹给的钱，只能买个表链。虽说两人已经离婚，但在这件事上，正大还是很认真。毕竟周雨晴是好好的妈妈，而且周雨晴一直照顾着正果，对弟弟正义也不薄，于情于理，都不能买个便宜货。挑来挑去，赵正大选了一款六千两百八的手表。回家刚一进门，周雨晴就热情地迎了上来："我妈来了。"

正大跟周大妈打过招呼，便躲到屋里上网去了，他把手表放进抽屉，想回头让老爹把表送给周雨晴。

周大妈说了在门口遇上正义和小麦的事，赵长禄让周大妈给拿个主意。周大妈笑笑："亲家呀，我这人说话直，不会曲里拐弯，他们两个在一块儿，往后，正义可管不了人家。"

"管啥呀？都是年轻人，遇事商量着来……亲家母，现在的年轻人呀，可不像咱那时候，啥事都是老爷儿们说了算。"赵长禄话里有话。

"就不能让男人说了算！这男人呀，翅膀一硬，就想往外飞，都忘了家才是他的窝。"周大妈提高了嗓门，朝屋里看了看。

"那依亲家母的意思，应该女人说了算？"

"女人得把男人像风筝似的拽着，想让他飞就让他飞，想让他回来就让他回来！"

客厅里老爹和周大妈的对话不时传进正大的耳朵，他听得心烦，不停拍着鼠标。周雨晴进来，关上门："拍什么拍？我妈说得不对呀？"

正大说："真是有其母必有其女。"

周雨晴低吼："说什么呢，有本事你去当着我妈的面说去！"

客厅内，赵长禄听明白了周大妈的意思，她是担心正大飞高了，飞远了，不要周雨晴了。赵长禄安慰说："亲家母你放心，俺老赵家什么都产，就是不产陈世美！要是正大他敢忘了好好妈，俺打断他的腿！"

周大妈说："亲家呀，有你这句话，我就放心了，你说咱都是做老人的，都担心儿女，这晚上睡不着觉，就爱胡思乱想……"

赵长禄说："俺早给正大打预防针了，他从小就听俺的话，他答应俺的事，不敢变卦！"

在里屋的周雨晴听到公爹这样说，冷笑起来："蒙在鼓里还说大话，你爹真够勇敢的！赵正大，你跟我说实话，你挣死扒力跟我离婚，是不是就因为你有点儿臭名气？"

"我还是原来的我。"正大翻看着电脑。

"少给我装，你就是觉得自己有名了，才不要我！"

赵正大知道没法再往下说了，再说两人只能是刀光剑影，他起身去了卫生间，把周雨晴一个人晒在屋里。

周大妈今天来，明着说是送送赵长禄，实际上她是想从赵长禄嘴里听到个说法。赵长禄说正大从小就听他的话，还说什么不会变卦，周大妈有些听不下去了，你儿子和我闺女都离婚了，还说这个给我听，这上哪儿讲理去？周大妈说："正大听不听你的话，我不知道，可我知道雨晴是个好姑娘。当初，她要和正大好，我不同意，不是因为正大不好，是因为我担心农村的七大姑八大姨天天登门，把好好的日子搅成一锅粥。"

赵长禄听出了周大妈的弦外之音，有些不满："听话听音，亲家母，你是说俺这一家拖累好好妈了？"

周大妈笑笑："拖累没拖累，我可说不准，不过，雨晴可从来没说过这话。我不是夸自己家姑娘，这样的儿媳妇不好找呀。你看看，又是正大、好好，还有正果和正义，这一大家子，都得雨晴忙活，有时候我想呀，这什么时候能忙活到个头呀，我都替雨晴累！不过，今天我看到正义谈女朋友了，比你这个当爹的还高兴。"

赵长禄有些不解："比俺高兴？"

"那当然！你高兴是因为你们老赵家要添人丁，我高兴是因为终于有人可以在这个家帮雨晴搭把手了，妯娌两个，总比一个强。"

"这倒是，亲家母呀，要是正义的媳妇能赶上雨晴一半，俺就知足了。"

“你看你，心里这不是什么都清楚嘛。”

“俺心里有把尺，谁啥样，俺早量出来了。亲家呀，俺得谢谢你，给俺老赵家送来个好媳妇！”

听赵长禄这么说，周大妈放心了，看看时间不早了，便起身告辞。赵长禄留周大妈一起吃饭，赵正大从卫生间出来，也让周大妈吃了再走。周大妈找了个借口，还是走了。

周雨晴炒了几个菜，给公爹饯行。一家人坐在饭桌前，边吃边唠，看上去其乐融融。赵长禄端起酒盅喝了一小口：“老大呀，你还记得小时候吗？那时候，你娘一走，家不成个家了，多亏果儿，能洗洗涮涮，这么多年，俺也知道，家里没个女人，哪里都是冰凉，咱家那点儿暖和气，就靠正果……”

正大听爹这样说，眼圈红了。赵长禄把玩着手里的酒盅：“果儿从小就懂事，可惜，让这个家拖累耽误了，只上到初中……俺这辈子呀，最后悔的事就是不该让果儿退学，可不退学，这个家、这么多人谁料理呀……”

正大的眼泪流了下来：“爹，别说了。”

赵长禄看了一眼正果，又看看正大、正义：“老大，你和老二忘了俺，俺不记恨，可你俩忘了果儿，不行！”

正大和正义都让爹放心，说一定会照顾好正果。可谁也没想到，临走的时候，赵长禄突然改变了主意，要把正果带回乡下。正大正义不同意，说正果还要定期到医院治疗，带回家影响恢复。赵长禄叹了口气：“这都三年了，也没见啥大好转。她老是住在你这里，也不是个事。你是当哥的，应当照顾自己妹妹，可人家雨晴……那毕竟是嫂子，人家能没有想法？”

一直在厨房收拾碗筷的周雨晴出来：“爸，你把我看扁了。你要是放心，就把正果留下来。原来我怎么待她，往后还怎么待她。”周雨晴说完这句话，去看赵正大。赵正大避开周雨晴的目光。

“老大媳妇，有你这句话，俺谢谢你。可果儿……咋说都得拖累你们呀。”

“爸，我就这个命。要是没有正果在，我会觉得不自在，好好也该着急了，你问问好好。”周雨晴转过头，俯身问儿子，“好好，你让姑姑走吗？”

好好看看正果，马上要哭了，赵长禄忙哄着孙子：“不走，不走，听好好的，都听好好的。”

把老爹送上火车，赵正大想起忘了让爹把手表给周雨晴了。下了节目，赵正大回家，发现正果和好好还睡在北屋，南屋的灯亮着。他推开门，见周雨晴穿着一件暴露的内衣躺在床上，床头还放着一个枕头，显然是留给自己的。他轻手轻脚拿起枕头，从柜子里抱出被褥，想去客厅睡，刚走到门口，一个枕头飞过来，伴随着的还有周雨晴的吼叫：“你混蛋！”

十五

屋漏偏逢连夜雨，周雨晴为婚姻苦恼的时候，单位居然开始裁员了，周雨晴被安排到下属单位的一家叫“海味馆”的国营饭店当收银员。周雨晴一腔愤怒地去找领导算账，领导说没让她回家就算不错了，她如果不去，后面还有无数人盯着那个岗呢。

赵正大准备去上班，发现周雨晴领着好好也要往外走，一问才知道，周雨晴要把好好送到姥姥家。“正果是你妹妹，你自己看着办。”周雨晴说完，抱着好好往外走。正果站在门口，泪花在眼眶里打转。正大无奈，只得让正义回来救急。

平时在公司的办公室里散漫惯了，还没觉出公司的好来，这回到了海味馆，周雨晴才觉出原来的工作是多么清闲。在周雨晴的记忆里，当年的海味馆可是全市数得着的饭店，能走进那里吃饭的，都不是一般人。如今，海味馆的名号虽然还保留着，但历经三番五次的动迁之后，已经被挤到了不起眼的胡同里。现今的海味馆，其实更像是一家大食堂，就餐环境根本谈不上，店里的员工也都是上了岁数的男男女女，来这里吃饭的人，不能挑剔服务，图的只能是个便宜和实惠。这里的炒菜依然沿袭了当年的风格，油大味鲜，鲜得甚至叫人犯恶心。周雨晴和正大结婚前曾经来过一次，更多的其实是为了追忆当年，可吃了没有几口，她就吃不下去了，从那以后，再没有光顾过海味馆。

想不到几年之后，这里却成了她落难的收容所。

周雨晴来的时候是顶着收银员的名义，可真到了饭店才知道，还要兼做服务员。来这里吃饭的客人也不甚讲究，粗门大嗓吆五喝六的酒鬼时常可以碰到。今天晚上就有两桌这样的客人，要的几个菜早见了盘子底，却还在不断叫酒，周雨晴动作慢了点儿，便遭到一通呵斥。值班经理大老王看到周雨晴脸色越来越难看，干脆不让她出面了，生怕她和客人干起来。终于熬到打烊，周雨晴从饭店出来，看了眼等客的出租车，犹豫了下，还是背着挎包朝车站走去。

赵正大下了夜班，打了一辆出租车急匆匆赶到海味馆。知道周雨晴刚走，去赶 16 路的末班车了，正大追到车站，也没见到周雨晴的身影。

周雨晴回到家，见电视开着，正义斜歪在沙发上睡着了。周雨晴关了电视，刚一回身，赵正大开门进来。周雨晴说："回来这么晚，去见'大米'了吧。"

网上把喜欢正大的听众叫成"大米"，周雨晴常拿这个称呼讥讽正大。正大没有理会周雨晴，脱下外衣，进了北屋。周雨晴跟过来，站在门口，问道："以后我总上夜班，你还准备总让正义来照看正果啊？"

正大依旧不语。周雨晴说："我有个办法，你可以跟你们领导说一说，把你的节目挪到白天。反正听节目的人都挺无聊的，什么时候说不一样？"

正大火从心起，张口就是："你脑子有病啊？"

"要不就把你爹叫回来，让他帮忙看着。不过，就是老爷子来了，你也得早点儿回来，不能像今天似的，觉着家里有个人了，就放鸭子不管，自己潇洒去了。"

"我上哪儿潇洒去了？你就胡说八道。"

"你上哪儿潇洒了自己知道！"

正大刚要反驳，被惊醒的正义走过来："你俩干什么，深更半夜也能掐起来，干仗有瘾啊？"

周雨晴一扭身子，回南屋去了。正义看到嫂子满脸不高兴，批评正大："你也是，嫂子上了半宿的班，你就不能好好跟她说话？"

正大发牢骚："她上了半宿班，难道我还去玩了半宿？"

第二天，赵正大发现那个报摊又摆上了，突然心里感觉踏实了许多。他买了几份报纸，说好多天没见到大妈了，老太太说走亲戚去了。一整天里，正大都在家守着正果，傍晚到了该接好好的时间，正果焦急起来。听说嫂子把好好接到周大妈家去了，正果掉了半天眼泪，正人带着正果去买了两本图画纸，她才好起来。看看快到上班的时间了，正大催正义赶快回来，正义说自己在开发区陪客户看房子，一时半会儿赶不回来。正大没办法，只好又把正果锁在了家里，看着正果眼泪含在眼圈里，正大很难过，还是硬着心肠把门关上了，可在正果的哀求下，这一回他没有从外面锁上门。

这一晚上，周雨晴都心不在焉，顾客要筷子，她送上了纸巾，顾客要加菜，她给人家忘了。好好那边，她倒没有什么担心的，看完电视里的《快乐大巴》，也就该困了，关键是正果那头。正大上节目是雷打不动的事，正义那工作，都是看客人脸色吃饭，时间上一点儿做不了主。她往家里打了个电话，听见正果在电话里哭诉，说自己一个人在家，心里更是急得跟猫抓似的。可有一桌喝得五迷三道的客人就是不走，她也只能干着急。总算熬到快九点了，满脸涨红的客人过来："结账！"

周雨晴想着心事，思绪早就飞走了。客人不耐烦地扯着嗓子："你聋了？结账！"

周雨晴醒过来，拿着计算器和账单扒拉着，随口道："一百二十八元。"

客人从钱包里掏出两张百元钞票递过来，周雨晴随手找了二十二元回去。客人抓过钱向门外走去，刚走几步，回过味儿来，掏出钱看看，发现少找了五十元，折回柜台前，一把把钱甩到周雨晴脸上："你有病啊！"

周雨晴火了："你才有病？"

客人一拍桌子："你……你骂老子！"

周雨晴也一拍桌子："你嘴巴放干净点儿！"

客人从柜台旁的酒瓶箱子里拎起一个酒瓶就要砸过来，大老王赶紧跑过来，问明了情况，赔着笑脸跟客人道歉。安抚走客人，经理恼怒地指点着周雨晴："你还抢白什么？少给人家找钱还有理了？"

周雨晴气得想哭："账算错了我承认，可他凭什么骂人？"

大老王眼一瞪："你说凭什么？少给你五十块钱你乐意？"

周雨晴梗着脖子不说话。大老王无奈地摇着头："姑奶奶，你现在是我们饭店的收银员，不是从机关下来视察的领导。这国营饭店现在本来就不好干，你还老捅娄子。你说说，这一晚上你算错几次账了，再这么算下去，这饭店非让你赔进去不可！"

周雨晴无理争三分："你搞没搞明白，我是少给他钱，不是多给他钱！要是都像我这么算，这破饭店还发财了呢！"

大老王哭笑不得："你……"

周雨晴一脸冰霜地看着大老王，一副老娘天下第一、无所谓的神态。大老王有点儿泄气了："周雨晴，要是你再算错账，哪儿来的回哪儿去！"

"你以为我愿意到这里来呀！"周雨晴起身往外走。

大老王气得声音都抖了："好，好，你能耐。"

周雨晴一路跑着，坐上了16路车。车开到一半，她才反过劲儿来，自己坐的不是回娘家的车。

赵正大也一直惦记着正果，上节目时，他一张嘴就出现了口误："欢迎继续收听《正在说》，我是主持人赵正大。这里没有倾听，这里只有隐私。"话一出口，正大意识到自己说错了，急忙更正："哦，对不起，这里只有倾听，这里没有隐私……"

周雨晴急三火四地跑回家，一进家还没来得及开灯，就喊正果，可找遍了屋里，也没有正果的影子。她知道正大在上节目，就给正义打电话，正义一听，声音都变调了。他早就从开发区往回赶了，可搭乘的私家车坏在半道上了。正义让嫂子在小区里找找，说自己赶紧打车回来。正义又给小麦打了个电话，让小麦转告正大，让他赶紧回家。

正大在电脑上看到小麦敲出的文字，匆匆结束了与一个听众的通话，趁着播出广告的时间，他给周雨晴打了电话。周雨晴一听见他的声音，就哭了起来。正大心一紧，还以为出了什么事。正义接过电话，说他和嫂子还在找着。正大说下了节目他马上赶回去。

剩下半个小时的节目，赵正大做得心不在焉，时间一到，他便冲出直播间。

小麦执意要送他回去，正大也没有推辞。一路上，小麦都在劝着正大，说不会有事的。正大一声不吭，只是不断打电话和正义保持着联系。正大和小麦赶回小区，周雨晴和正义等在门口，周雨晴一见正大，又哭起来。正大抱怨正义不早点儿回来，正义也火了，说你要是老实和嫂子好好过，会出这事吗？一句话把正大骂得没了电。

小麦建议报警，正义也同意，正大有些拿不定主意。周雨晴突然转身走去，正义追着问她去哪儿，周雨晴说去幼儿园。大家来到幼儿园，见大门紧锁，四个人站在铁栏杆外面，朝院子里张望。一只野猫从花坛里蹿出来，吓得周雨晴尖叫起来。正大向值班室跑去，发现墙根处蹲着一个人，像是睡着了，从衣着上，正大一看就知道是正果。正大一步蹿过去，蹲下，轻轻拍拍正果的肩膀："正果，果儿……"

正果一激灵，抬头见是正大，委屈地哭起来："哥，我没接着好好……"

周雨晴、正义、小麦跑过来，周雨晴流着眼泪打了正果一巴掌："你可吓死嫂子了……"

回到家，正果又开始嚷嚷着找好好。正大怎么劝说，正果就是不听，还是周雨晴答应明天就把好好领回来，正果才安静下来。周雨晴对正大说，没想到，正果还能自己找到幼儿园，这是好事。正大点头，也觉得这是正果病情好转的迹象。周雨晴感慨："这多亏是夏天，要是冬天，就是丢不了，也得冻出个三长两短来，我看你怎么跟你爹交代。"

正大有点儿不高兴："别胡说八道。"转身朝卫生间走去。

周雨晴看着正大的背影："我说得不对吗？赵正大，正果可是你亲妹妹呀，你要是还把她一个人放在家里，往后指不定再出什么事。"

正大进了卫生间，关上门。周雨晴跟过去，站在门外："这样吧，我排个值日表，你和正义，还有我，一个人轮一天。这是没办法的办法。你觉得行不行？"

卫生间里传出哗啦啦的冲水声。正大出来，周雨晴问："你到底同不同意，放个屁好不好？"

赵正大还是不语。周雨晴压住火气："赵正大，你怎么就不能好好跟我说句话，我就这么招你烦吗？你要是真这么烦我，怎么还不放心我下夜班？你要去接就接嘛，就不能打个电话，咱俩也不至于走两岔了。”赵正大去接自己下班的事，是大老王告诉周雨晴的，周雨晴当时嘴上骂正大多此一举，心里还是觉得挺热乎。让她不明白的是，正大干什么老把对自己的好藏着掖着，说出来大家不是都高兴吗？

赵正大也不知道自己是怎么回事，就不愿好好跟周雨晴说话，有时候本来准备好好说句话的，可周雨晴总是有意无意间打击他的情绪。就拿周雨晴上夜班这事来说，他已经七拐八拐托人跟海味馆的经理过了话，人家总算答应不安排她上最晚那个班了，可正大不想自己告诉她。

周雨晴躺在床上也进行着反思。正大总是拿话顶自己，句句都像一把锋利的刀子，扎得不疼那是假话，可他为什么又要去饭店接自己下班？他赵正大一面拿着刀子捅自己，一面不经意间给了自己一个小感动，这怎么都是矛盾的事情。想想自己，也曾拿着刀子捅过他赵正大，难道他在找平衡吗？不对，赵正大不是这么小肚鸡肠的人，那他们两人的问题出在哪儿呢？想着想着，周雨晴睡过去了。

早晨起来，赵正大到南屋来找衣服。周雨晴说：“有件事折腾我半宿，半夜里我就想跟你说，可又不知道怎么说好……”

“没想好就不说，吞吞吐吐，够不够人。”

“是那五百万的事。”

正大愣了一下，回过身来，看着周雨晴。周雨晴有些犹豫：“我昨晚……做了个梦。”

正大说：“你有病啊。”要往外走。

周雨晴忙说：“是关于正果的。”

正大站下。

周雨晴说：“我这个梦做得可清楚了。正果买完彩票之后见了什么人，她把彩票给了谁，谁把那钱取出来之后藏在哪儿，打算几年之后再拿出来买房子，都一清二楚、明明白白！”

正大泄了气：“给谁了？不是我吧？”

“给你我还说什么，‘肉烂在锅里’。再说，中奖那天晚上，你还在班上做节目。”

正大苦笑：“你还记得我那天晚上在做节目啊？行，你还没到无药可救的地步。吃两片脑清片吧，桌子上有。”

周雨晴说：“我跟你说正经的。”

正大说：“正经什么啊正经，就一个梦，能正经吗？”

“我说的你别生气啊。你想想，正果去买彩票这事，当时在出租车上，除了我之外，就两个人知道。”

“你是说出租车司机？”

“司机光知道正果去买彩票了，他还能知道中不中奖的事吗？”

“你神经病啊！”正大突然明白过来。

“谁神经病了？我又什么都没说！”

“你还没说？车上除了你和正果，还有司机，就剩下一个正义，你这还叫什么都没说？”

“是你说的正义，反正我没说。”周雨晴狡辩。

正大无奈，点着周雨晴：“我都不知道说你什么好了。”

“我都说了嘛，不想跟你说，你偏问，还怨我？再说，这梦都是反着做的，越梦见是谁干的，越证明不是他干的。我这还给正义洗清冤情了呢。”

“你就是有病！”正大气得肚子都要破了，转身出去。

从家里出来，赵正大耳边还在响着周雨晴的话：“你想想，正果去买彩票这事，当时在出租车上，除了我之外，就两个人知道。”

赵正大放慢脚步，思忖起来，不过，他还是觉得不该往那上面想，只是又控制不住。

正果已经出了两次事，都是有惊无险，如果再出事，那就不好说是什么情形了。周雨晴这么想着，决定给正果找个能照看她的地方。她首先想到的是自己的娘家。如果让老妈照看个十天半个月还行，长久下去也不是个办法。老妈都这把年纪了，应该颐养天年，好好享享清福。何况自己现在跟正大已经离婚，老妈一直对这事耿耿于怀，让她照顾已经不是小姑子的小姑子，根本不可能。想来想去，想得周雨晴脑袋都疼，后来总算想到一个地方，觉得这儿还比较靠谱。

早晨送好好去幼儿园的时候，她把正果也带上了，她跟园长把家里的情况和正果的情况详细描述了一番，恳求园长能收下正果。园长当即拒绝，说这件事根本没有商量的余地。周雨晴也不气馁，始终微笑着，一遍遍重复着自己的困难。

“这是幼儿园，不是收容所。”园长看了正果一眼，“她这么大，到幼儿园确实不合适。”

周雨晴从皮包里掏出一管口红：“园长，这可是好好他爸的同事从国外捎回来的，我这人平时也懒得用……”

园长把口红推了回来：“好好妈，你这事真不行，没有这个先例。”

周雨晴又把口红推过去：“您答应了不就有先例了吗？别看我们家正果是好好他姑，其实那就是虚长了个年岁，要是论心理年龄，她还真未必比好好大。所以呀，她跟好好在一起，特别能玩到一块儿去。”

园长感叹：“你们也怪不容易的。”

周雨晴满是感激：“还是女人懂女人。园长，你说，谁家愿意摊上这种事，摊上了总不能躲着吧？我们家正果还会画画，画得可好了。她原来还给动漫公司画过，她还画过好多动画片呢，电视里都演过，有好几部呢。”

园长惊讶地打量正果：“是吗？”

周雨晴忙着点头：“是是，正果一天到晚在家教好好画，我就是想呀，让正果到幼儿园来，还能教教别的孩子。当然，你要是能收下她，就算是帮了我们一个大忙了。”

园长一脸为难：“你们的情况，我也理解，可是……可是我就担心别的家长不同意。”

“白教他们家孩子画画，还不收钱，谁不高兴啊？”周雨晴说着，从包里拿出图画本，递过来，“园长您看看，这都是正果画的。”

周雨晴翻着画册，给园长看。园长敷衍地笑笑，接过画册，翻看了几页，立即被正果的画吸引了，不觉又好奇地打量着正果。

“这还是她画着玩的。”周雨晴忙说。

“不瞒你说，我们这儿原来有个美术老师，还真没有她画得好。”园长怜爱地看着正果。

周雨晴一看有缝可钻，连忙夸奖起正果如何懂事，如何会哄孩子，肯定不会给幼儿园添麻烦。园长犹豫再三，总算答应让正果先试试。

周雨晴陪着正果，和园长一起把正果送进好好的班里，好好一见姑姑来了，高兴得要命，拉着正果的手挨个给小朋友介绍。周雨晴躲在窗户外向里张望，小朋友有的在玩积木，有的在画画。老师拿着纸笔，递给正果，引着正果坐到桌前。老师对正果说着什么，正果就画了起来。老师招呼小朋友来看正果画画，小朋友一个个都很兴奋，好好更是嘚瑟得不行了。

寥寥几笔，正果画出一个逼真的喜羊羊，老师带头鼓掌，小朋友们也跟着热烈地鼓掌，好好一脸骄傲地说：“姑姑，我姑姑！”

周雨晴看到这一切，终于放心地走了。可她没承想，半天时间不到，正果就闯祸了。园长没敢打周雨晴的电话，是觉得那个女人太能说了，而是直接把赵正大叫到了幼儿园。原来，好好和小朋友抢玩具，正果帮着好好，一把把小朋友推倒在地，人家孩子脸上蹭掉一块皮。孩于奶奶来了，心疼得直掉眼泪，非要让幼儿园和赵正大给个说法。正大赔着笑脸跟人家道了半天歉，孩子奶奶没再追究，唯一的条件是让正果别再来了。园长无奈，说本来我们是想发挥一下好好姑姑画画的特长，教孩子点儿东西，没承想出现这种情况。

正大要把正果接回家，正果却不走：“我想和好好在一起。”

正大劝着正果：“幼儿园有什么好呀？你看看好好，每天早晨去幼儿园都哭鼻子。”

正果说：“上幼儿园，哥和嫂子就能上班了。”

正果的一句话，差点儿把正大的眼泪说出来，他背过脸去，擦了擦眼睛。正果怯怯地看着大哥：“你别哭呀哥。”

正大转过身，拍拍正果的肩膀：“哥没哭，哥是高兴，你看正果这么懂事。”

赵正大带着正果回到家，周雨晴从卫生间跑出来，身上扎着围裙，满手肥皂泡，见正大把正果领回来了，有些纳闷儿："正果，你怎么回来了？"

正大瞪了周雨晴一眼："你干的好事！"

周雨晴见正大发怒，觉得来气，本来她还准备拿这件事跟正大邀功的。她底气十足地质问道："赵正大，你横给谁看呀？我告诉你，我啥都吃，就是不吃人脸色！"

正大说："正果多大了，能送到幼儿园去吗？她是大姑娘，你怎么能把她和那些三五岁的孩子放在一起？"

周雨晴辩解，说园长觉得正果是个人才，想让她教孩子画画，才同意把正果留在幼儿园。如果正果教得好，说不定正果能留在幼儿园工作，还能往家里挣钱。一箭双雕的好事，为什么不能干？正大觉得周雨晴就是为自己找说辞，她一定是感觉正果拖累了自己，才把正果送到幼儿园的。周雨晴这么做，根本是漠视正果的感受，这对正果精神上是一种伤害。"要是正果再受了严重刺激，我和你没完！"

"不错，是我送正果去的幼儿园，而且是好说歹说，人家才同意让正果进去的。正果受伤，我有责任！有责任我就得扛。既然她的智力水平和好好相当，为什么不能送到幼儿园，让她和好好一起启蒙。"

正大说："启蒙？你这是让正果当众出丑！"

周雨晴被噎住了，一时说不出话来。赵正大觉得周雨晴太自以为是。周雨晴争辩自己是为了正果好。正大冷鼻子冷脸，说自作主张本身就是自以为是，你和谁商量过？周雨晴说："我商量也得有个人商量啊？我跟你商量，你连个屁都没有。赵正大，我告诉你，从今天开始，我周雨晴长记性了，以后，你们老赵家的事，我一概不管！"

十六

正义把小麦送走，回来时在门口就听到哥嫂还在为正果上幼儿园的事情争吵，他在门外按了两三遍门铃，正大才开门。正义进来，周雨晴已经进了里屋。

正义埋怨大哥，这事嫂子也是没办法，你们都离婚了，人家还一样照顾正果，说起来这也算是情分，你老和人家吵吵，有点儿说不过去。正大后悔没让老爹把正果带回老家，说不行的话他明天把正果送回去，大不了把治疗的间隔时间拉长一点儿，他和正义两头跑着就是了。正义说送正果回乡下也可以，那你得问问我嫂子同不同意。

正大说："她现在不是咱家的人，没那个必要。"

正义争辩："谁说不是咱家的人？你说不是就不是了？在我和正果心里，她就是我俩的嫂子，亲嫂子！"

周雨晴听到小叔子的话，顿觉心里一阵热乎。赵正大后面的话，却又让周雨晴心里一阵冰凉。

正大说："她能把正果往幼儿园送，就说明她不想再管了。跟她说把正果送到乡下，她也会同意！"

"我不同意！"周雨晴推门进来。

正义来劲儿了："你看，我嫂子不同意。"

正大不理会周雨晴，只跟正义讲着道理，但分明也是说给周雨晴听的。正大搬出医生的说法，认为回农村有回农村的好处，农村空气好，比做高压氧强，吃什么东西也没有污染，有爹守在身边，再也不用担心没人管了。周雨晴盯着正义，意思是让他回击正大。正义心领神会，反驳说："现在最怕的就是正果上火，要是送回去了，她肯定要想好好、嫂子，还有你和我，这一急火攻心，病情就得加剧。"

周雨晴表态："正义说得对，只要正果还喊我嫂子，我就不能让她回去！"

正大犹豫，过了一会儿，才说："要是不送回去，还有另一个办法。"

正大说的另一个办法是送正果去敬老院。正义和周雨晴异口同声表示反对，不过反对无效，因为除了这个办法，实在想不出更好的了。三个人到敬老院考察了一番，虽说不尽如人意，但也只能如此了。送正果去的一路上，周雨晴没有一句话，老是悄悄地抹眼泪，正大和正义故意逗着正果，可转过脸，他们的眼里也含着泪。周雨晴悄声跟正大说，咱还是回去吧，正果一个年轻姑娘，整天里和那帮七老八十的老头儿老太太待在一起，时间久了，不光没了朝气，还会多了死气。正大说："这里的院长我认识，人家也表态了，会好好照顾正果，放心吧。"

办完了手续，院长就催促他们快走，说越待就越走不了了。院长找了块画板，让正果画画，三个人借此机会悄悄走了。出了养老院的大门，周雨晴回头看着"夕阳红养老院"几个字，觉得心里被猛地扎了一下。她舍不得小姑子在这种暮气沉沉的地方受委屈。正义抬头看看太阳，不满地嘟哝着："果儿充其量就是八九点钟的太阳，这时候就把她送到'夕阳红'，什么时候是个头呀。"

正果的画一画完，就开始找大哥他们了，院长哄了半天，也不见效果。养老院的不少老头儿老太太都过来看光景，更让正果感到害怕，一个劲儿哭着喊着要回家，一气折腾到天黑。一天里，正大打来无数个电话询问，院长怕正大着急，一直没敢跟他说实话。正大听到正果的哭声，急得要赶过来，院长说不行，你要是来了她就更没法在这儿待了，这就像刚开始送小孩子去幼儿园，做家长的就得狠下心来，以后慢慢就好了。一天里，正大一直心神不宁。

晚上，别人都躺下了，正果说什么也不睡，一个人站在窗口，可怜巴巴望着外面。正大下了节目，回到家怎么也睡不着，忍不住还是又给院长打了电话，院长说好多了，就是不睡觉。正大说想跟正果说说话，院长开始不同意，正大再求着院长，说自己能劝劝正果去睡觉，院长才答应下来。正果接了电话，刚带着哭音委屈地叫了声"哥"，正大心里一紧，眼泪就下来，他拿着电话，半天说不出话来。

"哥……"正果的声音凄凉、幽怨。正大听不下去了，捂住话筒，呜呜地哭起来。

"哥……哥……"正果叫着。

院长一看不好，要拿回电话，正果死死攥着不松手，放声大哭起来。院长狠狠心抢过去电话。正大听着正果的哭声被院长掐断，心里像被鞭子狠狠抽着，那种流着鲜血的疼痛像电流一样，一波一波传遍全身，他呜呜哭起来。

这一天，周雨晴过得也相当遭罪，本来以为把正果送走了，就能去了块心病，真没想到，一天里都觉得抓心挠肝地难受。她三番五次打电话问正大正果在那里怎么样，正大都说挺好的，叫她放心，可她老是觉得正大没跟自己说实话。在娘家把好好哄睡了，周雨晴怎么也睡不着，眼瞅着十一点了，她悄悄爬起来，给周大妈留了个纸条，说是回家取点儿东西，悄悄走了。开门进家，没见到正大，周雨晴不放心，拨了正大的电话，才知道正大打车去了养老院，说是要把正果接回来。周雨晴哭着说，接回来吧，太折磨人了。

赵正大打车赶到敬老院的时候，还没下车，就看在一个黑影抓着栏杆在向外边张望。正大一下车，就听到正果声嘶力竭地哭着大喊："哥——"

院长打开大门，正果扑进正大怀里，死死抱着他，哇哇大哭起来。正大边哭边说："是大哥不好，大哥对不起你，咱回家、回家……"

周雨晴一直在小区门口等到正大领着正果回来，一见正果，周雨晴鼻涕眼泪的，怎么也控制不住。

经过这一番折腾，家里的每一个人都安静了些日子，正大更是对周雨晴平添了几分客气，这倒让周雨晴感到有点儿不大适应了。正义这天拿回一套化妆品，说是客户送的，外国货，虚张声势地说老贵了。听说是送给周雨晴的，正大连说应该。正义表白："我是没钱，我要是发了财，指定让你、正果、嫂子、好好，成天吃香的喝辣的，全身名牌。"正大认为弟弟天天做发财梦，什么都不干，能发财才怪了。正义想起五百万，振振有词地说："哥，你别不爱听，咱也不是没见过钱，那五百万，不就是打咱们眼前出溜过去了吗？这说明什么，咱也不是天生穷人的命！"

正大讥讽："五百万都出溜走了，还不是穷人的命？"

正义说："老天爷既然能赏咱一次五百万，咱没接着，他老人家就不能看着咱老走背字，一定能赏咱第二次，心诚则灵。这事还别不信，没准用不了多久，就能再中一个五百万！"

正义的话，让正大想起不久前周雨晴猜疑五百万去向的那个梦。他知道直接把周雨晴的怀疑说出来不太合适，还是遮遮掩掩把那个梦掀起了一角。

正义见大哥吞吞吐吐，追着问到底什么事。正大说没啥事，就是瞎掰，你就别问了。正义急了："别价，你这跟苏文茂说相声似的，不能光扔一只靴子呀！"

正大说："你嫂子前几天做了个梦，说是那五百万有下落了。"

正义一下子瞪大了眼睛，兴奋地说："托梦！一准是托梦！老天爷都看不过眼去了，托梦给我嫂子啦！天灵灵，地灵灵，这事得重视，不能光拿它当梦，肯定里面有说道。说，下落在哪儿？说下文！"

正大掩饰："什么下文，就是胡说八道，瞎掰。"

正义急了："哎呀，你说下落，说下文，别瞎拐！"

"没下文。"正大这回是真不想说了。可正义不干，他急得脸红脖子粗："你要急死我是不是？你要不说就算了，我给嫂子打电话。她也是，这么重要的事不早跟我说。"正义拿起电话要打，正大拦住："就是个梦，你当什么真！"

"当然得当真了，五百万哪！五百万的事还不当真，我傻子啊！"

正大无奈，恨自己为什么嘴上没有把好门。正义看到大哥闷着不说话，忙说："哥，还得是亲哥，这事你都没瞒我。不过，我还真看过点儿《易经》《周公解梦》《奇门遁甲》什么的。这梦啊，得有人解，要不，那就是一团迷雾。"

被正义逼到这个份上，正大觉得还是直说为好。他说："也没那么玄。老二，哥有句话说出来，你别生气。"

正义一瞪眼："我生什么气呀，自己家哥们儿弟兄……行，五百万找着了，给多少你们看着办，我肯定没二话，肯定不生气。"

正大严肃地问："正果去买彩票的事，当天晚上都有谁知道？"

正义严肃地回答："没谁呀，就嫂子、我，你不也是后来才知道的吗？"

"那中了彩票之后呢？第一时间还有谁知道？"

正义张了张嘴，刚要说是自己，一下子明白过来了，他的脸一下变了色："哥，你怀疑我？"

正大急忙说："没有，我就是问问。"

正义恼了："还问什么问？这两个条件就我具备。哥，你真是好样的，亏你还是我亲哥！"

周雨晴从外面进来，看到正义在，忙说："哟，正义来了，来得正好，我买了两条刀鱼，可新鲜了。正果和好好在外面玩一会儿，等我做好了饭，你下去招呼他们……”

正义板着脸，也不说话，气呼呼朝外走。周雨晴看到正义的表情，忙问：“怎么了，怎么要走？”

正义气哼哼地说：“我找地方做梦，找那五百万去！”

周雨晴一下反应过来，要去追正义，正义已经跑下了楼。周雨晴埋怨正大胡咧咧。正大争辩自己只是随便问了问。周雨晴怒斥道：“这事能问吗？你好赶上老娘儿们的嘴了！”

周雨晴把带鱼扔进水槽了里，转身朝外跑，追到小区门口总算追上了正义。周雨晴抓住正义的胳膊：“这事不怨你哥，是嫂子嘴碎，做了个梦就跟你哥胡说八道一气，嫂子没别的意思，就是顺嘴一说，要怨你就怨我。”

正义一甩胳膊：“我谁也不怨。”

周雨晴急了：“不怨你就别走！”

正义没好气：“我晚上有事。”

周雨晴说：“有什么事都不行。今天这事，是嫂子不对，你要生气就生嫂子的气，怎么骂嫂子都行，谁让我爱瞎叨叨的。你要是走，就是让嫂子难做人，想让我在你们兄妹跟前一辈子抬不起头。”

听嫂子这样说，正义心软了，可他还是不答应跟周雨晴回去。

周雨晴说：“本来我这嫂子就是冒牌货，你不认，我也说不出什么来。”说完，周雨晴转身往回走。正义犹豫了下，跟在周雨晴身后，向家里走去。

周雨晴很快忙活出一桌饭菜，一家人围坐在桌子前，却都有些不尴不尬。周雨晴夹了块刀鱼放在正义碗里：“你这顿饭要是吃不好，就是还生我和你哥的气。”

正义支吾：“没有……”

正大插话：“没有就别拉着个脸，整得跟我们台领导似的。”

周雨晴笑了：“你们台领导个个七老八十、老态龙钟，能跟正义比啊？正义青春年少、风流倜傥。”

正大大笑：“你吹得靠谱一点儿好不好？”

正义也笑了："饶了我吧嫂子，不带这么夸人的。"

海味馆的客人一直都不多，家里没人照看正果的时候，周雨晴就隔三岔五干脆给她带到了店里。经理知道周雨晴挺不容易，也就睁一只眼闭一只眼，没大去管。每回带正果来，周雨晴都给拿上画本、画笔，找个角落让正果专心画画。正果也省心，有画画着，就什么也不想。有时候，看到店里来了长相有特点的客人，她就把人家当成了模特儿，悄悄画起来。有的客人见了还挺高兴，直接把画要了去。这就等于激励了正果，她更喜欢画了。

下午一点多，饭口过了，店里消停下来，只有靠窗的两个客人守着一瓶高度老白干在舞舞扎扎地消磨时间。两人一胖一瘦，体形上都往极致了走，要是站在台上说传统相声，不用穿长袍马褂都能出效果。两人一盘猪头肉拌黄瓜、一盘辣椒豆腐皮，喝了三四个钟头还不见撤退的意思。正果一进店，就盯上这二位了，在收银台旁边一张桌子后坐下，正果便投入了创作中。

周雨晴接了老妈一个电话，让她意外的是，居然是要给她介绍对象。周雨晴下意识地看了看旁边的正果，虽然明知道正果听不着，还是出了门口，低声埋怨老妈瞎操心。周大妈却态度坚决，说对方是自己一个老工友的儿子，在文化局下面一个什么科当科长，刚离婚，还没孩子。周雨晴听不下去了，要挂电话，周大妈急了："错过的村过了就过了，你不能老黏着不走，有这精神头你得奔下一个庄呀！"

"这么多年，我也没看你奔下一个庄，还不是守着一个村过日子？"

"你个兔崽子，怎么跟你妈说话呢？我要是奔下一个庄，谁管你？"

"那我不一样得管好好？妈，行了吧，我的事你别管了！"

"我不管你能长这么大？雨晴呀，你不能老这么耗下去了，长一岁难一岁呀，女人不经老。你赖在正大家这有多长时间了？他还不回头，那就是不想回头了。人家文化局这个，是个干部不说，还不嫌你带着个孩子，这多难得呀！"

周大妈喋喋不休地说着，周雨晴有一句没一句地听着。突然店里传来一阵吵闹，周雨晴回头一看，居然是那一胖一瘦两个客人正对着正果发火。周雨晴挂了电话跑进店里，拦在吓得要哭的正果前面，冲两个客人喊叫起来：“你们干什么，耍酒疯啊？”

瘦子扬着手里的画纸：“你看她把我俩画成什么了？这不跳梁小丑吗？”

周雨晴看了眼画，酒桌上，瘦子张牙舞爪，唾沫星子四溅，确实容易令当事人难以接受。周雨晴自知理亏，却还是强词夺理：“这是漫画，你懂不懂啊？她还没管你要钱呢。”

瘦子恼怒地指着正果：“还要钱？把我画得这么恶劣还想要钱？”

周雨晴一巴掌把瘦子的手打开：“恶劣不恶劣，你回家照镜子去，跟个小姑娘耍什么威风！”

瘦子被周雨晴的气势镇住了：“你，你谁呀？该你什么事？”

周雨晴胸口一挺：“我是她嫂子，怎么了？有能耐你冲我来！”

瘦子抡起酒瓶子，大叫：“你就是个女人，要是个男人，你信不信我拿这瓶子给你开瓢！”

周雨晴把头贴了上去：“来呀，你来呀！”

大老王从后厨跑过来，一见这阵势，喝住了周雨晴，一个劲儿给客人赔着不是，直到把餐费免了，才算了事。送走客人，大老王回头训斥周雨晴，说她带着正果来上班就够过分了，居然还跟客人干仗，简直不知道自己姓什么了。周雨晴辩解，是他们不识好歹，先惹的正果。经理说你是来上班挣钱的，要照顾病人就别来上班。周雨晴说大老王不讲人性。这句话把大老王惹火了：“照顾她有赵正大，人家是兄妹，你算什么？别以为你和正大那点儿事没人知道！你现在和人家没有一毛钱瓜葛，要不是赵正大找人来替你说话，你上次就被裁掉了，还容得了你现在在这里耍威风？你就是个服务员，想在这儿干，就得守规矩，不想干，趁早走人！”

周雨晴也火了：“不干就不干，我还不伺候你啦！”

大老王撇撇嘴：“行，你有志气，牛什么牛？还以为你是赵正大媳妇啊！”

周雨晴抓起桌上的啤酒瓶子，朝大老王说：“你要是再胡言乱语，看我不拿酒瓶子削你！”

周雨晴领着正果从饭店出来，有点儿后悔刚才不该跟大老王那么横，其实自己说点儿小话，或许也就过去了。细想想，大老王这个人还是不错的，这些日子人家一直都挺照顾自己。可事情已经闹到这个地步，她知道没法回去了。想到自己和正果还都没吃午饭，便回了周大妈那儿。老妈包的发面包子刚出锅，说原来还准备给她送去呢，省得晚上做饭了。周雨晴吃完包子，突然哭起来。周大妈说哭什么哭，刚才还吃了三个大包子。周雨晴说自己下岗了。还没等她说完是怎么回事，周大妈就说她是活该："这能怨人家吗？谁上班还带着个病人？叫我说，骂你两声都是轻的，你应该受着！"

周雨晴争辩："我凭什么要受着？我在机关里腰杆儿直了十几年，到个小破海味馆打杂就够委屈的了，还得听别人吆三喝四？"

周大妈说："你当你是谁呀？落毛的凤凰不如鸡，走到哪山唱哪儿的歌，我看你就是霸道惯了，这回栽跟头，谁也不怨，就怨你自己！"

周雨晴抹着眼泪："我回来是让你安慰安慰我的，你倒好，老往我伤口上撒盐，有你这么当妈的吗？"

"撒点儿盐好。你这火爆脾气不改改，再换一家，一样好不了！"

"你就咒我吧，当个老女光棍，我看你脸上有光！"

周雨晴本来想跟老妈唠叨唠叨，消消气，没想到挨了老妈一顿数落，肚子里的气越积越多，拉起正果就要走。周大妈急了，问她什么时候去看那个文化局的离婚男人。周雨晴说谁愿看谁看，摔上门走了。周大妈的骂声一直把她送出了楼洞。

周雨晴没想到，正大会在第一时间就知道她不干了的事。正大托朋友七拐八拐找到大老王，还是碰了一鼻子灰，人家说这姑奶奶伺候不起。周雨晴知道正大为自己的事去求人了，心里挺感动，她知道正大向来不愿张嘴求人，也不愿别人来求他，为自己的事他能三番五次去托关系，说明他心里还有自己。可这感激她都放在心里了，说出的话却明显带着埋怨，说正大这是自取其辱，还带上了她周雨晴。

正大刚想开口还击，门铃响了。正大去开门，外面站着的居然是周大妈。正大绊绊磕磕地说："您……来了。"

“难为你了正大，都不知道该叫我什么了。”周大妈换上拖鞋进来，叹了口气，“我也难哪，不知道我在这家里是什么身份。”

“妈——”周雨晴过来，口气里尽是埋怨。

“怎么，我哪句话说错了？”周大妈看看周雨晴，又看正大。

正大不声不响地去了北屋。周大妈看着正大的背影，故意大着嗓门说给正大听：“我在外面就听见这屋里吵吵嚷嚷。不是我说你周雨晴，以前吵是一起过日子锅碗瓢盆碰碰撞撞，不碰撞个响来，日子没滋味儿，现在都不一起过日子了，还有什么好吵的？”

“行了，别找事啦。”周雨晴把老妈拉到沙发上坐下，“怎么还追到家里来了？”

“你还没答应我什么时候跟人家文化局的科长见面呢。”周大妈故意大着嗓门。

“你就不能小点儿声？”周雨晴埋怨。

周大妈声音依旧：“说坏事都小声，我活了大半辈子，还没听说有谁说好事小声的！”周大妈从兜里掏出张相片，“相片我带来了，你看看，一表人才，和你挺有夫妻相。”

正大虽然关上了房门，可周大妈的声音还是一字不落地传进来：“人家是没有啥名气，可那东西顶什么？不顶钱花不当饭吃。人家是科长，实实在在是个官，人家不嫌弃你结过婚，还带着个孩子，这样的人哪里找？雨晴啊，你可别犯糊涂！”

周雨晴看出来了，老妈这出戏就是演给正大看的，既然劝阻不了老太太，她索性借着这个茬口气气正大，她故意大着声音：“妈，还有一个，也不错。”

周大妈没反应过来，悄声问：“还有谁？”

周雨晴给周大妈递眼色：“就那个。你看你，真是糊涂了，才看了十个八个，就记不得了？就那个，现在是副处、过两天就正处那个。”

周大妈心领神会，故意扬脸冲着北屋：“那个呀，不行，妈没看好，长得没正大帅气，咱怎么也得找个能拿出手的来吧？”

母女俩的对话怎么听怎么是冲着自己来的，正大一回身，碰倒了桌上的水杯，水流了一地，正大忙起身，出门直奔卫生间去拿拖布。周雨晴看到正大出来，慌忙拿起茶几上的照片，装模作样地审视着："妈，这个不行，眼太小了，眯缝着像条线，跟天不亮似的。"

周大妈故意说："怎么就天不亮了？我看着挺顺眼，面善。"

赵正大从卫生间出来，提着拖布急匆匆往北屋走，周雨晴忙喊正大："哎，正大，你帮我看一下，这个人怎么样？"

正大没理会，一晃进了屋里。周雨晴拿着照片跟进来。赵正大拖着地上的水，周雨晴把照片递过来："我妈给我介绍了个对象，你帮我把把关。你不是老说自己看人准嘛。"

正大瞅了一眼照片："你看着行就行。"

周雨晴一脸认真："那怎么行？我也不是黄花大闺女，还带着个好好，人不好可不行，好好该遭罪了，你帮着参谋参谋。"

周雨晴把照片往正大手里塞，正大不接。周雨晴把照片放在桌上："对方详细情况，我说给你听吧。一个是当官的，官不大，一个小科长，三十出头，再混几年，就正处啦。还有一个，有钱，开公司的，据说有两三套房子呢。还有一个……"

周大妈站在门口，帮女儿编故事："是从国外回来的。"

周雨晴接着周大妈的话往下编："对，是海归。正大，你说这个海归好不好？以后好好出国留学，还能帮上忙。"

"不是海待就好。"正大拿着拖布往外走。

"谁要海带呀，满菜市场都有，还是海归好，值钱。"周大妈说。

"妈，你说什么呢，海归就是从海外归来创业的，海待，是从国外回来待业的。"周雨晴给老妈纠正。

"噢。"周大妈明白过来，连忙点头。

桌上的手机响了，周雨晴一看，上面显示是小麦。周雨晴刚要拿手机，正大手快，一把拿过去，接起来一听，脸色就难看起来，拿起衣服就往外跑，周雨晴问他怎么了，正大也不回答，一溜烟跑了。

周大妈说："白气人家了吧？我看他根本就不在乎你找不找对象。"

周雨晴也有些失望，她觉得正大是装不在乎，是故意气自己。周大妈摇头："正大那样子，是因为心里根本就没有你周雨晴。他既然无意，你还留啥情？这事得听我的，你真不能在他这棵树上吊死！"

周雨晴有点儿无所适从："妈，那也不能随便就找棵树吧？要是再是一棵歪脖子树怎么办？"

"这找对象有时候就像赌博，得撞运气。你连撞的勇气都没有，这怎么行？"周大妈意识到自己打的这个比喻不太恰当，心痛地看着女儿，"妈知道你心里还有正大，可他一接电话就跑了，说明他的心思不在你这儿了。"

"会不会是他单位出什么事了……"周雨晴担心起来。

周雨晴猜得一点儿没错。小麦让正大赶快去台里，是因为那个富二代把状告到台长那里了。

节目部的吕总监冷着脸把一份材料推到正大面前，正大拿起来一看，上面一行粗粗大大的黑体字映入眼帘：正大荒诞语录。

"老大看了这个，很生气。"吕总监说。

"这……这些话根本就是断章取义！"正大气愤中夹杂着被冤枉的情绪。

吕总监拿过材料，读着材料上的几句话："每个成功的男人背后，都会有一个吃饱了没事做的女人。"他抬起头看着赵正大，"你在节日里说这些玩意儿干什么？"

正大解释，如果没猜错的话，送这份材料的，应该是一个叫宋天然的年轻女人，她所以这么做，就是为了报复。

吕总监问正大是怎么认识宋天然的。正大说不认识，就是一个参与过节目的听众，后来到台里胡搅蛮缠过几次。

吕总监觉得送材料的人是谁不重要，重要的是材料上写了些什么。

正大说："这上面的话，是我说的不假，但这些都是断章取义，说这些话是需要语境的，离开了语境，这些话不能算是我说的！"

吕总监说："我过去也当过主持人，语境问题，我懂！"

正大说："那你更应该理解我了，这是主持人的主持风格。这些材料分明就是黑材料，这就是典型的诬告嘛！"

吕总监说："是不是主持风格、是不是诬告且不去说，单单你说的这些话，我看不论放在什么语境下，都有问题。"

"有问题？什么问题？"

吕总监又拿起材料，读了起来："'避孕效果不成功便成人。'是你说的吧？还有这个，'有老公怎么了，有守门员还照样进球呢！'也是你说的吧？还有这句，'有一种畜生，长得很像人。'还是你说的吧？正大，你自己说说，这些话拿到广播里说合不合适？"

正大辩解这些话有的是网上广为传播的，觉得没有什么不合适的。吕总监突然语气严厉起来："网上可以胡说八道，广播里能说吗？正大，我们是广播，是喉舌，这有个舆论导向问题！你这些话一说出口，把社会说成什么样子了？你想把人的情感引导到什么歧途上去？还有这句，'女人吻男人是一种幸福，男人吻女人是一种口福。'这样的话你怎么说得出口！还有这一句，'贱人永远都是贱人，就算经济危机了，你也贵不了。'你这话说出来让听众怎么看待我们的主持人？"

正大和吕总监争辩起来："你只想着领导的导向，只想着领导的四平八稳、中规中矩，忘了主持人应该有棱有角，应该有风格！"

吕总监把材料拍在桌子上，怒视着正大："这不是棱角的问题，更不是风格的问题，这是哗众取宠！"

正大回应："要是你这么认为的话，这主持人没法干了！"

吕总监听正大这么说，心里一怔。正大在台里是当红的主持人，如果他不干了，对台里还真是个不小的损失。可他的气焰也太嚣张了，一点儿说法没有，台长那里也过不了关。吕总监稳定了会儿情绪："正大啊，有句老话得记住，'有则改之，无则加勉'，没必要这么冲动。你这段时间情绪不高，我也理解，毕竟家里有好多事情缠身。做咱们这一行的，就怕带着情绪上节目，这样吧，你先休一段时间的假，先稳定稳定情绪。"

听吕总监让自己休假，正大明白，这只不过是个好听的措辞，其实就是下岗。想到周雨晴刚没了工作，正果做高压氧还需要钱，一大家子的费用开支都靠自己这点儿工资，正大只觉得心脏像被坠上一块大石头，猛地往下一沉，胸口又闷又疼。

正大捧着一个纸箱子，失落地从电台大楼出来。没想到，宋天然居然开着那辆红色跑车，正在大门口迎候他。看到正大出来，宋天然故意按了两声喇叭。正大一抬头，见宋天然正面带微笑地走过来："大主播，你也有蔫头耷脑的时候呀？"

正大转身就走。宋天然跟在后面："我早和你说过，和我作对，你不会有什么好结果的。你看，你偏不听，吃亏了吧。"

正大继续往前走着，像是身后没有宋天然这个人。宋天然有点儿无趣了："不是我没给你机会啊，你可别怨恨我，是你自己不肯知错改错！"

正大停下脚步，回过头，平静地说："你赢了。这件事已经结束了，以后我不希望再看到你。"正大说完，迈着稳稳的步子走去，扔下宋天然一个人呆呆地站在原地。

赵正大上了一辆出租车，坐在后排，失神地望着窗外一闪即逝的风景。车上的广播里，主持人卖力地讲着笑话："老李退休以后，参加了一个交谊舞培训班，他向老师请教跳舞的秘诀。老师跟他说，其实也没什么秘诀，就是挺胸、抬头、提臀，把自己想象成仙鹤、天鹅什么的。老王明白了，说，老师，就是不能觉得自己是个人，对吧？"

背景音一阵众人爆笑，司机也跟着笑了起来。正大心里烦乱，面无表情地对司机说："师傅，能关了吗？"

司机从后视镜里看了眼正大，把音量关小。

主持人又接着讲："小李马上要结婚了……"

正大提高了声音："师傅，我想静一静！"

司机又关小了些音量，主持人说："小李的男朋友送来了一大笔礼金。小李高兴地和妈妈一起数钱。弟弟看见了，不屑地说小李：你就是个傻子，被卖了还帮人家数钱！"

背景音又是众人爆笑，司机又跟着笑了。正大火了，从后面探过身来，一把摁下按钮。司机也火了："干什么你？不坐滚蛋！"

正大是怎么跟司机打起来的，他已经不记得了。司机显然训练有素，没让正大占什么便宜，把他揪下车后，纸箱子也扔出来，里面的东西撒了一地。正大把东西又收拾进纸箱里，坐了公交车回家。快到了小区门口，报摊的大妈跟他打招呼，说留了他常看的几份报纸，正大递过钱，大妈好奇地问："听说你是电台的主持人？"

正大尴尬地笑了下，没有回答。大妈来了兴致："我就爱听个半导体，你主持什么节目？"

正大敷衍地说："没主持什么。"拿了报纸匆匆走了。

十七

小麦在电话里跟正义说了正大下岗的事，还说由她暂时来主持《正在说》。正义很惊讶，以为大哥的位置被小麦取而代之了，小麦忙说就是临时替班，让正义别多想，说自己知道自己几斤几两，《正在说》终归有一天还是正大的。

周雨晴看了一集黄金档的电视剧，趁着播广告的时间往卫生间跑，发现正大还坐在屋里的电脑前看电影，以为正大忘记上班的事了，大呼小叫地提醒他。正大说自己休息几天。周雨晴觉出正大有什么事瞒着自己，就打电话问正义。正义支吾着说是电台改版，大哥过几天就重新上节目了。周雨晴还是不信，等《正在说》开播的时间到了，她背着正大去听收音机，在里面说话的居然是小麦。周雨晴一下子蒙了，这都啥事呀，大伯哥不干，准弟媳妇接班去了。

发蒙的不光是周雨晴，宋天然也没想到正大就这么轻易被一个听上去还有些慌里慌张的年轻女声给取代了。不少打进直播间电话的听众显然也不适应，有的干脆就痛骂起小麦来了。后面的节目小麦根本没办法往下做了，只得放歌。

正大虽然没去听节目，可上节目的时间一到，他的心里就开始发慌。别的事他不担心，他最怕的是老爹听不到自己的声音会着急。他本来想关机，可想到老爹要是打不通电话会更着急，索性就开着。果不其然，节目刚开始没一会儿，赵长禄的电话就追来了，还没等老爹开口，正大就说自己明天要出差，会停上一段时间的节目，赵长禄悬着的心这才放下来。

正大不主持《正在说》了，很多听众纷纷往电台打电话表示不满，这其中反应最激烈的就是周雨晴。看到正大不高兴，她真比自己下岗了还难过，她往电台打了好几个抗议电话，都是匿名代表广大听众那种，打电话前她把要说的话都写在纸上，省得一时着急忙慌卡了壳。最后她觉得还应该找小麦说说。电话打给小麦，小麦解释了半天，周雨晴不愿听，说你要是想清清白白的，就别上《正在说》，没人说了，领导自然就让正大回去了。小麦说自己不上，还有的是人，这件事的根子还在正大身上。周雨晴气呼呼摔了电话，回头又去找正义算账，说小麦这人不地道，背后对大伯哥下死手。正义解释，说小麦不是那样的人，小麦为这事也上火，可领导安排下来的，她不干又不行。周雨晴说："不管怎么样，赶紧让小麦倒地方，就她那水平，说话都哆嗦，能跟你哥比吗？反正难心的是你哥，他昨晚一宿都没睡。那是你亲哥，我就负责告诉你一声，怎么办你随便。"

赵正大虽然心里过不去这个坎儿，可表面上还像没事人一样，在电台见到小麦，还做出挺关心的姿态。小麦说自己压力太大了，想找吕总监说说，还是让正大回来主持。正大连忙阻止，让小麦不要有别的想法，既然开始上节目了，就要安心做好。小麦觉得对不住正大，正大开导小麦："没有谁对不起谁的事，电台是公家的，你大胆做，当初我也是这么走过来的，不要背包袱。"小麦说出周雨晴找自己的事，正大沉默了，小麦借机劝正大还是复婚吧："嫂子看你不主持了，比谁都急，还要找领导理论呢，这说明她心里有你。"正大不想谈论这个话题，找了个理由结束了谈话。

门卫保安打来电话，说有个人一定要见正大，不见就不走。正大以为又是什么热心听众，就下楼了，没想到居然是宋天然，正大转身走开，宋天然缠着他不放。

正大冷着脸，厌恶地说："我说过，不想再看见你！"

宋天然脸上挂着笑："让我给吓怕了呀？放心，今天不是找你麻烦，是请你吃饭的，走吧。"

正大说："我都已经让你轰下岗了，再摆鸿门宴，没这个必要了。"

宋天然挑衅："看来，你是不敢去。"

正大自嘲，说自己是"一朝被蛇咬，十年怕井绳"。宋天然说："饭店我已经订好了，要是你不去，就太不给面子了。你也知道，我是一个最要面子的人，为了抢回要落地的面子，我是什么都舍得的，这个你也不是没有见识过。"

正大问："这么说，你在威胁我？我非去不可了？"

宋天然说："威胁谈不上，但非去不可倒是让你说对了。你信不信，你要是不去的话，我明天会找人在电台门口挂出一个红色条幅，上面写什么呢？就写'美女邀请名嘴正大赴宴'，你看如何？"

正大问宋天然："你这样有意思吗？"

宋天然意味深长地看着正大，点点头："有意思。"

两人刚在饭店的包间坐下，服务员就把丰盛的饭菜摆上桌了。看来，宋天然真是早有准备。

正大说："我人也来了，有什么话你就说吧。"

宋天然说："没什么好说的，就请你吃个饭。"见正大坐着不动，宋天然又说："反正你那份我都花钱了，吃不吃都算在你身上。"说完，专心致志地吃起来，好像眼前没有赵正大这个人。

饭菜的香气直往赵正大鼻子里钻，他禁不住咽起口水来，眼见着宋天然吃得津津有味，正大拿起筷子，赌气地开吃。两个人谁也不说话，都吃得无比认真。宋天然把自己的任务完成了，问赵正大："你是不是特别恨我？是不是特别想骂我？"

"你说呢？"赵正大头也不抬。

"恨我砸了你的饭碗？"宋天然问。

"大概很多人都会这么想，都会认为你的这个理由成立，可我并不这么想。"赵正大故作平静。

"为什么？"宋天然不解。

"因为你，我才真正发现听众喜欢我。这话说起来虚，听起来也虚，但虚的东西未必假。不过，我也挺遗憾，或者说挺无奈的。”

“你能把话说明白点儿吗？”

正大说：“富二代就是一个花瓶，外表再风光，也掩盖不了内心的空虚。那次做节目，你把电话打进来，我是想通过你，给富二代敲敲情感的警钟，可是，没想到，却捅了你这个马蜂窝。被你蜇一下倒无所谓，让我遗憾、无奈的是，富二代依旧视感情如儿戏，依旧认为，钱会买来一切，钱能买来一切。”

宋天然问：“有钱人在你脑子里就这么不堪？”

正大没有回答，继续吃着。

宋天然问：“想听听我的故事吗？”

正大说：“有这个必要吗？”

宋天然说：“只要我想说，你就得听，除非你的耳朵会选择性失聪。”

正大说：“看来，骄横是富二代的通病。”

宋天然说：“富二代好像就是这个社会的天敌，只要一提这个词，个个都像打了鸡血一样，眼里全是仇恨。知道我为什么纠缠你吗？我就想给富二代正正名。富二代不是你想象中的那么不堪，富二代比你们想的要可怜。”

听到“可怜”这个字眼，正大觉得好笑。宋天然说：“你说得对，钱买来的东西能把自己的外表装扮得很风光，可是买来的东西永远消除不了内心的空虚、失落、绝望。小时候，我们家在农村，因为穷，我妈离开了我爸。最伤男人的，就是被妻子嫌弃无能然后抛弃吧？我爸被我妈伤着了。当男人知道疼之后，就会产生难以想象的爆发力，我爸就是。这个世界呀，真是可笑。知道我们那个村子为什么穷吗？因为满山是花岗岩，土就那么薄薄的一层，种的庄稼扎不下根，长出的粮食又怎么能填饱人的肚子。可是，谁也没想到，这些石头让我爸发家了。他去了一趟城，看城里人在盖楼，于是他就买了炸药回家炸石头，然后用锤子打出一块块石头，卖到城里，几年下来，我家发了。石头总有炸完的时候，我爸又开始承揽工程，然后就进了城，就成了企业家，我呢，就成了富二代。”

讲这段家史，宋天然的语气里带着忧伤，也夹着气恼，她说：“有了钱的男人才能有故事，是女人让有钱的男人有故事。大学的时候，我跟一个室友成了闺密，现在我才明白，防火防盗防闺密是多么有必要，她知道你的东西太多了以后，就不是蜜糖，而是毒药了，而且一击致命。她知道我爸有钱，有钱的我爸也不脱俗，也喜欢年轻姑娘，可是我傻，我不知道，我还带她去我家，我爸给她买衣服，我还以为我爸是替我长脸，后来，她把我爸从‘干爸’喊成了‘老公’，我的闺密成了我的小妈。”宋天然自嘲地苦笑。

听完这个故事，赵正大不知道该说什么好，可不说点儿什么，又觉得也不大好，就说：“事已至此，为了你父亲，你们可以……做个朋友。”说完这话，又觉得还不如不说。

宋天然满脸鄙夷地看着赵正大：“这种话你自己信吗？”

赵正大沉默。

宋天然说：“她在和我争宠，她已经角色混乱了，她在我爸面前，又当老婆，又当女儿，把我这个真正的女儿挤到墙角旮旯去了。”

赵正大想说点儿什么，却找不到一句合适的话。

宋天然笑笑：“怎么，同情我了？”

正大点点头：“有点儿。”

宋天然说：“用不着。别忘了，我是富二代，是让你下岗的恶人。”

正大一进家门，周雨晴就闻到股什么味道，在正大身上直抽鼻子。正大说你抽什么风。周雨晴说他身上有股女人味儿。正大说她废话，办公室电台又不是少林寺，光有男的没女的。周雨晴说今天的味儿比较特别，肯定不是他们办公室那几个女人身上的味儿。正大心里发虚，嘴上却挺强硬，斥责周雨晴一天到晚就知道八卦。周雨晴大度地说：“谁没有三个两个男女朋友，没事，我理解。你这么大个主持人，要是没有几个女粉丝，就太失败了。”

正大还真不适应周雨晴跟自己玩以柔克刚的伎俩，不解释不对，解释更不对。

吕总监把正大找了去，正大还以为是让自己重新上岗，开始还在心里琢磨着怎么端端架子，可吕总监跟他说了半天都是在兜圈子，问他突然闲下来是不是觉得轻松了点儿。正大话里有话地说，自己能得闲还得靠领导关照。

吕总监说："你呀，什么时候说话能不带刺就好了。"那神态，就像首长爱抚地抚摸小战士的脑袋说："你这个小鬼呀，顽皮得很。"

正大没心思跟吕总监绕弯子，让他有事直接说，他还要早点儿回家接孩子。吕总监便大倒苦水，说小麦接手《正在说》以后，听众少了，广告商，就是那个"小丽呀"，也不乐意，说换了主持人之后，咨询电话都少多了。吕总监的弦外之音，似乎是想让正大和小麦将来一起主持《正在说》，这让正大有点儿不能接受，正大说小麦的素质不错，可以另外安排一个更合适的节目。吕总监认为，如果能借助《正在说》的平台，让更多的观众认识小麦、接受小麦，对她的下一步发展指定有好处，"你带了小麦这么多年，帮她一把也是应该的，人家毕竟还喊你一声正大老师。"

虽然这个结果不是正大想要的，可这样能够重上节目，也是没办法的办法。正大本来要答应了，可没承想这只不过是他的一厢情愿，吕总监找他的真正目的是要他替老宋暂时主持一阵《性爱夜话》。原来，老宋今天一早把腰扭了，估计至少得卧床半个月，吕总监说："我的意思，想让你帮着老宋把《性爱夜话》顶起来，也好为你下一步重回《正在说》做个铺垫。"

正大这才明白过来，吕总监前面的话，根本就是逗自己玩的。吕总监表示，开始也考虑过让小麦去顶缺《性爱夜话》，可那个节目表面上冠冕堂皇，打着传播性科学、普及性教育的旗号，实际上还是卖性药的，"她一个姑娘家怎么开得了口？你不一样，过来人了，什么没经历过？说实话，我也觉得那个节目比较庸俗。有一回我媳妇听了，把我好一通损，说你们这还是广播电台吗？简直是半夜耍流氓。可有什么办法？人家给的广告费高，台里一大帮子人得吃饭生活。你可能不知道，上这个节目不光可以拿台里的双倍补贴，卖药的还给一份提成。这钱你拿着就行，就当台里不知道。"

用补贴和提成来诱惑自己，正大觉得这手段太不上档次，简直就是一种对自己的轻视，他愤然起身，一口回绝："我不上！"

正大回到家，正义说刚才小麦约自己见了一面，"小麦跟我说，从你下岗后，她一直就挺难受的，毕竟是她顶了你的岗。"

回不了《正在说》虽然令正大生气，可这股气撒到小麦身上显然也不对。

正大明白，对一个学播音的人来说，能一个人对着话筒说话，是最大的梦想，现在这个梦想摆到了小麦面前，踮踮脚就够着了，她努力一把也在情理之中。正大说："让小麦干吧，我说了这么多年，也说累了，说烦了，脑袋里的东西也说得差不多了。再说了，不主持节目，工资奖金也不少。以前总是上夜班，生物钟都混乱了，正好，借这个机会调整调整，还能陪陪正果。"

正大不想跟弟弟再谈这个话题，拿起一张报纸看了起来。正义小心翼翼地说："我听小麦说，台里想让你去《正在说》后面的健康节目……小麦说，那个节目还有提成，她怕你不知道，让我提醒你一下。哥，你得想开点儿。小麦说你应该先出来露个声，然后再一步步回来，这也是曲线救国。"

"我的事你少管！"正大一摔报纸，火了。

"哥，你别这么固执好不好？这些天你没上节目，爹一天给我一个电话，问你是不是犯了错误。我按你说的，说你出差了。可出差总有回来的一天，你不能老是骗着爹吧？不就是卖个药吗？人家别人能卖，你怎么就不能卖？"

"不能卖！"周雨晴从厨房进来，气哄哄地说，"那是什么节目呀，我听着脸都臊得慌。要是让爸听着了，他指不定会气成什么样呢。"

正义欲言又止。周雨晴发起牢骚："不就是不让说吗？不说就不说，有什么了不起的。那破节目一天到晚接触的都是些神经病，没一个正常的。"

正大不乐意了："怎么就神经病了？你会不会说话？"

周雨晴知道触到了正大的神经，忙说："我用词不当，还不行吗？"

正义见说服不了大哥，起身要走。正大问："你和小麦……我是说，你真打算和她交往下去？"

正义说："我感觉她挺好的。每次见面她都跟我说对不起你的话。哥，小麦是真的替你着急，你再好好想想吧。"

正大没有顺着正义的思路往下说，他关心的还是正义和小麦处对象的事，他说："我还是觉得你们俩不合适。"

正义有些不爱听："你是不是觉得我配不上她？用你做节目的话说，她不是我筐里的菜。"

正大摇摇头，说："你不是她筐里的菜。"

正义临走时，让嫂子再劝劝大哥。周雨晴说正大不想干的事，谁劝也不好使，再说这件事她觉得正大办得对，她跟正大说：“这件事本来没有我说话的份，不过，你既然不愿干，那就不干。这几天我相中一处门头房，打算租下来，开个小面馆，自己给自己当老板，还能照顾工果。”

正大琢磨着，觉得这样也好：“你要是决定了，就干吧，这段时间我有空，有用得着我的地方，你就说话。”

周雨晴嘴硬：“不用，流自己的汗吃自己的饭，我能行。”

十八

忙乎了将近一个月，面馆终于开张了，名字是周雨晴自己起的，叫“好再来”。

正大能来给面馆开张捧场，不光周雨晴觉得意外，周大妈和正义也觉得难得，更让周雨晴意外的是，正大说这几天没什么事，可以过来帮着看店。周雨晴没答应，正大怎么说也是一个有名气的主持人，跑这种地方当差，叫别人看着像什么。

正义问：“怎么，你还怕毁了我哥的形象啊？”

周雨晴说：“他有什么形象？我是觉得他笨手笨脚，还不够碍事的。”

正义说：“得了吧，会说不如会听。你就光顾及他的形象，不管我的形象了？”

周雨晴说：“你要是有个正经工作，我保证不让你在这儿围着锅台转。”

正义说：“说了半天，你还是向着我哥。”

周雨晴说：“什么我向着他。你们家大主播被我拉到面馆当跑堂的，你爹还不得跟我拼命啊！”

正义点头：“也是，老赵家的面子都靠我哥撑着呢。”

清脆的爆竹声噼里啪啦响着，周雨晴和赵正义一起把蒙在牌匾上的红布扯下来，“好再来面馆”几个大字看上去挺醒目。

周大妈兴奋地带头拍起巴掌，大家在一片“恭喜发财”中走进面馆。正大拿起扫帚，扫着门口的鞭炮纸屑，周雨晴急忙过来：“你能干这个吗？给我。”

正大继续扫着：“没事，别的我也帮不上忙。”

周雨晴夺下扫帚：“你进去嘛，吃碗面，提提意见。”

周大妈从面馆出来，看到正大和女儿在说话，思忖了下，过来说后厨大师傅找周雨晴。正大要接周雨晴手里的扫帚，周雨晴却给了周大妈，正大说：“还是给我吧，妈……”

周大妈紧攥着扫帚，舒了口气：“总算又管我叫妈了。看着你来帮雨晴忙乎，我这心里……高兴。”周大妈抹着眼泪。

正大有些尴尬：“也帮不上什么忙，她不用我。”

周大妈说：“她是不舍得用你。你说，当老人的图什么？还不就是儿女能过得和和美美，一家老小平平安安。你俩当初离婚的时候，我让雨晴搬我那儿住，雨晴一直不搬，她心里怎么想的，我这个当妈的心里清楚。你一个大主持人，更应该明白。雨晴就是嘴硬，好强，死要面子活受罪。这层窗户纸她自己不捅，只有我这个当妈的替她捅了。”

正大听着，不知道说什么好。周大妈继续说：“雨晴开这个面馆，我不能说就是为了照顾正果。可我让她找个别的活干，她死活不答应，说什么活都影响照顾正果，自己开个小店，挣多少钱不说，起码不用看别人的脸色，还不耽误看着正果。就冲着这一样，雨晴是个啥人，是个啥意思，你心里就应该明白。我自己的闺女，我怎么说好都没有用，她身上的毛病是不少，这个我当妈的知道，可她对你们老赵家咋样，你拍拍胸脯自己想。正大，她是真把你那个家当家呀！”

正大说：“我知道。”

周大妈说：“正大，雨晴不比你。男人过了四十，还啥都不耽误。女人过了三十，那就走下坡路了。你要是还认我这个老婆子，就跟我透个底，你到底怎么想的？”

正大犹豫起来，周大妈还要说什么，周雨晴跑过来：“说什么呢，进来进来！”

正大进屋去了，没一会儿又出来了，说有急事要去下台里。周雨晴问老妈跟正大说什么了，周大妈埋怨女儿："你不老实在里面待着，出来干什么？"

周雨晴说："怎么了？李师傅没叫我呀！"

周大妈生气："我看你脑子缺根弦！"

周雨晴回顶了一句："缺根弦也是像你。"

周大妈扬起手要打女儿："告诉你啊，我可跟正大说好了，他再不打算复婚，你就真跟他一刀两断啦！"

周雨晴不满："你又跟着瞎掺和！"

周大妈说："我以为我愿意低三下四求着他啊，还不是为了你！告诉你啊，该说的不该说的，我可都跟他说了。我瞅他的意思，还没到绝情的地步。记着晚上回家烧把火，没准就把他的心暖和过来了。"

周雨晴问："怎么烧？"

周大妈说："你真彪啊？这个还用我教你！"

正大赶到电台，吕总监让他去南京参加个业务交流会，说是得去两三天。

正大说："我都下岗了，去交流什么？"

吕总监说："就当出去散心了。有些事啊，得有个过程，脓包既然长了，就得让它鼓出来。更多的话我就不跟你说了。"

正大说："这话我听着云山雾罩的。"

吕总监说："雾散了就好了。"

雾散了就好了，看似平淡的这句话，赵正大听着却别有意味。自己的工作，自己的婚姻，目前都被阴霾笼罩着，赵正大多么希望有一缕阳光赶快照进自己的心里，把以后的日子早点儿照亮。

赵正大从电台回家，周雨晴已经做了一桌好饭等着他了，一家人兴致都很高，说着笑着，仿佛那久违的温馨又回来了。好好和正果吃得快，吃完后嬉闹着去玩了。周雨晴舀了碗汤，放在正大面前，正大端起来喝着，周雨晴有些不太自然地说："今天晚上，让好好和正果自己睡吧。"

正大继续喝着汤，像是没听见。周雨晴又给正大夹菜，正大说："行了，都是肥肉。"

周雨晴又殷勤地夹起一块瘦肉放进正大的碗里。

夜深了。周雨晴给好好讲了一大通故事，才把好好安抚睡了。回到卧室，看见正大斜靠在床上，怀里抱着笔记本电脑，正在上网。周雨晴坐在床边，脱着衣服，打着哈欠："好不容易把好好哄睡了，这故事讲的，我都快给自己讲睡了。"

正大还在浏览着网页，周雨晴嘟囔了一句："睡吧，都几点了。"

正大犹豫着关上电脑，在床边磨磨蹭蹭，最后还是被周雨晴拉进了被窝。两人很长时间没在一起了，这回都有点儿久别重逢的感觉。完事之后，周雨晴贴在正大的身上，伸手搂着正大的脖子，小声说："明天早上咱去民政局吧。"

正大沉默。

周雨晴晃了晃正大："听见没有？"

"不行。"

"你说什么？"周雨晴一下子火了，一把推开正大。

正大险些跌下床："干什么你？"

周雨晴一脸恼怒："你再说一遍不行！"

正大说："我明天早上出差，去南京。"

周雨晴又温柔起来："几点的飞机？"

"八点。睡吧，我困了。"正大打了个哈欠，转过身去。

周雨晴虽然觉得有点儿失落，可还是挺高兴，出差毕竟是两三天的事，回来再去民政局办复婚也行，不差这几天。

一大早，面馆还没上客，正果跟周雨晴一块儿扫着地，周大妈感慨，还别说，顶个小工使。周雨晴说顶什么小工，这要是让她哥看见了，还当我欺负她。周雨晴拿过正果手里的扫帚，朝后厨喊道："李师傅，给正果来碗面，多加点儿大肉啊，不要肥的。"

周大妈说："你还真疼她。"

周雨晴说："看你说的，好像我原来都是假的。"

周大妈催促女儿，趁热打铁，赶紧去把婚复了，省得夜长梦多。周雨晴说："我才不怕呢，他们家的人比我急，正义跟我说了多少回了，他和正大都怕他爹知道。”

周大妈埋怨：“你要不着急就不办。谁急谁知道。”

周雨晴说：“有你这么当妈的吗？”见周大妈真生了气，周雨晴才把正大答应出差回来就复婚的事说了，周大妈果然高兴起来。

正义从外面进来，将几张发票拍在桌上：“十箱啤酒，一会儿就送过来。”说完，去后厨吃饭去了。

周大妈看到一张出租车票是二十五块钱，心痛得直咂嘴，再看其他单据，也是超支不少。周雨晴让她别管，自己找了个没人在旁边的时候，对正义说：“以后你有事就忙你的，这货不用你上，要是耽误了你的工作，你哥该不乐意了。”

正义说：“没事，我就说出去看房源了，单位也不知道。那啤酒商我都混熟了，说下回一箱再给我便宜一块钱。”

周雨晴不好再说什么了，她想以后自己先去把货进了，自然就用不着正义了。

不知道什么时候，正果在几份菜牌上都画上了漫画，没想到还挺受欢迎，一对小恋人还把漫画拍到手机上了。正义说：“嫂子，或许这就是特色。满大街都是面馆，但是有漫画的可就咱一家。”

第二天，好再来面馆门面变化一新，门上、窗上都画着憨态可掬的漫画。门前还立着一块牌子：吃饭赠画，独此一家。

还别说，这一天里的营业额果然增加了一成多，很多年轻人和学生还都是冲着漫画来吃面的。周大妈感叹，没想到正果还是棵摇钱树呢。

晚上，周雨明收拾正果的画本时，发现里面好几张画都画着同一个年轻男人。周雨晴问正果画的是谁，正果一脸茫然。周雨晴逼得急了，正果喊起头痛来，周雨晴才罢休。

两天后，正大出差回来了，周雨晴关心地问这问那。正大说正义打电话跟他说了，正果的漫画挺受欢迎，让他没想到。周雨晴满脸兴奋，说消费五十块钱，送正果一张漫画，这生意还挺好。

“听说正果一画就是一天，你真把正果当摇钱树了？”正大话里透着不满。

周雨晴说：“你别把话说得这么难听好不好？我带正果去店里，是为了照顾她。别人喜欢她的画，这也是意外的好事，你还不高兴啊？”

“我不是这个意思。正果高兴，当然怎么都行。”

“正果当然高兴了，不然你去问正义。对了，我这两天发现正果有女人心思了。”

正大不信，说周雨晴是瞎猜。周雨晴说这是有根据的，她观察了两天，发现正果更愿意给来面馆的男人画像。“我觉得她是想谈恋爱了。”周雨晴肯定地断言。

正大说：“她单纯得像个孩子，知道什么是恋爱？我看是你自己想恋爱想疯啦。”

听正大这样说自己，周雨晴一下子就火了：“你才想疯了呢！男大当婚女大当嫁，你不知道啊？正果单纯那是因为脑子有毛病，可她心理没毛病，到了恋爱年龄想恋爱，这不是好事还是坏事啊。你长不长脑子？”

正大被噎住了。周雨晴看到正大愣在那里，上前推着正大的胳膊：“行了，赶快洗澡去吧，我给你放好水了。”

灯熄了，月光照在宽大的床上。周雨晴侧脸枕着正大的胳膊，一脸温情地看着正大：“明天早上咱去把婚复了吧。”

正大不语。周雨晴心里一紧，问：“你反悔了？”

正大说：“明天星期六。”

周雨晴为正果的婚姻大事操起心来。她托人给正果介绍对象，中间人说男方是个经理，自己有车，各方面条件都不错。这让周雨晴担心起来，觉得男方一定看不上正果。中间人却很乐观，说连个面都没见怎么知道看不上，先见个面，有缘分就看上了。

相亲的地点就定在面馆里。下午两点，中间人坐着个残疾人助力车来了，男的一看就不大正常。中间人这才透了实底，说对方小时候得过小儿麻痹，会点儿电器维修的手艺，开了个修理部，人聪明能干。周雨晴不乐意了，埋怨中间人早不把这些说明白，不由分说赶走了对方。

周雨晴还在为相亲的事生气，正义急三火四地跑进面馆，说有人追着要打他。还没等周雨晴问清楚怎么回事，两个男人冲进饭店，不由分说就要打正义，要不是周雨晴和李师傅拦着，指不定能出什么事。原来，其中一人是正义的客户，人家的五千元房屋押金让正义的老板卷跑了，这笔账就记在了正义头上。周雨晴凑出五千块钱，才把对方打发走了。正义埋怨嫂子不应该给钱，周雨晴冲正义嚷道："那你别往我这店里跑呀！"

正义说："我往别人店里跑，人家也得让呀。再说，这事，根本就不怨我。"

"那是怨我！"周雨晴气得拍着桌子，"这五千块钱得卖多少碗面才能赚回来？"

正义拍着胸脯，说等他找到老板，一定把钱要回来。

周雨晴说："你们老板跑了，你是不是就没工作了？那往后你就在这儿以工抵债。"

正义听嫂子这么说，急了："你打算把我押在这里？"

周雨晴将门上贴的招工告示撕下来："你可以这么理解，反正我这店里要招小工。"

正义当天就上班了，他穿上工作服、戴着皮手套在水槽子前不情愿地刷着碗。正果拿出素描本走过来，让正义看。正义摘下手套，翻动着素描本，禁不住笑了："这怎么歪瓜裂枣的呀，长得这么害羞。"

正果指着画上那个患小儿麻痹的男人："嫂子给我找的对象。"

正义有点儿恼了，拿着画去找周雨晴："嫂子，这真是你给正果介绍的对象？"

周雨晴自知理亏，嘴上却不肯认输："男大当婚女大当嫁，正果也不小了。"

正义把画拍到周雨晴面前："那你就给她弄来个妖魔鬼怪？你这不是欺负人吗？"

周雨晴拉着脸："正义，这事是你哥同意的，你跟我发什么火？"

听说是大哥同意的，正义脱了工作服，气呼呼走了。等周雨晴下班，一进门，正大就抱怨周雨晴多事，不尊重正果的感情。周雨晴也是一肚子邪火，说自己倒想给正果找大款，那也得找得着吧？正大说周雨晴抬杠。周雨晴说不是自己抬杠，是正大和正义根本不现实，正果什么情况大家都知道，正果能找什么样的，大家都清楚。

“我当然清楚。正果的情况越来越好，你不清楚吗？”正大一脸气愤。

“那你就等着她痊愈了再找！”周雨晴甩起脸子。

“这事还不是你挑起的？”

“对，是我没事找事，我是咸吃萝卜淡操心！以后我长记性了，行不行？”周雨晴气恼地进了屋里。

正义说这件事也不能全怨嫂子，要说有责任的话，正大也有，以正果现在这种情况，找个不好的谁都不甘心，找个好的也确实不容易。正大说你这是废话，跟没说一样。正大拿过正果的图画本，让正义看看，那上面画了不少年轻的英俊男人，这说明正果虽然智力上还有问题，但也有了女孩子该有的心思。正义翻着图画本，目光停在一张画上，他又翻看了几页，居然有好几张画的都是同一个人。正义让正大看，正大看着看着，觉得有点儿眼熟。正义说会不会是哪部动画片上的。正大喊来正果，问了半天，正果也没说出来。正大又翻出正果的影集，兄弟俩对影集里的人过了半天筛子，居然在正果原来单位游玩时的一个合影里发现一张颇为相似的面孔。兄弟俩都有些激动，追问着正果那个年轻人是谁，正果看着照片，想了半天，想得头痛，却还是没想起来。

好在，在正果原来的公司，还真找到了线索。那个年轻人叫蔡亮，只是，现在早就跳槽了。经理放下那张合影，说蔡亮走了以后，他才听单位的人说，蔡亮还跟正果谈了一段时间恋爱。正果出事后，蔡亮的压力也很大，在经理跟大家说了正果的病情后，蔡亮选择了逃避。经理说，这是员工的私事，他不好过多干涉，就没有跟正大说。

正义大骂蔡亮禽兽不如，一点儿人性都没有，正大知道再怎么骂也不起一点儿作用，让经理帮着打听下蔡亮的下落。经理去问了几个人，还真有了点儿眉目，说大概是去年底，蔡亮开了一家叫起点的广告策划公司，还在财富大厦里买了一处二百多平方米的房子，“这小子跟我干了两三年，我可没看出来他是个能发财的主儿，我都怀疑他是不是中了大奖。在公司的时候，他可是一天到晚研究彩票。”

经理的话让正义和正大都很激动，当经理再翻出蔡亮原来用过的一个手机号码时，正义更是兴奋过度，因为那个号码他并不陌生，正是正果出事前接过的最后一个电话。只是这个号码早就成了空号。

正大和正义匆匆赶到财富大厦，在十六楼真找到了那家叫起点的广告策划公司，正义掏出手机，拍下了门脸。一位年轻女子出来，见正义在拍照，警觉地问他是干什么的？正义说来找蔡亮，女子说蔡亮办事去了，今天恐怕回不来。正义问女子要蔡亮的电话，对方拒绝了。正大留下自己的电话，让女子转告蔡亮，有时间给他回电话。

早晨周雨晴到了面馆，周大妈问她怎么来了，不是说周一要和正大去办复婚的事吗？周雨晴把情况一说，周大妈却将信将疑，猜测没准是正大要的阴谋诡计。周雨晴觉得不至于，今天办不了，还有明天后天大后天呢，这又不是过年，一年就一个除夕。

听说了女儿给正果介绍对象的事，周大妈埋怨周雨晴多事："在正大心里，他妹妹永远都是七仙女、八仙姑，你找什么样的都配不上。"

虽然觉得老妈的话刺耳，周雨晴却知道老妈说得没错，其实自己何尝不是这种心理，明知道正果脑子有问题，可谁要一说出来自己就不愿听。为什么要这么护崽子似的护着正果，她自己有时候也弄不明白。

兄弟俩回到面馆，周大妈已经走了。周雨晴听正义把情况一说，也激动得要命，坚定地认为五百万肯定是叫蔡亮领走了。正义进一步推测，闹不好，正果也是他暗害的。还是正大稳重，他说："先别急着下结论，找着人再说。"

正义急了："还有什么再说，找着人，直接拿下，人赃并获！"

正大说："我们没有证据。"

周雨晴说："正常人都能分析出来，还要什么证据？你没看电视上，这叫什么来着？"

正义脱口而出："证据链！"

周雨晴连连点头："对，就是证据链！"

"没有证据哪里来的链？人家要是死不承认呢？"正大看看正义，又把目光投向柜台后的正果。正义和周雨晴也望过去，发现正果在低头画画。正义拿起画有蔡亮的画纸，走到正果面前："果儿，你好好看看，这个人，是叫蔡亮吧？"

正果低头看着，把手托在脸上，努力回忆着，摇摇头。正义着急地说："果儿，再好好看看，你应该认识，他和你原来是同事，你们俩还……还谈过对象，是不是？"

正果抬起头，把手插在头发里挠着，说头疼。正义还要催着正果回忆，被正大拦住了。周雨晴说，这件事过去三年了，蔡亮如果当时起了贪念，现在才去找他拿出钱来，根本就是痴心妄想，最好的办法就是报案，让公安局去调查。正大想了半天，还是不同意先报案，但答应找公安局的朋友咨询一下。

咨询结果很快出来了，周雨晴听说立案的条件不够，当场就急了："怎么不够啊？正果是他打伤的，五百万是他抢去的，这不都一清二楚明明白白的吗？他就是要杀人灭口，未遂！"

公安局的朋友笑了，说这些都只是怀疑，警察不能根据捕风捉影的怀疑就去办案。

周雨晴说："那就先把他公司封了，查查他公司的钱从哪儿来的，不就一目了然了。"

正大问："这可以吗？"

人家摇头，说两年半前，确实有一家叫起点的策划公司成立，但是法人代表不是蔡亮，而是叫夏秋。夏秋是蔡亮的女朋友。蔡亮在公司里是副经理，经理是夏秋，出资人也是这个夏秋。周雨晴觉得这事蹊跷，越蹊跷越说明这里面有问题。这叫什么？这叫转移赃款。这种把戏，还想骗人？周雨晴提醒对方，你们公安局可都是身经百战的好猎手，千万不能让狡猾的狐狸给骗了呀！人家说，那两百多平方米的房子，产权证上写的也是夏秋的名字，和蔡亮没有关系。

周雨晴问："那女的不会是五六十岁的富婆吧？"

"好像比蔡亮大一岁吧。"

周雨晴开始怀疑了，夏秋这么年轻，从哪里来的那么多钱？她觉得这事要是想弄明白，也特别简单，“你们直接把蔡亮叫过来一问，什么不都清楚了。”周雨晴觉得这事就是秃头上的虱子——明摆着，有什么复杂的。“要是我们的钱就这么让他们贪了去，那真是没地方说理了。”

正大让周雨晴冷静点儿。周雨晴争辩，那是五百万，我冷静得了吗？

从公安局回到饭店，周雨晴一副失魂落魄的样子，无助地叹息，五百万就这么让人家拿走了。正义觉得问题肯定没这么简单，肯定是蔡亮做了手脚。正大也觉得蹊跷，可没有证据，什么问题也解决不了。正义还要去找蔡亮。正大说这事不能莽撞，公安局都没办法解决的事，我们更不能胡来。周雨晴认为还得抓紧时间找蔡亮要钱：“如果他买卖赔得精光，我们哭都找不到地方！”

正大安抚说：“再等等吧，我给蔡亮留了电话。”

周雨晴看不上正大四平八稳的样子：“留电话顶个屁用，他心里有鬼，能给你打吗？你也太傻太天真了吧。”

正大说：“这不才留给他的吗？怎么着也得给他点儿时间。我们也可以趁这个空当好好想想怎么跟他谈。”

周雨晴急躁：“除了要钱，还有什么好谈的？做思想工作啊？”

正义对大哥的态度也不满：“你想吧，再想黄花菜都凉了。嫂子，咱俩去！”

周雨晴看了一眼正果，想带着正果一起去。赵正大担心正果受刺激，连忙阻止。周雨晴想了想，说那咱三个去，我就不信了，是咱的钱还要不回来。

正大的手机响了，台里通知开会。正大收了电话，往面馆门口走，回头叮嘱：“你俩别瞎掺和啊，回头我自己去！”

正义和周雨晴根本没听正大的，他俩来到起点广告公司，女接待员把他俩安排在接待区坐下。周雨晴四处打量着，悄声说：“正义，这都是咱家的。”

正义点点头：“对，咱得要回来。”

周雨晴觉得，五百万白让他们用了三年，存到银行里，吃利息也够了。正义说利息才几个钱，得投资，要是三年前买的这房子，现在可是赚大发了。周雨晴四下看看，说这房子得按三年前的价钱顶给咱们，不能按现在的行情走。

“还是嫂子精明，面馆没白干。”正义夸赞道。

“我那是没钱才干面馆，有钱了，我也会花。”周雨晴觉得那五百万很快就要回来了。

女接待带着一个年轻女子走过来，正义一见，眼熟，正是此前见过的那个年轻女子。女子见到正义，显然也认出来了。女接待介绍：“这是我们夏总。”

周雨晴脱口而出：“夏秋！”

夏秋愣了，疑惑地看着周雨晴：“我认识你吗？”

周雨晴梗着脖子：“把蔡亮叫来，我们就都认识了！”

夏秋满脸疑问你们到底是干什么的，正义不想跟她多啰唆，说找的人是蔡亮。夏秋说自己是公司的法人，蔡亮的事情她可以做主。正义笑笑：“你做主？口气太大了吧？你拿出五百万，我们现在就走！”

周雨晴连忙更正：“不行。五百万那是三年前的行情。三年前大蒜还一块钱一斤，现在大蒜都九块钱啦！”

夏秋一脸茫然：“你们说什么呢？我越听越糊涂。”

正义说：“我们不管你真糊涂假糊涂，你把蔡亮叫出来，让他跟你解释！”

周雨晴气势汹汹：“今天蔡亮不出来，我们就不走了！”

夏秋想了想：“那你们等着，我去给你们联系蔡亮。”

夏秋回到办公室，质问蔡亮他们到底是谁。蔡亮刚才已经从门缝里偷偷看了周雨晴和正义，他说自己真不认识。夏秋不信，说不可能，他们不光认识你，还知道我。蔡亮一再保证，夏秋怀疑蔡亮在外面欠了什么债。蔡亮气恼地说：“你想让我欠什么债？业务上的债务？还是女人的风流债？”

听蔡亮这么说，夏秋放心了：“没欠就好。那你现在就跟我出去，看看他们到底想干什么，大不了报警！”

蔡亮犹豫着，说：“还是我自己去吧。”

蔡亮忐忑不安地去见周雨晴和正义，小心翼翼地问他们到底是谁。正义哼了一声：“我们是谁不重要，重要的是你是蔡亮！”

周雨晴冷着脸：“赵正果你认识吧？”

听到赵正果的名字，蔡亮一下愣住了。周雨晴看到蔡亮神态紧张，心里有数了，不紧不慢地说：“我是正果的嫂子，这是正果她二哥。”

蔡亮的脸色一下变了，他紧张地问：“你们想干什么？”

周雨晴说：“我们想干什么，你应该清楚。”

“赵正果的事……我确实……也很难过，可是，可是我们毕竟……毕竟就是同事……”蔡亮想起当年的往事，感到很愧疚。

正义气得一拍桌子：“你再说一遍，只是同事？”

蔡亮低头不语。周雨晴满脸鄙视：“亏你还是个男人，连这点儿事都不敢承认。”

蔡亮说：“我确实对不起正果，你们可以骂我是负心汉，没有责任感，甚至道德败坏，可是，我们毕竟仅仅谈了几天恋爱……”

正义压低声音，满脸愤怒：“你信不信我抽你？”

看到正义凶神恶煞的样子，蔡亮吓得不敢说话。周雨晴提醒正义冷静点儿，咱们是来谈事，不是来打仗的。正义从兜里掏出一张纸片，正是正果原来公司的经理写下的电话号码。正义问：“这是你当初的电话号码吧？”

蔡亮看了眼，半晌，才点了下头。正义直视着蔡亮：“正果出事前接的最后一个电话，是你打的吧？”

蔡亮又点了下头。回忆起三年前的往事，蔡亮记忆犹新，他自责地说：“那天晚上，我担心了一宿，不知道正果怎么样了。后来我听说正果的病情很难康复……当时我年轻，不懂责任，就当了逃兵，我想放弃这段感情。可是，这三年多，我一直生活在罪恶里，我确实对不起正果……”蔡亮说着，哽咽起来。

看到蔡亮哭了，周雨晴觉得面前的这个年轻人还算有良心。正义却没有耐心听蔡亮编故事，他说事情已经出了，眼泪不能解决任何问题，现在自己就是来跟蔡亮要钱的。蔡亮说正果的事他一直过意不去，能帮的地方，他一定会尽力。

“看不出来，挺仗义呀。”正义讥讽蔡亮，转头看看周雨晴，“嫂子，要多少，你说个数。”

周雨晴琢磨着，抬起一只手，比画了个“六”。蔡亮说：“六万？”

正义铁青着脸：“六百万！”

蔡亮的眼睛瞪得老大，周雨晴说：“我们都是讲道理的人。三年前五百万顶现在多少？正果的损失费多少钱能算出来？六百万这都是便宜你了！”

蔡亮疑惑：“什么五百万、六百万？我听不懂……”

正义一把揪住蔡亮的衣领：“你少装糊涂！不交出中奖的钱来，我就送你进监狱！”

听正义把三年前中奖的事情讲完，蔡亮才明白他们是找自己追债来了，尽管他一再发毒誓，还是不能让周雨晴和正义信服。正义掰着手指给蔡亮罗列“罪状”：“那天晚上，你去见正果，这是事实吧？正果出事前最后接的一个电话是你打的，还是事实吧？五百万的大奖在正果手里突然就没了，又是事实吧？你说中奖彩票跟你没关系，你自己信吗？”

蔡亮一脸哭相，不知道说什么了。周雨晴继续分析：正果出了事，彩票没了，你就突然辞了职，心里没鬼，你辞什么职？蔡亮一脸无奈：“我刚才不是都说了嘛，当时自己年轻，选择了逃避，我特别后悔，真觉得对不起正果！”

正义一推蔡亮：“不准提正果！我告诉你蔡亮，不吐出那五百万，我们跟你没完！”

周雨晴煞有介事：“钱能生钱，你这三年拿我们那五百万当母鸡下蛋，还不知道下了多少个五百万呢，这些我们都不计较。这样吧蔡亮，六百万我们不要了，我们只要我们的母鸡，要我们的五百万，这总行吧？”

蔡亮带着哭音：“我是真冤枉呀！”

正义说：“冤不冤枉你别跟我们说，走吧，到公安局去说！”

“这是个好办法。”随着话音，夏秋走进来。蔡亮忙起身，让夏秋别管这事。夏秋恼火地说：“我当然不想管，那你拿五百万给他们。敲诈勒索的人都找上门来了，我还不管？”

周雨晴呼地站起身，指着夏秋：“你说谁敲诈勒索？”

夏秋反问：“还用我说吗？”

正义不让周雨晴理会夏秋：“这是咱们跟蔡亮之间的事情，咱们只找蔡亮谈，跟她没关系。”

夏秋说：“我是起点公司的总经理，蔡亮的未婚妻，能说跟我没有关系吗？”

正义听夏秋这样说，立即来了精神："那你来得正好，省得去找你了。说吧，你开公司的钱哪里来的？我们那五百万奖金你怎么给鼓捣去了？"

夏秋冷笑："我建议你去精神病医院做个检查，看是不是得了妄想症！"说完，拉着蔡亮就走，"少跟两个精神病废话！"

"你说谁精神病！"周雨晴火了。

"想讹诈是不是？那你们找错人啦！"夏秋把蔡亮推出门去。

"站住！"周雨晴喊着，跟正义追出去。

门口涌进三四个保安，一个保安用电棍指着正义和周雨晴，呵斥道："老实点儿！"

夏秋要让保安把正义和周雨晴送到公安局，蔡亮连忙阻拦，夏秋说："公安局不介入，他们以后还会来敲诈。"

蔡亮不想扩大事态："谈不上什么敲诈，就是误会。"

夏秋不高兴了："误会？五百万你误会得起吗？"

赵正义和周雨晴被带到派出所，周雨晴恼火地瞪着警察："说我们俩诈骗？简直是倒打一耙！"

警察冰冷地看着周雨晴："你们跑到人家公司要钱，还有理了？"

周雨晴仰着脸："那是我们自己的钱，当然得要！"

警察训斥："你们两个胃口还挺大，张口就是五百万，怎么不要五千万？"

周雨晴觉得到了说理的地方竟然被怀疑是诈骗，深感委屈："你们调查清楚了吗？我们才是受害者，坏人在外面呢！"

要不是正大找了公安局的朋友，周雨晴和正义还真是说不清楚了。从派出所出来，正大骂两人简直是胡闹，周雨晴还不服："是他们胡闹，我们要自己的五百万要错了吗？还反咬一口！"

"我看你们就是两个二百五，正好凑成那个数！"正大说完，扔下两个人自己走了。

周雨晴看着正大的背影，对正义说："你哥现在是宁可信别人也不信咱俩，等要回五百万，他别想花一分钱！"

十九

晚上，正义来接小麦下班，看到大顺子的车停在电台门口，一拉门坐了进来。正义让大顺子打开收音机，听听《正在说》。大顺子说《正在说》换人了，没听头。正义说反正是等人，听听吧。大顺子开了收音机，里面传来一个男听众和小麦的对话。

男听众说："小麦，我以前老闯关，撞得头破血流，我感觉这样不公平。"

小麦说："那你说，怎么才能公平？"

男听众说："我出题，你闯关！"

小麦说："对不起，我们出题听众闯关，是游戏规则，我不能破坏这个规则。"

男听众说："你是不是不敢呀，女人就是女人，要是换了正大，肯定不拒绝。算了，不难为你了，难怪别人说十个小麦不顶一个正大。"

小麦有点儿生气，又不好发作，停了会儿才说："好，你出吧。"

男听众说："好了，我出题了，你们出诗词，我出对联。你听好了，上联是：我爱的人名花有主；下联是：爱我的人惨不忍睹。你说说横批是什么？"

小麦被难住了，男听众说："上联下联都有了，你只要出个横批，就是完整的对联了。看你也是紧张的，这样吧，我告诉你答案吧，是'命苦'。小麦，你坐在正大的位置上，我们这些听众都命苦呀！"

大顺子开心地笑起来，正义要关收音机，大顺子推开正义的手："听听，多好玩呀。"

男听众继续说："别气馁啊，再给你一次机会，我再出一个。上联是：为你痴为你累为你受尽所有罪；下联是：为你死为你狂为你咣咣撞大墙。你说横批吧，我提醒你，是一首歌曲的名称。"

小麦没有心思去猜男听众要的横批，知道就是猜中了也只能是自讨没趣，赌气地挂断了电话。自从顶替正大坐到《正在说》的话筒前，小麦时常能接到听众不买账的电话，尽管播出的节目有六秒钟的延时，可这种情形还是偶尔会直播了出去。现在，小麦已经没有了初上节目时的兴奋，更多的是畏惧，每天上节目前，都怕又接到听众什么过激的电话。每次看到正大，小麦的脸上都流露出一种歉意，这让正大也觉得别扭。小麦的火气，有时候只能冲正义发泄，虽然表面上发的都是无名邪火，但她和正义却都心知肚明发火的原因。小麦主持上《正在说》之后，正义也觉得别扭，多次委婉地劝小麦换个节目，小麦问他是不是正大的意思，正义说是自己的意思，他不忍心看着大哥待岗。小麦就哭，说像是自己害了正大，正义根本不知道她夹在里面有多为难。

大顺子听说正义是来接女朋友下班的，就问正义是哪个主持人，正义没说是谁，大顺子却撇起嘴来，说在电台当主持人的女人眼界都不低，还没见到有打出租车来接人的。正义有些尴尬，说自己的车在4S店维修。大顺子又追问起正义的女朋友是谁，正义想找回面子，说出是小麦，没想到大顺子当即赶正义下车，还跟他要了十块钱的等时费。正义想难为大顺子，就拿出一百块钱拍在驾驶台上，大顺子找零的时候，一辆路虎呼啸着开到电台门口。正义拿着一把钱下车，看见小麦正从电台出来，刚要喊，却见小麦直接上了路虎。路虎一掉头，一束强烈的灯光扫过来，正义像是站在打着追光灯舞台上的小丑，挡住了路虎。一个秃顶的中年人从车窗探出头，骂了正义一声，绕道走了。

正义呆呆地站在原地，半天没反应过来。大顺子过来，笑嘻嘻地说："怎么了哥们儿，女朋友让大款劫了？"

正义回到家，像被霜打的茄子，无精打采。听说弟弟被小麦甩了，正大平静地说："我早说过，你不是她筐里的菜。"

正义苦笑了下："很傻很天真，这就是说我。"

正大觉得弟弟现在醒悟了就好，人家可能从一开始就没想跟正义处什么朋友，是正义太一厢情愿了。周雨晴听说小麦跟正义分手了，说自己早看出小麦满肚子跑鬼，这种女人不值得爱，太势利。"当初她跟你走得近，就是讨好你哥，麻痹你哥，然后抢你哥的位置，现在把你哥的位置抢去了，人家还理你才怪了。"

正大讥讽周雨晴："就你高瞻远瞩。"

周雨晴没有理会正大的话，她劝正义，又似乎在表扬自己："现在的女人都物质，想找嫂子这么傻的人，太难了。”

正义没作声。周雨晴安慰正义，一个大男人别为这点儿事丢了魂，等哪天，嫂子给你找个好的。正大不爱听周雨晴叨叨，起身走开。正义从兜里掏出个化妆品样的东西，递给周雨晴：“减肥水，据说特别好用。”

雨晴接过来，尴尬地说：“给小麦买的吧？我这还真怪不好意思的。”周雨晴拧开瓶盖闻了闻，打了个响亮的喷嚏，“正义，这事吧，归根结底，还是因为你没钱。咱要是有了那五百万，她小麦还敢这么对你？”

嫂子的话有一定的道理，正义想着，爱情也得有物质基础，没有面包，爱情是不会存在的。五百万没了，神马都是浮云。

周雨晴进屋见正大在上网，说道：“小麦根本就是在玩弄正义的感情。这丫头片子也太有心计了，你就这么忍气吞声？”

正大对着电脑说：“他们是恋爱，你让我说什么？正义傻，甘愿被人当球踢。我早就劝过正义，可他不听。”

周雨晴不满：“我看是你傻，小麦踢的不是正义，是你。”

正大转头看了眼周雨晴，又盯着电脑。周雨晴扭开减肥水，倒了一点儿，抹着下巴：“要是你在单位硬气，你看小麦敢这么明目张胆欺负正义。赵正大，你也就是在家里要要横，到了单位就是软柿子一个，谁想捏谁捏。”

正大一摔手里的鼠标，指着门外：“你出去！”

周雨晴很不屑：“有威风到单位耍去。在电台混了这么多年，还是和话筒混在一起，有本事混个主任回来！”

正大气急：“你……”

周雨晴嘴不饶人：“恼羞成怒，被人点到痛处的人都这样。”

正大瞪着周雨晴，手指指着门外，气得说不上话来。

“走就走，小麦踢的又不是我！”周雨晴嘟囔着，走到门口，咣的一声把门摔上了。

天刚蒙蒙亮，周雨晴就醒了，她懒散地躺在被窝里想，昨晚本来是要跟正大商量今天去办复婚的事，没想到正义回来搅了局。她心里有些恨正大无情无义，但转念一想，最近正大的脾气不好，是因为他下岗了。现在两人虽然不是夫妻，但自己心里还是无法放下正大，特别是在正大失落的时候，自己更应该帮帮正大。想到自己没有什么社会背景，心里顿时惆怅起来。她想，正大失去了岗位，正义失恋了，自己的婚没复成，这些都是小麦造成的。原来自己不追究，是考虑到正义要和她处朋友，现在两人掰了，那自己也就没有再客气的必要了。

晚上，小麦准时又坐到话筒前，她接的第一个电话，是一个女听众打进来的。

小麦说："你好，我是主持人小麦——"

女听众不耐烦地打断小麦的话："不用老显摆自己是主持人，一晚上重复多少次累不累呀，就怕别人不知道你是主持人似的。"

小麦有点儿尴尬："看来，这位听众喜欢开门见山……"

女听众说："对，我挑干的和你唠唠，把时间省给其他听众。"

小麦说："你说吧。"

女听众说："在说之前，我得问问，这里让说隐私吧？"

小麦说："这是一档情感节目，只有不能说的，没有不能听的，你愿意说，我当然会认真倾听。"

女听众说："这就好。是这样的，我想问你一个问题，女人为什么傍大款？尤其是那些出名的女人？"

小麦说："在回答你之前，我想送你一句话，傍大款的爱情就像鬼魂，相信的人多，见到的人少，所以，我劝那些有傍大款想法的女人们，趁早把这个念想浇灭。爱情这个东西，虽然能给你带来很多伤心，但总有开心的一天；可金钱这东西，储蓄了很多，但最终会被用完，所以，要相信爱情，不要相信金钱。"这一段话，是小麦从杂志上看到的，就背了下来，今天终于派上了用场。

女听众说："说得挺好，挺有哲理。在哪儿抄的吧？我今天听到一件事，说昨天晚上有个小伙子去接女朋友下班，可女朋友却上了一个大款的车，把小伙子晾那儿了，你说这女的还算是个东西吗？"

小麦顿时愣住了，脑子有点儿空白。导播在外面敲着玻璃，小麦反应过来，刚要按下开关，女听众的声音又响了起来："别着急切广告，这些伎俩我见惯了，好不容易打进电话，你得听我把话说完。"

小麦慌了，不知如何是好。

女听众说："这个女人不是别人，就是你呀！"

小麦彻底乱了方寸，声嘶力竭地喊道："你胡说！"话音刚落，就忍不住哭起来。导播反应过来，手忙脚乱切断了电话。

这个电话正是周雨晴打的。她从小区的电话亭里出来，揉着捏了半天的鼻子，越想刚才自己的疯狂越开心，只是这种开心不能跟正大一块儿分享，让她觉得有点儿遗憾。上楼走到家门口，周雨晴就听到屋里正大和正义在争吵。周雨晴悄悄进来，见兄弟俩正剑拔弩张，正大指着正义："你就告诉我一句话，到底是不是你找人干的？"

正义无辜地说："我干什么了我干……你这不是往我脑袋上扣屎盆子吗？"

正大说："我知道你这是为我考虑，可你想没想过，这么一闹，你让别人怎么想我？小麦不干了，我当然就是最大受益者。"

周雨晴说："你本来就应该受益。这个女人抢了你的饭碗，正义看不过去，暗地里帮你一下怎么了？"

正义满脸冤枉："嫂子，这事真不是我干的！"

周雨晴说得有鼻子有眼："你用不着做了好事不留名。干了就干了，有什么啊？你帮你哥出了这口恶气，干得对！"

正义百口莫辩："我……嫂子，我求求你就别说了。"

周雨晴把自己早想好的一套嗑儿搬了出来："实话说啊正义，原来我还对你追求小麦这事挺有看法。再怎么着小麦也是抢了你哥饭碗的人呀，你哪能敌我不分，胳膊肘往外拐？现在我看明白了，你原来是表面上麻痹她，背地里使绊子，用一句成语就叫'明修栈道，暗度陈仓'。今天这件事，你干得有勇有谋有脑子，让她哑巴吃黄连，既报了你的一箭之仇，又为你哥报仇雪恨啦！"

"这都什么呀，嫂子，你太有才了！"正义一脸无奈，转身朝外走。

"正大，你看你把老二逼的，他就是想背地里帮你一把。这事本来就拿不到台面上，你偏要说破它，弄得老二下不来台，你就不能给他留点儿面子？”周雨晴虚张声势地埋怨正大。

正大瞪着周雨晴：“你瞎分析什么？老二是什么人，我不比你清楚？”

周雨晴在心里窃笑，嘴上说：“行了，我不跟你掰扯这事了，你们哥儿俩爱怎么着怎么着吧。不过，这事不管怎么说，对你绝对是好事，我估摸你马上就要上岗了。”

正大满肚子气：“你以为你是谁啊？我上不上岗还得听你的！”

周雨晴分析得没错，第二天吕总监便通知正大上岗。正大心里不安，跟吕总监理论：“那个电话影响是不好，可因为这个让小麦下来不合适。”

吕总监说这只是原因之一，是个导火索，还问正大在市里边是不是有什么关系。正大一时没反应过来。吕总监说：“为你上岗的事，政府里面有人来找台长给你说情。”

正大调侃：“没办法，谁叫咱人缘好得不得了，市长都想帮一把。要不人家说嘛，这年头，做妖怪都得有背景，要不，都得成了孙悟空的棒下之鬼。”

重新上岗当然是好事，可正大还是不放心小麦，他问小麦准备怎么安排，吕总监叹了口气：“她辞职了。”

正大决定找小麦聊聊。两人刚在一家咖啡店内落座，正大就急着表白，说这事真和正义无关，他不是那样的人，这个你应该知道。小麦苦笑，说这个已经不重要了。她端起杯子，看着正大：“来，正大老师，以水代酒，我谢谢你这些年对我的照顾。”

正大没有举杯：“我跟吕总监谈了你辞职的事，他也希望你再考虑考虑。”

小麦摇摇头：“不考虑了。辞了职，我就想专心做一个全职太太。”

正大疑惑：“全职太太？”

小麦笑笑：“我要结婚了……和那个大款。”

听到这个消息，正大有些吃惊，他劝小麦，婚姻不是儿戏，还是给自己点儿时间，好好想清楚了再做决定。小麦坦言他是个好男人，对自己也算挺好的。以前，感觉主持《正在说》，最大的收获是名气，现在才知道，自己收获了一个好男人。她让正大可以瞧不起自己的感情，但要尊重自己的选择。

正大总觉得小麦做出结婚的决定太草率，想到自己的婚姻如此失败，劝小麦一定要慎重。

“说点儿别的吧。”小麦凄然一笑，“正大老师，走之前，我得说声对不起，其实，建议你去卖药，是我跟领导提出来的。你一直不上岗，我觉得压力很大，自己的位子也坐得不踏实。你不怨恨我吧？”

正大说：“这个我想到了，不过那件事岂是你能决定的，台领导也不会让我一直待岗。小麦，我理解一个广播人对话筒的渴望，你没什么错。”

小麦摇头苦笑，掏出一把钥匙：“正大老师，正义帮我买的那套小房子，我不住了。按照国家政策，要卖也得等到五年之后。如果你不嫌弃，就暂时住在那儿吧。你和嫂子毕竟离了婚，在家里一定也挺尴尬的。我不想租给别人，你就去住吧。”

正大答非所问：“小麦，那个房子你不能卖。”

小麦明白过来，讪讪收起钥匙：“那行，我就不勉强了。”

两人从咖啡馆出来，正大说：“以后有什么需要我帮忙的，一定说话。”

小麦想了想：“你跟正义说一下，他挺好的，找女朋友，还是得找一个务实一点儿的。”

和小麦告别后，正大往电台走。等公共汽车的时候，电话响了，是一个陌生的号码。正大犹豫着接起来，居然是宋天然打来的电话，她祝贺正大又重返岗位。正大纳闷儿宋天然怎么会这么快知道自己的动向，宋天然没直接回答，说这是因为她比别人聪明，她还让正大请她吃饭，说是要为正大庆祝一下。正大拒绝了，宋天然笑着说：“走着瞧，我就不信吃不上你的饭。”

正大突然有种预感，自己的重新上岗，或许真是这个宋天然从中起了什么作用。

周雨晴看出来了，正义是对小麦动了真感情。借着正义在后厨房择菜的空当，周雨晴安慰正义，拉倒就拉倒了，那种女人，结了婚以后你更遭罪，等瞅机会嫂子给你介绍个更好的。

正义说：“本来我还想再努努力，可这‘电话门’一闹，我后路都被堵死了。”

“什么‘电话门’？”周雨晴反应快，装糊涂。

“就是在节目里骂小麦那个电话。那个女的……能是谁呀，还特别了解内情似的。”正义琢磨着。

周雨晴说：“这种事除非不做，做了就瞒不住，‘要想人不知，除非己莫为’嘛。”

正义伤感地说：“小麦肯定觉得是我找人干的。”

周雨晴说：“你干的就是你干的，路见不平还一声吼呢，何况这是帮你哥。”

正义说：“吼什么吼呀，不是我干的我非往身上揽，我有病啊。”

周雨晴说：“跟嫂子还谦虚。”

正义苦着脸：“你这不是逼着我说假话嘛，那么下三烂的事情，我做不出来。”

周雨晴不屑：“那是我高看你了……不过，小麦这也是报应，老天爷都看不过眼去了。”

正义说：“行了嫂子，咱不说她了好不好？我这心里本来就受伤了，经不起你一个劲儿地往上面撒盐。”

周雨晴笑笑：“撒点儿盐好呀，消炎，好得快。”

正义转移了话题，问嫂子这个月工资什么时候开。周雨晴装作不高兴，说才干了几天啊，就惦记着开工资，再说了，上次你给店里造成的损失，少说得扣两个月工资才能赔上。正义说，你真忍心剥削我两个月？周雨晴借着正义的话题，趁机说，我一天到晚给你们家当牛做马，谁剥削我？

正义长叹一声，一脸感慨：“我是觉得，你说我一个风华正茂的大男人，整天在这小店里择菜、刷碗，确实是种浪费。”

周雨晴笑笑：“你风华正茂？我还觉得自己如花似玉呢，不一样在这儿择菜？”

正果过来，将一幅图画递过来，上面画的是正义择菜的情形。正义看了一眼，摇摇头：“嫂子你看看，这都给正果造成多大心理阴影了，她二哥就这个形象……”

周雨晴转过脸看着正果：“正果，今天还画什么了？”

正果犹豫着，抽出另外一张画，正义发现上面画的又是蔡亮。正义扔下手里的菜，脱下工作服，说我还是干点儿正事吧。

周雨晴也想跟着去，可眼瞅着饭口快到了，让正义下午和自己一块儿去。正义知道中午的活多，光是刷碗就能累个半死，说只有中午能堵住蔡亮，挣命去了起点公司。女接待一见正义来了，忙说蔡亮不在，正义就赖在接待室里，说会一直等下去。

蔡亮实在是怵了正义，说他愿待着就待着吧，不用管他。夏秋恼怒地又要报警，她不信对付这种无赖还没有办法了。蔡亮劝阻，说咱是做生意的，他就是一混混，硬来不行。夏秋要自己去撵正义，蔡亮说对待这种人，你越惹他他就越来劲儿，最好的办法就是淡着他。夏秋没耐性，她觉得正义老待在这儿像个苍蝇似的，想起来就叫人烦，哪还有心思干活？

公司给员工订的盒饭来了，夏秋让女接待员给正义也送了一份，正义不满："吃盒饭？你们老板也太抠了吧！"

女接待员笑笑："这不还有高汤吗？"

正义揭开盒盖，一股浓香飘溢出来。正义抽了口气："这还不错，什么汤？"

"夏总说给您要的甲鱼汤。"

"甲鱼……不就是王八汤吗？"正义意识到什么，刚要发作，还是忍住了，"王八汤就王八汤，让你们夏总每天按这个标准来就行。"

女接待守在正义身边，没有离开的意思。正义拿起汤勺，舀了一勺，品了品味道："嗯，不错……蔡亮还没回来？"

女接待点点头："没有。"

正义又舀了一勺汤："你告诉蔡亮，别躲着，我有的是时间熥他。"

女接待问："您还需要什么？"

正义说："喝完王八汤再说。"

夏秋坐在办公桌前翻看资料，蔡亮有些心神不定，不时扒开隔帘向外张望。夏秋瞥了蔡亮一眼："你稳住神好不好，一会儿他自己会走的。"

正义喝完甲鱼汤，一副享受的样子。他打开餐盒，正准备吃饭，突然觉得肚子里唱起大戏来，他狼狈地奔向卫生间，门却已经上了锁，他穷凶极恶地拉扯着门把手。女接待跑过来说下水道堵了，要用卫生间得去一楼。

蔡亮从隔帘里看到正义仓皇逃出，问夏秋在汤里做了什么手脚。夏秋收拾着办公桌上的材料，平静地说：“没什么，他火气太盛，我帮他消消火、排排毒。放心吧，死不了人。”夏秋操起内部电话，吩咐女接待：“跟保安部打个招呼，以后不准这个人上来。否则，我们拒交这个月的物业费。”

蔡亮有些不忍：“这不太合适吧？”

夏秋说：“不合适你就给他五百万，让他在我眼前永远消失。”

下行的电梯里挤满了人，正义肚子里咕噜咕噜地打着闷雷，他使劲儿痛苦地憋着，最终还是没有憋住，一串似有似无的声响羞涩地挤出来，在狭窄的电梯间飘飘悠悠，所有人屏气侧目看过来，正义无地自容，恨不能找个地洞钻进去。电梯站站停停终于挪到了一楼，正义挤到前面，门一开，第一个冲了出去。

重返《正在说》了，正大想起还应该告诉一个人，那就是小区门口卖报纸的那个大妈。这些日子里，因为一直待岗，正大已经有日子没来买报纸了，他怕大妈再问他主持哪个节目的事。可今天买了报纸，大妈却没问他，临走时，正大犹豫着，还是主动告诉大妈，他的节目什么时候播出。大妈释然：“我说嘛，这白天哪，我怎么听也听不见你的动静。晚上收了摊我回家就睡了，那好，我晚上一准听。”

正大有些不好意思：“算了，太晚了，您老还是回去休息要紧。”

晚上，《正在说》直播的时间到了，正大坐在话筒前，有些激动和兴奋，他说了一大通感谢听众的话。本来他是想要矜持些的，可一打开话匣子，怎么也把持不住。比他激动的还有打进电话的女听众，说这些日子听不到正大的声音，都夜不能寐了。

听着女听众在节目里对正大过激的表白，周雨晴气不打一处来。正义看出嫂子在吃醋，要关半导体收音机，周雨晴却不让，说得监督正大。

店里的客人一直不断，正义有气无力地求着周雨晴：“嫂子，快关门吧，这都几点了。”

周雨晴头也不抬，一手翻着小票，一手按着计算器：“今天才卖了四百八十二碗，我的目标是每天五百碗。今天的目标完不成，都怨你。你说你都这样了，还来面馆干什么，你这一个劲儿往厕所跑，客人还以为我的面里下了泻药呢。”

正义一愣，顿悟：“对，肯定是那个小丫头在甲鱼汤里放了泻药。我明天非去收拾她不可。”

下了节目，正大从电台出来，发现一辆出租车停在路边，正大走过去，拉开门上车，发现是大顺子，一下子愣住了。

大顺子开着车上了路，两人聊起来。大顺子说自己原来开黑车本来应该重罚，人家考虑他有立功表现，就没吊销他的驾驶证，象征性地罚了点儿钱。正大表示歉意，说是自己给大顺子捅了娄子。大顺子说：“我知道你是好意，是我自己不争气，为了多挣点儿，开了黑车。”大顺子还说，其实也得感谢正大，不然自己现在还开着黑车，整天提心吊胆的，时常担心被抓着，如果车出点儿事，把乘客伤着了，对乘客也不负责。总之，开黑车日子过得不踏实。

正大问：“那你现在这车……”

大顺子笑笑：“不是黑车，你就放心坐吧。”

正大说：“那先去趟好再来面馆。”

面馆里终于没有客人了，周雨晴收拾起账单，准备下班。正义故意说，还没到五百碗怎么就收摊了？周雨晴看了正果一眼：“你看正果困成什么样了。”

出租车在面馆门口停下，正赶上周雨晴、正义、正果从面馆出来。周雨晴跟正大说，好好叫他姥姥接走了。大顺子急忙下车，打开后车门，猛然看到正义，愣了。正义也想起大顺子来，有些尴尬，对周雨晴说：“嫂子，我去朋友那儿对付一宿……”

正大和周雨晴让正义回家睡，正义还是走了。大家上车，大顺子热情地向周雨晴介绍自己：“我是正大老师的包车司机，叫大顺子。”

一路聊着，大顺子很快就弄明白了周雨晴、正义、正果这一家人的关系。他高兴地对正大说：“正大老师，你今天重返《正在说》，节目马上不一样了，真应该庆祝庆祝。”

周雨晴问："怎么，你也是'大米'啊？"

大顺子笑着："必须的，我是优质大米，起码卖五块钱一斤的那种。"

周雨晴也笑了："我还以为正大老师的粉丝都是中老年妇女呢。"

正大不希望周雨晴跟大顺子说起来没完，几次暗示她，可周雨晴都没理会，依旧和大顺子滔滔不绝地讲着。车在小区门口停下，大顺子急忙下车拉开车门："嫂子，以后我接完正大老师，再来接你和正果吧。"

周雨晴说不用，大顺子看看正果："客气什么，就这么说定了啊。"

大顺子开车走了。正大发起牢骚，埋怨周雨晴在大顺子面前胡说八道。周雨晴生气："谁胡说八道了？不就说个五块钱一斤的大米吗？怎么，你觉得自己卖便宜了？有几个中老年妇女舍得买五块钱一斤的大米呀？"

正大说周雨晴精神越来越不正常了。周雨晴说你怎么一点儿也不识逗，本来是件高兴的事，你还认真起来了。

正大冷着脸："你废话太多，你这就是无理取闹。"

周雨晴火了："我无理取闹？我都没稀得说你。那是什么破'大米'呀，还为你夜不能寐，还天天晚上都想着你。我都替你恶心，你还好意思跟她在广播里插科打诨。"

正大拂袖而去："你真是……有病！"

回到家，正大听正果说正义闹肚子，就打电话问正义好点儿没有。正义在电话那端诉苦，把今天去找蔡亮遭到陷害的事说了一遍。正大恼火地说："不是不让你去吗？就你那种方式，不是自取其辱吗？"

正果探过头，耳朵贴着正大的手机背面，她听到正义在电话里说："我觉得是他们心虚！哥，这个蔡亮，一定是有问题！"

正果眨着眼睛，疑惑地嘟囔着："蔡亮……"

"蔡亮有没有问题不是你说了算，那得看公安局的……"正大突然意识到什么，盯着正果，"果儿，你刚才说什么？"

正果含糊地吐出两个字，正大还是听清了，她说的两个字正是"蔡亮"。

二十

毫无疑问，正果的表现，是一种病情好转的征兆。正大犹豫再三，还是决定找找蔡亮，让他帮帮正果。正大连夜给蔡亮打电话，蔡亮听说对正果的病情有帮助，答应了正大的请求。

第二天上午，正大和周雨晴带着正果来找蔡亮，蔡亮让他们先在财富大厦一楼的休息区等着，过了没有多久，蔡亮下来了，一看到正果，他眼神里透着慌乱。周雨晴紧着问正果认不认识蔡亮，更令蔡亮不知所措。周雨晴拿出一张蔡亮的画，放在蔡亮脸旁比照着，对正果说：“正果，你看看，他就是你画的那个人，对不对？”

正果发愣，蔡亮悄声说：“正果，对不起……”

周雨晴说：“正果，他叫蔡亮，他就是你画的这个人。”

正果看看蔡亮，拿走自己的画，摇摇头。

周雨晴急了：“怎么不是呢？你好好看看，这怎么不是一个人，这鼻子、这眼，还有嘴，这眉毛……这不都是吗？一样，一模一样！”

正大拉了把周雨晴：“你小点儿声。”

周雨晴急得要发疯：“这不急死个人嘛，正果，你再看看，看仔细喽！”

正果指了下画上的头发，又怯怯地指了下蔡亮，周雨晴看看蔡亮，明白过来：“是，是头发不一样。他那时候头发多，现在头发少。心里有鬼，老是不得安心，一天到晚睡不踏实，能不愁得掉头发嘛。”

蔡亮坐立不安，正大碰了下周雨晴：“别说了。”

周雨晴瞪着正大，情绪激动：“怎么不说？他把正果害成这样，要是心里没有一点儿愧，还叫人吗？”

蔡亮自感愧疚，连说着对不起。周雨晴说：“行了，别老说没用的，不能当饭吃，也不能顶钱花。”

蔡亮救援似的看着正大，正大咳嗽了一声，周雨晴总算闭上了嘴。正大对蔡亮说："今天过来找你，其实也没有别的意思。正果画的画，你也看到了，这段时间，她在家里画了很多关于你的画，我们就琢磨，可能她是想起以前跟你在一起的事情了。现在她还在做康复治疗，医生给我们的建议，是让她多接触一些过去和她有来往、来往比较密切的人，所以……希望你能理解。"

蔡亮忙点头，表示理解。周雨晴追问："光理解不行，你打算怎么做？"

蔡亮有些茫然。正大说："我们是想……以后，你能不能抽出时间，不定期地去见一见正果，跟她说说话，说说以前的事情，这对刺激她的脑神经、让她早点儿恢复记忆，都会起到积极的促进作用。"

蔡亮有些犹豫。周雨晴说："怎么，不行啊？就让你说说话，你也不损失什么。"

正大瞪着周雨晴："你能不能闭上嘴！"

周雨晴生气："你跟他瞎客气什么？正果有今天，就是他造成的。别说让他做这点儿小事，就是再多再大的事，他也有这个义务！"

正大不耐烦地说："要不你出去等着行不行？"

"我还不是为正果好！"周雨晴理直气壮。

正大不再理会周雨晴，他让蔡亮考虑一下刚才自己提的建议，蔡亮沉默起来，琢磨着什么。周雨晴忍不住："到底行不行啊？你是男人吗？你能不能负点儿责呀？"

正大对蔡亮说："我琢磨了一下，要是一星期一次，或者两星期一次，应该不会耽误你什么工夫。你和她就是一起说说话、唠唠嗑儿，反正以前你们唠什么，现在就唠什么，特别是她原来印象深刻的事，就当是为正果理疗了。你看看一次多少钱合适？"

蔡亮忙摆手，说自己没这个意思。

周雨晴说："那你什么意思？我们五百万都给你了，就这点儿小事，不给钱你也应该尽义务！"

蔡亮说："给我点儿时间，让我考虑考虑，行吗？"

正大站起来："行，你考虑考虑，不耽误你时间了。"

周雨晴瞪着蔡亮："人都得有良心。你记住，人在做，天在看！"

面馆的生意一下子好了许多，这得感谢大顺子。自打那天晚上来面馆接了周雨晴和正果之后，大顺子就成了好再来的义务宣传员，很多出租车司机都是正大的忠实听众，叫大顺子一忽悠，更是纷纷来面馆捧起场来。周雨晴觉得不好意思，说只要出租车司机来，每碗面都给便宜一块钱，大顺子说不用，一脚油就省出来了。

大顺子每回来面馆，都挺关注正果，听说正果跟着正大去做高压氧了，他就跑到医院去接。有一次正大有急事赶着回台里，可正果还没从高压氧舱里出来，正大只好把正果托付给大顺子。

说来也怪，正果见着别的生人都害怕，偏偏不怕大顺子，她不光画了幅肖像画送给大顺子，还主动管大顺子叫起哥来，这令周雨晴都觉得意外。大顺子看着画上的自己，爱不释手，说这上面的人比他本人帅多了，“回家我得找个相框镶起来。”

周雨晴一直惦记着早点儿把复婚的事办了，可这段时间正大一直在市里参加新闻单位的业务培训，周大妈说正大是在找借口，就是想拖着不登记。周雨晴不信，说两个人现在跟原来也没有什么两样，只不过就差了一张纸。周大妈说，没有那一张纸拴着，就是最大的危险。周雨晴觉得老妈是杞人忧天，她知道正大是个说话负责的人，既然答应了复婚，就不会反悔，自己要是一天到晚老催着，不光显得被动，还会让正大轻看了自己，好像离了他真就过不下去似的。要是真有了这样的效果，那婚就是复了，主动权也是永远都攥在正大手里，自己那可是要当一辈子的小媳妇了。

正大学习了一周回来，见蔡亮一天也没来见过正果，就要去再找他谈谈。正义要跟正大一块儿去找蔡亮，正大怕正义说不上三句话就发火，让他老实在面馆干活，自己去了。正大约了蔡亮在咖啡馆见面，蔡亮见到正大，显得挺不好意思，他说最近一直在和夏秋忙乎结婚的事，实在抽不出时间，上一次没告诉正大，是觉得怕刺激正果。

正大诚恳地说：“我理解你，也请你理解理解我这个大哥，正果是我妹妹，医生说，如果找对了一个契合点，或许就好了。”

蔡亮说出了自己的顾虑：“我知道我对不起正果，可是，我已经和过去画了个句号，要是我再重提旧事，我觉得对我现在的女朋友也不太公平。”

正大也觉得蔡亮的顾虑有道理，他说要是蔡亮觉得为难的话，自己去跟他女朋友说一说。蔡亮忙制止，说这种事情换了谁也不会同意，毕竟自己和正果有过一段过去。

上次蔡亮没有给一个明确的答复，正大便觉得这件事有点儿难办，这一回蔡亮直接拒绝了，他还是想争取一下，可任他再苦口婆心地搬出什么理由，蔡亮都是一言不发。让正大意外的是，正在他觉得不知该怎么谈下去的时候，正义居然跑来了。原来，正义早就跟来了，他一直躲在正大和蔡亮的隔壁格子间里，听着他们谈话，如果大哥把事情谈妥了，也就算了，可两人的谈判显然找不到平衡点。正义实在忍不住了，他冲过来伸手就要打蔡亮，正大火了，骂他成事不足败事有余。正义说：“你谈了半天，光低三下四求他了，不也没成事？对这种忘恩负义的小人，你还指望他发善心？”

正大一边骂着正义，一边劝蔡亮别生气，正义压着怒火，对蔡亮说：“你不答应，肯定是怕正果恢复了记忆，让你现出原形！”

蔡亮辩解自己没有那个意思，他只是觉得这样做对不起夏秋。正义的火又蹿起来了，说你这样做就对得起正果了？正义觉得这件事已经没有什么好商量的了，蔡亮同意也得同意，不同意也得同意。他给蔡亮定了规矩，以后每周至少要去看正果两次，否则，就跟蔡亮没完。

本来赵正大一再求蔡亮帮帮正果，让蔡亮还挺矛盾的，正义这么一搅和，把蔡亮的愧疚感也搅没了，他起身就走。正义火了，要追蔡亮，被正大一把抓住，他冲着蔡亮的背影喊：“你再想想，求你了蔡亮！”

蔡亮停下脚步，犹豫着。正大期待着他回来，可蔡亮还是走了。

正果跟大顺子越来越熟了，有时候大顺子拉着她去做完高压氧，正果还不肯跟周雨晴回面馆，缩着身子不肯下车。周雨晴怕耽误大顺子挣钱，大顺子却显得挺高兴，说权当正果给自己押车了。碰上好说话的乘客，大顺子生意照做，遇上挑理的人，大顺子就只好不挣人家那份钱。有正果坐在车上，大顺子的车开得稳当不少，遇上黄灯，也不抢了，还教给正果怎么看绿灯、红灯。有同行看到大顺子总拉着正果，就问正果是谁，大顺子说是朋友的妹妹，人家就笑，说是你妹妹吧，大顺子要跟人家掰扯，正果却很配合地管他叫哥，倒把大顺子弄得哭笑不得。

把一天的份子钱挣出来，大顺子就不太上心拉客了，他把正果拉到海边，两人往海里甩着鹅卵石，打出一片片连起来的水花，玩累了，两人就躺在海边晒太阳。傍晚，大顺子把正果送回面馆，正果还意犹未尽。周雨晴听说两人常去海边，叮嘱大顺子不要告诉正大，大顺子好像明白周雨晴的意思，答应下来。周大妈埋怨女儿胆子也太大了，正果这么个大姑娘，就敢交给一个生人。周雨晴说也不算生人，正大每天下班，都是他送。周大妈担心，这要是大顺子对正果怎么着了，周雨晴可没法跟正大交代。周雨晴觉得老妈是在吓唬自己，可一转身也害怕起来。她把正果拉到一边，问了个底朝天，没有什么异常，才放下心来。

周大妈问："这个大顺子，结婚了没有？"

周雨晴明白了老妈的意思："你觉着……他能看上正果？"

还没等周雨晴跟正大说大顺子的事，正大先提了。晚上下了节目，正大回家看到茶几上放着一幅大顺子开车的画，问周雨晴怎么回事，周雨晴说大顺子拉着正果去医院做高压氧了。正大提醒周雨晴，以后不要老坐大顺子的车。周雨晴说大顺子这人不错，挺热情的。正大告诉周雨晴，他天天送我，你了解他还是我了解他？脾气暴躁得不行，还开黑车，以后少招惹他。周雨晴感到疑惑："你原来不还说他是见义勇为的英雄吗，怎么突然就一无是处了？"

"我原来不知道他开黑车。"正大解释。

"那他现在不是正常开出租了吗？"

"你愿坐你自己坐，别让正果坐。你听我的就行了。"

周雨晴不屑："嘁，听你的还不是送到养老院啦。"

正大被揭了伤疤，气得说不上话来。周雨晴觉得大顺子当过特种兵，素质不错，挺像个男人，反正自己没看出大顺子脾气不好，倒觉得他挺热心的。这段时间，吃碗面都得排队，全是出租车司机，要是他脾气不好，谁那么听他的？再说，大顺子挺疼正果的，老说正果的病能治好，不着急找对象。

正大不愿听周雨晴再说大顺子，更不允许大顺子再接触正果，周雨晴哼了一声：“我明白了，你是担心大顺子喜欢正果吧？你还真能白日做梦，人家健健康康一个人，要真能要正果，还烧高香了呢。”

周雨晴说的“高香”正大不愿去烧，可正义烧来的“高香”却让正大觉得不是味儿。上午正大在台里开着会，正义跑来了，急三火四地说有要紧事找大哥。正大吓了一跳，他现在最怕的就是家里出什么“要紧事”，可一见面，正义眉飞色舞的表情打消了正大的焦虑，正义说自己找到工作了——贸易公司副总。正大疑惑，贸易公司还有缺副总的？正义说：“进出口贸易公司，什么都做。老总说了，要是帮助他们推销出一百台库存的台式电脑，就让我当副总。”

正大有些怀疑：“这不就是一个皮包公司吗？”

正义说：“皮包公司能有一百台电脑存在库里吗？去了就当副总，没点儿实力不能服众，这是考验咱的能力。人家说了，要是能卖出去，说明我有推销天分，以后月工资就是五千块钱起，年底还有分红。”

正大还是不信，他觉得不可能有这么便宜的事。人家凭什么相信正义，凭什么把这个馅饼往正义头上砸？看到哥哥怀疑，正义急了：“你怎么这么瞧不起我呀？人家说看人要看眼，一看我这眼神就机敏！人家说我就是做副总的料。旁观者清，你这个家里人看不懂！”

正大说：“你在我心里装着，我看不懂？”

正义哀求说：“哥，这事，你无论如何得帮我，一辈子没几次机会的，我可不能浪费了。你不都说过吗？人这一辈子要走很多路，关键的其实就只有几步。”

看到弟弟可怜兮兮的样子，正大说帮着联系联系试试，联系成了别高兴，联系不成也别闹心。回到办公室，正大帮弟弟联系了一圈，人家开始都是客客气气的，一谈到实质问题，全都婉言谢绝。理由也倒简单，现在都是一体机，谁还用台式电脑，落伍了，有损公司形象。放下电话，正大一脸失望，他翻着电话本，能找的都找了，不能找的也张不开嘴。正在烦躁着，手机响了，正大接起来，电话是宋天然打来的，说自己在饭店，菜都点了，就等正大去付账了。正大推说有事，宋天然说：“行，那我把菜打包上你办公室去吃吧。”

正大没办法，只得去了。一进包间，就见桌上还真摆着四五个菜，看着也挺诱人。宋天然悠闲地坐在桌前玩手机游戏，她不冷不热地说：“请大主播吃个饭还真不容易。”

正大在宋天然对面坐下：“有什么事不能在电话里说。”

宋天然打完一局游戏，这才抬起头说：“广播里有个天天想和你说话的人，现实里，有个天天想和你吃饭的人，你的魅力不小呀。”

正大不理宋天然，抓起筷子吃起来，宋天然笑笑，也跟着吃起来，要不是正大的手机响起来，两个人的这顿饭或许还真要在沉默中一块儿吃完。

电话是正义打来的，还是催着正大帮着卖电脑，正大不耐烦，说那些破电脑白送还差不多，劝正义还是趁早醒醒，别做副总的梦了。正义还在电话里哀求，正大让他回家再说，掐断了电话。

宋天然说：“行啊大主持人，兼职卖电脑，想不到还是生意人。”

正大一听宋天然管自己叫生意人就来气，他说：“我可不想跟你同流合污。”在宋天然的追问下，正大说了卖电脑的事，借机敲打宋天然备下的这顿鸿门宴也不知设下的是一个什么圈套。

宋天然并不理会正大的冷嘲热讽，出去了一会儿，转回来说，电脑她要了。正大说：“你要耍我就行了，饶了我弟吧。”起身要走。

宋天然说自己说的是真事．“我爸每年都给我们乡里做贡献，今年还一直没想好贡献什么，有这一百台电脑，学校都能高兴坏了。”

正大又坐下，不知说什么好，饭吃到一半，他偷偷跑出去想结账，才知道宋天然早就结完了，并不想让他还这个人情。

正大刚跟宋天然分手，就把这个消息告诉了正义，正义相当兴奋，正大告诫他，以后再揽这样的破事自己想办法去。正义追着问正大，买电脑的和他是什么关系，正大没好气地说：“什么关系也没有，你回头给她打电话吧。她姓宋，你管她叫宋经理就行。”

正义问：“男的女的？”

正大犹豫了下，说：“女的。”

“女的？多大岁数？”正义一听说对方是女的，立即来了兴致。

“你哪来那么多废话？”正大掐断了电话。

大顺子对正果热心，自然就格外关心，最近经常带着正果出去玩，行车时，看到绿灯还没变黄，就减速了。这可不是大顺子以前的风格，过去那可是争分夺秒，遇黄灯必抢，现在大顺子觉得不差这一会儿。有一次遇到同行老蒋，人家拿他开心，说又有妹子押车啊。大顺子听了也不生气，老蒋继续感慨：“这真是一物降一物啊。”

正义一门心思去做他的副总梦去了，面馆的生意再忙，也指望不上他了。“好再来”的不少客人都是大顺子喊来的出租车司机，没那么多讲究。在他们嘴里，这面馆就是正大家开的，话题也经常围绕着正大的节目展开。这几天晚上，他们常听到广播里有个女人号称“天天晚上想和正大说话”，就拿这个女人跟周雨晴开玩笑，周雨晴表面上打着哈哈，心底下还是有点儿不是滋味儿，悄悄问大顺子：“在你们眼里，我是不是配不上正大？”

大顺子说：“怎么会呢，正大老师主持节目是为人民服务，嫂子你开面馆也是为人民服务，你们提供的都是老百姓需要的食粮，只不过正大老师提供的是精神食粮。人没了精神食粮可以活，要是少了物质食粮，可真就得饿死了。从这个意义上看，你比正大老师伟大。”

周雨晴忍不住乐了：“你就贫吧。”

大顺子说：“一天好几个钟头缩在车里，不贫找不到乐呀。”

从大顺子一来，正果就围着他转，送走了几拨客人，正果还在缠着大顺子。周雨晴有些过意不去，催大顺子走，大顺子看出正果对自己的留恋，说要不然带着正果出去转转吧，一会儿再给送回来，还没等周雨晴答应，正果就拉着大顺子朝门口走。

坐上大顺子的车，正果就说要去海边，那口气听上去说一不二，大顺子只剩下服从的份了。

晚上周雨晴特意听了正大的节目，可是那个“天天晚上想和正大说话”的女人并没有出现。周雨晴本来想把这件事憋在肚子里烂掉，可睡了一宿，还是没憋住。早晨起来，看到正大穿上外衣要出门，她过来阴阳怪气地说："大主播重新出山，可真是威震江湖呀。"

正大瞥了一眼周雨晴："你能好好说话吗？"

"面馆里都有人拿你当下酒菜了，你说你火成什么样了。作为前妻，我替你自豪。人家说，那个天天晚上想和你说话的人，十有八九是你的情人。哎，她到底是谁呀，我特别想知道。她怎么能光听着你的声音就五迷三道的？她是不是认识你啊？"

"你别胡联系好不好？"

"不认识更好，那她再来电话，你就直接开骂，教训她一回她就再不骚扰你了。"

正大无奈："你长不长脑子？我在广播里骂人家……你怎么想的呀你。"

"谁让你真骂了？就是教训教训她！"

正大耐着性子："那是我的听众，我能教训人家？周雨晴，你这醋吃得也太没有水准了。喜欢我的女粉丝多了去了，要是这都算的话，你就算是掉到醋海里去了。"

周雨晴不屑："我吃醋？我吃你的醋？你美的吧。"

"那你瞎掺和什么？"正大不满地问。

"我就是觉得那女人神经病，不正常。光凭耳朵就能听出谁好谁坏？要是亲眼见了，不失望得哭出来我都不姓周，我还吃你的醋，你真能琢磨。"

正大哭笑不得："行行，是我瞎琢磨。那你跟我提这事干什么？"

"我什么也不想干，我就是觉得恶心。你要是知道自己还是好好他爸，就注意点儿影响，别让孩子跟着受牵连。"

"你真是有毛病……"正大走到门口换鞋。

周雨晴跟过去："赵正大，你别觉着有个神经病夸你两句就了不起，你除了会说几句不着调的话，还能干什么？"

正大说："那也总比没人欣赏、天天对着镜子朝自己笑的人强。"

周雨晴生气了："你说谁呢？谁照镜子笑了？谁没人欣赏？你把话给我说清楚。"

正大推门出去，啪的一声把门摔上。

周雨晴打开房门，喊道："你别走！"

周雨晴的话不是慈禧太后的圣旨，赵正大也不是傀儡皇帝，他还是走了，周雨晴一下子失去了对手，内心很空落，她想起那个"天天晚上想和你说话的人"，感觉心情更坏了。

这一整天，周雨晴都无精打采的，晚上从面馆回到家，靠在床头，拿着镜子端详自己，发现眼角上不知什么时候又爬上了几条浅浅的皱纹，她问进来的正果："正果，你看嫂子丑吗？"

正果摇头。

周雨晴又问："那嫂子年轻吗？"

正果犹豫了半天，不愿意发表看法，周雨晴失落地叹息："唉，都黄脸婆了。"

安抚正果睡下了，周雨晴打开收音机，《正在说》早就开播了，里面正好有个女人在说话，开口居然就是："正大老师，又能和你说话了……"

这个声音显然也把正大吓了一跳，没等那个女人说下面的话，他就切进了"小丽意外怀孕"的广告。对正大的表现，周雨晴挺满意，看来，敲打和不敲打就是不一样。周雨晴心情大好，她拿起台历看了看上面的日子，认真准备等着正大回来，可躺进被窝没一会儿，她就睡着了，这一睡，就睡过了站，再睁开眼，都是第二天早上了。

周雨晴来面馆刚开门，正义就西装革履地出现在她面前。周雨晴上下打量着正义，讥讽道："你穿上这套行头，谁还敢进我的面馆？我这不是五星级酒店，不必这么多穷讲究。"

正义显摆："嫂了，从今天开始，本人就不是端拉面跑堂的小伙计了，我可是堂堂正正的副总经理，以后就是赵副总！"

周雨晴不屑："给个棒槌就认针了。"

正义掏出一沓钱，牛哄哄地拍在桌子上，周雨晴愣了："我这不是做梦吧？"

"太阳就挂在你头顶上。"正义说着，拉开椅子坐下，朝后厨喊道，"来碗大肉面，加精肉！"

赵正义吃完大肉面，来到贸易公司，准备正式就任副总经理。经理却不提他赴任的事，劝他还得努力才行。

就在经理鼓励正义还得努力的时候，赵正大约出宋天然，尴尬地递上一张购物卡。

宋天然笑了："太不浪漫了，就送这个？"

正大满脸为难："不知道应该给你买什么。"

宋天然说："有必要这么一清二楚吗？"

正大说就是想表达一下谢意。宋天然有些感慨："要说谢，其实我应该替我爸谢谢你。他为老家做了十几年贡献，哪一年花的钱都比今年多，可得到的赞扬声，没有一回超过这一次。乡里把一百台电脑分到了十所中小学，每一所学校都有了以我爸名字命名的电脑教室，他高兴坏了，直夸我这件事做得漂亮。"

正大本来以为这件事到此也就算圆满画上了句号，没想到正义又找来了，说自己的副总一职已经当上了一半。正大糊涂了，这怎么还出来个一半？正义解释说，原来他是准备今天就赴职的，可老总说，还有人卖了一百二十台电脑，让他再卖一百台，才能服众。"哥，你再跟那个宋天然说一下，让她爸再献一回爱心吧。"

正大一听就火了，骂弟弟混蛋，你把人家当什么了？正义自觉矮了三分，说那要这样的话，就只能当个销售员了。正大让正义安分点儿，好好当个销售员也行。正义觉得自己当销售员大材小用，不甘心，要是这样的话，那自己就不干了。正大无奈："你又半途而废。"

"我也不想啊，谁知道我这么聪明的人也能被人耍了！"

"是我又被你耍了！"正大气愤地喊道。

正义垂头丧气地一进面馆的门，周雨晴就看出不对味儿来，她故意说："这不是赵副总吗？怎么，赵副总也来小面馆吃面？"

正义强打精神："什么副总，就一皮包公司，我辞职了，没意思。"

"不干了？怎么不干了？你不说挺好吗？"

正义说公司太小，办公室还没面馆大，能有多大发展，没意思。周雨晴笑笑："那现在就是又没活了呗？"

正义解释，那边刚辞职，又找了一家保险公司，在外面跑累了，回面馆歇会儿。周雨晴说："那正好，一会儿就到饭口了，赵副总转行做保险了，时间也充裕，就在我这小面馆屈就一下，找不到客户的时候就来客串一把伙计吧。"

正义不好意思地笑笑："嫂子，我干着保险，不能天天在你这儿帮忙，工资怎么给我算？

周雨晴很爽快："跟嫂子还计较，你有时间就过来帮忙，嫂子亏不着你。"

二十一

晚上，一个矮胖的中年男人走进面馆，周雨晴一看，认识，虽说十多年没见面，她还是一眼就认出，来人是中学同学二孟。二孟也认出了周雨晴。二孟说，当年许多同学现在见了都不认识了，你还记得我，真不简单。周雨晴笑笑说，上初二的时候，你把你爸的二锅头都带到学校了，中午在教室里喝完，直接耍起了酒疯，你爸来学校，把你好一通胖揍。你有这么一段光荣史，我怎么可能会忘。

"也是，也是。"二孟不好意思起来。

"喝点儿？"周雨晴拿起菜牌，递给二孟。

"我自己喝有什么意思。要不，你也喝点儿？"

周雨晴答应着，说一会儿没客人了再陪你喝，你先点菜。二孟接过菜牌，说："听说你找了个名人老公，他那节目我听过，你老公那嘴，太厉害了。老同学，给名人当老婆的感觉怎么样？"

周雨晴不愿跟二孟探讨自己现在的生活，何况她和正大现在还是这种局面，她回后厨又给二孟加了个硬菜，见店里的客人基本走光了，才坐下来。两人拉扯着恍如隔世的校园生活，不知不觉间周雨晴有点儿喝高了，她说自己当年收到的第一个纸条，就是二孟写的。

二孟苦笑："你还交给老师了，我挨了我爸一顿胖揍。"

周雨晴说："其实我没……没想交给老师，是你笨，夹我语文本里，也不告诉我一声，我就交……交作业了。"

二孟懊悔："我可怜的初恋啊，打那以后我心里就有阴影了。"

周雨晴问二孟的老婆是干什么的，二孟苦笑："我老婆还不知在哪儿刮旋风呢。雨晴，现在电视上到处都是征婚交友节目，你老头儿他们电台有没有这样的节目，给我也报个名。"

二孟的话，把周雨晴的眼泪说下来了。二孟一看，慌了，得知周雨晴其实已经离了婚，自己不过是说到了她的痛处，这才放下心来，拦着周雨晴不让她再喝了。周雨晴却不答应，直到把自己彻底灌躺下去才算完。二孟打了辆出租车把周雨晴送回家，搀扶到沙发上，转身去厨房给周雨晴倒杯水。周雨晴身子一歪，倒在沙发上。

正大下节目回家，一开门发现一个陌生男人在家里，吓了一大跳，二孟连忙解释，正大不听，推醒了沙发上烂醉如泥的周雨晴，周雨晴睁开眼，见是正大，突然呜呜哭起来。正大扯着二孟的衣领子："你把她怎么了？"

二孟一脸惊慌地解释了半天，正大半信半疑，赶走了二孟。

早晨周雨晴醒来，脑袋还昏沉沉的像灌了铅，去上卫生间时，看见正大扎着围裙在做饭。见周雨晴醒了，正大埋怨周雨晴瞎逞能，在别人面前丑态百出，也不嫌丢人。

周雨晴嘴硬："谁丑态百出了？"

"说你还没说完，丢人都丢到初中同学那儿了，还让人家给送回来了……"

"送回来怎么了？说明人家关心我。你嫉妒啊？"

"我……我没那么无聊。"

"我喝醉了就无聊，你没喝醉过？当年你为了巴结领导，滴酒不沾还逞能给领导挡酒呢，还不是把自己放躺啦。"

正大火了："你有病啊！"

周雨晴也火了："你才有病！自己喝醉了没事，别人喝醉了就丑态百出、就无聊了？你这个人，向来就会马列主义口朝外。"

和正大生了一肚子气，周雨晴早饭也没吃，就到了面馆。周大妈来帮忙，听说女儿昨晚喝醉了，还让当年的男同学送回家，埋怨女儿不长脑子，说这没事也是有事，正大能不急吗？周雨晴想了想："照你这么说，正大他是在乎我了？"

周大妈替女儿分析："正大生那么大气，这说明他心里有你，你得让他有点儿紧迫感，叫他知道，你不是没人要。再退一万步讲，正大就是不回心转意，你也得先打个兔子别在腰里。"

听老妈这么比喻，周雨晴不高兴了："看你说的，这么难听。"

"难听也得听，光说好听的管用吗？正大要是真对你没一点儿想法，你还耗在人家家里干什么，真要给老赵家当一辈子老妈子？"

周雨晴有些困惑，向老妈求教现在该怎么办。周大妈出主意，让女儿试试正大："二孟的包不是落在你们家了吗？让二孟到家里去拿。"

二孟打来电话，说的正是包的事情，周雨晴让他晚上跟自己回家去拿。约莫正大下了节目，该往家赶了，周雨晴才带着二孟回家。两人来到楼下，二孟心里发怵："我就不上去了，你从窗户扔下来就行。我那包里没有怕摔的东西。"

"都走到家门口了，上去坐会儿吧，说说话。"周雨晴热情邀请。

"这么晚了……"二孟犹豫着。

"不晚，走吧。"周雨晴拉着二孟的胳膊。

二孟有些怯意，还是跟着上楼了。周雨晴说真不好意思，昨晚折腾你一通，今天又让你跑一趟。她让二孟在沙发上先坐会儿，去厨房洗了水果，又给二孟倒了杯水。二孟不愿意再碰见正大，就问："他一会儿不会回来吧？"

周雨晴说："你管他回不回来，这个房子有我一半，我愿带谁来带谁来，他管不着。"

二孟朝卧室张望："你们俩这么住着……不尴尬吗？"

"各过各的，有什么尴尬的。有句话说得好：'心底无私天地宽。'"

"你还挺能整词。"二孟看看手表，"不早了，我得回去了……"

"哎呀，光顾着说话了，我给你找包。"周雨晴四下翻着，嘴里嘀咕，"哪儿去了……你等等啊，我看看是不是放屋里去了。”

周雨晴回到卧室，从大挎包里拿出二孟的手拿包，想了想，放下手拿包，从抽屉里翻出影集，找出张照片，来到客厅，把照片递给二孟：“二孟，你看这是什么？”

二孟接过来：“哟，毕业照你还留着，我的早不知道丢哪儿去了。”

周雨晴坐在二孟旁边，说：“咱没上过大学，就有初中、职高的同学，好不容易有个毕业照，当然得好好保存了。”周雨晴指着照片上的二孟，“你看，那时候你多瘦。”

二孟在照片里找到周雨晴，兴奋地说：“那时候你还扎着两个小刷子呢。”

周雨晴拿起一个苹果削着皮：“现在想想，还是上学的时候好，什么心都不用操。咱们那个班主任陈老师，一天到晚跟咱们说，你们现在不好好学习，将来一定后悔，那时候就什么都晚了。当时还觉得陈老师絮叨，纯粹是更年期综合征，烦得要死。现在想想，唉，真是后悔也晚了。”

二孟点头，说：“你还不错嘛，念了个职高，后来的工作也不错。”

周雨晴说：“那是我妈托老鼻子关系了。”

二孟说：“上次我和几个同学聚会，大家还说起你。”

周雨晴问：“说我什么？”

二孟说：“说你找了份好工作，嫁了个名人丈夫……当时，你还没离吧？”

周雨晴尴尬地笑笑，像是想起什么：“哎，以后同学聚会也叫上我啊。在单位上班的时候，老听着办公室的人参加大学同学聚会，我就特别来气，从来也没同学找我参加个聚会，弄得好像我没上过学似的。”

听周雨晴这样说，二孟笑起来。外面传来钥匙开门声，周雨晴意识到什么，往二孟身边凑了凑，把削好的苹果一切两半，一半递给二孟，二孟刚接过苹果送进嘴里，正大推门进来，看到两人亲热地吃着苹果，正大一时没反应过来，二孟起身要打招呼，周雨晴抢了句：“这是我前夫。”

二孟尴尬地说：“我们见过。”

正大跟二孟点了个头，目不斜视地回卧室去了。周雨晴拉着二孟坐下，故意大声问他现在都和哪些同学还有联系，二孟说：“刘伟、永丰、赖子、海豹、三火……”

“谁是‘三火’？”周雨晴大声问着。

“就是张焱，她那个‘焱’字不是三个火吗？咱们都管她叫‘张三火’，后来图省事，就直接叫‘三火’了。”

周雨晴笑起来，笑得有些夸张：“对对对，‘张三火’……”

正大在屋里脱外衣，听到周雨晴夸张的笑声，恼火地把衣服摔在椅子上。周雨晴兴致很高，不时夸奖二孟有幽默细胞。正大从卧室出来，朝卫生间走去。周雨晴问二孟：“三火现在什么样了？我记得那时候她特别瘦，跟营养不良似的。”

二孟紧张地看着卫生间方向：“还那样。”

正大从卫生间出来，走到卧室门口，想起什么，转过身说：“对了，雨晴，我昨天从超市买的馄饨在冰箱里，这么晚了，你们要是饿的话，煮着吃吧。”

周雨晴笑着：“行，谢谢你啊，你也一块儿吃点儿吧。”

正大笑笑：“我这一阵都胖了，正在减肥，你们吃吧。”

周雨晴要去厨房煮馄饨，二孟连忙告辞，正大热情地挽留，这让二孟更觉得不自在。周雨晴送到门口，亲热地说：“二孟，门你也认了，以后你想来就来啊。”

二孟出了门，跑着下楼了。周雨晴转过身，感慨地对正大说：“这个二孟，暗恋我快二十年了，到现在都没结婚，老缠着我，偏要送我回来，我都愁死了。幸亏你回来得早，要不然还不走，干了一天活，我都累死、困死了……正大，你帮我出个主意，对这样的人，你说我该怎么办啊？”

正大认真地说：“这个人看上去挺不错的，值得考虑。”

周雨晴心里有气，嘴上还不服软：“二孟有房有车，不过车也就一般的车，三十来万。他工作也不太好，往日本倒腾石材，这也不稳定呀。”

“那不挺好的嘛，我觉得你可以认真考虑考虑，关键是知根知底。”正大打着哈欠，回卧室去了。

周雨晴气得一跺脚，低声骂了句：“混蛋！”

正大在门口听着外面的动静，不屑地笑了。周雨晴一脸怨气进了卧室，目光落到床头柜的台历上。她拿起红笔，在当天的日期下画了一个大大的红圈，不觉涌出眼泪来。

清晨的阳光格外鲜亮，正大伸了个懒腰，去厨房煮了一碗馄饨，坐在桌前吃起来。周雨晴从屋里出来，看见正大在吃饭，故意问："你不是减肥吗？还吃什么饭。"

正大装没听见，只顾吃着。自己的挑衅没有得到回应，周雨晴沉不住气了："赵正大，你也太小气了吧，就做自己吃的，以后，你再别想吃我做的饭。"

"有爱情滋润，还吃什么饭？"正大讥讽。

"对，有爱情的女人比吃什么都香，你就羡慕嫉妒恨吧。"周雨晴说着，朝卫生间走去。

门外响起敲门声，正大放下碗，起身去开门。正大刚把门拉开，一束鲜红的玫瑰花扑面而来。门外站着的正是二孟，他怀里抱着一大束红玫瑰，手里拎着一份外卖，表情尴尬地冲正大笑着。

正大反应过来，回身喊道："周雨晴，有人找。"进屋去了。

周雨晴从卫生间出来，一看到二孟，愣了下，低声埋怨："一大早晨你来干什么？"

二孟说："我的包找着没？今天早晨我得提货，提货单在里面。"

"你也是，昨天晚上不想着……"周雨晴急忙朝屋里跑去。

二孟跟进来，把花和外卖放在桌上，周雨晴拿着包出来，凑到玫瑰花前闻了闻，故意大声说："可怜哪，年轻的时候没人送花。二孟，我这可是第一次尝到浪漫的滋味儿，谢谢你啊！"

二孟说正好路过花店，就买了一大把。周雨晴故做生气状："你就不能说专门给我买的。骗骗我我也高兴啊！"

正大从屋里出来，周雨晴去打开窗户："花这么香，说不定还能招进来几只蜜蜂呢。"

"小心别让马蜂蜇着。"正大拉长着脸。

"蜇着我也高兴！"周雨晴回应。

二孟看出两人是在较劲儿，想赶紧离开，他悄声约周雨晴晚上去吃海鲜。

周雨晴犹豫起来。正大过来，说要赶着上班，让二孟再坐一会儿。正大出来，关上门听着屋里的动静，犹豫半天，还是下楼走了。

正大走了，二孟也放松下来，他直盯着周雨晴看，周雨晴被盯得有些发慌。二孟说："雨晴，昨天晚上，我几乎一宿没睡。咱们俩的事，你是认真的吧？"

周雨晴不知该怎么回答。二孟说："雨晴，这些年我其实一直惦记你。你不知道，当年听说你结婚了，我特别难过。现在，老天爷终于又开眼了，雨晴……"二孟说完，就要过来抱周雨晴。周雨晴慌了："二孟，你冷静点儿！"

"我冷静得了吗？"二孟有些控制不住自己了。

"你别胡来啊……"周雨晴一把拿起桌上的苹果刀，朝二孟比画着。

"雨晴，我是倒腾石材的，咱俩这事我要是炮火不猛烈点儿，能迸出火花吗？"二孟说着，猛地扑过来。

周雨晴大叫一声，胡乱挥舞着手里的苹果刀，一刀划拉到二孟的胳膊上，二孟发出一声惨叫。

周雨晴本来想借二孟试探试探正大，没想到二孟过于痴情，没看出这是一段过场戏。周雨晴也没想到，自己一刀把二孟送进了医院。周大妈听说女儿对别人动了刀，吓坏了，着急忙慌赶到医院时，倒把二孟弄得不好意思了。趁着女儿去交医药费的工夫，周大妈从二孟嘴里探出来他有房有车，开着一家石材公司，最主要的是还是单身。周大妈问二孟为什么一直没结婚，二孟说好的看不上我，赖的我看不上人家，高不成低不就，一晃，这么些年就过来了。周大妈点头，说："找个不合适的，还得离，再有个孩子，更是扯扯连连。像我们家雨晴，就找了个不合适的，现在过不到一块儿了吧。"

二孟和周大妈聊得投机，恨不能立即就认周大妈当丈母娘。周大妈试探："离婚的时候，我说什么不让雨晴要孩子，可她不干。哎哟，我那个外甥狗，虎头虎脑，听话，懂事。也是，别说她当妈的舍不得，我这当姥姥的也不舍得给男方。"

二孟连忙表态："我也喜欢孩子。"

听二孟这么说，周大妈更高兴了："现在，一个孩子太孤单了，要是有两个，那多好。雨晴要是再成个家，我说什么得让她再要一个。"

从医院出来，二孟把周雨晴和周大妈送回面馆。周大妈想给两人单独说悄悄话的机会，进面馆招呼客人去了。二孟对周雨晴说："今天的事，我有点儿犯浑，你别记恨我啊。"

周雨晴也有些过意不去："别这么说，是我对不起你。"

二孟说这一阵他去内蒙古出差，得过段日子才回来，希望周雨晴能等着自己。周雨晴心想，这都哪儿跟哪儿啊，她想快点儿摆脱二孟，就说去吧去吧，别耽误了正事。二孟却没有离开的意思，周雨晴想起二孟还要去火车站提货，硬生生把他赶走了。

摆脱了二孟，周雨晴心里感到一下子舒坦了很多。周大妈倒是对二孟很满意，她觉得二孟各方面条件都不错，有房有车有公司，比正大强多了。周大妈最中意二孟的是，人家不光没嫌周雨晴是个二手女人，更重要的是不嫌周雨晴还带了个拖油瓶。周大妈劝女儿好好跟二孟处着，也别处时间长了，长了什么毛病都出来了，最好处个三两个月就赶紧结婚。听老妈这样说，周雨晴不高兴了："我根本就没打算跟他怎么着。妈，你就别跟着瞎掺和了。"

周大妈生气："我不掺和你能长这么大？人家多好的条件哪，要房有房，要车有车，还没结过婚，哪样不比正大强？原来我还犹豫，现在一比较，我觉得二孟挺好。你别犯傻，光想着在他赵正大那棵歪脖树上吊死。"

周雨晴拉着脸："现在又变卦了，你忘了在街坊四邻跟前显摆给名人当丈母娘的时候了？"

周大妈抬手要打女儿："你个没良心的，你要不是我闺女，他当美国总统跟我也挨不上边！"

二十二

这一整天里，正大都挺郁闷，中午回来的时候，他从昨天的台历上发现了点儿端倪，上面画了一个大大的红圈，按照他和周雨晴的暗号，这就是有事。自己这几天肯定是清清白白的，那周雨晴就不好说了，何况那个叫二孟的昨晚还造访到家里来了。因为心里老有个疙瘩，晚上的节目也做得不太如意，最后的十分钟，他全放了歌曲。

从电台出来，正大想在街上溜达一会儿，可刚出了电台的大门口，一束汽车灯光就直射过来，正大眯着眼睛想要绕开，一个女人的声音传过来：“大主播，能说说话吗？”

要跟他说话的正是宋天然。

赵正大上车，坐在副驾驶位子上：“深更半夜跑来，不是就为跟我见一面吧？”

宋天然挑衅地看着赵正大：“你觉得你有这么大魅力吗？”

赵正大尴尬，宋天然笑起来，说她不想天天晚上光听正大说话，那样远水不解近渴，还是见个面比较实在，最好天天都能见。这话说得赤裸裸了，赵正大觉得脸红心跳起来，找了个借口要下车，不想宋天然一把拉住他，顺势抱住正大的腰。正大越挣扎，宋天然抱得越紧。正大慌乱地说：“别这样，过了啊，过了，玩笑开过了。”

宋天然说：“谁开玩笑了？你别装糊涂，你知道我喜欢你。”宋天然把脸贴上来，正大还是推开宋天然，下车跑了，背后传来宋天然的笑声，笑了一会儿，宋天然又哭起来。

周雨晴整理这几天的账目时，发现菜价一天比一天贵，有的贵得都离了谱，而这几天的菜，又都是正义去买的，她直截了当问正义，是不是吃了回扣。正义一听就不高兴了：“嫂子，你这不是骂我吗？”

周雨晴抖抖单据：“价钱摆在这里，你看看。这些是前几天我进的价，这差得也太多了。”

正义一脸冰霜，转身朝外走。周雨晴见正义真生气了，又想往回找补，正义却不买她的账。周雨晴打电话问了下自己熟悉的菜贩子，才知道这几天市里在迎接上面的卫生大检查，郊区的菜农都不让进城了，全市的菜价早就涨起来了。周雨晴给正义挂了电话，想赔个不是，可打了几个，正义都不接，后来干脆关了手机。周雨晴就发了个短信，自责了一通。

正大见弟弟大白天跑来家了，鼻子不是鼻子脸不是脸，就猜出指定有事，问正义到底怎么了，正义气呼呼地说："没怎么着，能怎么着？我就是不想干了，我总不能一辈子干店小二吧，反正我这大好年华不能扔在面馆里。"

听弟弟这么说，正大也来气了："你一天到晚闲逛，把大好年华扔在大街上就甘心了？"

正义不愿跟大哥理论，进屋蒙上头睡觉去了。

正大想给周雨晴打个电话问问，还没等打出去，外面却进来了个电话，是宋天然的，约他出去吃饭。经过上回的事情，正大本来觉得宋天然再不会找自己了，谁知道人家根本没往心里去。正大推辞，说大礼拜天的，自己在家看儿子。宋天然兴奋起来："啊？你都有儿子了？偷着生的吧？快快，带出来我玩玩。"

正大无奈："什么呀，你就玩玩。"

宋天然催促："快来啊，我现在就在发现王国门口。你要不来，我就到你们家找你。"

正大还要说什么，宋天然已经把电话挂了。正大还真怕宋天然到家门口来示威，他知道她说得出来便做得出来，只好拉上好好直奔发现王国去了。

好好早就从小朋友嘴里知道了这个发现王国，他无数次嚷着要爸爸妈妈带他来玩，可一张一百多块钱的门票就吓退了正大和周雨晴。赶上星期天，公园里外都是人满为患，正大拉着好好刚到门口，宋天然就发现了他俩。一见好好，宋天然大呼小叫地逗着孩子亲得不行，一大包零食和玩具更是一下子就把小家伙拉拢住了，正大倒显得成了多余人。在玩"激流勇进"时，三人挤在一张椅子里，随着激流的起起伏伏不时大呼小叫，很是兴奋，宋天然趁势用手机抓拍了一张照片，正大刚想阻拦，已经晚了，三个人挤在相片里，俨然成了其乐融融的一家人。

三个人玩累了，跑到一家西餐店去吃饭。好好抱着一大堆零食，哪还有心思吃饭，正大说："这么惯着他，往后我该养不起了。"

宋天然说："那还不简单，我来养。"

正大被噎住了。宋天然逗好好："好好，以后就跟着阿姨好不好？"

好好看到有人在吃冰淇淋，指着说："小朋友都爱吃这个。"

宋天然使劲儿亲了口好好，笑骂道："臭小子，还会转移话题了，跟你爸一样狡猾。"

正大苦笑。这一顿饭，宋天然的嘴里一直都在夸好好可爱。正大说他可恨的时候你是没看到，那真是叫人咬牙切齿，自己的手机被他放进水盆洗了好几次澡，要说这孩子在家三天两头挨他妈打骂，别人可能都不信。宋天然趁势说："那是你前妻脾气太暴，换了我就不会，我要是喜欢上哪个小孩，肯定也能让他喜欢上我。我给好好当妈，肯定没问题。"宋天然转过脸，对好好说："叫妈妈。"

正大忙说："哎，你吓着他了。"

"是吓着你了吧？"宋天然笑起来。

正大说："你正经点儿好不好？"

宋天然止住笑："我一直都挺正经的，是你老不正经。"

邻桌的人侧目看过来，正大顿觉尴尬，低语："谁老不正经了？"

宋天然说："你呀，我跟你说正经事，你老是不正面回答，不是绕圈子，就是打太极，这不就是老不正经吗？"

正大很无奈："我不跟你咬文嚼字，你跟我说说，到底想找个什么样的，我帮你留留神，这才是正经事。"

宋天然摊牌："费那个事干什么，你就行，现成的。"

正大说："我要是真那么好，我前妻能不要我吗？"

宋天然说："是你不要她的吧？"

正大摇头："真不是，她总嫌我没能耐，挣不着钱，不能让她和孩子生活得好一点儿，好好一出生，就跟着我们一块儿受罪。他妈到现在还埋怨我，孩子百天的时候，想给他拍套写真照，我都没让。"

宋天然不太相信正大的话，这个男人身上的优点他前妻难道都看不到？正大说宋天然还是不了解自己，其实自己生活里就是个平庸之辈，一点儿情趣没有，既不年轻，也不会浪漫，还不会哄女人高兴，不愿陪老婆逛街，每天在单位有用没用的话说得太多了，回家都不愿多说一句，还懒得要命，穿的用的都得老婆帮着打理。"人家一心一意伺候我、伺候孩子、伺候我们一家老小，我还不想听人家一句怨言。这种男人，你说你能受得了吗？”

宋天然说：“你这是说谁？是你吗？”

正大说：“我比这还要糟。”

回来的路上，好好在后座睡着了，坐在副驾驶位置上的正大也睡了。宋天然把车速降下来，尽量把车开得平稳一些。路口上赶到一个红灯，车子停下来，宋天然看着正大，探过身子，轻轻在正大脸上吻了一下。

“阿姨……”好好醒过来叫道。

宋天然吓了一跳：“哟，好好醒了。”

正大也醒过来，回头看儿子，好好说：“爸爸，阿姨刚才亲你了。”

“不许撒谎胡说。”正大呵斥。

“孩子没胡说。”宋天然说。

“你怎么在孩子面前开这种玩笑。”正大尴尬，埋怨着。

“那你的意思，孩子不在跟前就可以了？”宋天然问。

正大提示：“绿灯了，走吧。”

汽车又上路了，一路上正大再没有话，倒是宋天然和好好说起来没完。汽车停在一家影楼门口，正大没明白怎么回事，宋天然说给正大一个弥补过失的机会。正大明白过来，说自己不过是随口一说，你怎么还当真了。宋天然说自己可不是随耳一听，都交了预订金了，钱都转给影楼了。正大不相信，两人一直在开发区，你上哪儿转钱？宋天然一扬手机：“一个电话就转账了，这还有什么难的。大主播，你不会连这个都不知道吧？”

正大一口拒绝，宋天然有些生气：“哎，你太没有人情味儿了吧。就算我送给好好的见面礼，不行啊？”

正大回答：“不行。”

宋天然想了想：“还有个私心，我没有说。我们公司的儿童服装正想找一个孩子做代言，我也想看看好好行不行。就算你帮我个忙，这下总行了吧？”

虽然觉着这个理由比较牵强，正大还是同意了。给好好拍完照片，宋天然开车送父子俩回家，车在小区门口停下，正大让好好谢谢阿姨，好好抱着一大包玩具刚要开口，被宋天然打断了：“好好，不听你爸的，是你陪阿姨玩了大半天，还帮阿姨工作了。阿姨应该谢谢我们家好好呢，对不对？”

好好想了想，点头：“对。”

宋天然笑了：“下次还请好好陪阿姨玩，行不行啊？”

好好点头：“可以考虑。”

宋天然开心地笑起来，目送两人进了小区，才开车走了。正义从外面回来，看见这一幕，追上正大，问：“开红跑车的是谁啊，我认识吗？”

“一个朋友。”正大回答。

“什么朋友啊，还开跑车，我怎么没听你说过，我到底认不认识。是个女的吧？”

正义的一串问题，正大没给他答案，倒是好好说：“是漂亮阿姨。”

正义追问：“哥，我认识吗？”

正大没好气地说：“我的朋友凭什么你都要认识？”

正义说能开跑车，一定很有钱，让大哥介绍给自己，还说上次买电脑那个冤大头，你怎么也不让我见见，没准就能发展成客户。听弟弟这么说，正大来气了，说：“人家帮你，你还骂人家冤大头，你有没有良心？你说说你，整天吊儿郎当，你卖保险，我的电话都被打爆了。老二，你怎么都卖到我朋友头上去了？我的人情就这么被你卖光了！”

正义说：“卖保险就是卖人情，不是朋友，说破天人家也未必买。中国人呀，保险意识太差。”

正大恼怒地说：“以后少打着我的旗号在外面坑蒙拐骗，我的良心都跟着你丢没有啦！”

正义觉得大哥的话太难听，卖保险也不丢人，都是各取所需的事，扯不到良心上去。

正义的话不能说一点儿道理没有，可这保险要是真做到宋天然那里，正大肯定不能接受。想想这一天跟宋天然玩得热火朝天，正大觉得有点儿对不住周雨晴，虽然表面上打着陪好好去玩的旗号，可终究还是心里有愧，临上班的时候，正大从抽屉里拿出那块手表，故意放在桌上显眼的地方。

让正大意外的是，晚上的节目里，宋天然居然又打来了电话。她的电话是第二个进来的，先打进来的是一个失意的女人，她说自己还爱着对方，可对方不爱她了，她不知道明天的结果会是什么样子。正大安慰她："对待感情，你应该学会放风筝，收一收，拉一拉，太松或是太紧，都不行。至于明天你们会有一个什么结果，这谁也说不准。关于明天的事，后天就知道了。"

正大结束了与第一个女听众的交流，觉得有些小得意，把感情的事用风筝来比喻，不是他的首创，但今晚也算是活学活用了。可他的小得意还没有尽情享受够，紧接着打进来的一个电话却让他乱了方寸。一听到宋天然熟悉的问候语，正大的心跳就加速了。

宋天然的话直截了当："不知道从什么时候开始，我爱上了一个离异的男人。我能看出，他其实明明挺喜欢我的，可他却总在回避，我不知道他要回避什么，正大老师，你能帮我分析一下吗？"

正大虽然心里发虚，可给出的回答也算说得过去："感情的事，不能操之过急……"

宋天然步步紧逼："我不同意你这个说法。工作，退一步可能海阔天空；而爱情，退一步就会人去楼空。"

赵正大想不出再怎么往下接招了，匆忙切断电话，推上广告，一个铿锵有力的男声蹿了出来："男人得了前列腺增生怎么办？不要紧，不要怕，金色小药粒，解决男人大问题！"

周雨晴从把二孟推出来以后，正大表面上不在乎，但显然有所触动。晚上周雨晴从面馆回来，看见桌上正大给她留了字条，说正义带着正果和好好出去看动画电影了。让周雨晴意外的是，桌子上还放了块崭新的手表，看样子就不能便宜了。毫无疑问，这是正大在向自己示好，他一定也明白，再无动于衷下去，真让二孟得了手，后悔也晚了。周雨晴有些感激二孟的适时出现，又觉得有点儿对不住人家。

周雨晴想答谢一下正大，刚在浴盆里放好水，正义就领着正果和好好回来了。想起白天为买菜的事冤枉了小叔子，周雨晴挺不好意思，让正义别往心里去。正义说没事，本来我也没往心里去。正义进来拿了点儿东西要走，周雨晴拦着不让走，说这么晚了，还走什么。正义说自己有地方睡，还是要走，周雨晴拉下脸，说你这么走了，就是还生嫂子的气。正义不语。周雨晴又让正义还是回面馆去干，店里的采买都交给正义。见正义没答应，周雨晴就说，你要是不回面馆，你哥非怨我不可。正义说，我自己决定的事，他怨你没有道理，再说，你们早都离了，管他怎么想干什么。正义还是要走，周雨晴这回没拦，正义走到门口，又停下来，回头对周雨晴说："嫂子，你是不是真想跟我哥复婚？"

周雨晴嘴硬："我才不想，好马不吃回头草。"

正义说："谁说的？要是回头路上有好草，肯定要回头，不吃是弱智。嫂子，这个家你有多重要，我哥肯定知道。你得给他点儿时间，让他有个台阶下。"

"他想下自己找台阶去，关我什么事。"

"这么说你可对自己不负责，我哥好歹也算是个名人，那外面……要说没有别的女人对他虎视眈眈，也不现实。"正义显然话里有话。

周雨晴果然就慌了，着急地问："你哥外面有人了？"

正义忙说："那倒没有，我就这么一说。"

"我才不信呢。怪不得他对我一点儿不在乎，人家在外面花天酒地，我在家给他当使唤丫头，做老妈子……"周雨晴的眼睛发热。

正义忙安慰："我就是想给你提个醒。你放心嫂子，我哥再找谁，也不能像你似的这么上心照顾正果，就这一条，你就拿住我哥了，他敢奓翅，我和我爹都不答应。嫂子，我了解我哥，他到什么时候都是要找老婆，不会找情人。这大原则一定，什么女人能 PK 得了你？嫂子，你得有这个自信。"

周雨晴说自己都让人家踹出来了，还有什么自信。正义给她出谋划策，说你不能和我哥硬顶着来，那样只会激化矛盾，你得拿出点儿"化骨绵掌"必杀技。

"什么'化骨绵掌'？"周雨晴不明白。

"嫂子是聪明人，自己琢磨吧。"正义关上门，下楼走了。

周雨晴没弄明白什么是"化骨绵掌"，但她还是多少明白了些正义要表达的中心思想，应该就是以柔克刚的意思吧。哄睡了正果和好好，约莫着正大快回来了，周雨晴急三火四洗了个澡，刚在身上喷了香水，正大就进家了。一见穿着吊带、头发湿漉漉的周雨晴，正大就连打了两个喷嚏，说这味道怎么闻都有股三俗味儿。周雨晴一急，差点儿发火，想想还是要以大局为重，就忍住了。她戴上那块新手表，伸到正大面前展示："做了好事还藏着掖着，你当你是雷锋啊。"

"好好他爷掏钱买的，一直忘给你了。"正大说得不咸不淡。其实今天在坐宋天然的车回来时，他就想着晚上要把表拿给周雨晴了。可下节目回来的时候，正大又有点儿后悔了，表哪天送不行，偏偏今天送，倒显得自己心里有愧似的。他想着如果赶在周雨晴回来前到家，就把表放起来，没承想还是晚了一步。

周雨晴当然不会相信是公爹掏的钱，公爹就是有这个想法，那也得正大去落实吧，归根结底，买回这么块贵重的女表，还是说明正大心里有自己。周雨晴说："你就嘴硬，买了就买了呗，往老爷子身上安什么。他的眼光能买这种表啊，打死我都不信。我原来手上戴的那块，还是咱俩刚认识的时候你给我买的，总是慢，好几回上班都迟到了。这表多少钱？得个三四千吧？"

正大想说出实价，可知道要是真说了，周雨晴能心痛半宿，就说她猜得差不多。可即使这样，也超出了周雨晴的预想，她知道正大手里不会一下子有这么多钱，问他是不是参加什么活动人家送的纪念品，正大不否认也不承认，周雨晴便觉得自己猜对了。

正大去卫生间洗脸，周雨晴凑到门口没话找话："你今天在节目里说的那句话挺好，'对待感情，应该像放风筝，该收的时候收一收，该放的时候放一放，太松或是太紧都容易出毛病'，挺精辟，挺有哲理的。有一句像废话，跟没说一样，就是那句，'明天的事，后天就知道了'。要是后天的事明天能知道，那就成神仙了。"

正大洗着脸说："你觉得是废话就是废话。"

周雨晴忙说："不是，这话琢磨琢磨其实也挺有意思，看着像大白话，其实挺有道理。"

正大拿起毛巾，擦着脸，没有回应。周雨晴接着说："我就老琢磨咱俩的事，你在外面风风光光干事业，见多识广，那应该是风筝，我这儿当然就是线了。有时候，我也觉着自己把你这根线抓得太死了，其实我的本意不是想这样，可有时候，就是由不得自己……”

听了周雨晴的一番表白，正大有些触动。

屋里传出好好的喊叫声，周雨晴赶紧跑进屋，原来是小家伙睡觉不老实，跟头把式地掉到了地上。周雨晴把儿子抱上床，又给哄睡了。周雨晴整理被褥时，发现好好床头有一个纸袋，里面露出一截照片，她抽出来一看，里面除了有好好在发现王国玩耍时拍的照片，还有一张，正是宋天然跟正大、好好一块儿玩“激流勇进”时抢拍的“全家福”。

周雨晴气坏了，她拿着照片冲进北屋，只穿了一条小短裤的正大正要上床，被周雨晴一声断喝拦下了：“赵正大，你臭不要脸！”

赵正大被骂毛了，下意识地低头看了眼自己的小短裤，以为周雨晴说自己穿得太少，苦笑道：“你抽什么风？一会儿晴一会儿阴，我看你的毛病越来越厉害啦。”

周雨晴冷笑：“知道你现在的眼神像什么吗？像丢到大漠十年的色狼突然遇到了七仙女。”

正大无奈：“嘁，也不照照镜子，还七仙女，我看你像梅超风。”

周雨晴变了脸色：“赵正大，你不知好歹！”

“我是不知道好歹，可我知道自己是什么身份。”正大套上背心，恼怒地说。

“你还知道身份？”周雨晴把手里的照片摔到正大脸上，“知道身份还让好好去给你们这对狗男女当道具？你给好好带来什么阴影你知道吗？”

正大低头一看地上的照片，明白过来。

周雨晴不依不饶：“你也太心急了吧，这么快就开始给好好找后妈啦？”

正大捡起地上的照片：“你别胡说八道好不好？”

“证据都在这里了，你还死不承认。”

“我承不承认怎么了？只许你州官放火，不许我百姓点灯了？”

“你给我说清楚，谁是百姓，谁是州官？我放什么火了？”

赵正大看着周雨晴的打扮，心生厌恶：“你心里清楚。把自己弄得跟坐台小姐似的，我都替你寒碜！”

周雨晴火了：“谁坐台小姐了？赵正大，我清白了一生，不能让你这么一句话把我玷污了，你给我说清楚！”

正大回敬：“你让你那个同学说去吧。”

周雨晴气得直哆嗦，一把扯下手腕上的表，摔在正大身上。

正果和好好被吵醒了，两人比赛着哭起来。

正大知道弟弟这些天一直没去面馆上班，自己跟周雨晴一直在冷战，没法开口问。正义也不跟他说实话，问得紧了，正义还是那句话，不能一辈子干店小二。正大知道这是弟弟在搪塞自己，可弟弟说得也不是没有道理。只是要找个有前途的工作哪那么容易，弟弟倒是连考了两年公务员，都是丢盔卸甲，别说他自己考没了自信，正大都没有奢望过奇迹会发生。弟弟当年的大学都是呼哧带喘考上的，还指望他能在那种千军万马过独木桥的事情上胜出？这么些年了，正大给弟弟找的工作不计其数，没有一个他能长远干下来的。现在回头看看，但凡有一个他坚持下来了，也能有点儿起色，不至于到了一个新地方就要从头再来。

正义这几天也跑了好几趟人才市场，好活他干不上，破活他又不想干，眼见着兜里存的几个钱又要见底，正大打来了电话，让他去趟电台，问大哥什么事，正大又不说。

正义去了才知道，大哥托人给他联系了个工作，是在影城当大堂助理，他要当面叮嘱自己几句。正义有点儿不情愿，那个活自己去干倒是手拿把掐，只是觉得没什么前途。他的想法刚冒出个头，正大便来气了，训斥他一天到晚就知道好高骛远，前途都是自己努力出来的，罗马也不是一天能建成的。正义问工资怎么算，正大说实习期三个月，一个月一千二。正义一听不高兴了，开什么玩笑，一千二，打发要饭的啊，少了一千五不去！

正大耐着性子说：“实习期过后，只要签了合同，就能拿到一千八，要是干好了，人家还会给你涨。五险一金什么乱七八糟的也都给交。”

正义不干，说自己不看以后，就看现在，“一看他们就不尊重人才，一千二就是到非洲也揽不到人才。要是一千五，我就委屈一下自己。”

正大不爱听了：“你赶紧找个秤去称一称，我看你都不知道自己几斤几两了。”

正义扭头走了，扔下正大一个人生闷气。刚回办公室，同事把一份文件递给正大，开玩笑说，想升官就好好看看这个，竞聘演讲的要求都写在上面。原来，单位吵吵了大半年的中层干部竞聘正式拉开帷幕了，有意竞聘的要在下班前把名报上去。正大瞅了眼文件，说扯什么淡，谁愿报谁报，跟自己没关系，谁来了他都是干自己的活。同事悄声告诉正大，刚来了几年的大学生都报了，要是往后他甘心听那些小崽子天天吆五喝六就继续清高下去。见正大犹豫，同事又进一步鼓动正大，说老宋已经报了名，他主持性健康节目都有脸报，你为什么要放弃？“咱们这个屋里，你是最有资格的了，你要甘心往后让老宋骑在脖子上拉屎，就不报。”

这么些年里，正大也偶尔生出要走仕途的野心，可每回都让他自己很快否定了。他一直忘不了曾经看过的一个笑话，说单位就是一棵吊满猴子的大树，往上看，全是屁股，往下看，全是笑脸，往左右看，全是耳目。他不想活得那么累，就想自在点儿，他最大的愿望是不想去管别人，也别让别人来管自己。可理想终归是理想，再丰满的理想碰到骨感的现实，也得败下阵来。想想今后如果真在老宋手底下干活，正大确实有点儿不甘心，而如果来个年轻人整天对他指手画脚，正大更是难以接受。这么些年了，正大的工作能力在台里尽人皆知，在好几次的听众调查活动里，台里的节目都算上，《正在说》的收听率也从来没有掉过前三名。这些年，台里的节目不知道改了多少回版，《正在说》都屹立不倒，赶上台里有什么重大直播活动，正大是首选的主力。

再想想前些日子周雨晴对自己的冷嘲热讽，正大决定参加这次竞聘。临下班前，正大跟做了什么见不得光的事似的，悄悄去人事部交了竞聘申请，这才知道台里三分之二的人都报了名。他自嘲地说，停战以后全是官，这回算是开眼了。既然大家都这么要求进步，自己当然不能拖后腿。

这几天，电台的同事见面时都拿竞聘的事开玩笑，表面上大家都不在乎，背地里却开始忙个不停，能走上层路线的走上层路线，走不了的就发动群众，电台附近的几家饭店连日里都是生意兴隆，民间的人事部长甚至已经任命出了新一届中层领导。单位里大家互拉选票的事正大听说过，有谁跟他开玩笑问什么时候请客，正大都哈哈一笑，人家就说以他的能力，不用走任何关系也是板上钉钉的事。正大嘴里说着瞎扯淡，心里却觉得群众的眼睛还是雪亮的，而领导再偏心，他赵正大的活摆在那里，也不会视而不见吧。他现在要做的，是认真准备竞聘稿。自己虽然算是台里的老人了，可一年到头，他跟那位女台长说不上一句话，偶尔见了面，也只是点个头就走了，人家是不是知道自己整天干了什么，这还真说不好。

今天上午就要正式演讲了，正大心里揣着事，早早就醒了。洗完脸，正大对着镜子预习着演讲稿："我叫赵正大，现在是《正在说》节目的主持人，我这次竞聘的岗位是节目一部副总监，我对这个岗位并不陌生……"

正大刚把情绪调动起来，周雨晴推门进来，刷起了马桶。正大不耐烦地说："你什么时候刷不行，没看我在干什么吗？"

周雨晴继续刷着马桶，说："你练你的，全当我是听众了。"

赵正大调整着情绪，又对着镜子里的自己开口了："我对这个岗位并不陌生，因为节目一部的每个栏目创立伊始，我都参与过策划和定位。而节目一部收听率最高的节目，是本人主持的《正在说》。"

赵正大把这段重复了两次，总觉得有点儿别扭，自言自语地嘀咕："这么说有点儿不太谦虚……"

周雨晴笑笑："想谦虚就别去抢班夺权。"

正大不想跟周雨晴争吵，他怕坏了心情，影响上午的竞聘演讲。

周雨晴也没想招惹正大，她知道今天对正大来说是个重要的日子。刚才那句话，是想开个玩笑，可话一出口，她才觉得不大合适，再看到正大恼羞成怒的眼神，知道闹了祸，连忙出去了。打豆浆的时候，周雨晴心里还老想着刚才的事，不知不觉把咸盐当白糖放进去了。

正大又练了几遍，觉得差不多能背下来了，才出来。周雨晴已经做好了饭，催促正大赶快趁热先吃，她给好好洗脸去了。正大一口把碗里的豆浆喝下去大半，才觉得滋味儿不对，回头找周雨晴算账。周雨晴开始还不承认，可尝了一小口立即成哑巴了。

大半碗咸盐水倒进肚子里，让正大一直觉得嘴里发干，临走时还把桌上的一大杯水喝下去了。正大到了电台，一个劲儿咳着，嗓子已经岔了音。众人围着正大，问他嗓子怎么突然就这样了。正大说了早晨的事。老宋说齁的，肯定是齁的，让正大赶快多喝水。吕总监感觉奇怪，说吃盐也不能齁成这样，他担心马上就要开始竞聘演讲了，正大这样怕是登不了台。

大家正七嘴八舌地说着，正大的手机响了，是周雨晴打来的。正大还没说话，里面就传出周雨晴的哭声，正大吓坏了，哑着嗓子问她怎么了，周雨晴哽咽着说，正大早上喝错了东西，那杯水不是水，是自己往身上抹的减肥药水，让好好给倒进杯子里了。

正大去医院折腾了一通，总算没什么大碍，跑到医院来的周雨晴哭着直跟他说怨自己，耽误正大竞聘了。正大不愿搭理周雨晴，一个人走了，周雨晴跟在后面，提醒正大去跟领导说一说，这毕竟是意外，应该再给他一个机会。正大哑着嗓子骂周雨晴："滚蛋！"

等正大回到台里，竞聘演讲已经结束了。吕总监告诉正大，没参加演讲也不要紧，说正大这个情况比较特殊，演讲稿老宋代替正大读过了，让正大放心，说这次竞聘完全是公开、公平、公正的。

正大落选了，上去的果然是老宋。这个结果正大早就想过，可当真正面对的时候，还是不愿意接受。他更后悔的是当初就不该去报那个名，不报起码还能落下个清高脱俗的美名，这下好了，光腚推磨——转圈丢人。

不少人跑来劝他，为他抱起不平，说老宋算什么，就半夜卖个壮阳药，凭什么就起来了，不就是天天给领导送几个野菜包子嘛。

"野菜包子？"正大没听明白。

"怎么？你不知道呀？老宋经常给咱们女台长送野菜包子，说是他妈包的，领导还真好这一口，没被糖衣炮弹击中，竟然让几个野菜包子给包进去了，简直是可笑。"

"早知道咱也送野菜包子去。"正大开着玩笑。

"咱不行，咱的妈不会包。"同事幽默起来。

“他妈也不能包呀。”正大想起来，老宋他妈一直在乡下住着，怎么可能天天给老宋制作野菜包子。

同事笑了，告诉正大，老宋送的野菜包子都是从小胡同的包子铺里买来的，有一回恰巧自己碰上了。正大埋怨同事，早告诉他这个秘密，他也给女台长去送了。同事知道正大是开玩笑，说送野菜包子这种事也得分人，“不同的人送，会有不同的味道。老兄，人家送的不是包子，送的是机会。送包子是假，趁送包子和领导唠唠感情才是真，说不定什么时候还在领导面前打个小报告什么的。”

正大表示同意，说：“那我们得认，因为老宋的包子对领导的胃口。”

跟同事兴高采烈扯了一通闲篇儿，正大像是把这件事放下了，心里其实还是觉得窝囊，找了个借口提前走了。半路上，老宋给他来了个电话，大意是说没想到自己能上去，觉得挺对不住正大，正大打着哈哈，说咱哥儿俩谁上去不一样，恭喜了一通老宋，挂了电话。

刚进家门，周雨晴从屋里出来，看见正大一脸的官司，周雨晴问他怎么了，正大没回话，径直进了屋里，关上房门。正大躺在床上，手机又响起来，响了半天，正大才接了，这回来电话的是吕总监，说本来想当面说说竞聘的事，听说正大不在，就打个电话。正大半真半假地说吕总监日理万机，就不用您老人家关心我了，放心吧，不管地主老财掌权还是资本家说了算，我都一样扛活。吕总监说这时候你还能跟我耍贫嘴，我就踏实了，正大，这次竞聘的因素太多了。正大不想听吕总监说下去，说不用安慰了，我没事，老宋创收多，这个副总监该是他的。放心吧，我会支持他工作的。就挂了电话。

周雨晴推门进来，显然她在外面听明白了大概的内容，她想安慰正大：“当不上就不干，有什么了不起的。”

正大火了：“你还说？要不是你，我能连演讲台都没登上就出局吗？”

周雨晴不语。

正大还不算完：“一天到晚臭美，这回把我暗害了，你就解气啦！”

周雨晴委屈地哭起来：“我这么臭美你都不要我，要是我成了黄脸婆，你还不知道能怎么样呢。”

正大心软了，摆着手："得了得了，我就这个命，要怨就怨我自己。"

周雨晴倒了杯水给正大，正大犹豫了下，还是接过去。周雨晴骂了一通领导有眼无珠，又劝正大想开点儿，平时你干了多少活还能一样样去跟领导说？借这个机会摆一摆，让领导心里有个数，不是挺好嘛。正大抱怨平时活没少干，听众基础不差，收听率也靠前，民主评议的时候得票也在前面，怎么想怎么觉得不公平。周雨晴说不要以为你能力强、人缘好，官位就一定是你的，得票第一和倒数第一是有差距，可与倒数第二就没什么差别了。要用谁，还不是领导一句话的事。

正大想起野菜包子的事，就说："你懂什么。"

周雨晴说："我不懂？我怎么着也在国营单位的大机关待过几年，领导的那点儿花花肠子，我看得比你明白。"

正大想起竞聘前吕总监对自己的暗示，更觉得是在忽悠自己。周雨晴对正大的天真很是不屑："你还真以为领导是金口玉言？不过是哄着你给人家抬轿子罢了。你是群众基础好，可和你好的人，是关键人吗？关键人是领导，是在关键时刻能给你说上关键话的人。你从来不在领导面前排队，领导用你才怪呢。"

正大不语。周雨晴更来劲儿了："开始你要竞聘的时候，我就觉得十有八九没戏。因为，你根本就不是当官的人。"

正大说："我怎么就不是当官的人了？难道当官的人一出生脑门上就带了个'官'字？"

周雨晴得意地问："你就不想听听自己为什么不是当官的料吗？"

正大反感周雨晴拿架子："你愿说不说！"

周雨晴说："看看孙权和周瑜，你就知道了。当官不娶美女，娶美女不当官。人家孙权没娶美女，当了皇帝。可那个周瑜娶了美女，也当了官，一辈子却过得磕磕绊绊。红颜祸水啊！赵正大，要是你想当官，往后就少往美女堆里凑，更别动不动就合影，这可都是当官的绊脚石！"

正大反应过来："你简直是一派胡言！"

"仅供参考！"周雨晴转身走开。

二十三

蔡亮开车路过面馆，远远看见正果坐在门口晒太阳。他把车停下，犹豫了一会儿，下车走过来。正果看见蔡亮，迟疑着站起身。蔡亮一喊她，正果转身要回店里去，门口堆放的啤酒箱子绊了她一下，正果摔倒在地上。蔡亮忙过来拉起正果，问她摔痛了没有。

周雨晴从店里出来，一见是蔡亮，火就冒出来了："你来干什么？"

蔡亮慌乱地说："我正好路过。"

周雨晴数落了蔡亮几句，还是把他叫进了面馆，让他跟正果多说说话，回忆点儿过去的事情。正果坐在桌前，看着蔡亮，蔡亮被盯得有点儿发慌，低声问正果是不是还记得自己。正果没有回答，朝他笑了下。

周雨晴过来，问蔡亮要不要吃碗面。蔡亮说刚吃了早饭，不饿。周雨晴拐弯抹角地说，这都该吃午饭了，你还才吃早饭。你现在过得好啊，小车开着，公司办着，睡觉睡到自然醒。我们家正果命苦啊，没摊上个好对象，一有病人家就不要她了，到手的五百万也悄没声地叫人家拐跑了，现在是叫天天不应叫地地不灵，连个说理的地方都找不着。

蔡亮一时不知道如何应答。周雨晴越说越来气，已经忘了叫蔡亮进来的本意，她让正果好好看看蔡亮，"把他记到骨头里去，这辈子、下辈子都别忘了他！"

正果不解，问嫂子为什么，周雨晴说："到时候嘎巴嘎巴嚼碎他。"

蔡亮让周雨晴说得毛骨悚然。

大顺子推门进来。正果一见大顺子，顿时喜笑颜开，拿着一张画像，又指着蔡亮。大顺子看看画，又看看蔡亮，明白过来。蔡亮起身往外走，大顺子追出去，拦下蔡亮。

蔡亮问："你干什么，你是谁？"

大顺子说："别管我是谁，找个地方，咱俩掰扯掰扯。"

蔡亮说："我不认识你。"

大顺子说："掰扯完了就认识啦。"

大顺子早就从周雨晴嘴里知道了当年五百万的事情，他觉得正大一家人没能从蔡亮手里要回五百万，是因为方法不对，不懂得"酒后吐真言"这个简单的道理。他觉得想要让蔡亮承认这件事，说实话，就必须把蔡亮灌醉。大顺子把蔡亮拉到一家酒店，跟蔡亮称兄道弟地喝了起来，结果蔡亮没醉，他先醉了。

晚上，周雨晴在面馆收拾正果的东西时，发现正果的背包里多了两万块钱，她问正果是哪儿来的，正果摇头，周雨晴想了想，推测这两万块钱十有八九是蔡亮给的。回家把情况跟正大一说，正大让她把钱退给蔡亮，周雨晴犹豫了，分析道："他凭什么给这么多钱，我琢磨来琢磨去，琢磨出一个理由，肯定是他心虚，觉得亏欠正果，所以就用这钱来给他自己赎罪。这三年，五百万的利息也不止这两万呀，不行，不能这么便宜了他。"

正大说："你说的这些都是瞎猜，没有证据，人家的公司是五年前开的，公安局都说他没有事，你再瞎折腾，就成敲诈了。"

周雨晴说："公安局没破的案多了，也不能他们说什么就是什么。蔡亮要是心里没有鬼，能平白无故拿出两万块钱？他肯定是干了对不起正果的事。"

正大认为周雨晴有一句话说得对，那就是蔡亮觉得有对不起正果的地方。周雨晴不认同正大的看法，她觉得正果受伤的时候蔡亮都不管，现在来管什么。"天下还有这样的男人？赵正大，你能不能不把你们男人往好里想呀？"

正大说："这个世界上没有那么多坏人。"

"没有？难道就让我一个人遇上了？要是没有，我的五百万哪儿去了？要是没有，我怎么就被人给一脚踹出来了？"周雨晴联想到自己，眼泪在眼圈里打着转。

正大不耐烦了："周雨晴，你能不能换个新花样？一天到晚跟个怨妇似的！"

周雨晴抹了把眼泪："我是怨妇也是你们赵家人逼的！要是过得舒心，谁愿当怨妇！"

正大没搭理周雨晴，起身回屋去了。周雨晴正在火头上，她觉得心里太多的怨恨没发泄出来，心里很不舒服，她跟过去，咣咣地敲着门："赵正大，你出来，把我的火点起来了，你怎么就跑了？你出来，你得把我的火熄了！"

屋里传出正大的声音："今天没停水，卫生间有水龙头，你自己慢慢熄吧。"

周雨晴捶着门："赵正大，你就是个混蛋！"

正义到影城干了没有一个月，就把经理惹火了。一到他的班，影城准备的小礼品就发放超量。为这个事，经理没少训斥正义，可他振振有词地辩称这叫放长线钓大鱼，是为影城培养潜在观众，他在别的公司做副总时，证明这是个行之有效的好办法。

经理蔑视地一笑："就你？当过副总？跑我这里来挣一千二百块钱，少点儿了吧。"

正义问："你说多少？一千二？明明是一千五，怎么突然就成了一千二？你还有没有点儿诚信了？"

经理说："我没诚信？我看你是不知道天高地厚。那三百块钱，是你大哥掏的，就你的水平，一千二都多！"

正义呆住了。

一听正义说不在影城干了，正大的火气就来了，无论他怎么骂，正义都不作声，等他骂够了，正义才说，自己知道了大哥每个月给他补贴三百元钱的事，"我受不了这个，我想赚钱，可我不想被人家怜悯。"正义哭了。

正大一时无语。

正义哽咽着说，他是想多挣钱，可他不光是为了自己，他是想多挣点儿给正果看病，多挣点儿帮着大哥大嫂补贴补贴家用。在这个社会上立足，没有钱真是寸步难行，没有钱连女人都嫌弃自己。他说小麦刚离开自己的时候，他还转不过这个弯来，他要脑子有脑子，要模样有模样，要嘴巴有嘴巴，幸运怎么就不往自己脑袋上砸？"我这辈子就是命不好，五百万眼看到手了，又飞了，我这辈子的运气一下被那五百万掏空了。"正义越说越伤心，呜呜哭起来。

正大说：“老二，运气不是天上掉下来的，是用脚踩出来的，是用心量出来的。听哥一句话，人活着不能没有想法，可想法多了办法就少了，没有办法比没有想法更可怕。”

正义哭着说，道理他都懂，可他的腿不跟着道理走。

正大搂着正义的肩膀，说：“哥相信你，你能行。”

正义哭得更凶了。

正义自己找了个工作，保健品推销员，可他名片上的名头很吓人——营销经理赵正义，上面还带着照片。其实公司所有业务员的名片上都是这么印的，只不过名字和照片不同。保健品的名字叫“笑百年”，据说不光促进脑血液循环，还能防治高血压、高血脂、高胆固醇。

因为很多小区都是封闭的，推销员很难进去大张旗鼓地开展工作。正义把自己工作的第一站选在了大哥家的小区。一位老人被正义天花乱坠的一番鼓动打动了：“这个名字好，儿子孝敬孝敬我，我就能笑百年，小伙子，让你们领导改个名，叫‘孝百年’！”

正义趁机赞美老人家：“还是您老有文化，风趣幽默。”

晚上，正义把当天挣来的钱自豪地拍在嫂子面前，周雨晴惊讶：“发财了？”

正义不屑地说：“这算什么发财，发财的日子还在后头呢。”

正义的手机响了，他看了看，忙接起来：“宋爸爸呀，您好您好。水电费我明天就去替你交。行，我再给你捎两盒去，对了，宋爸爸，我们公司现在买五赠一，买十赠三，特别划算。好，我明天就给您送过去。”

放下电话，正义显摆开了：“看见没，这客户都上赶着买，我不发财都不行。”

周雨晴笑了：“你张嘴就管人家叫爸，这都是从哪儿冒出来的？叫得我浑身都是鸡皮疙瘩。”

正义说：“这都是我的衣食父母，男的喊爸，女的喊妈。”

周雨晴劝正义还是别干了，这种随便叫爹叫妈的营生，一听就不是正经人干的事，现在满大街的保健品别说治病，不吃死人就算好的了。

正义解释：“人家就是这种营销模式，叫爸叫妈显得亲切。”

周雨晴说："再亲切也不能随便叫爹叫妈呀，现在多少人连自己亲爹亲妈都不愿养，何况是你们这些认钱不认人的'儿子''女儿'。"

正义说嫂子的看法纯属偏见，他们的产品是实打实的高科技，获得过国际大奖，研究者还拿过诺贝尔奖。两人正在争执，外面传来敲门声。周雨晴看了看表，有点儿奇怪，正大这时候还没下节目，能是谁来了？正义去开门，外面一个胖男人提着保健品一脸严肃地问："你就是赵正义？卖保健品的？"

正义有点儿害怕："有事吗？"

周雨晴一看这架势，就知道是正义卖的保健品惹出麻烦来了。

周雨晴其实是多虑了，来的人确实是为保健品不假，但并不是来兴师问罪的。

来人自称姓叶，经营着一家婚介所。叶老板把名片递给正义，正义接过来扫了一眼，疑惑地说，你肯定是找错人了，我没去征婚。叶老板说没错，找的就是你。正义说，我身后的女人不够一个连，也有一个排了，还用得着上你那儿去登记，真有意思。

叶老板说："是我爸让我来的。我就纳闷儿了，那么犟的老头儿，无论我买什么保健品，他都不要，买一次骂一次，说我浪费，你给他吃了什么迷魂药？一天打了好几个电话，非要让我找你，给他买这个什么'笑百年'，说我要是不给他买，就是不孝，就别登他的门了。这不，我一进门就被他撵出来了，没办法，只好来找你。"

听叶老板这样一说，正义明白过来，忙说："不是我灌他迷魂药，关键是我们产品质量好，有口碑。"

叶老板一笑："老弟，你就别忽悠我了，保健品哪个不吹得天花乱坠？"

正义害怕叶老板在嫂子家跟自己纠缠，他说："你不用七绕八绕的了，我明白你的意思，你要是想退货，我明天给你办。"

叶老板笑了，说："你这比我还着急，谁说退货了？"

正义纳闷儿了："你这都找上门来了，还不是退货？其实我和老人们都说好了，一定要根据经济条件来决定买不买，可是，这些老人劝都劝不住，非要买。”

叶老板说：“行啦老弟，人长得帅气，嘴也挺厉害，该软则软，该硬则硬，别说老人了，就是我这个明白人都让你整糊涂了。”

正义感谢叶老板对自己的夸奖，可他还是没弄明白对方的真正意图。待叶老板把话说完，他才放下心来，原来，叶老板是想邀请正义有空去他的婚介所坐坐。正义为了广交朋友推广产品，一口答应下来。

正义没想到，去和叶老板的这次见面，居然会促成自己的一段婚姻。

这天叶老板接待了一对母女，母亲叫方阿琴，一看上去就很强势，女儿姿色平平，叫丁方文，是一家中学的英语老师。叶老板让这对母女看了一堆资料，也没有对方相中的人选。方阿琴看见叶老板桌上有张名片，拿起来端详了一会儿，说这个人条件不错。叶老板伸头一看，名片正是赵正义的。叶老板心里没底，推说对方太挑。

方阿琴很自信地说：“那得看他遇到了谁。”转过脸教育女儿，“对这样的男人，要记住一点，第一次见面就要镇住他，要不然，以后就管不了了。以前，我招过一个北大的研究生，牛气得不得了，我呢，比他还牛，结果，我们那个上万人的企业，他谁都不怕，就怕我！”

叶老板恭维地说：“想不到您是国企的人事干部……”

方阿琴高傲地说：“我还是副局级待遇呢。”

丁方文不喜欢母亲高人一等的样子：“妈，走吧，我还有课。”

方阿琴没理会女儿，对叶老板说：“麻烦你现在就联系一下这个赵正义，我们现在就想见他。”

叶老板忙推托，说赵正义的条件太好，怕人家不同意见面，让方阿琴再看看别人的资料。方阿琴说我们就想看这个。叶老板又找借口，说赵正义的眼光太高。方阿琴也会接话，说我女儿就在高处，正适合他，让他来，现在就来。叶老板无奈，只好给赵正义打电话。

丁方文本身就厌恶来征婚，又听说对方眼光很高，更觉得这次相亲没有意义，便起身往外走。方阿琴追上去：“这来都来了，不差等这一会儿。”

丁方文哀求：“妈，我求求你了，你就少管我的事吧，好不好？”

方阿琴不满："你以为我愿管啊？你要是自己能找着，我还省心了。"

叶老板放下电话，对方阿琴说："人马上就到。"

丁方文不想自尊心再次受到打击，还是要走。方阿琴拉着女儿的胳膊："最后一次，妈就管你这最后一次。"

丁方文无奈，只好回来。赵正义很快就到了，很有做派地跟叶老板说："叶老板，你真会选时候打电话，刚散会还没出会议室的门，你的电话就来了。"

叶老板给双方做了引见，赵正义和丁方文都有点儿不自然，倒是方阿琴一副见多识广的派头，约赵正义去咖啡店谈谈，赵正义不好推辞，只得答应了。

三人来到咖啡店，刚一落座，方阿琴就一脸严肃地直奔主题："我不太明白，赵先生的条件这么好，为什么还要到婚姻介绍所找对象，不会是在身边找不到吧？"

正义见招拆招，把"皮球"又扔了回去："丁小姐的条件也不错，不是也来了吗？"

"妈……"丁方文觉得老妈不该这么尖刻。

"妈什么妈？"方阿琴不满地看了女儿一眼，回头对正义说，"年轻人，不会是让我点到疼处了吧？"

正义笑笑："阿姨，您真会开玩笑。我想，我们来婚介的原因都大同小异，要么是在自己的生活圈里找比较困难，要么是比较容易。我呢，属于少年得志，这个，阿姨大概也看出来了，要不然，凭阿姨的眼光，不会相中我。"

方阿琴更正："不是我相你。"

正义忙说："是，是，是这样的。我认为年少得志不是好事，现在的女孩子呀，相亲不是相人，往往是相这个人的条件，我身边的人呢，都是奔着我的条件来的，所以，我想，还是来婚介所比较好，我这个人相信缘分。"

方阿琴道："你和我女儿一样。我和你说年轻人，我这女儿一直不缺追求者，可我女儿的眼光太高，太挑剔。"

正义恭维："那我太荣幸了。"

方阿琴说："我可没说我女儿看上你了，只是和你唠唠。听叶先生的介绍，我感觉你还比较有上进心，虽然这个年龄还不能说有多成功，但当个营销主管，也是可以接受的。”

正义有些尴尬。丁方文也觉得老妈的话太过分，可又不知如何是好。

方阿琴起身，一副高高在上的神态：“人也看了，话也说了，方文，咱们走。”

丁方文不情愿地起身，正义忙递上名片。丁方文刚想去接，方阿琴手快，接了过去。正义看着丁方文：“方小姐，能否也留个联系方式？”

丁方文在纸上记了一个号码，递给正义，“这是我的 QQ 号。”

母女俩来到街上，丁方文埋怨起来：“妈，有你这样说话的吗？像审犯人似的，句句都那么刻薄。”

方阿琴说：“我是人事科长，知道怎么看人，不用你教我。”

丁方文继续埋怨：“这是相亲，又不是招工。光你跟他说了，我连句话都插不上。”

方阿琴转脸看着女儿，问：“是不是看上了？”

丁方文不语。

方阿琴其实也不用女儿回答，她也知道这个赵正义不错，可正是因为他的条件太好了，自己才要给他个“杀威棒”震慑震慑。丁方文却担心老妈一棒子把人家打跑了。方阿琴责备女儿，说她这种担心就是没经验的表现，“联系方式他都主动要去了，还有什么好怕的？回家静观其变就行了。”

丁方文埋怨老妈：“好像你多有经验似的。”

方阿琴自信地说：“妈是国企的人事科长，他只要动动嘴皮子，我就知道他心里想什么。”

赵正义回到婚介所，一屁股坐在叶老板办公桌对面，说自己真不该去客串这个婚托，赶上过堂了。叶老板嘴里说着感谢，掏出三百块钱推过来，说看样子对方是看上正义了，让正义找个借口，赶快撤退。

正义说，这才刚热身，还没正式开战呢。叶老板叮嘱，不要恋战，那女的惹不起。

正义回味着刚才的情景：“那姑娘是个老师，不像刁蛮的人。”

叶老板道：“我是说她妈。”

无意间这次客串婚托的经历，让正义觉得既新鲜又刺激，之后他又出场了几次，也都比较顺利，叶老板也没有亏待他。不做婚托的时候，正义还是推销他的“笑百年”，可没过多久，“笑百年”居然被报纸曝了光，更让人闹心的是，正大家小区里买了“笑百年”的老头儿老太太拿着报纸堵到家门口来退货了。正大和周雨晴想找回正义赶快想办法，可正义的手机一直关机，电话打到正义名片上留的那个保健品公司去，更是找不见一个人影。没办法，正大只得先把钱退给了左邻右舍。一天的工夫，家里就堆满了半客厅的“笑百年”。

周雨晴抱怨，他干点儿什么不好，去招惹这帮老头儿老太太。正大说正义也是想赚点儿钱，周雨晴说：“跑到家门口赚这昧心钱，正义是脑袋进水了。现在好了，老头儿老太太们有的是闲空，本来就闷得慌，这回倒是给他们找了个解闷的事干。”

正大为弟弟开脱：“正义根本不知道这产品有问题。”

周雨晴说：“你就护着吧，只要出事，你们老赵家从来就没错过。”

正大有点儿恼了：“有事说事，别搞连坐的把戏好不好！”

两人越吵声音越大，正果害怕地过来，凑到周雨晴身边，劝嫂子别生气，周雨晴看着正果：“你们老赵家也就正果是个好人，还这样了。”

正大气得浑身直哆嗦：“周雨晴，你不说话能死啊！”

周雨晴回敬：“能憋死！”

二十四

看了报纸上的曝光文章，正义匆匆忙忙跑回公司想问个究竟，哪知道公司管事的人早没影了，有比正义早赶回来的业务员，已经下手把值点儿钱的东西都倒腾走了，正义想把公司一把火点着的心都有。“干爸”“干妈”的电话前赴后继追来问责退钱，正义只好关机，躲到一个干房屋中介的朋友那里暂时栖身。他其实也想过回大哥家里，可又怕小区里的老头儿老太太们找他算账，他总不能把给嫂子的钱再要回来吧。在朋友那儿百无聊赖，正义上网打起游戏，顺便开了QQ，电脑右下方的小企鹅吱吱鸣叫，一闪一闪左右蹦着，正义加了对方，点开对话框，居然是丁方文。两人在电脑上聊得很轻松，全然不像陌生人。QQ里的丁方文俏皮而幽默，正义很难把她和第一回见到的那个矜持姑娘重合到一起，让正义更惊讶的是，丁方文居然主动约他去公园见个面。

真在公园里相见了，丁方文又恢复了原来的矜持，正义没话找话，才没出现冷场。不过让正义没有想到的是，丁方文要请他去家里吃晚饭。见正义为难，丁方文说，这其实是母亲的建议，正义可以拒绝。正义心里矛盾，犹豫了半天，最终下了决心，说："我这个人有很多毛病，不过有一个优点，就是见了老师不敢说假话。"

丁方文纳闷儿地看着正义。

正义说自己不光不是什么公司的营销主管，现在连工作也丢了。丁方文一点儿也没有惊讶，这倒让正义感到有些意外，他越发觉得丁方文是一个本分的姑娘，实在不忍心欺骗她，干脆把自己的底细全部抖搂出来，说那一回不过是在婚介所被抓了丁。

"为什么要告诉我这些？"丁方文问。

"因为……我不想骗你。"正义回答。

"就这一个原因吗？"

"还有一个原因……"正义欲言又止。

"说吧，我能顶住，是不是想通过这个来拒绝我？"丁方文微笑地看着正义。

正义支吾着，说自己只是不想伤害一个自己喜欢的女人。见丁方文一直沉默，正义鼓足勇气，问丁方文，自己还能去她家吃晚饭吗？

丁方文望着正义："如果你认为我是一个看重你身份的人，就不必去了。"

虽然丁方文不让正义买什么礼物，正义还是捧着一大束淡雅高贵的狐尾百合出现在方阿琴面前。方阿琴显然很喜欢正义带来的礼物，接过那束狐尾百合时，还有了些小小的激动。这一辈子，方阿琴虽然做的是枯燥的人事工作，出现在别人面前时，也总是认真刻板的形象，可在她心底的一个角落里，其实一直贮藏着一点儿小小的浪漫。她曾经无数次试图改变自己在外人眼里的印象，可严肃得年头久了，她已经养成了习惯，哪一回真的尝试着卸下坚硬的外壳，倒是把别人吓着了，以为自己做了什么不该做的事，说了什么不该说的话。工作的那三十多年里，看着单位里哪个女人在生日里收到了鲜花，方阿琴都会心生羡慕甚至妒意，尽管她知道下班回家后，丈夫老丁会做上一桌子的好菜等着她，她还是不满足，回到家总是会莫名地生出些事端，把本来高高兴兴的老丁和女儿弄得都不痛快了，她才又觉得后悔，却已经覆水难收。

正义的一束狐尾百合打动了方阿琴，让她短时间内丧失了斗志，直到老丁把一桌子佳肴摆上桌子，方阿琴才正常起来。几轮盘问下来，正义已经溃不成军，开始冒起冷汗来了，方阿琴把丁方文拉到一边，说怎么看正义都不像是个干过企业管理的干部。丁方文辩驳只要人好就行，这比什么都重要。方阿琴不愿听了，说你爸倒是人好，却窝囊了一辈子，跟着这样的人过日子，委屈死都没地方哭，她不能让丁方文再走自己的老路。见丁方文不买账，她紧紧盯着女儿："你是不是看上他了？是不是就因为他帅？"

丁方文低声争辩："帅也不是什么错。"

方阿琴道："帅有个屁用，搞不好还不是被卒子给吃掉啦！"

母女回到饭桌前坐下。正义看到丁方文闷闷不乐，心里更没底了。老丁倒是挺热情，一个劲儿地让正义吃菜。从一进家门，正义就看出来了，在这个家里，方文他爸并没有什么地位，充其量就是一面旗帜，但方阿琴却是风，旗随风动，方文他爸只有受命听令的份。

方阿琴又开始审问起来："小赵呀，你们公司在什么地方呀？老总是谁？我做国企人事科长这么多年，或许能认识。"正义彻底慌了，方阿琴乘胜追击，"小赵，我虽然不信算命的，但当了这么多年人事科长，阅人无数，所以在职场里，也算是一个会看面相的半仙。"

正义彻底被打败了，只得乖乖交了实底。丁方文见此情景，忙帮正义开脱，说自己早就知道了正义的情况。没容方阿琴再说什么，正义只有灰溜溜撤退的份了。老丁和丁方文都抱怨方阿琴太过分了，方阿琴说要不是自己火眼金睛，就让他赵正义阴谋得逞了，到那时候，老丁和女儿一定跳楼的心都有。老丁发表自己的看法，觉得小伙子不错。方阿琴说：“不错？就长了一副好皮囊，这一点你俩倒是物以类聚，对上眼了。”见丁方文跑出去追正义了，方阿琴大怒，把那束盛开的狐尾百合扔出了窗外。

丁方文追上正义，连说对不起。正义满脸愧疚道：“该说对不起的是我，是我骗了你们。”

丁方文让正义别生气，说她妈就那个脾气，强势了一辈子，改不了了。正义说你妈没错，是自己不好，他掏出三百块钱，硬塞给丁方文，说是自己挣她的中介费。

丁方文回到家，怨恨地盯着方阿琴。方阿琴感觉自己有点儿气弱，嘴却依旧硬着：“追呀，怎么不追啦？我还以为你不回来了。”

“我乐意！”丁方文摔上门，进了卧室。

方阿琴追到屋门前，朝里面喊着：“我还不是为你好？你知不知道好歹呀，我的好心怎么就得不到好报？”

正义不会想到，他虽然逃离了丁家，可自己的一家人还是会和方阿琴产生交集。

方阿琴退休以后，虽然拿着不菲的退休金，可现在这个年纪就待在家里养老，对她来说无异于一种折磨。到外面做家政、保洁这类的工作她当然不会去，家里人也不会答应她去，何况她出去干活也不光为挣钱，“发挥老同志的余热”这种话对别人来说可能有点儿嘲讽的意味，但是在方阿琴看来，自己的一身余热如果不奉献给国家、回报给社会，的确是心有不甘。

借着国有企业前人事科长这杆大旗，看中方阿琴的还真有人在。经过一位老同学的介绍，方阿琴这天上午接到了人民路街道的邀请。打电话的人自称是主任，说话很客气，恭维了一通方阿琴之后，说请她去做些管理工作。方阿琴很矜持，说自己退休后，一直有不少单位要返聘她，但她这个人做事认真，不想去挂顾问之类的虚职，不过，街道这些婆婆妈妈的事情，好像也不太适合自己这个国企人事科长。主任说，婆婆妈妈的事情街道确实不少，但还是会发挥方阿琴的长处。方阿琴这才表态，说可以考虑考虑。

其实也没有什么可考虑的，第二天方阿琴就走马上任了。一位姓齐的女干事将一个记录本交给方阿琴，介绍说最近社区居民对有人哄骗老人购买假冒伪劣保健品的事意见很大，希望她调查一下。齐干事张嘴闭嘴直管方阿琴叫“大姐”，方阿琴有点儿不高兴，说：“齐干事，以后称呼我‘方专干’，不要‘大姐大姐’地叫，不严肃。”

齐干事脸上有点儿挂不住，可还是连连点头。方阿琴听说社区里有住户也参加贩卖保健品，问齐干事为什么不向公安机关或者工商局报案。齐干事回答，这事说起来比较复杂，那些保健品都是老头儿老太太主动买的。报纸上只是对保健品的销售方式提出质疑，也没说明白到底应该怎么办。

方阿琴和齐干事交流了一番，终于弄明白了，卖保健品的人居然就是赵正义。听说赵正义一直居无定所，三天两头住在他大哥家里，方阿琴暗暗庆幸，多亏自己明察秋毫，没让女儿和赵正义交往下去。方阿琴回头给女儿打了电话，把赵正义的悲惨处境添油加醋描述了一番，以证明自己的决定是多么英明正确。

在原来的同事家里打了几天游击，赵正义还是回到了大哥家，一见堆了半客厅退回来的保健品，正义就知道黑锅又让大哥和嫂子背上了。他埋怨大哥不应该多管闲事，东西又不是大哥大嫂卖的，他们凭什么到家里来退货，那是公司行为，账不能算到个人头上，更不能有株连九族的道理。正大本来还没想怎么说正义，事情既然出了，说再多的废话也不顶用，何况事情就摆在眼前，弟弟也应该什么都清楚了，可听正义还巴巴地说出一堆歪理邪说，正大的火气一下子就被点着了：“你说，都在小区里住着，你骗了人家，人家不上这儿来找上哪儿找？你说你干点儿什么不好，骗老头儿老太太，说好听点儿，这是保健品，说句难听的，这就是一堆垃圾！”

正义反驳：“什么垃圾？你不懂就别瞎说，这是生物产品，功效是潜移默化的，哪能一天半天就看出来？”

正大说：“我不管它是高科技还是垃圾，一大早，老头儿老太太都堵到家门口了，我不退货人家就不走，你说我怎么办？”

正义哑巴了，半天，抽泣起来。看到弟弟的样子，正大有点儿后悔刚才的话严重了。

周雨晴一直坐在屋里听着兄弟俩的对话。客厅摆了那么些退回来的垃圾，周雨晴也生气，那么一堆破东西，扔不能扔用不能用的，给人添的都是邪火，为这个事她一天能跟正大嘟囔好几回，正大要么不吱声，要么就干脆走开。刚才听见正义回来，她本来也想找正义算账，泄泄肚子里的火气，可正大不让她出头，她想想也是，人家是自家兄弟，说重了说轻了转眼就过去了，自己这个名不正言不顺的前嫂子确实不好张嘴，人家要是来上一句“你算哪根葱”，还不直接把她顶到南墙上去了？

在屋里听着正义哭起来，周雨晴不好不出来了，她叫正大赶快把东西收拾收拾，扔出去得了。等正大真开始收拾起东西了，周雨晴又觉得心痛，那可都是钱呀，她说要不然就自己吃了吧，送点儿给老妈去也行，管怎么着比扔了强。正义也不让扔，说回头再想想办法，或许能卖给别人。正大朝着两人发火：“你俩是不是要等真吃出人命才能老实了？”

周雨晴和正义不吱声了。

谁都没想到，第二天一大早，方阿琴找上门来了。开门的是正义，一见到方阿琴，正义的脑子当时就短路了。方阿琴怒视着正义，说：“没想到，你不但骗情，还骗钱，真是财色兼收呀！”

正大听得一头雾水：“正义，到底怎么回事？”

方阿琴看着正大：“你就是他哥赵正大吧？”

正大点点头。方阿琴拉着脸，一副官腔：“亏你还是电台的主持人，你这个大哥怎么当的？怎么教育弟弟的？在社区，他拿保健品忽悠老人；出了社区，他就跑到婚介所去骗财骗色！”

正大对弟弟还是了解的，说弟弟干婚托骗财骗色，打死他也不相信，他说：“您是社区干部，不能这么说话。他要是做错了什么事，你指出来我批评教育他，这都没问题，可你上来就劈头盖脸扣了这么多帽子，是不是有点儿侮辱人啊。”

“侮辱？这也算侮辱？他做的龌龊事情，都能玷污‘侮辱’这个词！卖假保健品，这事有吧？干婚托和我女儿相亲，这事有吧？觍着脸到我家蹭饭吃，这事有吧？要不是我发现得早，还不知道会发生什么后果呢！”方阿琴滔滔不绝地声讨着正义的罪状。

正大吃惊地看着正义，正义红着脸尴尬不语。方阿琴更是来劲儿了：“看见没？不作声了吧？心虚了吧？他不就仗着有个在广播里胡说八道的哥吗？我告诉你，赵正义，你哥胡说八道我管不着，但你胡作非为我就得管！”

周雨晴根本没把方阿琴放在眼里：“你以为你是谁呀？跑到我们家飞扬跋扈来了！”

方阿琴见周雨晴不好对付，还是抓着正义不放，并声称要去电台找正大单位反映情况。周雨晴看出方阿琴是在吓唬正大，周雨晴说你愿去就去，谁也没拦着你。方阿琴和周雨晴唇枪舌战了半天，头都大了，也没镇住周雨晴，到后来还是正大压住了周雨晴，才让方阿琴有了台阶可下。

方阿琴走了，周雨晴的气还没消，她抱怨正大和正义，哥儿俩那点儿出息，连一个社区大妈都摆弄不明白，说正大也就对她有本事，见了外人，就是烂泥。正义说事已至此，再说也没意义了，谢谢嫂子出手相助。正大听周雨晴这样嘲讽自己，本想发火，听正义这样说，还是忍住了。

傍晚，方阿琴下班回家，神采飞扬地向老丁介绍工作成绩：上班第一天，大家就对她刮目相看，这么棘手的一件事，她迎刃而解。老丁说正义看上去不像个坏人，别抓住人家的小辫子不放，列宁都说年轻人犯错误上帝也能原谅。方阿琴挖苦老丁是非不明，赵正义骗财骗色的事都做出来了，不说十恶不赦，也是可恶至极，他要是真把丁方文骗到手了，自己的女儿还不得一辈子水深火热。

听到母亲炫耀大闹赵家的丰功伟绩，丁方文和方阿琴吵了一通，最后还是以她的失败告终。长这么大，在丁方文的记忆里，她和父亲从来没有说服过母亲的时候，即使有的事情方阿琴明明做错了，她也能言之凿凿地狡辩出道理来。这些年，父亲更是处处让着母亲，根本没有一点儿原则。丁方文有时候就想，武则天和慈禧当政的时候飞扬跋扈的样子她没见过，大概也不过是母亲这样吧。

跟母亲吵完了，丁方文觉得应该给正义打个电话，替母亲赔个不是，电话打了几个，正义都没接，丁方文便在QQ上给正义留了言，却还是不见正义回应。方阿琴和女儿吵完，觉得女儿还是没有看清正义的狰狞面目，她有义务彻底撕下正义的画皮，让丁方文从噩梦中醒来。方阿琴推门来到女儿房间，心平气和地说："赵正义有多危险你想都想不到，要是以貌取人、以名字取人，你就是这个江湖骗子的牺牲品。"

丁方文不想再听母亲自以为是的"真知灼见"，干脆一走了之。

谁都没想到，丁方文居然会来到正大家里找正义，而她在小区里向其打听路的人正是周雨晴。周雨晴不知道丁方文是方阿琴的女儿，满心里光想着这姑娘看上去比小叔子稳重，是个过日子的人，便兴高采烈地把丁方文领回了家。等两人上楼进了家，正义躲都没地方躲了，只得藏在里屋。

丁方文见正义不在家，要告辞，周雨晴连忙挽留："别呀，来了就坐会儿，咱姐妹俩说说话。"

丁方文只好又坐下。周雨晴倒了杯水，放在丁方文面前："英语老师好，吃香，给学生补课还能挣外快呢。等以后，我们家好好上学就找你啦。"

丁方文笑笑。周雨晴问："对了，你父母是做什么的呀？"

丁方文说："我爸是技校的老师，我妈退休了，以前是国企的，做人事的。"

周雨晴很高兴："是吗？那你们家住的房子挺大的吧？"

丁方文点点头："还行吧。"

周雨晴笑笑："什么叫还行？比我家大吧？"

丁方文也笑笑，点点头。

周雨晴不停地夸着正义，说正义不光脑瓜机灵，心眼还好，有女人缘，不过，可不花心。

正义听嫂子这么夸自己，偷偷笑了。丁方文又坐了一会儿，说上午还有堂课要上，起身告辞，周雨晴不再挽留，送丁方文下楼："弟妹，那你以后常来呀。"

送走丁方文，周雨晴朝里屋喊："赵正义，出来吧！"

正义不好意思地出来，周雨晴说你藏都不会藏，门口的鞋摆在那儿呢。赵正义说丁方文才没有那么多鬼心眼。"那我有鬼心眼了？"周雨晴抬手佯装要打正义，正义忙道歉，说嫂子这叫有心计，周雨晴说拉倒吧，我要真有心计，就不能叫你哥耍到现在了。一说到这个事，正义就替大哥觉得对不起嫂子，情绪也跟着低落下来。

周雨晴说，还是说说小丁姑娘吧。正义忙更正，说丁方文根本不是自己的女朋友。周雨晴不高兴了，她觉得丁方文挺好，比那个小麦强百倍，问正义为什么躲人家。正义支支吾吾不想说出实情，只让嫂子别管自己的事。周雨晴说你也不小了，能找到这么个上赶子追你的姑娘不错，人家还是正经的英语老师，到啥时候都饿不着，光是给学生补个习，也能发家。正义一想起方阿琴，就感觉难在嫂子面前开口。周雨晴见正义有心事，便说："你是不是觉得自己配不上人家？没事，你哥当初追我不也追成了？你连你哥的勇气都没有？"

正义笑了。周雨晴说："笑什么笑？当初，追我的人多了去了，我连夹都不夹一眼。"

正义点头："是，嫂子现在也挺好，要不是有我哥在，追你的人也不少，现在不是还有个二孟吗？"

周雨晴假装生气："嘿，还敢拿嫂子寻开心啦。说吧，看没看好人家这姑娘？"

正义沉默了。周雨晴说："肯定是看好了，要是不看好，你早蹦出来撵人家走了。这事你得上点儿心，抓住了就别放，要不然你会后悔一辈子。"

正义叹息一声："哪这么容易……"

周雨晴说："人家大姑娘都送上门来了，你还想怎么容易？"

大顺子三天两头来面馆看正果，也觉得有些不好意思，总说路过这里。这一天过来，他显得理直气壮，说南郊有个神医，有治脑子的偏方，建议带正果去看看。周雨晴觉得大医院都治不好，这种巫婆神汉怕更不靠谱。大顺子说偏方真能治大病，还举了一大堆例子，周雨晴让他说得有点儿动摇了，不过还是觉得这件事应该跟正大商量商量。

晚上，正大下了节目，上了大顺子的车。正大发现大顺子今晚跟往常不同，情绪高涨，话特别多，正大就跟他唠扯起来。一说才知道，大顺子特种兵转业以后，被一个老板雇去开车兼当保镖，收入还不错，当时他谈了个女朋友，爱他爱得不行，可让大顺子没想到的是，后来女友居然跟老板勾搭上了，一气之下，大顺子打了老板。

正大问："现在是不是还恨那个女孩？"

大顺子说："当时恨，恨不得拿刀捅了她。后来想想，不值。"

正大说："那就对了，你要是到现在还恨她，说明你还爱着她。"

大顺子说："对，你说得对。不过，从那以后，我就特别恨那些有钱人，这些人就知道轻视没钱的，他就不知道，人生下来其实是一样的，他兜里钱多一分，别人的钱就少一分，如果你有钱了，能给人个笑脸，没人会嫉妒你。可他们有钱了，却不这样，他们拿钱去轻视别人，这社会的不公平就是从轻视开始的。"

正大说："你说得挺深刻，那现在，有没有遇到合适的女朋友？"

大顺子犹豫了一会儿，才说："就我这样的，看好别人，别人也看不好我啊。"

正大说："除了脾气楞点儿，你人不错。"

大顺子笑笑，随后一本正经地说："大哥，有句话不知当说不当说。"

正大说："你客气什么，说吧。"

大顺子说："我感觉嫂子真不错，多贤惠呀，尤其是对正果，那真是好啊，这样的女人，天下难找。"

听到大顺子议论自己的家事，正大有点儿不高兴。大顺子看出正大的脸色铁青，也就知趣地闭了嘴，这一路上，两人再没有话。

正大回到家，周雨晴便把大顺子建议正果去南郊看神医的事说了。正大一听就烦，骂周雨晴和大顺子一样愚昧。周雨晴说人家也是好意，你这是好赖不知。正大说："我就纳闷儿了，他在我面前说你的好话，你在我面前说他的好话，他是不是到你面馆吃饭不花钱，让你给收买了？"

周雨晴一听就来了气："你这是什么混蛋话？几碗面条就能买一个人的心？那你天天去吃，我天天免费，看你在背后能不能说我句好话！人家说我好，那是因为我做得好。我看你也就是井底的青蛙，以为自己什么都明白。你出去访一访，谁不说我周雨晴善良能干！"

正大冷笑一声："你好，五分！"

跟正大吵了一通，周雨晴发誓再不管正果了，再管她就不是人，可第二天一看见正果楚楚可怜的样子，她就把头天晚上发过的毒誓忘了。大顺子办事特别认真，居然很快就联系好了南郊的神医。周雨晴犹豫了，正大没同意，自己带正果去，怕有些不合适。大顺子说先去看看，就是把把脉，神医要是说得不对，咱就回来，也不损失什么。周雨晴本来想拒绝，经不住大顺子一再劝说，便答应了。

神医给正果看完病，开了一大包中草药，也没要几个钱。从神医家里出来，周雨晴跟大顺子说，这个神医是有两下子，把正果的病情说得头头是道。大顺子很兴奋，说要是按神医说的来看，正果这病很快会好起来。

趁周雨晴去方便的工夫，大顺子带着正果在村边的山坡上采了一大把野花，正果捧着野花眉开眼笑，大顺子问正果："要是你的病治好了，不能想起蔡亮，忘了顺子哥吧？"

正果没理解大顺子的话，摇摇头。大顺子说："正果，你要是能天天这么高兴多好呀，无忧无虑的。我呀，既盼着你病好了，又怕你真好了，你要是想起太多的从前，就会瞧不起我了。"

正果一脸茫然。

大顺子说："哥这么说是不是太自私了？那好，哥不自私了，还是让你好起来，至于其他的，哥听天由命。"

周雨晴怕抓的草药拿回家让正大看见，就在面馆里熬好了，晚上临睡前哄着正果服下。没想到睡到半夜，正果痛得哭醒了，周雨晴吓坏了，只得跟正大说了实情。正大一听就火了，说正果要是有个三长两短，他会跟周雨晴没完。正果虽然痛得直不起腰来了，一看大哥骂起嫂子来，还是护着嫂子。周雨晴哭了，说自己该骂。正大和周雨晴手忙脚乱把正果弄到了医院，医生做了处置后，说没有什么大碍，两人才放下心来。回来的路上，周雨晴像做错事情的孩子，低声下气地解释，自己也是为正果好，才信了大顺子。正大骂周雨晴糊涂，说大顺子就是一个开出租车的，他懂什么，你们俩愚蠢到一起了。

二十五

丁方文正在备课，接到方阿琴电话，说她同学的儿子才从海外回来，让女儿中午出来跟那位海归见个面。丁方文谎称有事，就把电话挂了。丁方文从办公室出来，躲到操场给正义打了个电话，约他中午出来吃饭，正义爽快地答应了。中午，丁方文从学校出来，惊喜地看见正义已经在门口等着她了。正义问丁方文想吃什么，没承想丁方文却说要去周雨晴的面馆，见正义有点儿犹豫，丁方文说她最爱吃的就是大肉面，何况还有帅哥作陪。

正义笑了："你这哪像老师啊，太不严肃啦。"

丁方文也笑了："老师就该板着八股脸啊？"

正义说："关键在你妈的眼里，我是大灰狼，你就不怕我吃了你？"

丁方文说："羊就是用来喂狼的。就算你是条狼，也顶多是灰太狼。"

正义说："丁老师不会说自己是红太狼吧？"一句话说出来，丁方文的脸有点儿红了。这期间，丁方文的手机响了三四次，都是方阿琴打来的，丁方文都没有接，后来干脆关了手机。正义问她怎么不接，丁方文说是老妈安排相亲的电话，正义表扬丁方文，说那是不应该接，要不然就关乎道义问题了。两人说说笑笑间，到了面馆。

中午正赶上饭口，面馆里挤满了人。周雨晴看见正义和丁方文来了，有点儿意外，埋怨正义不提前打个招呼。正义指着丁方文，说丁老师喜欢搞突然袭击，他也被打了个措手不及。正果对二哥领来的姐姐觉得好奇，可丁方文一跟她说话，她又躲到了正义身后。店里吃饭的人多，正义自己跑到后厨去安排饭食了，周雨晴一边忙着接待顾客，一边忙里偷闲和丁方文唠扯上几句，赶上周雨晴忙不过来了，丁方文也帮着搭把手。忙得差不多了，丁方文也该去上班了，匆匆吃了碗正义端来的大肉面，两人就走了。周雨晴觉得挺过意不去，一再跟丁方文表达着歉意，正义让嫂子别客气了，反正都是一家人。周雨晴和丁方文都知道正义是在开玩笑，可两人还是都挺受用。

方阿琴下班回家，一进门就对老丁发起火来，说都怨丈夫把女儿惯坏了，中午的相亲居然把自己和对方都给耍了，害得她差点儿犯了心脏病。老丁忙替女儿找理由，说她一准是有事。方阿琴大喊道："能有什么事？她就是故意给我难堪！人家那可是海归，百里挑一，这种人上哪里找去？"

老丁劝着方阿琴，可越劝方阿琴火气越大，就像丁方文没去是受了老丁的指使一样。老丁看她的火气出得差不多了，才去厨房做饭，一个菜刚炒上，方阿琴又抱怨满屋油烟味儿，指责老丁为省几个电费不开油烟机。方阿琴去厨房开窗，竟然发现丁方文和赵正义站在小区门口，两人拉着手难分难舍。方阿琴的火气一下子蹿上来，转身朝外面跑去。老丁不明就里，追问方阿琴要干什么，方阿琴也不回答，跑下了楼。

老丁疑惑地跑到窗前，朝楼下张望，看见方阿琴朝小区门口跑去，再往远望，一看见丁方文和正义，就知道坏事了。他扯着嗓子喊女儿，丁方文和正义像是听到了什么，朝楼上望去，果然看见老丁趴在窗户上挥舞着手臂。丁方文反应过来，忙推着正义快走。

正义转身要跑，方阿琴的喊声已经追了上来，正义不好再跑，只得面对方阿琴的羞辱。任凭丁方文怎么劝解，方阿琴还是痛骂了一通正义，警告他以后再来骚扰方文就跟他没完。丁方文红着眼圈求方阿琴回家去，方阿琴呵斥女儿，不光丢了自己的脸，还把她的脸也丢了。正义实在看不惯方阿琴这样跋扈，就说："阿姨，你怎么说我都可以，希望你不要这样对方文！"

方阿琴笑正义摆不正自己的位置，还管起她来了，她警告赵正义，希望这是最后一次见到他，要是他再这么纠缠不休的话，就要报警！眼见着围观的人越来越多，丁方文又羞又恼，哭着往家跑了。正义实在忍不住了，指责方阿琴过于霸道，让她尊重一点儿别人，也尊重一点儿自己，愤然走开。方阿琴朝正义的背影大喊："赵正义，走到天边你也是一个骗子！"

方阿琴回到家，听到女儿在卧室里呜呜哭着，怒气更大了。老丁劝方阿琴："孩子都大了，你就给她点儿空间吧。"

方阿琴大叫："她要是有了空间，能把我这个当妈的气进骨灰匣子里去！"

正义一脸心事地刚回来，周雨晴就追着问他和丁方文的事："你到底什么意思啊，人家找上门来你不见，回头又领着去了面馆。”

正义说：“是她追得紧。”

周雨晴很有经验地说：“女追男，隔层纱，你到底还是被她俘虏了。”

正义叹息：“俘什么虏，我们俩中间还隔着个‘王母娘娘’呢。”

“谁？”周雨晴满脸疑惑。

“来家里闹事的那个社区干部。”

周雨晴一下愣了，她怎么也没想到，看上去通情达理的小丁姑娘，怎么会有那么一个绞牙的妈。正大一听是这么个关系，也有点儿发毛，劝正义还是少找麻烦，以后的日子长着呢，摊上这么个娘，不死也得脱层皮。

周雨晴做梦也没有想到，方阿琴会带着街道的人来查自己的好再来面馆。方阿琴给出的理由冠冕堂皇，扯着嗓门说是有人投诉，在周雨晴的面条里吃出蟑螂来了。正吃饭的客人一听都跑了，周雨晴立即炸了锅，质问方阿琴到底想干什么。

方阿琴平静地说：“检查！”

周雨晴骂道：“检查个屁，我看你是来找碴儿的！”

方阿琴不和周雨晴吵，让她把卫生证、营业执照拿出来。周雨晴怒斥：“凭什么给你，你不就是个社区干部吗？要检查，也是工商税务卫生检验检疫，还轮不到你头上！”

方阿琴说：“你知道我是社区干部就好，你这里，就是该我管！”

周雨晴满脸鄙夷，方阿琴说：“看把你横的，别以为有个当主持人的老公在背后撑腰，就无法无天了，别人给他面子，我可不给，我公事公办，六亲不认！”

“算了吧，还公事公办呢，我看你是公报私仇！不就是因为我小叔子和你家姑娘谈恋爱你不同意吗？拿下三烂的手段来搅我的生意，卑鄙！哎，不过这么论起来的话，咱两家还真有点儿亲戚呀，你还真算得上六亲不认啦！”周雨晴冷嘲热讽。

“你……我现在就命令你，停业整顿！”方阿琴气得直哆嗦。

周雨晴一拍桌子：“还真把自己当盘菜了，要不是看在小丁姑娘的分上，我早就把你轰出去了。还停业整顿，你等着吧，我手续齐全，哪次检查都检查不出问题来。你个社区老太太到我这里要起威风来了，我告诉你，你再在我这里闹，小心我报警！”骂完了，周雨晴抡起拖布轰走了方阿琴和她带的人。

方阿琴还不罢休，一块儿来的人劝她还是算了吧，社区没有执法权，事情弄大了，真没办法收场，方阿琴只好灰头土脸地收了兵。

赶走方阿琴，周雨晴一肚子的火气还没消，她打电话找正义算账，没想到正义正跟丁方文在一起。说起方阿琴，正义觉得丁父真不容易，居然能一直容忍下去。丁方文说你不是也要找个借口离开我吧。正义被将了军，嘴上却不肯服软，说自己平常就爱啃个硬骨头，把不可能的事变成可能。两人交流的气氛刚刚融洽起来，周雨晴就打来控诉电话了，正义嘴里赔着不是，更惹恼了周雨晴，骂他吃里爬外，这还没成人家的女婿呢，就开始代丈母娘顶包了，正义还想解释，那头已经挂了电话。丁方文光听到电话里周雨晴舞舞扎扎的动静，并不知道说了些什么，一再追问，正义又不说，只得作罢。丁方文说起母亲逼着她去跟海归相亲的事，要不去还不知道母亲会闹出什么事情来，让正义帮着出个主意。正义本来就对方阿琴装了一肚子的邪火，这回正好找到了一个出口。

相亲的地点选在一家咖啡馆，方阿琴早早领着丁方文来了，一路上，方阿琴三番五次提醒丁方文要抓住机会，别苦大仇深似的拉着脸，像人家欠她多少租子似的，说人家海归的条件要跟正义比起来，那就是天上地下，错过去了，后悔都找不着地方。方阿琴不是第一回带着女儿出来相亲了，每回的相亲活动，她都统揽全局，操控一切。这回见面的海归，人长得虽然有点儿着急，跟实际年岁差了不少，回国后却在市里一家声名远播的医院谋得了份不错的差事，且颇有前途。方阿琴显然很满意，见对方也没有反对的意思，便把丁方文的联系方式都给了海归。海归想请丁方文单独出去走走，方阿琴求之不得，督促丁方文跟海归一块儿走了。

出了咖啡馆，丁方文突然没完没了地干呕起来。海归疑惑地问她怎么了，丁方文满脸通红，一副欲说还休的样子。海归立即明白了什么，扔下丁方文跑了。

听说女儿有了怀孕的迹象，方阿琴怎么都不能相信，可丁方文言之凿凿地表示确有其事。

方阿琴喝问是不是正义干的，丁方文低下头不语。方阿琴大怒："我找他算账去！"

丁方文一把拉住方阿琴："你再折腾，我就不活了！"

任老丁怎么劝，方阿琴都咽不下这口气，她要去找正大讨个说法。丁方文急眼了，说这件事是自己心甘情愿的，怪不着正义。听女儿这样说，方阿琴气得浑身直哆嗦，抹着眼泪喊道："老天爷啊，我方阿琴要强了一辈子，到头来还是栽在孩子手里！"

老丁劝方阿琴，事情都发生了，光埋怨也不行，得想个解决的办法。方阿琴认为这是两个人的事，就得两个人解决，要是想一个人解决，只有一个办法——打掉孩子。丁方文说什么也不答应。方阿琴的态度也强硬起来，说这事就得听她的，想生米做成熟饭，小心我把你们的锅给砸了。丁方文也不示弱，说你要是再逼我，我就离家出走。方阿琴气得哆嗦起来。老丁有点儿害怕了，两头劝着两个女人，说冤有头债有主，你们俩吵个什么意思，把赵正义找来，商量个解决办法才是正路嘛。方阿琴说："跟他谈什么？要谈也得跟他爹妈谈，让他们知道他儿子作的孽！"

正义的妈早就过世了，爸还在乡下，能找的人只有正大了，长兄如父嘛。丁方文一见方阿琴来真格的了，想偷偷打个电话跟正义通报一声，让他躲起来，不料电话被跟进来的方阿琴抢了去，将了正义一军，说他要是躲起来，就不配做个男人。

正义眼见着纸里包不住火，只得把方阿琴要来家里的事跟大哥说了。正大一听弟弟没买票先上车把人家睡了，大骂正义混蛋。周雨晴倒没觉得有什么了不起，这本来就是你情我愿勉强不来的事。正大让周雨晴闭嘴，别跟着瞎掺和。周雨晴脖子一梗，当场表示，你的事我懒得掺和，可这是正义的事，只要正义喊我一天嫂子，我就得管！

正义见嫂子这个救星愿意出面，忙说嫂子你得帮我。正大有些泄气，说让她管去吧，看她能拿出什么办法来。周雨晴说办法倒是有，用了这个办法，就不存在谁对得起谁对不起谁的事了，不但如此，坏事还能变成好事。正大不耐烦了："那你快说！"

周雨晴笑笑："既然生米已经做成熟饭，那就赶紧摆桌吃饭不就得了。何况，正义和小丁都到了吃饭的年龄。"

正大问："你是说让他们结婚？"

周雨晴反问："你说呢？"

正大噎住，正义显然也没有这个思想准备。兄弟俩还在消化周雨晴的建议，方阿琴已经带着丁方文气势汹汹地杀来了。一听周雨晴和盘托出的想法，丁方文也觉得意外，方阿琴更是极尽冷嘲热讽之能事："你们可真会做美梦，还娶媳妇……房子呢？房子在哪儿？你们家是娶媳妇啊，还是嫁儿子？"

"嫁儿子我没意见。"周雨晴反应快。

方阿琴没想到周雨晴会这样回答自己，倒是正大接受不了，呵斥下周雨晴，他劝方阿琴消消气，说事情闹到这一步都怨自己没教育好正义。周雨晴听正大这样说，不高兴了，说："赵正大，别以为自己是大哥就什么事都往自己身上揽，这件事你有什么责任？要说有责任也是人家正义和小丁的事，你当大哥的能揽到身上吗？"

周雨晴的话把正大闹了个大红脸，只剩下尴尬的份了。正义忙端起桌上的水果，让方阿琴吃。周雨晴趁机虚张声势，让正义去把自己头一天买的山楂洗点儿给丁方文吃，说自己当年怀好好的时候，就是天天吃山楂。方阿琴气得脸色发紫，正大呵斥周雨晴闭上嘴。周雨晴非但没闭上嘴，还据理力争起来："我干什么闭嘴？人家大老远来了，就是为说个话。我是正义的大嫂，虽然比方阿姨晚一辈，但是我婆婆走得早，我就长嫂如母了，所以这件事就得我们俩谈，这也算是对等了，谈判不就讲究个对等原则吗？"

方阿琴拉着脸："就你？一个开面馆的个体户也配和我谈？"

周雨晴说："阿姨，你可别这么说，我是个体户不假，可我知道尊重当事人的意见。这件事是正义惹下的，正义就得负责任，这个责任我们认。"

正义马上表态："阿姨，该我承担的我肯定承担，绝不推卸，你放心，我肯定不让方文受委屈。"

“正义这个态度好，男人就得有这个态度。”周雨晴赞许地看看正义，又看着丁方文，“小丁呀，嫂子说句不知羞的实话，这怀上了，也不能全怪正义一个人，一个巴掌拍不响，你看正义都表态说要承担责任了，剩下的就得看你是怎么想的了。”

所有人都盯着丁方文。丁方文犹豫了一会儿，坐到了正义身旁，算是表明了态度。在现实面前，方阿琴败下阵来，一回家，进门就朝着老丁哭起来，委屈得不行。老丁一看这架势，就知道方阿琴还是没能力挽狂澜，他说正义这孩子不错，女儿又死心塌地，劝方阿琴就别当王母娘娘了。丁方文也跟着哭起来，说知道妈是为自己好，可是，找一个条件好的，人家未必心疼自己，就是心疼，她还不一定看着顺眼，那这日子过得要多别扭就多别扭，与其这样，还不如找个对眼的。方阿琴哭够了，叹着气说，他们那一大家子你也看到了，个个都不好惹，尤其是那个周雨晴，张嘴不饶人，还有那个妹妹，你这不是自己往身上找个累赘吗？他哥正大，天天主持那个缺德的情感节目，一肚子花花肠子，估计也好不到哪里去。方阿琴盯着女儿看，说：“方文呀，我就想不明白，你说你平时性格内向，人也老实，怎么就突然做出这么件石破天惊的事情来？”丁方文自知理亏，不敢接老妈的话茬。

事情走到这一步，方阿琴只得认命，既然拦不住了，那她就只能丈母娘和姥姥一起当了。不过，她给出了两个条件，一是要见见正义的父亲，另一个是要让正义倒插门。

正义一辈子的大事就这么突然解决了，正大还有点儿不适应。虽然他也为正义摊上这么个厉害的丈母娘感到遗憾，好在丁方文不像她妈，更难得弟弟跟小丁姑娘还算情投意合。把正义的婚姻大事解决了，自己也算了了一桩心事，往后操心的就剩下一个正果了。如果正果的病再好了，自己这个大哥的使命也就完成得差不多了。

正果的病情确实在向好的方向发展，这天看到电视上播放一个叫《兔子哆来咪》的动画片，正果突然激动起来，跑回屋里拿出一张画来，她的兔子居然跟电视上的兔子一模一样。正大想起来，这个动画片是正果原来的动漫公司制作的，里面那个兔子，正果画过。一家人都很激动，周雨晴更是兴奋地抹起眼泪，说这几年的心血总算没有白费。大家立即带着正果跑到医院，医生明确指示，这是一个难得的好迹象，要乘胜追击，多找正果原来的好朋友跟她多做交流，或许，能出现意想不到的转机。

正果原来的好朋友里，正大能想到的当然还是那个蔡亮。

正大去找蔡亮的时候，蔡亮和夏秋正在布置新房。看到正大，蔡亮有些不情愿，正大忙解释，说打电话蔡亮一直关机，找到蔡亮公司去，才知道蔡亮这一阵子在忙着布置新房。听正大讲完来意，蔡亮很为难，倒是夏秋很通情达理，让蔡亮去帮这个忙。虽然眼看着要和蔡亮结婚了，夏秋知道，正果的事，其实一直是蔡亮心里过不去的一道坎儿，现在这个机会送来了，她得帮着蔡亮把这个坎儿迈过去，没有包袱了，蔡亮也才能轻轻松松地和自己过日子。

有了夏秋的支持，蔡亮的包袱也卸下来了，和正果再见面时，就多了些轻松。蔡亮给正果画了几张动画片里的兔子，正果果然兴奋起来，蔡亮不断说着往事，正果虽然没有回应，但对蔡亮的好感却显而易见。

为了不打扰两人的交流，正大把正义和周雨晴都叫到了里屋。没有外人在场，蔡亮对正果的表达也自然多了。他握着正果的手说："你刚去广告公司的时候还给我打下手，除了在电脑上、纸上涂鸦，你还会做梦。每次，你和我去买彩票的时候，都憧憬着中了五百万以后我们俩怎么花这个钱。当时，你把我那些肥皂泡似的梦想，都画成了漫画，张贴满了我租的那个地下室屋子，满墙的别墅、花园、喷泉，还有汽车。那时候，我是真穷啊……"蔡亮说着说着，眼圈红了，"后来有一次，我们真的中奖了……"

周雨晴和正义听到蔡亮说中奖了，眼睛瞪得都要掉下来，他们希望听到更令人惊喜的消息。

蔡亮说："记得吧，正果，为庆祝中奖，我们一起跑到大排档去吃麻辣小龙虾，被辣得直流眼泪。那一顿饭，我们吃了五十三块钱，比中奖的五十块钱还多吃了三块钱。"

蔡亮笑起来，周雨晴和正义这边却泄了气。

蔡亮继续说着："那是我们中得最大的一次奖。可能是吃得不干净吧，晚上，我们俩都坏了肚子，在医院挂了一宿吊瓶，又花了二百一十六块钱，真是亏大了。”蔡亮沉浸在回忆里，紧紧攥着正果的手，正果往外抽着手。蔡亮催问：“正果，你想起来了吗？正果，你再好好想想。”

正果还是老样子，看上去一点儿变化都没有。听外面没有了动静，三个人从屋里出来，蔡亮也从当年的情形里回过神来，他遗憾地说，觉得这么做好像没有什么作用。正义按捺不住，说：“你别避重就轻，光讲中五十块钱的事，你讲讲中五百万的彩票，或许正果就想起来了。”

正大让弟弟别胡说八道，回头对蔡亮说，还得慢慢来，这病都好几年了，想一次谈话就见效果也不现实，所以，以后还得麻烦你。蔡亮显然不情愿，可又不敢拒绝。

消停了一段时间的宋天然又打来电话，约正大到两人去过的一家酒吧坐坐，见正大支支吾吾，宋天然说这回是自己求正大帮个忙，正大不好再拒绝了。让正大意外的是，宋天然居然是准备让好好给自己公司旗下的服装品牌做代言。见正大犹豫，宋天然说你要是做不了主的话，我去跟你前妻交涉，话说到这个份上，正大只得同意了。两人又南朝北国地扯了一会儿，话题不知怎么就扯到世博会上去了。宋天然叹息：“陆士谔真厉害，1910 年就预测出 2010 年能在上海浦东举办世博会，眼睛可够毒的，能看透百年。”她盯着正大，“你有陆士谔的眼睛吗？能不能看到我未来丈夫的模样？”

正大笑笑：“你想有个家了？”

宋天然点头，说：“我一直都想，可是，我不知道这个家里能住进谁。想住进来的，我看不好，我想让住进来的，人家又没想法，你说我该怎么办？”

正大说：“只有一个办法，继续找，直到找到。”

宋天然无奈地笑笑，喝下杯子里的酒，说：“估计你会这么说。”

正大有点儿害怕宋天然再在这个话题上纠缠，想抽身离开，宋天然说今天是自己生日，正大便不好走开了，埋怨宋天然不早说，自己也好准备个礼物，宋天然说：“你不是带来了吗？”

正大疑惑。

宋天然说："你自己。"

正大发窘："开什么玩笑。"

"我没开玩笑。"宋天然说得很认真。

"我……我没准备好。"正大躲避着宋天然的眼睛。

宋天然突然笑起来："你还要准备什么？"

正大沉默。

宋天然说："那你什么时候能准备好？我等着。"

宋天然拿起酒瓶，又要给自己倒酒，正大一把夺过瓶子："别喝了，你还要开车。"

宋天然说不开了，把车放在这儿，正大只好放了手。宋天然倒了酒，举起杯子一饮而尽，又倒上。

正大劝道："别这样，小宋……"

宋天然盯着正大："怎么，心痛了？"

正大没法回答，只好把头低下。宋天然苦笑着，催促正大快走吧，她自己再坐一会儿。正大欲走还留。宋天然没有得到想要的答案，心情烦乱，不耐烦地朝正大吼道："你走！走啊！"

四周的人纷纷看过来，正大浑身不自在。宋天然平静下来，淡淡地说："你走吧。"

正大走了，走得很迟疑。

夜色里，街上行人稀少。正大一直琢磨着宋天然刚才说的话，不觉走到了车站。站台旁，一对中年夫妇守着炉子在卖油炸臭豆腐，剩下最后的两串了，妇女央求正大买了吧，可以少要五毛钱，他们急着回家。刺鼻的臭味儿虽然令正大有点儿作呕，可听着妇女的话，他还是掏了钱，本来想买下扔掉算了，可看着妇女认真地在两串臭豆腐上完成的一道道工序，他有点儿于心不忍，还是屏住呼吸吃下去了。

上节目时，正大说吃这件事来："今天来上班，遭到了同事的训斥，说我制造污染，这是因为我吃了两串油炸臭豆腐。说实话，此前我一直特别排斥这种东西，觉得根本就难以下咽，之所以还是吃了，是小摊上的那对夫妻打动了我，他们急着把剩下的臭豆腐卖出去，好回家陪孩子。看得出，这对夫妻过得有些艰难，可他们却很恩爱，真的，这种恩爱，是发自内心的。他们告诉我，每天的目标是卖上三百串，卖上这个数，他们就知足了。生活对于这对夫妻来说，就是一块钱一串的臭豆腐，就是每天卖完了三百串臭豆腐，可以回家去陪孩子。”

正大讲的这个故事，无形中为当晚的节目定下了一个主题，很多来电话的听众借此抒发出对生活的感悟，这让正大有些始料未及。

琢磨了一个晚上，正大还是把有人找好好做服装品牌代言人的事说了，周雨晴本来还挺高兴，追着问能给多少钱，可后来一听说对方是宋天然，周雨晴立即炸了锅，指着赵正大的鼻子问他到底要干什么。正大说：“我干什么了？人家就是想让好好给代个言，是好心……”

周雨晴吼道：“什么好心？我看她是狼子野心！”

二十六

正义正式去见方阿琴是在一家茶馆，他有点儿想不明白，既然方阿琴已经默许了他和丁方文的关系，为什么还不让自己登门。正义的疑问很快便有了答案，一见面，没等正义跟方阿琴礼节性地套套近乎，方阿琴便把一份婚前保证书拿了出来，让正义先慢慢消化，自己去了卫生间。正义看完保证书上的条款，半天没出声，保证书上列出的一条条一款款就像是一把把匕首，刀刀插在正义的心窝上。上面规定正义结婚后必须住在丁家，每个月的全部收入必须全部上交，婚后他要是出轨，需要赔偿五十万，还有至关重要的一条，未来的孩子必须随丁家的姓。

丁方文看出正义的脸色难看，一个劲儿跟正义赔着不是，说真结了婚，这就相当于是一张废纸。正义铁青着脸，说就是张废纸，他也不能签。

方阿琴从卫生间回来，说不签就算了，既然正义不想要这个唯一的机会，她也不勉强，说完，拉着丁方文就要走。

“妈，你别这样，这是往绝路上逼我呀！”丁方文哀求方阿琴。

方阿琴不为所动，转身往外走。丁方文哭了起来。

正义狠狠心，终于答应下来，说这个字他签。

方阿琴问：“你想好了？”

正义点点头，拿起笔，颤抖着手在保证书上签下名字。方阿琴又从包里拿出一盒印泥，让他再按个手印。丁方文看不下去了，抓起印泥摔在地上。方阿琴收起保证书，以胜利者的姿态说：“不画押就不画押吧，签字也算数。”

方阿琴走了。

正义看着大拇指上的鲜红印泥，长叹一声说：“我这不赶上卖身了吗？娶个媳妇还得签这样的协议。”

丁方文安慰正义别这么说：“从现在开始，我就是你的亲人了。正义，记住，人是活的，字是死的，日子是人过的。我和你，都不是为那一纸协议才走到一起的。”

正义呜呜哭起来。

赵长禄听说小儿子的婚事定下来了，兴高采烈进了城。正大见老爹不光拎来了一篮子鸡蛋，还把家里养的三只公鸡也捎来了，说要送给亲家。正大埋怨老爹也不动动脑子，家里哪儿有地方养鸡。赵长禄指着阳台，说早看好地形了，阳台上就挺好，反正也养不了几天，过一阵子杀了就送走了。

趁赵长禄去阳台给公鸡安置住地，正大闪身进了卧室，摘下床头墙上挂着的“周雨晴”，塞到床底下。赵长禄回屋，说那篮子鸡蛋下面还有核桃，是大兰子捎给正大的。正大没想起老爹说的大兰子是谁。赵长禄埋怨正大不该忘了人家，当初正大在家里念中学的时候，总和大兰子去村头小河边，为这事，自己没少打正大，嫌正大不好好学习就知道谈对象。

老爹的话让正大隐约想起年少时和大兰子钻小树林的事，自己当年对异性那点儿懵懂的好奇心，还都是从大兰子那里弄清楚的。走出乡村以后，他再没有见过大兰子，只听说她嫁了个跑运输的菜贩子，好像过得并不好。赵长禄说大兰子到底是离了，现在回了娘家，“她心里一直有你，老说你们俩是缘分没到。”

周雨晴正好领着正果回来了。正果见到爹，高兴地拉着赵长禄去屋里看自己的画。周雨晴悄声问正大跟谁的缘分没到。正大怨她又没事找事，自己打翻了醋瓶子，可在周雨晴的逼问下，还是轻描淡写地供出了大兰子。周雨晴借题发挥起来，讥讽赵正大从小就长了花花肠子："你说，你家在农村，天天吃地瓜玉米面饼子，这些东西都是自家地里种的，不该含激素呀，怎么就把你催得早熟了呢？"

正大无奈："你胡说八道什么呀？那是我的一个中学同学。"

"同学？老相好的吧。她现在日子过得不好了，你又离婚了，她是不是感觉机会来了？赵正大，你认识的女人怎么都专在别人的感情里见缝插针呀！"

正大听不下去了："周雨晴，你摆正自己的身份好不好？你现在是我前妻，已经没了吃醋的资格！"

听正大这样说，周雨晴又羞又怒："行，我是连醋都吃不了，你爹这次来，我也不扮演你老婆的角色了，我就是你前妻。别再让我陪你演什么二人转，你自己唱单出头吧！"

正大急了："你还想把我爹气进医院啊？"

周雨晴拉着脸说："我外人一个，气不着他。本来我还想在你爹面前扮演好老婆、好儿媳妇这个角色的，现在好了，你又有新情况了，咱不遭那个罪了。"

正大向周雨晴求情："是我惹着你了行不行？我爹这次是为正义的喜事来的，求你就别给他添愁了，好不好？"

赵长禄在屋里看正果的画，隐约听见儿媳妇在跟正大吵什么，等他出去，两人立即都不放声了。赵长禄问正义和丁方文什么时候来家，他把见面礼都准备好了。说着话，赵长禄从缝在衣服里面的口袋里掏出一摞子钱来，一百、五十的票子都有，他让正大去把这些钱换成百元新钞拿回来，好给丁方文当见面礼。

正大说自己这里就有，不用换了。赵长禄说："你们有是你们的，两回事。这些年，家里给你和好好妈添了多少麻烦，爹心里有数。现在'千里挑一'

拿不出手了，怎么着也得‘万里挑一’吧。”

周雨晴看着茶几上的钱，有点儿伤感，她说：“我那时候是‘千里挑一’，现在看，是不值钱了……”自己说完，就觉得眼睛发酸，起身回屋去了。

赵长禄问正大：“雨晴生气了？”

正大说：“别管她。”

周雨晴进屋，看见床头的墙上空空如也，自己的“单人”婚纱照没有了，回身没好声气地喊赵正大。正大进来，连忙把门关严，问她怎么了，大呼小叫的。周雨晴指着床头的大白墙问正大“自己”哪儿去了，正大说：“我爹来了，这还用问吗？”

周雨晴质问：“你爹来了，我就见不得人了是不是？”

正大点头：“行行，我知道你委屈，等我爹一走，再把你请出来！”

“你当我是灶王爷呀！”

外面门铃响了，正大知道是正义带着丁方文来了，让周雨晴别没事找事。周雨晴捣了正大一拳：“谁嫁到你们家谁瞎眼了。”

正大说：“周雨晴，你积点儿口德好不好？”

周雨晴满脸怨气：“我实事求是！”

丁方文站在门外，紧紧拽着正义的胳膊，说自己有点儿紧张。正义安慰她：“你千万别紧张，你一紧张，老爷子比你还紧张。”

听正义这么说，丁方文笑了，立时觉得不那么紧张了。进了屋里，正像正义说的那样，赵长禄比丁方文还紧张，这也引得丁方文拘谨起来。正大和正义一个劲儿活跃着气氛，才让赵长禄和丁方文慢慢正常起来。

赵长禄没话找话：“小丁，你父母身体咋样？硬朗吧？”

丁方文点头：“挺好的。”

赵长禄道：“小丁，你看，俺哪天去看看你父母？这眼瞅着成亲家了，得见个面吧，不然就失了礼数。”

丁方文犹豫起来，自己来见赵长禄这没有什么问题，可让赵长禄去家里见自己的父母，这件事她真是不敢擅自答应。正义也担心老爹真要见到方阿琴，说不定会闹出什么意想不到的事情来，到那个时候，怕是谁也hold不住。

正义推托说不用见了，小丁她爸妈挺忙的。从屋里出来的周雨晴也跟着附和，说反正赵长禄也看见小丁了，以后有的是机会去见亲家。赵长禄表示强烈反对："那不行！该尽的礼数一样也不能少，俺不能露了'破定'给亲家挑。"

丁方文不解地看正义："破……"

正义低声："破绽……我爹幽默。"

赵长禄把事先准备的红包塞给丁方文，丁方文不收，周雨晴说这是见面礼，没有不拿的道理，正义跟着起哄，说等我去你家，让你妈再给我一份就扯平了。

赵长禄一听就急了："那不行，老二，这是咱家娶媳妇，可不是人家招姑爷，人家的钱不能要！"

正义突然就想起那份婚前保证书，立即泄了气。

赵长禄说："刚才话说了一半，让你们给岔过去了，到底哪天见亲家？"

正义不耐烦了，嫌老爹磨叽。

赵长禄说："这事不能马虎，必须见。明天是礼拜六，就明天吧。"

正大见爹较真，就对丁方文说："那就见见吧，这也是应该的。明天，你爸妈有空吧？"

赵长禄说："礼拜六没空，就礼拜天，你回去问问他们。第一次见亲家，咱就不在家里吃了，正大，就到你们馆子吃吧。"

听爹这么说，正义苦笑："怎么，吃大肉面啊？"

周雨晴说："我不管，你们想去就去，吃几碗我管够。"

正大说别开玩笑了，找个大饭店。正义说面馆前面就有家饭店，门脸挺大，征求嫂子的意见去那儿行不行。周雨晴说："这是你的事，你说行就行。定准了是明天还是后天，我去订个桌。"

丁方文起身告辞，大家挽留了一阵，丁方文找了个借口拒绝了。赵长禄让正义把那篮子笨鸡蛋给亲家带去，正义犹豫了一下，还是带上了。路上，两个人商量了半天，都没有想出个能阻止两方家长会见的正当理由。

正义送丁方文回来，悄悄跟正大说了方阿琴要自己倒插门的事，正大果然反应强烈，坚决不同意。正义怕大哥难受，找了一堆理由，说大哥也算是个文化人，怎么比农村人还守旧。正大说："我就是农村人，咱们家都是农村人，你别以为来城市混了几年就成城里人了。你外表再怎么变，骨子里还是农村人。”

正义说：“你要是说爹的脑筋不开化我还能理解，你居然也这样。要是在城里买得起房子，我当然不会倒插门，可我有钱吗？你就是想帮我，你也得有钱哪。哥，咱现实点儿，我结了婚，你也解脱了，这不挺好吗？”

正大说：“不行，这件事不能听你的。”

周雨晴推门进来，说哥儿俩刚才议论的事她都听到了，她觉得正大说得对。

正义说：“行了，我是去他们家结婚，不是出家。我都不在乎，你们在乎什么？”

正大说：“我当然在乎。我是这个家里的老大，我把你弄进城里来，不能看着你到别人家里遭白眼，那比我自己遭白眼还叫我难受！”

周雨晴说：“正义，你哥说得对，这事还是听你哥的吧。”

正义说：“我还没去他们家，你们怎么就知道我遭白眼，方文对我怎么样你们又不是不知道。”

正大说：“小丁当然没有问题，可她妈呢？她妈有多要命，你也不是没领教过。”

周雨晴跟着附和：“遇见方阿琴那样的，你肯定不会有好日子过。这事还是听你哥的，不行就出去租个房，说破大天去，也不能住到他们家。”

正义想起了签下的婚前保证书，支支吾吾地说：“方文她妈肯定不能让。”

周雨晴焦急地说：“不让不行，就她那个做派，你一进他们家门，可真就一脚迈进解放前了。”

正义欲言又止：“她妈不让是一方面，还有……”

周雨晴抢过话来：“不就是钱吗？不行的话，房租嫂子给你出。”

听了周雨晴的话，正大很感动。虽说周雨晴的嘴里三天两头会甩出刀子，扎得正大心痛，但今天周雨晴能表这样的态，再寒冷的冰，也融化了。

丁方文带回家的一篮子笨鸡蛋只能让方阿琴越看越来气，就这么把女儿送给了赵正义，方阿琴实在是不甘心。如果不是女儿未婚先孕，说什么她也不同意。赵正义出身农村，以后麻烦事有多少，根本就无法预料。老丁不这样认为，他觉得没有什么甘不甘心的说法，只要女儿喜欢就好。既然赵正义已经答应可以倒插门了，也是做了最大让步。方阿琴不愿听，说让步的是自己，赵正义才是捡了大便宜，房子都省了，这是多大的馅饼啊，砸到他脑袋上了。老丁劝道："对对，他是捡着大便宜了，那就明天去见见他爸，别难为咱自己孩子了。"

方阿琴有些哽咽："自己孩子还这么跟我作对……我就是过不去这个坎儿，我处处为她考虑，处处为她好，她就是不领情，就专门跟我拧着干。"

老丁说："我说句你不爱听的话，不是孩子和你拧着干，是你干涉得太多，她没了自由。"

方阿琴反驳："谁没给她自由了？我还拿绳绑着她了？"

老丁觉得正义他爸不错，这还没见面，就送一篮子笨鸡蛋，这鸡蛋早市上一个卖一块五。方阿琴痛斥老丁怪不得一辈子没出息，一块五一个的鸡蛋就感动成这样，方文摊上这么个窝囊爸，能好才怪了。老丁提示，那不还有一万块的压腰钱嘛，"万里挑一"，人家挺讲究。方阿琴道："我把姑娘养这么大，就值一万块钱啊？"

等方阿琴把一肚子的火气撒得差不多了，老丁才敢和她商量第二天中午去和赵长禄见面的事。方阿琴东拉西扯控诉了半天，好在总算答应了。

丁方文在第一时间把这个好消息告诉了正义，正义却没有表现出该有的喜悦，他不敢去想明天的这场亲家会面是不是能在亲切友好的气氛中完成。他的这种担忧在正大和周雨晴那里也有，三个人都不能把这种担心提早告诉给赵长禄，只能听凭老爹紧张兮兮地做着各项预案。

晚上周雨晴在客厅给赵长禄铺床，赵长禄发现周雨晴手脖子上还戴着块旧表，追问正大怎么还没去给周雨晴买新表，周雨晴忙说买了，花了三四千呢，是自己没舍得戴。听说花了三四千买块表，赵长禄很是惊讶，那得啥表呀，金壳的？正大把表拿给赵长禄看了，赵长禄叹息起来："现在东西贵得都离谱，一块手表三四千，过去买块孔雀表，才二十九块钱。"

周雨晴说："那时候挣得也少，我妈说她那时候一个月才挣三十二块五。"

赵长禄逼着周雨晴把新表戴上，周雨晴犹豫地看看正大，正大拿过表，戴在周雨晴手腕上。周雨晴知道，今晚他们两个人的恩爱秀是表现给赵长禄看的，她想把这股情绪延续下去，可正大显然不想配合，回到屋里还在地上打起地铺来。周雨晴厚皮厚脸地也要在地上睡，正大就势把被子盖在周雨晴头上，起身要上床，周雨晴继续死缠烂打，也跟着上了床，几个回合下来，周雨晴不耐烦了，朝正大的肩头咬了一口，正大痛得惨叫一声，却再不敢频繁转移阵地了。睡在客厅里的正义听见屋里的动静，有点儿不放心，要去屋里看看，被赵长禄喝住。

周雨晴警告正大，要是再不着调，就去跟赵长禄把实底兜出来。正大嘴里骂着女流氓，却再不敢消极怠工了。

客厅里的赵长禄和正义心里都存着事，躺下半天也睡不着，赵长禄说："在乡下，年轻人结婚的头一桩大事，就是盖新房，你连个房子都没有，人家丁姑娘就许给你了？"

"人家看好的是我这个人。"正义虽然知道倒插门的事早晚要暴露，可还是希望瞒过一时算一时。

赵长禄叹着气："人再好也得有个住的地儿，你们还能天当房地当床？"

正义说："这事你别操心了，反正睡不到大街上。"

赵长禄说："这事不弄清楚，明天亲家母问起来，咋应对人家呀？"

正义跟老爹解释，现在城里的房价打着跟头往上翻，买一个厕所就够乡下盖二层小洋楼的，自己即使不吃不喝，干一辈子也买不上一套房。"所以，明天你千万不能挑这个话头，说到房子的事，你就装糊涂，哼哼哈哈，管怎么咱先把他们家姑娘娶进门再说。要不，你儿子非打一辈子光棍不可。"

听正义这么说，赵长禄心里更不托底了："这不是糊弄洋鬼子吗？"

正义说："不见鬼子不挂弦，能把洋鬼子糊弄过去，咱爷儿俩就烧高香了。"

一大早，周雨晴就把周大妈叫来面馆帮忙了。周大妈一听赵长禄和丁方文的父母见面定在大酒店，就有点儿生气，说："老赵家就是看人下菜碟，你和正大谈恋爱的时候，他怎么没让我下馆子？"

"这时候跟那时候能一样吗？你怎么还吃起醋来了？"周雨晴说完，自顾自笑起来。

周大妈说："我怎么养了你这么个傻姑娘！人家都不要你了，还向着人家说话，你是虎啊还是傻啊？"

周雨晴说自己心里有数。周大妈说你要是真有数，他赵正大就不敢这么欺负你了。周雨晴想起昨晚欺负了正大，就说："你怎么老想着他欺负我，我就不能欺负欺负他吗？"

周大妈问："你怎么欺负他？他一个大老爷儿们，你欺负得了他吗？"

周雨晴觉得好笑，可又不能把怎么欺负了正大的办法告诉老妈。母女俩叨叨了一阵，周雨晴让老妈临走的时候带上正果。周大妈叹息自己的命苦："我这个老太婆也给他们老赵家当上保姆了。"

周雨晴说："正大不让正果和大顺子来往，我早上来店里，正果偏跟着来，这丫头十有八九是看上大顺子了。这事啊，我还不敢跟正大说。"

周大妈说："正果这样的毛病，有人要就不错了，还有什么资格挑三拣四。正果千好万好，可有了这一样，就不值钱了。"

周雨晴说："你这话可别当着他们家里人说，人家不爱听。"

周大妈说："我看你也不爱听，要是真这么好，你们怎么不带着她去饭店？说千道一万，还不是怕她给老赵家丢人。"

周雨晴说："那倒不是，正义他对象也见着正果了。我是怕呀，这个见面会很难在亲切友好的气氛中进行，正义那个丈母娘啊，可厉害了，估计呀，会剑拔弩张、惊心动魄。这一折腾，正果再受了惊吓，还得我伺候。"

周大妈说："你就活该，自己找罪受不说，还搭上你妈！"

周雨晴在面馆念叨方阿琴厉害，方阿琴果然在家厉害起来，居然不让老丁跟着一块儿去。方阿琴不让老丁去，是觉得老丁就是个老好人，遇到事只知道没有原则地和稀泥，到时候正义他们家说什么是什么，一准成了他们的帮凶。如果是那样，还不如老实在家待着。老丁是觉得自己不去不礼貌，毕竟有个亲家公。方阿琴振振有词："白送他们家一个媳妇，我还得怎么礼貌？今天我一个人去，就是要深入虎穴，让他们赵家人看看我方阿琴的胆识，休想以后欺负方文！"

约好的时间眼瞅着要到了，老丁只得妥协，督促丁方文赶快带着方阿琴赴约，可方阿琴却并不着急："是他们家请我，我是客，哪里有客人先到的道理？"

丁方文实在听不下去，回屋里给赵正义打了一个电话，说可能会迟到，让赵正义别介意。赵正义说不急，他们也刚到酒店门口。

出租车停在酒店门口，赵长禄打量着酒店挺满意。正义给周雨晴打了电话，说已经到了。正义告诉老爹，嫂子开的面馆就在不远处。赵长禄埋怨正义："你咋老说是你嫂子的面馆，要说也得说是你哥的，这外面不知道的，还以为是你嫂子当家。"

周雨晴匆匆从面馆赶来，三个人进了酒店，去找订好的包间，却被告知包间被人占了。周雨晴火了，和领班吵起来。领班赔着不是，说那个包间昨天就被一个大客户预订了，前台服务员不知情。周雨晴叫喊道："你胡说八道都不打草稿，早晨我来的时候还说没人订！"

领班再次道歉，周雨晴想换个包间，可中午的包间全没有了，吵了半天，还是没有结果。赵长禄怕惹出事端："人家不要咱送的钱，那就换一家！"

三人从酒店气呼呼出来，正赶上丁方文和方阿琴从出租车上下来。丁方文督促："妈，他们全家都出来接了，别慢腾腾的了。"

方阿琴拉着脸："算他们懂事。"

大家聚到一起，赵长禄打着招呼伸出手来，方阿琴只是不冷不热地点了点头，赵长禄只好尴尬地把手又缩回来。方阿琴抬脚要进酒店，正义尴尬地把包间让人占了的事说出来，周雨晴在一旁做着解释。方阿琴冷笑了一声，显然不相信周雨晴的解释。

周雨晴急了："我真订了！我一早就来订的，不信你进去问问！"

方阿琴不理周雨晴，对正义说："既然你父亲提出要见面，我也来见了，算了，既然我们已经见了面，就行了。"方阿琴转身要走，赵长禄一把拉住方阿琴："亲家，你别生气……"

方阿琴笑了笑，说自己没生气。赵长禄表示，亲家见了面，总得说几句话吧。方阿琴绷着脸，让赵长禄有话就说，自己听着呢。赵长禄说有什么话也不能站在大街上说，去咱自己家的面馆说说吧。周雨晴和正义都不想让方阿琴去面馆，那样等于把一个笑柄送到她手里，可方阿琴却坚持要去："说几句话就行，不吃饭。"她意味深长地看了眼周雨晴，昂首挺胸地走了。

周雨晴一肚子火气，嘱咐正义赶快给正大打个电话，告诉他战场转移了。

虽然打心眼里讨厌方阿琴，可在自己的地盘上，周雨晴还是尽到了地主之谊，甚至连饭口的钱都不挣了。看到正义端上了店里的精品大肉面，赵长禄讨好地劝方阿琴先吃了面再说，方阿琴说自己从不在小饭店吃饭，怕吃出什么不干净的东西来。周雨晴怕自己搂不住火，干脆躲进了后厨房。正义知道嫂子受了委屈，一个劲儿地赔着小心，丁方文更是左右为难。

从一开始见到方阿琴，赵长禄就端着笑脸，从面相上看得出，亲家母不是个善茬子，找上这样的人家，正义可得留着小心。赵长禄讨好地夸方阿琴养了个好闺女，方阿琴板着脸说："你客气了，不过这孩子不随我，要是随我的话，咱们就坐不到一块儿来啦。"

赵长禄听出方阿琴的话外音，说："看亲家母这精神头，一点儿不像退休的人。"

方阿琴说："我不是退休，我是给年轻人让贤。现在的年轻人不容易，念了大学找不着工作，找了工作挣了钱，又买不起房子，更别提什么年龄成家了。你们家正义好福气，工作没着落，房子没有影，可结婚成家的事情都搞定了。"她转头对正义说，"正义啊，你父亲拉扯你们兄妹三个这么多年不容易，以后住到这边来，还是要多照顾照顾你父亲。"

赵长禄琢磨着方阿琴的话，有些不解，刚要发问，周雨晴和厨子端着刚做好的几个菜送上来了。方阿琴见是油腻的大肉菜，皱着眉头说："大鱼大肉都上来了，这做嫂子的可真大方。"

周雨晴说："我这店里别的东西没有，除了面，就是大肉。阿姨，我一看你这脸色，就知道是在减肥。你看我这脸，蜡黄蜡黄的。阿姨，我可听说了，越是减肥越要多吃肉，要不然，哪里来的力气减肥呀？所以，我特意给你做了几道大肉菜，你一定得尝尝。"

赵长禄没听出周雨晴话里藏阄，还一个劲儿地劝方阿琴快趁热吃。正义见方阿琴脸色难看，直向嫂子使眼色，让她别挑事，周雨晴却根本没有撤退的意思："爸让上最好的菜，这可都是店里最贵的菜。要不，再给上个熘肥肠？"

"我去看看吧。"正义说着，把周雨晴拉进后厨，鞠躬作揖地让嫂子给个面子。

周雨晴说："是你未来的丈母娘挑事，你看她，从见着爸就没个好脸子，我得把咱老赵家人的面子争回来。"

正义求着嫂子，再这么斗下去，他和丁方文都得疯了。周雨晴说任由方阿琴这么作，自己也要疯了。周雨晴感叹："正义呀正义，你一个好好的大小伙子，怎么就找了这么个绞牙的丈母娘？不都说龙生龙凤生凤，她这个耗子怎么生出丁方文这么只凤呀？"

正义让嫂子忍忍，把场面走下来。周雨晴争辩："我凭什么忍？我在这个家里算老几？要名分没名分，还得装着有名分的样子，装就装吧，还得受她的气，她算老几呀？"

正义又安抚一通，就差给嫂子跪下了。周雨晴心软了："好了好了，我不去招你丈母娘烦了。"

正大来了，有点儿尴尬，提出换个地方。方阿琴说不是来吃饭的，既然坐下了，就直接说说，正义和方文的婚事你们打算怎么办。赵长禄说今天就想听听亲家母的意见。方阿琴道："我的意见很简单，他们两个人走到今天这个地步，简直就是……'罄竹难书'！"

赵长禄没听明白，问："啥意思？"

正大忙说："就是打个比方……挺不容易的意思。"

方阿琴叹了口气："我这个当妈的，算栽在儿女手里了。我的脸丢在你们家的人面前，不能再丢在外面了，这个婚事，得马上办，不能拖了。我联系了家酒店，下星期六正好有一对新人的婚礼取消了，他们就补个缺吧。"

听方阿琴这么说，众人都感到意外，这实在太快了。方阿琴说："我也不想这么仓促，可方文的肚子等不了。要是没有这件事，他们俩能不能走到一块儿还难说。现在你们家是既得利益者，都怪我女儿发贱，不争气，我也只好认栽了。"

丁方文听不下去了，说：“妈，你别这样说话好不好？”

方阿琴瞪着女儿：“你让我怎么说话？脸都让你丢尽了，我自己打肿脸充胖子还不行啊！”

正义不忍女朋友被骂：“阿姨，你要是想骂就骂我吧。”

方阿琴一脸不屑：“我骂不着你，你现在还没进丁家的门。”

正大安抚着方阿琴，说既然坐到一起，就是为商量个办法，还是心平气和点儿。赵长禄不让正大说，听亲家说。方阿琴冷笑，说现在既然木已成舟，也不想追究别的什么了，但是，结婚的宴席得丁家来摆。赵长禄一听急了：“亲家母，这使不得，俺赵家娶媳妇，哪能让娘家操办呀？这说出去，不好听。”

方阿琴说：“我们家牵头摆婚宴，是有原因的。这其一嘛，我们是城里人，认识的人多，而且，我也算是个场面人，认识的都是有头有脸的人物，我来操办，这些人物都能赏个脸。”

赵长禄看看正大，那意思俺家老大也不是泛泛之辈。方阿琴说本来她也不想操这个心，可正义办的几件事，都让她不能放心。“如果婚宴再出现今天中午这样的事情，就不好看了。客人一来，跟人家说，场地变了，吃饭的地方被人占去了，我这脸还往哪里搁？难道也让客人来这里吃大肉面？”

赵长禄不是方阿琴的对手，一时无话可说，正大看出方阿琴有点儿得寸进尺了，刚要回击，却被正义拦住，让老爹和大哥都别管了，一切按方阿琴说的办。

赵长禄不想让儿子为难，可他有个想法，在城里办完了，回乡下再办一次。赵长禄可怜巴巴地说：“亲家母，你的面子在城里，俺得帮你撑着，俺的面子在农村，你也得帮俺兜着，都是一家人嘛，你说是不是？”

方阿琴说：“这没有问题，你们那边的事，我管不着。不过，这边的婚宴虽然是我们来操办，但你们毕竟是男方，宴席的钱，还得你们出。”

赵长禄有些犹豫了，这说来说去，还是归结到钱上来了，一涉及钱，赵长禄便立时矮了三分。正大说这没有问题，顶着谁的名义去操办，都是赵正义娶媳妇，没有不掏钱的道理。周雨晴知道正大是在说硬气话，可再硬气的话也得有钱撑着呀，一场婚礼下来，少说也得三万两万，面馆的租金还悬着呢，上哪儿去弄婚宴的钱。她找借口把正大叫到后厨，一脸不高兴地问："你有钱吗？"

正大说："我也没说我出钱呀。"

周雨晴说："那你点什么头？你那脑袋一点，几万块钱就点没了，现在结个婚摆个宴席，至少不得两三万！"

正大说："放心，我的工资卡姓赵不姓周，花不了你的。"

周雨晴还要争辩，听到方阿琴把话题扯到房子上去了，她和正大都有点儿心虚，静静听着外面的动静。

方阿琴说："至于房子的事，就按我们先前定好的，住到我家。对吧，正义。"

正义含糊地点了点头，躲避着方阿琴的目光。

赵长禄听得有点儿糊涂，问方阿琴："亲家母，你刚才的话……俺没听明白。正义娶媳妇，怎么要住你家里？这，这不是倒插门吗？"

方阿琴点头："这也是一种说法，很形象。"

赵长禄脸色变了："这不行，坚决不行！"

正义连忙劝着赵长禄："爹，住谁家都一样，城里人不讲究这个。"

赵长禄瞪着正义："屁话！是你娶媳妇，不是人家娶姑爷！"

方阿琴笑笑："我倒无所谓，要住你们家也不是不可以，关键住你家得有房子，正义他爸，要是你现在就给正义买套房子，我一定不会拦着。"

赵长禄顿时气短，从兜里摩挲着掏出一根香烟来，正义忙给老爹点上火。赵长禄颤着手把烟送到嘴里，嘟哝着说："租房也能住嘛，城里人踩人，哪能人人都有房……"

方阿琴不依不饶："正义他爸，不是我不通情达理，关键是方文肚子里的孩子不等人……如果你非要让他们两个出去住，我看这个婚就别结了，让方文去医院把孩子打掉！"

赵长禄吃惊地看看丁方文，又看看正义："到底咋回事？"

方阿琴冷冰冰地看着正义："赵正义，这么大的喜事，你不会还没告诉你父亲吧？"

正义低头不语。方阿琴想起婚前保证书，呵斥道："赵正义，如果你不同意住进我们家，我马上就带着方文去把孩子打掉，你们俩的事，从此烟消云散！”

正大实在听不下去了，从后厨冲出来：“阿姨，房子的事，你不必操心。你要是不同意他们出去租房子，他们可以住到我家里。”

方阿琴看着正大：“你家里？你家里几间屋子我又不是不知道，他们去了，你们一大家子住哪儿？再说了，你赵正大和周雨晴怎么回事，以为我不知道啊！”

周雨晴过来：“你知不知道无所谓。我们可以倒出房子给正义和小丁结婚，我们再出去租房子。”

方阿琴起身：“好啊，我替方文谢谢你们，就这么办吧。”

正义急了：“不行，要这样我就不结了！”

正大瞪着弟弟：“你别管！”

方阿琴看着女儿：“方文，人家可是不打算结婚了，你还愣着干什么，跟我走，去医院把孩子打掉！”

丁方文呜呜地哭了。方阿琴一把拉住丁方文的手，呵斥道：“走，别在这儿给我丢人现眼！”

婚结不成，赵家的血脉又没了，赵长禄再也坐不住了，连忙上前拦住方阿琴：“就按亲家说的，正义……上你们家……”说出这句话，赵长禄的眼泪在眼圈里打转。

方阿琴和丁方文走了，赵长禄赶着正义去送送亲家。空荡荡的面馆里，剩下父子俩和周雨晴。三个人沉默了半天，周雨晴说：“办婚宴的钱，我觉得不是什么事，到时候收的份子钱也够了。”

正大点头：“这倒是个办法。”

赵长禄叹了口气，说他愁的是让正义去倒插门了，这要是传回乡下，还不得让人笑掉大牙。周雨晴劝公爹还是想开点儿，正义现在也是居无定所，住哪儿不是住。要是非要让他们住自己家，那就得跟着公爹回乡下了。赵长禄觉得是自己无能，才让正义跟着受了委屈，虽然周雨晴说得有道理，但自己心里还是转不过这个弯来。周雨晴说：“爸，你不是一直想让正义在城里扎根吗？前几年，他虽然人在城里，其实就是漂着，算不上城里人，这下结了婚，就算是在城里扎下根了。”

赵长禄背过身去，抹着眼泪，正大看到老爹这样，心里更是难受。

一家愁肠百结，一家心花怒放。方阿琴刚回到家，老丁就问谈得怎么样，方阿琴兴奋地说，当然是大获全胜。老丁替赵长禄担忧：“倒插门的事，在农村那可是要被嚼舌头的……”

方阿琴说：“你看看，多亏没让你去，要是你去见，你肯定早早举手投降了。”

二十七

一家人和方阿琴论战了半天，虽然场面不够和谐，但结局还算圆满。心气不顺的地方，也被正义将要结婚的喜悦掩盖过去了。回到家，正大跟爹商议，说给爹写个发言稿，婚礼上他得作为男方家长讲话。赵长禄有些犹豫，怕自己往台上一站，露出“破定”。周雨晴支持正大，她觉得该讲，男方这边就赵长禄一个老人，当然应该讲讲。要不然，光听方阿琴一个人嘚瑟，烦都烦死人了。

正义送丁方文回来，把嫂子叫到客厅，商议婚宴费用的事。周雨晴让正义放心，说现在婚宴都挣钱，等摆完了桌，你把份子钱一算，回头再去结账都行。正义说跟丁方文商量好了，收的份子钱，全交给周雨晴，到时候把钱一清点，悄没声去把办桌的钱交了，别让方阿琴插手。周雨晴让正义放心，说这事自己能办明白。不过，得提前把预订酒店的钱先交了。正义不好意思地说：“本来方文还想把爹给她的钱给我先用着，没想到回家就让她妈给要去了。”

周雨晴明白了正义的心思，说：“你是不是想从我这儿借钱？告诉你啊，要借跟你哥借去。”

正义为难地说：“我哥哪有钱，他这个月的工资全给正果交高压氧了。”

周雨晴脸一拉，说：“你别打我主意。告诉你啊，我现在可不是你们赵家人，你哥说了，他的工资卡姓赵不姓周。”

正义近乎哀求了：“嫂子，你是我的亲嫂子，看在我是好好叔叔的分上，你就……放心，我不是管你要，是想跟你借。”

周雨晴冷笑，她刚才对小叔子的一通敲打，也不过是让他知道，这个家缺了自己还真是寸步难行。周雨晴从兜里掏出一个信封：“早就给你准备好了，要是冲着你哥，我借都不借！”

正义一连声地道谢，周雨晴说：“这一万嫂子不是借给你的，是我给你的，跟你哥没关系。看看应该买点儿什么你自己掂量，别乱买，那些花里胡哨的东西，能不买就不买，暂时用不着的东西，也别买。”

正义眼圈发红，哽咽着叫了声“嫂子”。周雨晴连忙摆手：“得得得，别整得跟《艺术人生》似的，我受不了。这钱，千万别跟好好他婕说，记住啊。”

正义说：“我不能让嫂子做无名英雄呀！”

周雨晴说：“你要跟她说了，那我就得做刘胡兰！”

晚上正大下了节目回家，一家人还在商量操持婚礼的具体事宜，正大把草拟的一个讲话稿交给父亲，让他有空的话就顺一顺，省着上台了不知道讲什么。半夜周雨晴起来上厕所，看见卫生间里面亮着灯，以为谁忘记关灯了，走到门口，听见赵长禄在里面念发言稿：“尊敬的各位来宾、各位亲朋好友：今天是俺儿子……不对，是我儿子，赵正义结婚的大喜日子……”

周雨晴拉开门：“爸，你怎么跑厕所练起来了？”

赵长禄说睡不着，就起来练练，到时候别给正义丢了面子，“要是这面子丢了，正义以后怎么在小丁他们家里抬头啊。”

周雨晴说：“你照着念就行，人家来宾没几个听那些说辞，要是你觉得不好读，累得慌，说一句就行。”

赵长禄挺高兴：“一句就行？”

周雨晴说：“一句就行，就说‘吃好喝好’，再多说一句，就说‘喝好吃好’！”

赵长禄小心地把演讲稿折叠起来，说：“这不行，这除了吃就是喝，人家更要瞧不起了。这还有几天，俺好好练练，活到这岁数，还没在台上讲过话呢。”

周雨晴说："那你就好好练练，过一回领导瘾，咱摆桌的钱不能白花了。"

周雨晴回屋，躺在正大身边，想起赵长禄在厕所彩排的事就觉得好笑，到底把正大给笑醒了："深更半夜，你演鬼片啊。"

周雨晴把刚才的事说完了，又笑起来："让他就说一句，老爷子还不干，你爸是讲话有瘾呀！"

正大不想听，转过身去。周雨晴意犹未尽，继续说："这个正义，不知道算是命好还是命苦，这婚结的，倒是省心省事，用不着他麻烦了。可就那个丈母娘，简直是个搅屎棍。我要是摊上那么个老婆婆，一天能跟她打八百仗……正义也是，找不着好的，还找不着孬的？你听她话里话外，都是她的能耐。幸亏她就是个退了休的人事科长，这要是当个再大点儿的官，我看正义往后都得在他们家里跪着说话。你爹是真够可怜的，被方阿琴挤对成那样了，还得笑脸相迎。"周雨晴没心没肺地絮叨着，突然发觉有些异样，转头一看，见正大头蒙在被子里，身子抖动得厉害，周雨晴惊慌地拉开被子，见正大躬着身子捂着嘴，在呜呜地恸哭。

和大多数俗套的婚礼一样，赵正义和丁方文的婚礼同样没有新意。赵正大看到弟弟和丁方文从婚车上下来，挽着胳膊微笑着步入酒店大门，心里说不清楚是啥滋味儿，高兴、惆怅、无奈……

周雨晴一直在宴会厅门口守着红纸箱收份子钱，有谁忘了交钱要进去，她还提醒人家一声，生怕对方成了漏网之鱼。眼瞅着婚礼仪式要开始了，周雨晴约莫了一下，估计礼金不会少于两万。客人来得差不多了，周雨晴和两个帮忙的小姑娘开始收拾东西，方阿琴过来，让周雨晴赶快进去坐下，伸手要去拿礼金箱。周雨晴急了，一把按住箱子，说正义和丁方文让自己给管着箱子，称这钱都是人家随给一对新人的，别人不能动。方阿琴不紧不慢，早就运筹帷幄，她说这些大礼、大人情都是奔着自己这个人事科长来的，以后还得替他们小两口还这个人情呢。方阿琴看了看表，抱起箱子就走，"走吧，吉时就要到啦。"

周雨晴站在原地愣住了。

老丁在宴会厅四处寻找方阿琴，一抬头，看见方阿琴不紧不慢走过来。老丁埋怨到处找不到她，方阿琴抬起手腕，看看表："急什么？这不还差几分钟嘛。"

两人来到舞台一侧，方阿琴望着紧张的赵长禄说："你看你紧张的，都筛糠了。要不，你就别讲话了，反正，下面的人你认识的没几个，人家也都不认识你。"

赵长禄有些犹豫，老丁说："不讲怎么行，双方父母都要讲。"

方阿琴说："都是父母，我一个人代表就行了，这样节省时间。"

正义走进来："不行！"

方阿琴回头，看见正义和丁方文站在身后，正义一脸不悦，对赵长禄说："爹，你该怎么讲就怎么讲。"

方阿琴解释："我不是不让你爹讲，你看他紧张成什么样了？这样上去丢丑，还不如不讲。"

正义赌气地说："我爹要是不讲，我就不上台。"

众人都愣了，方阿琴来了气，质问正义："你想要挟我吗？"

外面传来主持人的声音，请新郎、新娘登场，工作人员催促正义上台，正义执拗着不上。赵长禄缓过神来："老二，你要是不上台，从此就没俺这个爹！"

正义还是那个态度，不让老爹讲话，就不登台。

老丁埋怨方阿琴不该多事，方阿琴瞪了老丁一眼，让他闭上嘴。赵长禄强作笑颜，说："俺本来就说不讲，是孩子们偏让讲，这都是走个过场的事，有啥用？不顶吃不顶穿，不讲好，正对俺心思。亲家母，你讲就代表俺吧……"

见方阿琴不理睬自己，赵长禄转过身又去骂正义，说他这是逼着自己老爹丢人，正义不想让爹夹在中间为难，低着头登上舞台，丁方文瞅了方阿琴一眼，也跟着登上台去。

这时，主持人在舞台上喊："有请新郎新娘的父母上台！"

方阿琴挎着老丁的胳膊，一副很亲密的样子朝舞台走去，赵长禄孤单地跟在后面，正义看着老爹苍老的背影、踟蹰的步态，只觉得父亲的背影一片模糊……

仪式一项项进行下来，正大没看见父亲的讲话，有些意外，周雨晴更是遗憾：“白在厕所里练好几天了。”

正果看到台上穿着洁白婚纱的丁方文出神，突然拽着周雨晴说自己也要当新娘，周雨晴和正大哄了半天，正果还是哭哭啼啼，只得拉着正果和好好提前退席。从酒店出来，正果嚷着要找大顺子，周雨晴只得给大顺子打了电话，大顺子赶过来，听说正义在里面结婚，抱怨周雨晴不提前告诉他，非要上去随一份礼。周雨晴说别随了，随也白随。大顺子知趣，不再问怎么回事。听说正果刚才闹着要跑到台上去当新娘，大顺子说这是好事。周雨晴说：“什么好事，谁敢娶呀。”

大顺子说那是你没给正果找对人，找对人肯定有人娶。正果拉着大顺子要回去看新娘子，大顺子说我还是拉着你们去星海广场看吧，那里多得是新娘子。

天气不错，来星海广场拍婚纱照的新人不少，正果看着一对对恋人，眼里放光，周雨晴琢磨，真得给正果找个人了，正大怎么就这么瞧不上大顺子？

婚宴进入尾声，客人纷纷起身告退，一个领班的人拿着账单来找方阿琴，方阿琴抬手指指赵正大。正大连忙给周雨晴打电话，问她账怎么办，周雨晴在电话里大骂了一通方阿琴，正大让她赶紧想办法，周雨晴说：“她把钱箱子抱走了，我能有什么办法？大不了把你押在那里。”

客人都走了，赵长禄和方阿琴、老丁告别。老丁拉着赵长禄的手，请他有空去家里坐坐，方阿琴督促老丁赶快走。正大走不了，账的事情还没有解决，他只好把身份证押在酒店，人家核实了半天他的身份，才放行。

回来的路上，正大要打车，赵长禄不让，执拗地要坐公交车，正大对老爹说，正义站在门口正看着咱呢，赵长禄眼里闪着泪花，叹息一声：“委屈正义了。”

正义望着老爹的背影，心里不是滋味儿，只觉得胸口堵得慌，眼泪不争气地跑出来。

按照惯例，正义和丁方文又到公园广场去拍了一些外景照，正义没有什么心情，早早结束了拍照，引着丁方文去看了两场电影，直到晚上八点多了才回家。老丁早把饭做好了，一直等着他们，方阿琴有点儿不满，碍着两人是新婚第一天，才没有发作。一家人沉闷地吃了饭，正义就躲到房间上网去了。都说洞房花烛夜是人生四大喜事之一，正义却连一丝一毫的兴奋都没有，他和丁方文从相识到结婚，速度确实快了点儿，从某种意义上说，他最开始也没想过要和丁方文结婚，之所以走到现在，其实有点儿想报复一下方阿琴，她越是看不上自己，越要让她颜面尽失，杀杀她的傲气。而偏偏丁方文也像是和他有着这种默契，成心要跟方阿琴过不去，两个人都像是故意要跟方阿琴斗气似的，轻易上了床，直到完事，正义才明白丁方文的第一次是真的给了自己。到了这个时候，他有点儿害怕了，可再想撤退，良心上也有点儿过不去了。正义一直都没觉得自己是个好男人，可一个姑娘能毫无条件地把第一次交给一个男人，那一定是说明对方是自己的最爱。他心里明白，在当今社会里，像丁方文这么不看重物质条件的姑娘确实不多，他不能说自己多么爱她，起码觉得跟丁方文在一起心里踏实，不浮躁。只是一想到背后还有个方阿琴，正义的心里一下子就结了冰。事情走到这一步，是正义始料不及的，不过从身边无数朋友的感情生活里，正义也看出来了，婚姻不过是大家都必须要走的一个步骤，走过去了，自己算完成了一个任务，对家人也是一个不错的交代。有了这样豁达的认识，正义再和丁方文继续，就放下了包袱，再去对付方阿琴，也就有了同仇敌忾的意思，两股力量一交织，方阿琴的能量再大，遇到亲情，也只得甘拜下风。现在想想，说到底，还是当妈的心狠不下来。

虽然终于打败了方阿琴，正义知道她对自己的蔑视并不会减轻，以后怎么在这个家里立足，他其实也是没有想好。好在丁方文一直都站在自己这一边，方文的爸爸也明里暗里向着自己，正义才没感到这日子完全暗无天日。

丁方文放下被褥，催促正义早点儿睡。正义说不困，让丁方文先睡。丁方文说："咱们真得抓紧时间要个孩子了，要不然，我妈这一关也过不了。"

正义情绪低落，关了电脑，坐在床边开始脱衣服，丁方文看到正义赤身裸体地站在面前，有点儿不好意思，正义笑笑："怎么，不适应？"

丁方文点点头，一把抱住正义，正义手忙脚乱地给方文解扣子，两人正忙乎得起劲儿，外面响起敲门声，方阿琴喊道：“你们俩出来一下！”

两人突然间从山顶跌进山谷，都有点儿沮丧，等穿戴整齐坐到客厅的沙发上，还没有完全恢复正常。方阿琴目光带刀，审视着两人，正义和方文以为刚才的话被方阿琴偷听到了，都有点儿紧张，丁方文颤抖着声音问母亲有什么话要说。

方阿琴冷着脸说：“既然正义进了咱家这个门，我就得先把这个家的规矩说一说，免得以后生出什么麻烦来。”

正义赔着小心：“妈，你说吧。”

方阿琴清了清嗓子：“国有国法，家有家规，丁家的规矩大体已经写在了你之前签的保证书里了，明天开始，你们两个把存折交上来吧，全家的开销由我来统一管理。”

正义犹豫地说：“保证书我既然已经签了字，那上面的内容我没意见。至于其他的……”

方阿琴看出正义有顾虑，说：“你有意见可以提。”

正义说：“既然您也说了，得有规矩，那么我就想问问，咱这个家是独裁政府还是……民主政府？”

方阿琴一愣：“你说我独裁？”

正义眼看着别处：“本来有些话……我不想说……”

方阿琴说：“你最好说出来，我喜欢什么事情都摆在桌面上说清楚。”

正义壮着胆子说：“上交钱的事，我没有意见。不过，我每个月要拿出五百块钱来给正果治病，这是雷打不动的钱。”

丁方文在一旁附和，说这三年多正义一直都这样。没想到方阿琴点了点头，说这个应该，当哥哥的就应该照顾好生病的妹妹，只是她觉得正义现在连个正经八百的工作都没有，不知道每个月能不能先把那五百块钱挣到手。面对丈母娘的质疑，正义说工作自己会努力找，就是暂时找不到，他在面馆里也不至于挣不到五百块钱。

听了正义的解释，方阿琴冷笑了声：“五百块钱够干什么的？连一桶好点儿的进口奶粉都买不到。等你们的孩子生下来，让孩子喝西北风啊？”

这是个很现实的问题，生活就是这么残酷。正义面对这么现实的问题，只好选择了沉默，好像沉默是救世主，能解决任何残酷的问题。

方阿琴见正义回答不上来，也很无奈，现在木已成舟，只能认了。她想起丁方文肚子里的孩子，提醒到："你们现在新婚，还有一件事我要提醒你们，方文现在有了身孕，你们要控制自己。"

丁方文面带羞色，抱怨母亲什么事情都管，方阿琴说："我这是为你们好。没有别的，就这样，你们都回去休息吧。"

方阿琴起身准备回屋，正义突然说："我还有话要说。"

方阿琴看着正义，重新坐下。可正义迟疑了半天，却不说话，眼圈泛起红来，方阿琴有点儿不耐烦了："你说呀！"

正义哽咽着说："今天在婚礼上，您不该不让我爹说话，他为了准备这个讲话，练了好几天……"正义的眼里滚下眼泪，他别过脸去，呜呜地哭起来。

方阿琴显然受了触动，可她的嘴里还是不服软："不就是讲个话吗？讲不讲怎么了。赵正义，你这样……像我怎么虐待了你父亲一样。"

正义边哭边说："我爹这么多年拉扯我们兄妹，又当爹又当妈，我一辈子就结这么一次婚，你竟然……竟然把他讲话的权利都剥夺了……"

方阿琴的口气软下来："我还不是为你们好？今天在现场你父亲紧张成什么样子了，他能说什么？说不好不是给你们丢脸吗？再说，是他自己不想讲的，你怎么可以怨到我头上来了？"

丁方文看到情形不妙，不让方阿琴再说了，方阿琴铁青着脸："不行，这件事必须说清楚。要不然，正义会记恨我一辈子。正义，你现在就打电话，问清你父亲是怎么一回事。你现在就打！"

正义不肯打，方阿琴拿起电话，逼着正义给赵长禄打电话，老丁赶紧从卧室出来劝说，方阿琴根本不听老丁的，嚷嚷着自己不能背这个黑锅。老丁实在看不下去，终于干了一件爷儿们的事，他一把夺过电话，重重地扣在电话机上，吼道："还有完没完？都回自己屋去！"

为了凑足婚宴钱，周雨晴把这几天面馆的收入都献了出来。正大拿过纸笔，刚写下“借条”两个字，周雨晴一把拿过桌上的钱：“我不借了，你爱上哪儿借上哪儿借去，你以为我这是银行啊？”

正大解释：“我没别的意思，可我……不能老拿你的钱呀。”

周雨晴赌气：“那行，你给利息吧，百分之二十。要不，我不借。”

正大看着周雨晴，一时不知道说什么好。周雨晴又说：“不给利息也行，你就别在那儿放屁说跟我借。”

正大说那还是给吧。周雨晴听正大这么说，很是恼火，转身摔门走了。看到周雨晴这个态度，正大心里难受，为了凑足婚宴钱，还要低三下四去看周雨晴的脸子。看着眼前堆着的一大把散票，正大心里越发难过起来。

让他更难过的事发生在晚上起夜的时候，他打着哈欠从屋里出来，看见卫生间里亮着灯，父亲抑扬顿挫的声音从卫生间里传出来：“……让我高兴的是，这对新人今天携手共同走进了他们的婚礼殿堂，开始了他们新的人生，做长辈的，也算完成了任务。在这里，我最想感谢的，是我的亲家，培养出了这么好的一个女儿，让我们家正义娶到了一个这么好的媳妇……”

毫无疑问，父亲是在背自己写的讲话稿，听得出来，这篇稿子父亲已经背得相当熟练了，算得上是声情并茂，可父亲背得越动情，正大心里越难过。婚礼上他在台下看到父亲没讲话时，开始还觉得奇怪，一度想上台提醒一下主持人，可看到主持人上前去邀请了父亲，父亲一再推辞时，他还以为父亲是怯场，这也难怪，自己这个主持人当了十几年了，赶上主持哪个重要点儿的大型活动，不也两腿发软吗？何况父亲。婚礼仪式结束后，他偶然从主持人那里听说父亲没讲话，是因为方阿琴不让讲，正大愤怒了，他去跟父亲核实，父亲不承认，可从他闪烁不定的眼神里，正大知道老爹没有说实话，他执意要去质问方阿琴，父亲火了，说今天是大喜的日子，谁都不能找事。

听着父亲的演说，正大抽泣起来。周雨晴醒来不见了正大，也从屋里出来，看见正大站在卫生间门口抹眼泪，还觉得奇怪，再听见赵长禄的声音，一下子明白过来。她要进卫生间，被正大拉住，让她回屋。两个人悄悄离去，赵长禄的声音还在继续：“你们结婚了，意味着你们的父母老了，他们更需要你们常回家看看，希望你们成家以后，更要孝敬父母，就像歌里唱的那样，常回家看看。最后，祝你们俩幸福、美满，恩恩爱爱一辈子！也祝大家身体健康、幸福。谢谢大家！”

第二天一早，赵长禄早早起来，把养在阳台上的两只公鸡处理干净了，让正大叫正义什么时候拿回去，好给丁方文补补身子。一家人吃完早饭，赵长禄说要回乡下，正大和周雨晴挽留父亲多住几天，赵长禄说不住了，急着回去到老伴的坟上说一声，让她不用再惦记正义了，说得周雨晴后脊梁一阵阵发冷。正大要叫正义回来送送父亲，赵长禄执意不让，让正大回头多嘱咐嘱咐正义，住在人家家里，得懂点儿事，勤快点儿，少说话。周雨晴说公爹顾虑太多了，正义能说会道，比正大强，让公爹只管放心。赵长禄叹息自己无能，没能力给老二买套房，很对不住他，说着说着，眼圈发红，带着声音也走调了。周雨晴劝公爹别难过，说小丁对正义不错。赵长禄抹着眼泪，直说不难过，“老二成了家，就算在城里扎下根来了，俺知足，知足了……”

现在最让赵长禄放心不下的是正果，他拉着她的手，叮嘱正果要听大哥和嫂子的话。正果看着父亲，一个劲儿地点头。赵长禄对周雨晴说：“俺这辈子再进城，只能住你们家了，正义那个家，说一千道一万，还不是他的家。”

全家人挤在一辆出租车里，送赵长禄去火车站。一路上，坐在后面的赵长禄都没怎么说话，一直把正果的手攥在掌心里。快要检票上车了，赵长禄还拉着正果的手，看看儿媳妇，又看看正大：“俺虽然大字不识几个，但俺不傻。你们俩吵吵闹闹地过日子，俺和正果……都有原因，是俺让老二和正果拖累你们了。老大呀，俺还是那句话，好好妈是好人，你可不能辜负了人家。将心比心，能做到好好妈这样，不容易。”

周雨晴一听这话，眼泪快掉下来了，正大感到父亲一定是猜出了什么端倪，安慰赵长禄说，平时自己和周雨晴就是斗个嘴，没有实质性的矛盾。赵长禄说：“这就好，两口子不能有隔夜仇，要是两口子把记恨都憋在心里，这日子就没法过了。有什么事商量着来，家和万事兴，一定要团结，一定要和气。”

正大和周雨晴点点头，齐声答应着。

送走了赵长禄，周雨晴摘下腕上的手表，要还给正大，正大说你真觉得我那么不是人吗？周雨晴觉得这表是正大给父亲演戏的道具，既然这场戏的主角走了，那道具自然也该物归原主。正大说既然送你了，你何必这样？

周雨晴见正大没有收回去的意思，就说你可别后悔，这表可三四千哪。正大说，谁告诉你三四千的，再翻个跟头还差不多。一听这个表值六七千块钱，周雨晴更不敢戴了，说弄这么个金疙瘩绑在手脖子上，怎么看都是烧包。她劝正大找个什么关系把表卖了，实实惠惠拿点儿钱回来，见正大不答应，周雨晴疑惑地问："你下这么大血本，就为哄你爹高兴，是不是？"

正大不爱听了："周雨晴，你能不能别这么阴暗？怎么就从来不能往好地方想想我。"

周雨晴说："你没好地方，让我怎么想。六七千弄这么个东西，不过是做给你爹看的事，至于下这么大血本吗？"

正大回答："至于！我实话跟你说，我爹就给我一千块钱，剩下的是我偷摸去给人家主持了个婚礼挣的外快。我从来没给你买过个贵点儿的东西，这回就当是补上了。行了吗？"

周雨晴这才明白过来，敢情这是花钱买的手表，虽然觉得心痛，心里还是挺感动："行，这个情我领了，你去上班吧，我带正果去做高压氧，回头我们去面馆。"

提起面馆，正大想起这些天光顾着忙正义的婚事，面馆是不是歇业了，周雨晴说："哪舍得歇业，一天两百多块钱租金哪，是大顺子找了个朋友帮着照顾。我越来越觉得大顺子人不错，心眼好，善良热情，他对正果挺好。"

正大让周雨晴别瞎说，周雨晴拉过正果，让正大自己问问。正大不想问这事，看着正果，扭头警告周雨晴不要乱点鸳鸯谱，现在正果的病情正往好了转，别再刺激她。周雨晴觉得自己一天到晚跟正果在一起的时间比正大多，正果什么心思，自己比正大更清楚。正大瞪着周雨晴："我告诉你，反正这事不行！"

周雨晴也瞪着正大："这件事我比你明白！"

周雨晴也知道，对正果来说，这时候最要紧的事情是先治病，可这病什么时候能治好，谁也说不准，何况治好治不好还都是未知数，相比之下，要是现在真能给正果找个好人家，或许更实际一点儿。今天在医院做完高压氧，医生给正果做检查时，也说到病情稳定，正在朝好的方向发展，这话听上去虽然有点儿虚头八脑，可毕竟是好消息。把正果领到面馆后，周雨晴犹豫再三，还是给蔡亮打了个电话，刚接通电话客气了两句，蔡亮就说他正准备过来看看正果，周雨晴便借坡下驴，说你来吧，正果正好在面馆里。放下电话，周雨晴心情挺好，她知道要不是自己刚才的一个电话，蔡亮未必真的想着马上要来，他不过也是顺水推舟找个台阶下来罢了。通过一段时间的接触，周雨晴也看出蔡亮不像是个不负责的男人，对于前女友的事，人家要真是一推六二五，谁还真是拿他没办法。每回见到蔡亮，周雨晴和正义虽然粗门大嗓不给人家个好声气，可蔡亮都没怎么太急眼，这已经不错了，人家要是真不拿你当回事，你再有理，又顶个屁用，何况他是不是真把那五百万彩票吞为已有，在公安局里都是无头案，谁又能把他怎么着？抱着这样的心思，周雨晴再见到蔡亮时，过去心存的恶意已经所剩无几。

蔡亮一直不太相信，靠着几次促膝谈心就能让正果恢复记忆，这样的事怎么想怎么都觉得是瞎扯淡。他去见了正果几次，不也没看见有奇迹发生吗？每回看到正果哥哥嫂子的来电，蔡亮心里都是一抖，硬着头皮接起电话，顿时就先在人家那里矮了二分，今天接周雨晴的电话也是这样，人家还没说什么呢，他这里先说要去看看正果，话已经放出去了，只得硬着头皮过去了。当然，从心里来说，他也是愿意尽自己的最大能力帮助正果。

一路上，蔡亮都在努力回忆昔日两人在一起发生过的细节，像做功课一样，还准备了和正果谈话的内容。临走时，他还从放旧物的纸箱里找出一个画本，里面存储着他和正果无法抹去的回忆。

因为过了饭口，面馆里冷冷清清，只有一两个零散的客人。正果看见蔡亮进来，先是怔愣了一会儿，很快就想起了什么，朝蔡亮笑起来，蔡亮有点儿感动，拉着正果到靠窗的桌子前坐下。正果开始还是有点儿拘谨，蔡亮就给她画画，一张画没画完，正果就和蔡亮闹起来。周雨晴倒了杯水给蔡亮，就闪到一边去了，把水杯放到桌上的时候，周雨晴看见蔡亮带来的那个画本上，有一对相互依偎的卡通恋人，上面写着四个字：爱的记忆。

阳光很好地照着两个年轻人，蔡亮翻动着画本，给正果讲解画本上的插画，他说这是两人一起完成的一本日记，蔡亮写的文字，正果画的插图。蔡亮说："正果，你应该知道，这上面记录的，都是咱们俩在一起的点点滴滴，这么多年过去了，我还清楚地记得当年的情形。"

蔡亮翻开一页，上面画着两个小人在狭小的屋子里围着电炉子做饭。蔡亮说："每个周末，你都到我租的小屋里给我做饭，我们一起买菜，一起回来偷着用电炉子炒菜。有一次，我们偷着涮火锅，吃得头上直冒汗，你说照这么吃，该吃成杨贵妃了。我说杨贵妃你当不了，充其量是赵贵妃。你举起拳头来打我，突然，屋里的灯灭了，我说，不好，跳闸了。外面有人开始大骂，说谁又偷用电炉子啦……"

正果听着蔡亮的话，一直盯着画本，若有所思。蔡亮擦了擦眼角的泪，又翻了一页，上面的女孩背着一个精致挎包。蔡亮说："那时候，我们俩省吃俭用要攒钱买房。现在想想，多傻呀，房子怎么可能从嘴里省出来。有一次，你看好了一个斜挎包，可我们一看标签，都傻了，要六百八十块钱，我要买，你不舍得，说不喜欢，可是你一个星期去了七次，那个服务员都认识你了。"

正果憨笑着，似乎记起了什么。蔡亮心里一阵惊喜："你笑了，一定是想起来了对不对？后来，我拿了一份提成的钱，去把挎包买回来了，你特别高兴，可回头又埋怨我乱花钱，说这个包能买一块鞋盒大小的地方，也不知道你怎么算出来的。"

正果听得一脸茫然。

蔡亮接着说："后来有一天，你给我买了一个手机，我问你哪儿来的钱，你不说，后来我才知道，你把那个挎包退了，去地摊买了一个假的，添钱给我买了手机。"

蔡亮掏出了一个手机，递给正果，正果看着手机，想着什么。蔡亮继续说："前两年，我一直用它，别人都笑话我，说什么年代了，还用这个古董，连个照相功能都没有。可我用顺手了，真的不舍得丢下。直到前年它犯了毛病，怎么修也修不好，人家说，到原厂都找不到配件了……正果，你看看。"蔡亮把手机递给正果。

正果看着手机，摇摇头，说："是你的，我不要。"

"是你的，你的……"蔡亮哽咽起来。

二十八

正大看得很清楚，周雨晴和大顺子交往这么近，是想撮合正果和大顺子走到一起，甚至将来组建个家庭。虽说这是件好事，但大顺子做事鲁莽，根本不适合正果，何况现在正果有病在身，眼下正是好转的关键时刻，根本不是考虑婚姻问题的时候，要是一旦再在感情方面受到伤害，那就真是雪上加霜了。正大不愿意往坏的方面去想，但又不得不想。在正大心里，如果说有一天，正果的病情真恢复到可以谈婚论嫁的程度，那么，和正果谈婚论嫁的那个人，也肯定不会是大顺子。

晚上坐着大顺子的车回到小区门口，正大要给大顺子结账，说以后不包他的车了，以后也不希望大顺子再去看正果。大顺子开始还以为正大是客气，怕麻烦自己才这么说的，表白说照顾正果不会耽误自己正常出车，他愿意这么做。正大冷着脸说我不愿意。大顺子这才听出味儿来，问正大到底为什么，正大说什么也不为，就是不希望你去打扰她。正大扔下钱走了，留下大顺子一个人在车里发呆。

正大一进家门，周雨晴便发现正大脸色难看，问他怎么了，正大也不回答，径直往北屋走去。周雨晴追在后面，说正果和好好睡北屋，正大拉着脸，说他俩应该跟你睡南屋。周雨晴没明白正大的意思，说那行，明天他们睡南屋，咱俩睡北屋。

正大说："你想什么呢，爹都走了。"

周雨晴这才反应过来，原来正大的意思是赵长禄走了，他们俩就不用再睡一个房间假扮夫妻了。周雨晴火了："赵正大，你这不是卸磨杀驴吗？你把我当什么了？啊，你爹来了咱俩就鬼混在一块儿，你爹一走，你就翻脸不认人了，你是人吗？"

正大自知理亏，说："我跟你睡一块儿，睡不踏实。"

周雨晴嚷着："不踏实你儿子哪儿来的？"

"你……你怎么越来越粗俗！"正大很是无奈，转身要走。

周雨晴拦住正大："我粗俗？我粗俗还不是你培养的，没有你，我还是纯情少女呢！"

"你恶不恶心？"

"那你找个不恶心的，让她给你照顾孩子，照顾正果。"

"别拿正果说事，要不愿管了你就吱一声，犯不着一天到晚想把她嫁出去！"正大越说越生气，脑子里闪现出大顺子的嘴脸。

"我想把正果嫁出去还错了？赵正大，你把话说清楚。"

"还要怎么说清楚，你心里早就清清楚楚！"

周雨晴一想起今天还为正果去找人家蔡亮帮忙，就觉得委屈。赵正大说他根本没有说蔡亮，他指的是大顺子。周雨晴撮合大顺子和正果的心思，正大此前不是没看出来，他没去多管，是觉得那是周雨晴的一厢情愿，通过今晚和大顺子的谈话，他才知道大顺子居然对正果动了感情。周雨晴也听明白了，今天晚上正大的火是从大顺子那里来的，这样也好，把话挑明了，省得自己还要藏着掖着，跟自己偷了汉子似的。周雨晴认定大顺子实心实意对正果好，这样的人打着灯笼也找不到，要不是正大小心眼，老瞧不上人家，自己早就把这根红线穿起来了。

正大质问周雨晴："就他那个臭脾气，正果跟了他，你说，能有好吗？"

"他脾气有多臭我没看见，我光看见他对正果好了。再说，是个男人谁没有点儿脾气？一点儿脾气没有那还叫老爷儿们吗？"

"我不跟你胡搅蛮缠，反正你和正果以后都得离他远点儿。"

"你根本就不了解大顺子，他看正果那眼神，就是情人眼里出西施，这样的人，我还没遇到过，光遇到白眼狼了。"

正大气愤地说："那你这回遇到了，正好，你跟他过吧！"

周雨晴回敬："你放屁！"

周雨晴憋了一肚子气在黑夜里睡去了，又带着一肚子气在黎明中醒来。

正大做好了早饭，招呼周雨晴吃饭。周雨晴背起包，拉着好好的手就往门外走。正果见状，背起画夹追了出去。正大招呼正果回家，周雨晴也催促正果回去，可正果握着好好的手，就是不听，跟到了楼下。正大从楼上跑下来，拉着正果回家，正果一步三回头，走了几步，还是甩开正大的手，又去追周雨晴。正大站在原地，无奈地看着正果赶上了周雨晴和好好。

把好好送到幼儿园，周雨晴带着正果来到面馆。两人在店里吃了口饭，周雨晴哄着正果去画画。正果坐在靠窗的桌子旁，向窗外望着，好像期盼着什么，目光有些失神。周雨晴从外面买菜回来，看见正果在画纸上画了一辆出租车，周雨晴叹了口气，要把画收起来，正果不干，两个人正僵持着，蔡亮来了。

周雨晴心里琢磨着大顺子，对蔡亮不太热情。蔡亮也不追究，自顾坐到正果面前，跟正果说起话来。一宿的时间，正果像是又把蔡亮给忘了，直到蔡亮拿出一个相册，翻出原来的一堆照片来，正果才又被拉到了记忆的大门口。

周雨晴翻看着照片，都是正果当年和蔡亮在一起照的，里面还有不少大头贴。两人亲昵地依偎在一起，或做着鬼脸，或笑得相当灿烂，一副没心没肺的样子。正果看了一会儿相册，慢慢被吸引住了。蔡亮指着一张大头贴，低声说："正果，记得吗？这是咱们在胜利地下照的，那天你过生日，咱们去吃的麻辣烫，你看这张照片，你的脸还是红的，你说是辣的。"

客人好奇地看看蔡亮，又看看正果。正果正看得专注，外面传来汽车喇叭声，正果望出去，正好有一辆出租车在上客，车的颜色跟大顺子的车一模一样，正果兴奋地站起来，跑到了门外，可出租车上了客，一溜烟跑了。

蔡亮跟着跑出去："怎么了正果，你喊谁呀？"

出租车消失在马路尽头，正果抹着眼角的泪，一脸委屈的神情，嘴里嘟囔着什么，蔡亮仔细听了半天，才听明白，正果嘟囔着的其实只是一个字：哥。

周雨晴跟着跑出来："正果，怎么了，怎么跑出来了？"

蔡亮说："她喊哥……是不是看见谁像她大哥还是二哥了？"

周雨晴没好气地说："是她亲哥！"

夜风习习，正大下了节目从电台出来，一辆出租车开过来。正大一看，是大顺子的车，扭头便走，大顺子在后面喊：“你坐你的车，我什么都不说还不行吗？”

正大自顾往前走，大顺子缓缓跟在后面，正大不时朝路上的出租车招着手，一辆出租车驶来，刚要停过来，看到紧跟在正大后出的车里是大顺子，又把车开走了。几辆车都是如此。大顺子央求正大：“还是上来吧，有话车上说。”

正大压着火气：“我走回家，也不坐你的车。”

大顺子也不搭话，只是缓缓跟在后面。正大终于按捺不住了，站下来质问大顺子到底想干什么。大顺子说：“我什么都没想，就想送你回家。”

正大彻底火了：“滚！”

大顺子叹了口气，一踩油门，汽车蹿了出去。正大打了另一辆出租车，到了小区门口，掏钱付账时司机却怎么都不肯收。正大问怎么了？司机说没事，你走就是了。正大问：“怎么，你深更半夜学雷锋啊？”

司机点头：“对，学雷锋。”

正大扔下钱，推门下车。司机又把钱扔出来，说大顺子不让收。还没等正大再回话，出租车一溜烟跑了。

正大回家把大顺子的事说了，周雨晴平静地说：“人家那是好心。”

正大大叫：“他简直就是一个无赖，不坐他车都不行！”

周雨晴说：“你怎么不知好歹呀？人家免费拉你还拉出罪过来了？”

正大还是大叫：“什么免费，他就是别有用心！”

周雨晴：“你有什么值得人家别有用心的？人家就是对正果好点儿，大不了想进一步发展发展关系，这有什么呀？你同意就同意，不同意就跟人家说明白就完了。有什么大不了的事？叫我说，大顺子要是真能娶了正果，我看还是你们老赵家烧高香了呢！”

“你……”正大气得说不上话来了。

周雨晴一仰脸：“我怎么了？在这件事上，我比你看得明白！”

丁方文的婚假休了不到一周，就急着上班了，这让学校领导很感动，大会小会表扬她有奉献精神，牺牲了个人婚假，为学校师资紧张状况排忧解难，这倒把丁方文弄得不尴不尬。学校里这一半年打算结婚的女教师不少，大家都盘算着怎么能占学校的便宜，躲过“五一”“十一”几个大假，好好玩一玩，叫丁方文这么一开头，大家还怎么休啊？丁方文也是一肚子苦水，结完婚后她和正义原准备出去旅旅游，可谁知正义的身份证找不到了，两个人只好窝在家里。正义不愿每天都听方阿琴的谆谆教诲，天天都跑出去找工作，剩下丁方文自己在家，只好天天上网打发时间，还不如上班找点儿事做，有时候她回来了，还不见正义的影子。为这事方阿琴没少在丁方文面前唠叨，说这还没怎么着了，就遭正义嫌弃了。丁方文百般辩解，却在方阿琴那里占不上一点儿上风。方阿琴埋怨丁方文不知道打扮自己，穿得还不如自己这个退休女干部有风度。为教女儿穿衣打扮，方阿琴硬把丁方文拖到了时装商场，趁机向女儿传授经验，说对付男人得有心机，女人要把自己打扮得花枝招展，把老公打扮得老气横秋，这样才能抵御外敌。方阿琴还现身说法，提醒女儿：“记住了，妈的经验你得借鉴到赵正义身上。要不是这样，你妈能和你爸安安全全走过三十多年？”

丁方文觉得老妈说的都是奇谈怪论，方阿琴说这都是实践检验出来的真理。

方阿琴给女儿买了两套防辐射服，一套在家穿，一套在单位穿。丁方文明明知道现在不需要，却不敢放声，只好任由老妈安排。回到家，方阿琴又忙着上网查资料，她觉得从现在开始就得当好姥姥的角色。

丁方文穿上防辐射服，在镜子前怎么看怎么觉得滑稽。正义开玩笑，说如果自己有生孩子的本事，就替她把这活干了。丁方文觉得不好笑，想把实情跟父母说清楚，正义说还是让自己过几天安稳日子吧，这要是兜出实底，他可就是十恶不赦的坏蛋了。丁方文想想也是，既然已经假戏真做了，那当前的任务就是尽快让假戏成真了。小两口正准备把当前的工作重点落到实处，方阿琴敲敲门进来了，手里拿了两页纸，她说：“我算了下日子，这孩子应该有两个多月了，这时候虽然还没显怀，但却是最重要的时候。我刚才从网上下了点儿资料，特别这一条啊，你们听着：妊娠期间不宜过性生活，尤其是妊娠的头三个月与最后三个月。”

正义和丁方文相互看看，两人都极不自在。方阿琴继续念着：“妊娠期的危害主要有：第一，导致子宫收缩引起流产、早产。这主要有两方面的原因，一是男方的精液富含前列腺素，它能激发子宫收缩，造成胎盘从子宫壁剥离，导致流产、胎膜早破或因子宫颈口扩张而早产。二是性交时的机械性刺激使外阴及盆腔器官充血，性高潮时——”

丁方文一把夺过方阿琴手里的两张纸，急了：“这都什么呀！”

“这都是专家说的，你拿来、拿来……”方阿琴伸手来要。

丁方文烦躁地说：“行了行了，我们认得字！”

方阿琴让正义和女儿一定好好看看，要不然，就分房睡。

方阿琴走了，丁方文和正义蔫头奄脑，都没了精神，原本幸福的两人世界，被方阿琴带来的一阵秋风吹得七零八落。

第二天傍晚，正义去学校接丁方文，门卫说丁方文早就走了。正义打电话过去，丁方文那边关机。正义回到家，丁方文还没回去，等到《新闻联播》都演完了，还不见丁方文的影子，老丁说不等女儿了，一家人还饿着肚子呢，要去张罗吃饭，方阿琴不乐意了，说吃饭急什么，让正义出去找一找丁方文。正义出门的时候，门被过堂风一吹，咣当一声关上了。方阿琴以为正义摔上了门，要追出去跟正义理论，被老丁拦下了，说她别没事找事。方阿琴大声说：“什么早市夜市，你看他什么态度。那是他老婆，找自己老婆都这么心不甘情不愿的。”

老丁实在看不下去老婆咄咄逼人的样子：“什么心不甘情不愿，我看到了，门是风刮的，你也太强势了。”

方阿琴道：“我知道门是风刮的，可你没看他那张脸，拉得比驴脸还长，你说，他一分钱不挣，还得让怀孕的老婆供着，他不应该好好照顾方文吗？”

老丁叹息：“你就这么作吧，你这不是帮方文，是害方文！”

丁方文是到人家家里做家教去了，没想到跟那家的男人闲扯时得知他居然跟方阿琴在一个单位共过事，丁方文本来还觉得挺亲近的，可人家却毫不犹豫把丁方文辞退了。丁方文追问原因，那个男人说：“孩子读书成绩好坏，我不在意，我在意的是孩子的人品，你是方阿琴的女儿，我担心我儿子从你身上沾到方阿琴的尖酸、刻薄和自以为是！”

丁方文一时不知道该恨自己的老妈，还是恨这家男主人，转身逃离了出去。她关了手机，一个人坐在有轨电车上，晃荡到了海边。夜色里，一个孤单单的女人坐在清冷的海边，怎么看怎么都不能令人放心。巡夜的护海人一直远远盯着丁方文，直到她起身走了，人家才放下心来。

赵正义在小区门口接到丁方文，问她去哪儿了，怎么电话也打不通，丁方文说去给学生补习了，手机一直关着。回到家，方阿琴和老丁都围着女儿问三问四，丁方文不愿说话，一个人进了屋里，方阿琴问方文怎么了，正义说方文也没跟自己说。方阿琴气愤地看着正义：“你是她丈夫，她有话不跟你说，你不觉得自己有问题吗？”

正义气得瞪着方阿琴，不知道说什么才好。方阿琴不依不饶：“怎么，我说错了吗？”

“是你错啦！”丁方文咣地推开门，站在门口，把母亲的恶行控诉了一遍，她哽咽着说：“这就是你在外面的名声，尖酸、刻薄、不可理喻！”

方阿琴愤怒地吼着：“他胡说八道！”

丁方文说：“他在你手下干了五年，你一句工作不胜任，就把人家的饭碗砸了！你说你过不过分？”

方阿琴争辩：“我那是对工作负责，我问心无愧！”

丁方文还要说什么，被正义喝住了，不想方阿琴把一肚子的怒气转移到了正义身上：“你少在这里充好人！要不是你，方文能出去当家教吗？要不是出去当家教，方文能遇到那个混蛋吗？”

老丁把正义和丁方文推进了屋里，转身劝着方阿琴，刚才还无比坚强的方阿琴也哭起来，一副委屈状。老丁安慰道：“行了，跟自己孩子生什么真气。”

方阿琴抽泣着：“我一天到晚为他们操心，在他们心里就换来这么个形象……”

老丁说：“这不是话赶话嘛，都在气头上。”

方阿琴说：“要不是她有孕在身，我非把他们赶出去，让他们尝尝自己过日子的难处。”

老丁说："赶出去了你不更操心？行了，我刚烧了水，洗脚去吧。"老丁转身进了卫生间。

"我要强了一辈子，还是跌在孩子手里了。"方阿琴越想越委屈，又抽泣起来。

正义在屋里劝好了丁方文，说过两天会去两家单位面试，以后就不用丁方文上完一天班再跑出去做家教了。丁方文说正果的一切花销都是大哥大嫂担着，再让他们替自己和正义去掏婚宴的钱就说不过去了，她也是想快点儿把钱还给他们。正义听老婆这样说，心里好受了许多。门砰砰地响了，进来的是老丁，手里拿了一本书，是关于保胎的。听说是母亲买的，丁方文说不要，正义忙接了过来。老丁批评丁方文，说："今天的事是你不对，再怎么着，她是你妈。外人怎么说她是外人的事，可你不能。"

丁方文低头不语，正义说："爸说得对。"

"一会儿去给你妈道个歉，听到没有。"老丁叮嘱。

"行，这就去。"正义答应着，拉着丁方文朝外走，丁方文有些不情愿，可还是去了。

方阿琴半躺在床上看报纸，一张报纸遮住了大半张脸。丁方文进来，支吾了半天不说话，还是正义替她说了，方阿琴并不理会。老丁急了，催促道："阿琴，你就说句话，孩子明天还上班呢。"

方阿琴打着哈欠，扔下报纸，身体往下一滑，拉上被子，把后背亮给了正义和方文。正义说："妈，方文回屋就跟我说，她不应该那样说话。"

方阿琴声音冷漠："我要睡觉了。"

老丁连忙圆场，说："行了，以后说话多注意点儿，不能信口开河，回去吧。"

正义拉着丁方文退了出去。老丁叹息："你呀，还没有孩子的胸襟开阔。"

方阿琴埋怨老丁："就你没有原则！"

老丁道："原则不是在家里讲的。"

一直担心正义的还有正大。结婚一个多星期了，连个面都没露，周雨晴不以为然，说婚宴的钱自己拆东墙补西墙好歹给交上了，正义是觉得对不起大哥大嫂，才不好意思露面的。正大说这倒不至于，正义主动提出过，说等以后有钱了，肯定把婚宴的钱还给周雨晴。周雨晴说得了吧，等他还钱，好好都能娶媳妇了。正大知道周雨晴为掏钱的事一直耿耿于怀，好在她也就是耿耿于怀，过过嘴瘾，并没有真指望把那笔钱要回来，要真是那样，为难的还是他赵正大。这几天，正大也给正义打过几个电话，每次问他过得怎么样，正义都说挺好。正大也没去深问，摊上那么个绞牙的丈母娘，能好才怪了。周雨晴说："现在说这话还有什么用，这事早就能预料到的。"

正大自责："我这当哥的无能，还得让弟弟去人家倒插门。"

周雨晴说："你这哥够可以了，当爸的也不过如此。"

正大说："想起我爹听说正义倒插门时的情形，我心里就难受。正义这个婚，要不是有你张罗，我还真不知道怎么办好了。"

赵正大很少当着面表扬周雨晴，今天的这番话，让周雨晴有点儿意外，她的心里虽然挺热乎，嘴上却不饶人："行了，别假惺惺了，来点儿实际的。"

赵正大说："谢谢你这么多年照顾这个家，照顾正果。"

周雨晴真被感动了："我知道你挂念弟弟妹妹，特别是对正果不放心，才不让她和大顺子来往。其实，我特别能理解你，你是怕正果出事，受不了打击，这样吧，我尽量按你说的去做，不让正果和大顺子来往。"

正大又要表示感谢，周雨晴连忙阻止，她觉得没有必要这么客套，客套大了就夹生了。

正大不想让正果和大顺子来往，可他拦不住正果的心，正果跟周雨晴一去面馆，就念叨着大顺子，周雨晴答应了正大，不让两人来往了，她不好出尔反尔。可正果不管这一套，在饭店里直跟周雨晴磨牙，不见大顺子她就抽抽搭搭哭起来，终于把一个吃饭的客人惹火了，骂她是哭丧，周雨晴一气之下跟客人骂起来，两厢一通争吵，吓着了正果，昏厥过去。周雨晴和伙计急三火四把正果送进医院，等正大赶去了，正果已经醒过来了，不过还是头疼。医生说这是因为受到了突然刺激，病情才出现反复，而反复本身就是加重，建议让正果住院进行一次全面检查。大夫认为正果现在就好比是一把丢了钥匙的锁，只有找到开锁的钥匙，才能出现根本好转。听大夫这么一说，正大和周雨晴都想到了蔡亮和大顺子。

正果被推进高压氧舱了，周雨晴说起正果要见大顺子的事，正大沉默不语。正义跑来，从高压氧舱窗口看见正在做治疗的妹妹目光呆滞，问正大出了什么事，正大不说话，正义又来问嫂子，周雨晴说："就是她想见的人，你哥不让见，正果着急就犯病了。"

正义追问正果到底要见谁，正大心烦地说，谁都不是。正义又问嫂子，周雨晴也不说话了，脸上挂着对正大的不满。护士出来送给周雨晴一张划价单，周雨晴生着闷气，把单子塞给正大，没好气地说："交钱去。"

正义接过单子要去交钱，正大又把单子夺过去，不让他交。正义掏出一叠钱，塞到正大手里："方文给我的，她在外面给学生补课，攒了点儿私房钱。"

正大看看手里的钱，抬头对正义说："还得找蔡亮谈谈。"

周雨晴想起蔡亮有一个多星期没露面了，看样子，他是想躲。正义说他躲得了吗？这恶果是他一手造成的，他不负责谁负责？正大想去找蔡亮谈谈，正义也要跟着去，被正大拒绝了。

正大把蔡亮约在了办公楼下的休息区，和蔡亮刚说了两句话，正义也来了，正大生气地质问弟弟："不是不让你来吗？"

"我怕你让他耍了！"正义虎视眈眈瞪着蔡亮。

在正大的一通呵斥下，正义才老实下来。蔡亮向正大解释这段时间没去看正果，一是因为婚期近在眼前，好多事情等着去办；二是公司这边有几笔业务也要解决，客户天天催，确实太忙。"我要是有时间，肯定会去看正果，可你们要是把这当成规定，给我排出班来……我真不行，也请你们理解理解我。"

正大连忙表示理解，说今天过来绝对没有强迫的意思。蔡亮说："我和正果虽然是过去时了，可毕竟我选择离开她的时间不太道德，我也不想背着这个沉重的十字架过一辈子，于情于理，我都希望正果能早一天康复，但是如果我和正果走得太近，对我女朋友也不公平。"

"那你把正果害成现在这样就公平了？"正义终于绷不住了，质问蔡亮。

蔡亮说："你要是这样说，就冤枉我了。"

正义理直气壮："冤枉你什么了？正果这次病情加重，还不是因为你一个多星期没露面，才让她受了刺激。”

蔡亮觉得自己很无辜：“你怎么赖到我身上了？你看，我不去是事，去了还是事，你这……解释不通嘛。”

正义认为没有什么解释不通的，你蔡亮就是出工不出力，敷衍了事，止果的病才加重了。正果的病情刚有好转的时候，蔡亮去看过几次，确实有了些效果，可是，眼看效果就要从量变到质变了，蔡亮又不去了，这样一来，正果肯定失落，情绪一失落，病情肯定加重。按照正义的推理，蔡亮就是根本不希望正果把病治好了。

“你……”蔡亮既失望又无奈，他没想到正义会这么不讲理。

“你什么你，你就是怕她好了，把你的丑事抖出来，管你要那五百万！”正义总觉得五百万被蔡亮私吞了。

“要是你这么说的话，那我不管了！”蔡亮站起来要走。

正义一把拉住蔡亮，两人撕扯起来。正大恼怒地把正义拉开，又忙安抚蔡亮。蔡亮对正大说：“大哥，过去我是对不起正果，可你们不能老拿着这件事要挟我吧？”

“蔡亮说得没错。”说话的是夏秋，她走过来，看看正大和正义，“我告诉你们两位，蔡亮确实没有看望赵正果的义务，你们再这么纠缠不休的话，我只有喊警察来了。”

“你喊哪！喊哪！”正义一脸不服气，跟夏秋叫起板来。

夏秋果然拿出手机，要拨打110，蔡亮忙摁住夏秋。正大骂了正义几句，回头诚恳地对夏秋和蔡亮说：“我们也知道给你们添麻烦了，可是，希望你们能理解我这个做哥哥的心情……”

蔡亮嘴角动了动，想说点儿什么，被夏秋拉走了。正义还要上前理论，被正大喝住了。

回到办公室，夏秋并没有问蔡亮都跟正大说了什么，这让蔡亮觉得心里没底。夏秋问：“上个月取的那两万块钱，你一直没给我，你不会是忘了吧？”

蔡亮掩饰着不安，说那笔钱自己借给一个朋友了，过段时间会还。夏秋笑笑，平静地说：“还学会撒谎了，正果他大哥把钱给我了。”

蔡亮一惊。夏秋说："他不让我跟你说，本来我也不想说。他们既然能把钱退回来，就说明赵正果的哥哥还不是无赖，你帮一帮他们，我觉得也未尝不可。虽然从情感上说，我心里一直很排斥这件事。但如果你对赵正果真是漠不关心的话，我反而又会看不起你。我喜欢你，就是感觉你蔡亮还是个重情重义的男人。但这件事总应该有个限度，你如果一直纠缠在里面，我们的感情不可能不受到伤害。我其实一直想大度一些，赵正果毕竟是个病人，她现在需要帮忙，可我又很矛盾，因为她毕竟是你的初恋。要知道，每个人这一生都可能会邂逅很多段感情，但唯有初恋是最刻骨铭心的。每次想到你和正果单独在一起，我的心情都特别复杂。"

蔡亮不知道怎么安慰夏秋才好。

二十九

正果躺在病床上睡着了，手上的吊瓶打了一大半。正大坐在凳子上看报纸，周雨晴核查着住院单据，这才住了三天院，两千多块钱就没了，她感叹说现在只有两种买卖最好做，一是医院，二是火葬场，连价都不能讲。正大抬起头，让她闭上嘴，少胡说八道。周雨晴说本来嘛，你见着谁在这两个地方讲过价，还不是人家要多少就得给多少。正大懒得和周雨晴纠缠下去，继续埋头看报纸。正义拎着外卖进来，周雨晴问他工作找得怎么样了，正义笑笑，说自己现在无业游民一个，正好照看正果，让大哥和嫂子都去忙吧。周雨晴打开饭盒一看，里面居然有两个鲍鱼。周雨晴说："这得多贵啊。"

正义说："方文她爸妈让她吃的，每天两个，让她补补，她都吃恶心了。"

周雨晴说："那你们就争点儿气，抓点儿紧。"

正义无奈："我们俩也急呀，可这也不是着急就能办到的事。从心里讲，我真不希望这么早要孩子，男人嘛，还是应该先立业。"

正大从报纸上抬起头："你都立了这么些年了，还不是瞎晃？正义，你这都成家了，真应该稳定下来，找个正经事做，不能再朝三暮四了。"

周雨晴跟着问：“你投出去那些简历，没有回话的？”

正义说：“回话的多了，都不合适，发现我的伯乐还没出现，就先等着吧。”

正大觉得弟弟好高骛远，不如先找个地方干着，任何地方缺什么人也不带缺领导的，整天想着去当领导，不现实。正义说：“你们也得支持我，真搞不明白你们怎么老是对我没有信心。在这一点上，还是方文理解我，是金子，总有发光的那一天。”

正大说：“你先别惦记着发光，先挣点儿钱吃饭才是真的。”

周雨晴问：“嫂子一直没好意思问你，那个方阿琴……对你怎么样？没折腾你吧？”

正义道：“她把姑娘都给我了，能怎么样？难为我就是难为方文，在这个问题上，她还能掰扯明白。”

正大点点头：“这就好。”

正义掏出五百块钱，递给嫂子，说是方文给的。周雨晴接过钱，夸赞丁方文明事理，比她妈强多了。她嘱托正义，一定要对得起人家。正义拍着胸脯让嫂子放心：“这是必须的。只要她心里有咱们家人，我对她肯定没二话。”

正大没想到蔡亮会主动来约他，还以为有什么急事。两人在一家茶馆碰了面，蔡亮从包里拿出一个信封推到正大面前：“这钱，你们留着吧，别再退回来了。以后……我不能去看正果了。”

正大不知道出了什么事，紧着追问，蔡亮只得把自己的顾虑说出来，他和夏秋眼看着要结婚了，老跑去看正果，确实不妥当。正义一听就火了，挥拳要打蔡亮，被正大拦下了，正义人打不着了，嘴却不闲着，他骂蔡亮：“你还是人吗？正果到底让你怎么着了，我们一直没追究，现在你他妈还来恩断义绝这一套！你结婚我们管不着，但你在结婚以前，得把五百万的事说清楚！”

蔡亮争辩：“我还得说多少遍，我真不知道五百万的事！”

“你还装！”正义又要往前冲，被正大扯开，让他出去等着自己。正义不情愿地走开。

正大把桌上的信封推到蔡亮跟前，让他收回去。蔡亮说：“这是我和正果的事，如果你们不要，我会愧疚一辈子。”

正大说："正果是我妹妹，这个主，我能替她做。你要是真觉得愧疚，以后多在心里默默送给她点儿祝福就行了。谢谢你这段时间对正果的照顾，你要结婚了，我替正果……祝福你！"

蔡亮的眼圈泛红，起身向正大鞠了一躬："大哥，对不起！"转身走开。

正义不甘心地跑过来，质问正大："就这么让他走了？那五百万怎么办，就这么拉倒了？"

正大没搭理弟弟，自顾走去，正义跟在后面，埋怨正大心慈手软，说自己不会这么便宜了蔡亮。正大知道弟弟不光是在过嘴瘾，回身警告他别没事找事，带出一身屎来可没有人给他收拾。

两人回到医院，周雨晴说刚才接了个电话，是公爹打来的，他听说正果住院了，急着要来。正大埋怨周雨晴不该多嘴，又把电话打回去，告诉父亲正果就是例行检查，检查完就回家了，赵长禄将信将疑。

周雨晴懒得理会正大，问正义："蔡亮找你们干什么？"

正义说："给两万块钱，想买个心理平衡，以后他什么事也不管了。"

周雨晴一听就急了："不管了？那怎么着也不能就给两万块钱呀，这两万跟五百万，那差多少呀，天上地下……"

正大轻蔑地看着周雨晴："我都不知道该说你什么好了……"

周雨晴看看正大，又看正义："你看你哥，五百万都视如粪土，就咱们俩是跳梁小丑！"

周雨晴看看时间，要去幼儿园接好好，正大还要到台里准备晚上的节目，两人都走了。正义陪着正果东拉西扯起家里的陈年往事，正果静静听着，更多的时候是一脸茫然。正义有些泄气，他觉得这真是跟鸡同鸭讲没什么两样，眼前坐着的要不是自己的亲妹妹，他早没有了这份耐心。这样一想，就更觉得大哥大嫂的不易。

丁方文下课后，来到医院。正义劝她早点儿回去，丁方文不肯，说回家早了，受不了母亲唠叨，还不如在医院陪着正果，她晚上不走了，跟正义一块儿陪着正果。正义说："那不行，你明天还上班，赶紧回家休息。"

丁方文软磨硬泡着不想走，正义问她是不是怕家里问起怀孕的事，丁方文不语，正义突感压力倍增，按当初作假的时间推算，再过一阵丁方文就应该显怀了，到那时可就什么都瞒不住了，到时方阿琴会有什么表现，现在真是不敢想象。

周雨晴没想到，一大早公爹居然来了。周雨晴回身去敲北屋的门，把正大叫起来，正大开始还挺不耐烦，嫌周雨晴一大早耽误他睡觉，一听说是父亲来了，连忙出来，埋怨赵长禄不听自己的，还是大老远跑来了。赵长禄说在家里也是不放心正果，要是没有事也不能住院哪。

周雨晴忙着做饭去了，赵长禄惦记孙子，到南屋去看好好，小家伙还没起来，赵长禄一抬头，发现床头上方的墙上只立着孤零零的“周雨晴”，心里起了疑问。

吃过早餐，正大陪着老爹去了医院。正果在高压氧舱里做理疗，赵长禄趴在玻璃窗外朝里张望。正义打着哈欠，说昨晚正果睡得挺好，早晨六点多才醒，让爹放心。赵长禄让正义回去休息，正义不肯，说自己回去也没事。赵长禄说：“咋能没事啊？回去照顾照顾媳妇，看看家里有啥能干的就多干点儿，眼里要有活。住在人家家里，哪头都不能叫人家挑了理。”

正义不语，只是点头。赵长禄又叮嘱：“在人家家里，记着多干活、少说话，受点儿委屈啥的，能忍就忍一忍。”

父亲的话，让正大听了觉着难受，找个理由把正义支走了，他看得出来，正义的心里也不会是好滋味儿。赵长禄瞅瞅四下，把正大拉到一个没人的角落，问正大和周雨晴处得怎么样，正大一时没反应过来，支吾着说挺好的。赵长禄盯着正大，把正大盯得有点儿紧张，赵长禄说：“挺好的咋没睡在一铺炕上？”

父亲问出这样的问题，让正大有点儿难为情，他笑笑：“我晚上回来晚，怕影响她和孩子睡觉，就分开睡了。”

赵长禄问：“那墙上怎么光是好好妈一个人？俺大上次来，你俩还都在墙上，俺就看出来跟原来有点儿不一样，你俩中间被剪开过。这也难怪，两口子怄个气啥的，使使性子，完事了再贴到一块儿。俺上次来，你俩都没有了，俺又琢磨，那是相片收起来了。这次来，就光剩了好好妈自己了，你说有没有事？”

正大没想到父亲的观察还这么细，搪塞着解释说：“就是……闹了点儿矛盾……”

赵长禄盯着正大：“一点儿矛盾就能这样？俺不信。你要不说，俺问好好妈去。”

赵长禄犀利的眼神终于打败了正大，他终于招了：“我们……早就离婚了……”

赵长禄一下呆住了。这样的结果，他不是没想到，可实情终于从儿子嘴里说出来，他还是难以接受。一瞬间，赵长禄便像是遭受霜打的茄子，彻底蔫了。

赵正大安慰起父亲，说自己虽然跟周雨晴离婚了，可还是像一家人。赵长禄缓过神来，问是不是正果拖累的，正大连忙否认。赵长禄眼里泛着泪光，愧疚地说：“一准是。这都怨俺，要是早把正果带到乡下，你们就不至于……”

正大说：“不是，爹，真不是……”

赵长禄叹了口气：“久病床前无孝子，这说的是自己的孩子。人家就是个嫂子，凭啥帮咱照顾正果，还帮着操小叔子的心……”

正大心里一阵难过：“我让爹失望了。”

赵长禄说：“俺失望不失望是小事，你俩的日子过碎了，俺知道怪俺，都是俺拖累的。”

正大的眼圈泛红，不让爹再说下去了。赵长禄问正大：“你刚才说离婚了，可过得还像一家人，俺就想问问你，你和好好妈还能不能合起来？”

正大沉默，不想回答这个问题。

赵长禄说：“你不说话，就是同意了，俺去跟雨晴说。”赵长禄转身要走，被正大拉住，不让爹管自己的事。赵长禄争辩：“俺得管，现在正义结了婚，再不用折腾你们了，这正果出了院，俺就领她回乡下，你俩再就没有那些麻烦事了。你们合起来，往后好好过日子。”

正大说：“行了爹，现在离婚不丢人。我和雨晴的事，我能处理好。”

赵长禄沉默起来，半晌，终于下了决心：“老大，有件事，俺忍了三十多年，俺不能再忍了……再忍，俺更对不住你了。”

正大有点儿慌了：“爹，不用说了。”

赵长禄道："俺……俺不是你爹。"

正大急了："爹，别这样……您就是我亲爹。"

赵长禄摇摇头："俺确实不是。"

正大的眼里涌出泪来："爹，我不想听。"他转身要走，赵长禄拉住他胳膊："你得听。"

赵长禄说的是一件三十八年前的旧事：当年，一个下乡的女知青被村里分到赵长禄家里住，后来女知青不知跟谁谈了恋爱，怀上了孩子。再后来，知青开始返城了，她怕这孩子挡了自己回城的路，就把孩子送了人。可是，孩子三天两头地闹病，人家觉着不好养，没过多久又把孩子送还给了赵家。那时候，女知青早就回城了，赵家一时找不到女知青，就把孩子暂时留下了，孩子长到一岁多的时候，赵家也舍不得再送走了。等赵长禄成了家，更是干脆给孩子当起了爹。而这个孩子正是正大。

令赵长禄意外的是，他的这段故事并没有让正大有什么激烈的反应，正大似乎在听一个关于别人的故事。

赵长禄说："俺一直想把这个秘密带进黄土。可是，三年前，那个女知青突然回到了村里，俺知道她要认你……所以、所以就一直躲着她……这三四个月里，她到村里的次数突然频了，上次俺为躲她，在城里待了半个多月，她就在村里等着俺，俺都不敢回去……老大，俺一直藏着私心，俺怕你认了她以后，就、就不管正义和正果了……"赵长禄自责地低下头，像个做了错事的孩子。

正大不语。

赵长禄颤抖着从怀里掏出一张纸条："每回来城里，俺都揣着这张纸，这是那个女知青留下的地址，可是……爹张不开嘴。老大，俺对不住你呀。你拿着，去找你的亲妈吧。"赵长禄把纸条塞进正大手里。

正大握着那张纸条，无动于衷，过了会儿，慢慢地撕扯起来，赵长禄急忙拦着："老大，你干啥呀你……"

正大漠然地笑了下："这事，很小的时候我就知道了。"

赵长禄大惊。

正大说："我上小学的时候，就听村里人说我是知青的野孩子。爹，你记得有一年秋天我两天没回家吗？"

赵长禄点头："记得记得，你说是叫一个卖山货的人骗走了，后来是你自己偷着跑回家了。咋的，你是想去找你娘？"

正大点点头："我没混上火车，在县里的火车站蹲了一宿，第二天回家了。"

赵长禄叹了口气："那时候，咱不知道你娘在哪儿。现在知道了，你得去认这个娘。她是你亲娘，你是从她身上掉下来的肉！"

"爹，在我的世界里，只有一个娘，现在埋在老家的山坡上。城里的那个人不是我娘，她生了我，却不养我，反而抛弃了我……这个道理，我在蹲在火车站的那天晚上就想明白了。"

"老大呀，你也当爹了，你应该理解当爹妈的，不到万不得已，谁能抛弃自己的孩子呀！当时……她也是有难处。"

"是，你说的这些我都懂。可我问你，她明知道我们在小山村里住着，这么多年她为什么不回去找我？现在，我娶妻生子，成家立业了，她才想起我来了，为什么？她就是什么坏心都没有，也是想了却她自己的一桩心愿。爹，你说吧，这么狠心的娘，我还认她干什么？"

"老大，爹说不过你，可你得听爹一句话，你得去找她，现在正义也结婚了，咱家也没了大事，俺不能再连累你一大家子了，这回俺走的时候，一定得带上正果。"

"爹，我也求你一件事。"

"你说。"

"爹，这事以后不要再提，尤其不要让正义和正果知道。我还要求您老的是，千万别把我从这个家撵走。在我心里，我有家，我爹叫赵长禄，我弟弟叫赵正义，妹妹叫赵正果。爹，我们永远都是一家人，谁都不能把我们给分开……"

赵长禄沉默，半晌，呜呜地哭起来。

压在赵长禄心头的一块石头终于搬走了，可他还是没觉得轻松起来，那就是正大和周雨晴的事。背着正大，赵长禄到面馆来找周雨晴了，他说事情闹到这个地步，都是自己惹出来的麻烦，周雨晴要恨的话，就恨他这个当公爹的不懂事，千万别把账记到正大头上。“这些年，俺们家里拖累你了，老赵家人对不起你呀……”赵长禄说着，给周雨晴鞠了一躬。

周雨晴慌了：“爸，这是干什么呀，我既然没离开这个家，就还是这个家里的人，一家人怎么还说起两家话来了。”

赵长禄盯着周雨晴：“你的意思是说，你还愿当俺……儿媳妇？”

周雨晴道：“爸，我一直都是，这辈子都是！”

赵长禄问：“好好妈，你和俺说句实话，你是不是还想跟正大过下去？”

周雨晴声音轻下来：“要是不过，我早就走了。”

“俺明白了，明白了……”赵长禄脸上露出喜色。

周雨晴说：“不过，我也知道，强扭的瓜不甜，正大不愿意，你也别逼着他。”

“不逼他，你怎么办？”

“放心吧，他跑不了，我能让他回心转意。”

从周雨晴那儿探出了口风，赵长禄觉得浑身上下轻松了不少。回到医院时，正果睡着了，正大坐在床边看报纸。赵长禄把正大叫到走廊，告诉他自己刚去找了周雨晴，她想早点儿复婚。正大说这件事他也早就考虑过了，可两个人毕竟离了婚，那说明他们的婚姻是有问题的，现在要复婚还是有点儿操之过急，再冷却冷却，也是对他们两个人负责。

赵长禄说：“那是你的道理，男人讨媳妇做什么？还不是为了过日子？好好妈是个过日子的人。她要是个死驴不上磨的女人，爹也不逼你。再说，俺也看出来了，你心里也放不下她。既然人家心里还挂着你，你就借着这个台阶下来吧。明大，就和她去把婚复了。”

正大说还是要再想想，赵长禄有些急了：“还想什么想？你得为好好想一想，得为好好妈想一想！正大，你是个男人，不能老想着自己舒坦，得想着别人，得还别人的情，这个家过的不是你自己一个人！就这么说定了，明天一早，就把证办回来！”

赵长禄的一通施压，让正大不太痛快，晚上做完节目，他又去了医院，赵长禄却把他赶回了家，偏要自己陪着正果。正大回到家，周雨晴已经睡着了，她的身旁，给正大留了个位置，正大蹑手蹑脚躺上床，周雨晴全然不知。

早饭比往常丰盛了许多，周雨晴显得很高兴，做饭的时候一直莺歌燕舞。坐到饭桌前，她故意埋怨正大：“你也是，回来也不叫我一声，我都不知道。”

正大说：“吃完饭，咱俩出去一趟。”

周雨晴像是没听明白，直愣愣地看着正大。想了片刻，似乎意识到了什么，心里一阵喜悦。可让正大没有料到的是，在行政大厅的门口，居然是周雨晴亲手扼杀了两人复婚的计划。

事情出在一对离婚的男女身上，两人刚办完手续从行政大厅出来，跟正大和周雨晴走了个碰头。

女人怨气未消，抡起手里的皮包摔在男人身上：“你去死吧！”

男人满腔仇恨：“跟你离了，死我也高兴！”

两个人骂骂咧咧走了，正大刚要进门，被周雨晴拽住了。周雨晴问正大：“你想好了吗？”

“快走吧，我回头还有事。”正大没有直接回答。

周雨晴不满意这个答案，她说自己心里还有顾虑，这可是第三次迈进这个门了。正大要是没想好，那复婚后两人也不会有好日子过，再让自己进来第四次，她这颗心不光彻底碎了，这辈子也彻底完了。

正大觉得周雨晴想得太多，虽说两人没有水到渠成，但复婚后，遇到问题，再去解决，再去磨合，自己也能接受。周雨晴认为感情逼是逼不出来的，这次正大带自己来复婚，十有八九是被公爹逼来的。自己不想再被伤害，如果复婚不是心甘情愿，那就就此打住。正大觉得周雨晴就是瞎琢磨。周雨晴说：“我不是瞎寻思。打一早晨开始，你就一肚子心事。你找个镜子看看你那张脸，好像受了多大委屈似的，这是复婚，不是上刑场。”

正大过来拽周雨晴：“来都来了，进去吧，证领完了，你我就又回到从前了。”

周雨晴推开正大的手：“对不起，我还没想好。”周雨晴转身走了。

正大愣住了，望着周雨晴远去的背影，内心五味杂陈。

赵长禄听说周雨晴不同意复婚，急了，要去找她问问到底因为什么，正大哀求赵长禄：“爹，您就别添乱了，这件事，真是欲速不达。”

在迈进复婚的门槛外拒绝正大，连周雨晴自己也觉得有点儿意外，不过她并不后悔，反倒为内心的坚强生出了些自鸣得意。看来，有时候做个拒绝者，也是件叫人愉快的事。

虽然婚没有复，却并不影响周雨晴在这个家里的地位。正果出院的大事小情，还是她来一手操办的。而正果的心结，更得靠她这个名不正言不顺的前嫂子来化解。

赵正大在医院门口拦了辆出租车，正果看看司机，却高低不肯上去。赵长禄问怎么了，正果看着周雨晴，那意思是让嫂子给出答案。正大明白正果的心思，要硬把正果推上车，可正果根本不配合。正大无奈了，只得跟周雨晴说："你给他打个电话吧。"

赵长禄问明了情况，有些疑惑地问周雨晴："人家能听咱的？"

周雨晴说："人家听正果的。"

周雨晴的电话打出去没有十分钟，大顺子便开着他的出租车赶来了，正果一见他，便眉开眼笑，不用谁招呼，便自己坐到了副驾驶的位子上，还高兴地扣上了安全带。

周雨晴向公爹介绍起了大顺子，其中多有溢美之词，让大顺子很不好意思，正大有点儿听不下去了，催促快上车。一路上，赵长禄查户口一样问这问那，大顺子一一回答。到了小区门口，正大掏钱给大顺子，示意拿了车费赶紧走。赵长禄却要留大顺子吃午饭，大顺子一看正大那张拉长的脸，便极力推辞。赵长禄拉着大顺子的手不放："就在这儿吃。吃完饭，那啥，俺再麻烦麻烦你，给俺送到火车站去。"

正大问："去火车站干什么？"

赵长禄说："俺得回去。不能再在这儿耽误你们了。那啥，雨晴，你把正果的东西也收拾收拾，俺带她一块儿走。"

听了赵长禄的话，正大和周雨晴都感到意外，大顺子更是变了脸色。正大说正果还有很多康复项目得做，不能回乡下。赵长禄坦言，做那个高压氧，也就是让正果多吸点儿氧气，咱乡下空气多好，那氧气都是现成的，还不污染。

周雨晴说："那能一样吗？这个氧是治病的。再说了，正果都在城里生活这么些年了，环境突然一变，她精神上肯定受影响，这对她的恢复也肯定不好。”

正大也劝爹：“雨晴说得对，确实不能让正果中断治疗。”

赵长禄还是执意要带正果走。原来自己心里存着小九九，没把正大的身世说出来，已经愧对正大和周雨晴了，这一趟过来，得知正大早就知道了自己的身世之谜，赵长禄更是心存愧疚。照顾自己的亲兄弟热姊妹，都不应该是当大哥大嫂的职责，何况还是这种关系。

周雨晴问正果：“正果，爹带你回乡下，你就见不着大哥、二哥、嫂子，还有好好了，这样行不行？”

正果看着正大，眼里噙了泪水，她哽咽着说：“哥不要正果了……”

正果的一句话，把正大的眼泪也说下来了，他看着赵长禄：“爹，别逼正果了。”

周雨晴给正果擦着眼泪：“正果不走、不走……”

赵长禄硬着心肠，还是要带走正果，于情于理，他都不能再让正果拖累这个家了。

大顺子也上来劝赵长禄：“大叔，正果不愿走就别走了……”

“你少掺和我们家的事！”正大朝大顺子瞪着眼。

大顺子脖子一梗：“要是你们同意，往后我照顾正果！”

此话一出，众人愕然，赵长禄更是惊呆了。正大推了把大顺子：“你胡说八道什么？”

大顺子挺着胸脯：“我没胡说八道，我心里就是这么想的！虽然你们瞧不起我一个开出租的，可我对正果是真心好，往后，我会对她更好！”

正大推着大顺子：“你走，走，没人稀罕你对正果好！”

“嫂子，你倒是说话呀。”大顺子求救似的看着周雨晴。

“我不走……”正果一副可怜巴巴的样子，哭闹起来。

周雨晴抱住正果，安慰着她：“正果不走，咱不走！”周雨晴对赵长禄说：“爸，你就让我给这个家做一回主吧，正果不走啦！”

正果是留下了，可赵长禄的心里又叫突然冒出来的大顺子给占满了。正果真能嫁给这样一个不嫌弃她的人，也算是正果的福气了。正大觉得父亲是不知道大顺子的脾气有多暴，怕正果跟了他吃亏。再说了，叫正果找个这样的男人，总觉得对不起正果。赵长禄说啥人啥命，命里八尺，谁也求不来一丈。正大认为正果的病情有好转的迹象，应该能治好，“要是真有那么一天，正果的病情彻底好了，咱们岂不是毁了正果一辈子。”

赵长禄没想这么深，他觉得自己已经自私了这些年，不能再自私下去，让正果老是拖累正大一家，心里不安生。正大不想随随便便把正果打发出去，那样心里更不安生。在赵正大心里，照顾好正果理所应当。赵长禄可不这样想，如果说正大是理所应当，可周雨晴呢？毕竟现在离婚了，让人家照顾，自己更觉着不安。

大顺子也没想到，今天会有机会把自己的心事跟正果家里人挑明了。大顺子向周雨晴表明了想法，这件事他早就想了，今天真不是心血来潮。周雨晴也觉得大顺子是认真的，但这事还真不能操之过急。她表示，大顺子如果真想往前发展，自己愿意在正大面前帮着再烧一把火。大顺子连忙说谢谢嫂子。周雨晴说：“你说错了，是我们应该谢你才对。”

赵长禄还是一个人走了，临走前，他一再叮嘱正大，尽快和周雨晴把婚复了。正大嘴里答应着，可他心里清楚，复婚这件事，现在自己的态度已经很明确了，剩下的还要看周雨晴那边。在正大看来，周雨晴的临阵变卦，更像是在作秀，欲以此来证明她是如何自尊自强，再说得直白点儿，她就是想拔尖儿。既然如此，正大也只能顺水推舟，遂了她的愿。

三十

台里的节目又要改版了，正大本来没把这件事往心里去，每过个三年两年或是新领导上台，节目总要改一改版，这早已经是家常便饭的事了，每回改版，还都能说出一大堆冠冕堂皇的道理。但多次改版下来，正大还是在说他的《正在说》，可见这个节目的影响之大，令台领导也不敢与听众为敌。

可这一次正大的算盘打错了，台里决定把《正在说》延后两个小时播出。正大一听就火了，义正词严地和吕总监理论了半天，还是一点儿作用没有。吕总监下了封口令："这件事已经定下来了，我不是找你来商量的，只是通知你。"

正大气呼呼地问："那我能问问，《正在说》的时间让给谁了吗？"

吕总监回答："你原来的时间让给医药节目。"

正大轻蔑地问："又是性药广告吧？"

吕总监不语。正大气愤地说："要是把《正在说》的时间倒给一个正经节目，我没意见。可这么一倒腾，这不明摆着找听众骂吗？"

吕总监恼了："赵正大，你就是一个主持人，你做好自己的节目就不用考虑其他的了。我行吗？我得考虑大家伙儿的饭碗。你有能耐，你去把广告揽来，你要是能揽来人家卖药的那份钱，《正在说》想几点说就几点说！"

吕总监这一叫板，正大蔫了，事情一关系到广告费，那就是真金白银的事情了。在外人眼里，主持人是电台里最光鲜的人物，可在台里，领导器重的却是谁拉进的广告费最多，谁的节目最赚钱。《正在说》虽然一直被台里台外的人称之为献给广大听众的一碗"心灵鸡汤"，可这碗"鸡汤"现在看来并不能顶饿，要想吃饱吃好，还得有真金白银的硬通货，走到哪里都不愁置办不出来一桌山珍海味。

正大无奈地回到办公室，作为一个主持人，他要么服从，要么辞职不干，就像网络上说的：工作就像遭遇强奸，要么反抗要么享受。

按照习惯，宋天然早早就把收音机打开了，等着听《正在说》。从结识了赵正大之后，宋天然的夜生活也发生了变化，晚上除了外面必须的应酬，她都会守在家里准时收听《正在说》，虽然电波里赵正大抓不着摸不着，可只要一听到赵正大的声音，宋天然便觉得心情舒坦。可今天晚上收音机里传来的却是另一个男人语速极快的声音："出了问题怎么办？不能等不能靠，拖的时间越久越难以治愈。你这不仅是对自己身体不负责任，更是对你所爱的人不负责任。我们可以想象一下，一对缺失了情爱的夫妻，他们的家庭生活能有幸福可言吗？一粒老虎丸，步入消魂夜！老虎丸让你找到当大男人的感觉，老虎丸让你的女人尝到真女人的幸福……还犹豫什么，买十盒赠三盒，买二十盒赠八盒，这样的优惠幅度，可谓前所未有、千载难逢。在我们节目播出的两个小时里，凡是打进热线电话的听众，我们更有神秘礼物相送，赠品价值五百八十八元！没错，是五百八十八元，不是五十八元，也不是八十八元，是五百八十八元！”

刚听到这段慷慨激昂的广告，宋天然以为调错台了，可看看频率又没错，她拿起电话找赵正大算账，开口便骂：“赵正大，你还要不要脸了！这还是《正在说》吗？流氓广告没完没了啦！你到底还说不说了？”

赵正大懒洋洋的声音传过来：“我还说什么，广告时间插播的《正在说》要等到十一点之后。”

“现在不是《正在说》的时间吗？你开什么玩笑。”

“我哪有心思开玩笑，现在我就有哭的心！”

赵正大说完，把电话挂了。刚挂上，手机又响起来，这回是周雨晴打来的，她说刚才赵长禄打来电话，问正大是不是犯错误了。正大让周雨晴告诉父亲，《正在说》调到晚上十一点，这是工作需要，让他早点儿睡吧，别跟着耗了。接完这个电话，正大干脆把手机关了。

改版第一天的这期《正在说》，正大接得最多的还是抱怨电话，他心里虽然解气，嘴上还得劝听众理解，充当着和事佬。节目结束，已经是严格意义上的又一天了。

从电台出来，大顺子还在门口等正大，正大上了车，一路上无话，大顺子自顾替正大鸣着不平。从上次见了赵长禄之后，大顺子像是得到了认可，基本上天天都去面馆看正果，晚上也天天去接正大下班。正大回绝了几次都无效，便懒得再跟大顺子理论，虽然坐他的车，却从来都是一言不发，上了车就闭上眼睡觉。大顺子倒是照讲不误，情绪似乎一点儿都不受影响。

正大到家，周雨晴还在等着他，一见面，就开始发起牢骚：“为什么偏把你的时间调到深更半夜，这不明摆着欺负人吗？你们电台领导弱智啊，为挣卖药的钱脸都不要了！”

正大点头：“你说得对，要钱就顾不上要脸了。”

周雨晴说：“不就是你节目广告少嘛。明天，我也打广告去，把好再来面馆在你节目里好好宣传宣传！”

正大觉得周雨晴异想天开，嘲笑她等把面馆做成托拉斯再想广告的事吧。周雨晴说：“你还真别小瞧了我，今天我就去工商局给好再来注册了商标和标识，下一步我准备把面馆升级改造，在不久的将来，我就是餐饮连锁公司的董事长兼总经理。”

正大不相信周雨晴有这样的商业头脑。周雨晴说：“老板的脑子好不好使问题不大，只要有脑子的人愿意给老板出力就行。你看三国里的刘备脑子就不大好使，可诸葛亮还得听他的，就是刘备死了，诸葛亮还得鞠躬尽瘁扶持那个笨蛋阿斗。”

正大笑了：“你可真能联想。”

周雨晴来劲儿了：“手下人敢想，老板敢拍板，就没有做不成的事。”

“你的手下也就后厨的大老李，你不会把他当成诸葛亮了吧？”

“小看人了吧？你猜，是谁给我出谋划策？”

“谁？”正大好奇地问。

“蔡亮！”

周雨晴说，今天蔡亮来店里了，他给出了一个策划方案，算是为正果做点儿事。周雨晴把策划方案拿出来，摆在茶几上给正大看。正大翻着营销策划方案，不住地点头，看来蔡亮还真是动了脑子。周雨晴说：“我看蔡亮对正果还是有感情的，不然也不会过来帮咱。”

正大说：“别胡乱猜疑了。”他看着墙上的挂钟，“正果和蔡亮现在的处境就像钟表，可以回到起点，却已经不是昨天了。”

“那我和你呢？”周雨晴趁势问。

“怎么又扯到我身上了？”

“我们也是墙上的钟表。”

“太晚了，睡吧。”正大起身朝北卧室走去。

没有得到想要的答案，让周雨晴感到失落。不过，她失落的心情很快被面馆重新开张的喜悦冲淡了。装饰一新的门脸上，手里端着一碗热气腾腾大肉面的胖厨师憨态可掬。周雨晴分明觉得，胖厨师端的不是一个大碗，而是一个聚宝盆。对焕然一新的升级版面馆，大顺子倒有点儿担心，怕丢了那些开出租车的老主顾，周雨晴说这个她早想好了，新人新办法，老人老规矩，给出租车司机的价钱还是不变。新上的几个大肉面品种，不过是为了吸引更多的小白领。周雨晴给大顺了点了一碗牛肉面，大顺子喝了一口汤，果然味道不错。大顺子好奇地问："嫂子，怎么想起要改造店面来了？"

"是蔡亮给出的招。还别说，这小子还真有点儿头脑。"

大顺子有点儿失落："原来是这小子出的馊主意，嫂子，这小子不地道，你怎么能听他的？"

"嫂子的肚量大，只要说得有理，我就听。怎么，你还吃醋了？"

大顺子说："我就觉得他没安好心，一个店里出来两个待客之道，这是大忌。"

周雨晴想了想，觉得大顺子的话也有些道理。

午夜谈话节目的好处，就是大家都不用羞羞答答，再假丑恶的东西也能借着夜色的遮掩展示出来。一个女听众在电话里就毫不掩盖自己的小三身份，她打进的电话更像是在跟正大叫板："你在节目里总埋汰小三，我听着很不舒服。"

正大问："你是同情小三还是喜欢小三？"

"我既不是同情也不是喜欢，我自己就是小三，不过我已经扶正了。"女听众的话里透着自豪。

正大说："有句话你可能听过。"

女听众问："什么话？"

"现代社会疯狂了，绵羊开始吃狼了，猫和老鼠上床了。下面的话……我还说吗？"

女听众很执着："说，我听着。"

"小三也能见光了。"

女听众被激怒了："像你这种男人，只会对着话筒骂小三，离了话筒找小三！"

正大语气平缓："这位扶正的小三，我提醒你一句，赝品就是赝品，小三扶正了也是婚姻的赝品。"

"你别以为自己多懂女人。我告诉你，我还年轻，我需要指点，却不需要指指点点！我这个小三深更半夜给你打电话，就是想通过你的节目，把我总结出来的教训，告诉那些小三们——"女听众清了清嗓子，换成了播音员的语速，"各位还没有扶正的小三姐妹们，姐姐告诉你们一个真理，天下没有拆不散的夫妻，只有不努力的小三，小三姐妹们，加紧努力吧！"

正大不敢再跟对方纠缠下去，这毕竟是广播，还得注意点儿导向。切了对方的电话，正大说："刚才这位小三的话，让我很震惊，也挺替她脸红。在这里我奉劝那些依旧安全在围城里的夫妻们，努力的小三真是太可怕了，守好自己的城门，让小三们撞个头破血流吧！下面，我们接听下一位听众的电话。"

正大没想到，下一位听众会是宋天然，她一开口便声明，自己不是小三。正大说："我替有夫之妇们谢谢你。"其实宋天然一张嘴，正大便听出来是她了，正大有点儿心虚，他不知道宋天然能唠出什么嗑儿来。

宋天然说："同你一样，我十分厌恶小三，更十分讨厌那些把老婆当白米饭、把情人当盘菜的男人。"

正大说："看来你是一个能洞察男人的聪明女人，我喜欢和聪明女人交流。请继续。"

宋天然说："现在有好多男人，饿的时候想吃白米饭，可是吃饱了，却从来不评价老婆这碗米饭好吃不好吃，他们评论的重点是情人这盘菜好吃不好吃。这样的男人太多了。"

正大由衷地说："这句话很经典了，入木三分！"

宋天然说："你先别表扬我，现在，像我这么清醒的女人也糊涂了，我遇到了一个男人，睁眼是他，闭眼还是他，甚至为此还闹出了一个笑话。一天，公司的财务让我签字，那时我正想他，结果签上的名字不是我的，而是他的，正大老师，你说我是怎么了？"

"你一定是爱上他了。"正大有点儿兴奋，他是真为宋天然找到了归宿高兴。这样，自己也就解放了，省得她再来纠缠。

宋天然说："我爱上他了，可他好像对我无动于衷，我又该怎么办？"

正大鼓励宋天然："勇敢地去爱，姑娘。勇者，脚下都是路；智者，知道走哪一条路最好。你是一个聪明的人，不会遇路不走。我把你刚才的话改造了一下，或许对你是一个很好的建议，那就是婚姻可能是白米饭，但追求绝对是盘菜，当我们到了夕阳年龄的时候，我们会去想这盘菜，有盘菜想，也是幸福。"

"我明白了，可是，他是结过婚的男人。"

"结过婚就说明他现在是独身。姑娘，遇到了机会就千万要把机会抓在手里。"

"谢谢你。另外，我还想问你一句，一旦你遇到一个爱你的女人，你会怎么办？"

正大终于听出了宋天然的弦外之音，他犹豫了一会儿才说："这个问题确实难为我了，因为我从来没有思考过。不过，你既然问了，我乐意把我的直觉告诉你。打个比方吧，无论哪个牌子的电视机所收的频道都是一样的，既然是一样的，我为什么要换电视机呢？这位女听众，我是已婚的人，不知道这个答案你是否满意。"

周雨晴也在收听《正在说》，听到这里，她满意地自语："总算说了句着调的话。"

宋天然知道正大显然已经听明白了自己要表达的意思，继续说："如果你这个遥控器和你妻子那台电视机已经不配套了呢？就是说，你已经无法遥控这台电视机的频道了，你会怎么办？"

周雨晴听到这里，不觉一愣，竖起耳朵，目不转睛地盯着收音机。正大的声音传出来："这又是一个难题。如果我享受看电视的过程，我想我会换台电视机，如果我不享受这个过程，我会把老电视机当成摆设。"

周雨晴听正大这样说，恼怒地骂道："放屁！"

正大继续说："不过，我想告诉你的是，我是一个做广播节目的主持人，对电视的兴趣不大。"

周雨晴的眉头又慢慢舒展开来，电话另一端的宋天然不屑地笑起来："你的底线不过如此！"

挂断宋天然的电话，正大的心里还在扑腾，这个宋天然，安静了一段日子，居然又不安分了，她到底想干什么？正大有点儿把握不准了。他回到家，见周雨晴拿着遥控器在调台，正大问她怎么还不睡，周雨晴答非所问："这个遥控器好像坏了，我看能不能指挥得动电视。"

正大听出了周雨晴有潜台词，这分明在影射他今晚做节目时说的话，正大没接话茬，朝卫生间走去。

周雨晴问："遥控器怎么不好用了？"

正大说："可能没电了，换块电池就好用了。"

周雨晴起身，突然发问："赵正大，在咱家，谁是遥控器，谁是电视机？"

"你无不无聊？"正大关上卫生间的门。

周雨晴又把门拉开："你在广播里说得倒是起劲儿，回家就无聊了？"

"咱家的遥控器和电视机型号不一样！早就不配套了！"正大又把门关上，甩出一句话来。

周雨晴又把门拉开："你刚才不是说遥控器没电了吗？不是换块电池就好用了吗？"

"电视坏了，换了也白搭！"正大的声音不由高了上去。

周雨晴气呼呼踢了一脚门："你就是那台破电视！"

遭遇改版的《正在说》只说了不到一周，吕总监又把正大找了去。正大的话里带着情绪："是不是又招了财神爷，《正在说》要挪到下半夜了？"

吕总监绷着脸："我算是把你得罪了，这话里话外都夹枪带棒的。"

正大说："还不是被逼的，饭碗都快没了，还不让发几句牢骚。"

吕总监说都是钱闹的，他也没办法。正大急了，还以为节目时间又要调整，没想到吕总监说他猜得一点儿没错。正大真急眼了："我回头就给你送辞职信！"

吕总监冷笑："那给你调回去呢？"

正大惊喜地问："真的？"

吕总监说："正大啊，这几年你可真没白说，影响之大超过了台里的设想。给你延后两个小时，我就好像是把自己绑到了草船上，所有听众都朝我射箭！再这么下去，我可真就万箭穿心了。"

正大说："领导，这可不像你的打法，你老人家向来是舍命不舍钱。莫非有商家盯上《正在说》了？"

吕总监说："算你聪明，态度最坚决的是一家做儿童服装的企业，他们提出的唯一要求，就是把《正在说》恢复到原来的时间。对了，还有一家，是面馆。简直开玩笑，面馆也来凑这个热闹。"

正大好奇地问："哪家面馆？"

吕总监笑起来："这家面馆挺有意思，说一下拿不出那么多钱来，可以用面馆的餐券抵值！"

正大问："你同意了？"

吕总监坏笑着说："我跟台长一样，只对包子感兴趣。"

正大也一脸坏笑："而且只对妈妈的包子感兴趣！"

吕总监说："别胡说八道了，说正经的，我把面馆否决了，不过，那家儿童服装企业倒是值得研究研究。"

正大犹豫起来："《正在说》是情感节目，和儿童服装挂不上边，这不是让人花冤枉钱吗？"

"你管那么多干什么？商家不会比你傻。这么做，他们总是有所企图的。"吕总监推过一张纸条，"这是他们的办公地址，你抽空去一趟。"

正大疑惑："我去干什么？"

吕总监说："人家点名让你去，说你要不去啊，这事就算了。看看，你这大主播在外边比我好使。"吕总监这话说得一点儿不假，领导要看在哪里当，在电台内部，领导呼风唤雨人人都得敬三分，可跑到外面去，未必有人买你的账，很多时候真是不如一个小主播玩得转。这个道理就是放到央视也是一样，要不怎么有人说，只要能在央视常露脸，是只狗都会出名。话难听了点儿，却是极为传神。所以台里偶有拿不回来的广告，常常都把主持人放出去，每每都能奏效。

正大说："你这个领导不去，谁敢拍板呀？"

吕总监说："只要价格不低于性药广告，你拍我拍都一样。"

赵正大很容易就找到了吕总监说的那家服装企业，让他意外的是，公司的老板竟是宋天然。正大说："想帮我就直说嘛，干什么还神龙见首不见尾的。"

宋天然道："不是怕你清高，看不上我这几个小钱嘛。"

正大觉得《正在说》和儿童服装也不挂钩，建议宋天然另选节目，把广告投到《正在说》，不出效益。宋天然倒认为《正在说》正合适，不存在烧钱的问题，生意场上只有利益，如果在获取利益的时候，能顺便帮帮正大，那就再好不过了。宋天然把笔记本电脑推到正大面前："看看我们的文案策划，或许你就明白了。"

正大不解地看看宋天然，又把目光聚到电脑上。正大仔细地看完策划案，宋天然很自信地问："还质疑我投广告的动机吗？"

"你这些调查数据准确吗？"

"比你们电台公布的数据要客观多了。"

正大感慨地看着宋天然："你让我对《正在说》有了重新认识。以前，我总感觉听《正在说》的都是些痴男怨女，看了你的调查数据，我才发现，真正的听众并不仅仅是他们。"

宋天然分析道："这个社会太浮躁，情感太物质，很多本来婚姻幸福的女人都开始怀疑自己的婚姻，总怕被别人搞破坏，《正在说》成了那些相夫教子的居家女人了解情感的窗口。通过《正在说》，她们知道怎样提防婚姻危机，怎么化解婚姻危险，这批人大都有孩子，她们恰恰构成了我们儿童服装的消费主力。"

正大点头："天然，我得对你刮目相看了。"

宋天然笑笑："看人和看《正在说》一样，得立体来看，只看一面，你就被眼睛欺骗了。所以呀，我不相信耳听为虚、眼见为实，我只相信心理感应。"

正大问："还需要我做什么？"

宋天然说："当然有，我的广告费既然投上了，我就得让它发挥到极致。

对听众而言，‘正大’这两个字就代表着品牌，代表着信任，所以，如果你愿意的话，我希望你在节目里能随嘴提提我们的儿童服装，你说一句比广告说上百句都好用。”

“这个，我不敢保证。”正大实话实说。

宋天然说：“这只是我的一个希望而已，不难为你。”

正大说：“看了你那个方案，我才松了口气，要不然，我这人情可背大了。谢谢你。”

宋天然说：“不用谢了，只要往后不歧视我们这些富二代就行了。”

正大检讨自己：“以前我太世俗了，没想到，你这么努力，这么有眼光。”

宋天然道：“确实，富二代的眼界是用父辈的钱养出来的，要是没有父辈搭起的平台，哪个富二代也见不了多大的世面，不过，你说我努力，我倒是高兴。得到大主播一句表扬，不容易呀！”

正大不好意思地笑着：“你帮富二代在我这里平反了。”

因为正大这句话，宋天然要奖励正大：“你陪我吃顿饭吧。”

正大说还得急着回台里开会，宋天然不再强求，送正大出去，送到楼下后，又要送到台里，正大不让，宋天然开玩笑：“怎么，怕我拉着你私奔？没想到伶牙俐齿的正大原来胆子这么小，我都不怕你怕什么？”

宋天然挽着正大的胳膊，朝停车场走去。正大虽然别扭，却不好拒绝。这一幕被出差归来的二孟看在眼里，他赶紧停下车，拿出手机把正大和宋天然给定了格。

宋天然的跑车开走了，二孟低头看着手机里的照片，犹豫起来。想了半天，还是给周雨晴打了个电话，把情况说了。周雨晴有点儿不相信：“你真无聊，什么时候干上狗仔队了？”

二孟辩驳：“雨晴，真的，我也不想看呀，是他们两个人撞进我眼里了。”

“你再胡说我挂了。”

“别，真的，我没骗你，我这儿有刚拍的照片。”

“那……你发来我看看。”

二孟把彩信传过来，既有点儿后悔又觉得机会来了，他调转车头，来到面馆，看见周雨晴果然在生气。一见二孟，周雨晴有点儿烦，说他分明是醉翁之意不在酒。

二孟说："还是老同学了解我。不过我说句真话你别不爱听，人一辈子不长，你跟赵正大那一段已经结束了，你可别走到他那儿就止步不前了。"

周雨晴赌气："你放心，他要是一年不回头，我就去找你。"

二孟当真了："那我等着你！"

正义来到面馆，听到二孟跟周雨晴在表白心迹，心里犯起了嘀咕。二孟临走时，还不忘嘱咐周雨晴："你刚才说的话，我可当真了啊。"

周雨晴想反悔，看看正义在场，把话咽回去了，她想这样也好，如果正义把话传给正大，气气正大也不错。

正应了"拿人手短，吃人嘴短"这句话，正大从宋天然那儿一拿回广告费，《正在说》当天晚上就归位了。其实吕总监也不愿意让性药专题把《正在说》排挤出原来的时间，所以才拖着没签合同，现在正大把钱拿回来了，吕总监也有话说了，当晚便以涉嫌违规广告这样一个冠冕堂皇的理由把性药专题拿下去了。

正大一坐到话筒前就很兴奋："很高兴又能在原来的时间和大家在一起沟通交流。在今天的节目开始之前，我想说几句心里话，主持《正在说》这么多年，我和很多听众一样，一直秉承着倾听的态度，可是，当倾听了太多的苦闷与隐私之后，我们会发现，这个世界充斥了太多的分分合合，充斥了太多的小三、小四，甚至小五，本该纯洁的情感就这样被物质化了。今天早上，听到三岁的儿子唱了一首歌曲，这首歌曲我们都很熟悉，叫《小红帽》，儿子唱得很高兴，我听得也愉快，可是，当我仔细琢磨这首歌的歌词时，心情突然沉重起来了，因为在孩子的世界里，居然也会暗藏着危机。不信的话，我们不妨来听一听歌曲。"正大推上音乐，一个稚嫩的童声响起："我独自走在郊外的小路上，我把糕点带给外婆尝一尝。她家住在又远又僻静的地方，我要当心路上是否有大灰狼……"

周雨晴打开收音机，听到唱《小红帽》，还琢磨是在播儿童节目，可随后的一则广告让她茅塞顿开，广告是这么说的："如果你想展开翅膀飞离家园，请回头看看那温暖的家，还有孩子那双渴望的眼神——天然儿童装，送给孩子一份美好的童年回忆！”

周雨晴明白过来，天然儿童装，这不说的正是宋天然吗？再想想二孟传来的照片，全都对上辙了。

下了节目，正大被宋天然从大顺子手里劫走了，大顺子想给周雨晴挂个电话，琢磨琢磨还是算了。

车里，宋天然问正大：“怎么想起放《小红帽》来了。”

正大说：“我儿子经常唱，就拿这首歌引到你的广告上来了。”

宋天然说：“小时候，我也经常唱《小红帽》，多少年不听了，乍一听，还真挺亲切。你开头说的那几句话也挺煽情，我都被吸引了。看来，你真心了，我们的广告也跟着真诚了。”

“我说的是真心话。今天接的几个听众热线，在谈到情感问题时，都不约而同说到了孩子，这是能让一个家庭稳定的最大砝码。”

宋天然感慨：“想不到，一个看似不常规的广告做法，还能影响到你节目的走向。”

“那要谢谢你。”

“我怎么谢谢你？这样吧，我请你吃夜宵。”

正大说：“送我回家吧。”

宋天然不语，她有些失落，可还是把正大送回了家。汽车飞快地向前行驶，仿佛正大的话，就是指引汽车前行的方向。车在小区门口停下，正大犹豫着想说点儿什么，宋天然说：“走吧，你儿子在家等着你呢。”

正大下车走了，宋天然看着他远去的背影，心里越发难过。

一进家门，正大就听到收音机里在播广告：“汽车出了毛病要进4S店，男人得了前列腺也要到专业医院。”

南屋的门开了一道缝，正大进屋，见周雨晴已经睡着了，枕头旁的半导体收音机还开着。他关了半导体，退出屋去。房门轻轻的响动，惊醒了周雨晴，黑夜里，她目光呆滞。

三十一

第二天早上，周雨晴还是把饭做好了，正大吃完饭刚要出去，手机响了一下，是彩信提示，他打开一看，一下子愣了，正是他和宋天然在一起的照片。再看发件人，居然是周雨晴。

周雨晴在厨房里收拾垃圾，正大拿着手机过去，恼怒地质问周雨晴："你跟踪我？"

周雨晴手里忙着活计："我才没这个闲工夫。"

"那这是从哪儿来的？"正大把手机伸到周雨晴面前。

周雨晴冷笑："是我问你还是你问我？我就想知道，她是不是你相好的？"

正大低吼："我正告你周雨晴，我的事情你管不着！"

周雨晴把手里的垃圾一摔："你还要脸吗？在大街上和女的拉拉扯扯。"

正大大吼："你无耻！"

周雨晴忍着怒气："好，我无耻，你高尚。今天你哪儿也别去了，就在家照顾你妹妹吧。"

正大被噎住了。

去面馆的路上，周雨晴暗自琢磨，以前也怀疑正大外面有相好的，但那只是怀疑，现在人赃俱获，怕真是没法过下去了。这也好，自己也没有什么好留恋的了。自己争取了，努力了，虽说结果是失败，但也无憾了。到了面馆，周雨晴心里苦闷，打电话把正义喊来，正义以为出了什么急事，打车跑来了。一听嫂子说的事情，正义就觉得嫂子多想了，他认为宋天然是做买卖的，在电台投放个广告也是正常的事，她能顺便帮大哥一把，也是好事。

周雨晴问正义："你是不是因为她帮你当了两天副总，就屁股坐到那边去了？"

正义说："怎么会？我是始终站在你这边的，连我哥我都不向着。只是，我觉得这件事是你多疑了。"

周雨晴掏出手机："你看看这个再说我是不是多疑。"

正义看着手机上面的照片，沉默了。

周雨晴说："要不是别人把照片传给我，我都不信。以后，你们老赵家不愁没钱花了，你哥给你找了个有钱的嫂子。"

正义看到嫂子伤心的样子，也难过起来："嫂子，你放心，只要有我赵正义在，她就休想进我们赵家的门。"

周雨晴黯然神伤："你哥想让进，鬼都拦不住……"

"我找他去！"正义气呼呼地走了。

正义回到家，正大并没有觉得奇怪，他猜出弟弟是替周雨晴讨还公道来了。正义怕吓着正果，把她支到小区院里玩去了。正果一出门，正义直截了当问大哥到底跟宋天然怎么回事，正大说这个问题问得无聊。正义见大哥不肯正面回答自己，更坚信了嫂子说法的真实性，他情绪有些激动："你看上她什么了？她不就是有几个臭钱吗？"

正大语调平静："这么说人家没良心啊，人家可帮你当了两天副总。"

正义一脸正气："那她也收买不了我。要是我知道她的动机打在你身上，她送我座金山我也不要！"

正大笑笑："行，有志气了。"

"你怎么就忘了，她还去电台告过你的黑状！"

正大叹了口气："不错，这回她是帮了我，可电台给她打广告，这也是正常回报呀。老二，你真觉得我能和她好上吗？"

"这可说不准，孤男遇寡女，就像干柴遇烈火，谁知道会发生什么事！"

"老二，宋天然没有你想得那么不堪，我也没有那么无耻，我知道自己该做什么，在做什么！"正大的情绪有点儿激动了。

大哥的话，正义将信将疑，即便信了大哥，可那个宋天然还是不能叫人放心。如果一个姿色姣好的女人硬往男人身上贴，哪个男人能把持得住？如果真是这样，嫂子怎么办？好好怎么办？正果怎么办？

见弟弟还是不相信自己，正大声明："我再说一遍，一切都不是你想象的那样。"

“既然不是我想的那样，那你为什么还不和我嫂子复婚？”正义盯着正大的眼睛，渴望正大给出满意的答复。

“这件事，我现在还不想考虑。”

“那你想什么时候考虑？哥，你和嫂子办了离婚手续，那是法律上的事，可在我和正果心里，她就是我嫂子，唯一的嫂子，在爹心里，她就是老赵家的儿媳妇，唯一的儿媳妇！”

“这是两码事！”

“是两码事！但是哥，在这件事上，我们认情不认法！咱活着不能像法律那么冷冰冰的吧？嫂子在咱家这么多年容易吗？你就是一块冰，也该温暖融化了，何况，你们都这样了，嫂子还是把咱当一家人看，一心一意伺候正果，这样的人你去哪儿找呀？”

“她是拿正果当砝码了！一不高兴就扔下正果不管了，今天你这不是看见了吗？”

“那是因为你做了让她不舒服的事！”

正大说：“我没有让周雨晴天天舒服的能耐。她天天舒服了，我就得天天遭罪。”

正义说：“我前两天看见嫂子的一个老同学去找他，看那个样子，不像是普通同学，哥，你要是再逼嫂子，闹不好就让他那个同学得逞了，到时候，你哭都没地方哭。”

正大知道弟弟说的是二孟，一想起这个人，正大就生气：“那是周雨晴的事，我的事，你别掺和，她的事，我也不掺和。我们都是自由人，就得办自由事。她爱干什么干什么，反正别想牵着我的鼻子走！”

二孟在面馆得到周雨晴的答复后，回家思量了一夜，他觉得周雨晴现在肯定对正大绝望了，也就是说，自己得乘胜追击。他买了一大捧玫瑰花来到面馆门口，却犹豫起来。过往行人好奇地看着二孟，二孟有些难为情，但还是鼓鼓勇气推门进去。

周雨晴看见二孟捧着一大捧玫瑰来了，也有些不适应，脸上的表情一下子僵住了。二孟把玫瑰送到周雨晴眼前："送你的……"

周雨晴尴尬："你这是干什么？"

吃饭的客人像是起哄又像是很真诚地喊着："收了吧，收了吧。"

周雨晴感到面子抹不开，不好意思地看看围观人群，对二孟道："你闹什么妖！"

二孟把玫瑰花塞到了周雨晴手里，客人们起哄架秧子地鼓起掌来。周雨晴觉得自己被当了猴耍，转身出去了，二孟跟出来。周雨晴瞪着二孟："你瞎折腾什么，咱俩根本不可能。"

二孟说："这个世界上没有不可能的事，既然正人没有和你复婚的意思，那咱俩就有可能。"

周雨晴见二孟不死心，就说："我们准备复了。"

二孟不相信周雨晴的话："你不用骗我，我知道你俩没复。"

周雨晴无奈，只好说："二孟，我要是真不和他复，一定嫁给你，行了吧。"

二孟一脸认真："那我等着。"

"哎，你别等着呀，耽误了你的事，我可负不起责！"

"不用你负责！"

看到二孟走了，周雨晴在心里想，这个二孟真是脑子有病，难道他真没看出来自己不喜欢他吗？情窦初开的时候都没有感觉，现在自己都残花败柳了，他也大腹便便，怎么可能再来电？晚上下了班，周雨晴把玫瑰带回家，插在茶几上的花瓶里，屋子里立时有了生机。

正大下节目回家，发现电视开着，周雨晴歪坐在沙发上已经睡着了。正大看见茶几上的玫瑰花，脸上闪过一丝不快。

周雨晴被惊醒了，故意挑起话茬："回来这么早，没去约会呀？"

正大不悦地道："看来你约了，怪不得不想复婚。"

周雨晴刚要辩驳，想了想，忍住了，她俯身嗅着玫瑰："这个世界说是公平，其实还真不公平，男女谈恋爱，花钱买花送的总是男人，女人嘛，不花钱就能闻花香，挺好。"

正大不冷不热："你那个老同学送的吧？不错，挺有情调。"

正大去卫生间洗漱，周雨晴跟到门口："和他说过多少遍了，少玩虚的，他就是不听，非要送。还别说，女人有花收才叫魅力，要是谈恋爱，连朵花影都见不到，就算是结婚了也得散，你看，咱俩就是个例子。"

正大洗着手，不接话茬。

周雨晴倚在门框上继续说："我想了想，咱俩谈恋爱那几年，你从来没送过我花。其实当时我也挺想让你送的，可你那时候太穷，买不起，我还是挺体谅你的，觉着有那钱还不如去吃碗大肉面实惠。现在想想，也怨我没把你培养好，我有责任呀。我和你说，现在你跟人家宋天然好了，观念上也得与时俱进，虽然你没她有钱，可也别太抠门了，该送就得送，女人都喜欢花。"

"谢谢你的提醒。"正大从卫生间出来，故意深吸两口气，"嗯，是挺香的，这满屋子都是花香。你们是不是快结婚了？人家等你这么多年，再等就等不起了，你呢，也这么大岁数了，再拖也拖不起了。就像你说的：有些事不抓紧，后悔可就来不及了。"

周雨晴见正大这样说，便故意编话气他："这回你操心操对了，我和二孟也商量来着，打算风风光光地把婚事办了。"

正大问："他有房子？"

周雨晴故作一脸神气："你这话问得太没水准了，你以为人家都像你呀，为套房子气喘吁吁地活着？不但有，而且还是跃层呢，人家说了，等结婚了，把我妈也接过去享清福。二孟这人吧，以前我是看着不来电，可来电又有什么用？当年我倒是触上你这张电网了，现在看看，还不等于自己找死？活了三十多年我终于活明白了，找结婚的不能扯那些虚的，就得找一个实实在在对你好的。"

"嗯，这倒是句实话，你找了这么些年，总算找着了。我祝福你。"

"谢谢，到时候请你喝喜酒。"

"一定去。哦，对了，你结婚了是不是就要搬走了？"

周雨晴一愣："怎么？着急撵我走？让我给你腾窝？"

正大说："跟我受了这么多年的苦，我不是希望你去住宽敞一点儿的房子嘛。”

“谢谢你的好心。不过，走之前，你得把我的那一半房款给我结了。我觉着既然我已经答应了人家二孟，就得把跟你这段前史彻底一刀两断，别拉拉扯扯、藕断丝连的，对不起人家。你说是吧？”

“应该的。说吧，多少？”

“不多，凑个整，一平你就按一万五给我吧。”

“多少？”正大一惊。

“一平一万五呀。你这一惊一乍的，是嫌便宜了还是嫌贵了？咱旁边小区上个月的开盘价就是一万五。”

正大说：“这房子买的时候还不到六千，离婚的时候，才一万出头，这才几天，你就涨到一万五了，你可真敢要！”

周雨晴神态自若：“不到六千的时候，我是往围城里走，一万出头的时候，我是往围城外走，这能一样吗？再说了，一万出头的时候，你也没给我钱呀。要是那时候把账清了，你现在不就省心了？一平就能省小五千，咱这八十六平，能省多少呀！赵正大，你就是太聪明了，可聪明往往被聪明给耽误了，那就成了愚蠢。你说你不拖着多好，这一拖，房价噌噌奔两万去了，我现在要你一万五，还是看在咱以前的夫妻情分上给你打了个折扣……得，你不用谢我，我打折扣，心甘情愿。人家二孟也说了，离，是缘分没了，不能因为离了就伤了感情。一平给你便宜一千，一万四，就是对着这份感情，我们可都是讲理的人。”

正大被噎住了。

周雨晴继续说：“我拿到钱就结婚，你现在都耽误我五六年的幸福了，可别再耽误了我下半辈子的幸福。你厚道点儿，饶了我吧。”

“好！”正大答应着，转身朝卧室走去，砰的一声摔上房门。

周雨晴看着那扇还在颤抖的门，冷笑了一声。

正大回到卧室，恼火地朝墙上擂了一拳头，痛得龇牙咧嘴，又不敢出声。

一大早，正大来到弟弟上班的房屋中介所，跟正义打听现在房子好不好卖。正义说：“还行，前段时间，国家调控房价，很多人都观望，可是观来望去，房价还在涨。这不，都等不及了，着急看房买房，现在卖房的人开始坐地涨价了。”

正大问：“你看咱家那套房子能卖个什么价？”

正义说：“一万四五吧。”

正大让弟弟替他办两件事：“第一件事，你把咱家那套房卖了；第二件事，你再找个稍微偏僻一点儿的地方，用卖房一半的价格再买一套，房子小点儿也行，贷点儿款也行。”

突然要卖房，之前一点儿征兆都没有，正义意识到大哥和嫂子杠上了。等正大一走，正义连忙给周雨晴打电话，周雨晴听说正大要卖房子，心里一惊，后悔自己把玩笑开大了，她担心地问正义：“能卖出去吗？”

正义说：“我都没敢把这条信息往墙上挂，就咱家那房子，一上墙肯定有人抢！”

周雨晴感到懊悔，但嘴上却硬着：“正义，卖不卖是你哥的事，我管不着。”

正义提醒：“可那房子有你一半呀！”

“我无所谓，我要钱不要房。倒是正果不好办。正义，嫂子说句掏心窝子的话，你帮你哥卖房子之前，最好先把正果接到你丈母娘那里住几天，让正果先适应适应新环境，以后，正果就得你们哥儿俩轮着照顾了。”

“嫂子，这不好吧……”

“这有什么好不好的？卖了旧房换新房，好事呀！你自己看着办吧！”周雨晴说完，气呼呼挂了电话，一副咬牙切齿的样子：“好你个赵正大，还玩真的了你！”

一想到正大要卖房子，周雨晴就觉得马上有人要去家里看房子了，她在面馆待得忐忑不安，干脆回家坐镇去了。刚到家没多久，二孟居然追来了，倒把周雨晴吓了一跳。

二孟说：“我去饭店，听说你着急忙慌回家了，我不放心，怕你有什么事。要我说，你别在这里住了，你们这么耗到最后，肯定都筋疲力尽，何苦呢？我知道正大都要买房子搬出去了，这就说明你俩没有希望了。”

“你怎么知道的？”周雨晴有些诧异。

“要想人不知，除非己莫为。反正我说得没错就是了。”

“二孟，我知道你对我好，可我，可我再怎么努力，就是找不到那种感觉。”

“我知道，我知道，不过我有耐心把你的感觉等出来。”

周雨晴叹了口气：“人家都说，这男女要么一见钟情，要么日久生情。可我和你，两样都不沾。咱们俩，也就适合做个同学或者朋友。”

听周雨晴这样说，二孟很难接受，他觉得周雨晴是用友情来拒绝爱情。

周雨晴反问：“那男人是不是总想把友情发展成爱情？”

二孟真诚地说：“雨晴，这么多年，我眼睛里晃的都是你的影子。”

听二孟坦白心迹，周雨晴有点儿感动，但还是拒绝了，她希望二孟能清醒一点儿，就说：“二孟，感情这东西可不同情一根筋，你当几辈子的愚公，也未必能移动爱情这座大山。”

二孟还不死心：“孟姜女能哭塌长城，我就不信我二孟感动不了你。”

周雨晴无奈了：“二孟，你可别犯傻，我真担不起你后半辈子的幸福。”

二孟说：“我真想不明白，我这么死心塌地地追你，赵正大又有了外遇，你怎么还能对赵正大不死心？”

周雨晴说：“我就是上辈子欠他的。”

正大从房屋中介出来，一直在外面郁闷地瞎逛，房子就要卖了，这个家彻底散了。前些天答应父亲的事，也成了吹弹可破的肥皂泡。如果时间能倒流，生活还会像眼下这样狼狈不堪吗？正大正胡思乱想着，接到宋天然打来的电话，说想请正大陪她吃顿饭，正大想也没想就答应了。两人坐在西餐厅一角，宋天然问正大：“你好像心不在焉呀，遇到什么难心事了？”

正大不想回答，叉起一块牛肉送进嘴里，宋天然放下刀叉：“我有一个问题一直没弄明白，说出来你不介意吧？”

正大说：“说吧。”

宋天然说：“你和嫂子，哦，不，你和前妻离婚之后，为什么离婚不离家呢？这样住在一起，不尴尬吗？”

“对你来说，我的答案肯定很可笑，但是，现在有很多人离婚不离家，归根结底，都是钱闹的。”

“情都不要了，还要钱做什么？”

“说是这么说，可是房子就那么一套，要是离婚又离家，让谁去睡马路？”

宋天然认为这些都不是问题，可以出去租房住，干吗非要住在一起。正大苦笑，觉得宋天然想问题想得太简单了。宋天然认为，既然不想租房，愿意这么合住着，肯定两人还有旧情。正大不愿意谈论这些问题。宋天然表态，如果正大是因为经济方面有困难，在外租不起房子，自己愿意帮忙。正大不愿意接受宋天然的帮助，打算把房子卖了，以后要么租房，要么到城乡接合部换套小房子。宋天然摇摇头：“你费那么大劲儿干吗？如果你愿意，可以搬到我那里住。”

听宋天然这样说，正大摇摇头。宋天然把一张银行卡推到正大面前，说你既然不愿到我那里住，就把你前妻的房款给她，不用卖房子。正大将银行卡推回去，表示不能要。宋天然想了想说：“那这就算是我借给你的，以后你再还我。”

正大说：“这辈子我什么都敢欠，就是不敢再欠人情债。”

宋天然道：“你这样，我特别难受。我其实、其实只是想帮帮你。你知道的，这点儿钱对我来说，不算什么。”

正大当然明白宋天然为什么要帮自己，但他还是拒绝了。宋天然突然抓着正大的手说：“我就想让你把前段感情早早结束，不结束你就不会有新的开始，我一直在等待着你的开始。”

正大试图挣脱开宋天然的手，却被宋天然死死地握住：“你有情，我有意，没有什么不合适的。你看着我的眼睛，你敢说，你对我一点儿感情没有吗？”

正大躲闪着宋天然的目光，不敢去看，他怕看了，就会掉进去。宋天然见正大不敢看自己，心里想，别逼得太急，不然会起反作用。于是，放开手，深情地说：“我不逼你了，但我要明白无误地告诉你，你是我看好的那盘菜，我不会让它从我眼前被别人端走。”

宋天然觉得，正大不肯接受自己的帮助，是碍于面子，一个大男人花女人的钱，毕竟不体面。如果周雨晴愿意卖掉另一半房子，自己很愿意买下来，那么，自由出入正大家的人就不是周雨晴，而是自己。那样的话，朝夕相处，正大和自己的感情不升温都难。

正大怎么都没想到，宋天然居然去面馆跟周雨晴摊牌了。周雨晴一见到宋天然，就想起一句话，仇人相见，分外眼红。可她提醒自己不能失了风度，让眼前的妖精轻看了自己。周雨晴平静地问道："你来做什么？"

宋天然摘下墨镜："看来，你对我并不陌生。"

周雨晴讥讽："当然不陌生，你不就是那个天天想和正大说话的女人吗？你不就是那个拿钱砸广告的富二代吗？"

宋天然笑笑："咱们还是谈正事吧。是这样的，听说正大要卖房子……"

"我们不卖！"周雨晴还是没绷住，张嘴打断了宋天然的话。

宋天然掏出一张支票，放在周雨晴面前："一百万以内，你可以随便填。我只想买下属于你的那一半。"

周雨晴冷笑："我上学的时候，学了一个成语，叫'鸠占鹊巢'。当时我就恨死那个鸠了，你放心，你是鸠但我不是鹊，你想占窝，没门儿！"

宋天然说："你这又何必呢？我只是想买你的那一半房子而已，你别想复杂了。"

周雨晴看透了宋天然心里的小九九，忍不住一把撕了支票，摔在宋天然脸上："滚！"

宋天然把一张名片放在桌上："如果你想卖了，可以给我打电话。"

周雨晴吼起来："我永远也不卖！滚！你给我滚！"

正果受了惊吓，冲过来，推着宋天然："你走，你走，不准欺负我嫂子！"

周雨晴看到正果这样护着自己，眼里一热，眼泪掉了下来。正果看到嫂子哭了，也呜呜地哭起来。宋天然心里慌了，周雨晴的反应再大，她都预想过，可正果这样，却是出乎她的预料。宋天然知道自己再留下来只能更麻烦，匆忙离开了面馆。

三十二

台里的人都知道，赵正大跟领导顶嘴是出了名的，他似乎也把这当作了一种乐趣。领导也知道赵正大有口无心，过过嘴瘾而已。为此，吕总监没少指点他："你呀，厉害在这张嘴上，也吃亏在这张嘴上，你说，哪个领导敢用顶嘴的人，也就我吧，不计较这个。"

正大道："领导很喜欢表扬与自我表扬呀！"

吕总监笑笑："表扬谁都爱听，我也不例外，在节目里你棱角分明那是有特点，在生活里你棱角分明只有吃亏的份。"

正大说："精辟。"

吕总监递过一份通知，让正大明天到北京参加全国系统的情感类节目研讨会。正大不想去，怕耽误了节目。吕总监说："你还真以为地球离了你就不能转啦？赶紧的，回家收拾收拾东西，今晚赶紧走。"

正大从电台回来，路过小区附近的那个报摊，告诉卖报纸的大妈，这几天自己出差，别给他留报纸了。两人正说着话，旁边彩票站的老板过来买报纸，顺便递给大妈一张彩票，大妈忙递上两块钱。彩票站老板说算了，老白看你报纸。人妈一脸认真地说："这是两回事，这钱你不拿着，中了大奖算谁的？这上面的号我可记不住，都是机选。"

正大反感买彩票，跟大妈道了别，转身走了。

在家简单收拾了一下，正大看看时间还早，就去了面馆，想在那儿看看正果再吃口饭，就可以直接去机场了。周雨晴一见到正大，就想起了宋天然，她没好气地往外轰着正大："出去，我这个饭馆不卖软饭！"

正大听出了周雨晴话里的意思，没有理会周雨晴，跟正果说："果儿，哥今天出趟差，后天就回来，你在家里要听嫂子的话。"

没等正果答应，周雨晴就抛来一句话："爱找谁找谁，我没空！"

正大让正果去了厨房，低声跟周雨晴商量："我就出去一天，后天下午就回来了。”

周雨晴冷着脸：“你什么时候回来跟我没关系，你不是有那个富二代吗？找她去吧。她都能掏钱帮你把房子买了，还能不帮你照顾一下正果？”

正大一惊：“宋天然来找你了？”

周雨晴拉开抽屉，拿出宋天然留下的名片摔在柜台上。正大看了眼，再也无话可说了。

周雨晴说：“人家有钱，拿出一张支票，说一百万以内让我随便填。可惜呀，她看错人了。她还真以为有钱什么都能买到呀？我告诉你，买不到！我把她打出去啦！”

正大说：“你过分了！”

周雨晴哼了一声：“我还就过分了。你告诉她，我那半拉房子还就不卖了，我倒要看看，有谁去买你的那一半！”

正大气得不知说什么才好。正果听到争吵，从厨房出来，害怕地看着大哥大嫂。正大拉着正果的胳膊：“走！”

看着正大带走正果，周雨晴知道他准得去找正义，一想到那个方阿琴，她又担心起来，觉得还是应该跟正义通个话，让他叫正大再把正果送回来。正义听明白了嫂子的意思，忙说：“放心嫂子，演双簧我最拿手。”

周雨晴猜得没错，正大只能把正果托付给正义，他给正义打电话说：“老二，我得出趟差，这两天得麻烦你和方文照顾照顾正果。”

正义说：“哥，我那个丈母娘你也不是不知道，我怕她给正果甩脸子，别再出什么事。你还是找嫂子吧，正果就愿和嫂子在一块儿。行了，我这儿还忙着呢，挂了啊！”

正大再给正义打电话，那边已经关机了。正果问正大，是不是二哥不要她了。正大安慰妹妹：“二哥怎么能不要果儿呢？他赚钱给果儿和好好买新衣服哪。”

正在这时，手机响了，正大以为是正义来的，张口就说：“老二，我就出差一天，正果不能没人管呀……”

电话是宋天然打来的，她一听说正大要出差，正果没人管，便主动答应要照看正果。正大犹豫起来，本来他还想打个电话给宋天然，责怪她不应该来骚扰周雨晴。现在出了意外状况，他的责怪也说不出口了。眼看着时间不早了，自己还要往机场赶，在宋天然的一再要求下，正大只得把正果托付给她。交接的时候，正果突然冲着宋天然大喊："你欺负嫂子！"

宋天然顿觉尴尬。正大忙说："姐姐是和嫂子过家家，闹着玩的，一会儿姐姐带你去海边。"

宋天然趁机鼓动："正果，姐姐带你去海洋世界，还去鸟语林。"

正果被打动了。宋天然让正大放心走吧，她会照顾好正果的。

正大虽然心里不安，可也没有办法，临走时，他提醒宋天然，别插手自己和周雨晴的事。

宋天然听出了正大的弦外之音："你是说房子的事吧？她胃口挺高，一百万还不答应。"

正大说："这件事，还是我自己处理吧。"

宋天然点点头。

把正大送到机场，宋天然带着正果去饭店吃饭，她特意挑了家店里面布置有海洋景观的地方。正果果然挺高兴，宋天然心里踏实起来。吃完饭，宋天然把正果带回家，这个装修考究的场所，让正果感到既新鲜又好奇。宋天然听正大说过正果喜欢看卡通片，临回来时，特意到音像店里选了七八部好莱坞的卡通电影，一回家就给正果放起来，还给她准备了一大堆零食。严格说来，很多好莱坞卡通电影并不是演给小孩子看的，以正果的智力，看起这种电影来确实费劲儿。看了没有一个片子，正果就坐不住了，宋天然好话说了一箩筐，正果才安静下来，看起电视里的少儿节目。

周雨晴带着好好回了周大妈家，心思却全在正果身上。临睡觉前，她还是忍不住给正义打电话，一听正果没在他那里，周雨晴急了，说能不能她自己一个人在家呀，催着他赶快问问正大。一会儿，正义的电话回来了，言语里吭吭哧哧，说不用嫂子管了，大哥把正果送到朋友家去了。周雨晴一下想到了宋天然，追问是谁，正义越是不说，周雨晴越坚定了刚才的猜测。正义怕嫂子问下去，匆忙挂了电话。丁方文埋怨正义，干吗瞒着嫂子，正义说："我能怎么说，我都张不开嘴。嫂子也是，想拿巴一下我哥，没想到我哥也来了犟脾气。”

丁方文说：“不如把正果接到咱们这儿。”

“我倒是想了，只不过……”正义的后半截话没说，可丁方文知道他要说的话。

周雨晴的猜疑没在正义那儿得到落实，心里一直是个事。周大妈埋怨女儿闲操心，说你现在算人家什么人呀？不伺候老赵家的人，你还活不起了？

在北京出差的正大也放心不下妹妹，他给宋天然打了好几遍电话，宋天然一味报喜不报忧，让正大尽管放心。其实看完了电视里的少儿节目，正果就在嘟囔着要回家，见宋天然一直没有行动，正果便没完没了地哭起来，哭得宋天然心都快要碎了。没有办法，宋天然只好答应正果送她回家。正果脖子上挂着钥匙，一打开家里的门就四处喊嫂子，让跟在后面的宋天然觉得很受伤。在南屋里，宋天然发现墙上的婚纱照只有周雨晴一个人，好奇地问正果上面怎么没有正大，正果说：“我爹来的时候才有。”

宋天然明白过来，敢情赵正大一直在演戏给他老爹看。宋天然把正果哄到床上，可正果不见嫂子和好好，还是一个劲儿地抽泣，坐在周雨晴的床上不睡。宋天然急得团团转，突然想起自己的包里有盒药，睡不着的时候吃上一粒就有效果，她哄着正果把药吃了，没有多久，正果还真睡着了。这大半天下来，宋天然也觉得筋疲力尽，拱在旁边也睡过去了。

月光透过窗帘，射进屋里。周雨晴大睁着两眼，一直没睡。她从枕头底下摸出手机，想打个电话问问正大，号码刚拨出去，她又给挂了。思量再三，她把电话打回了家。她本来是没指望有人接电话的，所以任由电话响着，可没想到，居然有人接起了电话，还轻声“喂”了一声。周雨晴一激灵，追着问：“正果吗？”

那一边显然犹豫了一下，挂断电话。周雨晴再把电话打过去，却总是忙音。周雨晴慌了，爬起来就要回家。周大妈睡得迷迷糊糊，听明白女儿说要回家，老太太无奈地叹了口气：“回去吧，妈知道你的心不在这里。”

周雨晴着急忙慌地跑上楼，在门口定了半天神，等气息喘匀了，才掏出钥匙轻轻打开门。屋里静悄悄的，像是没有什么异常。不过，她还是闻到了一股似有似无的陌生味道，是香水，是女人用的香水。她跟着味道蹑手蹑脚来到南屋门口，从半开着的门里看见自己的大床上躺着两个人，等她进去一看，一个是正果，另一个女人有过一面之缘，正是传说中的宋天然。周雨晴一时火起，刚要发作，又怕吓着正果，她抬手朝宋天然头上给了一巴掌。熟睡中的宋天然一激灵，迷迷糊糊睁开眼，看见面前怒目而视的周雨晴，一下子清醒过来。

骂战转移到了北屋。开始周雨晴的气势还占着上风，宋天然只是一味解释，后来看解释无效，宋天然也泼打泼上："告诉你啊，我长嘴也不是光吃饭的，你再骂人我可不客气啦！"

"睡到别人老婆的床上，你就是个狐狸精！"

"你是谁的老婆？离了婚还死皮赖脸地要给人家当老婆！"

"你，你给我滚！"周雨晴气急败坏地大喊。

宋天然像是听到了什么动静，自语了一句："正果醒了……"

周雨晴一怔，指点着宋天然："你赶快滚蛋！"转身拉开房门冲了出去。她跑到南屋发现正果还在睡觉，这才反应过来。等她再折回来时，北屋的门已经关得死死的，任周雨晴怎么拍打房门、怎么谩骂，里面的宋天然都置之不理。周雨晴骂得无趣了，只得一个人回到南屋生闷气。

宋天然虽然动动心眼就赢了周雨晴，可她的心里一样不好受，想着周雨晴谩骂自己的言辞，她的眼泪一直没停下。

战斗在第二天早晨继续进行，周雨晴的首要问题还是撵宋天然走，使用最频繁的词汇也还是诸如"狐狸精""无赖""无耻"之类。相比之下，宋天然平静多了，她说自己就一个态度，在赵正大没回来之前，她得留下来照顾正果，否则就是对正大的失信。所有的事情好像是故意和周雨晴作对。这时宋天然的手机响起来，来电话的恰恰就是正大，宋天然夸张地接起电话，声音柔和地说："正大呀，这么早就给我打电话啊……正果好着呢，现在还没醒，放心吧，正果可喜欢我啦。"

一听打来电话的是正大，周雨晴气得脸都变形了。宋天然言语间嘘寒问暖，一副甜哥哥蜜姐姐的做派。周雨晴终于听不下去了，冲上前一把夺过宋天然手里的手机，大吼："赵正大，你太过分啦！竟然让狐狸精跑到家里来睡！"

"周雨晴，你干什么？"正大在电话那端问。

"你说我干什么？你想气死我是不是？"周雨晴气得直哆嗦。

"气死人不犯法，你可别上了圈套。"宋天然笑起来。

"赵正大，你赶紧给我滚回来，把她给我撵走！"周雨晴说完，把手机狠狠摔在地上。宋天然大呼小叫起来，周雨晴扬长而去。

正果起来，周雨晴要领着她出去吃早点。宋天然堵着正果，说要带她去酒店吃自助早餐，那里的饭菜花样多着呢，想吃什么有什么。周雨晴骂她烧包，宋天然说，想烧也得有钱哪，伸手来拉正果。正果显然有点儿动心，见嫂子拉长着脸，也就知道了嫂子的意思。有了正果的态度，周雨晴的底气也足了，蔑视地看着宋天然说，别以为有点儿臭钱就了不起，有钱难买的是人心，还是正果明事理，都分得出好赖人了。"

宋天然气得脸色涨红，转身就走。周雨晴喊："有空来玩啊！"

宋天然头也不回："你放心！"

回到办公室，宋天然拿出一个新手机，把手机卡插上，刚开机，手机便响起来，电话是正大打来的，他问手机怎么一直打不通。宋天然恼火地说，让你前妻给摔坏了。正大追问原因，宋天然不想吓着正大，轻描淡写地说，放心吧，没事，我们俩就是斗几句嘴，没发生流血事件。正大问她昨天晚上怎么住家里去了，宋天然说了正果非要回家睡的事。正大在那头沉默了半天，有些为难地让宋天然还是把正果交给周雨晴管吧。宋天然不答应，正大说他是怕正果受不了刺激，宋天然说那我就让着周雨晴，不和她一般见识，她再挑衅，我就忍气吞声，这总行了吧。挂了电话，宋天然在心里琢磨着，要抓住正大，看来首要问题还是得哄好正果，至于那个周雨晴，不过是通往胜利路上的一块绊脚石，怎么搬走，倒是得费点儿脑筋。

跟宋天然的这次较量，周雨晴虽然大获全胜，但她心里也没底，毕竟正大不是站在自己这一方，周雨晴能争取到的力量就是小叔子正义。正义来到面馆，听嫂子说了昨晚的事，也有些意外，这两个女人凑到一块儿，不闹个鸡飞狗跳才怪了，他是怕正果夹在里面受什么委屈。听嫂子说正果坚决站在她那一边，正义紧着吹捧："嫂子，你看，群众的眼睛就是这么雪亮，我们一致认为，还是嫂子你好，我们还要一致决定，还得你给我们当嫂子！"

周雨晴发着牢骚："我还不知道你们？说我好，不是因为我是嫂子，是因为我是你们老赵家的老妈子，洗衣做饭、吃喝拉撒都得管。你哥给你找的这个小嫂子，年轻、漂亮、有钱，我有什么呀？"

正义劝道："你看嫂子，你又夹枪带棒了，你要是想战胜对方，就得玩谋略，像祥林嫂似的这么唠叨，赢不了人家。"

赢她？周雨晴觉得一个连衣服都不会洗、连饭都不会做的主儿，自己懒得和她比。正义继续劝说，嫂子，你得把优点转成制胜法宝。周雨晴心气不顺，说这算个屁优点，就是遭罪的命。正义接着开导，不能这么说，这叫什么？贤惠！哪个男人找老婆不想找个贤惠的？在这一点上，宋天然能跟你比吗？周雨晴觉得正义的话有几分道理，不禁琢磨起来。

傍晚，周雨晴安排好店里的事，带着正果把好好接回家，做了几个好菜。刚坐到饭桌前，正果嘟囔着找大哥。周雨晴发牢骚，一有好吃的就想着你哥。正果连忙改口，说也想嫂子。周雨晴摘下围裙坐下："这就对了。"

门突然开了，进来的是宋天然，手里提着大包小裹。周雨晴吃惊地问："你怎么进来的？"

宋天然晃动着手里的钥匙："我有这个呀。"

正果一摸脖子，不见了钥匙，忙说："我的。"

周雨晴望着宋天然："你可真行，你到底想干什么？"

宋天然朝后面摆了下手，一个穿厨师衣服的人提着食盒进来，把食盒放到餐桌上。宋天然打发走那人，打开食盒，将色香味俱佳的饭菜一一摆到桌子上："大姐，我没你那手艺，就只好订了饭菜，赏脸一起尝尝吧。"

正果和好好看着桌上的菜肴，都拿起筷子蠢蠢欲动。周雨晴瞪着好好和正果，两人被威慑住了，放下筷子。宋天然劝周雨晴，用不着这样，看你把好好和正果吓的，这是何苦？周雨晴让宋天然把饭菜拿一边去，想吃自己去吃，别摆在这儿，看着让人恶心。

宋天然笑了："你是怕勾出馋虫来吧？这可是五星级饭店的手艺。"

周雨晴满脸不屑："嘁，电视和报纸上都说了，大饭店用的都是地沟油，正果，好好，你们不怕吃这样的东西肚子里长虫子吗？"

好好嗫嚅着说："不怕。"

周雨晴恼怒地举起手，要打好好。宋天然笑起来："大姐，你这样睁着眼睛说瞎话对孩子影响可不好。好好、正果，这些菜都是用橄榄油和稻米油做的，好吃着呢。"

好好禁不住诱惑，又抓起筷子。周雨晴火了，喝道："不准吃！"

好好小嘴一噘，一副要哭的样子。宋天然说："大姐，我们之间的事情是我们之间的，你别扯到孩子身上好不好？"

周雨晴没好气地说："我和你没事！"

宋天然道："我想和你好好谈谈。"

眼睁睁看着好东西摆在眼前，却不能满足口腹之欲，好好终于不干了，肆无忌惮地号哭起来，以示抗议。周雨晴一把抱起好好就往屋里走，好好挣扎着哭叫，直到周雨晴允诺给他买个芭比娃娃，才堵住了好好的嘴。这孩子很早以前就吵着要芭比娃娃，可那毕竟是小女孩的玩意儿，周雨晴说不能培养儿子的变态思想，这说明他的性取向有问题，得赶快纠正。她的理由看似冠冕堂皇，其实心里是有杂念的，背着儿子她去商场里看过，那么个尺把大的玩具小人，做工是极好，色彩也艳丽，但卖到二三百，怎么看怎么觉得不值，这不跟抢钱一样吗？有那个钱，还不如去给儿子买套好衣服实惠。可现在大敌当前，形势严峻，能哄住儿子的也只有这一招了，至于性取向的问题，只好暂时放到一边去了。

面对宋天然的这种打法，周雨晴知道回避是最软弱的办法，她努力让自己平静下来，接受了和宋天然的谈判。两人坐在客厅的沙发上，周雨晴冷着脸："说吧，想谈什么？"

宋天然没有回答周雨晴的问话，她从皮包里掏出几样化妆品，对周雨晴说："大姐，这是我朋友从韩国捎回来的化妆品，说是特别适合你这个年龄。"

周雨晴："我什么年龄？别以为你有多年轻。我告诉你，我这是素面朝天自然美，不像有的人，天天出门化得像唱京剧似的。”

宋天然听周雨晴这样挤对自己，也不恼，还是心态平和地说：“大姐，咱俩能不能不置气呀？这么争来斗去的，正大夹在中间也难受。我知道，你是怕我抢了属于你的东西。的确，这个东西以前是属于你，可以后属于谁，还真不好说。”

好好抱着一个大变形金刚过来，这明显也是宋天然送来的糖衣炮弹。周雨晴虽然满心想把玩具从儿子手里夺下来，可后果只能是惹来儿子的大哭大闹，那时候被动的还是自己。周雨晴说：“宋天然，看来你下了不少功夫收买人心。可我告诉你，你这些都是白费心机，你说说，跑到人家家里来抢男人，你还有脸吗？”

“你没有必要这样咄咄逼人。你曾经把幸福攥在手里，是你放手了。难道你放手了，还不让别人再去抓住？”宋天然问。

“你抓什么你抓？你分明就是在抢！”周雨晴说着说着就冷静不下来了。

“既然你这么认为，我没话可说。”

“行了，你今晚饭也买来了，变形金刚也送出去了。这化妆品，你愿放就放这儿，回头我送给小区门口炸油条的老太太。得了，你圆满完成任务，可以走了！”

宋天然摇头，说正大没回来，自己不能走。

周雨晴怒吼：“在这个家里我说了算，你不走也得走！”

宋天然不屑地笑笑：“我给你提个醒，这种自以为是的话，以后还是不要再说了。在这个世界上，没有哪个男人愿意找一个飞扬跋扈的女人做老婆。”

周雨晴针锋相对：“宋天然，我也给你提个醒，最好别再白日做梦了，这个世界上也没有哪个男人愿找一个不会洗衣、不会做饭的女人在家供着！”

“是吗？咱们可以走着瞧。不过，我再提醒你一句，说不定哪天我去买套房子给正大住，你想看他都看不着了。”

“你……”

“我怎么了？你不就是把房子当成正大的七寸捏在手里不放吗？行，这个七寸，正大还就不要了。房子全给你，也不用你补偿！我给正大买套新房子去！”

“正大不是吃软饭的人！”

“人饿了，硬饭都能吃，就别说软饭了，就你这么个逼法，他早晚得吃！”

周雨晴被噎住了。宋天然起身，悠然自得地向北屋走去，嘴里哼唱着：“今天是个好日子，心想的事都能成。明天是个好日子，打开了家门咱迎春风……”

周雨晴气得掉眼泪。这时，南屋传来正果和好好的哭闹声，周雨晴擦了一把眼泪，匆忙来到卧室，发现好好和正果在争“糖”。周雨晴一看药盒，上面虽然写了一堆不认识的日本字，可从几个中文字里，周雨晴还是弄明白了，这是盒安眠药。听正果说宋天然给她吃过这种药睡觉，周雨晴立时炸了，拿着罪证来找宋天然算账，那气势，恨不得生吞活剥了宋天然。宋天然倒觉得周雨晴是在小题大做，不就是吃了片安眠药吗？两个人正吵得热火朝天，正大出差回来了，他看看宋天然，又看看周雨晴：“吵什么吵？这栋楼都被你们掀起来了！”

“赵正大，你看你招来家的好人！”周雨晴终于见到了救星。

“行了！我在楼道里都能听见你大呼小叫！”正大很不耐烦。

赵正大没想到自己刚离开家一天，就出现了现在的局面。如果自己半个月不回来，还不知道会成个什么样了。他抱起好好，对宋天然说：“小宋，你走吧。”

“她不能走！”周雨晴一把从宋天然手里夺过那盒药，递给正大，“你自己看看吧，她给正果吃的什么！”

正大拿过那盒药看看，又看着宋天然。正果说，姐姐说这是糖。正大一听，顿时变了脸色，宋天然面露难色，正想跟正大解释，正大淡淡地说你走吧。宋天然有些委屈：“正大，真不是你们想的那样。”

宋天然被周雨晴推出了门，很失落地下楼了。周雨晴喋喋不休：“多亏我发现得及时，要是晚了，正果还不知道出什么事。都是你引狼入室，要是你不让她带正果，能出这种事吗？正果再犯了病，我看你怎么办！”

正大气愤地说：“够了！要是你管果儿的话，我能找她吗？”

周雨晴愣住了。正大走进卫生间，摔上房门。周雨晴赶上几步，大声嚷道：

“赵正大，你怎么什么事都往我身上赖？”

周雨晴无精打采地回到娘家。周大妈看见女儿这副样子，说你看看你，整天灰头土脸的，让你烦死了。周雨晴嚷嚷，你一天到晚烦我，从来不给我个好脸色，我都怀疑自己是不是你亲生的。周大妈赌气，不是亲生的，大街上捡的，高粱地里偷的。周雨晴也跟着赌气，我看也是。

周大妈坐在沙发上：“自己不争气还怪我这个当妈的！要是没你还好了，省得天天晚上睡不上个囫囵觉。雨晴，你怎么一点儿也不像我，遇事拖泥带水，一点儿快刀斩乱麻的精神头也没有。”

周雨晴在周大妈身边坐下说：“我就纳闷儿了，他赵正大有什么呀？怎么现在倒成了香饽饽。”

周大妈警觉地问：“是不是他有人了？”

周雨晴想起宋天然，心里一阵委屈，眼眶里含着泪花。周雨晴一流泪，就等于坐实了周大妈的猜测，她气愤地说：“我早就和你说过，这男人靠不住，你还不信。等，等，你能等出个什么结果来？现在知道后悔了？我看哪，男人都一个熊德行，得像驴一样有个缰绳拴着，现在缰绳没了，他还不得撒着欢儿跑呀？雨晴，听妈一句话，你得赶紧找个人，别再稀里糊涂了，再晃荡几年，谁还稀得要你，就真臭到家里了。”

周雨晴嘴硬：“那我就不找！”

周大妈叹气：“不用跟我铁嘴钢牙。我看呀，那个二孟就不错，你要真跟了他，妈也放心。”

周雨晴说自己也曾考虑过二孟，可就是提不起兴趣。周大妈笑话女儿，你对赵正大能提起兴趣，可人家对你没兴趣。你就心甘情愿去当一头热的烧火棍吧。

周雨晴沉默起来，她觉得老妈的话说得直了点儿，但都说在理上。周大妈见女儿不讲话，就说，你们这婚离了小四个月了吧？你这光上赶着当老妈子了，人家一点儿动静没有，你在这一棵树上吊不死还不行了？周雨晴总觉得自己能把正大拉回来，可现在，一点儿自信都没有了。那女的比自己年轻，比自己漂亮，比自己有钱，哪儿都比自己好，看到她，自己都气短。半夜睡不着，就想，正大和自己结婚，是不是真委屈了正大。有时候还想，不认识正大多好。周雨晴感叹："和正大结了婚，尝到了顾家好男人的滋味儿，再让自己去和别的男人一起过，没滋没味儿的。就好像吃山珍海味似的，吃多了喊腻，可让你天天啃咸菜疙瘩，你又想那海参鲍鱼。"

周大妈疑惑："海参鲍鱼？赵正大什么时候成海参鲍鱼了？过去在你嘴里，他可一直都是臭鱼烂虾，你都是吃糠咽菜，这一下子怎么还调了个儿了。"

"妈，以后，可怎么过呀。"周雨晴用手帕擦着泪水。

"能怎么过？咸菜疙瘩不好吃，那也得吃，一个大活人不能这么活活饿死！"周大妈叹口气。

"妈，我心不甘呀！"周雨晴呜呜地哭了起来。

三十三

周雨晴的"罢工"，又给正大出了难题。好在快上节目前，把正果哄睡了，他还是不放心，就把钥匙给了邻居大妈，拜托人家过个半个小时一个钟头过来看看。大妈通情达理，答应下了，让他只管放心。

今晚第一个打进热线的是位男听众，他说自己在外面爱上了一个女人。正大说："爱就爱吧，你不爱女人爱男人，那就比较有特点了。"

男听众忙否认，说他很正常，只是因为他现在已经结了婚。正大明白过来，这男人明显就是有了外遇，他语气随之冰冷起来："你想说什么？"

男听众说："可是那个女人老是逼着我离婚，跟她结婚。我甩又甩不掉她，现在很痛苦。"

正大的声音高了起来："你痛苦什么？你的痛苦就是不能两个女人都要！你就是一个混蛋！"骂完男人，正大气得挂了电话。他的气还没喘匀，导播示意又一个电话进来了，这回是位女听众："正大老师，您好，我遇到一件很不开心的事，想跟您说一下。"

正大还没有从刚才的情绪中走出来，顺嘴说道："你有什么不开心的事，说出来吧，让大家开心一下。”

女听众一时无语。导播敲着玻璃，正大茫然地看着焦急的导播，一时没反应过来。他还以为出了什么事，连忙推上了广告，导播进来，还没说话就笑起来，笑得腰都直不起来了。正大这才松了口气，这说明他刚才的话只是好笑罢了，没触及什么致命的高压线。待导播把他刚才的话重复了一遍，正大才明白过来，也禁不住笑起来。导播说正好，刚才你们家邻居还来了个电话，说有急事。正大一听，有点儿慌了，准是正果出了什么事，电话打回去，果然是正果的事。原来正果睡了没多久就醒了，见不着大哥就哭起来，邻居大妈过来安抚了半天也没招，只得向正大求助了。正大让邻居大妈把电话给正果，正果哭哭啼啼，说要找大嫂和好好，正大劝了半天，说让二哥回去陪她，正果这才好了点儿。

正大连忙给正义打电话，让他马上打车回去。丁方文要和正义一块儿去，正义说算了，她跟着一折腾，自己都怕她流了产。正义这话是带有意味的，刚才他和丁方文也听了《正在说》，当正大的“开心”话一出，两人也笑起来，丁方文更是笑得腰都直不起来了。笑声把方阿琴招了进来，教训女儿这么狂笑非笑流产不可。听方阿琴说出这么雷人、这么惊天地泣鬼神的话来，小两口一下子都蔫了。造人的事情还是没有一点儿进展，丁方文的肚子里空空荡荡，正义的肚子里也不安生。

正义临走前跟丁方文嘱咐，如果你妈问，就说去陪客户。说去陪我妹妹，你妈好抱怨我家事多了。方文答应着，正义焦急地走了。方阿琴果然怀疑正义陪客户的理由，推测女婿深更半夜跑出去不干好事，丁方文说向毛主席保证，正义肯定没撒谎。方阿琴还是不太相信：“我还没听说过，卖个破房子，还要半夜去陪客户。除非客户是个女的，那他就不是卖房子，是卖身！”

虽然正义回家去照看妹妹了，正大还是不放心，节目一结束，他就往外跑。自从表明态度不坐大顺子的车之后，大顺子也就不来了，这让正大觉得心里好受多了。平常不着急回家的时候，他出了电台的大门，还能在街上溜达溜达，有时候甚至走回家。晚上的马路车少人少，空气也好不少，多走点儿步权当是锻炼了。可今晚不行，得赶快打个车回去。一出大门，他就四下张望找出租车，却不料门口就停着宋天然的跑车，是专门来接他的。听到宋天然招呼自己，正大犹豫了一下，还是上了车。宋天然看出正大心里有事，以为他还在为自己和周雨晴争吵的事心存芥蒂，就轻松地说："有什么不开心的事，说出来吧，让大家开心一下。"

正大知道宋天然是在借用自己刚才在节目里的话调节气氛，可他一点儿不觉得这有多好玩。对一个主持人来说，口误就是错误。他不是没有娱乐精神，但这种娱乐精神如果是建立在听众的痛苦之上，他觉得是自己不厚道，特别是在让他心事重重的这个晚上。

正大的漠然，令宋天然觉出无趣。正大问她过来干什么，宋天然说是为给正果吃安眠药的事道歉，正大说："都过去了，昨天晚上我的态度也不太好。"

宋天然说："我怕正果的脑子受到影响，今天去问了大夫，大夫说，病人如果情绪过于急躁，安眠药可以吃一点儿，对病情可能有益无害。我告诉你这个，不是想解释什么，只是怕你担心。"

正义来了电话，说妹妹睡下了，让大哥不用着急。汽车里静悄悄的，正义的声音从手机里蹿出来，被放大了无数倍。宋天然把话题转到两人的感情上，正大表示两人之间真的不可能怎么样，宋天然觉得正大一直在逃避。她向正大表白，以前老觉着自己什么事情都拿得起放得下，可这件事，真叫她放不下了，"这说明我太在乎你了。既然这样，我也不想再委屈自己，要是一直下去，我能把自己憋死。"

"我现在……没有这个心思。"正大躲避着宋天然的眼神。

"好，我不逼你。其实，我已经知道答案了，要是你不喜欢我，你就不会犹豫，更不会紧张。"宋天然笑笑，拉开皮包，取出一个文件袋递过来。

正大问："这是什么？"

宋天然说："反正正果也睡了，我们找个地方坐着说吧。"

两人来到一家咖啡店。服务生引着宋天然和正大在一处角落坐下，宋天然要了两份咖啡。正大从文件袋里抽出材料翻看着。宋天然说："我这个朋友的父亲，是美国一家著名医院的神经科医生。我把正果的病情跟他大概讲了之后，他才出的这个治疗方案，不过，他还是建议带着正果到那边进一步确诊一下。如果你同意，我可以跟你一起带着正果去。至于费用的问题，你不用多虑，这个我来负责。”

正大不语。宋天然自顾说：“你明天把正果的相关资料给我准备一下，我先跑一下手续。到时候还需要带着正果去办一下签证。”

正大略有迟疑：“我再考虑考虑吧。”

宋天然察觉到赵正大情绪不高，着急地问：“还考虑什么？成不成叫人家帮着再会一次诊也好，又损失不了什么。”

正大说这么大的事，得好好考虑考虑，他不能匆忙做什么决定。两个人又说了几句话，宋天然看出他心不在焉，一直惦记着家里，就让他先走。正大刚一起身，手机响起来，居然是周雨晴打来的。他犹豫着接还是不接，看到宋天然疑惑的眼神，只得接起来。没想到说话的并不是周雨晴，而是个陌生的男人，他说他是一家小饭店的老板，有个女的喝多了，他见手机里存着个“老公”，就打过来了。正大一听就急了，问了小饭店在哪儿，就着急忙慌地跑出了咖啡店。宋天然结了账匆匆跟出来，正大已经上了出租车，一溜烟跑了。

周雨晴喝醉了，还是一个人喝的。正大赶来的时候，她趴在桌上睡着了，用烂醉如泥来形容都一点儿不为过。这家饭店不大，可以看出，二楼是店主人自己开辟出来的面积，逼仄的旋转楼梯要是上下一个胖子都有点儿费劲儿。

正大连摇晃带喊地叫了周雨晴好几声，她才迷蒙地睁开眼，看见是正大，周雨晴咧着嘴了，笑着笑着又呜呜地哭起来。正大抱起周雨晴想下楼，琢磨琢磨还是觉得下去有点儿困难。老板帮忙把周雨晴放到了正大背上，正大一手扶着楼梯栏杆，一手扣住周雨晴的大腿，嘴里数落着：“你看你喝的，干什么呀你这是，跟谁喝的，喝这么多……”

“就她一个人，怎么劝也劝不住。这女人呀，醉到这份上，就老念叨正大正大的，这时候能想到的，肯定是她最亲近的人。”老板跟在后面絮絮叨叨。

正大小心地往下挪着步子：“这梯子，是人走的吧还……”

老板讪笑：“就这么大地方，空间利用嘛。”

正大往上颠了下周雨晴："一天到晚减肥，减了半天还这么沉。"

老板说："人喝高了都沉。"

正大拐过旋转楼梯，正要往下迈，一下子愣了。

楼下，站着宋天然。

坐在宋天然的车里，正大开始还有些不自在，他的怀里毕竟还靠着一个周雨晴。可没过多长时间，他就让周雨晴彻底俘虏了。一坐进车里，周雨晴就呻吟着说头痛，正大不停地给她揉搓着太阳穴："深更半夜在外面出丑，也就你周雨晴能干得出来。"

周雨晴干呕起来，正大忙用手接在她的嘴下："忍着点儿啊，别吐人家车上，一会儿就到家了，听到没有？你忍着点儿！"

一路上，正大都在絮絮叨叨数落着周雨晴，可这些话在宋天然听来，却像是一刀刀扎在她的胸口上。自己算什么？今晚不过是他赵正大和周雨晴搭便车的一个司机，正大表面上东拉西扯的是鸡毛蒜皮的哀怨，心底里涌动的分明就是割舍不了的亲情，这种东西打断骨头连着筋，想剪都剪不断。宋天然今晚算是彻底看明白了，在赵正大那里，周雨晴可以不是妻子，但不可以不是家人。汽车开进了小区里，停在正大家的楼洞前，正大连拉带抱地把周雨晴弄下了车，刚要回头感谢一下宋天然，汽车已经驶去。

好不容易把周雨晴舞弄到家里，正大累得直喘。正义听说是宋天然把大哥大嫂送回家的，觉得挺奇怪，他想不明白大哥是用什么手段同时掌控住了这两个难缠的女人。正大骂弟弟瞎联系，说他跟宋天然根本什么事都没有。正义不爱听了："什么事没有你让人家照顾正果？你好歹是个大主持人，也不长脑子，她宋天然能是照顾人的人吗？当时嫂子不管正果，明摆着是要拿巴你一下，你跟她说两句软乎话，不什么事都解决了？嫂子一天到晚这么照料全家，还换不来你一个回心转意，这事搁谁心里也过不去。"

正大不爱谈这个话题，正义却哪壶不开提哪壶："你跟我说句实话，你真打算跟宋天然往下发展吗？"

正大说："发展什么？我根本就没考虑过这个事。"

正义说："你没考虑那她肯定考虑了。人家追得这么紧，又是找人给正果看病，又是给你投广告的，这就是直接参与内政外交了。这都是宋天然的手腕，人家明摆着就是要三下五除二把你拿下。”

正大说：“你别把她想歪了，人家是一片好意。”

正义说：“谁不知道是好意，可这些好意归根结底不还是九九归一归在你身上。我觉得吧，这宋天然是不错，不管从哪方面讲，确实都比我嫂子优秀，可就一样，她指定比不过嫂子。”

正大问：“哪一样？”

正义说：“对这个家的高度责任感！”

正大沉默了，正义说得没错，周雨晴是有些臭毛病，但这一点，就像闪光的金子，什么缺点都遮挡不了。

正义继续说：“还有，这宋天然千好万好，可她不适合你。跟这种人过日子，你这心里整天得七上八下的。过日子是什么，不就是踏实吗？哥，这个道理你应该比我明白呀，怎么轮到自己身上，你就糊涂了？”

正大心烦：“行了，留着你的歪理邪说自己过日子吧。”

正义发了一通牢骚，起身要走。正大看到已经很晚了，就留正义住下。正义说：“不行，刚才接个电话，有个客户等着陪酒，都是爷，得罪不起。”

正大问：“方文她妈，跟你没事吧？”

正义说：“还行吧，反正一天到晚盯着我，我也习惯了。那个老太太呀，真是生错年代了，要是搁过去旧社会，保准是个好间谍。”

听弟弟这么赞美自己的丈母娘，正大忍不住笑起来：“她也是为你和小丁好，别和她一样。”

正义无奈地说：“不提她了，一提她我就郁闷。走了。”

就像正义说的，方阿琴确实极具间谍的潜质，她能从蛛丝马迹中找到事情的真相。正义半夜去见什么鬼客户，这怎么琢磨怎么都是疑点重重，她要坐等正义回来，追查个水落石出。在女儿房间盘问时，丁方文的闪烁其词，更是加剧了她的怀疑。在穷追猛打的攻势下，女儿终于不耐烦地交出了实底。方阿琴借题发挥，痛斥女儿和正义同流合污一起来骗自己，丁方文回击，这还不是怕你没事找事闹得大家都不痛快。言辞间，母女俩都揭起双方的短来，多亏老丁出来调和才休战。本来事情至此已经结束了，谁知丁方文无意间从手包里掉出的一片卫生巾，让战事又起。这一次，方阿琴可是彻底掌握了主动权，丁方文在铁证如山的证据面前，只有低头不语的份了。

方阿琴怒气冲冲地质问女儿："你眼里还有我这个妈吗？你不是怀孕了吗？怀孕还用这个干什么？要不是我今天发现了，还不知道要被你们蒙蔽到什么时候！"

丁方文低声辩解："早怀晚怀不是一样嘛……"

"当然不一样！没怀孕我能答应你们结婚吗？方文，你给我说清楚，这件事是不是赵正义的阴谋诡计？"

"不是。当时是你总逼着我去相亲，我相亲相烦了，相怕了，才想了这么个办法。"

方阿琴一拍桌子："你以为我会信吗？别忘了，你妈是干什么的！你的眼睛一眨，我就知道你想什么，少在这儿给他赵正义挡子弹！"

丁方文坚持："确实是我的主意。"

"你要是有这样的心眼还好了，我早不用跟着操心啦！"方阿琴越说越气，"这种鬼把戏，也就他赵正义能想出来！要不是我有先见之明，把他弄到眼皮了底下看着，他还不知道能做出什么坏事来！"

"正义根本不是你说的那种人，你真是不了解他。"

都这时候了，女儿还在替正义说话，方阿琴痛心女儿分不清远近："我永远是你亲妈，他可未必永远是你的丈夫！"

老丁埋怨方阿琴话说得难听，方阿琴理直气壮："我说的是实话，实话都不中听！"

丁方文抹着眼泪："你就是戴着变色眼镜看正义，充满了偏见。"

方阿琴吼道："我这是明察秋毫！我提醒你方文，正义就是一肚子鬼心眼，他使出一点儿手腕，就够你受一辈子的！"

在丁方文心里，正义是怎样一个人，她最清楚，一个能那么疼爱自己妹妹的男人，对爱人也一定不会薄情寡义。老丁在一旁附和，趁机和着稀泥，嘱咐女儿当前的主要工作是赶快怀上宝宝，也好堵外人的耳目，这下子又捅到了方阿琴的痛处，她说作为条件，以后有了孩子，得跟着女儿姓丁。老丁说这有点儿过分了吧？方阿琴道："过分什么？赵正大已经让老赵家有后了，他赵正义一穷二白住到我们家，也应该让他有点儿奉献精神，他还计较什么？这个想法我不是今天才心血来潮琢磨出来的，只是没说出来罢了。再说，都什么年代了，孩子跟爸姓跟妈姓法律上也没有明文规定。"

丁方文争辩："是没有明文规定，按你的解释，孩子跟着你姓也可以了？"

方阿琴平静地说："你不用含沙射影，跟我姓怎么了？我拉扯你这么大，屎一把尿一把，跟我姓怎么就不行了，还委屈了你？"

外面传来开门声，是正义回来了。方阿琴转身要出去，丁方文一把拉住她，低声哀求："妈，你别说他了！"老丁也在旁边说和，方阿琴这才作罢。正义看见方阿琴和老丁从屋里出来，低眉顺眼地跟二老打招呼。方阿琴像没听见一样，昂首挺胸与正义擦身而过，老丁冲正义点点头，跟进屋去。

正义从丁方文嘴里得知事情败露了，一时不知如何是好。丁方文倒看得开，生米煮成熟饭，母亲能耐再大，也得认了，心里的包袱卸掉了，反倒轻松了。正义却不敢松懈，他知道方阿琴是不会轻易放过他的。果然，第二天一早，方阿琴还是向正义发难了："方文的大好人生，让你骗得偏离了轨道，你知道吗？"

老丁知道，一夜的时间难以稀释方阿琴的愤怒，昨晚她在床上翻来覆去的迹象就不是好兆头。老丁说两个孩子都结婚了，还扯那些没用的事干什么。方阿琴痛斥老丁就知道和稀泥，正因为他一天到晚没有原则，这个家里的大事小情才永远分不清个是非曲直。老丁辩解，一家人没有必要分得那么清楚，分清楚了就不是一家人，咱们家不是政协人大，不用民主选举，你永远是孩子的妈，我永远是孩子的爸。事情叫老丁这么一搅和，方阿琴感到大方向又偏离了，丁方文趁机拉走了正义。尽管事态暂时得以平息，瞅着方阿琴和丁方文不在的时候，老丁还是对正义说："正义啊，不是爸批评你俩，这件事，你们做得确实不对。"

正义内疚地说："我对不起你和妈……"

老丁叹了口气，嘱咐正义："对不起我们不要紧，你得对得起方文。"

死猪般地睡了一夜，周雨晴醒酒了。她跟正大说，这酒能把人灌醉，也能把人灌清醒。我想明白了，我决定搬出去，再纠缠下去，伤的是我，害的是你。正大安慰周雨晴，你别这样，我没有撵你出去的意思。周雨晴称，不是你撵的，是我自己想走。这房子有我一半，放在这里谁也抢不跑，再说了，你正大也不是一个赖账的人。

周雨晴不听正大的劝阻，收拾好包裹就要出门。眼看着就这么散场了，正大心里也难受。他进屋跟正果说了嫂子要走的事，正果一下急了，哭着不让周雨晴出门。

“正果不哭，嫂子还来看你。以后你要听哥的话，想嫂子了就给嫂子打电话……”周雨晴心里难受，哽咽着说不下去了。

“嫂子不走，不走。”正果死死地拽着周雨晴的胳膊。

周雨晴流着眼泪，劝说着正果，正果不听，只是一个劲儿地哭。周雨晴最怕的就是这阵势，她埋怨正大不该让正果知道自己要走，正大任她骂着，一句话不说。周雨晴狠狠心，还是推开正果，一步跨出门，冲下楼去。身后传来正果的号啕声，周雨晴抹着眼泪跑下楼，刚下了一层，传来正大的喊声：“正果，怎么了你？醒醒啊，你醒醒……”

周雨晴慌了，回身跑上楼，家门口，正大抱着正果在按她的人中，正果身体发软，脸色煞白……

正大和周雨晴把正果送到医院，才想起身上带的钱不够。正大急忙给正义打去电话，让他送点儿钱过来。正义嘴上答应着马上送到，心里却盘算着从哪儿出这笔钱。丁方文理直气壮地去找母亲要，方阿琴沉默着，并不表态。丁方文怕母亲不给，着急地说：“你放心，我只花我的那份，你把我的工资卡给我就行。”

方阿琴听女儿这样说，立即生气了，说：“你的钱早花光了。就你们那点儿钱，根本不够你们自己开销的。住这房子，得租金吧？你们不吃饭？你们不用水用电用煤气？”

丁方文恼了：“妈，有你这么算计的吗？”

方阿琴冷着脸："不算计能把日子过好？这过日子就怕算计不到。"

丁方文近乎哀求了："妈，这是看病的钱，不是干别的。"

方阿琴说："那行，打个借条吧。"

正义和丁方文都愣了。方阿琴不耐烦了："借还是不借，要是不打借条，一分钱也没有。"

正义看到方阿琴要走，忙说："好，我写！"

办完了借款手续，方阿琴到街道上班去了。丁方文看见正义还在生气，安慰说母亲要借条也就是做做样子走个形式。正义不想讨论这件事，开门要往外走，老丁从卧室里出来，把一沓钱递给正义，歉意地说："正义啊，你妈就这么个人，心眼不坏。她还怕你要的那点儿不够，让我再给你拿点儿。"

正义不想接，他琢磨这可能是岳父偷着攒下的私房钱，之所以这么说，不过是替方阿琴卖个好。老丁不容正义多想，把钱塞在他手里，催促道："快去吧，别耽搁了正事。"

正义把钱拿来，正果的各项检查结果很快也出来了，她的病情并无大碍，医嘱和上几次的基本一样。正大又向大夫问起国外对这种病的治疗情况。大夫说国内的医学界与国外的专家基本有一个共识，药物治疗确实有一定效果，但业内一致认为，亲人的关爱、呵护，在某种程度上可能比药物起到的效果更好。

正大接到台里的电话，匆匆离去。周雨晴要把正果带去面馆，正义说自己今天没事，可以照看正果。

让周雨晴没想到的是，正义把正果带回了方阿琴的家。把妹妹带到"自己家"看看，是正义早就想做的一件事，虽然是倒插门，可这儿毕竟是二哥的家呀。今天是个机会，白天家里没人，冰箱里还有头天晚上买回来的渤海湾大对虾，正好给妹妹尝尝鲜。

一进家门，正果还有些拘谨，怯怯地四处张望。正义告诉妹妹，这里是二哥的家，也就是正果的家，想怎么玩就怎么玩，正果这才安下心来。正义去厨房煮上虾、洗好水果，等回卧室的时候，发现墙正中的位置画着灰太狼和喜羊羊，让人意外的是，灰太狼的脸是方阿琴，喜羊羊的脸是正义。

正义顿时呆住了："果儿，你怎么在墙上画起来了？"

"二哥不是说……这叫手绘墙吗？"正果回答。

"你这事倒记住了，二哥这是搬起石头砸自己的脚呀。"正义苦笑地摇摇头，好在这墙面可以水洗，他找了块湿毛巾要擦墙。正果拦着不让，正义跟妹妹商量："正果啊，这要是不擦了，一会儿母老虎来了，非把你二哥吃了不可。"

"谁要吃你啊？"随着话音，推门进来的是方阿琴。正义愣住了，正果更是有点儿害怕，慌忙躲到了二哥身后。方阿琴扫了一眼墙面，脸色大变，正义忙解释："妈，您别生气，正果画着玩的。"

方阿琴怒斥："画着玩？画着玩把我画成大灰狼？"

正果吓得哭起来，正义忙安慰正果："不哭，不哭，阿姨跟你开玩笑呢。"

方阿琴大喊："谁跟你开玩笑！"

正义哀求地看着方阿琴："妈，求您别吓着我妹妹……"

方阿琴扫了眼桌上的对虾和水果，鼻子一哼，转身出去。

正义安抚好了正果，要带她走，两人去跟方阿琴告辞，人家不理不睬。兄妹俩灰溜溜下了楼，正巧碰上丁方文，一见正果，丁方文有些意外，听正义说了刚才发生的事情，她想再让正果回去，正果一个劲儿地摇头，正义更是害怕再让妹妹受刺激。

方阿琴一见到女儿，就控诉起正义的行径："我在正义眼里是什么，就是一条恶狼！"

丁方文劝母亲别瞎联想，说那就是个漫画，根本不值得大惊小怪，母亲该觉得有趣才对。方阿琴倒认为不但谈不上有趣，那分明就是丑化自己。丁方文解释正果脑袋有病，母亲不该跟一个病人去计较，方阿琴不听："犯错就拿脑袋说事，等哪一天，她把房子点着了，你们是不是觉着也无关紧要！"

丁方文说："你这不是抬杠吗？妈，你这样真的太过分啦！"

方阿琴反问："我过分？他赵正义随便往家里带人，连个招呼都不跟我打，这也是我过分？"

"那是正义的亲妹妹！你这么做，不是在逼正义，是在逼我！"

“好啊，我在逼你，那你们是不是合起伙来在逼我？方文，你告诉我！”方阿琴怒视着女儿。

“我姓丁，叫丁方文！”丁方文迎着母亲凶巴巴的目光，毫不让步。

正义本想把正果带回大哥家，想想家里也没有人，便把正果带到嫂子的面馆。正义跟嫂子说完事情的经过，发起牢骚：“看来，我真得赶快找房子搬出去。”

周雨晴提醒：“那你得跟小丁好好商量商量，别为这事闹别扭。”

正义满脸无奈，说现在是越混越混不明白，越混越不像个男人了。出门了，都说我龙精虎猛，可回了那个家，我比老鼠活得都憋屈，老鼠半夜还敢出来转悠转悠，我呢，连气都不敢出，吃喝拉撒，没一样不管的。周雨晴急忙安慰，老二，你自由惯了，有个人管着也好，再说，她这么管你也不是害你，都是为了你们好。

正义不爱听了：“嫂子，你怎么说话和她一个口气啊，也‘为我们好’‘为我们好’的，我最受不了这个。”

周雨晴感叹：“你是没孩子，等有孩子就知道了。”

正义说：“嫂子，你是不知道，从进了他们家的门，我就没听过她说一句好话，没见过她一个笑脸！”

周雨晴觉得，正义遇到这样一个丈母娘也没办法，谁让她是小丁的妈。世上的事没有十全十美的，只要小丁人好就行，毕竟是正义和小丁过一辈子，不是和丈母娘过一辈子。机器换个齿轮还需要磨合，时间一长就习惯了，一习惯就好了。周雨晴劝正义，有些习惯是互相适应出来的，要学会相互适应。正义叹了口气：“你还说我，你和我哥不也扭包出褶，老也合不来嘛。”

周雨晴也跟着叹气：“是呀，我这当大嫂的，没做好榜样。”

正义有些后悔刚才自己说的话，没想到无意中触到了嫂子的痛处。他内疚地说：“嫂子，别这么说。”

和嫂子唠着唠着，天就黑了。丁方文来电话问他几点回家，正义说在外面谈事，不回家吃饭了。等正义挂了电话，周雨晴还是催正义赶紧回家，别跟方阿琴把关系闹僵了。正义从面馆出来，还是不想太早回去，就在街上溜达着往回走，等到了小区门口，已经快九点了。丁方文打来电话，他说一会儿就到家了，让丁方文先睡。电话里，正义想装得高兴点儿，却怎么也装不出来。回到家，他在卫生间对着镜子笑了笑，结果比哭还难看。他郁闷地从卫生间出来，丁方文看到丈夫闷闷不乐，知道他还在为白天的事生气，劝正义别往心里去，她替方阿琴跟正义说声对不起。

正义故作大度："这点儿事也往心里装的话，我的肚子早爆炸了。"

丁方文安慰："我妈就是脾气躁，完事了又后悔，晚上问了好几遍你怎么没回来。"

正义开玩笑："是骂我没回来吧，我倒巴不得被歹徒劫持了。"

丁方文抱住正义："你别胡说，你被劫持了，我可怎么办哪。"

二十四

宋天然约正大出来坐坐，正大也觉得有些话跟她说开了好。在咖啡馆靠窗的位子坐下，两个人都沉默起来，自顾自捧着一杯咖啡品味，显然都有些不自在。先开口的还是宋天然，她望着窗外，眼神迷离："那天晚上回去之后，我一直在想那个饭店老板说的话：一个女人喝得不省人事，还能一直念叨的人，一定是她最亲近的人。这说明什么？说明她还爱你。这么多年，我任性惯了，从小就信奉拿来主义，只要自己看中的东西，就不想让别人得到，包括感情。人在这个世界上，做任何事情，都不敢明目张胆地表现自私，相反，却要通过无私掩盖自己的自私，可是唯有爱情，每个人都心安理得地自私着。"

正大不敢跟宋天然对视，低着头说："这件事是我伤害了你。"

宋天然说："你听我把话说完。当我在《正在说》听到你那句'要勇敢地去爱'的时候，我受了鼓励，带着憧憬朝你迈出了第一步，我甚至想，你已经在我的手掌心里了，可是，昨天晚上，当我看到醉酒的周雨晴时，我动摇了，我一直在问自己，我有没有周雨晴爱你爱得深？我没有想出答案来，越想越觉得自己是在偷别人的东西，虽然你们已经离婚了……"

正大认真地听着，像听别人的故事。

宋天然继续说："当你不如另一个女人爱这个男人的时候，是不是应该把这个男人让给爱他更深一点儿的女人呢？我不知道。我一直在琢磨，可是琢磨不出答案来。她比我爱你，她比我更有责任心，是这样吗？"

正大一脸尴尬："对不起，也许是我给了你不正确的感情信号。"

宋天然眼圈泛红，她不想让正大看到自己流泪，起身匆忙朝门外走去。

正义没想到，丁方文主动提出来要搬出去住。这样的想法正义虽然早就有了，可他没法表露出来，因为那份他已经签字画押的婚前保证书上写得明明白白，结了婚他必须住在家里。看到丈夫有顾虑，丁方文知道是那份保证书捆绑住了正义，她劝丈夫别理会，一切都是事在人为，绝非不可改变。正义不置可否。丁方文知道，要办成这件事必须争取到父亲的支持，她本以为父亲那里没有什么问题，可没想到被父亲一票否决了。丁方文问父亲不答应的理由，父亲说为了这个家，希望女儿和正义受点儿委屈。在老丁那里，他认定要搬出去过的主意十之八九是正义出的。一天早上，正义陪着老丁下楼买早点时，老丁说："正义，方文她妈确实有些个性，我知道你跟着受了不少委屈，她有什么不对的地方，我替她跟你道个歉。"

"爸，别这么说。"正义知道老丁在家里的地位，他是在往自己身上揽责任。

"有些事……"老丁叹了口气，摇摇头，欲说还休。

正义追问岳父到底想要说什么，老丁却转移了话题，跟正义要起正大的电话来，说是他们单位有个女同事，特别喜欢听正大的节目，最近遇到点儿事，想听听正大的建议，可她又羞于把自己家里那点儿事放在收音机里广而告之，就想和正大私聊一下。老丁说："你知道，老师的面子都薄。"

正义说："你同事太迷信我哥了，他其实也没什么。"

老丁说："仆人的眼里没有伟人，因为正大是你哥，你才觉得没什么。可在很多人心目中，他可是精神导师。"

正义笑笑："太夸张了吧？"

老丁认真地说："一点儿都不夸张。"

买完早点回来，正义匆匆吃了几口，就去上班了。最近行业内竞争激烈，单位印刷了一批小广告，让正义他们去楼道内张贴。

正义来到一个小区，从背包里拿出广告，正在往楼道外门上贴着，门开了。一个也拿着野广告的年轻人从楼道里出来，他见正义贴的广告盖住了自己刚贴的广告，顿时火了："怎么回事？你眼瘸了？"

"你骂谁？"正义也火了。

"我刚才贴的，你干什么给盖住了？"年轻人抬手推了正义一把，正义手里的广告撒了一地，他当即火了，朝年轻人猛扑过去……

不打不成交。两个人近乎相同的职业，近乎相同的生活压力，近乎相同的坎坷经历，为两人找到了共同话题，或许这就叫做同病相怜。两人发了一通牢骚，都想着不再为各自的老板打工，都想着要给自己当老板，赤手空拳闯出一番天地，可一落实到具体行动，又都打了蔫。两人郁闷地来到就近一家饭馆喝酒解闷，喝着喝着，就喝高了。两人划起拳来，几轮"两只小蜜蜂"下来，兴致越来越高，打起耳光来也就没有了轻重，正义一肚子的怨气像是突然找到了突破口，下手更是猛烈，对方终于火了，一拳砸在正义脸上，两人扭打起来，像是一对积怨已久的仇家。直到被110扭送到了派出所，两人才醒过酒来。

正大匆匆赶来，问警察到底怎么回事，警察也纳闷儿："你这个弟弟可真有意思，我干了十六年警察，还没听说两个叫不上对方名字的人坐到一块儿喝酒，什么都不为，就为打人玩。还争辩说，一个是黄盖，一个是周瑜，一个愿打一个愿挨，不犯法。"

正大听得满头雾水："不会吧？"

警察板着脸："会不会问你弟弟去。我都纳闷儿了，他俩是不是喝了假酒，吃错了药！"

正大紧张地问："那他俩的问题，大不大？"

警察说："人家愿意被打，我们也没办法，交了罚款去领人吧。"

正大把正义从派出所领出来，直接去了一家饭馆，点完菜，正大把一瓶酒启开，给正义倒满。正义摇头不喝。正大一蹾酒瓶，朝弟弟低吼："怎么不喝？

喝！喝完了咱俩再接着打！”

正义讪讪地解释：“我们就是越喝越闷，后来一商量，就对打，发泄发泄……”正义的眼圈泛红，扭过头去擦了把眼泪。

正大叹了口气：“老二，是男人，就得扛责任，是男人，就得受委屈。女人遇了难事，可以眼泪往外流，男人遇了难事，得把眼泪往肚子流。你到每个男人的心里去溜达一圈，哪个不累？哪个不苦？哪个没烦恼？哪个没委屈？难道都要像你这样，抡起个酒瓶子，你砸我一下我砸你一下？砸来砸去，血倒是砸出来了，委屈呢？越砸越结实。”

“你说得不对，我觉得越砸越把委屈给砸出来啦。”正义摇头。

“你还越说越有理啦！”正大火了。

“哥，我觉得确实有理……你听我说啊……”

“你说个屁！再进派出所，少叫我去丢人现眼！”正大起身，气呼呼地走了。

“哥，你听我说呀……”正义掏出一张百元钞票放在桌上，追了出去。

谁都不会想到，这次意外经历，居然让正义找到了一线“商机”。他没花几个钱，便在一家受众面颇广的交友网站上贴出一则醒目广告：高职不如高薪，高薪不如高寿，高寿不如高兴——挨骂公司让你在怒骂中宣泄，在宣泄中痛快，在痛快中减压！点开广告，背景音乐是刘德华唱的那首《男人哭吧不是罪》，这首歌的歌词也符合正义的要求，男人骂吧骂吧不是罪，再强的人也有权利去疲惫。

正义听着歌，不禁笑起来。丁方文从外面进屋，问他干什么这么高兴。正义说，瞎高兴，穷乐。丁方文说，好久没看见你这么乐了。正义笑笑，以后我会天天乐。

正义的生意很快就来了，客户是个三十岁开外却已经谢顶的小公务员。两人是在公园一处僻静的凉亭见的面，因为对方是自己的第一个客户，正义穿得很正式，言行也相当得体，充分做好了打不还手、骂不还口的思想准备。不想对方却一直进入不了状态，正义只好循循善诱鼓动他，可年轻人还是畏手畏脚。

正义急了："都过去十分钟了，这可都是你消费。"

年轻人终于鼓足了勇气："那……那我开始了……"

正义点头："行，我现在就是你的科长了，来吧，开骂！"

年轻人说："我们科长是女的。"

正义说："那我现在就是女的，我变态！你们科长不就变态吗？要不她老骂你干什么？这号人啊，要么是长得丑，不自信，要么就是婚姻不幸福，被男人甩了，所以心里有邪火，就往你这样的小科员身上撒。她每回骂你，你是不是都有拿刀子捅了她的心？"

年轻人点头，指着正义骂道："我……我恨你！你有什么了不起的？你懂什么你？你除了会巴结领导，会打小报告，你还会什么？每回我写的材料你都说不行，不让我重新写个十遍八遍你就不甘心，你纯属找碴儿，就是心理变态！你每回训人都唾沫星子横飞，要多恶心有多恶心！你还满嘴口臭，顶风臭出二百里！就你这样的老娘儿们，一天砸你十八遍都不解恨！"

年轻人骂着骂着，腰杆儿也跟着拔直溜了，全然不见了刚才的窝囊之相。正义看着年轻人，面带媚笑。年轻人唾液横飞，对着正义指指点点，俨然运筹帷幄、决胜千里之外的大将军。

工作结束了，正义哼着歌，朝公园门口走去，那个年轻人跟在后面，担心地问："兄弟，刚才我说的话……你没录音吧？"

正义停下脚步，回过头："怎么，你想录下来回头再欣赏欣赏，过过瘾？好想法，我这又能拓展一个业务了。"

年轻人忙摇头："不是不是，我是怕……没问题吧。"

正义明白过来："我们哪能连这点儿职业操守都不讲，放心吧，绝对保密。"

年轻人放下心来，正义说："哥们儿，我今天这买卖做得有点儿吃亏。你一定是受你们科长传染了，也是唾沫星子横飞。早知道这样，我得加收你五十块钱！"

下午，正义又接了个大活，地点是女主人的别墅。肥硕的中年女人一手掐腰，一手指着正义的鼻子大骂："你以为老娘眼瞎啊，公司里凡是漂亮点儿的，哪个逃得过你的手掌心？你是不是以为我不吱声就是不知道了？那是我给你脸！你倒好，给脸不要脸，还没完没了啦！今天晚上要加班，明天晚上要应酬，后天晚上陪领导，你撒个谎也不会变花样！”

正义额头被戳得生疼，不时朝后仰着，身子站不稳，又赶快低眉顺眼地站好。电话突然响了，胖女人正骂得入戏：“有朝一日把老娘惹火了，我让你死都不知道怎么死的！”

正义指着电话提醒道：“来电话了，先接了再骂。”

胖女人回过神来，忙去接电话，声音立即柔和起来：“老公啊，晚上少喝点儿，早点儿回来，我等着你啊。喂喂……”胖女人恼火地挂上电话，一回头，见正义坐在沙发上，顿时火了，朝正义一指，吼道：“谁让你坐的？起来！”

从别墅出来，正义又串了一个场，地点是饭店包间。这回的客人在单位还有点儿职权，他郁闷的是领导对他的贡献总是视而不见。今天他是趁着领导外出开会才溜出来发泄的。对方看上去挺斯文，可骂起来却花样翻新。骂完了，因为正义开不了报销的发票，付款时愣逼着正义给打了七折。从包间出来，正义回头“呸”了一口，低声骂道：“你个混蛋，长得人模狗样，骂得花样还挺多，要不是看在这钱的分上，老子非扇你不可！”

这份工作收工后，正义来到电台，一脸神气地让正大下来见他。正大匆匆出来，一见正义就问：“又出什么事了？”

“出事了，而且是大事！大好事！”正义掏出一沓钱，塞进正大的手里。

“哪儿来的？”正大一脸疑惑。

“一非偷二非抢，靠咱的脑子赚的！”正义指指脑袋。

正大担心弟弟惹事，正义让大哥放心，说自己现在干的是平事——摆平人的事。正大没听明白，正义说：“你放心吧，我找了一个兼职。”正说着话，正义的手机响起短信提示音，正义扫了一眼，“这不，又来活了，行了，不跟你聊了，我得赚钱去啦。”

正大看看手里的钱，担忧地问：“老二，你到底在干什么？”

正义说：“我忙着呢，回家再说。”

正义来到一个高档小区，按响了客户楼下的门铃，里面传出一个女人冷冷的声音：“谁？”

正义低声说：“挨骂公司！”

房门吧嗒一声脆响，正义推门进去，只见房间内富丽堂皇，很是气派豪华。楼上传来脚步声，正义一抬头，呆住了。

下来的女人竟然是小麦。

小麦也一愣：“你……”

正义的眼神冷漠起来，朝小麦深鞠一躬：“尊贵的女士，本挨骂公司的宗旨是，高职不如高薪，高薪不如高寿，高寿不如高兴——本挨骂公司会让你在怒骂中宣泄，在宣泄中痛快，让你在痛快中减压！”

小麦激动地走上前抓住正义的胳膊：“你怎么干起这个来了？”

正义推开小麦的手：“对不起，为替客户保密，本挨骂公司不过问客人的姓名、单位，本挨骂公司骂不还口，但不允许客人动手。我们因服务级别不同，价格不一，文明骂，十分钟五十元，如果出现侮辱性语言的话，一句罚款一百元。不知您选择哪一种服务？哦，对了，你选择的是登门服务，额外加收一百元。”

小麦火了：“赵正义，你这个混蛋，少跟我装蒜！”

“对不起，你有侮辱性字眼，我要多收一百元，现在已经开始计时了。”正义一本正经地说着，从包里拿出计时器，啪的一声放在桌上。

“好，算你行！”小麦一屁股坐在沙发上，恼怒地指着正义，“坐到我对面去，我要开骂啦！”

正义规规矩矩地坐在小麦对面，小麦平抚着刚才的激动情绪，过了半天才开口说道：“我憧憬着，有一天能和他牵手走进婚姻殿堂，可是，我错了，他家里有老婆，他不肯离婚。他说，打拼江山的时候，每次摔倒，只有他老婆把他拉起来，他说只有跟自己过过苦日子的人，才有权利分享他的美食。这样的人有情有义，我从心里敬佩他。可敬佩归敬佩，我不能总是这样呀。以前，我也鄙视小三，只是没承想自己有一天也会去当起小三……”

小麦说着说着，嘤嘤地哭起来。

正义平静地问：“请问女士，您需要安慰吗？如果需要安慰的话，收费是五分钟五十元。”

小麦上前，一把抓起正义的手：“正义，我对不起你……”

正义将手拿出来，平静地说："本挨骂公司反对男女有身体接触，如果是客人造成的，赔偿两百元，如果是本公司服务人员造成的，你可以把服务人员当流氓扭送派出所，见到警察，我们会勇于承担错误，绝不推卸。"

小麦望着正义："正义，你能不能好好说话？"

正义道："尊贵的客人，您没有什么错，因为他有钱，而现在的社会好像已经进入了一个只有拿钱才能证明爱的时代。您的错误是，您得到了这个男人的钱，又想得到这个男人的情，您忘记了，双至的是祸，单行的才是福，得到一样，人就应该满足了。"

"你在嘲笑我？"小麦质问。

"我只是安慰你，让你找到平衡。"正义一脸严肃。

"是，他是给了我钱，给了我这大房子。可是，可是我最青春的东西没了，最爱我的男人没了，我悔、我恨！"小麦的眼泪涌了出来，突然又紧紧抓住正义的胳膊，"正义，我错了，我错了，对不起，对不起，你就原谅我，原谅我吧！"

"我只是一个挨人骂的窝囊废，但窝囊不伤心，伤心的是那些自以为聪明却被人耍的猴子……对不起，我不想做猴子。"正义的嘴角抽搐了一下，他推开小麦，站了起来，"这位尊贵的客人，刚才您消费一共是一千八百元，包括服务费，包括脏口费，包括你刚才两次抓我的胳膊，一次握我手的骚扰费！"

小麦一抬手，猛地抽了正义一记响亮的耳光。

正义平静地说："一记耳光五十元，请你支付一千八百五十元。"

小麦挥手又是一记耳光，正义说："一千九百元。"

小麦又抡起胳膊，一下下地打着。伴着小麦甩出的耳光声，正义面无表情冰冷地报着数字："一千九百五十、两千、两千零五十、两千一、两千一百五十、两千二……"

小麦抽泣着，一把抱住正义："对不起、对不起……"

正义掰开小麦的手，语气冰冷："你的这个拥抱，算送给你的免费服务吧，请支付两千二百元。"

小麦冷漠地看着正义，抓过桌上的钱包扔在地上。正义捡起钱包，从里面数出钱，恭敬地将钱包放回桌上，朝小麦鞠了一躬，开门朝外走去。身后，小麦号啕大哭起来……

电梯徐徐下行，正义无力地倚靠在电梯墙上，泪流满面。

丁方文下班后回到家，坐在电脑前玩着游戏，方阿琴进来问正义怎么还没回来，听女儿说正义在加班，方阿琴发起牢骚，连个稳定工作都没有，加的哪门子班？丁方文让老妈别老这么说正义，毕竟那是自己的丈夫。方阿琴冷笑："对呀，是你丈夫。我做梦也想不到，挑来挑去，挑了这么个农村人给你做丈夫！"

丁方文不高兴了，说农村人怎么了？三百年前，谁不是农村人？我小时候你经常给我讲，三年自然灾害的时候，多亏远房的农村亲戚送来地瓜干接济咱们家。现在你怎么就瞧不起农村人了？往上推一辈，我爷爷奶奶不都是从农村过来的？方阿琴感慨地说，你说对了，所以你爸身上到现在还保留着农村人的习俗，休息一天也不知道在家陪陪我，又跑出去了。咱们娘儿俩都是一样的命，找个男人就不知道疼你。丁方文说，我觉得我爸够疼你、迁就你的了、家里什么活都是他干。方阿琴说，光知道干活有什么用，我雇个钟点工，准保比你爸干得好。丁方文说老妈的观点有问题。方阿琴不信服，有什么问题？以前我就和你说过，这农村人缺礼貌，不知道疼女人，规矩还多，你还不信。现在怎么样，让我说中了吧？下了班还要在电脑上打发时间，无聊不无聊？丁方文告诉老妈，我倒是感觉农村人挺好，实诚，没城里人那么多鬼心眼。

方阿琴哼了一声："还没心眼？没心眼能让你假怀孕？这都是农民式的小聪明！"

老丁把饭菜做好了，摆了满桌，招呼大家吃饭。丁方文焦急地看看挂钟。

"越来越不像话了，都不回来吃饭了。"方阿琴擦着手走到桌子前坐下，拿起筷子，"他不回来，咱们吃。"

老丁说："还是等等吧。"

方阿琴拉着脸："哪有长辈等晚辈吃饭的？这都几点了？吃！"

外面响起捶门声，丁方文忙起身开门。只见正义一身酒气，摇晃着进来了。丁方文急忙搀住正义："你看你喝的……"

"没、没喝多……多少……"正义摇晃着身体，看见老丁和方阿琴在吃饭，扬起手，"爸、妈……"

方阿琴怒视着正义，恼怒地一摔筷子："我看你是越来越不像话了，婚前保证书你给我背一遍！"

丁方文搀着正义朝卧室走。听到丈母娘发火，正义停下脚步："不平等，不平等条约……"

方阿琴一怔："你说什么？"

丁方文往屋里拖着正义，方阿琴吼叫："你站住！"

老丁连忙上前劝架："行了，他喝成那样了你还说什么？"

方阿琴气得直哆嗦："气死我啦，这简直就是招进门来一个祸害！"

丁方文气喘吁吁地把正义弄到床上："等着啊，我去给你倒杯水。"

丁方文刚要转身，正义手快，一把抓住丁方文的手腕，丁方文回过头，不解地看着正义。正义大着舌头说："我没醉。"

正义坐起来，跟丁方文说，今天在一个客户那儿耽误了点儿时间，他怕回来晚了惹方阿琴不高兴，才装喝醉了。丁方文不语。

正义顺势往床上一躺："我有点儿头晕，先睡了。"

丁方文看着正义，无奈地摇摇头。虽说正义喜欢喝酒，但从来都是适可而止，从来没醉过，他今天醉成这个样子还说自己没醉，是他心里太苦，是他借酒浇愁，是他不想让自己担心。

老丁在卧室劝方阿琴："你老是一意孤行，会把他逼出家门的。你不能总这么管着正义，男人得有点儿自尊。"

方阿琴反问："自尊？他还有自尊吗？给了自尊他能上天。他除了帅气，还有哪点儿好处？我就纳闷儿了，这帅气能当饭吃？方文怎么就偏偏看上他？找了我们这样的人家，是他老赵家几辈子修来的福气。"

老丁说："方文和他对眼就好，你要是逼出问题来，方文能记恨你一辈子。"

方阿琴不屑："他能出什么问题？"

老丁没有回答方阿琴的话，方阿琴突然想起什么："你说，正义以前对我可是言听计从，我说东他不敢说西，最近是怎么了？把我的话当耳旁风不说，还敢和我顶撞，他的腰杆儿怎么突然就硬起来了？"

"这好解释，哪里有压迫，哪里就有反抗。"老丁说。

"你反抗个给我看看！"方阿琴狠狠地瞪着老丁。

"我哪敢呀，受压迫惯了，早没有当家做主人的想法了。"

方阿琴突然问："你说……正义会不会有外遇了？"

老丁琢磨着："不应该吧……"

三十五

小麦一大早就给正义打来电话，正义慌乱地挂了。丁方文问谁来的电话，正义说打错了。丁方文说，我上午没课，想去看看正果，你有空吗？正义说上午还约了几个客户看房子，让丁方文自己去。丁方文答应着，叠着被子，正义却如坐针毡，借口出去洗脸了。

正义的手机突然又响了，丁方文犹豫了下，接通了电话。正义进来，看见丁方文拿着自己的手机在说话，顿时紧张起来。丁方文放下电话，像没事人似的："一个女的，姓麦。"

"她说什么了？"正义不安地问。

"什么也没说。"方文看着正义，开起玩笑，"你紧张什么？不会是情人吧？"

"我倒巴不得呢。前段时间帮她卖了套房子，她又想毁约，烦死人了。"正义掩饰着慌张的神色。

"房价涨得这么快，允许买早了的偷着乐，就得允许卖早了的抱怨几声，人家发发牢骚，你就听着，别和人家吵。"丁方文叮嘱。

听丁方文这样说，正义放心了，从家里出来，还没走出小区，就急着给小麦打电话。小麦在电话那端说："正义，我想见见你。"

正义一副职业腔："看来，你对我们挨骂公司的服务还算满意，不过，我们现在已经取消登门服务的业务了。"

"正义，你这么说话让我很难受。"

"这是挨骂公司的客服电话，凡打进这个电话的人，都是本公司的客户。"

"好，我骂你，你定地方吧。"小麦厉声叫道。

正义说："你是上帝，地点、时间你定，不过，在非客户住处和非本公司地址以外的地方提供服务，一小时收费一千元，其他服务价格翻番。不知道你是否还对我们的服务感兴趣？"

小麦回答："行！"

正义收了电话，神情落寞地赶到小麦约定的咖啡馆。刚一落座，小麦就说："每次和他出来喝咖啡，我总来这家，知道原因吗？"

正义听着，搅着咖啡，没有回答。

小麦说："就因为这家咖啡馆开在正义路上。我曾经努力想忘掉你，可越想忘越忘不掉。"

正义说："我成家了，你觉得你说的这些还有意义吗？"

小麦说："别忘了，我跟你哥主持过《正在说》，对人的心理，我还能揣摩几分。你的眼神告诉我，你现在……不快乐，也不幸福。"

正义躲开小麦的眼神："我不否认，你是我的初恋，但我总结了，初恋无限好，只是挂得早，这个世界没有多少人能把初恋坚持到结婚。"

小麦期待地看着正义："我们可以把路重新走一回。"

正义说："路边的风景太熟悉了，再走一遍已经没有意义了。"

"正义，我懂得珍惜了，真的，我知道什么是最重要的。"小麦说着，抓过正义的手，"一看你开挨骂公司，我就心疼……你知道吗？想起你在外面挨骂的样子，我的心就在流血……"

正义缩回手，笑了笑："挨骂不丢人，我享受被人骂。骂人的人，有时候比我可怜。他们内心里骂的其实不是我，我看着他们表演，他们还得付给我钱，这是多好的事。"

“不，正义，我不能让你这么窝囊地活着。我现在有钱了，你可以开家小公司，凭你的头脑，一定能行，真的，一定行！”

“我是没有你背后的那个男人风光，可我告诉你小麦，我不窝囊，要是我花了你的钱，那才叫窝囊，连我自己都会瞧不起自己。”

“你想多了，我就是想帮帮你！”

“你以为我是你吗？有钱就能什么都买到吗？”正义说完，一脸怨愤，起身朝外走去。

小麦失望地看着正义的背影，心里酸酸的，她想向前去追正义，又觉得自己内心缺乏力量。

正义刚一出咖啡店的门，兜里的手机突然响起，丁方文打来电话，说老爸要离家出走，让正义赶紧回家。

原来，方阿琴意外发现老丁在外有了“情人”，正在家里和老丁吵得鸡飞蛋打。老丁说方阿琴诬蔑自己，给自己身上泼脏水，一气之下，非要搬出去自己单过。老丁背起包，一摔门走了。丁方文看着老妈，哽咽着大喊：“都是你逼走的，这回你满意了？”

方阿琴眼里噙了泪，愤恨地嚷道：“你去把他给我喊回来！”

丁方文赌气：“人是你气走的，要喊，你喊去！”

方阿琴强词夺理：“他要滚蛋我不拦着，可不能说滚就滚，得按照规矩来。咱一家人得表决，不表决就这么不清不楚地滚蛋，不是把罪名安在我头上吗？”

“表决表决，表决有用吗？你那么多的穷规矩，把这个家里的每个人都压得喘不过气来！”

方阿琴难过地说：“方文，你知不知道，你说这种话有多伤妈的心。照你说的，我成压在你们头上的‘三座大山’了，可我有吗？为这个家，为你们，我都成什么样子了？你们哪个领情了？你爸现在说走就走，你现在这么跟我说话，不让我寒心吗？”

丁方文反问：“你怎么不想想，你的所作所为，让我和爸有多寒心！”

正义在小区门口碰到老丁，见岳父铁青着脸，完全不像平日里的老好人做派。正义忙问爸怎么回事。老丁叹了口气，往前走了两步，回头说：“听爸一句话，赶紧和方文搬走！”

正义劝说岳父回家，老丁倔脾气上来了，就是不肯。正义无奈，只好随了老丁。回到家，正义见方阿琴在抹眼泪，小心地凑过去说：“妈，刚才在楼下看到爸背着包走了，我拦没拦住，到底怎么回事呀？”

方阿琴说：“我早晨出门把钥匙忘在家里了，就去你爸学校找他，在他们学校电脑室，我看见一个老妖精在哭……”方阿琴气得说不下去了。

丁方文说：“人家是我爸学校的老师，离婚了。”

方阿琴一拍桌子：“什么老师？她根本就不配这两个字！人家一哭，你爸就给老妖精递手绢，这下子让我逮了个正着，可他还死活不承认！我说了他几句，他就说我撒野，非要和我离婚！”方阿琴的眼泪在眼里打圈，她别过头去，擦干泪水。

正义分析说：“这百分之百是误会，我爸不过是想安慰一下那个女老师。”

“安慰？误会？我都这样了，他怎么就不安慰安慰我？”方阿琴口气又硬起来，“那老妖精算什么，还不是人家吃剩的饭，他胃口好，捡来就吃！他不嫌丢人我还嫌丢人呢！”

方阿琴扫了一眼正义：“男人没有一个好东西！”

正义和丁方文回到卧室。正义想起前些天岳父跟自己要大哥电话的事，好像就是为那个女老师。正义说：“我挺同情咱爸的，在你妈的淫威之下，生活这么多年，多不容易呀，这回总算干了一把爷儿们的事。”

丁方文不高兴了：“赵正义，你胡说八道什么？这件事出了，你是不是特别兴灾乐祸呀？”

正义抱怨丁方文冤枉自己，自己怎么可能兴灾乐祸。丁方文赌气，摔门而去。正义刚想去追，手机响了。正义扫了一眼，看到是小麦的电话，干脆关了手机。

丁方文从家里出来，打了辆出租车来到正大家，她要找正大问个明白，那女的到底找她说了什么，是不是真和父亲有关系。

正大说：“应该不是，你想想，咱们这层关系，她真和你爸有问题，能找我说吗？”

丁方文想想觉得有道理，便和正大唠起了别的。打算要走的时候，小麦居然来了，一见正大，张口就说要找正义。正大告诉她，正义结婚了，不在这里住，早就搬走了，并指着丁方文说，这就是正义的妻子。

丁方文和小麦眼睛一碰，便从小麦眼里看出了什么，她问小麦找正义有什么事，怎么光打电话不行，还找到家里来了。小麦掩饰地说，她找正义买套房子。

对小麦的话，丁方文半信半疑，听了正大说起小麦的往事，她才放心下来。回到家，丁方文见母亲还在生气，说："你真是误会我爸了，那个女老师是离异的不假，她看上了一位有妇之夫也没错，可人家看上的根本不是我爸。"

方阿琴根本不相信："你不用编故事蒙我，我就相信我自己的眼睛。"

丁方文说："眼睛有时候也骗人，好多误会都是眼睛造成的，谁都认为自己是亲眼所见，其实，你看到的只是一个瞬间，前因后果，你根本就不了解。"

方阿琴叹息道："你不用劝我，妈怎么也当过人事科长，什么事没经历过？以后咱娘儿俩相依为命，离了他，我能过，离了我，我看他怎么过。"

"行了，你就别嘴硬了。"丁方文试探着，"我去把我爸找回来……"

"不行，坚决不行！他不认错，坚决不让回来，这个门好出不好进！就这么让他轻易进了，以后我到哪里找权威去？再说了，你说的是真是假，我还没打听清楚呢。我和你爸的事，你就别管了，我现在也没心思管你和正义的事了，不过，妈要提醒你，你可得把他看好了，这个正义，鬼头蛤蟆眼的，我不放心！"

丁方文不爱听："你别操心了，我们没事。"

方阿琴感叹："感情这东西怕就怕大意，我怎么管你爸的？这不照样出事？这就是教训！"

丁方文回到卧室，望着正义和自己的合影发呆，望着望着，觉得照片里的自己变成了小麦，再一定神，自己又回来了。丁方文一抹脸颊，感到湿漉漉的。她突然觉得有点儿恶心，手抓着胸前的衣襟，干呕起来。

正义回到家，悄悄推门进来，见丁方文半躺在床上，一脸严肃地逼视着自己。正义被看得有点儿发毛，强做自然状："怎么这么严肃？哎，我今天去看了处房子，还不错，价钱也挺便宜。你什么时候也去看一看，咱们搬出去算了，爸不是说叫咱们早点儿搬嘛。”

丁方文不接正义的话，一直盯着正义。正义有些发慌：“怎么了你……”

丁方文说：“说说小麦吧。”

正义抵挡不住丁方文犀利的眼神，败下阵来。丁方文去家里碰见小麦的事，正大已经打电话跟他说了，他今晚回来，其实也想把他跟小麦的事和盘托出，可真要开口，也不是那么容易的事。

丁方文说：“我不想像审犯人似的审问你，你也没必要一问一答，有些事，你想说的话就说，不想说的话，我不勉强。”

正义老老实实把怎么和小麦交往，怎么分手，乃至最近小麦总打电话缠着他的事情，都跟丁方文详细说完。丁方文说：“你讲的，我都信。我就想问你一句准话，你现在还爱她吗？”

正义支吾着说：“都过去了……”

丁方文说：“正义，我不想让你骗我，你骗我也是骗自己，如果我这么问，让你很难回答，我再换另外一个方式，你和我在一起，累不累？”

正义迟疑了片刻，诚恳地说：“方文，我不想瞒你，对正果，我得有份承担，对整个赵家，我也得有份承担，可从我签下那份婚前保证书开始，那种本该属于我的承担离我渐行渐远，我没有因为这个轻松，反而更沉重。你知道吗？我是个男人，是赵家的男人，我不能因为结婚了，就把赵家的负担一股脑儿地推到大哥的肩膀上。从结婚以后，我一直觉得自己游离在了赵家之外，而丁家，又时时刻刻提防着我。现在我一回大哥家，自己都感到有些生疏，一迈进那个门槛，一看到正果，我就心虚、脸红……”

丁方文说：“正义，我知道你委屈，也知道你不开心，我知道你想过快乐幸福的生活，可这一切，我都不能给你……那我是不是可以这样理解，你还爱着她，期盼她给你开心快乐幸福的生活？”

正义纠结起来：“我不知道，真的不知道。方文，你给我点儿时间吧。”

丁方文觉得心里突然有一阵寒风刮过，心里那点儿热乎气瞬间就没了，手脚冰凉，冷得浑身发抖。她侧过身去，大滴大滴的眼泪奔涌而出，落在枕头上……

小麦的突然造访，让正大为弟弟的婚姻担心起来，这说明小麦现在不幸福，她或许是想用正义来添补感情的空缺，如果正义犯糊涂，那将来肯定是一场悲剧。周雨晴从屋里出来，看到正大一脸心思，问他是不是宋天然又来逼婚了。

正大说："没心思跟你嚼舌头。今天小麦来找老二，他们私下里好像见过几次面，我担心正义犯糊涂。当着小丁的面，我又不能多说什么。"

周雨晴脸色变了："正义这不是坑人家小丁吗？你这个当哥的，得管管！"

正大说是小麦缠上正义，这就比较麻烦了。周雨晴认为小麦是被大款甩了才来找正义的，要是大款还喜欢她，她是万万不会回头的。周雨晴让正大直接找小麦，"毕竟你带了她好几年，你和她说说，估计能好用。但你千万别说硬话，硬话软着说，让她惭愧，不好意思。"

正大把小麦约到家里，给她冲了一杯速溶咖啡放在桌上，小麦拿小勺搅动着，看上去有些心神不定。正大说："这还是你送的咖啡。"

小麦笑笑："物是人非了……"

"小麦，我想你应该能听我说几句心里话。"

"正大老师，以前我就说过，你是我的老师，你说什么，我都洗耳恭听。"

"这就好，小麦，你的事……我也听说了一些，挺痛心的。"

"正大老师，谢谢你的关心，你要和我说的就是这个吗？"

"我这次约你见面，没有别的身份，就是正义的大哥。"

"是正义让你找我的？"

"他不知道。小麦，你应该知道，我和正义都是从农村出来的，我们从来对生活没有过多的奢望，只是希望能在城里扎根，安稳地生活。"

小麦低着头，继续搅着杯子里的咖啡。正大继续说："现在正义已经结婚了，所以……"正大收住了话头。

小麦抬起头："我在等着听你的'所以'。"

正大接着说："所以……我希望你找回自己，不要深陷感情旋涡不能自拔，你明白我的意思吗？"

小麦喝了一口咖啡："我明白，谢谢你的好意，我知道自己当初做错了，我现在所做的不过是寻求一次改正错误的机会。难道改正错误也是错误吗？"

正大说："小麦，我只是希望……"

"你还希望什么？"周雨晴突然怒气冲冲地冲出来，指着小麦大骂，"你还要不要脸了？傍大款当小三，破坏人的家庭抢人的老公，你龌龊不龌龊！"

正大忙起身制止，周雨晴一把推开正大，骂小麦年纪轻轻的脸皮这么厚，都能当鞋穿了，让小麦赶紧滚蛋。小麦抹着泪朝门外跑，正大朝周雨晴吼道："你出来干什么？"

周雨晴气愤地说："我听不下去，太可恶了！"

正大叹了口气，无奈地说："你还告诉我要硬话软说，你自己倒好，就差提着枪出来了。"

周雨晴气愤地大喊："我那是没有，要是有，你当我不一枪崩了她这个小妖精！"

三十六

坐在妇产医院走廊长椅上的丁方文，好像掉进了冰窟窿，心里冰凉冰凉的。人都说，在爱情的季节里，最值得回味的是初恋，最难驾驭的也是初恋，最恼人烦人的还是初恋。现在，正义已经步入了婚姻殿堂，却要和初恋"鸡鸣狗盗"，在丁方文看来，自己倒成了正义眼里"最恼人烦人"的人了，而正义则成了最难驾驭的人。思前想后，丁方文不想因一时糊涂，把苦果放在肚子里一辈子，她做了一个选择：把孩子打掉，免得小生命一到这个世界，没见到阳光先见到阴影。

同样是打胎的，丁方文旁边的女人却想得开，这个女人说了，自己不能在一棵树上吊死，把孩子流了以后，要赶着十一点去相亲。怕时间来不及，还商量着和丁方文换了号。望着这个女人拿着自己的号进了病房，丁方文的眼泪就唰唰流下来，她能和那个女人换号，潜意识里是想拖拖时间，给自己一个机会，也想给正义一个机会，可是让她失望了，正义没来。

护士扯着尖嗓子喊丁方文的时候，丁方文正摸着肚子发呆，手里的号被攥得皱皱巴巴，都被汗水浸透了。护士那张永远看不到春意的脸，让丁方文的心紧绷绷的，脑袋空白，身子被腿扯向了手术室门口。就在门开的那一瞬间，一个声音像针似的，一下扎醒了丁方文："哥，哥……二嫂！"

是正果，正大带她来看医生，幸运地偶遇了丁方文。正大愣了一下，马上明白过来，冲上前把丁方文从手术室门口给拽了回来。

对丁方文偷偷去医院做流产手术，赵正义毫无察觉。这个时候，他正战战兢兢装出一副可怜相，在挨一个小老板的臭骂："你他妈的还叫人吗？好处费收了二十万，老子托你办的事到现在还拖拖拉拉没给办，你到底想干什么？你儿子出国关我屁事，你告诉我干什么？你不就他妈的明抢吗？你一个小破处长有什么了不起的？不过是狗尿苔长在金銮殿，有朝一日把老子逼急了眼，我非告你去不可！"

赵正义表面上唯唯诺诺，心里却在嘟囔，要告就赶紧点儿，这世道坏了，不能光怪贪官贪，还要怪像你这样自以为有几个臭钱就能买到捷径的人。要不是你们争着抢着给贪官喂食，那贪官也能饿死。赵正义正为自己的这点儿歪论自鸣得意，一个电话打断了他的思路，正义不想接，怕接了引起小老板不满，断了财路，可电话响个不停。正骂得起劲儿的小老板转了枪口埋怨起正义："你们能不能专业点儿，这样不是影响我情绪吗？赶快接电话，我这口恶气还没出完呢！"

正义溜到一边接起电话，这才知道，自己已经是准孩子的爹了，可是能不能见到孩子，能不能听到孩子叫自己爹，现在还都是一个未知数。他顾不得眼前的生意了，拔腿就往外跑，相对于当爹而言，赚不赚这点儿挨骂钱已经不重要了，他得赶紧到医院，让儿子留在娘的肚子里。

满头大汗的赵正义冲进医院，见到了正大和正果，却不见丁方文，一下子就慌了，像抓救命稻草似的抓住了正大："哥，方文呢？"

正大故意晾着正义，看了眼病房。

正义两腿发软："病房？哥，孩子没了？"说着话，正义冲进了病房。

男人就这么奇怪，一旦知道女人怀了自己的骨肉，糊涂蛋也能清醒回来，要不以前皇宫的妃子都争着抢着要让皇上临幸出个孩子。正义这次是真的后悔了，进门就忏悔起来。

一看见正义，丁方文的眼泪便滚落下来。遇事先检讨的女人都是好女人，丁方文就是这样的女人，而这样的女人往往大度，她知道，正义所以起了坏心思，不是因为自己，也不是因为正义，而是因为方阿琴在他俩中间制造了一条缝隙，这条缝隙虽不是银河，但足以把一个男人推出家门。丁方文知道该把方阿琴的秘密告诉正义了。

原来，方阿琴生下丁方文不久，就患了乳腺癌，一个乳房被切除了。对一个女人来说，少了一个乳房，是不完整的，不完整的女人往往自卑，而自卑的人不论男女，又往往要下意识地用强势来掩饰这种自卑，当过人事科长的方阿琴也脱不了这个俗。这么多年来，老丁和丁方文一直在忍让着她，让她通过发脾气来消除自卑，可是，忍让到最后，竟然给方阿琴忍让出了习惯，这些脾气就不知不觉成了性格。

赵正义埋怨丁方文不早点儿把这件事告诉自己。丁方文说，自己是想在他面前给母亲保留一份尊严。

知道了秘密，就容易谅解，正义在丁方文面前也掏了心窝子："我很小的时候，妈妈就走了，是爹，还有大哥把我和果儿拉扯大。我和哥都说过，我们结婚的时候，找的媳妇一定要有妈，这样，等我们结婚了，就有了妈。都说一个女婿半个儿，我们一定要做一个好女婿，当成人家的一个儿子。可是在你妈面前，我怎么做都不行……"

丁方文受了感动，说正义在丁家也有责任，可在你内心里，总是把丁家和赵家区分开来，这样，你可能永远无法和我的父母发展成为亲人。如果你把我妈当成了你的亲人，你也不会这么怨恨她。我知道你受了委屈，你和小麦的事情，我不恨你，孩子，如果你喜欢，我生下，如果你怕扯腿，我不会给你添麻烦，让自己爱的人找到自己最爱的人，是我的最大幸福。

丁方文的一席话，让正义惭愧得恨不得找个地缝钻进去，他红了眼圈，紧紧握着丁方文的手，怕她跑了似的保证，自己想过的还是三口之家的日子。两人相拥而泣。

哭永远不是解决问题的办法，相互擦干了眼泪，两人就商量起如何让方阿琴和老丁和好的事。正义的点子多，可丁方文觉得不靠谱。正义却说，成不成都得试试，即便不能以毒攻毒，也可死马当作活马医。在想不出其他好办法的情况下，丁方文只能依了正义。两人拉着手，悄悄来到老丁居住的校舍，透过门缝，只见老丁手捧着一盒方便面，正在用筷子搅动着，升腾的热气遮住了那张苍老的脸。丁方文再也看不下去，刚推开门，泪水便唰唰地滚落下来，老丁一怔，看到女儿和女婿来了，还很是诧异。

方文的恸哭本来不在正义的设计当中，但掉了眼泪，恰好便被正义利用上了："爸，我妈，我妈的癌症……复发了……"

老丁身子一软，扑通一声，倒在了地上。

等老丁急里忙慌地赶回家里时，方阿琴正冰冷着脸坐在家里。

已经丢了魂魄的老丁扑到方阿琴跟前："阿琴，你没事吧？"

方阿琴疑惑后是不屑："我好着呢，你不在家我清静得很！"

老丁回头不解地看着正义和丁方文。正义怕露馅，想借机躲走，却被方阿琴厉声喊了回来。正义解释说，爸听你身体不舒服，当场就晕倒了。方阿琴一愣，焦急地打量着老丁："晕倒了？老丁，你怎么了？"

老丁说："你，你的病不是复发了吗？"

"你是不是盼着我死呀？"方阿琴突然明白了过来，转头直逼正义，"赵正义，你咒我？"

正义忙说："妈，我们这不是为了让爸回家吗？妈，你是不知道，爸一听说你病了，还没听我说完，就，就……"

老丁看看正义，又看看丁方文，这才回过味儿来："你们俩……怎么能拿这种事情来骗我！"

丁方文跟老爸解释，这不能叫骗，善意的谎言是美好的，她和正义绝对没有半点儿居心叵测。正义也赶紧说，没听说吗，善意的谎言能让人绝处逢生，能让绝望的人相信这个世界上有爱。方阿琴听到"绝望"这个字眼很生气："谁绝望啦？赵正义你不要油嘴滑舌胡说八道！"

老丁倒是理解正义和丁方文的好心，给两人开脱着："阿琴，别埋怨他们了，是我不好，是我把孩子逼成这样的！"

听老丁这么一说，方阿琴正好借坡下驴。正义看到火候差不多了，急忙拉着丁方文闪回了卧室。丁方文心情大好，嗔笑着：“还真让妈说对了，你就是个天生的骗子，什么事都敢拿来当骗人的理由。”

正义有点儿急：“你也这么想？我可是为了建立和谐家庭，才不惜损坏自己的名声的，这个情，你们家可得领！”

丁方文说：“又来了又来了，我们家不是你家呀？”

正义自知失言，忙说“对，是咱家，咱家。对了，怀孕的事，和咱妈说了吗？”

丁方文说：“能不说吗？她还以为又是你出的花样骗她呢！”

“她可真是小瞧我了，像我这么高智商的骗子，可能用一招骗她两次吗？”

“终于承认自己是骗子了吧？”丁方文拍拍肚子，“以后不许再说骗啦，别把宝宝教坏了。”

得知丁方文这次真怀上了孩子，老丁和方阿琴好一阵激动，两人一合计，厨房交给老丁和正义，为的是不让丁方文肚子里的孩子闻到油烟味儿，而胎教的任务，则被方阿琴揽了去。一家人难得和和美美了一回。

在丁家，正义总算找到了家的感觉。

周雨晴把正果带回娘家，周大妈就唠叨开了，说得给正果找个人家，姑娘大了，也不能总跟着你过一辈子。周雨晴也深有同感，说自己倒是看好了个人，可正大不同意。一听正大，周大妈就来气，正大他老觉着自己的妹妹是七仙女，什么人都配不上。可七仙女怎么着，还不是跑到地上找了个放牛的。

周雨晴拿过窗台上的一卷卫生纸，扯了一块擦手：“其实正果也挺喜欢那个人，就是正大老转不过这个弯。”

“你们俩都一样，该转的弯都没转过来。”周大妈叹气。

“你怎么又扯到我身上来了？”

“我看你就是在跟正大那儿瞎扯，”周大妈一把抓过卫生纸，撕扯了一块下来，“人这辈子就跟卫生纸一样，三扯两扯就扯没了。”

周大妈说在街上遇到了二孟，看到他和一个女的在一块儿。周雨晴听老妈这样说，也没往心上去，她觉得既然自己放弃了二孟，也没有什么好惋惜的。

可周大妈却不这么想，她担心周雨晴老和正大这么耗着，熬不出个头来。

周雨晴想避开这个话题，可周大妈不依不饶："当初闹离婚的时候，也不和我商量商量。现在你剃头挑子一头热有什么用？现在看就等于是放虎归山，这老虎一旦入了林子里，它眼里的吃食是鹿、是羚羊、是野猪，眼睛里再也不会装下那些鸡鸭鹅狗之类的家禽了。"

一听这话，周雨晴就烦躁起来。周大妈叹气："妈知道你不愿意听，可你确实不是他嘴里的那盘菜。"

周雨晴一摔抹布，朝外面喊着："正果、好好，回家！"

周大妈也生气了："你就成天价自己蒙自己吧，有你撞得头破血流那一天！"

周雨晴被周大妈气回了家，抱着枕头就嘤嘤地哭起来。都说女人是水做的，当水变成泪流出来以后，好像就变得清醒了似的，往往都要趁着这个清醒劲儿做个决定。周雨晴就如此，她打算把面馆兑掉。在她看来，把过去的东西兑出去，好日子才能重新开始。

正果对周雨晴要兑面馆挺敏感，担心自己不能再画画卖钱了。回家之后，竟然把面馆要出兑的信息画成了漫画，不巧，又被正大发现了。正大把正果的画作摆在周雨晴面前，问她是怎么回事，周雨晴不在乎地说，她累了，烦了，想歇歇了。

对这个回答，正大不满意，在他看来，"好再来"好不容易经营出点儿小名堂，现在兑出去，实在太可惜了。正大没想到，他的惋惜让周雨晴找到了话茬，周雨晴说："我不想做什么女强人，前两天，有个客人到面馆吃饭，说了几句话，让我随耳听来了，感觉挺有道理。他说，一个女人有两个版本，一个是精装本，一个是平装本，精装本是在职场、社交场合给别人看的，光彩照人；平装本是在家里给最爱的人看的，换上家常服、睡衣，诉苦。正大，我知道，男人都喜欢看别的女人的精装本，不喜欢看自己老婆的平装本，可我们女人不，我们都希望成为老公愿读的平装本，我这个平装本，你读腻了，读烦了，责任也不在你，是我这本书不耐看。"

正大说："你说什么呢？乱七八糟的。"

周雨晴苦笑："你能听懂。赵正大，我读书不多，职业一般，和你不是一个重量级的。说句实在话，我也想让我们有共同语言，可是我拼命地追呀，赶呀，和你说话的时候，我的口型还是对不上你的口型，我就是踮着脚，也只能够到你赵正大的下巴。"

正大说："可我们毕竟还是夫妻这么多年了。"

周雨晴说："那是从前，那时候，你从农村来，突然见了城里的连环画，自然喜欢读，可是，总让你读就读不出咸淡味儿了，我也想让这本连环画成为长篇连载，可我连载不了。"

正大说："别这么说，我也有不对的地方。"

周雨晴说："别检讨了，都是过去的事了，我也不是小心眼的人，我都想开了。"

正大说："既然想开了，这个店就更不应该兑啦！"

周雨晴说："其实，女人的幸福就是做一本老公愿读的平装本，在家里可以诉苦、可以说笑，我不想经营面馆，本来我性格就直，再加上做生意得强势，哪个男人喜欢硬的女人？我还有大半生的路要走，总不能卖一辈子的面条吧？我原本想在你这棵树上吊死，可是，你的树杈太高，我的绳子抛不上去。我得腾出时间和精力到大森林里去，去找那棵和我一般高的树……"说着话，周雨晴的眼圈红了。

正大受了感动，不知道说什么好，可周雨晴却含着泪笑了，"正大，放心吧，我以后不做精装本，也不做平装本，我就做个合订本，我得学着做女人。"见正大又要说话，周雨晴提醒，"你该上班了，晚上还得主持节目呢。"

上了班的正大心不在焉，偏又遇到了一个无聊的女听众。女听众说，自己都三十五了，成天想结婚，天天想，做梦想，上班想，走路也想，可就是找不到。好的，都成了别人的老公，不好的，自己还瞧不上。

正大没有好声气，说："那你应该和你爸妈商量商量，让你早出生几年，这样，你就有时间把好男人抢到手了。"

女人非但不生气，还接上了话："我也是这么想的，可已经晚了。正大老师，你说说，为什么好男人都被别人挑走了呢？"

正大说："我就提醒你一句，你记好了，好丈夫都是自产自销，没有哪个好男人是能自学成才的，因为，女人是男人的最好学校。"

开着跑车的宋天然从收音机里听到了正大的精彩论调："你可以说男人没有一个是好东西，但我必须要提醒你，女人最大的买方市场是男人，所以，要趁早卖出，不要等到四十五十。到那时候，恐怕就无人问津了。"

这番话，把宋天然说笑了，可女听众依旧在喋喋不休："我也谈过几个，可是他们不会说好听的话，我听得特别刺耳。"

正大说："那你不愿意听的话肯定是真话吧？"

女人说："嗯。"

正大说："我给你讲个故事吧。以前，谎言和真实是一对好朋友，他们到河边洗澡，谎言先洗好了，上岸之后，穿错了衣服离开，可是真实洗好之后，却不愿意穿谎言的衣服，结果，就出现了现在的尴尬。恋爱里的女人把穿着真实衣服的谎言当成浪漫，却不愿意接受赤裸裸的真实。"

宋天然突然想见见正大，她调转车头，朝电台奔去。正大面对宋天然的邀请，虽然犹豫，还是上了车，一上车，宋天然就接着电台里的话，刺激起正大来了："你不是一个好学生，学到半途就辍学了，我这所学校的大门还是想再一次向你敞开。你不是说，女人是男人最好的学校吗？你拿个肄业证出门不丢人呀？干脆到我这所学校补习补习吧，不收你学费。"

正大让宋天然送自己回家，宋天然不听，说回不回家不是你和我说了算的，得看车轱辘往哪里滚。

两人来到一家慢吧，宋天然端着服务员送上来的鸡尾酒，举杯与正大轻碰了一下："我们喝的这款鸡尾酒叫玛格丽特。"

正大问："问一下，这个玛格丽特……是吃什么饭的？"

宋天然说："这里有一个凄美的爱情故事。这款鸡尾酒曾经是 1949 年全美鸡尾酒大赛的冠军，它的创造者是洛杉矶的简·杜雷萨。当年，他和自己的情人玛格丽特狩猎时，玛格丽特被突如其来的流弹击中，死在他的怀抱里。为了寄托自己的哀思，简·杜雷萨就调出了这款耐人寻味的玛格丽特鸡尾酒。"

正大笑笑："长知识了。"

宋天然说："这种酒刚入口时能叫人感受到龙舌兰酒的热烈火辣，但瞬间这种热力就被青柠汁的温柔冲淡了，这种感觉就好像简·杜雷萨和玛格丽特的爱情一样，热烈，又有一种淡淡的怨思。"

正大喝了一小口，细细品味着："故事比酒好，你的解说更好。只是，我听得有些费劲儿。"

宋天然一笑："你没必要装得这么俗。"

正大道："其实我真的很世俗，觉得对不起这酒……我喝瞎了。"

宋天然又一笑："那我们就直奔主题。正大，你说得对，恋爱里的女人总喜欢把穿着真实衣服的谎言当成浪漫，却不愿意接受赤裸裸的真实。可我是个例外，我喜欢赤裸裸的真实。这段时间，我一再尝试着放下你，却还是放不下，你说得对，女人最大的买方市场是男人，所以，我要趁早卖出去。"

"小宋，我们真的不是一路人，就像你觉得这玛格丽特能喝出浪漫来，我不光浑然不觉，还特别仇恨这么难喝的酒凭什么要卖这么贵。所以，我们真的不会有什么结果。"

"你都没有往前走，怎么就知道没有结果？何况，我不光在乎的是结果，更在乎的是过程！"

正大躲闪着宋天然火辣辣的目光。

宋天然继续说："你和周雨晴现在还耗在一起，到底想得到什么？能告诉我吗？"

正大说："我说不上，我都没有找到答案。"

宋天然说："我可以给你答案，我就是你的答案。"

赵正大觉得，自己内心深处，周雨晴一直就是自己的亲人，是儿子的妈妈。当夫妻从爱情走到亲人这一步，两人的关系就上升到更高的一种高度，这种亲人的关系，融洽时亲密无间，矛盾时可以用语言的刀子相互捅，捅过之后，发现彼此都伤痕累累，然后各自慢慢疗伤，直到有一天伤愈结痂，长出新肉，才幡然醒悟，才更加彼此珍惜，才更加领悟什么是爱。这种"夫妻亲人"关系，包含着亲情和爱情，对宋天然这个没有婚姻概念的人来说，显然是无法理解的。可宋天然觉得，亲情就是亲情，爱情就是爱情，亲情和爱情不能混为一谈，必须得分开，她质问正大："你作为情感专家，难道连这一点都不明白？"

正大摇头："当一个承担责任的人面对这两种感情的时候，是无法完全分开的，因为它们已经交融在了一起。就像这杯鸡尾酒，里面掺杂了这么多东西，你现在还能把它们彻底分开吗？小宋，你也不希望我是一个不负责任的人吧？"

宋天然沉默了，她仔细品味着正大的话，她承认正大的话有道理，但她不愿意接受。正大觉得自己想要说的话说完了，不想再说什么，便起身告辞。

正大从慢吧出来，朝路边走去，一辆出租车停在路边，正大拉开副驾驶的门坐进去，刚要开口，发现居然是大顺子的车，原来正大从电台出来，大顺子就一直尾随着。

大顺子讪讪地赔着笑，正大沉默着，少顷才说："走吧。"

车上路了，大顺子目光专注地看着前方。突然，一辆轿车从旁边的胡同里猛地蹿了出来，大顺子急忙打方向盘，躲了过去。

轿车司机摇下车窗大吼："你眼瞎啊！"

大顺子瞅了司机一眼，不耐烦地挥了下手，没有作声。正大侧目扫了大顺子一眼："这是什么人哪，责任在他，还有理了。"

大顺子说："开着个好车还犯驴脾气，要么是日子过得不顺，要么是事业上压力太多，才屁股跟着火似的。"

正大笑笑："现在的人都是脾气见长，你的脾气怎么就没了？"

大顺子淡然一笑："正果说了，开车不能急，急了要撞车的。"

正大问："正果一句话就这么好使？"

大顺子点头："好使。很多人都觉得自己溜精八怪挺聪明，但跟正果比起来，少了简单、快乐。人要聪明地活着，就得费尽心机，把什么事情都考虑周全了，这样不累都不行。可正果不用，她的世界是一尘不染的，这样她把别人的世界也看得一尘不染。细想一想，这就是透明，要是人人都透明给别人看，那就不用累，不用钩心斗角瞎琢磨了。"

“大顺子，你这番话说得好像别有用意呀。”

“老听你的节目，学了点儿皮毛。”

“你的性格好像变了不少。”

“都说性格变不了，以前我也不信，可遇到正果，我信了。别人说改变不了，是因为他没遇到能让他改变的人和事，要是遇到了，你看他变不变。”

正大叹了口气：“正果的情况你不是不知道，我是她哥，不能不想着对她负责……你明白我的意思吗？”

大顺子说：“我当然明白。可我觉得你说的负责是你自己想象的负责，未必是正果想要的。”

大顺子的话让正大若有所思，他在想这个男人到底是不是真的适合正果。

回到家，正大见周雨晴正在收拾东西，心里一紧：“你又要干什么？”

周雨晴说这回她要搬走了。

正大说：“好好姥姥家那么挤，你还是住这里吧。”

周雨晴平静地说：“挤是挤点儿，能住下，我不就是在那里长大的吗？老赖在这里不清不楚的，终究不是那么回事，不过你放心，咱爸来了，我还帮你演戏，你忙不过来，我还带着正果。其实跟原来没什么不一样的，就是我不在这里住了，免得让别人说闲话。”

正大说：“那房款……你容容我，我再想想办法……”

周雨晴说：“不着急，能还就还，不能还我也不催，大不了我再嫁个有房的。”说完这句话，周雨晴笑了一下，自己觉得有点儿不好意思。可正大分明看见她眼里闪着的泪花。

正大说：“雨晴，谢谢你。”

周雨晴说：“你终于和我客气了，客气就生分了，唉，都不是夫妻了，也该客气了。”

周雨晴告诉正大，她的“好再来”兑出去了，让正大猜猜是谁接的手。没等正大猜出来，周雨晴就公布了答案，是大顺子，他还要雇自己来经营。周雨晴说：“大顺子这人真不赖，兑这个店就是为了让正果有个画画的地方，以后你别老盯人家的缺点，得多看看优点。”

正大点头："他的脾气是变了不少。"

周雨晴说："一物降一物，还不是被正果降住了？"顿了顿，又说，"这辈子我降不住你，你也不稀罕降我，这也许就是命。"

正大回到北屋，五味杂陈着，和周雨晴的日子难道就这么过散了？从前幸福的一幕一幕在眼前晃动，最后没有晃成喜剧，却晃成了悲剧。正大感叹，没有谁对谁错的日子让生活变得无奈，他就像被一张大网罩在空中，无论如何折腾，都落不了地。正大也累了，也乏了，好像装了一肚子铅似的，闷得喘不上气来。

第二天晚上的节目，正大有感而发："在开始今天的节目之前，我特别想说几句话，一个人最痛苦、最累的事情，莫过于眼睁睁地看着自己的心碎了，还得自己动手把它粘起来。主持《正在说》这么多年，我见惯了分分合合，甚至已经让太多分离的故事麻木了神经，但是，我们每个人在离婚之前，一定要想想结婚的那一瞬间，如果你离婚前有这么一闪念，或许，一切都会发生改变。"

回到周大妈家的周雨晴习惯性地打开收音机，听着正大的声音："我很费解现在的情感世界，以前提到结婚，我们想到的是天长地久，现在提到结婚，我们想到的却是能撑多久；当初选择结婚，是因为看上了眼，现在选择离婚，却说是看走了眼。"

周雨晴躺在床上，听着正大的话语，眼泪流淌出来。

直播间内，正大的眼睛也湿润了，他的声音有点儿发颤："在对待婚姻的问题上，很多人应该学学我们的上一代、上上一代，他们用自己对婚姻的忠诚在证明，一个人应该视婚姻生活为一辈子，而不应该视婚姻生活为一阵子。在两个人的婚姻世界里，任何一方都没有自私的权利，因为婚姻不是你一个人的事情。"

导播发现正大情绪有些失控，在外面急着做手势示意。正大努力克制着自己的情绪："对不起，我有点儿激动了，现在，进一段音乐吧。"

许美静演唱的《城里的月光》响了起来。

歌声在宋天然的卧室回荡，她表情茫然无助。

歌声在周雨晴的屋里回荡，她任凭泪水横流。

歌声在丁方文的房间回荡，她半躺在床上，看着正义："大哥好像有点儿不对劲儿。"

正义关了收音机，让丁方文睡觉，说肚子里的宝宝还要休息。其实他也听出了大哥的异常反应。

《正在说》还在继续，一个男人打进来电话，正大的情绪已经得到平复："你好，我是主持人正大。"

男人说："正大，你把我说哭了。"

正大说："看来，你是个善良的人。"

男人说："哎，也就你这么说，我的几个前妻都说我是危险品！"

正大问："此话怎讲？"

男人说："我兜里有点儿财，肚里有点儿才，嘴巴有点儿甜，模样有点儿帅，从上幼儿园开始，小女孩就愿意和我玩，一直到现在。可是，这帮女人呀，一结婚就管我，就想把我据为己有，她们说，像我这样的男人就是危险品，不宜和别的女人近距离接触，一旦拿回家里，就得放到保险箱里锁着，免得炸了别的女人。"

正大问："所以你就离婚了？"

男人感叹："唉，没办法，混了大半辈子才混明白，还是幼儿园最好混，和再多的小女朋友玩，别人都不会吃醋。"

正大说："离婚次数多了，不能光怪女人。"

男人说："我知道你想说什么，你不就是想说苍蝇不叮无缝的蛋吗？我承认我有缝，可是，你得承认叮我的是苍蝇，蜜蜂肯定不搭理我。"

正大说："这话千万别让你的前妻们听到，我们是不是该说再见了。"

男人害怕正大挂掉自己的电话，着急地说："别急，我打电话不是诉苦的，是想安慰安慰你。要是你压抑沉闷了，不妨去挨骂公司骂人，那真叫解气，进去的时候阴云密布，出来的时候，阳光灿烂。男人累呀，气憋到肚里，早晚要让肚子爆炸，该泄气就得泄气。"

正大说："你很聪明，竟然在《正在说》里插播广告了，再见。"

正大下了节目，导播上前说：“那个打电话的男人留了地址，说他去体验过了。哪天要是咱们挨台长骂了，他可以领咱去那儿出出气。”

正大拿过桌上的一个纸条看着，虽然脸上挂着笑，心里却在想，自己也该找个时间去骂骂人泄泄气了。

正大真去了挨骂公司，可他要骂的不是别人，而是自己。在发泄室里，他时而抓起碟子、碗摔向地面，时而朝充气娃娃猛力击打，嘴里发泄着：“正大，你就是一个混蛋，忘恩负义，你活该妻离子散……”他一边打着一边骂着，把自己描述成了一个十恶不赦的魔头。等愤怒差不多发泄完了，他气喘吁吁站到了一个小木屋的窗口外。木屋里，早已经有一个人戴着面具恭候在里面，准备接受正大的责骂。

正大望着“面具”问：“我能骂你吗？”

“面具”点头。

正大说：“算了，我不是个骂人的人，我就想倒倒苦水，你，你能听吗？”

“面具”点头。

正大长叹了口气：“我无能啊，我一直都想在城里扎下根，想把自己长成树，让弟弟妹妹在树下乘凉。可是，我怎么长，都是一个小芽。我咬牙把弟弟妹妹带进了城，可是妹妹的脑袋被砸坏了，我恨自己，没有保护好妹妹。”正大哽咽起来，“还有弟弟，结婚住进了丈母娘家，我爹，我爹在他的婚礼上连讲话的权利都被人剥夺了……”

“面具”颤抖了一下。

正大低着头继续说：“我爱我老婆，可我们离婚了，我对不起她。镜子摔碎了，捡起来粘起来，就不是原来的镜子了，我恨自己的绝情，要是没有她，我连在城里待一天的勇气都没有，是她在城里给了我立足的土壤，可我，可我才发芽就，就，就和她离了。”正大抬起头，朝“面具”怒吼，“你骂我呀，骂呀，骂我是混蛋！”

“面具”不动，也不说话。

正大掏出钱来伸进窗口：“你骂吧，求求你，骂吧，我给你钱！”

“面具”身体颤抖着，哽咽地叫了一声：“哥——”

正大一愣。

面具摘下，是正义。

正大一下子全明白了，弟弟给妹妹的治病钱，都是被人骂来骂去挣的。他鼻子一酸，眼泪止不住往外流。正义慌了，从小木屋里跑出来安慰着大哥，说这个营生挺好，不仅能挣钱，还能学到做人的道理。这段时间以来，他知道了什么是世态炎凉，也知道了什么是人间冷暖。以前，总觉得有钱人比没钱人过得幸福，其实不是这么回事，来这里的有钱人多了，他们也是一肚子烦心事，看他们痛哭流涕，才知道，钱多不等于心宽，心宽的人才更容易幸福。看着这些人，自己明白了在这个世界上，该如何待人、如何处事。

正大问："你平白无故地被人骂，能不窝火闹心吗？"

正义说："人有两只耳朵，一个进一个出，夹在中间的是用来过滤的脑袋，我只留有用的。"

正大有点儿不好意思："我刚才失态了……"

正义说："这不是失态。哥，你刚才宣泄了一通，就没感觉轻松了许多？我这挨骂公司，就是男人的加油站，女人的美容院。我的广告词上就说，在人生路上走累的男人，可以在这里卸下包袱重新加油上路，女人可以在这里释放不快，让自己快乐年轻。"

正大觉得，理儿是这么个理儿，可人活在这个世界上，生容易，活也容易，就是生活不容易。人只有把情活出来，才能活出人滋味儿，无论在农村，还是在城市，最不能丢弃的就是家人，要是没了家，再能耐都不觉得踏实。在正义眼里，大哥一直在给这个家当一把雨伞，撑开以后，给全家人遮风挡雨。大哥看不得家人受一点儿委屈、受一点儿伤害，这比自己受委屈、受伤害还难过。如果说大哥有什么错误，那就是不该和嫂子离婚，大哥太强求嫂子，都容不得她对老赵家人说一个"不"字。正义劝大哥："其实，我早就看出来了，你心里还装着嫂子。至于好马吃不吃回头草，那得看草值不值得吃，值得吃，你管别人干什么，草吃在你自己肚子里，不饿的是自己，这就够了。"

正大叹息："晚了，你嫂子已经搬回娘家住了。"

正义倒不觉得这是问题，嫂子三天两头回娘家，大哥给嫂子认个错，回来就是了。正大摇摇头说："这回和原来不一样了，她已经死心了。"

周雨晴搬回娘家，和老妈在房间收拾着床铺，周雨晴嫌房子小，说过几天在附近找到合适的房子就搬出去。周大妈不让女儿搬走，说你自小就住家里，多了个好好就住不下了？以前都能住，怎么现在就成了贵妃娘娘的身子？不要说没钱，就是有钱也不能烧包。

母女俩正打着嘴仗，正义来了。周大妈一见到正义，就把脸拉下来："怎么，又来找雨晴回去给你们当驴当马地扛活？"

正义有点儿尴尬："大妈，我找嫂子有事。"

周大妈生气地说："她和你们家没关系了，还能有啥事？以后，你们家的事和她说不着！"

周大妈往外推正义，周雨晴忙过来阻止："妈，你让他进来。"

周大妈狠狠地瞪着女儿："你还有点儿骨气没有？"

周雨晴把正义让进屋里坐下，正义把自己开挨骂公司，后来大哥去发泄的事简单说了一遍。周雨晴不相信，觉得正义在社会上学油滑了，编故事骗自己。正义也不解释，拿出录制的DV放给嫂子看，屏幕上出现正大痛哭流涕的样子："……她对这个家，对我弟弟妹妹，对我爹，都是实心实意的好。可我一念之差跟她离了婚……都说'好马不吃回头草'，这么长时间以来，我其实一直想回头，可我又磨不开面子。毕竟单位的同事、外面的朋友都知道我走出去了这一步，再折回来，太难了……我恨自己绝情、没人味儿，是她在城里帮我找了块立足的地方，让我能扎下根，发出芽来，可现在，我却在欺负她，伤她的心……"

周雨晴看着DV，眼泪落下来。正义说："嫂子，你见过我哥这么伤心地哭过吗？嫂子，回去吧。"

周大妈阻挠："不行，人是你哥撵出来的，怎么能说回就回？"

门外响起敲门声，周大妈以为是正大来了，嘱咐周雨晴："记住，没妈的话，你不能回去！"

正义劝周雨晴，现在是两人复合最好的时机，千万不能再错过了，嫂子你一定得抓住，就委屈点儿自己，给我哥个台阶下吧。周雨晴没有答复正义，只是一个劲儿地哭。

周大妈去开门，冲进来的却是正果，她嚷着叫着要找嫂子，周雨晴在屋里待不下去了，出来一看，正果身后还跟着大顺子。正果喊着嫂子扑过来，周雨晴把正果拥在怀里。正义见此情景，忙说："正果，咱和嫂子回家。"

大顺子也跟着劝，让周雨晴回家。周大妈心里有顾虑，说不行，掉几滴眼泪就回去？不能这么便宜了他，他知道雨晴背后掉了多少眼泪吗？雨晴，不能回去！他现在想让你回去，就是因为你离开家，他照顾不了自己，你别中了他的圈套，他要是找到中意的人，指不定又一脚把你踢出来。

听了老妈的话，周雨晴觉得不是一点儿道理都没有，如果真那样，自己就惨了。可是，如果正大心里真的还装着自己，就是因为磨不开面子，才这样僵持着，那自己就不能瞎要面子了。周雨晴正在胡思乱想，大顺子说："嫂子，大哥心里一直装着你，其实你那个店不是我兑的，我哪儿有那么多钱呀？是大哥和正义凑的钱，大哥说，你脾气犟，在外面找活的话，怕你看别人的脸色，受别人的气。"

周雨晴转过脸看着正义。正义点头："嫂子，回家吧。"

周雨晴的眼泪滚落下来，正果伸手给嫂子擦拭着："嫂子，不哭。"

见此情景，周大妈眼圈红了，她再也不能拦着女儿回家了。

周雨晴回到家，正大也在家里。两人一见面，都感觉有些不太自然，周雨晴还是改不了嘴硬的毛病，抱怨说："你能把脸丢到正义那儿，就不能跟我说句软乎话？"

正大也是一肚子委屈："你还怨我，你要不把二孟弄到家里来气我，也不至于把事弄得这么大。"

"二孟就是来坐坐，你不也把宋天然弄到家里来了？"

"我和你一样吗？二孟来的时候，台历上都画了红圈！"

周雨晴一愣，突然笑了："那是我故意气你的，我还当你不在乎呢，原来也是个小心眼！"

正大想笑却忍住了："这事我心眼大了，还是个男人吗？"

周雨晴依旧笑着："往后你再欺负我，我还找二孟来，天天在台历上画红圈！"

夜色茫茫。大顺子坐在车里，听着刘德华在广播里唱《回家真好》，等正大下班。突然一辆跑车驶来，停在电台大门口。不一会儿，正大出来了，上了跑车。

咖啡馆里，宋天然听正大说已经和周雨晴和好了，情绪相当激动："我哪里输给她了？我哪里不如她？我不想听你跟我说什么对不起，我只问你，你到底爱过我没有？"

正大有些愧疚："要怪的话，也是我从前给了你错误的信号。"

"你别骗我，更别骗你自己！我要听实话！"

"小宋，我心里放着那个家，再装不下你的爱了。"

"为什么？"

正大说每一段成功的婚姻，都是把爱情转化为亲情。我上次就和你说过，我和周雨晴已经是亲人了，这种感情真的是割舍不开。宋天然觉得自己也可以成为正大的亲人，只要正大能接受自己。她感觉自己心里装的是正大，已经装不下别人。她猜测，一定是周雨晴赖着缠着正大，正大才不得已同意和她复合。如果真是这样，那正大就是犯糊涂，那自己就还有机会。

"宋小姐。"周雨晴喊了一声，朝正大和宋天然走来。

正大和宋天然都吃了一惊，紧张地看着周雨晴。周雨晴在正大身边坐下，对宋天然说："我想和你谈谈。"

"我和你没什么可谈的！"宋天然冷着脸。

"本来没有，可是有了正大，我们就有了谈话的理由。"

"你以为你赢了？你是来笑话我这个失败者的吗？"

"正大，我想和小宋单独谈谈。"周雨晴看着正大。

正大有点儿犹豫。周雨晴心平气和地说："你不用担心，我们说点儿女人的话。"

正大站起来，看看宋天然，看看周雨晴，朝外面走去。宋天然有点儿失望地看着正大离开，目光又转向周雨晴："我倒想看看你要怎么摊牌。"

周雨晴平静地说："我只是想讲讲我的故事。小宋，我这辈子已经开始的一半，都交给正大他们家了……"

宋天然急忙打断："我不明白你的意思，你说把半辈子交给了正大，是让我同情你？还是把半辈子交给了正大他们家，让我尊敬你、可怜你？"

周雨晴摇摇头："都不是。大家常说，夫妻性格不合早晚得散伙，以前，我也这么想，我和正大的性格是不一样，我的性格直得像张飞，别看正大在电台里尖酸刻薄，生活里他喜静不喜动，照理说，我们散伙是应该的。可是，现在我和正大都明白了，夫妻之间没有什么性格合不合，只有理解够不够。"

宋天然问："你理解正大？"

周雨晴点头："对，正大是个惦家、顾家的人，在他心里，天大地大不如家大。我把这个家，看得也是比什么都大。小宋，你可以想想，你可能了解正大，但你将来是否能理解正大，因为你接受正大就意味着要接受他的整个家。"

"你结婚又离婚，眼看又要复婚，婚姻经验比我丰富，我说不过你。不过，恋爱经验我比你多，你和正大的距离太远，层次差距太大，捏着鼻子勉强过日子，你说能喘过气来吗？"

周雨晴对宋天然说："爱情这东西我说不太好，但我和正大都懂得婚姻就意味着责任。现在我和你说说正果吧，正果受伤，我有责任，即使正大不要我的下半辈子，我都要管正果一辈子。我开始想把面馆给出兑出去，一是想和正大彻底了断，二是想把钱用来给正果看病，这样，我能心安些。可我没想到，是正大和正义凑钱让大顺子出面把面馆兑下来了……这都是以前的事了，以后怎么样，谁也不能跑到前面去看看，我现在就一个想法，让正大自己选择，无论怎么选择，我都没有意见……"

周雨晴拿出电话，按着号码："我让他进来。"

宋天然按住周雨晴的手："嫂子，不用打了。"

正大从咖啡馆出来，看到大顺子坐在出租车里向自己招手，便上了车。两人抽着烟，谁也不讲话，场面有点儿沉闷。大顺子想了想，打破沉默："大哥，我把嫂子喊来你不生气吗？”

大顺子担心自己把周雨晴叫来做得过分，怕正大不高兴，心里一直很忐忑。正大笑笑，说没什么，这样也好，让她俩碰下面，再一起谈谈也不错。大顺子点点头，心里想着自己和正果的事情，犹豫了半天，不安地说：“我还有件事，就是我和正果……”

正大叹了口气，让大顺子再容自己好好想想。

周雨晴从咖啡店走出来，正大从车里迎出来，问她没事吧？周雨晴笑笑，说：“她吃不了我，我也吃不了她，小宋还想一个人坐坐，让咱们先走。”

正大不放心地朝咖啡馆里张望。周雨晴说：“你要是不放心的话，就去看看吧，我和顺子在车里等你。不过你得快点儿，正果和好好还在家睡觉。”

正大迟疑了一下：“走吧，回家！”

第二天一大早，周雨晴就醒了。正大躺在床上，尚在睡梦中。周雨晴做完早饭进来：“怎么还不起来？收拾收拾早点儿去把证领了。”

正大睡得迷迷糊糊：“什么证……”

周雨晴急眼了：“你说什么证？你这一晚上躺在我的床上可是非法的啊！”

正大开玩笑：“那还不是你把我拖下水的。”

周雨晴朝着正大的头拍了一下：“你胡说什么，让正果和好好听见。赶快起来，饭都好了。”

正大坐起来：“对了，大顺子和正果的事怎么办？他昨晚和我谈了。”

周雨晴问：“你的意见呢？”

正大说：“他要是真正从心里能疼正果，我还有什么可说的？”

周雨晴又问：“这么说，你同意了？”

正大回答：“这不一直也是你想的吗？”

周雨晴装生气：“我想的有什么用，我到现在还一脚门里一脚门外呢。”

两人吃过早餐，去行政大厅办理了结婚证。两人刚从大门出来，正大接到宋天然的电话，正大犹豫了一下，周雨晴问是谁打来的电话，正大也没遮掩，说是宋天然。周雨晴沉默少顷，说接吧。

赵正大和宋天然又在昨晚见面的那家咖啡店见面了。宋天然看上去气色、心情都还不错，这是正大没想到的。宋天然笑笑，说："今天去逛商场，在一楼大堂看到一个摄影展，名字叫晒幸福，照片都是从老百姓家里征集来的。我觉得这个创意不错，让老百姓把这辈子最幸福的照片挂到展板上晒出来，让大家分享，是很有意思、也很有意义的事。我原以为每个人的幸福都是藏在心里独享的，可是看了这些照片之后，我发现自己错了，真正幸福的人，原来都愿意把自己的幸福与人分享。"

正大点头："看来，真正的幸福都愿意见阳光。"

宋天然说："有两张幸福照片，让我特别感动。一张是婆婆给儿媳妇梳头，儿媳妇说，这是自己最幸福的时候，因为她扮演好了儿媳妇这个角色。知道吗？看到这张照片，我想到了周雨晴。"

正大端咖啡的手颤抖了一下。

宋天然继续说："还有一张照片，是一个志愿者在残疾孩子的学校拍的。那个志愿者说，每次他给孩子们上课的时候，都会觉得这些孩子特别可怜。一次，他问孩子们，知道什么是幸福吗？一个女盲童站起来告诉他，自己能跑能跳，能听到小鸟在树上唱歌，她觉得很幸福。一个在车祸中失去双腿的男孩告诉他，自己不光能听到小鸟唱歌，还能看到小鸟在树枝上蹦跳，能看到动画片《奥特曼》《柯南》《灌篮高手》，他觉得自己很幸福……听到孩子们对幸福的解释，这个志愿者说他哭了，他说他觉得最大的幸福，是看到那些孩子都找到了自己的幸福……这时候，我突然想到了我的父亲，我好像明白了他为什么要捐助别人。一个人能找到幸福，晒出幸福，真的不容易。"

"可我们呢？我们又有什么东西可以晒出来呢？"正大端起咖啡杯，又放下，"天然，现在，全社会都在讲幸福感，都在谈幸福指数，其实，把复杂活简单了，本身就是幸福。"

"好了，找你来，就想告诉你这件事。也许，你应该带周雨晴去看看。"宋天然品了一口咖啡，起身说，"我得去寻找能见得到阳光的幸福了，再见。"

正大望着宋天然渐远的背影，想说点儿祝福之类的话，却最终没有开口，或许，在心里默默地祝福，更能表达自己内心的感激与感谢。

周雨晴和正大在行政大厅门口分手后，沿着人行步道向前走着，一家彩票店映入眼帘，她在心里想着，自己生孩子那天是个好日子，中了五百万大奖，今天复婚，又是一个好日子。她走过去，买了一张即开型彩票，刮开中奖区，上面写着：“谢谢支持！”

工作人员问：“中了吗？多少？”

周雨晴一笑：“五百万。”

三十七

早晨正义起来做饭，一进厨房怔住了，方阿琴居然在给老丁打下手。

方阿琴看着正义：“你多照顾照顾方文吧，今天是周末，你带方文出去转转，多走走，对胎儿发育好。”

老丁附和：“对，多呼吸点儿新鲜空气，长得快。”

方阿琴挖了一眼老丁：“你当是哪吒啊，见风就长。”

老丁嘿嘿笑起来：“我这不是惦记着早抱外甥狗嘛。等孩子生了，我也就退休了，到时候帮着带孩子。”

丁方文担心将来孩子交给老爸带，还不知道宠成什么样。方阿琴说孩子就是用来宠的。

丁方文说：“妈，这话可不像是你说的。”

方阿琴装生气：“怎么不像是我说的，我不宠，你能长这么大吗？没良心的东西！”

正义赶紧灭火：“对，妈说得没错，孩子就是用来宠的。往后，二老的光荣岗位就在教育下一代身上了。”正义看着方阿琴，“妈，你那宝贵的革命工作经验也不能失传了，得有个继承人。”

方阿琴愣了下，终于明白这是正义向自己讨教工作经验，一种虚荣感、满足感渗透了方阿琴的每根毛细血管，她当即决定向正义传道：“招聘的事情，请教我算你找对人了。我当过十多年的国企人事科长，这是不是人才，我只要扫他一眼，看他一张嘴，就能判断个八九不离十。这应聘好比是命运在洗牌，事实上，玩牌的是我们这些招聘的人，对了我们的心思，才能有工作的机会。”

正义求教：“那一般都问什么问题呀？”

方阿琴回答：“都是家长里短的。”

正义纳闷儿，没理解：“这和工作也没关系呀？”

方阿琴说：“一看你就外行，这关系大了去了。只有闲谈，才能看到最真实的东西，有的人说着说着就自大，把自己吹嘘得不得了。我告诉你，在面试中，自大就等于自杀！企业需要什么样的人？需要说老实话、能认清自己的人，要是连自己都认不清，企业能用你？”

正义问：“有些考官还问人家谈没谈恋爱，这不是打探人的隐私吗？”

“情商都不够的人，你就别太指望他智商有多高了，就是智商高，也属特立独行的人。现在需要的是团队协作，我们只能对情商不高的人说对不起。面试可是一门学问，一个眼神、一句话，可能就能改变考官的印象。有一次，我面试一批人，我只问了一个问题，就选到了一个人才，我问的问题很简单，就是问他的座右铭。别看简单，回答起来可不那么容易，要知道，座右铭代表着一个人的性格、观念和心态，结果有一个不起眼的人说了一句话，就让我下决心用他，他说，他的座右铭是‘只为成功找方法，不为失败找借口’，这样的人就是笨点儿都不怕。”

听方阿琴说得头头是道，正义拿过纸笔记录起来。方阿琴看正义记得挺认真，问他记这些做什么，这可不是生搬硬套的事情。正义说就是感觉有意思。方阿琴摇摇头：“不会这么简单吧？你不会是要去应聘吧？”

正义笑笑：“就算是吧。我总不能卖一辈子二手房……”

方阿琴满意地点点头：“你要有这个想法，我就帮帮你。考官会问什么问题，全在我脑子里，怎么回答能让考官满意，也全在我脑子里，这两天，我给你整理整理，你要多学习学习。”

“谢谢妈……”正义很高兴。

“这怎么跟李玉和似的……”方阿琴说完这句话，忍不住和老丁都笑起来。

都说祸不单行、福无双至，正义却觉得这段日子自己好事连连，真是做梦都能笑醒了。一大早他就接到嫂子的电话，让他带着丁方文回家去喝她和正大的复婚喜酒。

一家人围坐在一起，正义高举着酒杯，激动得都不知道应该说什么。周雨晴说那就不说了，都在酒里。正大说小丁怀孕，是咱们赵家的大喜事，值得庆贺，大家纷纷应和着。周雨晴看看正果，又看看大家说："难得全家人凑到一起了，正果和大顺子的事，你们也得给个意见。"

正义说只要大顺子对正果好，他和丁方文都没意见。丁方文说这件事还应该请爸来做主，周雨晴说："你就放心吧，爸早同意了，上回要不是你大哥拦着，咱这会儿都吃上喜糖啦。"

一家人天南地北地聊着。正义说，我听说蔡亮和夏秋把日子过得稀碎，离婚了。正大不相信，周雨晴却来了劲头："有什么不相信的，恶有恶报，他蔡亮独吞了咱的五百万，这不就被噎着了？"

正大说自己和蔡亮、夏秋都打过交道，感觉两人都不是坏人。蔡亮过去做过对不起正果的事，心里一直背负着罪恶感，我从他的眼神里能看出，到现在他也不能把这种负罪感甩掉。夏秋和他分手了，一定是夏秋觉得蔡亮心里有阴影。一个心里有阳光的人和一个心里有阴影的人在一起，有阴影的人就会遮挡住心里有阳光的人的阳光……这个阴影把两个人的日子遮挡得严严实实，一点儿阳光都渗不进来，那日子就没法过下去了。

正义觉得大哥的话有些道理，但不完全对。他认为，见不到阳光不能怪树叶遮挡，只能怪两人的站位没站好，只能怪两人心里没装下阳光。或许，当他俩有一天，都明白了这个道理，都能站好自己的位置，就会有美好幸福的生活。

正大把大顺子约到了家里，要和他好好谈一次，两人显然都不太适应这样的见面，有些生硬地客套了一番。正大直奔主题："你也知道正果的病，受不了委屈和刺激。以后，以后就麻烦你了。"一想到要把妹妹托付给面前的这个男人，正大便生出几分酸楚，他转过身去，掩饰地抹去了眼角的泪水。

大顺子有些激动地表态："放心吧大哥，以前是你和嫂子照顾正果，以后你们就看我的吧。"

正大看着大顺子，大顺子被盯得有些发毛，不知道自己说错了什么话。

正大起身深鞠一躬："拜托你了，兄弟！"

大顺子受宠若惊，连忙起身："别呀大哥，我这……受不起！"

正大想起往事，说："我妈走得早，正果没上到初中，就开始在我们家顶一个女人使唤了。为了供我和正义上高中、上大学，她早早就退学回了家，洗洗涮涮、种地做饭，她和我爹一块儿扛起了一个家。我爹说，我们可以不管他这个当爹的，但不能不管正果。所以，我进了城刚站稳脚跟，做的头一件事，就是把正果接到城里，让她念书，帮她找工作。可我这个大哥还是不称职，让正果成了这样……"

大顺子听着听着，眼睛湿了，连忙说："大哥，我知道你们都对正果好，我也会好好待着她，不会把她当个病人。我把她娶回家，她就是我老婆，我一定哄着她、疼着她，不让她生气上火，不让她受一点儿委屈。"

正大点头："你放心顺子，正果结了婚，我们一样会和你一块儿照顾她，一块儿给她看病。她有什么做得不对的地方，你不要说她，更不准你……打她！"正大说不下去了，又去抹眼角的泪。

大顺子说："大哥，那是畜生干的事，我不会！"

"你有什么委屈，就跟我来说……"

"大哥，你别说了，我听不下去……"大顺子抽泣起来。

周雨晴推开门，领着正果进来，看到眼前的情形，一脸疑惑："怎么了这是……两个大男人怎么还对着哭开了。"

"嫂子……"正果有些害怕。

"正果，没事，我和哥说你小时候的事呢……"大顺子擦着眼泪，强作欢笑，起身上前牵着正果的手，"大哥，嫂子，我带正果出去转转。"

正大点点头。大顺子拉着正果向门外走去。周雨晴关上门，问道："怎么，你们两个说得不好？"

正大笑笑："没有，挺好。"

周雨晴疑惑："挺好还哭什么？"

正大说，哭分两种，一是为喜，二是因悲，自己当然是为喜。周雨晴说，那该哭，把以前的负重当泪哭出来，就轻松了。

大顺子带着正果在外面兜了圈风，回来的时候，在小区楼下碰上了正义。看见妹妹和大顺子亲热地拉着手，正义知道大哥已经同意了两个人的事。看见妹妹高兴，正义也觉得眼前的大顺子哪里都顺眼起来。

一进家门，正义就说有好消息要发布，周雨晴不相信，这几年，正义在外面闯世界，好好的一个青年，渐渐学油滑了，学成社会人了，从他嘴里出来的好消息基本上都是忽悠人的。正义信誓旦旦，说这回可没忽悠，千真万确。周雨晴说："什么事你说呀，不说出来谁知道是真是假。"

正义清了清嗓子："这第一嘛，是关于正果的。蔡亮把正果的漫画发到了网上，哥，你猜怎么样？有一家有名的漫画公司特别看好，想邀请正果去画漫画。"

正大一惊："真的？"

正义说："这还有假？不信，你问蔡亮去！"

听到这个消息，大顺子有点儿不悦。正义看了大顺子一眼，知道他有点儿吃醋了。正大很高兴，称这真是双喜临门，一喜是正果有了归宿，二喜是正果有了工作。正义说，还有第三喜。听说还有第三喜，众人都是一惊。正义笑着："我郑重宣布，本人正式创业，准备成立一家大学生就业培训公司。"

周雨晴觉得这第三喜根本不靠谱："正义，不是我笑话你，毕业这么多年，你自己都没找到一份正式工作，还能培训别人？"

正义解释，自己没找到工作不假，但正因为这样，他才更理解未就业大学生的内心世界。周雨晴立即打断正义的话："你的这个理解就好像是大眼望小眼，落的是同病相怜的泪。"

正义笑着说："嫂子，你可别打击我。方文她妈不是当过十多年的人事科长吗？干的就是招聘的活，她的经验和我的创意一碰，肯定能碰出钱来。"

正大有些怀疑地问："你和方阿琴合作？"

正义信心百倍地回答："她给我当顾问！"

听到正义这样说，周雨晴有些担心："顾问？正义，你这不是让你丈母娘当慈禧太后吗？她可是一手遮天的主。"

正义笑着："没事，愿当她就当，大清的江山还不是姓爱新觉罗？我这培训公司也一样，姓赵不姓丁。”

周雨晴笑了起来：“你倒是想得开。”

好好擎着一幅画跑了过来：“妈妈，妈妈，姑姑不害羞，当新娘啦。”

正果追出来：“好好，还给我。”

正义从好好手里接过画，笑了：“这正果还真着急当新娘了，新郎都画上去了。”

几个人探头过来，只见画上正果穿着婚纱，挽着西装革履的大顺子，还真像那么回事。可几个人看着画，心里都挺不是滋味儿。

下午，正大和大顺子带着正果去火车站接赵长禄。赵长禄一上车，就跟大顺子问这问那，大顺子一一回答，赵长禄满意地点点头，又问：“这，结婚总得有个住的地方吧？”

大顺子说：“叔，我在城郊买了套小房子，面积不大。”

“开车不说话。”正果提醒。

“好，好，不说。”大顺子立即答应着。

“又说！”正果嘟囔着。

大顺子冲正果做了个鬼脸，认真地开起车。看到正果把大顺子管得服服帖帖，赵长禄心里踏实了。赵长禄又问好好妈呢？正大说，在家做菜，准备给你接风。赵长禄道：“俺又不是风，接啥呀？他俩结婚的日子定了？”

正大说：“这不是让你来定嘛。”

赵长禄从口袋里摸出一张纸条，说俺找算命先生看过啦，日子在这上面，人家可是根据他俩的生日时辰掐算的。正大接过纸条看了一眼：“这不快了吗？”

赵长禄点头：“嗯，就这个日子吉利。”

正大说：“爹，听你的。”

傍晚，正义回家带着丁方文来了，一家八口都聚齐了，正商量着正果的婚事，正大接了蔡亮一个电话，看看大顺子在场，也没解释，匆匆下楼去了。眼看着到了开饭的点儿，正大还是没回来，周雨晴有点儿不放心，老琢磨他去见的人是宋天然，悄悄跑到阳台上给正大挂了电话，听说他见的人是蔡亮，才放下心来，可随即又想不明白了，蔡亮找正大能干什么？

蔡亮的车停在小区门口，两人在车上说着话，正大说：“你的事，我听正义说了一嘴，蔡亮，日子过碎了，得从自己身上检讨。你来找我，是不是因为正果的事？”

蔡亮点点头，说他不想背一辈子十字架，说脑子里老是抹不去正果，说自己还爱正果，想娶正果。正大劝解蔡亮，你要冷静点儿，爱情不是怜悯，也不是赎罪，再说，正果也要嫁给大顺子了。蔡亮一听就急了：“我知道我是逃兵，我懦弱，可那个大顺子配不上正果！”

正大更正：“不对，大顺子疼正果，对她不离不弃，正果一见到大顺子，就笑，就羞，这是从骨子里发出来的笑。蔡亮，正果能找到大顺子，我们全家人都挺知足。”

蔡亮沉默了。

正大说：“这件事，我希望到此为止。你要是再没有别的事，我先走了。”

正大拉开车门，一下子愣住了，见大顺子站在车外。大顺子说想和蔡亮说几句话。正大犹豫了一下，嘱咐他别犯浑，大顺子笑笑，说不会。蔡亮有些敌意地看着大顺子，大顺子说：“你是不放心正果嫁给我吧？没事，我会对她好的。我知道，我就是一个出租车司机，可我知道往前奔日子，我知道疼正果，我不会让她受半点儿委屈。”

大顺子说完就走了，扔下蔡亮一个人站在小区门口发呆。

正大回到家，赵长禄说：“你们一个个都结婚了，爹心里高兴，对你娘总算是有个交代啦。可不知道为啥，俺这心里还是空落落的，像丢了点儿啥……俺想，咱一家子拍张全家福吧。”

正大点头：“明天就拍！”

拍完了全家福，订好了结婚的酒店，一家人都挺高兴，只有正大心事重重，他问大顺子：“你真想好了？”

大顺子点头，说：“都这时候了你怎么还信不过我。”

周雨晴埋怨正大脑子有病，不找点儿事他就不痛快。正大让周雨晴闭嘴，他想听听大顺子的心里话，说他这时候要后悔的话，还来得及。

大顺子说："我这人嘴笨，也不知道怎么说，我能做的就是让大叔、大哥、大嫂放心。反正吧，我一定会好好照顾正果，一定不会欺负她。我不敢说往后我比大哥、大嫂照顾得好，但肯定不会让正果受一点儿委屈。"

赵长禄点头："这个俺信，正大和雨晴都跟俺说你这人信得过、靠谱。"

正大依旧盯着大顺子："开弓没有回头箭，你可千万想好了。"

周雨晴急了："爸，你看正大，人家顺子都把话说到这个份上了，他还穷追不舍。有他这么说话的吗？"

大顺子说："没事嫂子。大哥、大叔，我是真心要娶正果。这么多年了，我等的人就是正果。"

周雨晴看着正大："行了吧，顺子这立场够坚定的了。我听着都感动了，你可从来没跟我说过这种话。"

正大没有理会周雨晴，看着大顺子："我老想问你一句话，娶了正果，你不觉得委屈了自己吗？"

周雨晴实在听不下去："赵正大，你到底什么意思？是不是大顺子说现在不娶正果你就高兴了？爸，你说有他这么当哥的吗？这也就是大顺子，人家是真心在乎正果，要是换了别人，还不得脸子一甩就……"

"你闭嘴！"正大瞪着周雨晴，厉声喝道。

当众被正大呵斥，周雨晴面子上有些抹不开，想发火，还是忍住了。

大顺子说："能遇上正果，真的是我上辈子修来的福分。这么些年里，我老觉着自己的心总是飘着，老是毛毛躁躁，东一榔头西一棒槌的。碰上正果，我这心里一下子觉得静下来了、踏实了，觉着有了惦记，有了……目标……"

正大问："这算喜欢吗？"

大顺子说："我不知道，反正，我就是觉得她像自己的家里人，想好好保护她，不想让她受一点儿委屈。"

正大又问："这能叫爱情吗？"

大顺子想了想说："几年前，我也谈过对象，谈来谈去，都觉得对方不像是能过日子的人。这次跟正果，我只知道不一样，我想我会好好跟她过一辈子，我不知道这叫不叫爱情。"

周雨晴抢着说："叫，这当然叫！这要是不叫，还上哪儿去找爱情。行了，正大，你当这是在广播里做节目啊，绕来绕去的，你累不累。"

赵长禄说话了："老大，把正果交给大顺子，咱该放心。"

周雨晴站起来："你看，爸都拍板了。顺子，你过关了！"

正大指着大顺子问妹妹："正果，知道他是谁吗？"

正果看着大顺子，点点头。

周雨晴说："正果也不是小孩子，她对大顺子怎么样那还不是明摆着吗？"

正大又问："正果，你喜欢他吗？"

正果有点儿羞涩，可还是轻轻点了点头。大顺子向正果伸过手，正果乖乖地过去了，两个人手握着手，静静地坐在一起。

正大的眼睛模糊了。

三十八

一切准备停当，婚礼的日子说到就到了。在跟家里人商量具体事宜时，正大想起一件重要的事，忘了给父亲留下讲话的环节了。上次在正义的婚礼上，父亲精心准备的发言被方阿琴扼杀了，每回想起深夜里父亲躲在卫生间里对着镜子发言的情形，他的心里都忍不住一痛。这一次，一定要让父亲站在台上说个痛快。在电脑前敲出讲话稿，正大又顺了一遍，打印出来后，交到赵长禄手里。一听儿子要让自己在婚礼上讲话，赵长禄推辞起来，说他嘴笨，怕人家笑话。正大说那不行，谁不讲都可以，老爹不讲不行。周雨晴也在一旁添火，赵长禄总算答应下来。

大家都在为明天婚礼的事忙碌，赵长禄除了背背讲话稿，再没有什么事能插上手了。在家里闷得慌，他下楼溜达去了，本来是想围着小区转两圈就回家，可走着走着就迷了路。好在赵长禄还记得小区的名字，便到路边一个报摊上去打听，这个报摊正是正大经常光顾的地方，赵长禄张开嘴刚要发问，一下子愣住了。

卖报的大妈一看见赵长禄，也惊呆了。

大妈叫孙春燕，正是当年住在赵长禄家的那个女知青。要说起来，孙春燕也是个苦命的女人，返城后，她进了一家街道办的纸盒厂，没到半年，便嫁给了厂里的一个瘸腿维修工。对这个男人，孙春燕谈不上有什么感情，就因为对方有房子。孙春燕的父亲死得早，母亲带着她改了嫁，对方带着个比孙春燕小一岁的儿子，两个半大孩子一碰面，就跟仇人似的。在这个家里，孙春燕没找到一点儿快乐，倒是在广阔天地里她觉得喘气也顺溜。只是几年的知识青年当下来，她实在受够了天天种地挖渠的辛苦，才开始怀念城市的种种好来。肚子里的那个孩子，是她跟青年点里的队友怀上的，那个队友也是个短命鬼，一次上山采石头，叫哑炮把命夺走了，孙春燕发现自己怀孕以后，孩子已经拿不掉了，只得找了村里的接生婆，偷偷生下来。再后来，知青们开始返城了，孙春燕也加入到这个队伍之中，孩子不得不送了人。等孙春燕回城的时候，同母异父的弟弟也回来了。九平方米大的房子里突然多出两个二十大几的人，全家都觉得喘不过气来。孙春燕每天最害怕的就是睡觉，因为她要跟母亲和继父挤在一铺炕上，那时候她唯一想的就是赶快找个人嫁了，只要有房，别的什么条件都行。就这样，进了纸盒厂不到半年，她便和那个瘸腿维修工登记结婚了。婚后孙春燕又生了个儿子，儿子还算争气，功课从来都在班里拿第一，上到高三的时候，一场车祸把孩子带走了，瘸腿维修工一急之下，也跟了去。十多年里，孙春燕靠着一个报摊养活自己，随着年纪的增长，她越来越想去找找当年丢在乡下的孩子，可一想到自己过得贫困潦倒，就打消了去找孩子的念头。年轻的时候她扔了孩子，现在过得磕磕绊绊，她就更没有脸去找孩子了。孙春燕最大的愿望就是能多挣点儿钱，留给孩子，多少也算能赎点儿自己的罪过。

赵长禄说："你有没有钱，要找的话，都不该等到现在。"

孙春燕说："三年前我就开始找了，我去了乡下多少趟，都找不到。长禄大哥，你不该一直躲着我，我不是去跟你抢儿子的。"

赵长禄愧疚地低下头："这件事俺对不起你们娘儿俩……不过，你留下的地址，俺给了孩子，可他……"赵长禄咽下了后面的话。

孙春燕追着问："他不愿认我？"

赵长禄不语，少顷又说："很小的时候，他就知道自己的身世了。"

孙春燕抹着眼泪，哽咽着说对不起孩子。孙春燕也知道，光靠卖报纸攒不下几个钱，当年国家刚一开始发行彩票，她就成了彩民，梦想着有朝一日巨大的馅饼也能掉到自己头上。她每次虽然只买一张彩票，可每次都会憧憬着中奖的未来，设想着把大奖送给儿子的情形。直到三年前，她真的与五百万大奖不期而遇了，才敢一趟趟地去找赵长禄，可是赵长禄却一直回避着她。

这石破天惊的消息，一下子砸晕了赵长禄，他惊讶地盯着孙春燕："你不是说胡话吧？"

孙春燕说："这三年里，我一次次回乡下，就是想跟你说这个事，就是想把这钱给孩子，来弥补我当年欠下的债。"

赵长禄还没有从惊讶里反应过来，追问孙春燕是怎么中的五百万。

孙春燕说这个大奖中得很蹊跷，当天晚上，她让彩票站的老板随便给机打了一张，出来的时候，又在报摊前捡了一张彩票，当时她还想，要是有人来找，如果记得号码，就还给人家一张，如果记不住，那就随意挑一张，可是直到收摊，也没有人回来找。第二天一大早，孙春燕到报纸发行站去拿报纸，像以往一样先去查看兑奖号，一看她就蒙了，大奖号码完全与手中的一张彩票吻合。孙春燕去问彩票站的老板，他给自己机选的号是多少，老板说记不住了，孙春燕就想，这是老天爷给她找了个去认儿子的理由呀。她悄悄把钱领了，存在小账上："我三番五次去找你，就是想把这钱给孩子。他现在过得好不好？早成家了吧？有孩子了吧？男孩女孩？我去乡下找你几回，问谁谁也不告诉我，都跟防贼似的防着我。"

赵长禄说："早成家了，有个小子，三岁多了，他在电台干活，是个主持人，叫正大。"

孙春燕愣了："正大？"

赵长禄问："怎么？你认识？"

孙春燕嘴里嘟囔着正大的名字，眼泪止不住地流着。她要回家去把小账拿给赵长禄，赵长禄拦住她："这钱……还是你自己留着吧。"

孙春燕急了："长禄大哥，过去是我不对，可你不能让我愧疚一辈子，死都闭不上眼哪！"

赵长禄说："我怕真有了这钱……未必是好事。"

孙春燕说："有钱不是好事，那没钱还是好事？这我可弄不明白了。"

赵长禄长叹一口气："说出来你都不能信。三年前，家里也一下子有过个五百万，也是中的彩，可到后来……家里，再经不起折腾了……"

孙春燕怔愣了，她想不透自己这五百万和赵长禄说的那个五百万有着怎样的关联，莫非这是老天爷在有意捉弄自己和那个时常见面却又不相识的儿子？

赵长禄劝孙春燕先冷静冷静，自己也回去想想怎么办才好。

回到家，赵长禄闷声不响地睡觉去了。正大看出父亲像是有什么心事，跟周雨晴一说，周雨晴觉得这很正常："明天嫁女儿了，心里肯定不好受。当初我嫁给你，我妈掉了一整宿的眼泪。"

就像是歌里唱的那样，今天是个好日子，心想的事都能成。为这个婚礼，大顺子下了不少功夫，酒店门前彩球飘扬，龙凤门上写着：恭贺王顺运先生、赵正果女士新婚志喜。

正义站在酒店门前，忙活着招呼客人。打扮一新的周雨晴看着龙凤门，忍不住笑起来："喊了这么长时间大顺子，今天才知道他叫王顺运。"

"这小子是够顺运的，到底把我妹妹娶到手了。"正义四处张望着，"怎么没看见咱爹？"

周雨晴说："对呀，一直没看见老爷子……"

周雨晴和正义没见到赵长禄，却看见蔡亮开车来了。穿着洁白婚纱的正果一见蔡亮就愣住了，蔡亮有点儿激动，不知道该说点儿什么，他递过来一张卷好的画纸。正果刚要接，大顺子抢了去，刚要打开，犹豫了下，还是给了正果。正果缓缓展开画纸，上面是正果和蔡亮一起画的各种卡通小动物，小动物中间，是正果的一张笑脸。大顺子拍了把蔡亮的肩头："放心吧哥们儿，我会好好待正果。”

蔡亮挤出的笑容有点儿勉强：“祝福你们……大顺子，谢谢你。”

大顺子严肃地说：“这话说得不对啊，这是我媳妇，你谢我什么？”

蔡亮朝正果笑笑，转身要走，正果喊：“哎，蔡亮……”

三年多了，蔡亮第一次听正果喊自己的名字，心里不禁一震。他停住脚步，吃惊地回过头，看着正果。正果有点儿羞涩地对蔡亮说：“我今天……穿婚纱了……”

蔡亮的眼里涌上了泪水，哽咽地说：“正果，你真漂亮……”说完，蔡亮扭头走了。

周雨晴没想到，宋天然居然也来了。正大也觉得宋天然在今天这个场合出现确实不合时宜，便把她堵在了跑车里。宋天然似乎没有想太多，她说今天来一是送红包，二是来告辞。

正大一愣：“告什么辞？”

宋天然说：“自从看了晒幸福的摄影展之后，我去了一趟乡下，就是上次捐助电脑的那几所学校，那些孩子看到我，脸上笑开了花。他们和我说，等长大了也要给别人捐电脑。正大，你知道吗？看到他们的时候，我想起了自己的小时候。我觉得，应该为他们再多做点儿什么。”

“需要我的地方，你说话。”正大说。

“正大，谢谢你。是你让我明白，没有责任的成长不算成长，没有责任的生活不叫生活。”

“我也谢谢你，让我真正理解了富二代，像‘我爸是李刚’这样的人，毕竟是少数。”

想到马上就要分手了，可能很久都不会见到正大，宋天然有些伤感，她望着正大，迟疑地说：“你能……吻我一下吗？”宋天然看着眼前这个追不到手的男人，期待地闭上眼睛。

正大犹豫了一下，还是把脸贴上去，亲了一下宋天然的额头。宋天然睁开眼睛时，正大已经推开车门下了车，宋天然的泪水忍不住流下来，她擦了把泪水，一踩油门，跑车蹿了出去。

正大向酒店门口走着，感到身后有人紧随自己，一回身，发现周雨晴站在眼前。正大尴尬起来，还没等他开口，周雨晴先说话了："我出现得真不是时候……"

正大挠挠头说："的确不是时候，你又看见不该看的了。"

周雨晴说："亲就亲呗，贴一下脑门，你这不是敷衍人家嘛。"

正大说："还不是怕犯纪律嘛。"

周雨晴厉声："知道就好！"

正大打量着周雨晴，夸张地说："你今天真漂亮，国色天香。"

周雨晴昂首挺胸："眼还没瞎。"

正大压低声音："就是老了点儿，像二婚。"

周雨晴举手就打："你个糟老头子。"

正大躲闪着："行了行了，打情骂俏的，注意影响。"

周雨晴问："看见爸了吗？到处找不到他。"

正大四下张望："能去哪儿呀……"

赵长禄这时候正坐着出租车往酒店赶。上午他去办了件大事，请孙春燕来参加婚礼，同时要让她和正大母子相认。可让赵长禄意外的是，孙春燕拒绝了，她想了一个晚上，决定还是不认了，她怕打扰了正大的生活。正大过得挺好，她就安心了。再说，正大总来自己的摊儿上买报纸，经常能看见他，自己也就知足了。

赵长禄还要劝解，孙春燕说："听我的吧，长禄大哥。"她把一个存折塞到赵长禄手里，让他转给正大。赵长禄不接，说他怕这个存折吓着正大，再把他们一家的生活搅和乱了。孙春燕说不会，她信正大能把握好。赵长禄还要推辞，孙春燕转身走了。

赵长禄赶到时，婚礼马上就要开始了，正义问他去哪儿了，赵长禄只是敷衍了几句，没告诉他实情。

《婚礼进行曲》响起来了，穿着漂亮婚纱的正果挽着大顺子，甜美地笑着，穿过人墙夹道，向舞台走去。众人欢笑着朝一对新人身上撒着花瓣。正大看着妹妹，眼睛有些模糊了。

主持人说："下面，我们请新娘的父亲——赵长禄先生讲话！"

众人热烈鼓掌，赵长禄一时没有反应过来。主持人过来，把赵长禄请到台前。赵长禄紧张地掏出讲话稿，场下响起善意的笑声。赵长禄更紧张了，哆哆嗦嗦地说："各、各位尊敬的来宾、朋友，大家好。我……我，俺是新娘子……赵正果……她爹！"

台下的笑声响成一片，赵长禄更慌了，周雨晴低声问正大："这就是你给爸写的讲话稿？"

正大无奈地说："念跑了……随他发挥吧。"

赵长禄说："今天站在这个台子上，我……我……俺这心情特别激动，最想说的话就是，俺家姑娘找了个好人，俺最想感谢的，就是大顺子。我……我……俺代表全家人，谢谢你！"

赵长禄的话，不时被掌声打断，慌了神的他只得又照着稿子念起来，却念得磕磕巴巴，窘况频出。主持人看不下去了，上前替赵长禄解围，想让他结束讲话，可让人意外的是，赵长禄居然犹豫起来，主持人想把他扶下台，却被赵长禄推开。他把讲话稿折了两下，揣进兜里，清了清嗓子："俺还是不念稿了吧……俺是个农民，俺三个孩子以前也是农民，现在他们都是城里人了，可俺一直想提醒他们，别忘了自己是个农民。"

台下静了下来。

赵长禄接着说："俺第一次进城，是陪着俺大儿子正大到大学里报到。那是 1994 年，他就告诉俺，这些楼都是农民工给盖的，俺就想，俺农民自己盖的楼俺们咋就住不进去呢？俺就告诉正大，念完了大学，你得在城市扎下根，得在城市住上咱农民自己盖的房子！"

场下先是响起零落的掌声，很快又响成了一片。

赵长禄说："可城里房子太贵，俺买不起呀……"

场下响起善意的笑声。正大和正义没笑，他们知道，父亲说的是实话，他一定没想过这句话能跟幽默扯上关系。

赵长禄继续说："不过，俺告诉孩子们了，俺说，农村人不怕吃苦，只要不怕吃苦，总有一天，一准就能过上好日子。"赵长禄咳嗽了两声，清了清嗓子，“正果是俺们家最小的老姑娘，都说老姑娘是个宝，可正果打小没了娘，就光剩下跟俺和他两个哥哥一块儿遭罪了。好在，她现在总算熬出头了，找了个好男人。俺正果心眼好、勤快，没有那么多花花肠子。现在，她也结婚了，也在城里扎根啦，俺高兴……”赵长禄有点儿激动，眼圈红了，“俺就一句话，当了人家的媳妇，就得孝敬人家的父母，就得好好过日子，别的道理，俺讲不出了。哦对了，俺大儿子正大告诉俺说，让你们吃好喝好、喝好吃好！”

场下，掌声笑声一片。主持人将赵长禄请到一旁：“要不要请正果的大哥——赵正大先生讲两句呀？他可是广播电台的铁嘴主播，这个机会大家一定都不想错过，对不对？”

“对！”台下起哄，齐声喊道。

掌声中，正大走到台中央：“谢谢大家。今天……”回头看看周雨晴，“我和我媳妇也穿成这样，有点儿不好意思，吓着大家了，我先代表她跟大伙儿道个歉。”

众人笑了。

正大说：“穿成这样，只要我媳妇高兴就行，我可不管吓没吓着你们。”

众人又笑。

正大说：“我想说的，其实刚才我爹都讲了，此处省去一万字！”

台下一片大笑。

正大说：“其实我给我爹写了个稿，他没照单全念。不过，我觉得我爹临场发挥的演说，比我写的稿子精彩一百倍。在这里，我送一句内心体会给我的妹妹正果和妹夫大顺子，哦，不，是妹夫王顺运，我都叫顺嘴了。”

在一片笑声里，正大中规中矩地说：“我的体会是关于幸福的。什么是幸福？幸福的定义很难下，有很多种理解，有很多种表述。我的理解是，幸福不仅仅是一想到家里的人或者事，就会不由自主地想笑，幸福还是一种对家里人发自内心的挂念，挂念别人和被别人挂念。幸福就是全家人牵着手，相互搀扶着一起向前走。”

音乐声中，大顺子和正果交换完结婚戒指，众人起哄：“亲一下！亲一下！”

大顺子不敢亲吻正果，小心翼翼轻拥了一下。有人起哄：“正大、周雨晴，亲一下！亲一下！”

两人相视，相拥在一起，正果过来，也拥在一起。正义噙着泪，也加入其中。四人紧紧拥抱在一起。

台下掌声雷动。赵长禄擦着眼角的泪水，他缓缓走过来，犹豫地说：“有件事，爹本来不想说，怕再扰了你们的日子，可看见你们处到这个份上，俺还是说了吧……”赵长禄掏出那个小账，手有些颤抖。

众人看着赵长禄有些异常的举动，全都安静下来，疑惑地等待着下文。赵长禄扬了扬手中的小账，说：“这里面，是中彩的钱……就是三年前那个五百万的彩票……”

众人一下子惊住了。

正大忙说：“爹，你别开这种玩笑。”

赵长禄说：“是真的。”

正义呼吸急促起来，正大问：“这到底咋回事？”

赵长禄说：“老天爷没欺负咱，咱该得的，它给了；不该得的，它也给了。”

周雨晴一把抱住正大，呜呜地哭了起来。

正大急了：“雨晴，你怎么了，这不是好事吗？”

周雨晴哭得更厉害了，她知道，其实她这时候不应该哭，可她由不得自己，那就怎么痛快怎么来吧。